A SENHORA DO LAGO

A SENHORA DO LAGO

Andrzej Sapkowski

Tradução do polonês
OLGA BAGIŃSKA-SHINZATO

wmf martinsfontes

SÃO PAULO 2020

Esta publicação foi subsidiada pelo ©POLAND Translation Program.

1ª edição *2018*
3ª tiragem *2020*

Tradução
OLGA BAGIŃSKA-SHINZATO

Preparação de texto
Yris Alves Rosa
Acompanhamento editorial
Cecília Bassarani
Revisões
Ana Paula Luccisano
Marisa Rosa Teixeira
Edição de arte
Erik Plácido
Produção gráfica
Geraldo Alves
Paginação
Studio 3 Desenvolvimento Editorial

Dados Internacionais de Catalogação na Publicação (CIP)
(Câmara Brasileira do Livro, SP, Brasil)

Sapkowski, Andrzej
A senhora do lago : volume único / Andrzej Sapkowski ; tradução do polonês Olga Bagińska-Shinzato. – São Paulo : Editora WMF Martins Fontes, 2018.

Título original: Pani Jeziora.
ISBN 978-85-469-0212-5 (capa game)

1. Ficção – Literatura juvenil I. Título.

18-13882 CDD-028.5

Índice para catálogo sistemático:
1. Ficção : Literatura juvenil 028.5

ÍNDICE

We are such stuff
As dreams are made on, and our little life
Is rounded with a sleep.

William Shakespeare

CAPÍTULO PRIMEIRO

E seguiam em frente até chegar a um lago de águas belas e extensas. E exatamente no meio desse lago Artur viu um braço revestido de cetim branco que segurava uma espada maravilhosamente trabalhada. Em seguida, viram uma moça que pisava audazmente por cima do espelho d'água.

– Que moça encantadora é essa? – Artur perguntou.

– Chamam-na a Senhora do Lago – Merlin respondeu.

Thomas Malory, *Le Morte Darthur*

O lago era encantado. Não havia nenhuma dúvida quanto a isso.

Primeiro, estava localizado junto da cabeceira do assombrado vale Cwm Pwcca, um vale misterioso, perpetuamente coberto de bruma, famoso pelos feitiços e fenômenos mágicos.

Segundo, era necessário apenas lançar uma olhada.

A superfície da água era de um azul profundo, vívido e sereno, como uma safira polida. Era lisa feito um espelho, de tal forma que até os cumes do maciço Y Wyddfa refletidos nela pareciam mais bonitos como reflexo do que na realidade. Uma aragem fresca e revigorante soprava desde o lago e nada interrompia o silêncio majestoso, nem um peixe chapinhando na água, nem o grito de um pássaro aquático.

O cavaleiro despertou do deslumbramento, mas, em vez de continuar a percorrer a cumeada do monte, dirigiu o cavalo para baixo, na direção do lago, como se estivesse atraído pela força magnética do feitiço que jazia lá embaixo, no fundo, no abismo das águas. O cavalo dava passos vacilantes entre as rochas quebradas, avisando, com uma rouquidão taciturna, que ele também sentia a aura mágica.

O cavaleiro desceu do cavalo só depois de chegar lá embaixo, à praia. Guiando o corcel pelas rédeas, aproximou-se da margem da água, onde uma delicada onda bailava por entre o colorido cascalho.

Ajoelhou-se, rangendo a cota de malha. Ao juntar as mãos para enchê-las com água, espantou os alevinos, peixes miúdos e agitados, parecidos com pequenos alfinetes. Bebia com cuidado e devagar, a água gélida tornava os lábios e a língua dormentes, fazia os dentes doerem.

Quando novamente foi encher as mãos com a água, ouviu um som propagado pela superfície do lago. Ergueu a cabeça. O cavalo roncou, como se confirmasse tê-lo ouvido também.

Ficou atento. Não, não era uma impressão. O que chegava a seus ouvidos era um canto. O canto de uma mulher. Ou talvez de uma moça.

O cavaleiro, como todos os cavaleiros, cresceu ouvindo canções de trovadores e histórias cavaleirescas, nas quais, em nove de dez casos, as toadas ou acalantos de moças funcionavam como iscas. Os cavaleiros que seguiam sua voz normalmente caíam numa cilada – em muitos casos mortal.

Mas a curiosidade venceu. Afinal, o cavaleiro tinha apenas dezenove anos. Era muito corajoso e muito imprudente. Era famoso por um e conhecido pelo outro.

Verificou se a espada corria bem na bainha. Logo em seguida, puxou o cavalo e seguiu andando pela praia na direção da qual ressoava o canto. Não precisou andar muito.

Enormes blocos erráticos atulhavam a margem. Eram escuros, lustrados de tal forma que brilhavam. Dir-se-ia: brinquedos de gigantes jogados ali descuidadamente ou esquecidos após uma brincadeira. Alguns dos blocos estavam dentro do lago, resplandecendo com seu negror debaixo do espelho d'água. Outros apareciam sobre a superfície. Banhados pela suave ondulação do mar pareciam dorsos de leviatãs. Porém, a maioria dos blocos estava na margem, ocupando a faixa da praia que chegava até a floresta. Alguns estavam enterrados na areia, aparecendo apenas parcialmente e permitindo supor qual era seu tamanho por inteiro.

O canto que o cavaleiro ouvia vinha exatamente de trás dos blocos localizados na margem, mas a moça que cantava permanecia invisível. Puxou o cavalo segurando-o pelo freio e pelas narinas para que não relinchasse ou resfolegasse.

A roupa da moça estava estendida em um dos blocos localizados dentro da água, achatado como o tampo de uma mesa. Ela própria, nua, imersa na água até a cintura, banhava-se, chapinhando na água e cantando. O cavaleiro não reconhecia as palavras.

E esse fato não era de estranhar.

Apostaria sua cabeça que a moça não era um ser humano de carne e osso. Seu corpo esbelto, a cor de cabelo esquisita e sua voz comprovavam isso. Estava certo de que, se ela se virasse, veria enormes olhos amendoados. E, se ela penteasse o cabelo cinzento para trás, decerto notaria orelhas pontiagudas.

Era habitante de Faërie. Uma fada. Uma dos Tylwyth Têg. Uma daquelas que os pictos e os irlandeses chamavam Daoine Sidhe, os Povos dos Montes, e que os saxões denominavam elfos.

A moça parou de cantar por um instante, submergiu-se na água até o pescoço, resfolegou, esguichou e soltou um palavrão mais que ordinário. Porém, isso não desorientou o cavaleiro. As feiticeiras, como era de conhecimento comum, sabiam xingar na língua dos humanos. Muitas vezes, usando uma linguagem mais chula que a dos próprios estribeiros. E, outras vezes, a maldição introduzia travessuras maldosas das quais gostavam muito e pelas quais eram famosas, como, por exemplo, aumentar o nariz de alguém ao tamanho de um pepino, ou reduzir o órgão genital de outro ao tamanho de uma fava.

O cavaleiro não se sentia atraído nem por uma nem pela outra eventualidade. Já estava prestes a recuar discretamente quando, de súbito, sua presença foi revelada. Por um cavalo. Mas não por seu próprio corcel, que, segurado pelas narinas, estava tranquilo e quieto feito um rato. Foi o cavalo da feiticeira – uma égua negra que inicialmente passou despercebida, pois estava escondida por entre as rochas. Agora a égua negra como alcatrão revolveu o cascalho com o casco e cumprimentou o outro cavalo com um relincho. O garanhão do cavaleiro sacudiu a cabeça e respondeu gentilmente, de tal forma que o eco retumbou, propagado pela água.

A fada saltou da água lançando borrifos, apresentando, por um momento, todo seu esplendor e uma vista agradável diante do cavaleiro. Lançou-se em direção da rocha onde estendeu sua roupa, mas, em vez de pegar alguma peça e cobrir sua nudez, a elfa sacou a espada, desembainhou-a com um sibilo e girou-a com excepcional maestria. Tudo isso durou um átimo, após o qual a fada pôs-se de cócoras ou ajoelhou-se, escondeu-se na água até a altura do nariz e esticou a mão com a espada acima da superfície.

O cavaleiro acordou do deslumbramento, soltou as rédeas e ajoelhou-se na areia molhada. Compreendeu logo quem estava diante dele.

– Salve – balbuciou, estendendo as mãos. – É uma grande honra para mim… Uma grande honra, Senhora do Lago. Aceitarei essa espada…

– Por que você não se levanta e se vira? – A fada pôs os lábios acima da água. – Será que você poderia parar de me olhar e deixar que eu me vista?

Obedeceu.

Ouviu-a respingar ao sair da água, farfalhar e xingar baixinho enquanto ajeitava a roupa no corpo molhado. Observava a égua negra de pelagem lisa e brilhosa como a penugem de uma toupeira. Era certamente um cavalo de sangue nobre, certamente veloz como o vento. Certamente encantado. E indubitavelmente um habitante de Faërie, assim como sua dona.

– Você pode se virar.

– Senhora do Lago…

– E apresentar-se.

– Sou Galahad de Caer Benic. Cavaleiro do rei Artur, o senhor do castelo de Camelot, o governante da Terra do Eterno Verão, assim como Dumnônia, Dyfneint, Powys, Dyfed…

– E Temeria? – interrompeu. – Redânia, Rívia, Aedirn? Nilfgaard? Conhece esses nomes?

– Não. Nunca ouvi falar deles.

Deu de ombros. Além da espada, segurava na mão os sapatos e a blusa, lavada e escorrida.

– Foi o que suspeitei. E que dia é hoje?

– Hoje é – ficou boquiaberto, extremamente surpreso – a segunda lua cheia após Beltane… Senhora…

– Ciri – disse maquinalmente, mexendo os ombros para ajeitar melhor a roupa na pele ainda molhada. Falava de forma estranha, seus olhos eram verdes e enormes...

Puxou, de forma espontânea, o cabelo molhado para o lado, e o cavaleiro suspirou involuntariamente. Não só porque sua orelha era normal, como as orelhas dos humanos. Certamente não era élfica. Sua bochecha estava deformada por uma grande e repugnante cicatriz. Fora ferida. Mas será que uma fada poderia ser ferida?

Notou o olhar, semicerrou os olhos e franziu o nariz.

– É isso mesmo, uma cicatriz! – disse com seu sotaque surpreendente. – Por que seu olhar parece tão assustado? Uma cicatriz é algo tão estranho para um cavaleiro? É realmente tão repulsiva?

Lentamente tirou o capuz com ambas as mãos, puxou o cabelo para o lado.

– Realmente não é nada estranho para um cavaleiro – disse cheio de orgulho juvenil, demonstrando sua própria cicatriz fresca que corria desde a têmpora até a mandíbula. – As únicas cicatrizes que causam repugnância são as cicatrizes na honra. Sou Galahad, filho de Lancelote do Lago e de Elaine, filha do rei Pelles, senhor de Caer Benic. Esta ferida foi-me executada por Breunis, o Impiedoso, o ímpio opressor das moças, antes que fosse derrubado por mim num duelo justo. Deveras, estou digno de receber essa espada de suas mãos, ó Senhora do Lago...

– Como?

– A espada. Estou pronto para recebê-la.

– É a minha espada. Não deixo que ninguém toque nela.

– Mas...

– Mas o quê?

– A Senhora do Lago sempre... Sempre emerge das águas e entrega uma espada.

Permaneceu calada por um tempo.

– Entendo – disse por fim. – Bom, cada terra com seu costume. Sinto muito, Galahad, ou qual seja seu nome, mas obviamente você se deparou com a Senhora errada. Não entrego nada nem deixo ninguém tirar nada de mim. Só para deixar as coisas claras.

– Mas – atreveu-se – a senhora vem de Faërie, não é?

– Venho, sim – disse após um instante, e parecia que seus olhos verdes estavam olhando para dentro do abismo do tempo e do espaço. – Venho de Rívia, da cidade com o mesmo nome, do lago Loc Eskalott. Vim de barco, havia névoa. Não vi as margens. Ouvi apenas o relincho de Kelpie... Minha égua que corria atrás de mim, seguindo meu rastro.

Estendeu a blusa molhada sobre a pedra. E o cavaleiro suspirou novamente. A blusa estava lavada, mas não por completo. Ainda se viam manchas de sangue.

– A correnteza do rio me trouxe até aqui – a moça retomou. Não notou o que ele viu ou fingiu não ter notado. – A correnteza do rio e o feitiço do unicórnio... Como se chama este lago?

– Não sei – admitiu. – Há tantos lagos aqui em Gwynedd...

– Em Gwynedd?

– Pois, sim. Aqueles montes são Y Wyddfa. Mantendo-os de seu lado esquerdo e seguindo pelas florestas, após dois dias se chega a Dinas Dinlleu e depois a Caer Dathal. E o rio... O rio mais próximo é...

– Não importa o nome do rio mais próximo. Será que você tem algo para comer, Galahad? Estou mesmo morrendo de fome.

•

– Por que você está me olhando assim? Está com medo de eu desaparecer? Subir no ar com seu pão duro e sua linguiça? Não tenha medo. Em meu próprio mundo aprontei um pouco e baguncei o destino, por isso não deveria aparecer por lá no momento. Ficarei no seu por algum tempo. Num mundo em que não há como procurar o Dragão, ou as Sete Cabras no céu noturno. Em que é exatamente a segunda lua cheia após Belleteyn e Belleteyn se pronuncia como Beltane. Então, por que você está me olhando assim?

– Não sabia que as fadas comiam.

– Fadas, feiticeiras e elfas. Todas comem. E bebem. E por aí vai.

– Como?

– Não importa.

Quanto mais olhava para ela, tanto mais perdia a aura mágica, tornava-se humana e simples, até comum. No entanto, sabia que não era assim, não podia ser assim. Não se encontram moças comuns ao pé de Y Wyddfa, nas redondezas de Cwm Pwcca, que tomam banho nuas em lagos serranos e lavam blusas ensanguentadas. Não importa como era esta moça, mas certamente não podia ser um ser terrestre. Contudo, Galahad já se sentia à vontade e olhava sem medo para seus cabelos cor de rato, que para seu espanto, agora, depois de terem secado, resplandeciam com mechas alvacentas. Olhava também para suas mãos finas, nariz pequeno e lábios pálidos, para sua vestimenta masculina de um corte um tanto esquisito, feito de um tecido delicado de uma trama muito densa. Para sua espada, estranhamente construída e ornamentada, mas que decerto não parecia um adorno de ostentação. Para seus pés descalços cobertos com a areia seca da praia.

– Só para esclarecer – falou, esfregando um pé contra o outro –, não sou elfa. Contudo, sou uma feiticeira, isto é, fada... um tanto incomum. Eh, talvez nem seja uma fada.

– Lamento, de verdade.

– E qual seria, por acaso, o motivo de sua lamentação?

– Dizem... – enrubesceu e gaguejou. – Dizem que as fadas, quando encontram jovens, levam-nos à Elfland e lá... Debaixo do pé de uma aveleira, numa alcatifa de musgos, mandam prestar serviços...

– Entendi. – Olhou para ele de relance e logo em seguida mordeu a linguiça com força.

– Quanto à Terra dos Elfos – engoliu e disse –, fugi de lá há algum tempo e não estou com pressa de voltar. Já quanto à prestação de serviços na alcatifa de musgos... Realmente, Galahad, você encontrou a Senhora errada. Mesmo assim, agradeço muito por seu entusiasmo.

– Senhora! Não queria ofendê-la...

– Não precisa se desculpar.

– Tudo pelo fato – balbuciou – de a senhora ser tão formosa.

– Agradeço novamente. Mas isso não muda nada.

Permaneceram em silêncio por algum tempo. Fazia calor. O sol que estava no zênite aqueceu as pedras que emanavam um calor agradável. Um leve zéfiro enrugou a superfície da água.

– O que significa... – Galahad falou, de repente, com uma voz estranhamente exaltada. – O que significa a lança com a ponta ensanguentada? O que significa e por que sofre o rei com a coxa perfurada? O que significa a moça vestida de branco que carrega o graal, uma travessa de prata...

– E fora disso – interrompeu-o – você está bem?

– Estou apenas perguntando.

– E eu não entendo sua pergunta. É algum tipo de senha? Um sinal pelo qual se reconhecem os iniciados? Explique, por gentileza.

– Não conseguirei.

– Então por que perguntou?

– Porque... – embaralhou-se. – Pois, brevemente falando... Um dos nossos não perguntou, embora tivesse tido a oportunidade. Ficou emudecido ou tímido... Não perguntou, e aconteceram muitas desgraças por causa disso. A partir de então, perguntamos sempre, por via das dúvidas.

•

– Neste mundo há feiticeiros? Sabe, esses que lidam com a magia. Magos. Versados.

– Merlin. E Morgana. Mas Morgana é má.

– E Merlin?

– Mais ou menos.

– Você sabe onde eu posso encontrá-lo?

– Claro! Em Camelot. Na corte do rei Artur. Eu vou exatamente até lá.

– É longe?

– Daqui é preciso ir a Powys, até o rio Hafren, depois segui-lo até Glevum, para o Mar de Sabrina, e de lá a Terra do Eterno Verão já fica perto. No total, uns dez dias de caminho...

– É demasiado longe.

– É possível – gaguejou – cortar o caminho um pouco, atravessando Cwm Pwcca. Mas é um vale assombrado. É um lugar assustador. Lá vivem os Y Dynan Bach Têg, os malvados anões...

– E para que serve a espada? Para engalanar-se?

– E o que adianta uma espada contra os feitiços?

– Adianta, adianta sim, não se preocupe. Eu sou bruxa. Você já ouviu falar disso? Eh, claro que você não ouviu. Pois não tenho medo desses seus anões. Tenho muitos amigos entre eles.

"Com certeza", pensou.

•

– Senhora do Lago?

– Meu nome é Ciri. Não me chame de Senhora do Lago. Tenho más associações com esse nome, desagradáveis, nefastas. Era assim que me chamavam eles, na Terra... Como você a chamou?

– Faërie. Ou Annwn, de acordo com os druidas. E os saxões dizem: Elfland.

– Elfland... – Cobriu os ombros com uma quadriculada manta picta providenciada por ele. – Estive lá, sabia? Entrei na Torre da Andorinha e bum, já estava entre os elfos. E eles me chamavam exatamente assim. A Senhora do Lago. No início eu até gostava desse nome. Ficava lisonjeada. Até o momento em que entendi que nessa terra, nessa torre e às margens desse lago não sou nenhuma Senhora, mas uma prisioneira.

– Foi lá – não aguentou – que manchou a blusa com sangue?

Permaneceu calada por um longo momento.

– Não – finalmente falou e pareceu-lhe que sua voz tremeu levemente. – Não foi lá. Você é um bom observador. Bom, não há como fugir da verdade, esconder a cabeça na areia... Sim, Galahad. Nos últimos tempos, tenho me manchado com frequência com o sangue dos inimigos que eu matei. E com o sangue dos próximos que tentei resgatar... E que morreram em meus braços... Por que você está me olhando assim?

– Não sei se é uma deia ou uma mortal... Ou uma das divindades... Mas se você é habitante da morada terrestre...

– Por gentileza, vá diretamente ao assunto.

– Gostaria – os olhos de Galahad flamejaram – de ouvir sua história. Poderia contá-la, ó Senhora?

– É uma longa história.

– Temos tempo.

– Mas o desfecho não é feliz.

– Não acredito.

– Por quê?

– Cantava enquanto tomava banho.

– É um bom observador. – Virou o rosto, cerrou os lábios e, de repente, seu semblante contraiu-se e adquiriu uma aparência repugnante. – Sim, você é um bom observador. Mas é muito ingênuo.

– Conte-me sua história, por favor.

– Eh – suspirou. – Tudo bem, já que você quer... Contarei, então.

Sentou-se numa posição confortável. E ele também. Os cavalos andavam pela margem da floresta mordiscando a grama e as ervas.

– Do início – Galahad pediu. – Do próprio início...

– Parece-me cada vez mais – disse após um instante, cobrindo-se bem com a manta picta – que esta história é uma daquelas que não têm início. Tampouco tenho a certeza se ela já terminou. Você deve saber que o passado se embaralhou horrivelmente com o futuro. Um certo elfo disse-me até que isso funciona como aquela serpente que encrava os dentes em sua própria cauda. Saiba que essa serpente se chama Uroboros. E o fato de ela morder sua própria cauda quer dizer que o círculo se fecha. Cada momento do tempo carrega em si o passado, o presente e o futuro. Cada momento do tempo carrega em si a eternidade. Entende?

– Não.

– Não faz mal.

CAPÍTULO SEGUNDO

Em verdade vos digo, quem confia nos sonhos é como se quisesse prender o vento ou captar a sombra. Ilude-se com uma imagem enganosa, um espelho torto que mente ou fala disparates à semelhança de uma mulher que pare. De verdade, insensato é aquele que acredita nos sonhos e segue o caminho da ilusão.

Contudo, aquele que menospreza os sonhos e nem sequer acredita neles também insensato é. Pois, se os sonhos fossem desprovidos de qualquer significado, então para que os deuses, quando nos criaram, nos dotariam da capacidade de sonhar?

A sabedoria do profeta Lebioda, 34,1

All we see or seem
Is but a dream within a dream

Edgar Allan Poe

Um vento leve agitava a superfície do lago que vaporava feito um caldeirão e dispersou sobre ela os farrapos da bruma que se dissipava. As forquetas rangiam e estrugiam ritmicamente, as pás dos remos que emergiam da água semeavam um granizo de gotas cintilantes.

Condwiramurs pôs o braço para fora do bordo. O barco deslizava tão devagar que a água se agitou minimamente e atingiu sua mão.

– Que velocidade, hein! – disse, conferindo à sua voz o máximo de sarcasmo possível. – Estamos voando sobre as ondas. Fiquei até tonta!

O remador, de baixa estatura, rechonchudo e atarracado, respondeu balbuciando algo com raiva. Nem sequer levantou a cabeça com uma cabeleira branca e crespa como o pelo de um karakul. A noviça já estava farta, pois desde que subiu no barco o velho rabugento rezingava, pigarreava e gemia toda vez que evitava responder às suas perguntas.

– Tenha mais cuidado – falou enfaticamente, mantendo a calma com dificuldade. – Se continuar remando com tanta força, é provável que tenha uma obstrução intestinal.

Dessa vez o homem ergueu o rosto bronzeado, escuro como o couro curtido. Rezingou, pigarreou e num gesto executado pelo queixo coberto com uma cerda branca apontou para uma bobina de madeira presa ao bordo e a uma linha que desaparecia dentro da água, esticada pelo movimento do barco. Claramente convencido de que a explicação fora suficiente, voltou a remar no mesmo ritmo de antes. Os remos para cima. Intervalo. A metade da pá dos remos para dentro da água. Um longo intervalo. Remada. Um intervalo mais longo ainda.

– Humm – Condwiramurs falou espontaneamente, olhando para o céu. – Entendo. O que importa é a isca puxada atrás do barco que precisa se deslocar com a velocidade certa e na profundidade adequada. O que importa é a pesca. O resto não importa.

Isso era tão óbvio que o homem nem se deu ao trabalho de resmungar ou pigarrear.

– Por que alguém se importaria – Condwiramurs continuou o monólogo – se estou viajando a noite inteira? Ou se estou com fome? Se minhas nádegas estão doendo e coçando por causa do banco duro e molhado? Se estou com vontade de urinar? Não, o importante é pescar de arrasto. Que imbecil, aliás. Não conseguirá pescar nada com a isca arrastada no meio da correnteza numa profundidade de vinte braças.

O homem ergueu a cabeça, lançou-lhe um olhar repulsivo e balbuciou de forma muito, mas muito balbuciante. Condwiramurs soltou um sorriso, contente consigo mesma. O homem rabugento continuava a remar devagar. Estava furioso.

Ajeitou-se no banco na popa e cruzou as pernas de um jeito que a fenda no vestido deixasse muito à mostra.

O homem balbuciou, apertou as mãos calosas nos remos, fingindo que olhava apenas para a linha de pescar. Nem cogitou a possibilidade de acelerar a velocidade com que remava. A noviça suspirou e passou a observar o céu.

As forquetas rangiam, as gotículas cintilantes caíam das pás dos remos.

Na névoa que se levantava rapidamente surgiram os contornos embaçados de uma ilha e um roliço obelisco escuro de uma torre. O homem rabugento, embora estivesse sentado de costas e não tivesse se virado nem uma vez, de alguma maneira reconheceu que estavam quase chegando ao destino. Colocou, sem pressa, os remos em cima dos bordos, levantou-se e começou a recolher a linha enrolando-a na bobina. Condwiramurs, ainda com as pernas cruzadas, assobiava, olhando para o céu.

O homem enrolou a linha até o fim e olhou para a isca – uma grande colher de latão munida de um triplo gancho com uma pequena borla de lã vermelha.

– Ai, ai – Condwiramurs falou em tom doce. – Não pescou nada, mas que pena. Por que será que teve tanto azar? Talvez estivesse remando demasiado rápido?

O homem lançou-lhe um olhar que transmitia muitas coisas feias. Sentou-se, pigarreou, cuspiu para fora do bordo, pegou os remos com as mãos calosas e estirou as costas. Os remos bateram contra a água, estrugiram nas forquetas e o barco deslizou pela superfície do lago feito uma flecha. A água espumou na proa rumorejando, redemoinhou atrás da popa. Atravessaram a distância de um quarto de tiro de arco que os separava da ilha num tempo mais curto que dois balbucios, e o barco deslizou sobre o cascalho com tanto ímpeto que fez Condwiramurs cair do banco.

O homem balbuciou, pigarreou e cuspiu. A noviça sabia que a tradução disso para a língua dos povos civilizados seria: caia fora de meu barco, sua bruxa sabichona. Sabia também que não podia esperar que ele a carregasse nos braços. Tirou os sapatos, levantou o vestido a uma altura provocante e desceu. Engoliu um palavrão, pois as conchas picaram-na no pé.

– Valeu – disse cerrando os dentes – pelo passeio.

Não esperou a resposta balbuciada nem olhou para trás. Seguiu, descalça, em direção às escadas de pedra. Todo o desconforto e todas as moléstias passaram, esvaneceram sem deixar nenhum rastro, borradas pela crescente ansiedade. Estava, pois, na ilha Inis Vitre, no lago Loc Blest. Estava num lugar quase lendário, frequentado por poucos escolhidos.

A névoa matinal levantou-se por completo. A rubra bola solar começou a aparecer por entre o céu opaco. Andorinhões passavam num relance, as gaivotas grasnavam e sobrevoavam os mata-cães da torre.

No topo das escadas que levavam da praia ao terraço, apoiada numa estatueta de uma sorridente quimera de cócoras, estava Nimue.

A Senhora do Lago.

•

Era de estatura baixa e seu corpo era franzino. Media pouco mais que cinco pés. Condwiramurs ouvira falar que, quando era pequena, chamavam-na de Polegarzinho. Agora entendeu que o apelido era certeiro. Mas estava convencida de que ninguém se atrevia a chamar a pequena feiticeira com esse nome havia pelo menos a metade do século.

– Sou Condwiramurs Tilly – apresentou-se e curvou-se, um pouco apreensiva, ainda com os sapatos na mão. – Estou contente de poder estar em sua ilha, Senhora do Lago.

– Nimue – a pequena maga corrigiu-a ligeiramente. – Nimue, mais nada. Podemos dispensar os títulos e epítetos, senhorita Tilly.

– Nesse caso eu sou Condwiramurs. Condwiramurs, mais nada.

– Venha então, Condwiramurs. Conversaremos durante o café da manhã. Deve estar com fome.

– Não nego.

•

No café da manhã havia queijo fresco, cebolinha, ovos, leite e pão integral servidos por duas jovens e discretas empregadas que cheiravam a goma de engomar. Condwiramurs sentia que a pequena feiticeira a examinava com o olhar enquanto comia.

– A torre – Nimue falou devagar, observando cada movimento e quase cada porção de comida que Condwiramurs levava à boca – tem seis andares, dos quais um está localizado no subsolo.

Sua habitação fica no segundo andar. Lá terá todo tipo de conforto necessário para viver bem. Como vê, o térreo faz parte da área de serviço, as habitações dos empregados também estão localizadas aqui. O laboratório, a biblioteca e a galeria ocupam o subsolo, assim como o primeiro e terceiro andar. Você terá a permissão para entrar e o acesso ilimitado a todos os andares mencionados e cômodos neles localizados. Pode fazer uso deles, e de tudo o que há neles, quando quiser e da maneira que quiser.

– Entendi. Obrigada.

– Meus aposentos privados e meu escritório particular ficam nos dois últimos andares. São compartimentos absolutamente privados. E para evitar desentendimentos: sou extremamente sensível a essas coisas.

– Vou respeitar sua vontade.

Nimue virou a cabeça para a janela da qual se via o Rabugento Senhor Remador que já havia tratado da bagagem de Condwiramurs e agora estava colocando no barco varas, bobinas, redes e nassas, assim como outra parafernália da indústria pesqueira.

– Sou um pouco antiquada – continuou. – Mas acostumei-me a ter o direito exclusivo de usar certas coisas. A escova de dentes, por exemplo. Aposentos privados, a biblioteca, o banheiro. E o Rei Pescador. Não tente, por favor, pedir os serviços dele.

Condwiramurs quase se engasgou com o leite. Não se via nenhuma expressão no semblante de Nimue.

– E se ele... – retomou, antes que a moça recuperasse a fala. – Se ele tentar pedir seus serviços, negue.

Condwiramurs, por fim tendo conseguido engolir, rapidamente acenou com a cabeça. Absteve-se de qualquer comentário, embora tivesse a resposta pronta na ponta da língua que não gostava de pescadores, especialmente de pescadores rabugentos que tinham a cabeça cheia de cabelo branco parecido com queijo fresco.

– Siiim – Nimue falou de forma prolongada. – Então a introdução já foi feita. Está na hora de passarmos a assuntos concretos. Não está curiosa para saber por que, de todas as candidatas, escolhi precisamente você?

Condwiramurs, se por acaso pensou na resposta, foi só para não parecer demasiado presunçosa. Contudo, chegou logo à conclusão de que perante Nimue uma humildade minimamente falsa pareceria demasiado falsa.

– Sou a melhor brizomante na academia – sua resposta foi fria, concreta e desprovida de gabação. – E no terceiro ano fui a segunda colocada entre as oniromantes.

– Mas eu poderia ter escolhido aquela que ocupava o primeiro lugar. – De fato, Nimue era exageradamente franca. – Mas cá entre nós... sugeriram-me que ficasse com essa moça estudiosa, e até com certa insistência, pois parece que era filha importante de alguém importante. E quanto aos sonhos, à oniromancia, você deve saber, cara Condwiramurs, que é um dom bastante caprichoso. Até a melhor oniromante pode falhar.

Condwiramurs quis responder que suas falhas podem ser contadas nos dedos de apenas uma mão, mas manteve a boca fechada. Poxa, estava falando com uma perita. Mantenha as proporções certas, madame, como dizia um dos professores da academia, um erudita.

Nimue elogiou seu silêncio com um leve aceno da cabeça.

– Fui me informar na academia – disse após um instante. – Por isso sei que você não precisa recorrer aos entorpecentes para sonhar. Esse fato me agrada, pois não tolero narcóticos.

– Sonho sem nenhum tipo de ajuda de drogas – Condwiramurs confirmou com um leve orgulho. – Preciso apenas de um anzol para a oniromancia.

– Como?

– Um anzol, ué – a noviça tossiu. – Isto é, um objeto ligado de alguma forma com aquilo sobre o que devo sonhar. Uma coisa qualquer. Ou uma imagem...

– Imagem?

– Humm. Sonho bem à base de imagens.

– Oh – Nimue sorriu. – Se uma imagem puder ajudar, então não haverá problemas. Se você já terminou o café, então vamos, a melhor brizomante e a segunda entre as oniromantes. É necessário que lhe explique logo os motivos pelos quais escolhi precisamente você para ser minha assistente.

As paredes de pedra exalavam uma frieza que nem os pesados gobelins nem sequer o escuro revestimento de madeira conseguiam amenizar. O frio do piso de pedra passava pelas solas dos sapatos.

– Atrás desta porta – Nimue apontou com descuido – é o laboratório. Como já disse, você pode usá-lo quando quiser. Mas, claro, é aconselhável que tenha cautela e moderação, especialmente quando for obrigar a vassoura a levar a água.

Condwiramurs riu por cortesia, embora a piada fosse antiquada. Todas as mentoras contavam aos seus discípulos piadas relacionadas com os míticos apuros de um mítico aluno de um necromante.

As escadas subiam enroscando-se à semelhança de uma serpente marinha. Pareciam não ter fim. E eram íngremes. Antes que chegassem ao destino, Condwiramurs ficou ofegante e encharcada de suor. Contudo, Nimue nem parecia cansada.

– Por aqui, por favor. – Abriu a porta de carvalho. – Cuidado com a soleira.

Condwiramurs entrou e suspirou.

A câmara era uma galeria. As paredes, desde o teto até o chão, estavam cheias de quadros. Havia enormes, antigas e rachadas pinturas a óleo, miniaturas, gravuras amareladas e xilogravuras, aquarelas desbotadas e sépias. Havia também guaches modernistas de cores vivas, têmperas, águas-tintas e águas-fortes de linhas finas, litografias e metalogravuras contrastadas que atraíam a atenção com expressivas manchas negras.

Nimue parou diante da pintura que estava mais próxima da porta, um quadro que mostrava um grupo reunido embaixo de uma árvore. Olhou para ele, depois para Condwiramurs e seu olhar taciturno era extraordinariamente enfático.

– Jaskier – a noviça, que logo percebeu do que se tratava, não a deixou esperar por muito tempo – cantando baladas embaixo do carvalho Bleobheris.

Nimue sorriu e acenou com a cabeça. Deu um passo e parou diante do quadro a seguir. Aquarela. Simbolismo. Duas silhuetas femininas num monte. Acima delas – gaivotas esvoaçando em círculos, abaixo delas, nas encostas dos montes – um séquito de sombras.

– Ciri e Triss Merigold, a visão profética em Kaer Morhen.

Sorriso, aceno, um passo, outro quadro. Um cavaleiro sobre um corcel a galope numa aleia de amieiros retorcidos que estendem os braços de seus ramos em sua direção. Condwiramurs sentiu calafrios atravessando todo seu corpo.

– Hmm... Parece Ciri cavalgando ao encontro de Geralt na fazenda do ananico Hofmeier.

Outro quadro, a óleo, escurecido. Cena de batalha.

– Geralt e Cahir defendem a ponte no Jaruga.

Depois aceleraram o passo.

– Yennefer e Ciri, seu primeiro encontro no templo de Melitele. Jaskier e a dríade Eithne na floresta de Brokilon. A companhia de Geralt durante a nevasca no passo Malheur...

– Parabéns, ótimo – Nimue interrompeu. – Extraordinário conhecimento das lendas. Agora você já conhece o segundo motivo pelo qual você, e não qualquer outra pessoa, está aqui.

•

Uma enorme pintura militar dominava a mesinha de ébano onde estavam sentadas. Mostrava, ao que parecia, a batalha de Brenna, algum momento crucial da batalha, isto é, a morte espalhafatosamente heroica de alguém. O quadro era, sem dúvida, uma obra de Nicolau Certosa. Esse fato podia ser reconhecido pela expressividade, pelo cuidado impecável nos detalhes e pelos efeitos de luz característicos do autor.

– Claro, conheço a lenda sobre o bruxo e a bruxa – Condwiramurs respondeu. – Conheço-a, não hesito em falar. Quando era pequena, amava essa história, relia-a inúmeras vezes. E sonhava em ser Yennefer. Contudo, serei sincera: mesmo que tivesse sido um amor à primeira vista, mesmo que tivesse sido ardente e tempestuoso... Não era eterno.

Nimue ergueu as sobrancelhas.

– Eu cheguei a conhecer a história – retomou Condwiramurs – em resenhas e versões para adolescentes, resumos recortados e suprimidos *ad usum delphini*. Depois, naturalmente, comecei a ler as tais versões sérias e completas, extensas até os limites da redundância que, às vezes, até ultrapassavam esses limites. Foi então que a paixão cedeu lugar a uma reflexão fria, e a paixão selvagem, a algo parecido com a obrigação conjugal. Não sei se você entende do que estou falando.

Com um aceno quase invisível da cabeça, Nimue confirmou que sabia.

– Resumindo, prefiro as lendas que estão mais arraigadas na convenção lendária, que não misturam a ficção com a realidade, não tentam integrar uma simples e sincera moral de um conto de fadas com uma verdade histórica profundamente amoral. Prefiro as lendas sem os posfácios de enciclopedistas, arqueólogos ou historiadores. Aquelas cuja convenção é livre de experiências. Prefiro que o príncipe suba até o topo da Montanha de Cristal, beije a bela adormecida que acorda para depois viverem felizes para sempre. Exatamente esse deveria ser o desfecho de uma lenda… Quem é o autor desse retrato de Ciri, *en pied*?

– Não existe nenhum retrato de Ciri – a voz da pequena feiticeira era objetiva e desprovida de emoções. – Nem aqui nem em nenhum lugar do mundo. Não sobrou nenhum retrato, nenhuma miniatura pintada por alguém que pudesse ter visto, conhecido ou, pelo menos, se lembrado de Ciri. O retrato *en pied* mostra Pavetta, a mãe de Ciri, e foi pintado pelo anão Ruiz Dorrit, o pintor real na corte dos reis de Cintra. Sabe-se que Dorrit retratou Ciri quando tinha dez anos, também *en pied*, mas o quadro, chamado *A infanta com o lebréu*, infelizmente desapareceu. Mas voltemos à lenda e à sua relação com ela. E como uma lenda deveria terminar.

– Deveria terminar bem – disse Condwiramurs com uma convicção petulante. – O bem e o justo devem triunfar, o mal, receber um castigo exemplar, e o amor, unir os amantes até a morte. E, droga, nenhum dos personagens positivos pode morrer! E a lenda de Ciri? Como termina?

– Pois é. Como?

Condwiramurs ficou calada por um momento. Não esperava uma pergunta assim, achou que se tratava de uma prova, um teste, um ardil. Permanecia calada, pois não queria ser apanhada.

"Como termina a lenda de Geralt e Ciri? Todos sabem."

Olhava para uma aquarela em tons escuros na qual se via uma balsa disforme que deslizava pela superfície de um lago enevoado. Era uma balsa propulsionada por uma mulher com uma longa vara na mão, apresentada apenas como uma negra silhueta.

"É precisamente assim que termina essa lenda. Exatamente assim."

Nimue lia seus pensamentos.

– Não há certeza disso, Condwiramurs. Não há nenhuma certeza disso.

•

– Conheci a lenda – Nimue começou a falar – por intermédio de um andarilho contador de histórias. Fui uma criança criada na roça, a quarta filha do carroceiro local. Os momentos em que o contador de histórias andarengo Pogwizd vinha à nossa vila foram os mais bonitos de toda a minha infância. Podia-se descansar do trabalho duro e ver com os olhos da alma essas maravilhas, esse mundo longínquo... Um mundo belo e maravilhoso... Mais afastado e mais maravilhoso que a feira na cidade localizada a nove milhas de distância... Tinha, então, uns seis ou sete anos. Minha irmã mais velha tinha quatorze e já estava torta de tanto ficar curvada durante o trabalho. O destino das mulheres! Lá, as meninas eram preparadas para isso desde pequenas. Acorcovar-se! Acorcovar-se sem fim, acorcovar-se e curvar-se para trabalhar, debruçar-se sobre os filhos, inclinar-se sob o peso da barriga que o homem lhe fez mal tendo se recuperado após o parto... – Foram essas histórias contadas pelo andarilho que fizeram com que eu começasse a desejar algo mais que uma corcunda e trabalheira, sonhar com algo mais que a safra, o marido e os filhos. A lenda de Ciri foi o primeiro livro que comprei com o dinheiro ganho do lucro tirado da venda das amoras colhidas com minhas próprias mãos na floresta. Era a versão suprimida, como você a havia chamado jeitosamente, para as crianças, um resumo *ad usum delphini*. Era a versão perfeita para mim. Lia mal, mas já naquela época sabia o que queria. Queria ser como Filippa Eilhart, Sheala de Tancarville ou Assire var Anahid...

Ambas olharam para o guache que mostrava uma câmara num castelo envolta num sutil *chiaroscuro*, uma mesa e mulheres sentadas ao redor dela. Eram mulheres lendárias.

– Na academia – Nimue retomou – na qual consegui ingressar só na segunda tentativa, nas aulas de história da magia ocupei-me do mito apenas sob o aspecto da Grande Loja. No início, simplesmente não tinha tempo para ler por prazer, tinha de estudar para... Conseguir acompanhar as filhas de condes e banqueiros para as quais tudo era fácil e que riam de uma moça do campo...

Emudeceu, estalou os dedos.

– Finalmente – voltou a falar – achei tempo para ler, mas então cheguei à conclusão de que as peripécias de Geralt e Ciri já me interessavam muito menos que na infância. Surgiu uma síndrome semelhante àquela que você vivenciou. Como você a chamou? Obrigação conjugal? Foi assim até o momento...

Emudeceu, esfregou o rosto. Condwiramurs notou, com espanto, que a mão da Senhora do Lago tremia.

– Tinha por volta de dezoito anos quando... Quando algo aconteceu. Algo que fez com que a lenda de Ciri se reavivasse em mim, que fez com que eu começasse a me ocupar dela séria e cientificamente. Que fez com que eu dedicasse minha vida a ela.

A noviça permaneceu em silêncio, embora por dentro estivesse fervendo de curiosidade.

– Não finja que não sabe – Nimue disse pungentemente. – Pois todos sabem que a Senhora do Lago está possuída por uma obsessão quase doentia pela lenda de Ciri. Todos fofocam como uma loucura, inicialmente inocente, se transformou em algo parecido com uma dependência narcótica ou até uma mania. Há muita verdade nessas fofocas, minha cara Condwiramurs, muita verdade! E você, já que foi escolhida por mim para ser minha assistente, também cairá nessa mania e dependência. Vou exigir isso de você. Pelo menos durante o estágio. Entende?

A noviça confirmou com um aceno da cabeça.

– Você acha que entende. – Nimue se acalmou e esfriou. – Mas eu lhe explicarei. Gradativamente. E, quando chegar a hora certa, lhe explicarei tudo. Por enquanto...

Interrompeu, olhou pela janela para o lago, para a negra linha do barco do Rei Pescador que se destacava nitidamente da dourada e luzidia superfície da água.

– Por enquanto descanse. Contemple a galeria. Nos armários e nas vitrines achará álbuns e caixas com gravuras, todas tematicamente relacionadas com a lenda. Na biblioteca há todas as versões e transformações da lenda, inclusive a maioria das pesquisas científicas acerca do assunto. Dedique um pouco de tempo a elas. Olhe, leia e concentre-se. Quero que você tenha o material necessário para sonhar. Um anzol, como você disse.

– Vou fazê-lo. Senhora Nimue?

– Pois não?

– Esses dois retratos... Esses que estão pendurados junto um do outro... Tampouco são retratos de Ciri?

– Não existe nenhum retrato de Ciri – Nimue repetiu com paciência. – Os artistas posteriores mostravam-na exclusivamente em cenas, cada um de acordo com sua própria imaginação. Quanto a esses retratos, então o da esquerda provavelmente também é uma variação livre do tema, pois mostra a elfa Lara Dorren aep Shiadhal, uma pessoa que a pintora não havia como conhecer. A artista, que você deve conhecer da lenda, era Lydia van Bredevoort. Uma das telas a óleo de sua autoria sobreviveu e encontra-se na academia.

– Eu sei. E esse outro retrato?

Nimue ficou olhando para a pintura por um longo momento, para a imagem de uma moça que usava um vestido branco com mangas verdes, esbelta, de cabelos claros, e com um olhar triste.

– Foi pintada por Robin Anderida – disse, virou e mirou Condwiramurs diretamente nos olhos. – É você, brizomante e oniromante, que vai me dizer quem é a pessoa retratada... Sonhe com o quadro e conte-me seu sonho.

•

O mestre Robin Anderida foi o primeiro a avistar o imperador que se aproximava e curvou-se diante dele. Stella Congreve, a condessa de Liddertal, levantou-se, executou uma genuflexão e, com um gesto rápido, mandou fazer o mesmo a uma moça sentada na poltrona esculpida.

– Saúdo as senhoras – Emhyr var Emreis acenou com a cabeça. – Saúdo-o, também, mestre Robin. Como vai o trabalho?

O mestre Robin tossiu, apreensivo, e curvou-se novamente, esfregando com nervosismo os dedos no jaleco. Emhyr sabia que o artista sofria de uma aguda agorafobia e era extremamente tímido. Mas ninguém se incomodava com isso. O importante era como pintava.

O imperador, como sempre durante as viagens, usava o uniforme de oficial da brigada da guarda "Impera" – uma armadura negra e uma capa com o bordado de uma salamandra. Aproximou-se, olhou para o retrato. Primeiro para o retrato, e só depois para a modelo – uma moça esbelta de cabelos claros e olhar triste que usava um vestido branco com mangas verdes e um pequeno decote adornado com um colar de peridotos.

– Maravilhoso – disse ao vácuo, de propósito, para que ninguém soubesse o que elogiava. – Maravilhoso, mestre. Continue, por favor, não se incomode com minha pessoa. Permite-me um momento, condessa?

Afastou-se para a janela, obrigando-a que o seguisse.

– Vou viajar – disse em voz baixa. – Assuntos de Estado. Agradeço pela hospitalidade. E por ela. Pela princesa. Realmente, muito bem-feito, Stella. Realmente merecem um elogio. Tanto você como ela.

Stella Congreve executou uma profunda e elegante genuflexão.

– Sua Majestade Imperial é demasiado bom para nós.

– Não elogie o dia antes do pôr do sol.

– Eh... – ligeiramente apertou os lábios. – Então é assim?

– É assim.

– O que será dela, Emhyr?

– Não sei – respondeu. – Daqui a dez dias reiniciarei a ofensiva no Norte. E, pelo visto, será uma guerra difícil, muito difícil. Vattier de Rideaux persegue as conjurações e conspirações contra mim. A razão do Estado pode me forçar a fazer variadas, variadíssimas coisas.

– Esta criança não tem culpa de nada.

– Eu disse: a razão do Estado. A razão do Estado não tem nada a ver com a justiça. De qualquer forma...

Acenou com a mão.

– Gostaria de falar com ela. A sós. Aproxime-se, princesa. Ande, ande, com ânimo. O imperador ordena.

A moça executou uma acentuada genuflexão. Emhyr fitava-a, relembrando aquela importante audiência em Loc Grim. Estava cheio de apreço, até admiração, perante Stella Congreve que, num período de seis meses que se passaram desde então, conseguiu transformar esse patinho feio numa pequena aristocrata.

– Deixem-nos a sós – ordenou. – Faça uma pausa, mestre Robin, para, por exemplo, lavar os pincéis. E a senhora, condessa, espere, por favor, na antecâmara. E você, princesa, venha comigo até o terraço.

A neve úmida que caiu à noite derreteu-se nos primeiros raios do sol matinal, mas os telhados das torres e dos pináculos do castelo Darn Rowan ainda estavam molhados e reluziam de tal forma que pareciam fulgurar.

Emhyr aproximou-se do balaústre do terraço. A moça – de acordo com a etiqueta – permanecia um passo atrás dele. Com um gesto impaciente, forçou-a a aproximar-se mais.

O imperador permaneceu calado por um longo momento, apoiado com as duas mãos no balaústre, com o olhar fixado nos montes cobertos de teixos sempre verdes que nitidamente se destacavam do branco calcário das falhas geológicas rochosas. Resplandecia o rio, como se fosse uma fita de prata fundida serpenteando pelo fundo do vale.

Sentia-se a primavera no ar.

– Deveria vir aqui com mais frequência – Emhyr falou. A moça permanecia calada.

– Deveria vir aqui com mais frequência – repetiu e virou-se. – É um belo lugar que emana paz. Com umas belas redondezas... Você concorda comigo?

– Sim, Sua Majestade Imperial.

– Sente-se a primavera no ar. Estou certo?

– Sim, Sua Majestade Imperial.

Um canto interrompido pelo ranger, estridor e tinir de ferraduras vinha lá de baixo, do pátio. A escolta foi avisada de que o imperador havia ordenado a saída e, às pressas, preparava-se para seguir o caminho. Emhyr lembrava que entre os guardas havia um que cantava. Com frequência. E independentemente das circunstâncias.

Pousa em mim gentilmente
Teus olhos azuis

Mimoseia-me compassivamente
Com teus encantos pelos quais me possuis
Lembra-te de mim piedosamente
E nestas horas tardias
Não negues misericordiosamente
Nossa intensa sintonia

– Uma bela balada – disse, pensativo, tocando com os dedos no colar imperial.

– Bela, Sua Majestade Imperial.

"Vattier assegura-me de que já está seguindo o rastro de Vilgefortz. E de que achá-lo é questão de dias, no máximo semanas. As cabeças dos traidores cairão e a verdadeira Cirilla, a rainha de Cintra, será trazida para Nilfgaard. Mas, antes que a verdadeira Ciri chegue à Nilfgaard, será necessário fazer algo com a sósia."

– Levante a cabeça.

Obedeceu.

– Você tem algum desejo? – de repente, perguntou ferozmente. – Queixas? Pedidos?

– Não, Sua Majestade Imperial. Não tenho.

– De verdade? Interessante. Pois não posso lhe ordenar que tenha. Levante a cabeça, como cabe a uma princesa. Stella deve ter-lhe ensinado boas maneiras, não é?

– Sim, Sua Majestade Imperial.

"Realmente, foi muito bem treinada", pensou. "Primeiro, por Rience. Depois, por Stella. Ensinaram-lhe muito bem o papel e as falas, ameaçando-a, certamente, de pagar por um erro com torturas e morte. Avisaram que teria de atuar diante de um severo auditório que não perdoa erros. Diante do terrível Emhyr var Emreis, o imperador de Nilfgaard."

– Como se chama? – perguntou rispidamente.

– Cirilla Fiona Elen Riannon.

– O verdadeiro nome.

– Cirilla Fiona...

– Não abuse da minha paciência. Nome!

– Cirilla... – a voz da moça quebrou-se como um graveto. – Fiona...

– Chega, pelo Sol Grandioso – disse pelos dentes cerrados. – Chega!

A moça fungou o nariz com força. Contra a etiqueta. Seus lábios tremiam, mas a etiqueta não proibia isso.

– Acalme-se – ordenou, mas em voz baixa e quase serena. – O que você teme? Tem vergonha de seu próprio nome? Tem medo de confessá-lo? Tem relação com algo desagradável? Pergunto só porque gostaria de me dirigir a você com seu próprio nome. Mas primeiro preciso saber qual é.

– É um nome qualquer – respondeu, e, de repente, seus enormes olhos fulguraram como esmeraldas iluminadas com fogo. – É um nome qualquer, Sua Majestade Imperial. Um nome adequado para uma pessoa que é um ninguém. Enquanto sou Cirilla Fiona, sou alguém... Enquanto...

A voz ficou presa na garganta de forma tão brusca que, inconscientemente, segurou o pescoço com as mãos, como se aquilo que tivesse nele não fosse um colar, mas um garrote asfixiante. Emhyr ainda a fitava, cheio de admiração perante Stella Congreve. Simultaneamente, sentia raiva. Uma raiva irracional. E por isso tão vil.

"O que é que eu quero desta criança?", pensou, sentindo a raiva crescer, ferver, intumescer com espuma feito sopa num caldeirão. "O que é que eu quero de uma criança que..."

– Saiba que não tive nada a ver com seu sequestro, moça – disse rispidamente. – Não tive nada a ver com seu sequestro. Não dei as ordens. Fui enganado...

Estava com raiva de si próprio, consciente do fato de estar cometendo um erro. Deveria ter encerrado essa conversa há muito tempo, encerrá-la em tom de soberba, autoridade, ameaça, do jeito imperial. Era necessário esquecer essa menina e seus olhos verdes. Essa menina não existia. Era uma sósia. Uma imitação. Não tinha nem um nome. Era ninguém. E o imperador não fala com uma pessoa que seja um ninguém. O imperador não admite erros diante de alguém que é um ninguém. "O imperador não pede perdão, não se humilha diante de alguém que..."

– Perdoe-me – disse, e suas palavras lhe eram estranhas, grudavam, de forma irritante, em seus lábios. – Cometi um erro. Sim, sou culpado por aquilo que aconteceu com você. A culpa é minha. Mas lhe dou minha palavra de que você não corre nenhum risco. Não lhe acontecerá nenhum mal. Nenhuma maldade, nenhuma humilhação, nenhuma desgraça. Não precisa ter medo.

– Não estou com medo. – Ergueu a cabeça e, contra a etiqueta, mirou em seus olhos. Emhyr estremeceu, atingido pela sinceridade e confiança de seu olhar. Imediatamente, endireitou-se, imperial e soberbo de tal forma que dava nojo.

– Pode me pedir o que quiser.

Novamente olhou para ele. De forma involuntária, ele lembrou-se de todas as inúmeras ocasiões quando exatamente dessa maneira comprava a tranquilidade de sua consciência pela maldade cometida contra alguém. Alegrando-se cruelmente, no fundo da alma, por pagar tão pouco.

– Peça-me o que quiser – repetiu, mas pelo fato de já estar cansado sua voz, repentinamente, tornou-se mais humana. – Cumprirei qualquer desejo seu.

"Que ela não me olhe", pensou. "Não aguentarei seu olhar.

Aparentemente, as pessoas têm medo de olhar para mim. E do que é que eu tenho medo?

Pouco me importo com Vattier de Rideaux e sua razão de Estado. Se ela pedir, mandarei levá-la para casa, para o lugar do qual a sequestraram. Mandarei levá-la até lá numa carruagem dourada arreada de seis cavalos. Basta que peça."

– Peça-me o que quiser – repetiu.

– Agradeço a Sua Majestade Imperial – disse a moça, abaixando os olhos. – Sua Majestade Imperial é muito nobre e generoso. Se posso fazer um pedido...

– Diga.

– Gostaria de poder ficar aqui. Aqui, em Darn Rowan. Com a senhora Stella.

Não estava surpreso. Pressentia algo assim.

O tato impediu-o de fazer perguntas que seriam humilhantes aos dois.

– Dei minha palavra – disse friamente. – Então que seja cumprida sua vontade.

– Agradeço a Sua Majestade Imperial.

– Dei minha palavra – repetiu, tentando desviar de seu olhar – e vou cumpri-la. Contudo, penso que você fez a escolha errada. Você proferiu o desejo errado. Se mudar de ideia...

– Não mudarei – disse, quando ficou claro que o imperador não terminaria a frase. – Para que iria mudar de ideia? Escolhi a senhora Stella, escolhi coisas que tive poucas oportunidades de experimentar em minha vida... Casa, aconchego, bondade... Coração. Não se pode errar escolhendo algo assim.

"Coitada, ingênua criatura", pensou Emhyr var Emreis, Deithwen Addan yn Carn aep Morvudd, a Chama Branca Dançante sobre Mamoas dos Inimigos. "Ao escolher algo assim é que se cometem os piores erros."

Mas algo – talvez uma antiga e apagada recordação – fez com que o imperador não o proferisse em voz alta.

•

– Interessante – disse Nimue após ouvir o relato. – Realmente um sonho interessante. Houve mais algum?

– Poxa! – Condwiramurs, com um golpe rápido e seguro da faca cortou a ponta do ovo. – Ainda estou tonta depois dessa revista! Mas isso é normal. A primeira noite num novo lugar sempre resulta em sonhos loucos. Sabe, Nimue, falam que nós, brizomantes, temos um talento que não se resume a sonhar. Com exceção das visões obtidas em transe ou sob hipnose, nossos sonhos não diferem dos de outras pessoas, nem sequer quanto à intensidade, riqueza ou carga precognitiva. O que faz com que nos destaquemos dos outros e o que torna nosso talento extraordinário é algo completamente diferente. Nós nos lembramos dos sonhos. Raramente nos esquecemos daquilo com que sonhamos.

– É porque suas glândulas endócrinas funcionam de forma atípica, própria somente para vocês – interrompeu a Senhora do Lago. – Seus sonhos são, falando de modo um tanto trivial, nada mais que endorfinas secretadas para o corpo. Do mesmo jeito que a maioria dos brutos talentos mágicos, também o seu é prosaicamente orgânico. Mas por que estou falando sobre algo que você própria sabe muito bem? Fale-me, então, de que outros sonhos você ainda se lembra.

– Um rapaz – Condwiramurs franziu as sobrancelhas – andando no meio de campos vazios com uma trouxa no ombro. Os campos estão vazios, primaveris. Salgueiros... Ao longo das estradas e nos limiares dos campos. Salgueiros, tortos, ocos por dentro, assanhados... Nus, ainda sem folhas. O rapaz está andando, olha para os lados. A noite cai. As estrelas aparecem no céu noturno. Uma delas está em movimento. É um cometa. Uma cintilante faísca rubejante que corta transversalmente a esfera celeste...

– Parabéns! – Nimue sorriu. – Embora não tenha a mínima ideia com quem você sonhou, é possível determinar com precisão a data desse ocorrido. O cometa vermelho era visível por seis dias na primavera do ano em que se consolidou a paz de Cintra. Para ser mais exata, nos primeiros dias de março. Nos outros sonhos também surgiram alguns elementos que pudessem ajudar em determinar a data?

– Meus sonhos – Condwiramurs bufou ao salgar o ovo – não são um calendário agrícola! Não têm placas com datas! Mas, para ser exata, sonhei com a batalha de Brenna, provavelmente depois de ter olhado tanto para a tela de Nicolau Certosa em sua galeria. E a data da batalha de Brenna também é conhecida. Aconteceu no mesmo ano que a passagem do cometa. Estou enganada?

– Não está. Havia algo peculiar nesse sonho sobre a batalha?

– Não. Um redemoinho de cavalos, pessoas e armas. As pessoas lutavam e gritavam. Alguém, certamente anormal, uivava: "Águias! Águias!"

– O que mais? Você falou que houve uma revista inteira de sonhos.

– Não me lembro... – Condwiramurs cortou.

Nimue sorriu.

– Tudo bem. – A noviça empinou o nariz com ousadia para não deixar que a Senhora do Lago fizesse um comentário malicioso. – Realmente, às vezes, me esqueço. Ninguém é perfeito. Mas, repito, meus sonhos são visões e não fichas de biblioteca...

– Sei disso – Nimue interrompeu. – Não se trata de um exame de suas capacidades oniromânticas, é a análise de uma lenda, seus mistérios e lacunas. Estamos indo relativamente bem, já nos primeiros sonhos conseguiu decifrar a moça do retrato, a tal da sósia de Ciri, com a qual Vilgefortz tentou enganar o imperador Emhyr...

Interromperam, pois o Rei Pescador entrou na cozinha. Curvou-se, grunhiu e logo em seguida tirou o pão integral e um embrulho de linho da copeira. Antes de sair não deixou de curvar-se e grunhir.

– Está mancando bastante – Nimue falou com uma aparente despreocupação. – Estava gravemente ferido. Um javali estraçalhou sua coxa durante uma caçada. Por isso passa tanto tempo no barco. Quando rema e pesca, a ferida não o incomoda. No barco, esquece-se de seu aleijamento. É um homem muito bom e muito decente. E eu...

Condwiramurs gentilmente permaneceu em silêncio.

– Preciso de um homem – a pequena feiticeira falou objetivamente.

"Eu também", a noviça pensou. "Droga, logo que voltar para a academia, deixarei que alguém me possua. O celibato é bom, mas não mais que por um semestre."

Nimue pigarreou.

– Se você já terminou a refeição e parou de sonhar, então passemos à biblioteca.

•

– Voltemos ao seu sonho.

Nimue abriu a pasta, revirou algumas aquarelas feitas em sépia, tirou uma. Condwiramurs logo reconheceu.

– Audiência em Loc Grim?

– Claro. A sósia está sendo apresentada na corte imperial. Emhyr finge que deixa se enganar, está fazendo jogo de cena. Olhe, eis os embaixadores dos países dos reinados do norte para quem esta encenação está sendo montada. Aqui, porém, vemos os duques nilfgaardianos que sofreram um desacato: o imperador rejeitou suas filhas e menosprezou as ofertas de aliança. Famintos de vingança, sussurram nos ouvidos uns dos outros, tramam um complô e assassinato. A sósia está em pé com a cabeça abaixada.

Inclusive, o pintor adornou-a com um lenço que cobre suas feições para sublinhar o ar de mistério. E não sabemos mais nada – a feiticeira retomou após um momento – sobre a falsa Ciri. Nenhuma das versões da lenda fala o que posteriormente aconteceu com ela.

– No entanto, deve-se presumir – Condwiramurs disse em tom triste – que o destino da menina não foi feliz. Quando Emhyr conseguiu a original, e nós sabemos que conseguiu, se desfez da falsa Ciri. Não senti nada trágico em meu sonho, embora devesse sentir algo se... Por outro lado, o que vejo nos sonhos não precisa ser a verdade real. Como qualquer pessoa, sonho com fantasias, desejos, saudades... E anseios.

– Eu sei.

•

Conversaram até a hora do almoço, revendo pastas e fascículos de gravuras. O Rei Pescador, ao que parecia, foi bem-sucedido na pesca, pois havia salmão grelhado no almoço. E no jantar também.

Condwiramurs dormiu mal à noite. Comeu demasiado.

Não sonhou com nada. Estava um pouco deprimida e envergonhada por causa disso, mas Nimue nem sequer ficou preocupada. "Temos tempo", disse. "Temos muitas noites à nossa frente."

•

A torre de Inis Vitre tinha alguns banheiros verdadeiramente luxuosos, claros em virtude do mármore e lustrosos por causa do latão, aquecidos por meio do sistema de hipocausto localizado em algum lugar do subsolo. Condwiramurs não ficava acanhada ocupando a banheira por horas sem fim. Mesmo assim, de tempos em tempos, encontrava-se com Nimue no caldário, um pequeno pavilhão de madeira com um deque que adentrava o lago. Molhadas, arfando com o vapor que subia das pedras regadas com a água, sentavam-se ambas em banquinhos, fustigando-se, espontaneamente, com ramos de bétula, e o suor salgado pingava em seus olhos.

– Se entendi bem – Condwiramurs enxugou o rosto –, meu estágio em Inis Vitre baseia-se em esclarecer todas as lacunas da lenda sobre o bruxo e a bruxa?

– Entendeu bem.

– Durante o dia, por meio de gravuras e conversas, devo carregar-me de material indispensável para, à noite, sonhar com a verdadeira, desconhecida versão de determinado ocorrido?

Dessa vez Nimue achou desnecessário confirmar. Fustigou-se apenas algumas vezes com o ramo de bétula, levantou-se e jogou água sobre as pedras cálidas. O vapor quente subiu, por um momento privando-as de alento.

Nimue derramou o resto da água do recipiente sobre si própria. Condwiramurs ficou admirando seu corpo. Embora de baixa estatura, a feiticeira tinha um corpo constituído harmoniosamente. Uma moça de vinte anos de idade poderia facilmente invejar sua forma e a firmeza de sua pele. Não era preciso procurar longe, pois Condwiramurs tinha vinte e quatro. E a invejava.

– E mesmo que eu sonhe com algo – retomou a conversa, novamente enxugando o rosto suado – como teremos a certeza de que sonhei com a verdadeira versão? Realmente, não sei...

– Falaremos sobre isso daqui a pouco – Nimue cortou. – Lá fora. Já estou farta de ficar aqui dentro deste caloraço. Vamos nos arrefecer. E depois conversaremos.

Isso também fazia parte do ritual. Saíram correndo do caldário, batendo os pés nus contra as tábuas do deque. Saltaram para dentro do lago, soltando, em seguida, gritos selvagens. Depois de banhar-se por um tempo, saíram para o deque e escorreram o cabelo.

O Rei Pescador estava em seu barco. Alarmado com os gritos e o chapinhar da água, virou-se e olhou, cobrindo os olhos com a mão. Logo em seguida, virou-se de volta para se ocupar de seus acessórios de pesca. Condwiramurs considerava esse tipo de comportamento ofensivo e repreensível. Sua opinião sobre o Rei Pescador havia mudado muito, pois notou que lia nas horas em que não pescava. Inclusive, ia ao sanitário acompanhado de um livro, nem mais nem menos que o próprio *Speculum aureum*, uma obra séria e difícil. Então, se mesmo durante os primeiros dias de sua estadia em Inis Vitre Condwiramurs desconfiava um pouco de Nimue, já havia deixado de fazê-lo. Era claro que o Rei Pescador era um homem rude e rabugento apenas por aparência. Ou, pelo menos, por um mimetismo cauteloso.

Mesmo assim, Condwiramurs pensou, era uma ofensa e afronta imperdoável virar-se para as varas e iscas quando desfilavam no deque duas mulheres nuas de corpos dignos de ninfas, de quem não se deveria conseguir tirar os olhos.

– Se eu sonhar com algo – voltou ao assunto, esfregando a toalha nos seios –, qual será a garantia de que sonharei com a verdadeira versão? Conheço todas as versões literárias da lenda, desde o *Meio século de poesia* de Jaskier até a *Senhora do Lago* de Andre Ravix. Conheço o venerável Jarre, conheço todas as escritas acadêmicas, sem mencionar as edições populares. Essas leituras todas deixaram um rastro, marcaram-me, não consigo tirá-las de meus sonhos. É possível passar pela ficção e sonhar com a verdade?

– É, sim.

– Então, quais são as chances?

– Igual às chances – Nimue, com um movimento da cabeça, apontou para um barco sobre o lago – que o Rei Pescador tem. Você própria pode vê-lo jogando seus anzóis, continuamente. Engancha-os em plantas, raízes, tocos afundados, troncos, sapatos velhos, afogados e só o diabo sabe o que mais.

– Então desejo uma pesca bem-sucedida – Condwiramurs suspirou enquanto se vestia. – Joguemos o anzol e pesquemos. Procuremos as verdadeiras versões da lenda, arranquemos o revestimento e o forro, batamos no cofre para procurar o fundo falso. E o que acontecerá se ele não existir? Com todo o respeito, Nimue, mas não somos as primeiras a pescar aqui. Quais são as chances de um detalhe ou qualquer pormenor ter escapado à atenção de bandos de pesquisadores que pescaram antes de nós? Ou chances de nos terem deixado pelo menos um peixe?

– Deixaram – Nimue constatou, convencida, penteando o cabelo molhado. – Rebocaram com confabulações e palavras bonitas aquilo que eles próprios não sabiam. Ou encobriram com o silêncio.

– Por exemplo?

– Para não procurar muito longe, a estadia invernal do bruxo em Toussaint. Todas as versões da lenda resumem esse episódio em uma frase: "Os heróis passaram o inverno em Toussaint." Até Jaskier, que dedicou dois capítulos a suas aventuras nesse principado, é surpreendentemente enigmático quanto ao bruxo. Será que não valeria a pena saber o que aconteceu naquele inverno, depois da fuga de Belhaven e do encontro com o elfo Avallac'h no complexo subterrâneo Tir ná Béa Arainne? Após a escaramuça em Caed Myrkvid e a aventura com os druidas? O que fazia o bruxo em Toussaint entre outubro e janeiro?

– O que fazia? Invernava! – a noviça bufou. – Não podia atravessar o passo antes do degelo, então ficou invernando e entediando-se. Não é de estranhar que os autores posteriores resumiam esse fragmento chato a uma lacônica constatação: "Passou o inverno." Mas, se for necessário, tentarei sonhar com algo. Temos algumas pinturas ou desenhos?

Nimue sorriu.

– Temos até um desenho sobre outro desenho.

•

O afresco rupestre apresentava uma cena de caça. Umas magras figurinhas humanas, munidas de arcos e lanças, desenhadas com movimentos pouco cuidadosos de um pincel, corriam aos pulos selvagens, atrás de um enorme bisão roxo. O flanco do bisão era listrado à semelhança de um tigre e sobre seus chifres retorcidos em forma de lira pairava algo que parecia uma libélula.

– Esta é – Regis acenou com a cabeça – a tal obra. Pintada pelo elfo Avallac'h. Um elfo que era muito sábio.

– Sim – Geralt confirmou secamente. – É exatamente aquela pintura.

– Mas o problema é que nas cavernas, que penetramos de forma tão detalhada, não há nenhum vestígio, nem de elfos nem sequer de outras criaturas por você mencionadas.

– Estavam aqui. Esconderam-se agora, ou mudaram-se para outro lugar.

– É um fato inegável. Não se esqueça de que lhe concederam audiência só por causa da intercessão da flamínica. Pelo visto, chegaram à conclusão de que uma audiência era suficiente. Depois de a flamínica categoricamente se recusar a cooperar, realmente não sei o que você ainda pode fazer. Estamos vagando por essas cavernas o dia inteiro. Não consigo me livrar da sensação que isso não tem o menor sentido.

– Eu também – o bruxo falou com amargura – não consigo me livrar da mesma sensação. Nunca entenderei os elfos. Mas, pelo menos, sei por que a maioria dos humanos não gosta deles. Já que é difícil não ter a sensação de que eles debocham de nós. Em tudo o que fazem, dizem, pensam, os elfos debocham de nós, zombam. Escarnecem.

– O antropomorfismo está falando por você.

– Talvez um pouco. Mas a sensação fica.

– O que vamos fazer?

– Voltaremos a Caed Myrkvid, a Cahir, cuja cabeça escalpada provavelmente já foi tratada pelos druidas. Depois, montaremos os cavalos e aproveitaremos o convite da duquesa Anna Henrietta. Não faça caras, vampiro. Milva está com as costelas quebradas; Cahir, com a cabeça machucada. Um pouco de descanso em Toussaint fará bem aos dois. Precisamos, também, salvar Jaskier do rolo em que se meteu, pois parece que se enrolou bem.

– Fazer o quê – Regis suspirou. – Que seja assim, então. Precisarei ficar longe dos espelhos e dos cães, ter cuidado com feiticeiros e telepatas... E, mesmo que descubram quem eu sou, conto com você.

– Pode deixar – Geralt respondeu com seriedade. – Não o deixarei na mão, companheiro.

O vampiro abriu um largo sorriso deixando todos os caninos à mostra, mas só porque estavam a sós.

– Companheiro?

– O antropomorfismo está falando por mim. Ande, precisamos sair destas cavernas, companheiro. Aqui você pode achar apenas o reumatismo.

– Apenas. Só se... Geralt? Tir ná Béa Arainne, a necrópole élfica, de acordo com aquilo que você viu, fica atrás da pintura rupestre, exatamente atrás dessa parede... Poderíamos entrar lá se... Sabe. Se a gente a derrubasse. Você não cogitou isso?

– Não. Não cogitei.

•

O Rei Pescador teve sorte outra vez, por isso comeram trutas defumadas no jantar. Os peixes estavam tão saborosos que os estudos foram por água abaixo. Mais uma vez, Condwiramurs exagerou na hora de comer.

•

Condwiramurs soltou um arroto com cheiro de truta defumada. "Está na hora de dormir", pensou, dando-se conta, pela segunda vez, de que havia virado a página do livro maquinalmente, sem registrar o conteúdo. "Está na hora de dormir."

Bocejou, pôs o livro de lado. Espalhou os travesseiros, trocando sua posição de leitura para descanso. Desligou a lamparina com um feitiço. Num instante, a câmara foi tomada por uma impenetrável escuridão, densa que nem melaço. As pesadas cortinas de veludo estavam hermeticamente fechadas – a noviça aprendera já há muito tempo que se sonhava melhor na completa escuridão. "O que escolher", pensou, espreguiçando-se e remexendo-se nos lençóis. "Jogar-me num devaneio onírico ou tentar ancorar-me?"

Contra as declarações presunçosas, as brizomantes não se lembravam nem sequer da metade de seus sonhos proféticos, a maior parte deles permanecia em sua memória como caóticas imagens que mudavam de cor e forma feito caleidoscópio, um brinquedo infantil de espelhos e vidros. Menos mal se as imagens eram desprovidas de qualquer ordem ou qualquer significado aparente. Nesse caso, podia-se tranquilamente passar por alto e seguir a ordem do dia. Simplesmente deste jeito: "Não me lembro, isto é, não vale a pena lembrar." Na gíria das brizomantes, esse tipo de sonho era chamado de "sucata".

No entanto, os "fantasmas" – sonhos dos quais as brizomantes se lembravam apenas de forma fragmentada, só de pedaços de significados – constituíam um assunto pior e um pouco vergonhoso. Eram sonhos depois dos quais, de manhã, ficava apenas um sentimento pouco claro de um sinal captado. Se o "fantasma" se repetisse várias vezes, podia-se ter a certeza de que se tratava de um sonho de um grande valor onírico. Nesse caso, a brizomante tentava, pela concentração e autossugestão, forçar-se a sonhar outra vez, agora detalhadamente, um "fantasma" concreto. Os melhores resultados podiam ser alcançados por meio do método de se forçar a sonhar de novo logo depois de acordar – a técnica era conhecida como "enganchamento". Se não conseguisse "enganchar" o sonho, restava tomar a atitude de incitar a visão onírica durante uma das sessões seguintes, mediante o exercício de concentração e meditação, executado antes de adormecer. Esse tipo de programação de sonhos chamava-se "ancoragem".

Após doze noites passadas na ilha, Condwiramurs já tinha três listas, três conjuntos de sonhos. Havia uma lista de sucessos dignos de orgulho – uma lista de "fantasmas" que a brizomante "enganchou" ou "ancorou" com êxito. Entre eles havia sonhos sobre a rebelião na ilha de Thanedd e a viagem do bruxo e de sua companhia pelas nevascas no passo Malheur, por aguaceiros primaveris e estradas barrentas no vale Sudduth. Havia também uma lista de fracassos – sonhos cujo significado continuava encoberto, apesar dos esforços feitos. No entanto, a noviça escondia esse fato de Nimue. E havia, enfim, uma lista de trabalho – a lista de sonhos que esperavam sua vez.

Havia um sonho estranho, mas muito agradável, que voltava em fragmentos e sequências, em sons inalcançáveis e num toque de veludo.

Um sonho prazeroso e doce.

"Muito bem", Condwiramurs pensou, fechando os olhos. "Que seja."

•

– Acho que sei o que o bruxo fazia enquanto invernava em Toussaint.

– É mesmo? – Nimue olhou por cima dos óculos e do grimório revestido em couro que folheava. – Então você conseguiu sonhar com algo?

– Consegui! – Condwiramurs disse, gabando-se. – Sonhei! Sonhei com Geralt e uma mulher de negros cabelos curtos e olhos verdes. Não sei quem podia ser. Talvez aquela duquesa sobre a qual Jaskier escreveu em suas memórias?

– Você deve ter prestado pouca atenção enquanto lia – a feiticeira acalmou-a um pouco. – Jaskier descreve a duquesa Anarietta detalhadamente, e outras fontes confirmam que, cito: seus cabelos eram castanhos, brilhosos, feito uma auréola adornada de ouro.

– Então não era ela – a noviça concordou. – Essa mulher tinha cabelo negro. Como carvão. E o sonho foi... Hmmm... Interessante.

– Sou toda ouvidos.

– Conversavam. Mas não era uma simples conversa.

– O que havia de extraordinário nela?

– Durante a maior parte do tempo ela apoiava as pernas em seus ombros.

•

– Diga-me, Geralt, você acredita em amor à primeira vista?

– E você acredita?

– Acredito.

– Agora já sei o que nos uniu. Os opostos se atraem.

– Não seja cínico.

– Por quê? Dizem que o cinismo é um sinal de inteligência.

– Não é verdade. O cinismo, com todo seu ar de pseudointeligência, é extremamente falso. Eu detesto qualquer tipo de falsidade. E já que tocamos no assunto... Diga-me, bruxo, o que você mais ama em mim?

– Isto.

– Está passando de cínico a trivial e banal. Tente outra vez.

– O que mais amo em você é sua razão, inteligência e seu espírito profundo. Sua independência e liberdade, sua...

– Não entendo de onde vem tanto sarcasmo em você.

– Não era sarcasmo, era para ser uma piada.

– Detesto esse tipo de piadas. Especialmente quando são contadas na hora errada. Tudo, meu caro, tem seu tempo e há uma hora determinada para todos os assuntos neste mundo. Existe o tempo de se calar e o de falar, o tempo de chorar e o de sorrir, o tempo de fornicar – perdão –, o de plantar e o de colher, o tempo de rir e o tempo de manter a seriedade...

– E o tempo de carícias, e o tempo de se abster delas?

– Não leve isso tão a sério, hein! Digamos que agora é a hora de elogios. Amar sem fazer elogios é, para mim, apenas um ato fisiológico e a fisiologia é insípida. Elogie-me!

– Ninguém, desde o Jaruga até o Buina, tem uma bunda tão bela quanto a sua.

– Poxa, agora, para variar, você me comparou a alguns bárbaros rios do Norte. Sem mencionar a qualidade da metáfora, você não poderia ter dito: desde o Alba até o Velda? Ou: desde o Alba até Sansretour?

– Nunca consegui chegar às margens do Alba. Procuro evitar julgamentos que não se baseiam em uma experiência real.

– É mesmo, hein? Já que estamos falando de bundas, então suponho que você deve ter visto, e tido, uma ampla experiência no assunto, para poder julgar. E aí, Cabelos-Brancos? Quantas mulheres você teve antes de mim? Hein? Eu lhe fiz uma pergunta, bruxo! Não, não, me deixe, tire as mãos, desse jeito você não vai fugir da resposta. Quantas mulheres você teve antes de mim?

– Nenhuma. Você é a primeira.

– Finalmente!

•

Nimue contemplava, há um longo momento, uma pintura que mostrava, num sutil *chiaroscuro*, dez mulheres sentadas em volta de uma mesa redonda.

– Que pena – finalmente falou – que não sabemos como elas eram de verdade.

– As grandes mestras? – Condwiramurs bufou. – Há muitos retratos delas! Só em Aretusa...

– Eu falei *de verdade* – Nimue interrompeu. – Não estava falando sobre representações embelezadas, pintadas à base de outras representações embelezadas. Não se esqueça do fato de que houve um tempo em que se destruíam os retratos de feiticeiras. Inclusive, as próprias feiticeiras. E depois houve um tempo de propaganda quando as mestras tinham de despertar respeito, admiração e um pio temor. É dessa época que datam todas as Reuniões da Loja, Conjurações e Conventos, telas e gravuras que apresentam uma mesa com dez maravilhosas, excepcionalmente belas mulheres em sua volta. Mas não há retratos verdadeiros, autênticos. Salvo duas exceções. Há um retrato autêntico de Margarita Laux-Antille em Aretusa, na ilha de Thanedd, que se salvou milagrosamente de um incêndio. E existe também um retrato autêntico de Sheala de Tancarville, no Ensenada, em Lan Exeter.

– E o retrato de Francesca Findabair, pintado por elfos, na Pinacoteca de Vengerberg?

– É uma falsificação. Quando abriram a porta e os elfos começaram a ir embora, levavam consigo ou destruíam todas as obras de arte, não deixaram nenhuma pintura. Não sabemos se a Margarida dos Vales era realmente tão bela como diz a lenda. Não sabemos nada a respeito da beleza de Ida Emean. E, já que em Nilfgaard os retratos das feiticeiras eram destruídos com muito empenho e minúcia, não temos a menor ideia sobre a verdadeira aparência de Assire var Anahid ou Fringilla Vigo.

– No entanto, suponhamos e aceitemos que – Condwiramurs suspirou – a aparência de todas elas correspondia à forma como posteriormente foram retratadas. Dignas, altivas, bondosas e sábias, prudentes, justas e nobres. E belas, extremamente belas... Concordemos com isso. Assim, será mais fácil viver.

•

As atividades quotidianas em Inis Vitre adquiriram características de uma rotina um tanto monótona. A análise dos sonhos de Condwiramurs, que começava logo após o café da manhã, normalmente se estendia até o meio-dia. A noviça passava o tempo entre o meio-dia e o almoço fazendo passeios, que logo também se tornaram rotineiros e monótonos. Não era de estranhar, já que na ilha, durante uma hora, podiam-se dar duas voltas e contemplar coisas tão interessantes como granito, pinheiro anão, cascalho, mexilhões, água e gaivotas.

Depois do almoço, após uma longa sesta, começavam a conversar, folhear os livros, pergaminhos e manuscritos, contemplar quadros, gravuras e mapas. E seguiam noite adentro com longas disputas sobre as ligações entre a lenda e a verdade...

Depois, havia noites e sonhos. Uma variedade de sonhos. O celibato surgia à tona. Em vez de sonhar com os mistérios da lenda do bruxo, Condwiramurs sonhava com o Rei Pescador em diversas situações, desde extremamente não eróticas, até extremamente eróticas. Num sonho extremamente não erótico, o Rei Pescador arrastava-a atrelada a uma linha atrás do barco. Remava devagar, preguiçosamente, e ela submergia nas águas do lago, afogava e asfixiava-se, e sobretudo sentia um terrível temor – como se algo horrível se desprendesse do fundo do lago e se dirigisse até a superfície com o intuito de engolir a isca arrastada atrás do barco, que era ela. Essa criatura já estava prestes a apanhá-la, mas aí o Rei Pescador começava a forçar mais os remos, tirando-a do alcance das mandíbulas de um predador invisível. Arrastada, engasgava-se com a água e acordava.

No sonho indubitavelmente erótico estava ajoelhada no fundo de um barco agitado pela água, arqueada sobre o bordo, enquanto o Rei Pescador a segurava pela nuca carcando-a com entusiasmo, grunhindo, pigarreando e cuspindo. Além do prazer físico, Condwiramurs sentia um pavor de retorcer as entranhas – o que acontecerá se Nimue os pegar? Repentinamente, nas águas do lago via uma imagem feroz e oscilante da pequena feiticeira... e acordava encharcada de suor.

Levantava-se, então, abria a janela, inspirava fundo o ar noturno, sentia na pele o luar e a bruma que vinha do lago.

E continuava sonhando.

•

A Torre Inis Vitre tinha um terraço apoiado em colunas, suspenso sobre o lago. Inicialmente, Condwiramurs não prestava atenção a esse fato, mas depois começou a refletir acerca dele. O terraço era estranho, pois absolutamente inacessível. Não havia acesso a ele a partir de nenhum dos aposentos na torre de cuja existência sabia.

Mas Condwiramurs não fazia perguntas, consciente do fato de que nas sedes de feiticeiras não podia faltar esse tipo de anomalias secretas, mesmo quando passeava à beira do lago e via Nimue lá, observando-a desse terraço. Inacessível, ao que parecia, só para as pessoas não autorizadas e para os profanos.

Um pouco aborrecida por ser considerada profana, obstinou-se, fingindo que não havia acontecido nada. Contudo, isso não durou muito tempo, pois logo o mistério foi desvendado.

Isso aconteceu depois de ter tido uma série de sonhos instigados pelas aquarelas de Wilma Wessely. Obviamente fascinada por esse fragmento da lenda, a pintora dedicou todas as suas obras a Ciri na Torre da Andorinha.

– Tenho sonhos estranhos depois de ver esses desenhos – a noviça queixou-se na manhã seguinte. – Sonho com... imagens. Sempre as mesmas imagens. Não são situações nem cenas, apenas imagens. Ciri nas ameias da torre... Uma imagem fixa.

– E mais nada? Nenhuma outra sensação além da visual?

Nimue sabia, obviamente, que uma brizomante tão talentosa como Condwiramurs sonhava com todos os sentidos – percebia os sonhos não apenas visualmente, como a maioria das pessoas, mas também com a audição, o tato e o olfato – e, inclusive, com o gosto.

– Nada – Condwiramurs balançou a cabeça num gesto de negação. – Apenas...

– O quê?

– Um pensamento. Um pensamento insistente. Que à beira desse lago, nessa torre não sou uma senhora, mas uma prisioneira.

– Venha comigo.

De acordo com o que Condwiramurs pensara, havia acesso ao terraço apenas a partir dos aposentos privados da feiticeira – limpíssimos, arrumados de forma pedantesca, que cheiravam a sândalo, mirra, alfazema e naftalina. Era necessário usar umas pequenas portas secretas e escadas em espiral que levavam para baixo. Só então é que se entrava aonde era preciso.

As paredes da câmara, ao contrário das outras câmaras, não eram revestidas de madeira nem de tapeçaria, apenas pintadas de branco. Por isso, o aposento era muito claro. Aliás, era ainda mais claro por causa de uma enorme janela em tríptico, ou até uma porta de vidro que levava diretamente ao terraço suspenso sobre o lago.

Os únicos móveis na câmara eram duas poltronas, um gigantesco espelho com uma oval moldura de mogno e um tipo de suporte com uma transversal viga horizontal em que pendia um gobelim cujo tamanho era de aproximadamente cinco pés por sete, e que com sua franja alcançava o chão.

O gobelim mostrava o precipício de uma rocha sobre um lago serrano. E um castelo encravado no precipício que parecia fazer parte da parede rochosa. Um castelo que Condwiramurs conhecia bem. De inúmeras ilustrações.

– A cidadela de Vilgefortz, o local onde Yennefer ficou presa. O lugar onde terminou a lenda.

– Exatamente – Nimue concordou com uma aparente indiferença. – Foi lá onde a lenda terminou, pelo menos em suas divulgadas versões. Conhecemos precisamente essa versão, por isso nos parece que conhecemos o desfecho. Ciri fugiu da Torre da Andorinha, onde, como você havia sonhado, ficou presa. Fugiu quando se deu conta daquilo que queriam fazer com ela. A lenda apresenta várias versões dessa fuga...

– Eu gosto mais – interrompeu Condwiramurs – daquela com os objetos jogados para trás. Um pente, uma maçã e um lenço. Mas...

– Condwiramurs.

– Desculpe.

– Como já disse: há várias versões da fuga. Mas ainda não está claro como Ciri foi diretamente da Torre da Andorinha para o castelo de Vilgefortz. Você não consegue sonhar com a Torre da Andorinha? Tente sonhar com o castelo. Olhe bem para este gobelim... Você está me ouvindo?

– Esse espelho... É mágico, não é?

– Não. Apenas espremo espinhas na frente dele.

– Desculpe.

– É o Espelho de Hartmann – Nimue esclareceu, vendo o nariz franzido e a cara acirrada da noviça. – Pode olhar se quiser. Mas, por favor, tenha cuidado.

– É verdade – Condwiramurs perguntou com a voz trêmula de excitação – que através de Hartmann se pode passar a outros...

– Mundos? Claro. Mas não na primeira tentativa, sem se preparar, meditar, concentrar e fazer um monte de outras coisas. Quando lhe pedi para ter cuidado, pensei em outra coisa.

– Em quê?

– Isso funciona para os dois lados. Algo sempre pode sair de um Hartmann.

•

– Sabe, Nimue... Quando olho para esse gobelim...

– Sonhou?

– Sonhei. Mas foi um sonho estranho. Uma visão aérea. Era um pássaro... Vi esse castelo por fora. Não consegui entrar lá. Algo bloqueava o acesso.

– Olhe para o gobelim – Nimue ordenou. – Observe a cidadela. Olhe bem para ela, preste atenção a cada detalhe. Concentre-se bastante, guarde bem essa imagem em sua memória. Quero que entre lá em seu sonho. É importante que você entre lá.

•

Do lado de fora, além dos muros do castelo, decerto havia um verdadeiro, diabólico vendaval, pois na lareira o fogo rumorejava, devorando a lenha às pressas. Yennefer desfrutava do calor. Sua atual prisão era incomparavelmente muito mais quente do que o úmido calabouço em que passou por volta de dois meses, mas mesmo assim não conseguia parar de bater os dentes. No calabouço perdeu completamente a noção do tempo. Depois, tampouco se apressavam para informá-la sobre datas, mas tinha a certeza de que era inverno, o mês de dezembro, ou até janeiro.

– Coma, Yennefer – disse Vilgefortz. – Coma, por favor. Não fique constrangida.

A feiticeira nem cogitou ficar constrangida. Se desossava o frango demasiado devagar ou desajeitadamente, era só porque seus dedos mal cicatrizados ainda estavam rijos e inábeis, era difícil segurar neles o garfo e a faca. Contudo, não queria comer com as mãos, pois desejava se mostrar superior a Vilgefortz e aos restantes comensais, os convidados do feiticeiro. Não conhecia nenhum deles.

– Com uma verdadeira lástima tenho de lhe informar – disse Vilgefortz, acariciando o pé da taça – que Ciri, sua protegida, despediu-se deste mundo. A culpa disso pode ser somente sua, Yennefer, e de sua inútil obstinação.

Um dos convidados, um homem de baixa estatura e de cabelos escuros, espirrou com força e assoou o nariz num lenço de cambraia. Seu nariz estava inchado, vermelho e, pelo visto, completamente entupido.

– Saúde! – disse Yennefer, que fez pouco-caso das agourentas palavras de Vilgefortz. – Onde é que pegou um resfriado tão forte, caro senhor? Pegou friagem depois do banho?

O segundo convidado, mais velho, enorme, magro, de olhos repugnantemente pálidos, gargalhou de súbito. No entanto, o homem resfriado, embora seu rosto se contraísse de raiva, agradeceu à feiticeira, curvando-se diante dela e soltando uma curta frase encatarrada. Suficientemente longa para detectar o sotaque nilfgaardiano.

Vilgefortz virou o rosto em sua direção. Não usava mais o andaime de ouro na cabeça nem a lente de cristal na órbita, mas estava com um aspecto mais asqueroso que antes, no verão, quando o viu mutilado pela primeira vez. O regenerado olho esquerdo já funcionava, mas era muito menor que o olho direito. A visão era assustadora.

– Você, Yennefer – falou devagar –, deve achar que minto, que tento prendê-la e aliciá-la. Para que faria isso? Fiquei tão comovido com a notícia da morte de Ciri quanto você. Poxa, até mais do que você, já que nutria esperanças muito concretas com a garota. Fazia planos que decidiriam sobre meu futuro. Agora ela está morta, e meu futuro foi por água abaixo.

– Que bom. – Yennefer, que com dificuldade segurava a faca nos rijos dedos, cortava o lombo recheado com ameixas.

– Já você – o feiticeiro continuou, sem prestar atenção ao comentário – estava ligada a Ciri por meio de um sentimentalismo irracional, provocado igualmente por um sentimento de culpa e tristeza, causados por sua própria infertilidade. Sim, sim, Yennefer, sentimento de culpa! Foi você que participou ativamente do procedimento de acasalamento de pares e da criação, graças à qual a pequena Ciri foi concebida. E você transferiu os sentimentos para o fruto da experiência genética, aliás, malsucedida, já que os experimentadores não tinham o conhecimento suficiente.

Yennefer fez um brinde silencioso com a taça, rezando no fundo da alma para que não a soltasse de seus dedos. Aos poucos chegava à conclusão de que ao menos dois deles ficariam rijos por bastante tempo. Talvez para sempre.

Vilgefortz irritou-se com seu gesto.

– Agora já é tarde, já era – falou com os dentes cerrados. – Saiba, contudo, Yennefer, que eu possuía o conhecimento suficiente. Faria uso dele se eu tivesse posse da menina. Lamente, de verdade, pois poderia ter corroborado esse seu mutilado substituto de instinto maternal. Embora seja seca e estéril como uma pedra, poderia ter tido, graças a mim, não apenas uma filha, mas inclusive uma neta. Ou, pelo menos, uma substituta de neta.

Yennefer bufou com desdém, embora por dentro estivesse fervendo de raiva.

– Fico muito triste de estragar seu bom humor, minha querida – o feiticeiro falou com frieza. – Pois deve ficar desolada com a notícia de que o bruxo Geralt de Rívia também está morto. Isso mesmo, aquele mesmo bruxo com quem, assim como com Ciri, estava ligada por um substituto de sentimento – engraçado, insensato e tão doce que chegava a ser enjoativo. Saiba, Yennefer, que nosso caro bruxo despediu-se deste mundo de uma forma verdadeiramente fogosa e espetacular. Contudo, não precisa se sentir culpada por isso. Você não contribuiu, de maneira alguma, para sua morte. Toda a confusão foi provocada por mim. Prove as peras marinadas, são excepcionalmente deliciosas.

Os olhos cor de violeta de Yennefer reluziram com um ódio frio. Vilgefortz riu.

– Prefiro-a assim – disse. – De verdade, se não fosse pelas pulseiras de dvimerito, você me queimaria até me transformar em cinzas. Mas o dvimerito funciona, então você pode me queimar apenas com o olhar.

O homem resfriado espirrou, assoou o nariz e começou a tossir com tanta força que lágrimas correram em seu rosto. O alto observava a feiticeira com seu desagradável olhar de peixe morto.

– E onde está seu Rience? – Yennefer perguntou, estendendo as palavras. – O seu Rience que me prometeu tanto, contou tanto o que ia fazer comigo. Onde está o seu Schirrú que nunca perdeu a oportunidade de me empurrar ou chutar? Por que os guardas, até há pouco rudes e brutais, começaram a demonstrar um respeito acanhado? Não, Vilgefortz, não precisa me responder. Eu sei. Aquilo que você falou é uma grande enganação. Ciri lhe escapou e Geralt também, por acaso, preparou uma carnificina para seus facínoras. E o que vai fazer agora? Os planos foram por água abaixo, viraram pó, você próprio o admitiu, os sonhos sobre o poder se dissiparam como fumaça. E os feiticeiros e Dijkstra estão rastreando-o, chegando cada vez mais perto. Não foi por acaso, nem por piedade, que você parou de me torturar e forçar a escanear. E o imperador Emhyr está apertando a rede e deve estar muito, mas muito zangado. *Ess a tearth, me tiarn? A'pleine a cales, ellea?*

– Falo a língua comum – disse o convidado resfriado, aguentando seu olhar. – E chamo-me Stefan Skellen. E certamente não estou encagaçado. Ora, ainda acho que estou numa situação muito mais favorável que a senhora, Yennefer.

O discurso cansou-o, recomeçou a tossir e assoou o nariz no encharcado lenço de cambraia. Vilgefortz bateu a mão contra o tampo da mesa.

– Chega dessa brincadeira – disse, virando, de forma grotesca, sua miniatura de olho. – Saiba, Yennefer, que não preciso mais de você. Na verdade, deveria mandar colocá-la num saco e afogar no lago, mas não gosto de recorrer a esse tipo de recursos. Você permanecerá isolada até que as circunstâncias me deixem ou obriguem a tomar outra decisão. Aviso, porém, que não permitirei que você me cause problemas. Se decidir fazer greve de fome, saiba que não perderei tempo, como em outubro, para alimentá-la por meio de um cano. Simplesmente deixarei que você morra de fome. E, se tentar fugir, as ordens dadas aos guardas são claras. E agora está dispensada. Se, naturalmente, já satisfez...

– Não. – Yennefer levantou-se e jogou o guardanapo com ímpeto na mesa. – Podia comer mais um pouco, mas a companhia tirou meu apetite. Adeus, senhores.

Stefan Skellen espirrou e começou a tossir. O de olhos pálidos fitava-a com um olhar agourento, sorrindo asquerosamente. Vilgefortz olhava para o lado.

Como sempre, quando vinha da prisão ou ia para a prisão, Yennefer tentava orientar-se onde estava, conseguir, pelo menos, um pingo de informações que poderiam ajudá-la a planejar sua fuga. E sempre ficava decepcionada. O castelo não tinha janelas pelas quais poderia ver o terreno que o rodeava ou, ao menos, o sol para tentar determinar os pontos cardeais. A telepatia era impossível, pois duas pesadas pulseiras e uma gargalheira de dvimerito impediam efetivamente qualquer tentativa de uso da magia.

A câmara em que estava presa era fria e severa como a cela de um eremita. Contudo, Yennefer lembrou-se do auspicioso dia quando foi transferida para cá da masmorra. Do calabouço, em cujo fundo havia sempre uma fétida poça d'água e em cujas paredes brotavam salitre e sal. Do calabouço, onde foi alimentada com restos de comida que as ratazanas facilmente arrancavam de seus dedos feridos. Foi então que, após cerca de dois meses, soltaram as algemas que a prendiam e a tiraram de lá, deixaram-na trocar de roupa e tomar banho. Yennefer não conseguia conter a felicidade. A pequena câmara para a qual foi transferida parecia um aposento real, e a sopa rala que lhe trouxeram para comer, feita de ninhos das andorinhas, digna da mesa imperial. Claro, após algum tempo a sopa acabou sendo apenas uma lavagem, a cama dura era dura mesmo e a prisão era uma prisão. Uma prisão fria, apertada, na qual depois de dar quatro passos se deparava com a parede.

Yennefer xingou, suspirou, sentou-se no banco que, além do catre, era o único móvel do qual dispunha.

Entrou com tal silêncio que mal o ouviu.

– Sou Bonhart – disse. – Seria bom que você se lembrasse desse nome, bruxa. Que você o guardasse na memória.

– Vá se foder, babaca.

– Sou – rangeu – um caçador de recompensas. Sim, sim, ouça bem, bruxa. Em setembro, há três meses, em Ebbing, cacei sua bastarda. Essa tal de Ciri da qual vocês falam tanto aqui.

Yennefer ficou atenta. "Setembro. Ebbing. Caçou. Mas ela não está aqui. Talvez esteja mentindo?"

– A bruxa de cabelos cinzentos treinada em Kaer Morhen. Ordenei que lutasse na arena, matasse gente ao acompanhamento de gritos da plateia. Aos poucos, transformava-a numa besta. Treinava-a para esse papel com um azorrague, com o punho e com o salto de sapato. Demorei a treiná-la. Mas ela conseguiu fugir de mim, essa víbora de olhos verdes.

Yennefer respirou despercebidamente.

– Fugiu para o além. Mas um dia ainda nos encontraremos. Tenho certeza de que ainda nos encontraremos. Sim, bruxa. E só me arrependo de uma coisa: que esse bruxo, seu amante, esse tal de Geralt, morreu assado no fogo. Queria que ele tivesse a oportunidade de saborear minha lâmina, essa maldita aberração.

Yennefer bufou.

– Ouça bem, Bonhart, ou seja qual for seu nome. Não me faça rir. Você nem chega aos pés do bruxo. Nem sequer se pode igualar a ele. Em nenhuma modalidade. E, como você próprio admitiu, é apenas um canalha e caçador de cães. Bom apenas para caçar cachorrinhos. Cachorrinhos bem pequenininhos.

– Olhe aqui, bruxa.

Abriu o gibão e a camisa num movimento brusco e tirou, entrelaçando as correntes, três medalhões de prata. Um tinha o formato da cabeça de um gato; o segundo, de uma águia ou um grifo. Não conseguiu ver bem o terceiro, mas parecia ser um lobo.

– As feiras – bufou novamente, aparentando indiferença – estão cheias desse tipo de coisas.

– Estas não são de feira.

– É mesmo?

– Antigamente – sibilou Bonhart – as pessoas decentes tinham mais medo dos bruxos do que dos próprios monstros. Os monstros ficavam, de qualquer modo, nas florestas e no mato. Quanto aos bruxos, esses se atreviam a passear pelas ruas, entrar nas tabernas, rondar os templos, as repartições públicas, escolas e parquinhos para crianças. Os decentes, com razão, achavam isso um absurdo. Procuraram, então, alguém que pudesse acabar com a insolência dos bruxos. E acharam alguém que cumprisse a tarefa. Não foi fácil, tiveram de procurar longe, demorou, mas acharam. Como você pode ver, acabei com três. Nenhum mutante apareceu mais por lá irritando os cidadãos decentes com sua aparência. E, se aparecesse, eu acabaria com ele do mesmo jeito que fiz com os outros três.

– Enquanto dormiam? – Yennefer franziu o cenho. – Com uma besta, de trás da quina? Ou talvez administrando um veneno?

Bonhart escondeu os medalhões por baixo da camisa e deu dois passos, aproximando-se dela.

– Você me irrita, bruxa.

– Foi esse o meu intuito.

– É mesmo? Então, eu lhe mostrarei, cachorra, que posso competir com seu amante bruxo em todas as modalidades. Ora, sou até melhor que ele.

Os guardas que estavam à porta deram um salto depois de ouvir um estrondo, seguido por pancadas, estalidos, gritos e uivos. E, se os guardas tivessem ouvido alguma vez na vida o urro de uma pantera apanhada numa armadilha, jurariam que na cela havia precisamente uma.

Depois, ouviram um tremendo rugir, como o de um leão ferido. Também nunca haviam escutado um leão na vida, viram-no apenas nos escudos dos brasões. Entreolharam-se. Acenaram com a cabeça. E em seguida entraram, com ímpeto, na cela.

Yennefer estava sentada no canto do cômodo, por entre os restos do catre. Seus cabelos estavam desarrumados, o vestido rasgado de cima para baixo, seus pequenos seios de menina levantavam-se agitados ao ritmo da respiração ofegante. Sangue corria de seu nariz, seu rosto inchava rapidamente, apareciam arranhões de unhas no ombro direito.

Bonhart estava sentado na outra ponta da câmara por entre os destroços do banco, segurando a virilha com ambas as mãos. Sangue também corria de seu nariz tingindo seu bigode branco de um intenso carmesim. Seu rosto estava cortado com arranhões cruentos. Os dedos recém-sarados de Yennefer constituíam uma arma fraca, mas os cadeados das pulseiras de dvimerito tinham bordas excepcionalmente bem afiadas.

Na bochecha inchada de Bonhart, exatamente no osso zigomático, estava enfiado profundamente com os dois dentes um garfo que Yennefer conseguiu levar da mesa no jantar.

– Apenas cachorrinhos, seu caçador de cães – a feiticeira disse arfando, tentando cobrir os seios com os farrapos do vestido. – E fique longe das cadelas. É demasiado fraco para elas, seu pentelho.

Não podia se perdoar o fato de não ter conseguido almejar onde planejara – no olho. Mas o alvo estava em movimento, e, além disso, ninguém era perfeito.

Bonhart urrou, levantou-se, arrancou o garfo, uivou e cambaleou de dor. Xingou asquerosamente.

Enquanto isso, mais dois guardas chegaram à cela.

– Vocês, hein! – Bonhart urrou, limpando o sangue do rosto. – Venham cá! Coloquem esta puta aqui no meio do chão, com as mãos e pernas abertas e segurem-na!

Os guardas entreolharam-se e depois olharam para o teto.

– É melhor o senhor ir embora daqui – disse um. – Não vamos nem abrir nem segurar ninguém. Isso não faz parte de nossas obrigações.

– Além disso – outro murmurou –, não pretendemos acabar como Rience ou Schirrú.

•

Condwiramurs colocou, por cima do maço de papel, a gravura com a imagem de uma cela de prisão em que havia uma mulher sentada com a cabeça inclinada, algemada, presa a uma parede de pedra.

– Ela ficou presa – murmurou – enquanto o bruxo se divertia em Toussaint com uma morena.

– Você o condena? – Nimue perguntou bruscamente. – Praticamente sem saber nada?

– Não, não o condeno, mas...

– Não existe o mas. Por favor, fique calada.

Ficaram sentadas em silêncio durante algum tempo, olhando gravuras e aquarelas.

– Todas as versões da lenda – Condwiramurs apontou para uma das gravuras – indicam como o lugar do desfecho, final, da derradeira batalha do Bem contra o Mal, ou até o Armagedom, o castelo de Rhys-Rhun. Todas as versões. Salvo uma.

– Salvo uma – Nimue acenou com a cabeça. – Salvo uma versão anônima, pouco popular, conhecida como o Livro Negro de Ellander.

– O Livro Negro conta que o final da lenda se deu na cidadela Stygga.

– Exatamente. O Livro de Ellander fala também sobre outros assuntos, canônicos para a lenda, de um modo que difere da versão oficial.

– Interessante. – Condwiramurs ergueu a cabeça. – Qual dos dois castelos está apresentado nas ilustrações? Qual foi tecido em seu gobelim? Qual das imagens é a verdadeira?

– Nunca saberemos. O castelo que testemunhou o fim da lenda não existe. Foi destruído, não sobrou nada dele. Todas as versões concordam quanto a esse fato, até a versão dada pelo Livro de Ellander. Nenhum dos locais providenciados pelas fontes é convincente. Não sabemos e nunca saberemos como era esse castelo e onde estava localizado.

– Mas a verdade...

– Para a verdade – Nimue interrompeu bruscamente – isso não tem a menor importância. Não se esqueça de que nem conhecemos a verdadeira aparência de Ciri. Mas aqui, ó, é ela, nesta gravura feita por Wilma Wessely, durante uma conversa tempestuosa com o elfo Avallac'h com o fundo composto por estatuetas de crianças macabras. É Ciri. Não há dúvidas quanto a isso.

– Mas – Condwiramurs, desafiante, não se dava por vencida – seu gobelim...

– Mostra o castelo onde ocorreu o desfecho da lenda.

Ficaram num longo silêncio. Farfalhavam os cartões versados.

– Não gosto – Condwiramurs falou – da versão da lenda do Livro Negro. É tão... Tão...

– Desagradavelmente verdadeira – Nimue finalizou, balançando a cabeça.

•

Condwiramurs bocejou e fechou a edição com aditamento e posfácio da autoria do professor Everett Denhoff Júnior de *Meio século de poesia*. Espalhou os travesseiros, alterando a configuração de leitura para a de descanso. Bocejou, espreguiçou-se e apagou a lamparina. A escuridão encheu a câmara, iluminada apenas com os raios do luar que penetravam as frestas nas cortinas. "O que escolher para esta noite?", a noviça pensou, remexendo-se nos lençóis. "Confiar na sorte ou ancorar?"

Após um momento, optou pela segunda variante.

Havia um sonho pouco claro que se repetia, que não se deixava sonhar até o fim, dissipava-se, desaparecia por entre outros sonhos assim como o fio de uma trama se perde no desenho de um tecido colorido. Um sonho que desaparece da memória, embora permaneça nela obstinadamente.

Dormiu em um instante e, logo em seguida, após fechar os olhos, começou a sonhar.

Um céu noturno, limpo, iluminado pelo luar e pelas estrelas. Montes e, em suas encostas, vinícolas polvilhadas de neve. O negro e anguloso desenho de uma construção: um muro com ameias, uma torre de menagem, um solitário *beffroi* na quina.

Dois cavaleiros. Ambos entram no espaço vazio entre os muros, ambos descem, ambos entram pelo portão. Mas só um deles prossegue pela entrada da masmorra escancarada no piso.

Aquele que tem o cabelo completamente branco.

Condwiramurs gemeu enquanto sonhava e agitou-se sobre a cama.

O homem de cabelo branco desce a escada, fundo, cada vez mais fundo, até o calabouço. Passa por corredores escuros, de vez em quando ilumina-os com tochas posicionadas em esteios de ferro. O brilho das tochas dança em sombras demoníacas na abóbada e nas paredes.

Corredores, escadas, outros corredores. O calabouço, uma grande cripta, barris ao pé das paredes. Entulho, tijolos amontoados. Depois um corredor bifurcado. Escuridão nas duas bifurcações. O homem de cabelo branco acende outra tocha. Saca a espada da bainha que carrega nas costas. Hesita, não sabe por qual dos dois caminhos seguir. Finalmente, opta pela bifurcação à sua direita – muito escura, sinuosa e obstruída pelo entulho. Condwiramurs geme sonhando, tomada pelo medo. Sabe que o caminho escolhido por ele leva ao perigo.

Sabe, também, que o homem de cabelo branco procura o perigo.

O perigo faz parte de sua profissão.

A noviça agita-se por entre os lençóis, geme. É oniromante, sonha, está num transe oniroscópico e, de repente, sabe profeticamente o que acontecerá num instante. "Cuidado!" Ela quer gritar, mas sabe que não conseguirá. "Cuidado, vire-se!

Tenha cuidado, bruxo!"

O monstro atacou, saiu silenciosa e traiçoeiramente da escuridão, de uma armadilha. Materializou-se de súbito por entre as trevas como uma chama resplandecente. Como uma labareda.

CAPÍTULO TERCEIRO

A aurora rompe – o gavião se agita,
Move-o prazer, move-o um costume nobre;
Bicando a esmo o melro espalha a dita,
Recebe o par, que com as asas cobre;
Oh, dar-vos quero – e a esse querer me dobre
Íntimo e alegre – os dons p'ra nós supremos.
Sabei que Amor no seu livro os encobre,
E por isso tão bem juntos vivemos.

François Villon (Tradução de Afonso Félix de Sousa)

Embora tivesse tanta pressa, embora nos apressasse, se precipitasse e se exaltasse, o bruxo permaneceu em Toussaint quase todo o inverno. Quais eram os motivos? Não escreverei sobre eles. Havia motivos, ponto final, não há sobre o que divagar. E àqueles que queriam condená-lo, lembrarei que o amor tem diversos nomes. Não julguem para que não sejam julgados.

Jaskier, *Meio século de poesia*

Those were the days of good hunting and good sleeping.

Rudyard Kipling

O monstro atacou, saiu silenciosa e traiçoeiramente da escuridão, de uma armadilha. Materializou-se de súbito por entre as trevas como uma chama resplandecente. Como uma labareda.

Geralt, embora surpreso, reagiu instintivamente. Esquivou-se, deslizando pela parede do calabouço. A besta passou por perto, bateu contra o chão, ricocheteou, agitou as asas e saltou outra vez, sibilando e abrindo o terrível bico. Mas desta vez o bruxo estava preparado.

Golpeou de um lance curto, do cotovelo, almejando o pescoço, abaixo das enormes carúnculas carmesins, duas vezes maiores que as de um peru. Acertou, sentiu o gume dilacerar o corpo. O ímpeto do golpe derrubou a besta no chão, ao pé do muro. O skoffin gritou, e era um grito quase humano. Debatia-se por entre os tijolos esfacelados, batia e agitava as asas, jorrava sangue, fustigava tudo em volta com sua cauda que parecia um azorrague. O bruxo estava convencido de que a luta já havia terminado, mas o monstro surpreendeu-o de forma pouco agradável. Inesperadamente, pegou em sua garganta, grasnando terrivelmente, mostrando as garras e batendo o bico. Geralt esquivou-se, esbarrou com o ombro no muro, cortou para a esquerda, de baixo, aproveitando o ímpeto do ricochete. Acertou, o skoffin desabou novamente por entre os tijolos, o sangue fétido jorrou na parede do calabouço e escorreu formando um desenho requintado. O monstro, derrubado num salto, já não se rebatia, apenas tremia, grasnava, estendia e inflava o longo pescoço e sacudia as carúnculas. O sangue jorrava intensamente por entre os tijolos sobre os quais jazia.

Geralt poderia tê-lo matado sem esforço, mas não queria danificar sua pele. Esperava tranquilamente até que o skoffin sangrasse até a morte. Afastou-se a uma distância de alguns passos, virou-se para o muro, abriu a calça e urinou, assobiando uma saudosa melodia.

O skoffin parou de grasnar, ficou imóvel e silenciou. O bruxo aproximou-se e cutucou-o levemente com a ponta da espada. Quando viu que tudo havia acabado, segurou o monstro pela cauda e levantou-o. Agarrado pela base da cauda na altura da bacia, o bico de abutre do skoffin alcançava o chão e suas asas estendidas tinham mais de quatro pés de envergadura.

– Você é leve, skoffinzinho. – Geralt sacudiu a besta, que realmente não pesava mais que um peru bem alimentado. – Você é leve. Felizmente, me pagam por peça e não pelo peso.

•

– É a primeira vez. – Reynart de Bois-Fresnes assobiou baixinho entre os dentes. Geralt sabia que isso era a prova de uma grande admiração. – É a primeira vez na vida que vejo algo assim. Uma verdadeira bizarrice, pela honra, a maior bizarrice de todas as bizarrices. Então, este é o famoso basilisco?

– Não. – Geralt levantou o monstro mais alto para que o cavaleiro pudesse vê-lo melhor. – Não é um basilisco. É um galoisco.

– E qual é a diferença?

– Fundamental. O basilisco, conhecido também como régulo, é um réptil; e o galoisco, conhecido como skoffin ou cocatriz, é um ornitorréptil, isto é, nem réptil nem ave. É o único conhecido representante do gênero que os cientistas chamaram de ornitorrépteis. Após longas disputas, chegaram à conclusão de que...

– E qual dos dois – Reynart de Bois-Fresnes interrompeu, aparentemente não interessado nas conclusões dos cientistas – mata com o olhar ou transforma em pedra?

– Nenhum. É uma invenção.

– Por que, então, os humanos têm tanto medo dos dois? Este aqui não é muito grande. Realmente pode ser perigoso?

– Este aqui – o bruxo chocalhou a conquista – normalmente ataca por trás e mira com precisão um ponto entre as vértebras, ou a aorta, abaixo do rim esquerdo. Normalmente só uma bicada é suficiente. E, quanto ao basilisco, não importa onde mordiscar. Seu veneno é a neurotoxina mais forte já conhecida. Mata em questão de segundos.

– Brrr... Diga-me, então, qual deles pode ser morto com um espelho?

– Qualquer um. Se bater diretamente na cabeça.

Reynart de Bois-Fresnes gargalhou. Geralt absteve-se de rir. A piada sobre o basilisco e o espelho deixou de ser engraçada ainda em Kaer Morhen, pois foi desgastada pelos professores. As piadas sobre as moças e os unicórnios tampouco o faziam rir. Mas o que batia os recordes de estupidez e primitivismo em Kaer Morhen eram as inúmeras versões da piada sobre um jovem bruxo que, obrigado por uma aposta, teria apertado a destra de uma dragoa.

Sorriu. Para as lembranças.

– Prefiro vê-lo sorridente – disse Reynart, observando-o atentamente. – Prefiro-o mil vezes assim, como agora, ao jeito que você estava em outubro, após aquela confusão no Bosque dos Druidas, quando íamos para Beauclair. Naquela época, permita-me admiti-lo, você estava triste, amargurado e zangado com todo o mundo como um agiota que fora enganado por alguém, e irritado como um homem que não conseguira sorte a noite inteira. Nem de manhã.

– Estava assim, de verdade?

– Estava. Por isso não estranhe que prefiro vê-lo deste jeito, como agora. Mudado.

– Terapia por meio do trabalho. – Geralt novamente chocalhou o galoisco que segurava na mão. – Trata-se do impacto salvador da atividade profissional sobre o estado psicológico. Por isso, passemos aos negócios para continuar o tratamento. Existe a possibilidade de lucrar com o skoffin um pouco mais que o valor da gratificação negociado por matá-lo. Está com poucos ferimentos, então se você tem um cliente que queira comprá-lo todo, para dissecar ou empalhá-lo, peça não menos que duzentos. Se for necessário vendê-lo em partes, lembre-se de que o mais valioso que há nele são as penas da parte superior da cauda, especialmente estas, as penas de voo centrais. É possível apontá-las muito mais que as de ganso, escrevem melhor e de forma mais estética e são mais duradouras. Um escrivão experiente pagará cinco por peça, sem hesitar.

– Tenho clientes para empalhar o corpo – o cavaleiro sorriu. – O grêmio dos tanoeiros. Em Castel Ravello viram um bicho desses empalhado, um estrobilocerco, qualquer que seja seu nome... Você sabe qual. Aquele que você matou dois dias após Saovine num calabouço localizado embaixo das ruínas de um antigo castelo...

– Sei.

– Pois então, os tanoeiros viram a besta empalhada e pediram-me para arranjar algo igualmente singular para decorar a sede do grêmio. O galoisco será perfeito. Como você deve imaginar, os tanoeiros de Toussaint são um grêmio que não pode se queixar da falta de serviço. É, digamos, um grêmio rico. Pagarão, decerto, duzentos e vinte. Talvez até mais. Tentarei negociar. E no que se refere às penas... Os barrileiros não notarão se tirarmos algumas do cu do galoisco para vender à chancelaria ducal. Ela não paga do próprio bolso, mas da caixa ducal; então, em vez de pagar cinco, pagará dez por pena, e sem barganhar.

– Curvo-me diante de sua esperteza.

– *Nomen omen.* – Reynart de Bois-Fresnes lançou um sorriso ainda mais largo. – Minha mãe deve ter tido algum pressentimento para me batizar com o nome da raposa astuta do ciclo de fábulas comumente conhecido.

– Deveria ter sido comerciante em vez de cavaleiro.

– Deveria – o cavaleiro concordou. Mas o que posso fazer... Quando você nasce como filho de fidalgo, também será fidalgo e morrerá fidalgo, depois de conceber, ha, ha, ha, fidalgos. Não conseguirá mudar nada, mesmo que arrebente de tanto se esforçar. Aliás, você também é espertinho, Geralt. É bom em cálculo, e olhe que você não se ocupa do comércio.

– Não me ocupo mesmo. Por motivos parecidos com os seus. Com a única diferença que eu não conseguirei conceber nada. Saiamos desta masmorra.

Lá fora, ao pé dos muros do castelo, ventava e sentia-se uma friagem vinda dos montes. A noite estava clara, o céu límpido e estrelado, o luar reluzia na neve fresquinha e limpa que cobria os vinhedos em grande extensão.

Os cavalos amarrados cumprimentaram-nos com um relincho.

– Convinha – disse Reynart, lançando um olhar enfático para Geralt – encontrar-se logo com o cliente e cobrá-lo. Mas você não deve estar com pressa para chegar a Beauclair, pois não? A certa alcova?

Geralt não respondeu, pois não respondia, por princípio, a esse tipo de perguntas. Amarrou o corpo do skoffin ao cavalo solto e, em seguida, montou Plotka.

– Encontremo-nos, então, com o cliente – decidiu, virando-se na sela. – A noite é uma criança e eu estou com fome. Estou com vontade de tomar algo também. Vamos à cidade. Ao Faisão.

Reynart de Bois-Fresnes riu, ajeitou o escudo de xadrez aurirrubro preso ao cepilho e subiu, com esforço, na sela alta.

– Que se cumpra sua vontade, cavaleiro. Vamos ao Faisão, então. Ande, Bucéfalo.

Foram cavalgando a passo lento pela encosta nevada, dirigindo-se para baixo, rumo à estrada claramente delineada por escassos choupos.

– Sabe o quê, Reynart – Geralt falou de repente. – Eu também o prefiro assim, deste jeito, como você está agora. Falando normalmente. Naquela época, em outubro, você tinha uma manha cretina e irritante.

– Pela honra, bruxo, sou um cavaleiro errante – Reynart de Bois-Fresnes gargalhou. – Você se esqueceu? Os cavaleiros sempre têm essa maneira cretina de falar. É um sinal, como este escudo aqui. É por meio dele que se reconhece a fraternidade, isso funciona à semelhança de um brasão no escudo.

•

– Pela honra – o Cavaleiro de Xadrez falou –, não se afobe, senhor Geralt. Sua companheira já deve ter sarado, decerto se esqueceu inteiramente da doença. Na corte da senhora duquesa há ótimos médicos, capazes de tratar qualquer moléstia. Pela honra, não há motivos para se afobar.

– Também acho – disse Regis. – Anime-se, Geralt. Os druidas também trataram de Milva...

– E eles sabem tudo sobre os tratamentos – Cahir interrompeu. – A melhor prova disso é a minha própria cabeça, dilacerada por um machado de mineiro. Vejam só como está agora, quase nova. Milva também deve estar bem. Não há motivos para se afligir.

– Tomara.

– Sua Milva – o cavaleiro repetiu – está sã que nem um pero. Aposto minha cabeça que já anda frequentando os bailes! Saltitando e executando bate-pés! Festejando! Em Beauclair, na corte da senhora Anarietta, há sempre bailes e banquetes. Hã, pela honra, agora, já que cumpri meu juramento, eu também...

– Cumpriu o juramento?

– A fortuna foi generosa comigo! Pois precisam saber que fiz um juramento, e não foi um juramento qualquer, senão pelo grou. Foi na primavera. Jurei caçar quinze salteadores antes de Yule. Tive sorte, livrei-me do juramento. Já posso beber e comer carne de boi. E já não preciso esconder meu nome. Por obséquio, sou Reynart de Bois-Fresnes.

– Prazer.

– E quanto a esses bailes – Angoulême falou ao apressar o cavalo para alcançá-los. – Espero que não percamos os comes e bebes, hein? Estou a fim de dançar também!

– Pela honra, em Beauclair haverá de tudo – Reynart de Bois-Fresnes assegurou. – Bailes, festas, banquetes, festins e saraus. Vocês são amigos de Jaskier, ué... Isto é, do vice-conde Julian. Nossa senhora duquesa tem um grande apreço por ele.

– Pois é, ele andou se gabando disso – Angoulême falou. – Qual é a verdadeira história desse amor? Ó cavaleiro, você conhece essa história, hein? Conte-nos!

– Angoulême – o bruxo falou. – Você precisa conhecê-la?

– Não preciso. Mas quero! Não resmungue, Geralt. E deixe de fazer essa cara de zangado, pois os cogumelos que crescem à beira da estrada avinagram-se quando o avistam. Conte, cavaleiro.

Os cavaleiros errantes que lideravam o séquito cantavam uma canção de gesta com um refrão repetitivo. A letra da canção era incrivelmente estúpida.

– Isso aconteceu – o cavaleiro começou – há aproximadamente seis anos... O senhor poeta ficou hospedado na corte durante todo o inverno e toda a primavera, tocava o alaúde, cantava romances, declamava poemas. Na época, o duque Raimundo estava em Cintra num congresso. Não estava com pressa de voltar para casa, pois não era segredo que tinha uma amante em Cintra. E a senhora Anarietta e o senhor Jaskier... Hã, Beauclair é um lugar verdadeiramente estranho e maravilhoso, cheio de um encantamento amoroso... Vocês próprios o verão. Foi então que a duquesa e o senhor Jaskier foram tomados pelo sentimento. E antes que se dessem conta disso foram passando de um poema a outro, de uma palavra a outra, de um elogio a outro, havia florezinhas, olhares, suspiros... Em breves palavras: ambos passaram a ter um convívio bem próximo.

– Muito próximo? – Angoulême riu em voz baixa.

– Não tive o privilégio de ser testemunha ocular – o cavaleiro disse secamente. – E não convém divulgar os boatos. Além disso, como a senhorita certamente deve saber, o amor tem vários nomes e a proximidade do convívio, mesmo grande ou não, é um assunto muito subjetivo.

Cahir bufou baixinho. Angoulême não tinha nada para acrescentar.

– A duquesa e o senhor Jaskier – Reynart de Bois-Fresnes retomou – encontraram-se em segredo durante aproximadamente dois meses, desde Belleteyn até o solstício de verão. Mas foram pouco cautelosos. A notícia se espalhou, os maldizentes começaram a fofocar. O senhor Jaskier montou o cavalo e partiu sem demora. E fez bem, o que se provou mais tarde. Pois logo após a chegada do duque Raimundo de Cintra um serviçal prestativo denunciou tudo. Podem facilmente imaginar a raiva que tomou conta do duque quando soube como foi insultado e que chifres lhe foram atribuídos. Virou sobre a mesa a terrina com a sopa de beterraba, dilacerou o serviçal delator com uma picareta, proferiu palavras obscenas. Em seguida, deu uma bofetada na cara do marechal na presença de outras pessoas e quebrou um enorme espelho de Kovir. Trancou a duquesa nos aposentos, ameaçou torturá-la e assim conseguiu que ela confessasse tudo. Mandou logo uma perseguição atrás do senhor Jaskier e ordenou matá-lo sem piedade e arrancar seu coração. Tendo lido algo semelhante numa balada antiga, planejava fritar o coração e forçar a duquesa Anarietta a comê-lo na presença de toda a corte. Brr, pft, uma abominação! Felizmente, o senhor Jaskier conseguiu fugir.

– Felizmente. E o duque morreu?

– Morreu. Esse incidente, como já havia falado, despertou nele uma tremenda raiva. Seu sangue ferveu provocando uma apoplexia e paralisia. Ficou deitado durante a metade do ano feito um tronco de árvore. Mas sarou. Até começou a andar. Apenas piscava com um olho, sem parar, assim ó.

O cavaleiro virou na sela, semicerrou o olho e fez uma careta.

– Embora o príncipe – retomou após um momento – sempre fosse um conhecido garanhão e libertino, virou um *pericolosus* nos amores, maior ainda por causa dessa coisa de piscar o olho. Todas as moças achavam que ele fazia isso por causa do afeto e que eram sinais de amor. E as moças gostam muito de ser adoradas assim. Não as acuso de ser promíscuas ou devassas, de jeito nenhum, mas o duque, como já havia falado, piscava muito, quase toda hora, portanto *per saldo* saía ganhando. No entanto, uma noite exagerou na festança e sofreu outra apoplexia. Morreu. Na alcova.

– Trepando em cima de uma mulher? – Angoulême gargalhou.

– Na verdade... – O cavaleiro que até aquele momento estava extremamente sério, disfarçou um sorriso. – Na verdade foi embaixo dela. Mas os detalhes não têm muita importância.

– Claro que não – Cahir confirmou com seriedade. – Mas não houve grande luto após a morte do duque, pois não? Enquanto contava, tive a impressão…

– Que se preocupava mais com a infiel esposa do que com o infiel esposo – o vampiro interrompeu o discurso, como de costume. – Será que foi pelo motivo de ela agora governar estas terras?

– Foi um dos motivos – Reynart de Bois-Fresnes respondeu com uma impressionante sinceridade. – Mas não foi o único. O duque Raimundo, que a terra lhe seja leve, era um cachorrão, canalha e, perdoem-me, filho da puta, que em seis meses faria com que o diabo ficasse com úlceras no estômago. E olhe que ele governou durante sete anos em Toussaint. Agora, quanto à duquesa Anarietta, todos sempre a adoraram e continuam adorando.

– Então posso contar com a possibilidade de que – o bruxo falou pungentemente – o duque Raimundo não tenha deixado muitas pessoas inconsoladas em sua tristeza pela perda do amigo, que estariam prestes a atacar Jaskier com punhais só para celebrar o aniversário comemorativo da morte do defunto?

– Pode contar com isso. O cavaleiro olhou para ele e seus olhos eram espertos e inteligentes. – E, pela honra, suas contas estarão certas. Eu já lhe disse. O poeta goza de um grande apreço da duquesa Anarietta, e todos aqui colocariam a mão no fogo por ela.

O honrado cavaleiro
Da guerra pândega voltou
Mas sua amada
Por ele não esperou
Casou-se na véspera
Ula, ula, lá
A ventura do cavaleiro
Sempre errante será!

As gralhas, escondidas no mato na beira da estrada, levantavam voo, grasnando, espantadas pelo canto dos cavaleiros.

Saíram logo das florestas e entraram diretamente num vale que jazia por entre montes em cujos cumes alvejavam as torres de castelos que se destacavam contra o fundo do céu roxo, borrado em tons de azul-marinho. Até onde alcançavam os olhos, via-se que nas suaves encostas dos montes cresciam arbustos, em fileiras, disciplinados como no exército, e cortados cuidadosamente. Ali, o solo estava coberto de folhas vermelhas e douradas.

– O que é isso? – Angoulême perguntou. – Uma videira?

– É exatamente uma videira – Reynart de Bois-Fresnes confirmou. – São as famosas vinícolas do vale Sansretour. Os melhores vinhos do mundo são feitos das uvas que amadurecem aqui.

– É verdade – admitiu Regis, que como sempre era perito em tudo. – O solo vulcânico e o microclima local garantem todos os anos a combinação perfeita de dias chuvosos e ensolarados. Se a isso acrescentarmos a tradição, o conhecimento e a meticulosidade dos funcionários das vinícolas, o resultado será um produto da maior classe e marca.

– Resumiu-o bem – o cavaleiro sorriu. A marca é exatamente isso. Olhem só para lá, para aquela encosta ao pé do castelo. Nestas terras o castelo dá a marca à vinícola e às adegas localizadas bem abaixo dele. Aquele ali se chama Castel Ravello, e em sua vinícola produzem-se vinhos como Erveluce, Fiorano, Pomino e o famoso Est Est. Vocês devem ter ouvido falar dele. Por um barril de Est Est pagam o mesmo preço que por dez barris do vinho de Cidaris ou das vinícolas nilfgaardianas localizadas às margens do Alba. E lá, ó, vejam só, há outros castelos e outras vinícolas, e também já devem ter ouvido seus nomes: Vermentino, Toricella, Casteldaccia, Tufo, Sancerre, Nuragus, Coronata, enfim, Bianco, Gwyn Cerbin em élfico. Suponho que esses nomes não lhes soem estranhos.

– Nada de estranho, pff – Angoulême fez uma careta. – Especialmente pela experiência de verificar se, por acaso, o taberneiro não colocou no copo um desses vinhos famosos no lugar de um normal, de maçã, pois nesses casos era necessário deixar o cavalo no estabelecimento, esse era o preço de um tal de Castel ou de um Est Est. Pff, pff, não entendo, esses vinhos de marca são para os fidalgos, nós, gente comum, podemos nos embebedar igualmente bem com um mais barato. E posso lhes dizer, por minha própria experiência, que depois de beber um Est Est vomita-se do mesmo jeito que após tomar um vinho mixuruca.

•

Fazendo pouco-caso das piadas de outubro de Angoulême, Reynart acomodou-se atrás da mesa soltando o cinto.

– Hoje tomaremos um vinho de uma marca e safra de primeira, bruxo. Podemos nos permitir isso, ganhamos bem. Podemos farrear.

– Claro. – Geralt acenou para o taberneiro. – Enfim, como Jaskier fala, talvez haja outros motivos para ganhar a vida, mas eu não os conheço. Comeremos esse prato cujo cheiro vindo da cozinha desperta tanta fome. Em outras palavras, hoje o Faisão está realmente lotado, embora já esteja tarde.

– É a véspera de Yule – o taberneiro esclareceu depois de ouvir suas palavras. – O povo celebra. Festeja. Faz adivinhações. A tradição manda fazer isso, e a tradição aqui...

– Eu sei – o bruxo interrompeu. – E, quanto à cozinha, o que a tradição mandou preparar lá hoje?

– Língua com raiz-forte, servida fria. Caldo de capão com almôndegas de miolo. Bifes de carne de boi enrolados e servidos com massa, nhoque e repolho...

– Traga tudo, um por um, camarada. E para acompanhar... O que vamos pedir, Reynart?

– Se for carne de boi – o cavaleiro falou após pensar por um momento –, então Côte-de-Blessure tinto. Da safra do ano em que a velha duquesa Caroberta bateu as botas.

– Escolha acertada – o taberneiro acenou com a cabeça. – À vossa disposição.

A coroa de visgo jogada para trás pela moça da mesa vizinha caiu quase no regaço de Geralt. A companhia da moça caiu numa gargalhada. Ela corou graciosamente.

– Nem pense nisso! – O cavaleiro ergueu a coroa e arremessou-a de volta para ela. – Não será seu futuro marido. Ele já está ocupado, nobre senhorita. Ele já é prisioneiro de uns certos olhos verdes...

– Cale-se, Reynart.

O taberneiro trouxe aquilo que haviam pedido. Comiam e bebiam, calados, prestando atenção à felicidade dos festeiros.

– Yule – Geralt disse e pôs a caneca na mesa. – Midinvaerne. O solstício de inverno. Estou plantado aqui há dois meses. Dois meses perdidos!

– Um mês – Reynart o corrigiu com frieza e sobriedade. – Se você perdeu algo, foi apenas um mês. Depois a neve interditou os passos nas montanhas e você não conseguiria sair de Toussaint, mesmo que se cagasse. Você esperou até Yule, então provavelmente esperará aqui até a primavera, então se trata de uma força maior, não vale a pena lamentar ou ficar triste. Quanto às lamentações, não exagere em fingir que está aflito. De qualquer maneira, não vou acreditar que você esteja com tanta pena.

– O que você sabe, Reynart, hein? O que você sabe?

– Sei pouco – o cavaleiro concordou, enchendo o copo de vinho. – Nada além daquilo que vejo. E saiba que vi seu primeiro encontro com ela. Em Beauclair. Você se lembra da Festa das Cubas? E das calcinhas brancas?

Geralt não respondeu. Lembrava-se.

– É um lugar charmoso, o palácio de Beauclair, cheio de um encantamento amoroso – Reynart murmurou, deleitando-se com o aroma do vinho. – Pode ficar encantado só de olhar. Lembro-me de que vocês todos ficaram boquiabertos quando as viram em outubro. Cahir, lembre-me, qual expressão ele usou na hora?

•

– Um belo castelo – disse Cahir, cheio de admiração. – Poxa, realmente um belo e admirável castelo.

– É preciso admitir – disse o vampiro. – A duquesa vive bem.

– É uma puta casinha – Angoulême acrescentou.

– O palácio Beauclair – Reynart de Bois-Fresnes repetiu, cheio de orgulho. – Uma construção élfica, apenas levemente alterada. Supostamente pelo próprio Faramond.

– Nada de suposições – Regis opôs-se. – Com toda a certeza. O estilo de Faramond é reconhecível à primeira vista. Basta apenas olhar para estas torres.

As torres culminadas com o vermelho de suas telhas, referidas pelo vampiro, almejavam ao céu com os alvos obeliscos esbeltos, surgindo da construção filigranada do próprio castelo que se estendia para baixo. A imagem lembrava, indubitavelmente, velas, das quais as grinaldas de cera caíram sobre a base esculpida intricadamente de um candelabro.

– Aos pés de Beauclair – o cavaleiro Reynart explicou – estende-se uma cidade. O muro, logicamente, foi construído depois, pois sabem que os elfos não cercavam as cidades com muros. Apressem os cavalos, senhores. O caminho que nos espera é longo. Beauclair apenas parece próximo, pois as montanhas enganam a perspectiva.

– Vamos.

Iam com ânimo, ultrapassando viajantes e vagantes, carruagens e carroças cheias de uvas escuras que pareciam emboloradas. Depois havia ruelas movimentadas da cidade que cheiravam ao mosto fermentado, depois um parque sinistro cheio de álamos, teixos, bérberis e buxos. Em seguida havia roseiras, principalmente das espécies multiflora e cem pétalas. Depois colunas esculpidas, portais e arquivoltas do palácio, também serviçais e lacaios vestidos de librés.

A pessoa que os recebeu foi Jaskier, com o cabelo penteado e vestido como um príncipe.

•

– Onde está Milva?

– Está bem, não se preocupe. Está nos aposentos preparados para vocês. Não quer sair de lá.

– Por quê?

– Falarei sobre isso depois. Agora venha. A duquesa está esperando.

– Logo após a chegada?

– Foi essa a vontade dela.

A sala na qual entraram estava cheia de pessoas coloridas à semelhança de pássaros paradisíacos. Geralt não teve tempo de prestar atenção. Jaskier empurrou-o na direção das escadas de mármore ao lado das quais havia duas mulheres acompanhadas de pajens e cortesãos que se distinguiam muito da multidão.

O silêncio enchia a sala, porém, logo se tornou ainda mais profundo.

A primeira das mulheres tinha um nariz pontiagudo e arrebitado. Seus olhos azuis eram penetrantes e pareciam levemente febris. Os cabelos castanhos estavam arranjados num penteado sutil e verdadeiramente artístico, sustentado por laços de veludo, trabalhado inteiramente nos mínimos detalhes, inclusive o cacho perfeitamente geométrico em forma de meia-lua. A parte superior do vestido decotado cintilava com milhares de listras celestes e lilases sobre um fundo negro. A parte de baixo era preta, estampada densamente com um desenho regular de minúsculos crisântemos dourados. O pescoço e o decote estavam presos – à semelhança de um andaime complexo ou uma gaiola – num colar de laca, obsidiana, esmeraldas e lápis-lazúli cheio de arabescos, o qual terminava com uma cruz de jade que caía quase por entre os seios pequenos sustentados por uma cinta apertada. O decote era grande e profundo, e os franzinos braços da mulher pareciam não fornecer o apoio suficiente – Geralt esperava que a qualquer momento o vestido fosse cair deixando o peito à mostra. Mas não caía, segurado na posição certa pelos arcanos secretos da arte de costura e pelo amortecedor em forma de mangas infladas.

A segunda mulher era da mesma altura que a primeira. Seus lábios estavam pintados com um batom de uma idêntica cor. E aqui as semelhanças terminavam. A segunda usava uma touca de redinha sobre os negros cabelos curtos a qual, na frente, se convertia num véu que chegava até a ponta do pequeno nariz. A estampa florida do véu não mascarava os belos olhos reluzentes, realçados fortemente com uma sombra verde. O mesmo véu florido tapava o decote simples do negro vestido de mangas compridas que em apenas alguns pontos, aparentemente casuais, era salpicado difusamente com safiras, águas-marinhas, cristais da rocha e estrelas ornamentais.

– A Excelentíssima Senhora Duquesa Anna Henrietta – falou, em voz baixa, alguém atrás das costas de Geralt. – Ajoelhe-se, senhor.

"Queria saber qual das duas", Geralt pensou, dobrando com esforço o joelho dolorido numa curva cerimoniosa. "As duas, diabos, têm um aspecto igualmente ducal. Para não dizer real."

– Levante-se, senhor Geralt – aquela do sutil penteado castanho e nariz pontiagudo dissipou suas dúvidas. – Sejam bem-vindos, o senhor e seus amigos, ao Ducado de Toussaint, e ao palácio Beauclair. Temos o prazer de hospedar pessoas envolvidas numa missão tão nobre e que se encontram em amizade com nosso adorado vice-conde Julian.

Jaskier curvou-se profunda e agilmente.

– O vice-conde – a duquesa retomou – nos revelou seus nomes, apresentou o caráter e o motivo de sua viagem, explicou o que os trouxe até Toussaint. E sua história nos comoveu. Senhor Geralt, teríamos o prazer de falar consigo durante uma audiência privada. No entanto, isso demorará um pouco, pois pesam sobre nós obrigações de Estado. Terminou a vindima, portanto a tradição nos obriga a participar da Festa das Cubas.

A segunda mulher, essa de véu, inclinou-se para a duquesa e suspirou algo rapidamente. Anna Henrietta olhou para o bruxo, sorriu e passou a língua nos lábios.

– É de nossa vontade – levantou a voz – que o senhor Geralt de Rívia nos sirva à Cuba junto com o vice-conde Julian.

Um sussurro correu por entre o grupo de cortesãos e cavaleiros, algo à semelhança do farfalhar de pinheiros agilizados pelo vento. A duquesa Anarietta presenteou o bruxo com outro olhar lânguido e saiu da sala junto com sua companheira e o séquito de pajens.

– Pelo raio – o Cavaleiro de Xadrez suspirou. – Que coisa! Que honra que lhe foi concedida, senhor bruxo.

– Não entendo bem do que se trata – Geralt admitiu. – Como devo servir a Sua Alteza?

– Sua Alteza Sereníssima – corrigiu, ao aproximar-se, um corpulento senhor com a aparência de um confeiteiro. – Perdoe-me a correção, caro senhor, mas nestas circunstâncias sou obrigado a fazê-lo. Nós aqui, em Toussaint, respeitamos muito a tradição e o protocolo. Sou Sebastian Le Goff, o camareiro-mor e conde palatino.

– Prazer.

– O título oficial e protocolar da senhora Anna Henrietta – o camareiro-mor não tinha apenas o aspecto de um confeiteiro, ele também cheirava a cobertura – é: "Excelentíssima Senhora". E o não oficial: "Sua Sereníssima". E o familiar, fora da corte: "Sua Senhoria". No entanto, sempre deve se dirigir por "Sua Alteza Sereníssima".

– Obrigado, não esquecerei. E a outra dama? Que título devo usar quando me dirigir a ela?

– Seu título oficial é: "Venerável" – o camareiro-mor o instruiu com seriedade. – Mas é admissível dirigir-se por "Senhora". É uma parente da duquesa e chama-se Fringilla Vigo. De acordo com a vontade de Sua Alteza Sereníssima, é precisamente a ela que o senhor deve servir à Cuba.

– E em que consistirá esse serviço?

– Não se trata de nada difícil. Já lhe explico. Veja bem, já há anos usamos prensas mecânicas, pois a tradição...

•

O pátio vibrava com o zumbido das conversas, o frenético trilo das charamelas, a louca música da flauta de Pã e o retinir dos tamborins. Saltimbancos e acrobatas adornados com guirlandas saltitavam e executavam cambalhotas ao redor de uma cuba posicionada sobre um estrado. O pátio e os claustros estavam cheios de pessoas – cavaleiros, damas, cortesãos e burgueses que usavam rica vestimenta.

O camareiro-mor Sebastian Le Goff ergueu uma bengala adornada de videira e bateu-a três vezes contra o estrado.

– Ó, ó! – gritou. – Nobres senhoras, senhores e cavaleiros!

– Ó, ó! – a multidão respondeu.

– Ó, ó! Eis um costume antigo! Que se encha de uvas a videira! Ó, ó! Que amadureça ao sol!

– Ó, ó! Que amadureça!

– Ó, ó! Que fermentem as uvas, depois de amassadas! Que ganhem força e sabor nos barris! Que o vinho encha os copos com gostosura e suba à cabeça, para a honra da senhoria, das formosas damas, dos nobres cavaleiros e dos funcionários das vinícolas!

– Ó, ó! Que fermente!

– Que se apresentem as Formosas!

Duas mulheres – a duquesa Anna Henrietta e sua companheira de cabelos negros – surgiram das tendas de campanha de damasco, alocadas nos dois lados opostos do pátio. As duas estavam envoltas hermeticamente em capas escarlates.

– Ó, ó! – o camareiro-mor bateu a bengala. – Que se apresentem os Jovens!

Os "Jovens" já haviam sido instruídos e sabiam o que fazer. Jaskier aproximou-se da duquesa, e Geralt da dama de cabelos negros que, como já sabia, era chamada de a venerável Fringilla Vigo.

As duas mulheres tiraram as capas simultaneamente, e a multidão retumbou numa aclamação vivaz. Geralt engoliu a saliva.

As mulheres vestiam brancas camisolas de alças, finas como teia de aranha cujo cumprimento não ultrapassava os quadris. E, por baixo, justas calcinhas adornadas de babados. E mais nada. Nem joias. Aliás, estavam descalças.

Geralt levantou Fringilla e carregou-a em seu colo. Ela, entusiasmada, abraçou seu pescoço. Cheirava, imperceptivelmente, a âmbar e rosas. E a feminilidade. Estava cálida, e o calor que emanava penetrava como a ponta de uma flecha. Era macia, sua maciez queimava e irritava os dedos.

Carregaram-nas até os tanques. Geralt levou Fringilla, e Jaskier, a duquesa. Ajudaram-nas a subir em cima das uvas que explodiam, jorrando suco. A multidão urrou.

– Ó, ó!

A duquesa e Fringilla puseram as mãos nos ombros uma da outra, podendo, graças ao apoio mútuo, equilibrar-se melhor sobre as uvas em que sucumbiram até os joelhos. O mosto estourava e respingava. As mulheres davam voltas e pisavam nas uvas soltando gargalhadas feito adolescentes. Fringilla, completamente fora do protocolo, lançou uma piscadela para o bruxo.

– Ó, ó! – a multidão gritava. – Ó, ó! Que fermente!

As uvas esmagadas respingavam soltando o mosto que efervescia, turvo, e espumava com abundância em volta dos joelhos das pisadoras.

O camareiro-mor bateu a bengala contra as tábuas do estrado. Geralt e Jaskier aproximaram-se para ajudar as mulheres a sair das cubas. Geralt viu Anarietta, levada no colo por Jaskier, mordiscar sua orelha. Seus olhos brilhavam perigosamente. Ele próprio teve a impressão de que os lábios de Fringilla roçaram sua bochecha, mas não tinha certeza se foi de propósito ou por acaso. O mosto soltava um cheiro forte, subia à cabeça.

Pôs Fringilla em pé no estrado e envolveu-a com a capa escarlate. Fringilla apertou sua mão rapidamente e com força.

– Não é que essas tradições antigas – sussurrou – conseguem provocar tesão?

– Pois sim.

– Obrigada, bruxo.

– O prazer é todo meu.

– Todo, não. Garanto que não todo.

•

– Encha o copo, Reynart.

À mesa vizinha transcorria mais uma adivinhação invernal. Consistia em lançar a casca de uma maçã cortada em uma longa espiral e prognosticar as iniciais do nome do futuro parceiro a partir da forma em que ela se posicionasse. A casca sempre se alocava em forma da letra "S". Mesmo assim, a alegria continuava.

O cavaleiro encheu o copo.

– Resultou que Milva – disse o bruxo pensativo – estava sã, embora ainda usasse bandagens nas costelas. Trancou-se no aposento, recusava-se a sair e a provar o vestido que recebera de presente. Parecia que estouraria um escândalo protocolar, mas o onisciente Regis pacificou a situação. Citou uma dúzia de precedentes forçando o camareiro-mor a trazer vestimenta masculina para a arqueira. Angoulême, para variar, ficou feliz de livrar-se das calças, botas de montaria e dos meiões. O vestido, o sabão e o pente fizeram dela uma moça até bonita. Não há como negar que o banho e a roupa limpa melhoraram o humor de todos nós. Inclusive o meu. Todos nós íamos a essa audiência bem-humorados...

– Interrompa por um momento – Reynart apontou com o movimento da cabeça. – O negócio vem vindo até a gente. Ó, ó, e não se trata de uma, mas de duas vinícolas! Malatesta, nosso cliente, vem com um confrade... E concorrente. Que coisa!

– Quem é o segundo?

– É da vinícola Pomerol. Neste momento estamos bebendo precisamente seu vinho, Côte-de-Blessure.

Malatesta, o administrador da vinícola Vermentino, os avistou, acenou com a mão, aproximou-se enquanto conduzia até eles seu companheiro, um indivíduo de negro bigode e uma barba negra e abundante que combinava mais com um facínora que com um funcionário público.

– Os senhores permitam – Malatesta apresentou o barbudo, o senhor Alcides Fierabras, o administrador da vinícola Pomerol.

– Sentem-se.

– Por obséquio, só um instantinho. Viemos falar com o senhor bruxo a propósito do monstro de nossa cava. Pelo fato de estarem aqui, presumo que o monstro já está morto.

– Mortíssimo.

– O valor combinado – Malatesta assegurou – será depositado em sua conta no banco dos Cianfanelli mais tardar depois de amanhã. Poxa, muito obrigado, senhor bruxo. Obrigado mesmo. É uma cavazinha tão grande, linda, arqueada, orientada para o norte, nem demasiado seca nem molhada, exatamente do jeito que deveria ser para guardar lá o vinho, mas por causa desse hediondo monstro não havia como usá-la. O senhor próprio viu que tivemos de murar aquela parte toda do subsolo, mas, mesmo assim, o monstro conseguiu passar... não há como adivinhar de onde ele surgiu... Provavelmente do próprio inferno...

– As cavernas escavadas em tufo vulcânico sempre abundam em monstros – Reynart de Bois-Fresnes instruiu com uma cara de sábio. Acompanhava o bruxo já há mais de um mês e conseguiu aprender muito, pois era um bom ouvinte. – É claro que, onde há tufo, haverá monstros.

– Talvez seja o tufo mesmo. – Malatesta olhou para ele de soslaio. – Seja quem for esse tufo. Mas o povo fala que é porque as cavas devem estar interligadas com profundas cavernas, diretamente com o centro da terra. Há muitas dessas cavas e cavernas por aqui...

– Por exemplo, para não procurar muito longe, debaixo das nossas cavas – disse o barba negra da vinícola Pomerol. – Esses calabouços se estendem por milhas, ninguém sabe até onde chegam. E aqueles que tentaram descobrir isso não voltaram. Aparentemente, viram um monstro horrendo. Por isso queria propor...

– Imagino – o bruxo respondeu secamente – que proposta os senhores querem me fazer. E aceito-a. Penetrarei suas cavas. A remuneração será determinada de acordo com o que acharei lá.

– Não se arrependerá – o barbudo assegurou. – Humm humm... mais uma coisa...

– Digam, estou ouvindo.

– Esse súcubo que à noite assombra e atormenta os homens casados... Que a ilustríssima duquesa ordenou que matasse... Suponho que não haverá a necessidade de matá-lo, pois na verdade o demônio não incomoda ninguém... Só aparece por aí de vez em quando... Atormenta um bocadinho...

– Mas apenas os maiores de idade – Malatesta interpôs rapidamente.

– Compadre, você me tirou essas palavras da boca. Exatamente, o súcubo não incomoda ninguém. E ultimamente parece que não se tem ouvido mais falar dele. Juro, como se tivesse ficado com medo de você, senhor bruxo. Então qual seria o sentido de persegui-lo? Ao senhor não lhe falta dinheiro, pois não? E se o senhor sentir falta de algo...

– Não nego que algo poderia cair – Geralt disse com uma expressão impassível – em minha conta no banco dos Cianfanelli. No fundo de pensão bruxesco.

– Assim será feito.

– E o súcubo não perderá nem um fio de sua cabeleira loura.

– Passe bem, então. – As duas vinícolas levantaram-se. – Celebrem em paz, não os importunaremos. Hoje é dia de festa. Tradição. Em Toussaint, a tradição...

– Eu sei – Geralt disse. – É sagrada.

•

A turma sentada à mesa vizinha provocou uma algazarra enquanto efetuava mais uma adivinhação de Yule, realizada com bolas formadas com o miolo de pão e com as espinhas da carpa consumida. Uma forte bebedeira acompanhava o ocorrido. O taberneiro e as moças corriam às pressas abastecendo a mesa de jarros.

– O famoso súcubo – Reynart observou, servindo-se de mais repolho – iniciou a célebre série de contratos bruxescos que você aceitou em Toussaint. Depois, tudo aconteceu rapidamente e você não conseguia se livrar de clientes. O mais interessante é que não me lembro da primeira vinícola que lhe deu a disposição...

– Você não estava lá na hora. Aconteceu no dia seguinte, após a audiência concedida pela duquesa. Aliás, você faltou a ela também.

– Não houve nada de estranho nisso. Foi uma audiência particular.

– Até parece – Geralt bufou. – Participaram dela por volta de vinte pessoas, sem contar os lacaios imóveis como estátuas, pajens menores de idade e o entediado bobo da corte. Le Goff, o camareiro-mor de aparência e cheiro de confeiteiro, estava entre os contados, além de alguns fidalgos que se curvavam sob o peso das correntes de ouro. Havia alguns tipos de preto, conselheiros, ou talvez juízes. Estava lá o barão do brasão Cabeça de Touro, que conheci em Caed Myrkvid. Estava, obviamente, Fringilla Vigo, uma pessoa evidentemente muito próxima da duquesa. E lá estávamos nós, toda a nossa turma, inclusive Milva de vestimenta masculina. Ué, expressei-me mal falando de toda a companhia. Jaskier não estava lá. Jaskier, ou melhor, vice-conde Fulano de Tal, estava sentado no faldistório à direita da Sua Sereníssima Narizinho Anarietta, presunçoso como um pavão. Como um verdadeiro favorito. Anarietta, Fringilla e Jaskier eram as únicas pessoas que estavam sentadas. Ninguém mais fora autorizado a se sentar. Aliás, eu estava contente que não ordenaram que nos ajoelhássemos. A duquesa ouviu meu relato e, por sorte, interrompeu-me poucas vezes. Quando, resumidamente, expus o resultado das conversas com os druidas, abriu as mãos num gesto que sugeria uma preocupação tão sincera que parecia até exagerada. Sei que isso pode soar como um maldito oxímoro, mas acredite, Reynart, que no caso dela foi exatamente assim.

•

– Ah, ah – disse a duquesa Anna Henrietta, abrindo as mãos. – Deixou-nos extremamente preocupados, senhor Geralt. Digo-lhe, de verdade, nossos corações estão cheios de compaixão.

Fungou o nariz pontiagudo, estendeu a mão, e logo em seguida Jaskier pôs nela um lenço de cambraia com um monograma. A duquesa roçou as duas bochechas com o lenço de tal jeito que não removesse o pó.

– Ah, ah – repetiu. – Então os druidas não sabiam nada sobre Ciri? Não foram capazes de ajudá-los? Será, então, que todo seu esforço e o caminho percorrido foram em vão?

– Com certeza não foram em vão – respondeu convicto. – Admito que contava com a possibilidade de conseguir informações ou dicas concretas com os druidas que pudessem esclarecer, pelo menos de forma geral, por que Ciri era objeto de uma caça tão persistente. Contudo, os druidas não podiam, ou não queriam, me ajudar e nesse quesito realmente não consegui nada. Mas...

Suspendeu a voz por um momento. Não foi para causar um efeito dramático. Ficou pensando o quanto podia ser sincero diante de todo esse auditório.

– Sei que Ciri está viva – disse, por fim, secamente. – Provavelmente está ferida. Ainda corre perigo. Mas está viva.

Anna Henrietta suspirou, usou o lenço novamente e apertou o braço de Jaskier.

– Prometemos-lhes – disse – nossa ajuda e nosso apoio. Podem ficar em Toussaint o quanto quiserem. Pois precisam saber que residimos em Cintra, conhecíamos Pavetta e tínhamos simpatia por ela, conhecíamos a pequena Ciri e gostávamos dela. Estamos com vocês com todo o coração, senhor Geralt. Se for necessário, terão toda a assistência de nossos estudiosos e astrólogos. Nossas bibliotecas e livrarias estão à sua disposição. Acreditamos profundamente que acharão algum rastro, alguma dica ou pista que lhes mostrará o caminho certo. Não ajam precipitadamente. Não precisam se apressar. Podem ficar aqui de acordo com sua vontade, são sempre bem-vindos.

– Obrigado, Sua Alteza Sereníssima – Geralt curvou-se –, por sua generosidade e bondade. No entanto, seguiremos o caminho logo após descansarmos um pouco. Ciri ainda corre perigo. Quando ficamos parados em um único lugar, o perigo não somente cresce, mas as pessoas que nos são afáveis começam a correr perigo também. Inclusive os terceiros. Não queria permiti-lo, sob nenhuma condição.

A duquesa permaneceu em silêncio por algum tempo, acariciando, com movimentos rítmicos, o antebraço de Jaskier, como se fosse um gato.

– Suas palavras são nobres e justas – falou por fim. – Mas não precisam nada temer. Nossos cavaleiros acometeram os calhordas que os seguiam de tal forma que não se safou nem uma testemunha de sua derrota. O vice-conde Julian nos relatou o ocorrido. E qualquer um que se atrever a perturbá-los terá o mesmo destino. Encontram-se sob nossos cuidados e nossa proteção.

– Prezo isso – Geralt curvou-se novamente, xingando no fundo o joelho dolorido, mas não apenas ele. – No entanto, não posso me calar acerca daquilo que o vice-conde Jaskier se esqueceu de relatar a Sua Alteza Sereníssima. Os calhordas que me perseguiam desde Belhaven e que os seus cavaleiros corajosos acometeram em Caed Myrkvid eram, de verdade, calhordas da primeiríssima espécie de corjas, mas vestiam as cores de Nilfgaard.

– E daí?

Daí, tinha a resposta na ponta da língua, que se os nilfgaardianos ocuparam Aedirn em vinte dias precisam de apenas vinte minutos para ocupar seu ducado.

– A guerra não acabou – falou em vez disso. – Aquilo que aconteceu em Belhaven e Caed Myrkvid pode ser visto como diversão na retaguarda. E isso normalmente provoca repressões. Nos tempos de guerra...

– A guerra – a duquesa o interrompeu, erguendo o nariz pontiagudo – certamente já acabou. Comunicamo-nos acerca dessa questão com nosso primo, Emhyr var Emreis. Dirigimos-lhe um memorando em que ordenamos que imediatamente pusesse fim a um despropositado derrame de sangue. A guerra acabou com certeza. Certamente a paz foi firmada.

– Não parece – Geralt respondeu com frieza. – Atrás do Jaruga, a espada e o fogo dançam, corre sangue. Nada indica que esteja terminando. Diria que muito pelo contrário.

Num instante, arrependeu-se daquilo que dissera.

– Como é possível? – Parecia que o nariz da duquesa ficou ainda mais pontiagudo, e um tom rosnento e rangedor ressoou em sua voz. – Estou ouvindo bem? A guerra ainda não acabou? Por que, então, não fomos informados sobre isso? Senhor ministro Tremblay?

– Sua Alteza Sereníssima, eu... – balbuciou, ajoelhando-se, um dos portadores de correntes de ouro. – Eu não queria... Preocupar... Afligir... Sua Alteza Sereníssima...

– Guardas! – Sua Alteza Sereníssima uivou. – Levem-no para a torre! Caiu em desgraça, senhor Tremblay! Em desgraça! Senhor camareiro-mor! Senhor secretário!

– Às suas ordens, Ilustríssima...

– Que nossa chancelaria envie, imediatamente, uma nota a nosso primo, o imperador de Nilfgaard. Exigimos o cessar-fogo imediatamente, mas imediatamente. E que firme a paz. Pois a guerra e a discórdia são maléficas! A discórdia arruína e a paz faz crescer!

– Sua Alteza Sereníssima – o camareiro-mor-confeiteiro, branco como açúcar em pó – tem toda a razão.

– O que os senhores ainda estão fazendo aqui? Demos as ordens! Andem já, mas voando, hein!

Geralt olhou em volta com discrição. As caras dos cortesãos estavam intransigíveis, um fato que levava a concluir que semelhantes incidentes não eram uma novidade nessa corte. Decidiu firmemente que a partir desse momento ia apenas fazer coro com a senhora duquesa.

Anarietta roçou a ponta do nariz com o lenço e em seguida sorriu para Geralt.

– Como o senhor vê – disse –, suas inquietações eram inúteis. Não há o que temer e podem ficar hospedados aqui o quanto quiserem.

– Ficaremos, sim, Sua Alteza Sereníssima.

No silêncio, ouvia-se nitidamente o trincar da broca da madeira em um dos móveis antigos. E os sortilégios proferidos pelo cavalariço contra um cavalo num pátio distante.

– Queríamos também – Anarietta quebrou o silêncio – fazer-lhe um pedido, senhor Geralt. Um pedido destinado a um bruxo.

– Claro, Sua Alteza Sereníssima.

– É um pedido de muitas damas nobres de Toussaint, assim como nosso. Um monstro noturno perturba as casas locais. Um diabo, fantasma, súcubo em forma de mulher, mas tão desavergonhado que não nos atrevemos a descrevê-lo, perturba os cônjuges virtuosos e fiéis. Assombra as alcovas à noite, comete atos devassos e dissolutos, perversões repugnantes as quais nossa humildade não nos permite mencionar. O senhor, sendo um perito, deve saber do que se trata.

– Sim, Sua Alteza Sereníssima.

– As damas de Toussaint pedem que acabe com esse monstro repugnante. E nós aderimos a esse pedido. E asseguramos-lhe de nossa generosidade.

– Sim, Sua Alteza Sereníssima.

•

Angoulême achou o bruxo e o vampiro no parque adjacente ao palácio onde os dois passeavam e desfrutavam de uma conversa discreta.

– Vocês não vão acreditar – arfou. – Não vão acreditar se eu lhes disser... Mas é pura verdade...

– Diga, então.

– Reynart de Bois-Fresnes, o errante Cavaleiro de Xadrez, está na fila junto com os outros cavaleiros errantes diante do camareiro-mor da duquesa. E sabem para quê? Para receber a mesada! A fila, digo-lhes, tem o comprimento de meio tiro de arco e há tantos escudos que você fica zonzo. Perguntei a Reynart como era isso e ele respondeu que os cavaleiros errantes também andavam com fome.

– E o que tem de sensacional nisso?

– Você deve estar brincando! Os cavaleiros errantes vagueiam por uma nobre vocação! E não por uma mesada!

– Uma coisa – o vampiro Regis falou com muita seriedade – não exclui a outra. É sério. Acredite no que digo, Angoulême.

– Acredite no que ele diz, Angoulême – Geralt confirmou secamente. – Pare de correr pelo palácio à procura de escândalos, vá fazer companhia a Milva. Ela está de baixíssimo astral, não deveria ficar sozinha.

– É verdade. A tiazinha deve estar menstruada porque está zangada que nem uma vespa. Eu acho...

– Angoulême!

– Está certo, já vou.

Geralt e Regis pararam junto a uma cama de rosas de cem pétalas já emurchecidas. Mas não conseguiram ter uma conversa mais longa. Um homem muito magro vestido com uma elegante capa da cor de umbra surgiu de trás da orangerie.

– Bom dia. – Curvou-se e bateu nos joelhos um gorro de pele de marta. – Posso perguntar, por obséquio, qual dos senhores é o bruxo chamado Geralt, famoso pelo seu ofício?

– Sou eu.

– Meu nome é Jean Catillon, sou administrador das vinícolas Castel Toricella. Trata-se da seguinte questão: precisávamos de um bruxo. Queria me certificar se o senhor, por obséquio, não gostaria de...

– Do que é que se trata?

– É o seguinte – o administrador Catillon começou. – Por causa dessa maldita guerra, os comerciantes vêm com menos frequência, o estoque cresce, está começando a faltar espaço para os barris. Pensamos que não haveria problemas, pois embaixo dos castelos há calabouços que se estendem por milhas, cada vez mais fundos, calabouços que devem chegar até o centro da terra. Embaixo de Toricella também achamos um calabouço assim, lindo, se isso é possível, com os arcos do teto arredondados, não demasiadamente seco nem molhado, perfeito para guardar o vinho nele...

– E aí? – o bruxo não aguentou.

Descobrimos que nesses calabouços grassava algum monstro, se isso é possível, que deve ter vindo do fundo da terra. Queimou duas pessoas, deturpou seu corpo até os ossos e cegou um, pois ele, meu senhor, isto é, o monstro, cospe e vomita alguma lixívia cáustica...

– É uma solpuga – Geralt afirmou concisamente. – Conhecida também como peçonhenta.

– Veja só – Regis sorriu. – Eis sua prova, senhor Catillon, que está lidando com um profissional. Pode-se dizer que um profissional lhe cai do céu. E o senhor já se dirigira a propósito deste assunto aos cavaleiros errantes do local? A duquesa tem todo um regimento deles e esse tipo de missões é sua especialidade, sua razão de ser.

– Nenhuma razão – o administrador Catillon balançou a cabeça. – Sua razão é proteger estradas, dutos, passos, pois, se os comerciantes não chegarem até aqui, todos nós faliremos. Além disso, os cavaleiros são valentes e pelejadores, mas só a cavalo. Nenhum deles entrará debaixo da terra! Ademais, eles cobram...

Interrompeu e ficou calado. Estava com a cara de alguém que tinha dentes, mas não conseguiu dar neles com a língua.

– Eles cobram muito – Geralt terminou, embora sem grande malícia. – Saiba, então, amigo, que eu cobro mais. Livre mercado. E livre concorrência. Pois eu, se acertarmos um contrato, descerei do cavalo e irei para debaixo da terra. Pense nisso, mas não demore muito, pois não passarei muito tempo em Toussaint.

– Você está me surpreendendo – Regis falou logo após o administrador ter ido embora. – O bruxo ressurgiu em você tão de repente? Você aceita contratos? Você se ocupará de monstros?

– Eu próprio estou surpreso – Geralt respondeu com sinceridade. – Reagi espontaneamente, por um impulso inexplicável. Vou sair dessa. Posso considerar insuficiente qualquer preço proposto. Sempre. Mas voltemos à nossa conversa...

– Esperemos. – O vampiro apontou com o olhar. – Algo me diz que você terá mais clientes.

Geralt xingou em voz baixa. Dois cavaleiros vinham em sua direção pela aleia de ciprestes. Reconheceu o primeiro num instante, pois não havia como confundir com qualquer outro brasão a enorme cabeça de um touro sobre a capa branca como neve. O outro cavaleiro, alto, de cabelo grisalho e de uma fisionomia nobremente angular como se fosse esculpida em granito, tinha sobre a túnica celeste o símbolo de duas e meia douradas cruzes florenciadas.

Os cavaleiros pararam a uma distância prescrita de dois passos e curvaram-se. Geralt e Regis corresponderam ao gesto. Em seguida, os quatro mantiveram o silêncio ordenado pelo costume cavaleiresco, que devia durar dez batimentos do coração.

– Com licença, senhores – Cabeça de Touro fez uma apresentação –, este é o barão Palmerin de Launfal. Eu, como os senhores devem recordar, chamo-me...

– Barão de Peyrac-Peyran. Seria impossível esquecer.

– Temos um assunto para tratar com o senhor bruxo – Peyrac-Peyran foi direto ao assunto. – A respeito de questões profissionais.

– Pois não.

– A sós.

– Não tenho segredos diante do senhor Regis.

– Mas os nobres senhores certamente os têm – o vampiro sorriu. – Por isso, deem-me licença, que eu vou ver aquele pavilhãozinho charmoso, deve ser o templo de contemplação. Senhor de Peyrac-Peyran... Senhor de Launfal...

Trocaram reverências.

– Sou todo ouvidos – Geralt interrompeu o silêncio, sem nem sequer ponderar a possibilidade de esperar até a décima batida do coração.

– A questão é – Peyrac-Peyran abaixou a voz e olhou em volta receosamente – aquele súcubo... Aquele demônio que assombra à noite. Aquele que a duquesa e as damas pediram para aniquilar. Quanto lhe ofereceram para matar o assombro?

– Desculpem, mas é um segredo profissional.

– Claro – disse Palmerin de Launfal, o cavaleiro com a cruz florenciada. – É verdadeiramente honorável sua postura. De verdade, receio muito que possa ofendê-lo com minha proposta, mas, mesmo assim, vou fazê-la. Desista desse contrato, senhor bruxo. Não arme ciladas para pegar o súcubo, deixe-o em paz. Não fale nada para a duquesa nem para as damas. E pela honra nós, os senhores de Toussaint, faremos uma oferta mais vantajosa que a das damas. Surpreendê-lo-emos com nossa generosidade.

– De fato a proposta parece – o bruxo falou com frieza – não se distanciar muito de injúria.

– Senhor Geralt. – A cara de Palmerin de Launfal estava séria e implacável. – Vou lhe dizer o que nos atreveu a fazer a proposta. Foi a sua fama de matar apenas os monstros que constituem perigo. Um perigo real. Não imaginado, que resulta da ignorância ou dos preconceitos. Deixe, então, garantirmos que o súcubo não constitui nenhum perigo nem prejudica ninguém. Simplesmente assombra nos sonhos... De vez em quando... E aflige um pouco...

– Mas apenas os maiores de idade – Peyrac-Peyran acrescentou às pressas.

– As damas de Toussaint – Geralt disse, olhando em volta – não estariam felizes se soubessem desta conversa. Assim como a duquesa.

– Estamos plenamente de acordo – murmurou Palmerin de Launfal. – A discrição é absolutamente aconselhável. Não se deve acordar as falsas devotas.

– Abram uma conta para mim em um dos bancos dos anões locais – Geralt afirmou devagar e em voz baixa. – E me surpreendam com sua generosidade. Mas estou avisando, não é fácil me surpreender.

– Mesmo assim, tentaremos – Peyrac-Peyran prometeu soberbamente.

Despediram-se trocando reverências.

Regis voltou após ter escutado tudo com seu ouvido vampírico.

– Agora – falou com seriedade – você também pode dizer que foi um instinto involuntário e um impulso inexplicável. Mas será difícil se desembaraçar de uma conta aberta.

Geralt ficou olhando para o alto, para além do cimo dos ciprestes.

– Quem sabe – falou – talvez passemos aqui alguns dias. Se for pensar nas costelas de Milva, podem ser até mais do que alguns dias. Talvez algumas semanas. Será bom ter alguma independência financeira para passar essa temporada.

•

– Então foi daí que surgiu a conta no banco dos Cianfanelli – Reynart de Bois-Fresnes balançou a cabeça. – Olhe lá, hein. Se a duquesa soubesse disso, haveria, decerto, mudanças nos cargos, haveria uma nova distribuição de patentes. Hã, talvez até eu pudesse ser promovido. Juro, é uma pena que não tenha predisposições para ser delator. Conte agora sobre o famoso banquete com o qual fiquei tão feliz. Queria muito ter participado dele, saboreado a comida e a bebida! Mas eles me mandaram para a fronteira, para a guarita, para o frio e para a garoa. Eta, eta, tá, a ventura do cavaleiro sempre nisso dá...

– O grande banquete anunciado de forma tão exaltada – Geralt começou a falar – foi antecedido por sérias preparações. Era preciso achar Milva, que se escondera nas cavalariças, e convencê-la de que o destino de Ciri e de quase todo o mundo dependia de sua participação no banquete. Era preciso pôr o vestido nela quase à força. Depois era preciso obrigar Angoulême a jurar que ia se comportar como uma dama, especialmente evitar que falasse "puta" e "cu". Quando afinal conseguimos fazer isso tudo e estávamos prestes a descansar tomando vinho, apareceu o camareiro-mor Le Goff que cheirava a cobertura e estava inflado como a bexiga de um porco.

•

– Nestas circunstâncias devo sublinhar – o camareiro-mor Le Goff começou a falar com uma voz nasal – que à mesa da Sua Alteza Sereníssima não há lugares de segunda categoria e ninguém tem o direito de se sentir ofendido por causa do lugar assinado. No entanto, nós aqui, em Toussaint, guardamos uma rigorosa observância das antigas tradições e costumes, e de acordo com eles...

– Por obséquio, senhor, vá direto ao ponto.

– O banquete está marcado para amanhã. Preciso dispor da mesa segundo as honras e a hierarquia.

– Certo – o bruxo falou com seriedade. – Já lhe digo tudo. O mais digno de nós, tanto pelo grau como pela honra, é Jaskier.

– O senhor vice-conde Julian – o camareiro-mor disse, arrebitando o nariz – é um convidado extraordinariamente honorífico. Portanto, permanecerá sentado à direita de Sua Alteza Sereníssima.

– Certo – o bruxo repetiu, sério como a própria morte. – Mas ele não revelou, no que diz respeito a nós, quais eram nossos graus, títulos e honras?

– Revelou – o camareiro-mor pigarreou – apenas o fato de que os senhores estão viajando incógnitos numa missão cavaleiresca e não podem divulgar os detalhes dela, assim como os verdadeiros nomes, brasões e títulos, pois estão comprometidos por um juramento.

– Exatamente. Qual é o problema, então?

– Eu preciso dispor dos assentos! São convidados, sobretudo comilitões do senhor vice-conde, então lhes assinarei lugares mais próximos da cabeceira da mesa... Entre os barões. No entanto, não pode ser, senhores, que sejam iguais na hierarquia, pois não acontece nunca de todos serem iguais. Se alguém dos senhores merecer uma distinção maior por causa do grau ou nascimento, deverá permanecer sentado à mesa principal, junto da duquesa...

– Ele – o bruxo apontou, sem hesitar, para o vampiro que estava por perto, contemplando, concentrado, o gobelim que ocupava quase toda a parede – é conde. Mas não dê nem um pio sobre isso. É um segredo.

– Entendo. – O camareiro-mor ficou tão impressionado que quase se engasgou. – Nestas circunstâncias... Assinar-lhe-ei o lugar à direita da condessa Notturna, tia de nobre nascimento da senhora duquesa.

– Não se arrependerão, nem o senhor nem a tia. – Geralt mantinha uma cara impassível. – Não há ninguém que se possa igualar a ele tanto em costumes como na arte de conversar.

– Estou contente de ouvi-lo. O senhor, Geralt de Rívia, sentará junto da venerável senhora Fringilla. Assim manda a tradição. O senhor a carregou até a Cuba, é seu.... hmmm... digamos, cavaleiro...

– Entendi.

– Muito bem, então. Ah, senhor conde...

– Pois não? – estranhou o vampiro que acabou de se afastar da tapeçaria que mostrava a luta entre os gigantes e ciclopes.

– Nada, nada – Geralt sorriu. – Estamos apenas batendo papo.

– Ha, ha – Regis acenou com a cabeça. – Não sei se os senhores notaram... Mas esse ciclope no gobelim, esse aí com o porrete...

Olhem para os dedos de seus pés. Ele, não temamos dizer a verdade, tem duas pernas esquerdas.

– É mesmo – o camareiro-mor Le Goff confirmou sem nenhuma sombra de dúvida. – Há mais gobelins desse tipo em Beauclair. O homem que os teceu era um verdadeiro mestre. Mas bebia muito. Os artistas são assim.

•

– Já está na hora de irmos – o bruxo falou, desviando o olhar das moças atiçadas pelo vinho que o observavam, sentadas à mesa em que se faziam adivinhações. – Vamos embora, Reynart. Paguemos, montemos o cavalo e vamos para Beauclair.

– Eu sei por que você está com tanta pressa – o cavaleiro lançou um largo sorriso. – Não se preocupe, sua bela de olhos verdes está à sua espera. Acabou de dar meia-noite. Conte sobre o banquete.

– Contarei e iremos embora.

– Combinado.

•

A vista da mesa posta em forma de uma gigantesca ferradura lembrava explicitamente que o outono estava chegando ao fim e o inverno se aproximava. Os vasos e as bandejas estavam carregados de iguarias, entre as quais dominava carne de caça em todas as possíveis variantes e espécies. Havia lá enormes quartos de javalis, presuntos e pernis de cervos, diversos patês, aspics e rosadas fatias de carne, enfeitadas com cogumelos, cranberries, geleia de ameixa e molho com frutas de espinheiro-alvar. Tudo de acordo com o costume outonal. Havia aves outonais – galos-lira, tetrazes e faisões, servidos de forma decorativa com as asas e as caudas, pintadas-pretas assadas, codornizes e perdizes, marrecos, narcejas, galinhas-do-mato e tordos. Havia lá verdadeiras iguarias, como tordos-zorzais, assados inteiramente, sem esviscerar, pois as bagas de junípero que se encontram nas entranhas dessas pequenas aves constituem um tempero natural. Havia também trutas dos lagos serranos, luciopercas, fígados de lotas e lúcios. A alface-da-terra, que era típica para o outono tardio e, de acordo com a necessidade, poderia ser retirada até de debaixo da neve, propiciava o toque verde.

O visgo substituía as flores.

No meio da mesa honorária que constituía o cimo da ferradura e à qual se sentaram a duquesa Anarietta e os mais ilustres convidados, pôs-se a decoração da noite numa enorme bandeja de prata. Por entre as trufas, flores talhadas em cenouras, limões cortados ao meio e corações de alcachofras, estirava-se um gigantesco esturjão em cujo dorso havia uma garça assada inteiramente, apoiada sobre um pé, que segurava um anel dourado em seu bico levantado.

– Juro pela garça – Peyrac-Peyran, o barão com a cabeça de um touro no brasão bem conhecido pelo bruxo, gritou, levantou-se e ergueu a taça. – Juro pela garça defender a virtude dos cavaleiros e a honra das damas e juro nunca, absolutamente nunca, ceder o campo a ninguém!

O juramento foi aplaudido com entusiasmo. E todos entregaram-se ao ato de comer.

– Juro pela garça! – outro cavaleiro que usava um bigode empinado e insolente parecido com uma vassoura vozeirou. – Prometo defender as fronteiras e Sua Alteza Sereníssima Anna Henrietta até a última gota de sangue! E, para provar minha fidelidade, juro pintar uma garça no escudo e por um ano lutar incógnito, mantendo o nome e o brasão em segredo, chamando-se de o Cavaleiro da Garça Branca! Brindo à saúde de Sua Alteza Sereníssima!

– À saúde! À felicidade! Viva! Viva Sua Alteza Sereníssima!

Anarietta agradeceu com um leve aceno da cabeça decorada com um diadema de diamantes. Usava tantos diamantes que poderia arranhar um vidro apenas passando por ele. Jaskier estava sentado junto dela, sorrindo tolamente. Emiel Regis estava sentado um pouco à frente, entre duas matronas. Vestia uma negra túnica de veludo na qual parecia um vampiro. Servia às matronas, divertia-as com a conversa e elas ouviam-no fascinadas.

Geralt pegou a travessa com as postas de lucioperca decoradas com salsinha, serviu a Fringilla Vigo, que estava sentada à sua esquerda e usava um vestido de cetim roxo e um lindíssimo colar de ametistas que se apresentava formosamente no decote. Fringilla, que o observava por debaixo de seus negros cílios, ergueu a taça e sorriu misteriosamente.

– À sua saúde, Geralt. Alegro-me com o fato de estarmos sentados juntos.

– Não louve antes que o dia termine – retribuiu o sorriso, pois afinal de contas estava de bom humor. – O banquete mal começou.

– Pelo contrário. Dura o suficiente para você me fazer um elogio. Quanto mais devo esperar?

– Você é excepcionalmente linda.

– Devagar, devagar, com moderação! – riu, e ele juraria que o riso fora verdadeiramente sincero. – Se continuarmos nesse passo, dá medo de pensar até onde poderemos chegar antes que o banquete acabe. Comece com... Hmm... Diga que meu vestido é elegante e que fico bem de roxo.

– Você fica bem de roxo. Mas preciso admitir que você estava linda de branco.

Viu um desafio em seus olhos cor de esmeralda. Estava com medo de aceitá-lo. Não estava tão bem-humorado.

Cahir e Milva estavam sentados de frente para eles. Cahir, entre duas jovens nobres, aparentemente baronesas, que não paravam de tagarelar. E a arqueira estava acompanhada de um cavaleiro mais velho, soturno e calado como uma pedra com o rosto muito enfeado por marcas de varicela.

Angoulême estava sentada num lugar um pouco mais distante, fazendo alvoroço e se achando a rainha da cocada entre os jovens cavaleiros errantes.

– O que é isso? – gritava, erguendo uma faca de prata com a ponta arredondada. – Sem a ponta? Temem que nos esfaqueemos mutuamente ou o quê?

– Esse tipo de facas – Fringilla explicou – está em uso em Beauclair desde os tempos da duquesa Carolina Roberta, avó de Anna Henrietta. Caroberta ficava louca quando os convidados limpavam os dentes com as facas durante os banquetes. No entanto, não há como fazer isso com uma faca com a ponta arredondada.

– Realmente não há – Angoulême concordou, fazendo uma careta insolente. – Por sorte deram-nos garfos!

Fingiu que estava colocando o garfo na boca, mas parou sob o severo olhar de Geralt. O jovem cavaleirinho sentado à sua direita riu soltando um relincho de falsete. Geralt pegou a travessa com o pato em gelatina e serviu a Fringilla. Viu que Cahir se esforçava para satisfazer os desejos das baronesas que estavam encantadas, olhando para ele como para um arco-íris. Viu os jovens cavaleiros se apressando para servir a Angoulême, competindo para lhe oferecer pratos e caindo às gargalhadas após ouvirem suas piadas patetas.

Viu Milva esmigalhar o pão com o olhar fincado na toalha de mesa.

Fringilla parecia ler seus pensamentos.

– Sua companheira taciturna – sussurrou, inclinando-se em sua direção – teve azar. Bem, essas coisas acontecem na hora de dispor a mesa. O barão de Trastamara não é muito cortês. Nem eloquente.

– Talvez seja melhor assim – Geralt disse em voz baixa. – Um cortesão babado de polidez seria pior. Eu conheço Milva.

– Tem certeza? – Olhou para ele rapidamente. – Você, por acaso, não a está medindo com sua própria régua? Por sinal, um pouco cruel?

Não respondeu e, em vez disso, serviu-lhe enchendo seu copo de vinho. E chegou à conclusão de que estava na hora de esclarecer certas questões.

– Você é feiticeira, não é?

– Sou – admitiu, mascarando a surpresa habilmente. – Como você notou?

– Sinto a aura – não entrou em pormenores. – E tenho experiência.

– Para que tudo esteja claro – disse após um momento –, não era minha intenção enganar ninguém. Não tenho, no entanto, a obrigação de ostentar minha profissão ou vestir um chapéu pontiagudo e uma capa negra. Qual seria o sentido de assustar as crianças com minha pessoa? Tenho o direito de passar incógnita.

– Sem dúvida.

– Estou em Beauclair porque aqui fica, senão a maior, então a mais rica biblioteca do mundo já conhecida. Fora das bibliotecas universitárias, claro. Mas as universidades são ciumentas quanto ao acesso a suas prateleiras, e eu aqui sou parente e amiga de Anarietta e tenho toda a liberdade.

– É de dar inveja.

– Durante a audiência, Anarietta sugeriu que a biblioteca pudesse guardar alguma pista valiosa para você. Não se deixe desencorajar por causa de sua exaltação teatral. Ela simplesmente é assim. E realmente não se pode descartar a possibilidade de encontrar algo nos livros, é altamente provável. Basta apenas saber o que se procura e onde procurá-lo.

– É mesmo. Só isso.

– Suas respostas estão tão cheias de entusiasmo que realmente animam e estimulam a ter uma conversa – levemente semicerrou os olhos. – Suspeito do motivo. Você não confia em mim, não é?

– Aceita mais um pedaço da galinha-do-mato?

– Juro pela garça! – Um jovem cavaleiro sentado na ponta da ferradura levantou-se e cobriu o olho com uma faixa recebida de sua vizinha de mesa. – Juro que não vou tirar esta faixa até que sejam eliminados por completo os bandoleiros do passo de Cervantes!

A duquesa expressou seu apreço com um aceno senhorial de seu diadema que reluzia com diamantes.

Geralt esperava que Fringilla não retomasse o assunto. Estava errado.

– Você não acredita nem confia em mim – disse. – Você me deu um golpe duplamente doloroso. Você não apenas duvida que eu sinceramente queira ajudá-lo, como também não acredita que eu possa fazê-lo. Oh, Geralt! Você feriu profundamente meu orgulho e minha altiva ambição.

– Ouça...

– Não! – Ergueu a faca e o garfo como se estivesse ameaçando-o com eles. – Não dê explicações. Não suporto homens que procuram se explicar.

– E que tipo de homens você suporta?

Semicerrou os olhos, mas continuava a segurar os talheres como se fossem adagas prontas para executar um golpe.

– A lista é longa – disse devagar – e não quero entediá-lo com pormenores. Vou apenas mencionar que no topo dela há homens que estão prontos para ir até o fim do mundo pela pessoa amada, sem medo, desdenhando o risco e o perigo. E não desistem, embora possa parecer que não haja chances de sucesso.

– E as restantes posições na lista? – não aguentou. – Outros homens de seu gosto? Loucos também?

– E o que seria a verdadeira masculinidade – inclinou a cabeça caprichosamente – senão classe e loucura misturadas nas proporções certas?

– Senhoras e senhores, barões e cavaleiros! – gritou vivamente o camareiro-mor Le Goff ao levantar-se e erguer com ambas as mãos uma gigantesca taça. – Nestas circunstâncias permito-me brindar à saúde da Ilustríssima Duquesa Anna Henrietta!

– À saúde, à felicidade!

– Hurra!

– Que viva! Viva!

– E agora, senhoras e senhores. – O camareiro-mor pôs a taça de lado e com um gesto cerimonial acenou para os lacaios. – E agora... Magna Bestia!

Na travessa, que quatro criados tiveram de carregar em cima de uma espécie de liteira, entrou um enorme assado enchendo a sala de um maravilhoso aroma.

– Magna Bestia! – os festeiros estrondearam em coro. – Hurra! Magna Bestia!

– Que porra de besta? – Angoulême inquietou-se em voz alta. – Não vou comer até que me falem o que é aquilo.

– É um alce – Geralt explicou. – Alce assado.

– E não é um alce qualquer – Milva pigarreou e falou em seguida. – O gigante tinha por volta de sete quintais.

– Um alce macho. Sete quintais e quarenta e cinco libras – o barão com o rosto cheio de marcas de varicela sentado junto dela falou em voz rouca. Foram as primeiras palavras que proferiu desde o início do banquete.

Poderia ter sido o início de uma conversa, mas a arqueira rubejou, fixou os olhos na toalha de mesa e recomeçou a esmigalhar o pão.

Mas Geralt levou a sério as palavras de Fringilla.

– Será que foi o senhor, barão – perguntou –, que matou esse maravilhoso alce?

– Não fui eu – negou o cara de varicela. – Foi meu sobrinho. Um excelente atirador. Mas é, digamos, papo de homens... Peço desculpas, mas não vamos entediar as damas...

– Mas com que arco? – perguntou Milva que ainda fitava a toalha de mesa. – Com certeza foi com um arco de, pelo menos, setenta libras.

– Laminado. Camadas de teixo, acácia, freixo, coladas com tendões – o barão falou devagar, notavelmente surpreso. – Um zefhar duplamente dobrado. Setenta e cinco libras de potência.

– E o estiramento?

– De vinte e nove polegadas – o barão falava cada vez mais devagar, parecia que cuspia as palavras uma por uma.

– Uma verdadeira máquina – Milva falou calmamente. – Com um desses se acertaria um corço de uma distância de apenas cem passos. Se o arqueiro fosse bom.

– Eu – o barão disse com rouquidão, um pouco ofendido – acerto, de vinte e cinco passos, digamos, um faisão.

– De vinte e cinco – Milva ergueu a cabeça – eu acerto um esquilo.

O barão pigarreou, envergonhado, e serviu às pressas a comida e a bebida à arqueira.

– Um bom arco – balbuciou – é a metade do êxito. Contudo, a qualidade das flechas, digamos, é igualmente importante. Repare, senhorita, que para mim uma flecha...

– À saúde de Sua Alteza Sereníssima Anna Henrietta! À saúde do vice-conde Julian de Lettenhove!

– À saúde! *Vivant*!

– ... e ele a comeu – Angoulême terminou mais uma anedota pouco inteligente. Os jovens cavaleiros caíram numa gargalhada estrondosa que parecia mais um relinchar do que risada.

As baronesas, chamadas Queline e Nique, ouviam boquiabertas, com os olhos brilhando e as bochechas rubejantes, a história contada por Cahir. À mesa principal toda a alta aristocracia ouvia as divagações de Regis. Geralt – apesar de seu ouvido de bruxo – conseguia escutar apenas uma ou outra palavra que chegava até ele no meio da algazarra. No entanto, sabia que o assunto sobre o qual se falava eram assombrações, estriges, súcubos e vampiros. Regis gesticulava com o garfo de prata e provava que o melhor remédio contra vampiros era a prata, o metal cujo toque mais suave era absolutamente letal para um vampiro. E o alho?, as damas perguntaram. O alho também é eficaz, Regis admitia, mas causava problemas no convívio social, pois fedia terrivelmente.

Uma banda na galeria tocava discretamente guzlas e pífanos, os acrobatas, malabaristas e engolidores de fogo mostravam a arte de seu ofício. O bobo tentou fazer rir, mas não chegava nem aos pés de Angoulême. Em seguida, apareceu o treinador de ursos com seu urso que, para a alegria geral, fez cocô no chão. Angoulême entristeceu e perdeu o humor – não havia como competir com algo assim.

A duquesa do nariz pontiagudo enfureceu-se de repente, um dos barões caiu na desgraça por causa de uma palavra desatenta e foi escoltado até a torre. Poucas pessoas – além do próprio envolvido no ocorrido – preocuparam-se com o assunto.

– Você não conseguirá sair tão rápido daqui, seu incrédulo – Fringilla Vigo falou, balançando o copo. – Embora quisesse partir logo, não conseguirá.

– Não leia, por favor, meus pensamentos.

– Desculpe. Eram tão fortes que li sem querer.

– Você nem imagina quantas vezes eu já ouvira o mesmo papo.

– Você próprio não sabe o quanto eu sei. Por favor, coma as alcachofras, são saudáveis, fazem bem ao coração. E o coração é um órgão muito importante para um homem. O segundo na escala de importância.

– Pensei que as mais importantes fossem classe e loucura.

– As qualidades do espírito deveriam ser acompanhadas pelos valores do corpo. Assim se atinge a perfeição.

– Ninguém é perfeito.

– Mas isso não é um argumento. É preciso se esforçar. Sabe o que mais? Vou aceitar essa galinha-do-mato.

Cortou a avezinha no prato com tanta rapidez e brutalidade que o bruxo estremeceu.

– Não partirá daqui tão rápido – disse. – Primeiro, você não precisa. Não corre nenhum perigo...

– Realmente nenhum – não aguentou e interrompeu no meio da frase. – Os nilfgaardianos se assustarão com a nota contundente emitida pela chancelaria ducal. E, caso se arrisquem, serão expulsos daqui pelos cavaleiros errantes com vendas nos olhos que juram pela garça.

– Você não corre nenhum risco – repetiu, não prestando atenção ao sarcasmo. – Toussaint é geralmente considerado um ducado de conto de fadas, ridículo e irreal, que além disso, por causa da produção de vinho, vive tomado por um estado de permanente embriaguez e alegria bacanal. Portanto, ninguém o leva a sério, mas goza de privilégios porque, afinal de contas, fornece vinhos, e sem o vinho, como se sabe, não há vida. Por isso, em Toussaint não atuam agentes, espiões ou serviços secretos. E não se precisa manter um exército, bastam apenas cavaleiros errantes com um olho vendado. Ninguém atacará Toussaint. Vejo, pela expressão em sua cara, que não o convencera.

– Não por completo.

– Que pena, então. – Fringilla semicerrou os olhos. – Gosto de fazer as coisas por completo. Detesto o incompleto e os meios-termos. E as meias-palavras. Então concluo: Fulko Artevelde, o prefeito de Riedbrune, acha que você está morto, pois os fugitivos informaram-lhe que os druidas os queimaram todos vivos. Fulko está fazendo de tudo para encobrir o assunto que certamente pode virar um escândalo. É do seu interesse fazer isso; ele se preocupa com sua própria carreira. Mesmo que ele saiba que você está vivo, já será demasiado tarde. A versão que ele providenciara nos relatórios será a vigente.

– Você sabe muito.

– Nunca escondi esse fato. Portanto, o argumento sobre a perseguição nilfgaardiana pode ser desconsiderado. E simplesmente faltam outros que sustentariam a decisão sobre uma partida rápida.

– Interessante.

– Mas real. Há quatro passos que levam às quatro partes do mundo pelos quais se pode sair de Toussaint. Qual dos passos você escolherá? Os druidas não lhe disseram nada e se negaram a cooperar. O elfo das montanhas desapareceu...

– Você realmente sabe muito.

– Já havíamos determinado isso.

– E você quer me ajudar.

– E você está negando essa ajuda, pois não acredita na sinceridade de minhas intenções. Não confia em mim.

– Escute, eu...

– Não se justifique. Coma mais alcachofras.

Mais uma pessoa jurou pela garça. Cahir elogiava as baronesas. Angoulême, ligeiramente embriagada, podia ser ouvida por toda a mesa. O barão cara de varicela, animado pelo discurso sobre os arcos e as flechas, até passou a galantear Milva.

– Por favor, senhorita, prove o presuntinho de javalizinho. Em minhas propriedades há áreas não cobertas de neve onde, digamos, bandos inteiros de javalis revolvem a terra.

– Oh!

– Às vezes se podem encontrar lá belas peças, de até três quintais... Estamos no auge da temporada... Se a senhorita desejar... Podemos caçar, digamos, juntos...

– Mas nós não ficaremos aqui por muito tempo. – Milva olhou de forma curiosamente implorante. – Pois, que o senhor me perdoe, mas temos afazeres mais importantes que a caça. – Embora – acrescentou às pressas, vendo o barão entristecer – com grande vontade caçaria uma besta negra com o senhor.

O barão alegrou-se imediatamente.

– Se não for para caçar – declarou entusiasmado –, então convido-a para me visitar. Em minha residência. Eu lhe mostrarei minha coleção de galhadas de cervos, esgalhos, cachimbos e sabres...

Milva fixou o olhar na toalha de mesa.

O barão pegou a bandeja com os tordos zornais, serviu-lhe e em seguida encheu o copo de vinho.

– Peço desculpas – disse. – Não sou cortês. Não sei cortejar. Não sou bom nesse tipo de papo.

– Eu – Milva pigarreou – fui criada na floresta. Sei dar valor ao silêncio.

Fringilla achou a mão de Geralt embaixo da mesa e apertou-a com força. Geralt mirou seus olhos. Não sabia adivinhar o que se escondia neles.

– Confio em você – disse. – Confio na sinceridade de suas intenções.

– Não está mentindo?

– Juro pela garça.

•

O guarda municipal devia estar bastante chumbado por causa das festividades de Yule, pois andava cambaleando, batia a alabarda contra as tabuletas e anunciava estrondosamente, embora balbuciando, que já eram dez horas, mesmo que na realidade fosse bem depois da meia-noite.

– Vá sozinho até Beauclair – Reynart de Bois-Fresnes falou inesperadamente logo após terem saído da taberna. – Eu vou ficar na cidade. Até amanhã. Passe bem, bruxo.

Geralt sabia que o cavaleiro tinha uma dama amiga na cidade cujo marido viajava muito a negócios. Nunca falaram sobre o assunto, pois os homens nunca falam sobre esse tipo de coisas.

– Passe bem, Reynart. Cuide do skoffin para que não apodreça.

– Está frio.

Estava muito frio. As ruas estavam escuras e sombrias. O luar iluminava os telhados, cintilava nas estalactites de gelo que pendiam das calhas, mas não chegava ao fundo dos becos. As ferraduras de Plotka tiniam nos paralelepípedos.

"Plotka", o bruxo pensou, dirigindo-se para o palácio Beauclair. "Uma esbelta égua castanha, um presente de Anna Henrietta. E de Jaskier."

Instigou o cavalo. Estava com pressa.

•

Depois do banquete, todos se encontraram na hora do café da manhã, o qual costumavam tomar no complexo da cozinha do castelo. Não se sabia o porquê, mas lá eram sempre bem-vindos. Sempre podiam encontrar lá algo quente, vindo direto da panela, frigideira ou do espeto, sempre podiam encontrar pão, banha de porco, *bacon*, queijo e sanchas marinadas. Nunca faltou um jarro ou dois de um produto branco ou tinto das famosas vinícolas locais.

Sempre lá frequentavam. Havia duas semanas passadas em Beauclair. Geralt, Regis, Cahir, Angoulême e Milva. Só Jaskier tomava o café em outro lugar.

– A ele – Angoulême comentou passando a banha no pão – levam a banha com toucinho para a cama! E curvam-se até o chão!

Geralt estava disposto a acreditar que era exatamente assim. E decidiu verificá-lo precisamente hoje.

•

Achou Jaskier na sala dos cavaleiros. O poeta usava uma boina carmesim na cabeça, enorme como um pão integral, e vestia um gibão na mesma tonalidade ricamente bordado com fios de ouro. Estava sentado no faldistório com o alaúde no regaço e, com displicentes acenos, reagia aos elogios das damas e dos cortesãos que o rodeavam.

Felizmente, Anna Henrietta não estava por perto. Sem hesitar, Geralt quebrou o protocolo e agiu com destreza. Jaskier imediatamente o notou.

– Senhores, deixem-nos – intumesceu e acenou a mão de uma forma verdadeiramente real – a sós. Os serviçais também podem se afastar!

Bateu as palmas e, antes que o eco silenciasse, já estavam sozinhos na sala dos cavaleiros, apenas na companhia das armaduras, pinturas, panóplias e de um forte cheiro de pó deixado pelas damas.

– É uma ótima diversão – Geralt avaliou sem ser exageradamente malicioso – expulsá-los, não é? Deve ser um sentimento agradável dar ordens com apenas um gesto imperioso, uma palmada, um franzimento real das sobrancelhas. Olhar como se retiram feito caranguejos, curvando-se em reverências diante de você. Uma ótima diversão. E aí, senhor favorito?

Jaskier franziu o cenho.

– Você quer algo concreto? – perguntou com acidez. – Ou apenas falar por falar?

– Trata-se de algo muito concreto. Tão concreto que não podia ser mais concreto.

– Diga, então. Sou todo ouvidos.

– Precisamos de três cavalos. Para mim, Cahir e Angoulême. E dois cavalos soltos. No total, três bons corcéis e dois cavalos de carga. Cavalos de carga ou, na última das hipóteses, mulas, carregadas de provisão e forragem. Espero que sua duquesa o preze o suficiente para merecer e ganhar tudo isso, hein?

– Não haverá nenhum problema quanto a isso. – Jaskier, sem olhar para Geralt, começou a afinar o alaúde. – Só fico surpreso que você esteja com tanta pressa. Diria que me espanta do mesmo jeito que seu sarcasmo idiota.

– A pressa o surpreende?

– Lógico. Outubro está chegando ao fim e o tempo está piorando visivelmente. Logo os passos nas montanhas ficarão cobertos de neve.

– E você se surpreende com a pressa – o bruxo balançou a cabeça. – Mas foi bom você ter me lembrado disso. Arranje roupa quente para a gente. Casacos de pele.

– Pensei – Jaskier falou devagar – que passaríamos o inverno aqui. Que ficaríamos aqui...

– Se quiser – Geralt falou sem pensar –, fique.

– Quero. – Jaskier levantou-se de súbito e pôs o alaúde de lado. – Eu fico.

O bruxo inspirou o ar profundamente. Ficou calado. Olhava para o gobelim que apresentava a luta de um titã contra um dragão. O titã, firmemente em pé sobre as duas pernas esquerdas, tentava quebrar a mandíbula do dragão, que não parecia muito entusiasmado.

– Fico – Jaskier repetiu. – Eu amo Anarietta. E ela me ama.

Geralt ainda estava calado.

– Vocês receberão seus cavalos – o poeta retomou o discurso. – Obviamente, mandarei arrumar uma égua de raça chamada Plotka para você. Providenciarei o equipamento, as provisões e a roupa quente. Mas, sinceramente, aconselho que fiquem até a primavera. Anarietta...

– Estou ouvindo bem? – o bruxo finalmente recuperou a voz. – Ou estou enganado?

– Seu raciocínio – o trovador rosnou – está evidentemente entorpecido. Quanto aos outros sentidos, não sei. Repito: nos amamos, Anarietta e eu. Fico em Toussaint. Com ela.

– No papel de quem? Amante? Favorito? Ou talvez duque consorte?

– O *status* formal e judicial não tem a menor importância – Jaskier admitiu com sinceridade. – Mas não se pode excluir nada. Nem o casamento.

Geralt calou-se novamente contemplando a luta do titã contra o dragão.

– Jaskier – finalmente falou. – Se você bebeu, então fique sóbrio. Se você não bebeu, então beba. Só então falaremos.

– Não entendo bem – Jaskier franziu o cenho – por que você está falando assim.

– Pense um pouco.

– Sobre o quê? Meu relacionamento com Anarietta o deixou tão enraivecido? Gostaria de, talvez, apelar ao meu juízo? Poupe-me. Eu já repensei o assunto. Anarietta me ama...

– Você conhece – Geralt interrompeu – este ditado que diz que a graça das duquesas é como um lance de dados? Mesmo que essa sua Anarietta não fosse manhosa, mas que ela, me perdoe a franqueza, tem mesmo cara de manhosa, aí...

– Aí o quê?

– Só em contos de fadas é que as duquesas se relacionam com músicos.

– Primeiro – Jaskier tufou-se –, até um parvo como você deve ter ouvido falar de casamentos morganáticos. Você quer que eu lhe dê exemplos da história antiga e moderna? Segundo, provavelmente você vai estranhar, mas eu não venho lá de baixo. Minha família, os de Lettenhove, origina-se de...

– Eu o ouço – Geralt interrompeu novamente, enraivecido – e fico abismado. Será que realmente é meu amigo Jaskier que fala tantas besteiras? Será que realmente é o meu amigo Jaskier que perdeu o juízo por completo? Será que é Jaskier, que eu considerava realista e de repente, do nada, começou a viver num mundo de ilusão? Abra os olhos, cretino.

– Ahã – Jaskier falou devagar, cerrando os lábios. – Que interessante troca de papéis. Eu sou o cego e você, subitamente, virou um observador cuidadoso e esperto. O que, então, por curiosidade, não enxergaria daquilo que você vê, hein? Para que, segundo você, eu teria de abrir os olhos?

– Para, por exemplo – o bruxo falou, arrastando as palavras –, o fato de que sua duquesa é uma criança mimada que virou uma mulher arrogante, presunçosa e mimada. Para o fato de que ela o encheu de mimos, fascinada pela novidade, e lhe dará um pé na bunda na mesma hora em que chegar outro músico com um repertório mais moderno e interessante.

– É muito baixo e vulgar o que você fala. Espero que tenha consciência disso.

– Tenho consciência de sua falta de consciência. Você é um louco, Jaskier.

O poeta permaneceu em silêncio, alisando o braço do alaúde. Demorou um pouco antes que falasse.

– Partimos de Brokilon – começou devagar – numa missão de loucos. Correndo um risco insensato, lançamo-nos numa perseguição insana atrás de uma miragem, desprovida de qualquer chance de êxito. Atrás de uma alucinação, um devaneio, um sonho louco, atrás de um ideal indestrutível. Lançamo-nos nessa perseguição como loucos, desvairados. Mas eu, Geralt, não me queixei nem uma vez. Não o chamei de louco, não o ridicularizei. Porque havia em você amor e esperança. Foi o que o guiou nessa louca missão. E foi o que me guiou também. Mas eu já consegui alcançar minha miragem e tive a sorte de esse sonho se realizar. Minha missão acabou. Achei aquilo que parecia tão difícil de ser encontrado. E quero mantê-lo. É isso o que você chama de loucura? Seria louco se largasse isso, soltasse das mãos.

Geralt ficou em silêncio. Permaneceu calado por um momento tão longo quanto Jaskier antes dele.

– Pura poesia – falou, por fim. – E é difícil vencê-lo nela. Não falarei mais nada. Você tirou meus argumentos. E admito que com a ajuda de alguns bastante certeiros. Passe bem, Jaskier.

– Passe bem, Geralt.

•

A biblioteca do palácio era realmente enorme. A sala onde estava localizada superava, pelo menos, duas vezes a sala dos cavaleiros. E tinha um teto de vidro. Graças a isso era clara. No entanto, Geralt suspeitava de que no verão fazia lá um calor danado.

Os corredores entre as prateleiras e estantes eram estreitos e apertados, andava com cuidado para não derrubar os livros. Tinha de passar também por cima dos volumes empilhados no chão.

– Estou aqui – ouviu.

O centro da biblioteca estava abarrotado de livros amontoados e empilhados. Muitos estavam espalhados desordenadamente, soltos ou reunidos em pilhas pitorescas.

– Aqui, Geralt.

Adentrou os cânions e as voçorocas formados por livros. E encontrou-a.

Estava ajoelhada por entre os espalhados incunábulos, folheava-os e segregava. Usava um simples vestido cinza, levantado ligeiramente para sua comodidade. Geralt chegou à conclusão de que a vista era extremamente atraente.

– Não se espante com esta desordem – disse, limpando a testa com o antebraço, pois nas mãos usava finas luvas de seda, sujas de poeira. – Preparavam o inventário e faziam a catalogação, mas a meu pedido interromperam os trabalhos para que pudesse estar sozinha na biblioteca. Detesto o olhar alheio na nuca enquanto trabalho.

– Perdoe-me. Quer que eu saia?

– Você não é um estranho. – Semicerrou levemente os olhos verdes. – Seu olhar... é prazeroso. Não fique em pé assim desse jeito. Sente-se aqui, em cima dos livros.

Sentou-se em *A descrição do mundo* publicada *in folio*.

– Esta desordem – Fringilla apontou, com um gesto enérgico, para aquilo que ficava a seu redor – inesperadamente facilitou meu trabalho. Consegui chegar aos volumes que normalmente ficam guardados em algum lugar no fundo, embaixo de uma camada impossível de ser revolvida. Os bibliotecários da duquesa mexeram a amontoação num esforço titânico. Graças a isso algumas das joias da literatura viram a luz do dia, verdadeiras joias raras. Olhe só. Você já viu algo parecido?

– *Speculum aureum?* Já.

– Esqueci, desculpe. Você já viu muitas coisas. Era para ser um elogio, não um sarcasmo. E dê uma olhada nisto aqui, ó. São os *Gesta regum*. Começaremos por aí para que você entenda quem realmente é sua Ciri e cujo sangue corre em suas veias... A expressão em sua cara é ainda mais ácida que de costume, sabia? Qual é o motivo disso?

– Jaskier.

– Conte-me.

Contou. Fringilla ouviu sentada com as pernas cruzadas em cima de uma pilha de livros.

– Bom – suspirou quando terminou de contar. – Admito que esperava algo parecido. Já havia notado há muito tempo que Anarietta parecia estar apaixonada.

– Apaixonada? – bufou. – Ou será que se trata de caprichos de uma fidalga?

– Você, ao que parece – penetrou-o com seu olhar –, não acredita num amor puro e sincero.

– Minha fé – cortou – não é necessariamente o assunto em debate e não tem nada a ver com isso. Trata-se de Jaskier e de seu estúpido...

Cortou, perdendo, de repente, a confiança.

– O amor – Fringilla falou devagar – é como a cólica renal. Você nem imagina o que é até ter um ataque. E você nem acredita quando lhe falam sobre isso.

– Tem um pouco de razão nisso – o bruxo concordou. – Mas também há diferenças. O juízo não o protege de uma cólica renal. Nem providencia a cura para ela.

– O amor zomba do juízo. E esse é seu charme e sua beleza.

– Antes a estupidez.

Levantou e aproximou-se dele. Tirou as luvas. Seus olhos eram escuros e profundos debaixo das cortinas de cílios. Cheirava a âmbar, rosas, poeira da biblioteca, papel velho, mínio, tinta de imprensa, tinta nanquim, estricnina usada nas tentativas de envenenar os ratos na biblioteca. Esse cheiro tinha pouco em comum com um afrodisíaco. Tanto mais estranho era o fato de que funcionava.

– Você não acredita – falou com uma voz alterada – num impulso repentino? Numa brusca atração? Em dois bólidos que voam numa trajetória colisiva e se chocam? Num cataclismo?

Estendeu as mãos e tocou em seus ombros. Ele tocou nos ombros dela. Aproximavam os rostos devagar, atentos e tensos, juntavam os lábios cuidadosa e delicadamente, como se estivessem com medo de espantar uma criatura extremamente fugaz.

E depois os bólidos se chocaram e houve um cataclismo.

Caíram em cima da pilha de volumes que, sob seu peso, esparramou-se para todos os lados. Geralt enfiou o nariz no decote de Fringilla, abraçou-a com força e segurou-a pelo joelho. Não conseguiu levantar seu vestido acima da cintura pois vários livros o atrapalhavam nisso, inclusive o *Vidas dos profetas*, cheio de sutis capitulares e iluminuras, e *De haemorrhodibus*, um tratado médico interessante, embora controverso. O bruxo afastou os volumes para o lado e puxou o vestido nervosamente. Fringilla levantou os quadris com vontade.

Algo lhe causava incômodo no braço. Virou a cabeça. Era o *Ciência da obstetrícia para as moças*. Olhou rapidamente para o lado oposto para não atrair azar. *Sobre as águas quentes sulfurosas*. Realmente, a atmosfera tornava-se cada vez mais quente. Com o canto do olho via o frontispício do livro aberto sobre o qual pousava sua cabeça: *Notas sobre a inevitável morte*. "Melhor ainda", pensou.

O bruxo lutava contra as calcinhas de Fringilla. Ela levantou os quadris, dessa vez ligeiramente, para que parecesse um movimento acidental e não uma ajuda provocante. Não o conhecia, não sabia como reagia perante as mulheres. E será que ele, por acaso, preferia aquelas mulheres que fingem que não sabem o que querem àquelas que o sabem? E será que ficou desanimado pelo fato de as calcinhas demonstrarem resistência na hora de tirá-las?

Contudo, o bruxo não apresentava nenhum sintoma de desânimo. Podia-se dizer que pelo contrário. Vendo que estava na hora certa, Fringilla abriu as pernas com entusiasmo e ímpeto, derrubando uma pilha de livros e fascículos amontoados que deslizaram sobre eles feito uma avalanche. O *Direito hipotecário*, encadernado em pele curtida, encostou em sua nádega. O *Codex diplomaticus*, ornado com cantoneiras de latão, apoiou-se no pulso de

Geralt, que num instante avaliou e aproveitou a situação: colocou o extenso volume no lugar certo. Fringilla chiou, pois as cantoneiras estavam frias. Mas só por um instante.

Suspirou profundamente, soltou o cabelo do bruxo, estendeu os braços e agarrou os livros com ambas as mãos, segurando a *Geometria descritiva* com a mão esquerda e o *Esboço sobre os répteis e anfíbios* com a direita. Geralt, que a firmava pelos quadris, derrubou, com um chute involuntário, mais uma pilha de volumes, mas estava demasiado ocupado para preocupar-se com os livros que caíam sobre ele. Fringilla, gemendo espasmodicamente, passou a cabeça sobre as páginas de *Notas sobre a inevitável morte.*

Os livros caíam, murmurejando. O forte odor de poeira antiga penetrava o nariz.

Fringilla gritou. O bruxo não ouviu o grito pois ela apertou seus ouvidos com as coxas. Livrou-se da *História das guerras* e do *Armazém de todos os ensinamentos necessários para uma vida feliz* que o incomodavam, arremessando-os para longe. Lutando nervosamente contra os botões e colchetes da parte superior do vestido, andava do sul ao norte, lendo, involuntariamente, os títulos nas capas, lombadas, folhas de rosto e nos frontispícios. Sob a cintura de Fringilla: *O agricultor perfeito.* Sob sua axila, perto de seu pequeno, encantador seio erguido ousadamente: *Sobre os alcaides inúteis e obstinados.* Sob o cotovelo: *Economia ou uma simples descrição como se forma, partilha e consome a riqueza.*

Leu as *Notas sobre a inevitável morte* já com os lábios em seu pescoço e as mãos próximas dos *Alcaides*... Fringilla emitiu um som difícil de ser classificado: não era nem um grito, nem um gemido, nem sequer um suspiro.

As estantes tremeram, as pilhas dos livros sacudiram-se e caíram, colapsando à semelhança das rochas durante um brusco terremoto. Fringilla gritou. Um livro raro caiu da estante com estrondo. Era a primeira edição de *De larvis scenicis et figuris comicis.* Atrás dele tombou o *Compêndio de ordens gerais para a cavalaria*, arrastando consigo a *Heráldica* de Jan de Attre ornada com belas gravuras. O bruxo gemeu, derrubando vários volumes com chutes dados com a perna estirada. Fringilla soltou mais um grito, alto e prolongado, destituindo com o salto as *Reflexões ou meditações para todos os dias do ano*, uma interessante obra anônima que, sem saber como, pousou nas costas de Geralt. O bruxo tremia e lia pelo seu ombro, tomando conhecimento de que as *Notas*... foram escritas pelo doutor Albertus Rivus, publicadas pela Academia Cintrensis e impressas pelo mestre de tipografia Johann Froben Júnior do segundo ano do reinado de Sua Majestade rei Corbett.

Tudo permanecia em silêncio interrompido apenas pelo murmúrio das páginas viradas e dos livros que caíam.

"O que fazer?", Fringilla pensou, passando a mão com movimentos lânguidos no flanco de Geralt e no duro canto das *Reflexões acerca da natureza das coisas*. "Propor? Ou esperar até que ele proponha? Só espero que ele não me considere frívola e libertina... E o que será se ele mesmo não fizer a proposta?"

– Que tal acharmos uma cama – o bruxo propôs com uma voz um tanto rouca. – Não é digno tratar os livros desta maneira.

•

"Achamos, então, uma cama", Geralt pensou, soltando Plotka num galope pela alameda do parque. "Achamos uma cama em seus aposentos, em sua alcova. Fizemos amor feito loucos, vorazes, ávidos, como após anos de celibato, como se fosse para estocar, como se corrêssemos perigo de novamente passar pelo celibato.

Contávamos muitas coisas um para o outro. Contávamos, mutuamente, verdades bem triviais. Contávamos mentiras muito agradáveis. Mas essas mentiras, embora fossem mentiras, não estavam pensadas para enganar."

Excitado pelo galope, dirigiu Plotka de frente para a roseira coberta de neve e forçou a égua a saltar.

"Fizemos amor. E falávamos. E nossas mentiras eram cada vez mais bonitas. E cada vez mais mentirosas."

Dois meses. Desde outubro até Yule.

Dois meses de um amor raivoso, guloso, violento.

As ferraduras de Plotka estrondearam sobre as lajes do pátio do palácio Beauclair.

•

Passou pelos corredores rápida e silenciosamente. Ninguém o vira nem sequer ouvira. Nem os guardas com as alabardas que matavam o tédio com papo e fofocas, nem os lacaios ou pajens que cochilavam. Nem as chamas das velas tremelicaram quando passava junto dos candelabros.

Estava perto da cozinha do palácio, mas não entrou lá, não se juntou à companhia que estava dentro, dando conta de um barril e de alguma fritura. Ficou à sombra, ouvindo.

Quem falava era Angoulême.

– É um puta de um lugar encantado esse tal de Toussaint. Todo este vale está sob algum encanto. Especialmente este palácio. Desconfiei de Jaskier, desconfiei do bruxo, mas agora eu própria estou passando mal e sinto uma dor... Pft, me peguei... Eh, nem vou lhes falar nada. Digo a vocês, vamos embora daqui. Vamos embora o mais rápido possível.

– Fale isso para Geralt – Milva afirmou. – Fale isso para ele.

– Sim, converse com ele – Cahir acrescentou, com uma boa dose de sarcasmo. – Num desses curtos instantes em que está disponível. Entre o leito da feiticeira e a caça aos monstros. Entre duas atividades às quais se entregou havia dois meses para esquecer.

– Você próprio – Angoulême bufou – está disponível, principalmente no parque onde joga aros com as senhoritas baronesas. Eh, este Toussaint está todo encantado, não tem outro jeito. Regis desaparece todas as noites, a tiazinha tem o barão de cara de varicela...

– Cale a boca, sua fedelha! E não me chame de tiazinha!

– Eta! – Regis intrometeu-se, num tom reconciliador. – Parem, meninas. Milva, Angoulême. Façam as pazes. A paz faz crescer, a discórdia arruína. Assim fala Sua Ilustríssima duquesa de Jaskier, a senhora deste país, deste palácio, deste pão, desta banha e destes pepinos. Quem quer mais vinho?

Milva suspirou profundamente.

– Estamos parados aqui há muito tempo! Há muito tempo estamos parados aqui sem fazer nada. Por isso estamos ficando cada vez mais idiotas.

– Bem falado – disse Cahir. – Muito bem falado.

Geralt retirou-se com cuidado. Silenciosamente. Como se fosse um morcego.

•

Passou pelos corredores rápida e silenciosamente. Ninguém o vira nem sequer ouvira. Nem os guardas, nem os lacaios, nem sequer os pajens. Nem as chamas das velas tremelicavam quando ele passava pelos candelabros. As ratazanas ouviam, erguiam os focinhos bigodudos, ficavam em pé, verticalmente. Mas não se espantavam. Conheciam-no.

Passava por aí com frequência.

A alcova cheirava a feitiço e encanto, a âmbar, rosas e sonho de mulher. Mas Fringilla estava acordada.

Sentou-se no leito, afastou o edredom, encantando-o com essa visão e dominando-o por completo.

– Afinal veio – disse, espreguiçando-se. – Você me negligencia terrivelmente, bruxo. Dispa-se e venha aqui já. Ande, rápido.

•

Passou pelos corredores rápida e silenciosamente. Ninguém a vira nem sequer ouvira. Nem os guardas que fofocavam preguiçosamente nas guaritas, nem os lacaios que cochilavam, nem sequer os pajens. Nem as chamas das velas tremelicavam quando ela passava pelos candelabros. As ratazanas ouviam, erguiam os focinhos bigodudos, ficavam em pé, verticalmente, seguiam-na com as negras miçangas de olhos. Não se espantavam. Conheciam-na.

Passava por aí com frequência.

•

No palácio Beauclair havia um corredor com um aposento no fundo de cuja existência ninguém tinha o menor conhecimento. Nem a atual senhora do palácio, a duquesa Anarietta, nem a primeira senhora do palácio, sua tetravó, a duquesa Ademarta. Nem o arquiteto responsável pela reforma geral da edificação, o famoso Pedro Faramond, nem os mestres de obras que trabalhavam de acordo com os projetos e as instruções dele. Nem o camareiro-mor Le Goff, considerado uma pessoa que sabia tudo sobre Beauclair, tinha conhecimento da existência do corredor ou do aposento.

Apenas os construtores originais do palácio, os elfos, sabiam da existência do corredor e do aposento, escondidos atrás de uma poderosa ilusão. E depois, quando os elfos já haviam ido embora, e quando Toussaint virou um ducado, o conhecimento ficou restrito a um pequeno grupo de feiticeiros ligados à casa ducal. Entre eles, Artorius Vigo, mestre dos arcanos mágicos, um grande especialista em ilusão. E a sua jovem sobrinha, Fringilla, dona de um talento especial para as ilusões.

Tendo passado rápida e silenciosamente pelos corredores do palácio Beauclair, Fringilla Vigo parou de frente para um fragmento de uma parede localizado entre duas colunas ornadas de folhas de acanto. O feitiço proferido em voz baixa e um gesto rápido fizeram com que a parede, que era uma ilusão, desaparecesse, revelando um corredor que parecia não ter saída. No fundo dele havia, porém, uma porta escondida por meio da ilusão. E atrás dessa porta tinha um aposento escuro.

Lá dentro, Fringilla ligou logo o telecomunicador. O espelho oval embaçou-se e em seguida reluziu, iluminando a câmara, fazendo surgir, na penumbra, antigos, pesados e empoeirados gobelins pendurados nas paredes. No espelho apareceram uma enorme sala imersa num sutil *chiaroscuro*, uma mesa redonda e mulheres sentadas ao redor dela. Eram nove.

– Pois não, senhorita Vigo – Filippa Eilhart falou. – Alguma novidade?

– Infelizmente não – Fringilla respondeu, pigarreando. – Nada. Desde a última telecomunicação, nada. Nem uma tentativa de escaneamento.

– Isso não é nada bom – disse Filippa. – Não vou negar, contávamos com a possibilidade de a senhora descobrir algo. Por favor, ao menos nos fale se... O bruxo já se acalmou? A senhora conseguirá segurá-lo em Toussaint pelo menos até maio?

Fringilla Vigo permaneceu em silêncio por um instante. Não tinha o menor intuito de mencionar à loja que apenas nessa última semana o bruxo a chamou duas vezes pelo nome de Yennefer e fê-lo num momento em que tinha todo o direito de esperar que ele usasse seu nome. No entanto, a loja tinha o direito de esperar que ela falasse a verdade. Que fosse sincera e que tirasse as conclusões certas.

– Não – falou por fim. – Será difícil segurá-lo até maio. Mas farei todo o possível para mantê-lo aqui pelo máximo tempo possível.

CAPÍTULO QUARTO

> *__Korred__, monstro da numerosa família Strigiformes (cf.), conforme a região conhecido também como korrigan, rutterkin, rumpelstichen, pião ou mesmer. Pode-se dizer apenas uma coisa sobre ele – é terrivelmente maldoso. É um traste e trapaceiro tão diabólico, um joio tão vadio, que não descreveremos aqui nem sua aparência nem sequer seus costumes, pois digo-vos a verdade: não vale a pena gastar palavras com esse filho da puta.*
>
> *Physiologus*

A sala das colunas do castelo Montecalvo exalava um cheiro que era uma mistura do odor da madeira do piso antigo, das velas que se derretiam e de dez tipos de perfume. Dez misturas de aromas especialmente selecionados e usados por dez mulheres que estavam sentadas ao redor de uma redonda mesa de carvalho em poltronas com os braços esculpidos em forma de cabeças de esfinges.

Fringilla Vigo via na sua frente Triss Merigold, que usava um vestido celeste claro, abotoado até o pescoço. Junto de Triss, escondida na sombra, estava Keira Metz. Seus enormes brincos de citrinos multifacetados resplandeciam de vez em quando com milhares de reflexos, atraíam o olhar.

– Continue, por favor, senhorita Vigo – Filippa Eilhart apressou-a. – Queremos conhecer logo o desfecho da história para tomar as medidas necessárias com urgência.

Filippa – excepcionalmente – não usava nenhum tipo de joias, salvo um grande camafeu de sárdonix, preso a um vestido cinabre. Fringilla já ouvira a fofoca, já sabia quem presenteara o camafeu e cujo perfil expunha.

Sheala de Tancarville, sentada ao lado de Filippa, estava vestida toda de negro, que reluzia apenas levemente com brilhantes. Margarita Laux-Antille usava ouro grosso e sem pedras sobre os cetins cor de vinho, e Sabrina Glevissig em seu colar, seus brincos e anéis usava sua pedra preferida – o ônix –, que combinava com a cor de seus olhos e de sua vestimenta.

As duas elfas – Francesca Findabair e Ida Emean aep Sivney – estavam sentadas mais próximas de Fringilla. A Margarida dos Vales estava, como sempre, com aspecto de rainha, embora hoje, excepcionalmente, nem seu cabelo nem o vestido carmesim impressionassem com seu luxo. Em seu diadema e colar não rubejavam rubis, mas granadas que, apesar de modestas, eram elegantes. Ida Emean, por sua vez, vestia musselina e tule, mantidos em tons outonais, tão delicados e tão leves que se agitavam e ondulavam feito anêmonas na apenas perceptível corrente produzida pelo movimento do ar aquecido.

Como das últimas vezes, Assire var Anahid impressionava com sua elegância simples, porém singular. No pequeno decote do justo vestido verde-escuro da feiticeira nilfgaardiana uma única esmeralda cabuchão emoldurada em ouro pendia de uma corrente dourada. As unhas bem cuidadas, pintadas de um verde muito escuro, acrescentavam um ar de extravagância à composição.

– Estamos esperando, senhorita Vigo – Sheala de Tancarville relembrou. – O tempo está passando.

Fringilla pigarreou.

– Dezembro chegou – começou a contar. – Chegou Yule, depois o Ano-Novo. O bruxo sossegou de tal maneira que o nome de Ciri não surgia mais com tanta frequência nas conversas. As cíclicas expedições para caçar os monstros pareciam absorvê-lo por completo. Talvez não exatamente por completo...

Suspendeu a voz. Teve a impressão de que notara um relâmpago de ódio nos olhos azul-celeste de Triss Merigold. Mas poderia ter sido apenas um reflexo das chamas vacilantes das velas. Filippa bufou, brincando com o camafeu.

– Por favor, não precisa ser tão modesta, senhora Vigo. Estamos num círculo de pessoas de confiança. No meio de mulheres que sabem para que serve o sexo, além de propiciar prazer. Todas usamos essa ferramenta quando surge a necessidade. Continue, por favor.

– Mesmo que durante o dia mantivesse as aparências de confidencialidade, altivez e orgulho – Fringilla retomou o discurso –, à noite exercia total poder sobre ele. Contava-me tudo. Venerava minha feminilidade e, preciso admitir, de uma forma bastante generosa para sua idade. E depois caía no sono. Em meus braços, com os lábios no meu seio. Procurando um substituto de amor maternal que nunca conhecera.

Dessa vez tinha a certeza de que não era o reflexo da luz das velas. "Tudo bem, podem me invejar", pensou. "Invejem-me. Têm muito para invejar."

– Tinha – repetiu – total poder sobre ele.

•

– Volte para a cama, Geralt. Ainda está escuro, diabos!

– Tenho um encontro marcado. Preciso ir a Pomerol.

– Não quero que vá à Pomerol.

– Marquei um encontro. Prometi. O administrador da vinícola vai me esperar ao portão.

– Essa sua caça aos monstros é estúpida, desprovida de qualquer sentido. O que você quer provar matando mais um espantalho nas cavernas? Sua masculinidade? Conheço outros métodos. Ande, volte para a cama. Você não vai a nenhum Pomerol. Pelo menos não tão cedo. O administrador pode esperar, afinal de contas, quem ele acha que é, esse administrador? Eu quero fazer amor com você.

– Perdoe-me. Não tenho tempo para isso. Dei minha palavra.

– Eu quero fazer amor com você!

– Se você quer me acompanhar na hora do café da manhã, então é melhor que comece a se vestir.

– Acho que você já não me ama, Geralt. Você não me ama mais? Responda!

– Ponha aquele vestido cinza perolado, aquele com aplicações de doninha. Você fica muito bem nele.

•

– Estava encantado comigo, cumpria todos os meus desejos – Fringilla repetiu. – Fazia tudo o que eu exigisse. Foi assim.

– Acreditamos – Sheala de Tancarville falou de uma forma exageradamente seca. – Continue, por favor.

Fringilla tossiu tapando a boca com o punho.

– O problema – retomou – era sua companhia. Esse estranho bando que chamava de companhia. Cahir Mawr Dyffryn aep Ceallach, que me observava e ficava vermelho de fazer tanto esforço para se lembrar de mim. Mas não podia se lembrar porque eu costumava visitar Darn Dyffra, o castelo familiar que pertencia a seus avós, quando ele tinha seis ou sete anos. Milva, uma moça petulante e dura por aparência, que eu peguei duas vezes chorando, escondida no canto da cavalariça. Angoulême, uma criança brincalhona. E Regis Terzieff-Godefroy. Um tipo que não conseguia desmascarar. Eles – esse bando todo – exerciam uma influência sobre Geralt que eu não conseguia suprimir.

"Tudo bem", pensou, "não levantem as sobrancelhas tão alto, não contorçam a boca. Esperem. Ainda não é o fim da história. Ainda ouvirão sobre meu triunfo."

– Todas as manhãs – retomou – essa companhia encontrava-se na cozinha no subsolo do palácio Beauclair. Por algum motivo, o chefe de cozinha gostava deles. Sempre lhes preparava comida com tanta abundância e tanto gosto que o café da manhã costumava durar duas, às vezes até três horas. Muitas vezes comia com eles, junto com Geralt. Por isso sei o quão absurdas eram suas conversas.

•

Na cozinha andavam duas galinhas, uma preta e outra sarapintada. Pisavam, titubeando com suas patas de gadanhos. Bicavam as migalhas do chão e lançavam olhares na direção da companhia que tomava o café da manhã.

A companhia, como todas as manhãs, reuniu-se na cozinha do palácio. Por algum motivo o chefe de cozinha gostava deles e sempre lhes preparava algo saboroso. Hoje havia ovos mexidos, sopa de centeio, berinjelas refogadas, patê de coelho, peito de ganso defumado e linguiça branca, acompanhada de um condimento de beterraba e raiz-forte. Havia também um grande pedaço de queijo de cabra. Todos comiam com entusiasmo e em silêncio, salvo Angoulême, que parolava.

– Digo a vocês, vamos abrir um bordel aqui. Quando resolvermos aquilo que precisamos resolver, voltaremos aqui e abriremos um prostíbulo. Já dei uma olhada na cidade. Há de tudo aqui. Contei uns nove barbeiros e oito farmácias. E há apenas um puteiro, nojento. Digo a vocês, parece uma latrina, não um puteiro. Não seria nenhuma concorrência. Nós abriremos um puteiro de luxo. Compraremos um sobrado com um jardim...

– Poupe-nos, Angoulême.

– ... exclusivamente para uma clientela especial. Eu serei a cafetina. Digo a vocês, ganharemos uma fortuna e viveremos como fidalgos. Um dia finalmente serei eleita vereadora e não deixarei que nada de mal lhes aconteça, pois, se me elegerem, eu os elegerei e vocês nem se darão conta de que...

– Angoulême, por favor. Pegue aqui um pão com patê.

Por um momento todos ficaram em silêncio.

– O que você vai caçar hoje, Geralt? Serviço duro?

– As testemunhas oculares – o bruxo ergueu a cabeça por cima de seu prato – providenciam descrições contraditórias. Trata-se ou de um priskirnik, isto é, de um serviço bastante complicado, ou de um delichon, isto é, de um serviço complicado. Ou de um mutucão, isto é, de um serviço bastante fácil. Pode ser, também, que seja um serviço muito fácil, pois o monstro foi visto pela última vez antes de Lammas no ano passado. Pode ter saído de Pomerol e ido para muito longe.

– E é o que eu lhe desejo – Fringilla falou, roendo um osso de ganso.

– E como está – o bruxo perguntou, de súbito – Jaskier? Não o vejo há tanto tempo que as informações que tenho sobre ele vêm dos pasquins cantados na cidade.

– Estamos na mesma situação – Regis sorriu com os lábios cerrados. – Sabemos apenas que nosso poeta já se encontra numa relação tão íntima com a duquesa Anarietta que se atreve a usar, mesmo na presença de terceiros, um *cognomen* bastante confidencial. Chama-a de Fuinha.

– Acertou bem! – Angoulême falou com a boca cheia. – Essa duquesa realmente tem um nariz de fuinha. Sem mencionar os dentes.

– Ninguém é perfeito – Fringilla semicerrou os olhos.

– Verdade.

As galinhas, a preta e a sarapintada, ficaram tão ousadas que começaram a bicar os sapatos de Milva. A arqueira espantou-as com um chute enérgico e soltou um palavrão.

Geralt observava-a já há algum tempo. Agora tomou uma decisão.

– Maria – disse com seriedade, ou até rispidez. – Eu sei que nossas conversas não podem ser consideradas sérias, e as piadas sofisticadas. Mas você não precisa fazer uma cara tão azeda. Algo aconteceu?

– Claro que aconteceu – Angoulême falou. Geralt silenciou-a com um olhar penetrante. Mas era demasiado tarde.

– E o que vocês sabem? – Milva levantou-se bruscamente, quase derrubando a cadeira. – O que vocês sabem, hein? Que o diabo os carregue, droga! Podem ir se lascar, todos vocês, todos, entendem?

Pegou a caneca da mesa, bebeu até o fundo e, em seguida, sem pensar, jogou-a no chão com ímpeto. Saiu correndo, batendo a porta.

– O assunto é sério... – Angoulême começou após um momento, mas desta vez o vampiro a silenciou.

– O assunto é muito sério – confirmou. – No entanto, não esperava uma reação tão extrema da parte de nossa arqueira. Esse tipo de reação é comum quando se leva um fora e não quando se dá um fora.

– Sobre o que, diabos, estão falando, hein? – Geralt irritou-se. – Talvez um de vocês finalmente revele do que se trata?

– Do barão Amadis de Trastamara.

– Aquele caçador com cara de varicela?

– Ele mesmo. Pediu Milva em casamento. Há três dias numa caçada. Ele anda convidando-a para caçar há um mês...

– Uma das caçadas – Angoulême lançou um sorriso insolente – durou dois dias. E até pernoitaram num castelete de caça, entendem? Aposto que...

– Cale-se, garota. Diga, Regis.

– Pediu-a em casamento formal e cerimonialmente. Milva recusou, parece que de uma forma bastante ríspida. O barão, embora parecesse sensato, ficou preocupado com a recusa como um moleque, zangou-se e imediatamente saiu de Beauclair. E a partir daquele momento Milva anda murcha.

– Demoramos muito aqui – o bruxo murmurou. – Demasiado.

– Pois é, você que o diga – Cahir falou, calado até então. – Você que o diga.

– Perdoem-me. – O bruxo se levantou. – Falaremos sobre isso quando eu voltar. O administrador da vinícola Pomerol está à minha espera. E a pontualidade é a virtude dos bruxos.

•

Após a saída brusca de Milva e do bruxo, o resto da companhia tomou o café em silêncio. Duas galinhas andavam na cozinha, uma preta e outra sarapintada, titubeando com suas patas de gadanhos.

– Tenho – Angoulême falou por fim, erguendo os olhos para Fringilla de cima do prato que limpava com o pão – um certo problema...

– Entendo – a feiticeira acenou com a cabeça. – Não se preocupe. Quando foi a última vez que você teve a sua regra?

– Está louca? – Angoulême levantou-se bruscamente, espantando as galinhas. – Nada disso! Trata-se de outra coisa!

– Diga, então.

– Geralt quer me deixar aqui quando for seguir o caminho.

– Ah.

– Ele diz – Angoulême bufou – que não pode me expor ao perigo e outras bobagens desse tipo. E eu quero ir com ele...

– Ah.

– Não me interrompa, certo? Quero ir com ele, com Geralt, pois só quando estou com ele é que não fico com medo de o caolho Fulko me pegar de novo, e aqui, em Toussaint...

– Angoulême – Regis a interrompeu. – Você está falando em vão. A senhora Vigo está ouvindo, mas não está escutando. Está revoltada com uma coisa: a partida do bruxo.

– Ah – Fringilla repetiu, virando a cabeça em sua direção e semicerrando os olhos. – Por obséquio, o que acabou de falar, senhor Terzieff-Godefroy? Algo sobre a partida do bruxo? E posso saber quando ele vai partir?

– Talvez nem hoje nem amanhã – o vampiro respondeu com serenidade. – Mas um dia com certeza. Sem ofender ninguém.

– Não me sinto ofendida – Fringilla respondeu com frieza. – Claro, caso o senhor se tenha referido à minha pessoa. No entanto, voltando a você, Angoulême, garanto que abordarei com Geralt o assunto de sua partida de Toussaint. Garanto-lhe que informarei o bruxo acerca de minha opinião sobre essa questão.

– Claro – Cahir bufou. – Sabia que ia responder assim, dona Fringilla.

A feiticeira fitou-o por um longo momento.

– O bruxo – finalmente falou – não deveria sair de Toussaint. Ninguém que deseja o bem dele deveria obrigá-lo a fazer isso. Em que outro lugar estaria tão bem como aqui? Leva uma vida de luxo. Tem seus monstros para caçar e ganha bem por isso. Seu amigo e comilitão é o favorito da duquesa governante aqui a quem ele também é favorável. Principalmente por causa desse súcubo que assombrava as alcovas. É isso mesmo, senhores. Anarietta, assim como todas as nobres senhoras de Toussaint, está muito contente com o bruxo. Pois o súcubo parou de assombrar de um dia para o outro. E foi por isso que as senhoras de Toussaint fizeram uma arrecadação, juntando recursos para um prêmio especial que logo depositarão na conta do bruxo, no banco dos Cianfanelli, multiplicando a fortuna que ele já acumulara lá.

– É um gesto muito bonito da parte das senhoras. – Regis não abaixou o olhar. – E o prêmio é merecido. Não é fácil fazer com que um súcubo deixe de assombrar. Pode crer no que eu digo, dona Fringilla.

– Acredito. A propósito, um dos guardas palacianos, de acordo com o que afirma, viu o súcubo. À noite, nas ameias da Torre de Caroberta. Acompanhado de outro espectro que parecia ser um vampiro. O guarda jurou ter visto os dois demônios passeando. Pareciam se conhecer. Senhor Regis, por acaso, sabe algo sobre o assunto? Consegue explicá-lo?

– Não. – As pálpebras de Regis nem tremeram. – Não sei. Há mais coisas no céu e na terra do que sonha a filosofia.

– Certamente há coisas assim – Fringilla acenou com a cabecinha negra. – E sabem algo mais a respeito das preparações do bruxo para seguir o caminho? Pois, como veem, não me disse nada a esse propósito, embora tivesse o costume de me contar tudo.

– Claro – Cahir resmungou. Fringilla ignorou-o.

– Senhor Regis?

– Não – o vampiro falou após um momento de silêncio. – Não, dona Fringilla, fique sossegada. O bruxo não nos concede maior afeto ou confidências do que à senhora. Não sussurra em nossos ouvidos nenhum tipo de segredos que pudesse esconder da senhora.

– De onde surgiram – Fringilla estava calma como granito – essas revelações sobre a partida?

– Bem – nem desta vez a pálpebra do vampiro tremeu –, é como nesse ditado cheio de charme juvenil de nossa querida Angoulême: "Chega um dia e uma hora em que é preciso cagar ou desocupar a latrina." Em outras palavras…

– Pode poupar – Fringilla interrompeu bruscamente – as palavras restantes. Essas, cheias de certo charme, já bastam.

O silêncio reinou por um longo momento. As duas galinhas, a preta e a sarapintada, andavam bicando o que aparecia em seu caminho. Angoulême limpava o nariz sujo do condimento de beterraba e raiz-forte. O vampiro, pensativo, brincava com o palito com o qual se amarravam as linguiças.

– Graças a mim – Fringilla finalmente rompeu o silêncio – Geralt conheceu a ascendência de Ciri, o emaranhado e os segredos de sua genealogia restritos a pouquíssimas pessoas. Graças a mim sabe aquilo sobre o que ainda há um ano não tinha a menor ideia. Graças a mim dispõe de informações, e a informação é uma arma. Graças a mim e minha proteção mágica está resguardado do escaneamento inimigo, portanto também dos assassinos. Graças a mim e minha magia seu joelho não dói mais e pode dobrá-lo. Usa, no pescoço, um medalhão feito com meu ofício, talvez não tão bom como o original, de bruxo, mas já é algo. Graças a mim, e só a mim, na primavera ou no verão, informado, protegido, saudável, preparado e armado, poderá confrontar os inimigos. Se alguém dos presentes aqui fez mais para Geralt, ofereceu-lhe mais, que o diga. Eu o honrarei com prazer.

Ninguém falou nada. As galinhas bicavam os sapatos de Cahir, mas o jovem nilfgaardiano não prestava atenção nelas.

– De verdade – disse com ironia – ninguém de nós fez mais para Geralt do que a senhora.

– Sabia que ia falar isso.

– Não é essa a questão, dona Fringilla – o vampiro começou, mas a feiticeira não o deixou falar.

– Qual é a questão, então? – perguntou de forma truculenta. – O fato de se relacionar comigo? O fato de nos amarmos? O fato de eu não querer que ele parta daqui agora? O fato de eu não querer que seja atormentado por um sentimento de culpa? Esse mesmo sentimento de culpa, essa penitência que os empurram para seguir o caminho?

Regis ficou em silêncio. Cahir tampouco falou. Angoulême apenas observava, evidentemente não entendendo quase nada.

– Se o fato de Geralt recuperar Ciri – a feiticeira disse após um instante – está escrito nos livros do destino, então isso se cumprirá. Não importa se o bruxo seguir rumo às montanhas ou ficar em Toussaint. O destino alcança as pessoas. Não é ao contrário. Entendem? O senhor entende isso, Regis Terzieff-Godefroy?

– Melhor do que possa imaginar, senhora Vigo. – O vampiro virou o palito nos dedos. – Perdoe-me, mas para mim o destino não se resume a um livro escrito pelo punho do Grande Demiurgo, nem à vontade dos céus, nem a uma sentença irrevocável de alguma providência, mas é o resultado de muitos fatos, eventos e atuações aparentemente não interligados. Estaria disposto a concordar com a senhora a propósito do fato de que o destino alcança as pessoas... e não somente as pessoas. No entanto, não me convence a opinião de que não possa ser ao contrário. Pois uma opinião como essa é um fatalismo cômodo, é um elogio da indolência e da preguiça, é a penugem de um edredom, o calor sedutor do regaço feminino. Em breves palavras, uma vida sonhada. E a vida, senhora Vigo, talvez seja um sonho, talvez termine num sonho... Mas é um sonho que é preciso sonhar ativamente. Por isso, senhora Vigo, a trilha nos espera.

– O caminho está livre – Fringilla levantou-se com o mesmo ímpeto que Milva há pouco. – Aí está! A nevasca, o frio e o destino esperam por vocês nos passos das montanhas. E a expiação é algo de que realmente precisam. O caminho está livre! Mas o bruxo ficará aqui. Em Toussaint! Comigo!

– Senhora Vigo – o vampiro respondeu com calma –, acho que está enganada. O sonho que o bruxo sonha é, admito e curvo-me diante da senhora, um sonho belo e charmoso. Mas qualquer sonho sonhado por muito tempo transforma-se num pesadelo, do qual nós acordamos gritando.

•

Nove mulheres sentadas a uma enorme mesa redonda no castelo Montecalvo fixavam os olhos em Fringilla Vigo que, de repente, começou a gaguejar.

– Geralt partiu para a vinícola Pomerol no dia oito de janeiro de manhã. E voltou... Parece que no dia oito à noite... Ou no dia nove antes do meio-dia... Não sei... Não tenho certeza...

– Com mais coerência – Sheala de Tancarville pediu gentilmente. – Solicitamos que fale com mais coerência, senhorita Vigo. E se algum trecho da história a envergonha pedimos que simplesmente o omita.

•

Uma galinha sarapintada andava pela cozinha pisando cuidadosamente nas patas de gadanhos. Sentia-se o cheiro de canja. A porta abriu-se com estrondo. Geralt entrou bruscamente na cozinha. No rosto avermelhado pelo vento tinha um hematoma e uma casca negra e arroxeada de sangue coagulado.

– Vamos, companhia, façam as malas – avisou sem prestar os devidos esclarecimentos. – Partimos! Daqui a uma hora, nem um minuto depois, quero vê-los no montículo fora da cidade onde há um poste. Com as malas feitas, prontos para seguir um caminho longo e difícil.

Foi o suficiente. Foi como se estivessem esperando por essa notícia havia muito tempo, como se estivessem prontos havia muito tempo.

– Eu já! – Milva gritou ao levantar-se. – Estarei pronta até dentro de meia hora!

– Eu também. – Cahir levantou-se, jogou a colher e olhou atentamente para o bruxo. – Mas queria saber do que se trata. Um capricho? Uma briga de amantes? Ou realmente vamos seguir o caminho?

– Vamos seguir o caminho, de verdade. Angoulême, por que você está fazendo caretas?

– Geralt, eu...

– Não tenha medo, não a deixarei. Mudei de ideia. Você tem de ser vigiada, fedelha, não se pode tirar a vista de você nem sequer por um segundo. Andem, falei, façam as malas, amarrem as sacas. E vão um por um, para não levantar suspeitas, para fora da cidade, para junto do poste no montículo. Lá nos encontraremos daqui a uma hora.

– Sem falta, Geralt! – Angoulême gritou. – Finalmente, caralho!

Num instante, os únicos que ficaram na cozinha foram Geralt e a galinha sarapintada. E o vampiro, que sossegadamente continuava a sorver a canja com macarrão.

– Está esperando por um convite especial? – o bruxo perguntou com frieza. – Por que você ainda está sentado em vez de carregar a mula Draakul? E despedir-se do súcubo?

– Geralt – Regis falou com calma, servindo-se de mais sopa da terrina. – Para me despedir do súcubo, precisaria o mesmo tanto de tempo que você para se despedir de sua moreninha. Suponho que você, no mínimo, tem planos de se despedir de sua moreninha. E cá entre nós: você pode ter mandado a molecada fazer as malas com gritos, violências e agitação. Eu mereço um pouco mais, até por causa da idade. Peço algumas palavras de esclarecimento.

– Regis...

– Esclarecimento, Geralt. Quanto mais rápido você começar, melhor. Eu o ajudarei. Ontem de manhã, como havia prometido, você se encontrou com o administrador da vinícola Pomerol junto do portão...

•

Alcides Fierabras, o administrador de barba negra da vinícola Pomerol, conhecido no Faisão na véspera de Yule, esperava pelo bruxo com uma mula junto do portão. Ele próprio estava vestido e equipado como se planejassem viajar para muito longe, para os confins do mundo, para depois do Portão Solveiga e o passo Elskerdeg.

– Não é nada perto – retrucou o comentário ácido de Geralt. – O senhor vem do mundo afora, por isso nosso pequeno Toussaint lhe parece o cu do mundo. O senhor deve pensar que aqui a distância entre uma fronteira e outra é a de jogar uma boina. Uma boina seca, aliás. Mas está enganado. Há um bom caminho para percorrer até a vinícola Pomerol, pois é para lá que vamos. Será um sucesso se conseguirmos chegar lá até o meio-dia.

– Então é um erro – o bruxo falou secamente – estarmos partindo tão tarde.

– Talvez seja mesmo um erro. – Alcides Fierabras lançou um olhar para ele e assoprou no bigode. – Mas não sabia que o senhor era desse tipo de gente que tem a capacidade de se levantar ao amanhecer. Pois não é comum entre os fidalgos.

– Não sou um fidalgo. Vamos, senhor administrador, não percamos tempo para conversa fiada.

– Tirou essas palavras de minha boca.

Atravessaram a cidade para cortar o caminho. Inicialmente, Geralt quis protestar, tinha medo de atascar-se nos becos lotados de gente que lhe eram familiares. Mas o administrador Fierabras, pelo que se provou, conhecia melhor a cidade e as horas em que não havia congestionamento nas ruas. Deslocavam-se rapidamente e sem problemas.

Entraram na praça, passaram pelo cadafalso. E a forca com um enforcado.

– É um perigo – o administrador apontou com um gesto da cabeça – fazer rimas e cantar canções. Especialmente em público.

– As sentenças aqui são severas. – Geralt logo se deu conta do que se tratava. – Em outros lugares, por uma sátira condenam no máximo ao pelourinho.

– Depende de quem trata a sátira – Alcides Fierabras avaliou com sobriedade. – E de que rimas tem. Nossa duquesa é boa e querida, mas quando fica zangada...

– Como diz certo conhecido meu: a canção não pode calar.

– A canção não. Mas o cantor, como esse aí, pode, sim.

Cortaram a cidade e saíram pelo Portão dos Tanoeiros diretamente para o vale do rio Blessure que se agitava e espumeava nas correntezas. Havia neve nos campos apenas nos sulcos e gretas, mas fazia bastante frio.

Passou um préstito de cavaleiros. Certamente, dirigiam-se para o Passo Cervantes e para a guarita de fronteira Vedette. Tudo se cobriu das cores dos grifos, leões, corações, flores-de-lis, estrelas, cruzes, asnas e outras bugigangas heráldicas pintadas nos escudos e bordadas nas capas e chebraicas. Retumbaram os cascos dos cavalos, as bandeiras agitaram-se, ressoou a imbecil canção cantada com vozes potentes sobre a sorte do cavaleiro e sua amada que, em vez de esperar, casou-se antecipadamente.

Geralt seguiu o préstito com o olhar. Quando viu os cavaleiros errantes, pensou logo em Reynart de Bois-Fresnes que acabara de chegar do serviço e recuperava as forças nos braços de sua burguesa, cujo marido, comerciante, não voltava para casa nem de manhã nem de noite, certamente detido em alguma estrada por rios que transbordavam, florestas cheias de bichos e outras loucuras das forças da natureza. O bruxo nem ponderou a possibilidade de tirar Reynart dos braços da amante, mas lamentava sinceramente que não havia adiado o contrato com a vinícola Pomerol para outra data. Gostava do cavaleiro e sentia falta de sua companhia.

– Vamos, senhor bruxo.

– Vamos, senhor Fierabras.

Foram rio acima pela estrada de terra batida. O Blessure serpeava e meandrava, mas havia muitas pontes, portanto não precisaram alongar o caminho.

Plotka e a mula exalavam vapor pelas narinas.

– Senhor Fierabras, acha que o inverno será longo?

– Em Saovine a temperatura era negativa. E o ditado diz: "Quando a bunda em Saovine congelar, vista uma cueca de flanela."

– Entendo. E suas videiras? Não serão prejudicadas pelo frio?

– Costumava fazer mais frio.

Andavam em silêncio.

– Veja lá – Fierabras falou, apontando. – Lá na bacia há uma vila chamada Cova da Raposa. E em seus campos crescem, espantosamente, panelas.

– Como?

– Panelas. Nascem dentro da terra, sozinhas, apenas pela arte da natureza, sem nenhuma ajuda dos humanos. Em outros lugares crescem batatas ou nabos, na Cova da Raposa crescem panelas. De todos os tipos e de formas variadas.

– É verdade?

– Juro pela minha saúde. Por isso a Cova da Raposa mantém contatos comerciais com a vila Ribombo em Maecht. Pois lá, de acordo com o que falam, na terra nascem tampas de panelas.

– De todos os tipos e de formas variadas?

– Isso mesmo, senhor bruxo.

Seguiam o caminho. Em silêncio. O Blessure rumorejava e espumava nas pedras.

•

– E olhe para lá, olhe, senhor bruxo, onde estão as ruínas da antiga cidade Dun Tynne que, de acordo com a lenda, foi testemunha de terríveis cenas. Walgerius, chamado de Robusto, matou lá de forma sangrenta e entre cruéis tormentos a infiel esposa, o amante, a mãe, a irmã e o irmão dela. E depois se sentou e chorou não se sabe por quê…

– Ouvi falar disso.

– Então o senhor costumava passar por aqui?

– Não.

– Hã. Isso prova que a divulgação da lenda é grande.

– Isso mesmo, senhor bruxo.

•

– E aquela torre esbelta – o bruxo apontou –, ali, atrás da terrível cidade? O que é aquilo?

– Ali? É um templo.

– De que divindade?

– E quem é que se lembraria dessas coisas?

– Pois é. Quem...

•

Por volta do meio-dia viram vinícolas e encostas de montes que deslizavam suavemente em direção ao rio Blessure, eriçadas com as videiras podadas ordenadamente, agora tortas e lamentavelmente nuas. No cume do monte mais alto erguiam-se torres, a roliça torre de menagem e o barbacã do castelo Pomerol açoitados pelo vento.

Geralt ficou curioso com o fato de que a estrada que levava ao castelo estava gasta, arranhada com cascos e aros de rodas não menos que a estrada principal. Era nitidamente visível que alguém virava com frequência da estrada principal justamente para o castelo Pomerol. Absteve-se de fazer perguntas até o momento em que viu uma dezena de carroças arreadas, cobertas com lona, veículos sólidos e poderosos usados para transporte a longa distância.

– Comerciantes – o administrador esclareceu após ser perguntado. – Comerciantes de vinho.

– Comerciantes? – Geralt estranhou. – Como assim? Pensei que os passos nas montanhas estivessem cobertos de neve, e que Toussaint estivesse isolado do mundo. Então, como foi que os comerciantes chegaram até aqui?

– Para os comerciantes – o administrador Fierabras falou com seriedade – não há más estradas, pelo menos para aqueles que levam seu ofício a sério. Com eles é assim, senhor bruxo: se houver um fim, haverá um modo.

– É mesmo uma regra acertada – Geralt falou devagar – que merece ser seguida. Em qualquer situação.

– Com certeza. Mas, para dizer a verdade, alguns dos comerciantes estão parados aqui desde o outono, sem poder sair. Mas não se entregam, dizem: "Ora, fazer o quê, na primavera seremos os primeiros, estaremos aqui antes que a concorrência apareça." Eles chamam isso de pensamento positivo.

– Inclusive, é difícil – Geralt acenou com a cabeça – imputar uma falta a essa regra. Uma coisa me deixa curioso, senhor administrador. Por que esses comerciantes ficam aqui, neste terreno despovoado, e não em Beauclair? A duquesa não se apressa para lhes oferecer hospitalidade? Talvez despreze os comerciantes?

– Pelo contrário – Fierabras respondeu. – A duquesa sempre os convida, mas eles recusam gentilmente. E vivem junto das vinícolas.

– Por quê?

– Em Beauclair, dizem, há apenas banquetes, bailes, folganças, bebedeiras e amores. A pessoa se acomoda, emburrece e perde tempo, em vez de pensar no comércio. E é sempre preciso pensar naquilo que é realmente importante. No propósito que se almeja. Constantemente. Sem distrair os pensamentos com bobagens. Só então é que se alcança o objetivo.

– É verdade, senhor Fierabras – o bruxo falou devagar. – Estou contente com a viagem que fizemos juntos. Aprendi muito com nossas conversas. Muito mesmo.

•

Contra as expectativas do bruxo, não foram ao castelo Pomerol, mas um pouco mais longe, a um promontório localizado depois da bacia sobre o qual se erguia mais um castelito, um pouco menor e muito mais descuidado. O castelo se chamava Zurbarràn. Geralt ficou feliz com a perspectiva de um serviço próximo, pois Zurbarràn, escuro e dentuço com as ameias arruinadas, parecia exatamente como uma ruína enfeitiçada, que certamente estava repleta de encantos, assombros e monstros.

Dentro, no pátio, em vez de assombros e monstros, viu uma dezena de pessoas absortas em desempenhar tarefas tão encantadoras como rolar barris, aplainar tábuas e pregá-las. Cheirava a madeira fresca, cal fresca, gato pouco fresco, vinho azedado e sopa de ervilha-forrageira. A sopa foi servida logo em seguida.

Famintos por causa do caminho percorrido, vento e frio, comiam calados e com pressa. Estavam acompanhados do subordinado do administrador Fierabras, apresentado a Geralt como Simão Gilka. Serviam-lhes duas moças loiras de cabelos longos que chegavam a dois côvados de comprimento. Ambas lançavam olhares tão enfáticos para o bruxo que decidiu proceder ao trabalho o mais rápido possível.

Simão Gilka não havia visto o monstro. Conhecia sua aparência apenas de relatos de segunda mão.

– Era preto como alcatrão, mas quando se arrastava pela parede dava para ver o tijolo através dele. Era feito gelatina, entende, seu bruxo, ou como se fosse, perdoe-me a comparação, uma meleca. Tinha longas e finas patas, um monte delas, umas oito ou até mais. E Yontek ficou assim parado, olhando, até que finalmente se deu conta de algo e gritou em voz alta: "Morra, desapareça!" e ainda acrescentou um exorcismo: "Que morra, seu filho da puta!" E então o monstro deu uns pulos! Sumiu, fugiu de vez. Fugiu para o abismo das cavernas. Foi então que os homens disseram: "Se houver um monstro ali, então deem-nos um aumento por trabalharmos em condições prejudiciais à saúde. Do contrário, então prestaremos queixa ao grêmio." Aí respondi dizendo que o grêmio podia...

– Quando – Geralt interrompeu – o monstro foi visto pela última vez?

– Parece que há três semanas. Um pouco antes de Yule.

– Vocês haviam dito – o bruxo olhou para o administrador – que antes de Lammas.

Alcides Fierabras rubejou nas partes do rosto não cobertas com a barba. Gilka bufou.

– Pois é, senhor administrador. Quando se quer administrar, é preciso nos visitar com mais frequência em vez de polir o banco com a bunda no escritório em Beauclair. Fico pensando que...

– Não me interessam – Fierabras interrompeu – seus pensamentos. Conte sobre o monstro.

– Mas eu já contei. Tudo o que havia para contar.

– Não houve vítimas? Ninguém foi atacado?

– Ninguém. Mas um ano um lavrador desapareceu sem dar notícias. Alguns falavam que o monstro o levou para o abismo e o matou. Outros diziam que não fora nenhum monstro, mas o próprio lavrador decidiu dar o fora por causa de dívidas e pensão. Pois ele, ouçam bem, era viciado em jogar dados e além disso engravidou a filha do moleiro, e ela o levou diante do tribunal, e o tribunal mandou o lavrador pagar a pensão...

– Ninguém mais – Geralt interrompeu o discurso de forma grosseira – foi atacado pelo monstro? Ninguém mais o viu?

– Não.

Uma das moças que serviam a Geralt mais uma rodada de vinho passou o seio em sua orelha e, em seguida, piscou de forma convidativa.

– Vamos – Geralt falou rapidamente. – Não há por que demorar batendo papo. Levem-me até o calabouço.

•

O amuleto de Fringilla, era triste admiti-lo, não cumpria as expectativas depositadas nele. Geralt não acreditou nem por um momento no fato de que o polido crisoprásio moldado por prata pudesse substituir seu bruxesco medalhão de lobo. Além disso, Fringilla nem prometera que ele cumprisse esse objetivo. Contudo, assegurava – com grande convicção – que depois de se sintonizar com a psique do portador o amuleto seria capaz de fazer várias coisas, até avisar do perigo.

Ou o feitiço de Fringilla não funcionou, ou Geralt e o amuleto divergiam na questão daquilo que era, e não era, considerado perigo. O crisoprásio apenas levemente tremeu quando se dirigiam ao calabouço e cortaram o caminho de um enorme gato ruivo que desfilava pelo quintal com o rabo levantado. Aliás, o gato deve ter captado algum sinal do amuleto, pois fugiu correndo, miando terrivelmente.

E quando o bruxo desceu até o calabouço o medalhão vibrou de forma irritante. Isso acontecera em um calabouço seco, arrumado e limpo, em que o vinho guardado em enormes barris constituía o único perigo. Simplesmente alguém, que não possuísse autocontrole e ficasse com a boca aberta debaixo do batoque, corria risco de tomar um grande porre. E mais nada.

No entanto, o medalhão nem tremeu quando Geralt deixou para trás a parte do calabouço que estava em uso e desceu por uma sequência de escadas e corredores subterrâneos. O bruxo já havia se dado conta de que debaixo da maioria das vinícolas de Toussaint havia antigas minas. Certamente ocorria de tal maneira que, quando a videira plantada começasse a dar frutos e assegurar maiores lucros, deixava-se de extrair os minerais e abandonavam-se as minas, adaptando parcialmente os corredores e túneis em lojas com vinho e adegas. Os castelos Pomerol e Zurbarràn estavam localizados sobre uma antiga mina de ardósia. Havia aqui galerias e buracos, bastava apenas um momento de imprudência para cair no fundo de um deles e acabar com uma complexa fratura. Alguns dos buracos estavam tapados com tábuas apodrecidas que, cobertas com o pó de ardósia, quase não se distinguiam do solo. Pisar sem cautela por cima de algo assim era perigoso – então o medalhão deveria emitir um aviso. Mas não avisava.

Tampouco avisara quando de uma pilha de ardósia, a uns dez passos diante de Geralt, apareceu um vulto cinza que arranhou com as unhas a camada baixa da rocha, executou um louco bate-pé, uivou terrivelmente, saiu correndo pelo corredor dando risadas e, em seguida, mergulhou em um dos nichos abertos na parede.

O bruxo xingou. O truque mágico reagia aos gatos ruivos, mas não reagia aos gremlins. "Era preciso falar sobre isso com Fringilla", pensou, aproximando-se do buraco em que o monstrinho desaparecera.

O amuleto tremeu com força.

"Bem na hora certa", pensou. Mas logo pensou melhor. O medalhão poderia não ser tão estúpido. A tática mais comum e preferida dos gremlins era de fugir e armar uma cilada da qual se atacava o perseguidor com um golpe executado pelas garras afiadas como foice. O gremlin poderia ficar esperando lá, na escuridão, e o medalhão o sinalizava.

Esperou muito, segurando a respiração, aguçando os ouvidos. O amuleto permanecia calmo e inerte em seu peito. Um desagradável odor de mofo emanava do buraco. Mas tudo estava imerso num profundo silêncio. E nenhum gremlin aguentaria ficar tanto tempo quieto.

Sem refletir muito, entrou no buraco de cócoras avançando e arranhando as costas na áspera superfície da rocha. Não avançou muito.

Algo estalou e rumorejou, o solo rachou e o bruxo caiu para baixo com alguns quintais de areia e cascalho. Por sorte, tudo durou pouco tempo, e abaixo dele não havia um abismo sem fundo, mas um simples calabouço. Foi lançado como uma merda de um cano de esgoto e desabou, num estalo, sobre uma pilha de madeira apodrecida. Cuspiu e chacoalhou o cabelo para se livrar da areia, soltou um obsceno palavrão. O amuleto tremia sem parar, agitava-se em seu peito como um pardal enfiado debaixo da camisa. O bruxo segurou-se para não arrancá-lo e mandá-lo para o inferno. Primeiro, Fringilla ficaria furiosa. Segundo, o crisoprásio possuía outras propriedades mágicas. E Geralt esperava que não falhasse nessas outras propriedades.

Tateou uma caveira redonda bem na hora em que tentava se levantar e deu-se conta de que aquilo sobre o que estava deitado não era madeira.

Levantou-se e rapidamente averiguou que era uma ossada. Todos os ossos pertenciam aos humanos. No momento da morte todos estavam agrilhoados e provavelmente nus. Os ossos estavam fragmentados e mordidos. Possivelmente essas pessoas já estavam mortas quando foram mordidas. Mas não havia certeza quanto a isso.

Saiu da galeria por meio de um longo corredor, que levava reto feito uma flecha. A parede de ardósia estava bem lisa, já não tinha aspecto de uma mina.

Repentinamente, entrou numa grande caverna cujo teto estava imerso na escuridão. No meio da caverna havia um enorme buraco negro sem fundo sobre o qual se estendia uma ponte de pedra que parecia perigosamente delicada.

A água escorria das paredes, retumbava com o eco. Um frio e odor emanavam do abismo. O amuleto permanecia calmo. Geralt subiu na ponte, de modo cuidadoso e concentrado, tentando ficar longe dos balaústres deteriorados.

Depois da ponte havia mais um corredor. Nas lisas paredes notou os enferrujados suportes para as tochas. Havia também nichos, alguns com estatuetas de arenito, mas a água que gotejava havia anos as lixiviara e desgastara de tal forma que pareciam desfigurados bonecos de neve. Nas paredes havia lajes com baixos-relevos que, feitos com materiais mais resistentes, eram mais legíveis. Geralt reconheceu a mulher com chifres da lua, a torre, a andorinha, o javali, o golfinho, o unicórnio.

Ouviu uma voz.

Parou e segurou a respiração.

O amuleto tremeu.

Não. Não era um devaneio, não era o rumorejo da ardósia caindo nem o eco da água gotejante. Era uma voz humana. Geralt fechou os olhos, aguçou os ouvidos. Localizava.

A voz, o bruxo apostaria a cabeça, vinha de outro nicho, de trás de outra estatueta, deteriorada, mas não tanto para perder a voluptuosidade de uma silhueta feminina. Dessa vez o medalhão funcionou à altura das circunstâncias. Algo resplandeceu e, de repente, Geralt viu um reflexo metálico na parede. Agarrou a mulher deteriorada com força e torceu vigorosamente. Algo rangeu, todo o nicho girou sobre dobradiças de aço, revelando escadas em espiral.

Novamente, uma voz ressoou da parte superior das escadas. Geralt não demorou para pensar.

Lá em cima achou uma porta que se abriu sem precisar forçá-la e sem emitir nem sequer um ranger. Atrás da porta havia um pequeno compartimento arqueado. Quatro enormes canos de latão com as pontas alargadas como trompetes saíam das paredes. No centro, entre as aberturas dos trompetes, havia uma poltrona e, nela, um esqueleto. Na caveira tinha os restos de um barrete, caído até os dentes, e vestia farrapos de uma vestimenta que já fora rica, no pescoço uma corrente de ouro, nos pés sapatos com bico levantado, feitos de couro lavrado e gravemente danificados pelas ratazanas.

Um espirro ressoou de um dos trompetes, tão alto e inesperado que fez o bruxo dar um pulo. Depois alguém assoou o nariz, e o som reproduzido com grande força pelo cano de latão parecia infernal.

– Saúde – ressoou do cano. – Está todo gosmento, Skellen.

Geralt puxou o esqueleto da poltrona, mas não se esqueceu de tirar e esconder no bolso a corrente de ouro. Depois ele próprio sentou-se no posto de escuta. Na abertura do trompete.

•

A voz de um dos espiados era baixa, profunda e retumbante. Quando falava, o cano de latão chegava a ribombar.

– Está todo gosmento, Skellen. Onde se resfriou tanto? E quando?

– Nem vale a pena falar sobre isso – respondeu o gosmento. – Diabo de doença, me pegou e não quer largar. Toda vez que melhoro, volta outra vez. Nem a magia adiantou.

– Então talvez seja o caso de trocar o mágico? – outra voz falou, rouca como uma velha e enferrujada dobradiça. – Por enquanto esse Vilgefortz não pode vangloriar-se de muitos êxitos. A meu ver...

– Deixemos esse assunto – intrometeu-se alguém que arrastava as sílabas de uma forma característica. – Não foi por isso que organizamos o encontro aqui, em Toussaint. No fim do mundo.

– No cu do mundo!

– Este fim do mundo – o gosmento falou – é o único país que conheço que não tem seu próprio serviço secreto. O único recanto do Império que não está cheio de agentes de Vattier de Rideaux. Este ducado eternamente alegre e embriagado é considerado uma comédia e ninguém o leva a sério.

– Estes paizinhos – falou aquele que arrastava as sílabas – sempre foram um paraíso para os agentes e seu lugar preferido de encontros. Por isso atraíam também serviços de contraespionagem e espiões, vários observadores e escutadores profissionais.

– Talvez antigamente tenha sido assim. Mas não durante o governo feminino que em Toussaint já dura quase cem anos. Repito, estamos seguros aqui. Aqui ninguém nos rastreará ou escutará. Podemos, mascarados de comerciantes, falar tranquilamente sobre questões importantes, especialmente para Vossas Altezas Sereníssimas. Para vossa fortuna e vossos latifúndios privados.

– Ora, desprezo o interesse próprio! – o rouco exaltou-se. – E não estou aqui por causa do interesse próprio! O que me interessa é só e apenas o bem do Império. E o bem do Império, senhores, é uma dinastia forte! Seria, contudo, prejudicial e um grande mal para o Império se fosse entronizado um fruto podre, vira-lata de um sangue ruim, descendente dos coelhos do norte física e moralmente doentes. Não, senhores! Eu, de Wett dos de Wetts, pelo Sol Grandioso, não ficarei olhando sem tomar uma atitude! Até porque já quase haviam prometido a minha filha...

– Sua filha, de Wett? – bradou o dono da voz grave, retumbante. – E o que eu devo dizer? Eu, que à época apoiei aquele fedelho Emhyr no confronto com o usurpador? Pois foi de minha residência que os cadetes começaram a atacar o palácio! E antes? Pois era em minha residência que ele se escondia! À época, esse pequeno malandro olhava para minha Eilan com gosto, sorria, elogiava, e sei que atrás da cortina até pegava em suas tetinhas. E agora isso... Outra imperatriz? Essa afronta? Esse insulto? O Imperador do Eterno Império que sobrepõe uma vagabunda de Cintra às filhas das antigas famílias? O quê? Senta-se no trono graças a mim e tem a coragem de insultar minha Eilan? Não, não suportarei esse tipo de coisas!

– Nem eu! – outra voz gritou, alta e exaltada. – Eu também fui insultado! Largou minha mulher para essa vagabunda de Cintra!

– Por sorte – falou aquele que arrastava as sílabas – a vagabunda foi mandada para o além. Pelo que se entende do relato do senhor Skellen.

– Ouvi esse relato com atenção – o rouco falou – e cheguei à conclusão de que nada é certo, exceto que a vagabunda desapareceu. Mas, se desaparecera, então pode aparecer de novo. Desde o verão passado ela desaparecia e reaparecia várias vezes! Ora, senhor Skellen, realmente o senhor nos decepcionou muito. O senhor e esse seu feiticeiro Vilgefortz!

– Não é a hora de falar sobre isso, Joaquim! Não é a hora de se acusar e culpar mutuamente, criar uma rixa em nossa unidade. Precisamos ser fortes na unidade. E firmes. Pois não importa se a cintrense está viva ou não. O imperador, que uma vez impunemente ofendeu as antigas famílias, continuará fazendo a mesma coisa! A cintrense está desaparecida? Então daqui a alguns meses estará prestes a nos apresentar uma imperatriz vinda de Zerricânia ou Zangwebar! Não, pelo Sol Grandioso, não deixaremos que isso aconteça!

– Ora, não deixaremos! Está certíssimo, Ardal! A família dos Emreis decepcionou-nos não cumprindo nossas expectativas, ora, cada instante em que Emhyr permanece no trono prejudica o Império. E há quem entronizar. O jovem Voorhis...

Ressoaram um alto espirro e, logo em seguida, um assoar trombeteante.

– Monarquia constitucional – o assoador falou. – Está na hora de introduzir a monarquia constitucional, o regime progressista. E depois a democracia... O poder do povo...

– Imperador Voorhis – repetiu enfaticamente o dono da voz grave. – Imperador Voorhis, Stefan Skellen. Que esposará minha Eilan ou uma das filhas de Joaquim. E aí eu serei o grão-chanceler, e de Wett o marechal de campo. E o senhor, Stefan, conde e ministro dos assuntos internos. A menos que, defendendo a ralé, peça sua renúncia do título e do cargo. E então?

– Deixemos em paz os processos históricos – o gosmento falou num tom conciliador. – De qualquer forma, nada será capaz de pará-los. Mas para o dia de hoje, Sua Graça grão-chanceler aep Dahy, se tenho algumas restrições quanto à pessoa do príncipe Voorhis, é principalmente porque é um homem de caráter intransigível, orgulhoso e inflexível, difícil de influir.

– Se posso sugerir algo – falou aquele que arrastava as sílabas. – O príncipe Voorhis tem um filho, o pequeno Morvran, que é um candidato muito melhor. Primeiro, seus direitos ao trono são mais fortes, tanto pelo lado paterno como pelo lado materno. Segundo, é uma criança em nome da qual governará o conselho de regência. Isto é, nós.

– Bobagens! Conseguiremos lidar com o pai! Vamos dar um jeito!

– Entregar-lhe-emos – o exaltado propôs – minha mulher!

– Silêncio, conde Broinne. Não é a hora de falar sobre isso. Ora, senhores, convém falarmos sobre outros assuntos. Pois gostaria de observar que Emhyr var Emreis ainda governa.

– Claro – o gosmento concordou, trombeteando num lenço. – Governa e está vivo, bem, tanto de corpo como de mente. Não há como questionar, particularmente o segundo, depois que ele os retirara de Nilfgaard junto com essas tropas que lhes poderiam ter sido fiéis. Como, então, o senhor quer organizar um golpe, ilustre duque Ardal, quando logo terá de comandar o Grupo do Exército "Leste"? E parece que o duque Joaquim também deveria estar junto de sua tropa, o Grupo de Operações Especiais "Verden".

– Stefan Skellen, poupe-nos de seus comentários cheios de sarcasmo. E não faça caras que apenas em sua opinião o fazem parecer com seu novo principal, o feiticeiro Vilgefortz. E saiba também, Coruja, que, se Emhyr suspeita de algo, você e Vilgefortz são os culpados disso. Admita, vocês queriam prender a cintrense e fazer um negócio com ela, comprar a graça de Emhyr? E agora que a moça está morta não há o que negociar, não é? Ora, Emhyr os esquartejará com cavalos. Não erguerão as cabeças, nem você nem o feiticeiro com quem você se uniu contra nossa vontade!

– Nenhum de nós erguerá a cabeça, Joaquim – o dono da voz grave intrometeu-se. – É preciso encarar a verdade. Não estamos numa situação melhor do que Skellen. As circunstâncias fizeram com que estivéssemos no mesmo barco.

– Mas foi Coruja que nos colocou nele! Íamos agir em segredo, e agora? Emhyr sabe de tudo! Os agentes de Vattier de Rideaux rastreiam Coruja por todo o Império! E nós, ora, fomos mandados para a guerra para que se pudessem livrar de nós!

– Eu ficaria particularmente contente – falou aquele que arrastava as sílabas – com isso, aproveitaria esse fato. Asseguro os senhores de que todos já estão fartos dessa guerra que se não acaba. O exército, o povo e, sobretudo, os comerciantes e os empresários. Só o mero fato de a guerra chegar ao fim será recebido em todo o Império com uma grande alegria, independentemente de como ela acabará. Além disso, os senhores, sendo os comandantes das tropas, têm influência sobre o resultado dela, digamos, isso está a seu alcance. Não há nada mais simples no caso de uma vitória que encerrará um conflito armado que se cobrir de louros. E, no caso de uma derrota, apresentar-se como salvadores, porta-vozes das negociações que porão fim ao derrame de sangue.

– Verdade – o rouco falou após um momento. – É verdade, pelo Sol Grandioso. Tem razão, senhor Leuvaarden.

– Emhyr – disse o dono da voz grave – colocou a corda em seu pescoço mandando-nos para a frente.

– Emhyr – o exaltado falou – ainda está vivo, ilustríssimo duque. Está vivo e passa bem. Não repartamos ainda a pele do urso.

– Não – o dono da voz grave falou. – Antes matemos o urso.

Caiu um longo silêncio.

– Então um golpe. Morte.

– Morte.

– Morte!

– Morte. É a única solução. Enquanto estiver vivo, Emhyr terá partidários. Quando Emhyr morrer, todos nos apoiarão. A aristocracia estará de nosso lado, pois nós somos a aristocracia, e a força da aristocracia é sua solidariedade. Uma grande parte do exército nos apoiará, especialmente aquela do corpo de oficiais que nunca esquecerá as remoções iniciadas por Emhyr após a derrota em Sodden. O povo também estará de nosso lado...

– O povo é ignorante, burro e fácil de manipular – Skellen concluiu, depois de assoar o nariz. – Basta gritar: "Hurra!", fazer um discurso das escadas do senado, abrir as prisões e abaixar os impostos.

– O senhor tem toda a razão, duque – disse aquele que arrastava as sílabas. – Agora sei por que o senhor clama tanto pela democracia.

– Aviso – rangeu aquele chamado de Joaquim – que não será tão fácil, senhores. Todo nosso plano apoia-se na morte de Emhyr. Mas não podemos nos esquecer de que Emhyr tem vários partidários, tem o corpo do exército interno, tem uma guarda fanática. Não será fácil derrubar a brigada "Impera", que, não se iludam, lutará até o fim.

– E aqui – Stefan Skellen declarou – Vilgefortz nos oferece sua ajuda. Não precisaremos cercar o palácio ou passar pela "Impera". Tudo será resolvido por um assassino que terá uma proteção mágica. Da mesma forma que aconteceu em Tretogor, pouco antes da rebelião dos feiticeiros em Thanedd.

– O rei Radowid da Redânia.

– Isso mesmo.

– Vilgefortz tem um assassino assim?

– Tem, sim. Senhores, para dar prova de nossa confiança, dir-lhes-emos quem será o assassino. É a feiticeira Yennefer, mantida por nós em cárcere.

– Encarcerada? Já ouvira falar que Yennefer era cúmplice de Vilgefortz.

– É sua prisioneira. Encantada e hipnotizada, programada como um golem, fará o atentado. E logo em seguida cometerá suicídio.

– Não estou gostando dessa bruxa enfeitiçada – afirmou aquele que arrastava as sílabas, e a relutância fez com que as arrastasse mais ainda. – Um herói, militante ardente, vingador...

– Vingadora – Skellen interrompeu. – Combina perfeitamente, senhor Leuvaarden. Yennefer vingará as injustiças que lhe haviam sido feitas pelo tirano. Emhyr perseguiu e condenou à morte sua protegida, uma criança inocente. Esse cruel ditador, esse perverso, em vez de cuidar do Império e do povo, perseguia e torturava crianças. Por causa disso o alcançou a mão vingativa...

– Para mim – Ardal aep Dahy declarou com sua voz grave – muito bem.

– Para mim também – rangeu Joaquim de Wett.

– Magnífico! – o conde Broinne gritou, exaltado. – A mão vingativa alcançará o tirano e perverso por estuprar as esposas dos outros. Magnífico!

– Uma coisa – Leuvaarden arrastou as sílabas. – Para provar a confiança, senhor conde Skellen, por favor nos revele o local da atual estadia do senhor Vilgefortz.

– Senhores, eu... Não posso...

– Essa será a garantia. A prova da honestidade e dedicação à causa.

– Não tenha medo de traição, Stefan – aep Dahy acrescentou. – Nenhum dos presentes aqui o trairá. É um paradoxo. Talvez em outras circunstâncias houvesse uma pessoa que quisesse comprar a vida traindo os outros. Mas todos nós sabemos muito bem que não compraria nada com a deslealdade. Emhyr var Emreis não perdoa. Não sabe perdoar. Ele tem um pedaço de gelo no lugar do coração. E por isso morrerá.

Stefan Skellen não hesitou mais.

– Tudo bem, então – disse. – Que seja a garantia de honestidade. Vilgefortz esconde-se...

•

O bruxo, que estava sentado na saída das trombetas, cerrou os punhos com força. Aguçou os ouvidos. E a memória.

•

As dúvidas do bruxo a propósito do amuleto de Fringilla eram injustificadas e dissiparam-se num instante. Quando entrou numa grande caverna e se aproximava de uma pequena ponte de pedra sobre um negro abismo, o medalhão se agitou e tremeu no pescoço, já não como um pardal, mas como uma grande e forte ave. Uma gralha, por exemplo.

Geralt petrificou. Acalmou o amuleto. Não fazia o menor movimento para que um rumorejo ou até uma respiração mais perceptível não enganassem seus ouvidos. Esperava. Sabia que do outro lado do abismo, depois da ponte, havia algo que espreitava na escuridão. Tampouco excluía a possibilidade de que algo se escondia atrás de suas costas, e de que a ponte seria uma armadilha. Não tinha a menor intenção de deixar-se prender nela. Esperou. E finalmente aconteceu.

– Bem-vindo, bruxo – ouviu. – Esperávamos por você aqui.

A voz que ressoou na escuridão era estranha. Mas Geralt já ouvira vozes parecidas, já as conhecia. Eram vozes de criaturas não acostumadas a se comunicar pela fala. Embora soubessem usar o aparato dos pulmões, do diafragma, da traqueia e da laringe, não dominavam por completo o uso do aparato de articulação, embora os lábios, o céu da boca e a língua fossem formados de forma muito semelhante à dos humanos. As palavras pronunciadas por essas criaturas, além de serem acentuadas e entoadas de maneira estranha, estavam cheias de sons desagradáveis para o ouvido humano – desde duros e feios ladridos até vocábulos sibilantes e moluscolosos.

– Esperávamos aqui por você – a voz repetiu. – Sabíamos que viria, atraído pelas fofocas. Que entraria aqui, debaixo da terra, para rastrear, perseguir, caçar e matar. Já não sairá daqui. Não verá mais o sol que amara tanto.

– Apareça.

Algo se mexeu na escuridão depois da ponte. Como se a penumbra ficasse mais densa em determinado local e tomasse uma forma humanoide. Parecia que o monstro nem por um instante permanecia na mesma posição nem no mesmo local, deslocava-se por meio de movimentos rápidos, nervosos, piscantes. O bruxo já vira criaturas assim.

– É um korred – afirmou com frieza. – Poderia ter esperado alguém como você aqui. É até estranho que eu não tenha topado com você antes.

– Olhe só – a voz do agitado monstro ressoou com sarcasmo. – Reconheceu, apesar da escuridão. E esse aí, você reconhece? E este? E aquele?

Mais três criaturas emergiram da escuridão silenciosamente como fantasmas. Uma delas, que espreitava atrás das costas do korred, pela forma e aparência geral parecia um humanoide, embora fosse menos alta, mais corcunda e mais simiesca. Geralt sabia que era um kilmulis.

Dois outros monstros, de acordo com o que suspeitava, escondiam-se antes da ponte, prontos para cortar seu caminho quando se retirasse e entrasse nela. O primeiro, à esquerda, chiou com as unhas como se fosse uma enorme aranha, e ficou parado, remexendo os numerosos apêndices. Era o priskirnik. Dava a impressão de que o último monstro, que se assemelhava, *grosso modo*, a um candelabro, apareceu diretamente da parede rachada de ardósia. Geralt não conseguia adivinhar que criatura era. Esse monstro não figurava em nenhum dos livros bruxescos.

– Não quero briga – disse, considerando o fato de que os monstros começaram a falar em vez de pular em sua nuca na escuridão. – Não quero brigar com vocês. Mas, se for preciso, me defenderei.

– Calculamos isso – o korred afirmou sibilando. – Por isso somos quatro. Por isso o atraímos aqui. Você envenenou nossa vida, bruxo cafajeste. São os buracos mais belos nesta parte do mundo, um maravilhoso lugar para passar o inverno. E saiba que passamos o inverno aqui praticamente desde os primórdios dos tempos. E agora você veio aqui para caçar, canalha. Perseguir-nos, rastrear-nos, matar por dinheiro. Vamos acabar com isso. E com você também.

– Veja só, korred...

– Seja mais gentil – a criatura rosnou. – Odeio grosseria.

– Então como devo me...

– Senhor Schweitzer.

– Então, senhor Schweitzer – Geralt retomou o discurso, com uma aparente obediência e humildade –, o assunto é o seguinte: não nego que entrei aqui como bruxo, e com uma tarefa de bruxo. Proponho deixar o assunto quieto. No entanto, aconteceu neste calabouço algo que mudou a situação por completo. Soube de algo extremamente importante para mim. Algo que pode mudar minha vida totalmente.

– E qual seria o resultado disso?

– Preciso – Geralt era um exemplo de tranquilidade e paciência – sair imediatamente para a superfície, imediatamente, sem a mínima demora, seguir um longo caminho. Duvido de que ainda volte para estes lados...

– É dessa maneira que você quer comprar sua vida, bruxo? – o senhor Schweitzer sibilou. – Nada disso. Suas súplicas são inúteis. Apanhamo-lo numa armadilha e não vamos soltá-lo. Matemo-lo pensando não apenas em nós mesmos, mas também em nossos irmãos. Pela, digamos, liberdade nossa e deles.

– Não só não voltarei para cá – Geralt retomou com paciência – como também desistirei do ofício de bruxo. Nunca matarei nenhum de vocês...

– Está mentindo! Está mentindo porque está com medo!

– Mas – dessa vez Geralt tampouco deixou que o interrompessem – preciso, como já havia dito, sair daqui imediatamente. Então vocês podem escolher uma das duas alternativas. A primeira, acreditarão em minha sinceridade e eu sairei daqui. A segunda, sairei daqui só depois de matá-los.

– E a terceira – o korred tossiu –, você próprio será morto.

O bruxo sacou, com um sibilo, a espada da bainha que carregava nas costas.

– Não serei o único – disse friamente. – Com certeza não serei o único, senhor Schweitzer.

O korred ficou em silêncio por algum tempo. O kilmulis, que estava atrás de suas costas, balançava e tossia. O priskirnik dobrava e esticava os apêndices. O candelabro mudava de forma. Agora parecia um pinheiro torto com dois enormes olhos fosforescentes.

– Dê-me uma prova – o korred finalmente falou – de sua sinceridade e benevolência.

– Qual?

– Sua espada. Você acabou de afirmar que deixará de ser bruxo. O que determina o bruxo é sua espada. Jogue-a no abismo. Ou quebre-a ao meio. Só então é que o deixaremos sair.

Por um momento Geralt ficou imóvel no silêncio em que se ouvia a água gotejar do teto e das paredes. Depois, sem pressa, enfiou a espada vertical e profundamente na fissura da rocha. E quebrou a lâmina com um forte golpe do sapato. A lâmina rompeu-se com um gemido cujo eco ressoou pelas cavernas.

A água gotejava das paredes, escorria delas feito lágrimas.

– Não posso acreditar – o korred falou devagar. – Não consigo acreditar que alguém possa ser tão estúpido.

Todos eles o atacaram num instante, sem gritos, senhas ou ordens. O primeiro a pular pela ponte foi o senhor Schweitzer, mostrando as garras e os caninos, dos quais não se envergonharia um lobo.

Geralt deixou que ele se aproximasse, em seguida girou o tronco e cortou o korred, destroçando sua mandíbula inferior e garganta. Logo depois entrou na ponte e lacerou o kilmulis com um golpe executado à esquerda. Encolheu e estirou-se no chão, bem na hora certa, pois o candelabro que tentava pular em cima dele sobrevoou-o, mal arranhando seu casaco com as garras. O bruxo desviou do priskirnik, de suas finas patas que giravam como hélices de um cata-vento. Golpeado no flanco da cabeça por uma delas, Geralt dançou, esquivando e defendendo-se com um largo corte. O priskirnik atacou novamente, mas não acertou. Bateu contra o balaústre e destroçou-o, caiu para dentro do abismo com um granizo de pedras. Até então não havia emitido nenhum som, mas agora, enquanto caía para dentro do precipício, soltou um uivo que demorou para silenciar.

Atacaram-no dos dois lados – o candelabro de um e, do outro, o kilmulis ensanguentado que, embora estivesse ferido, conseguiu levantar-se. O bruxo saltou em cima do balaústre da ponte. Sentiu que as pedras, prestes a desmoronar, roçavam-se contra si próprias, fazendo toda a ponte tremer. Foi balançando no balaústre que conseguiu escapar do alcance das patas munidas de garras do candelabro e encontrou-se atrás das costas do kilmulis. O monstro não tinha pescoço, portanto Geralt cortou-o na têmpora.

Mas a cabeça dele parecia ser feita de ferro, precisou repetir o golpe. Perdeu demasiado tempo com isso.

Foi golpeado na cabeça, a dor irrompeu em seu crânio e em seus olhos. Rodopiou, tentando proteger-se, sentindo o sangue correr em abundância debaixo dos cabelos. Tentou entender o que havia acontecido. Esquivou-se milagrosamente da segunda incisão das garras e foi então que entendeu: o candelabro mudava de forma – agora atacava com patas incrivelmente alongadas.

Mas isso possuía um defeito. Na forma de um centro de gravidade e equilíbrio alterados. O bruxo mergulhou debaixo das patas do monstro, diminuindo a distância. O candelabro, vendo o que estava para acontecer, caiu de dorso como um gato, pondo as patas traseiras para fora, igualmente munidas de garras, assim como as dianteiras. Geralt sobrevoou-o, golpeando-o no ar. Sentiu a lâmina cortar o corpo. Encolheu e virou-se, cortou novamente, caindo de joelho. O monstro gritou e bruscamente lançou a cabeça para a frente numa tentativa de dar uma violenta mordidela no peito do bruxo. Seus enormes olhos reluziam na escuridão. Geralt empurrou-o com um forte golpe executado com a empunhadura da espada, cortou de perto, destroçando a metade do crânio. Esse estranho monstro que não figurava em nenhum dos livros bruxescos, mesmo desprovido da metade do crânio, ainda dava mordidelas durante uns bons segundos. Depois morreu, com um terrível suspiro quase humano.

O korred, deitado numa poça de sangue, tremia espasmodicamente.

O bruxo ficou em pé sobre ele.

– Não consigo acreditar – disse – que alguém pode ser tão estúpido de deixar-se enganar com uma simples ilusão como aquela de quebrar a espada.

Não tinha certeza se o korred estava suficientemente consciente para entender. Mas isso não fazia nenhuma diferença.

– Havia avisado – disse, limpando o sangue que corria em sua bochecha. – Havia avisado que tinha de sair daqui.

O senhor Schweitzer tremeu com força, tossiu, sibilou e rangeu. Em seguida silenciou e ficou imóvel.

A água gotejava do teto e das paredes.

•

– Você está satisfeito, Regis?

– Agora sim.

– Então – o bruxo levantou-se – ande, vá e faça as malas. Força!

– Não vou demorar. *Omnia mea mecum porto.*

– O quê?

– Tenho pouca bagagem.

– Melhor assim. Encontramo-nos daqui a meia hora, fora da cidade.

– Estarei lá.

•

Ele a subestimou. E ela o acuou. E a culpa foi sua. Em vez de se precipitar, poderia ter ido para os fundos do palácio e deixar Plotka na cavalariça grande, naquela para os cavaleiros errantes, funcionários e serviçais na qual sua companhia também mantinha os cavalos. Não o fez por causa da pressa. Como de costume, usou a cavalariça ducal. Mas poderia ter suspeitado de que havia nela alguém que denunciava.

Andava de baia em baia, chutando o feno. Vestia um curto casaco de pele de lince, uma blusa branca de cetim, uma saia negra de equitação e botas de cano alto. Os cavalos relinchavam, sentindo a raiva com a qual ela emanava.

– Olhe só – disse ao vê-lo, dobrando o chicote de equitação. – Está fugindo! Sem se despedir. E a carta que deve ter deixado sobre a mesa não é uma despedida. Não depois daquilo que nos uniu. Como posso supor, argumentos extremamente relevantes justificam e explicam seu comportamento.

– Explicam e justificam. Desculpe, Fringilla.

– Desculpe, Fringilla – ela repetiu, contorcendo os lábios de raiva. – Que curto, que limitado, que despretensioso, que estilo cuidadoso. Aposto que a carta que você me deixou foi redigida com igual sofisticação. Poupando a tinta ao extremo.

– Preciso ir – gaguejou. – Você deve suspeitar por quê. E por causa de quem. Perdoe-me, por favor. Eu ia fugir despercebido, em segredo, porque... não queria que você tentasse nos seguir.

– Foi um medo inútil – disse enfaticamente, dobrando o chicote em arco. – Não iria com você nem que me tivesse implorado, prostrado aos meus pés. Não, bruxo. Vá sozinho, morra sozinho, congele sozinho nos passos das montanhas. Eu não tenho nenhum tipo de obrigações com Ciri. E com você? Tem ideia de quantos haviam implorado por aquilo que você tinha? E o que agora você larga, abandona, com desdém?

– Nunca a esquecerei.

– Oh – sibilou. – Você nem sabe o quanto eu queria que isso virasse realidade. Se não pela magia, então com a ajuda deste chicote!

– Não faça isso.

– Você tem razão. Não o farei. Não saberia fazê-lo. Eu me comportarei como uma amante desprezada e abandonada. De forma clássica. Eu o deixarei com a cabeça erguida. Com dignidade e orgulho. Engolindo as lágrimas. Depois as derramarei no travesseiro. E depois me entregarei a outro!

No fim quase gritava.

Ele não dizia nada. Ela também se calou.

– Geralt – finalmente falou, já num tom completamente diferente. – Fique comigo.

– Eu acho que o amo – disse, vendo que estava demorando para dar a resposta. – Fique comigo. Por favor. Nunca pedi nada a ninguém nem acho que peça. Mas peço a você.

– Fringilla – respondeu após um momento. – Você é a mulher dos sonhos de qualquer homem. E é minha, apenas minha, desculpe, mas não sou sonhador.

– Você é – disse após um momento, mordendo os lábios – como um anzol de pescador que, quando se encrava uma vez, só pode ser retirado com sangue e carne. Mas eu própria tenho culpa, sabia o que fazia brincando com um brinquedo perigoso. Felizmente, sei também como lidar com as consequências. Nesse quesito tenho supremacia sobre as outras mulheres.

Não comentou.

– Além disso – acrescentou –, um coração partido, embora doa muito, muito mais que um braço quebrado, recupera-se muito, muito mais rápido.

Tampouco comentou. Fringilla olhou para o hematoma em sua bochecha.

– E o meu amuleto? Deu certo? Funciona bem?

– É simplesmente maravilhoso. Obrigado.

Acenou com a cabeça.

– Para onde você vai? – perguntou num tom e timbre completamente diferentes. – Que informações conseguiu? Você conhece o lugar onde Vilgefortz se esconde, não é?

– Conheço. Mas não me peça para que eu lhe diga onde fica. Não lhe direi.

– Comprarei essa informação. Trata-se de uma troca.

– Ah é?

– Tenho uma notícia – repetiu – valiosa. E para você é simplesmente inestimável. Eu a providenciarei em troca de...

– De uma consciência tranquila – terminou, encarando-a. – Da confiança que depositei em você. Há um instante falávamos de amor. E agora estamos começando a falar de negócios?

Ficou calada por um longo momento. Depois bateu o chicote brusca e violentamente contra o cano da bota.

– Yennefer – recitou com rapidez –, com cujo nome você se dirigiu a mim algumas vezes à noite em momentos de êxtase, nunca o traíra. Tampouco traíra Ciri. Nunca fora cúmplice de Vilgefortz. Para resgatar Ciri enfrentou destemidamente um terrível risco. Sofreu uma derrota, caiu nas mãos de Vilgefortz. Decerto foi forçada, por meio de torturas, às tentativas de escaneamento que ocorreram no outono do ano passado. Não se sabe se está viva. É só o que sei. Juro.

– Obrigado, Fringilla.

– Vá embora.

– Confio em você – disse, sem afastar-se. – E nunca esquecerei o que houve entre nós dois. Confio em você, Fringilla. Não ficarei de seu lado, mas acho que aquilo que nos uniu foi realmente o amor... Eu a amei, do meu jeito. Peço que você guarde, como se fosse o maior segredo, o que ouvirá num instante. O esconderijo de Vilgefortz fica em...

– Espere – interrompeu. – Você me revelará isso depois, me contará tudo depois. Agora, antes de partir, despeça-se de mim.

Do jeito que você deveria se despedir. Sem cartas, sem balbuciar desculpas. Despeça-se de mim do jeito que eu quero.

Tirou o casaco de pele de lince, arremessou-o na direção da pilha de feno. Com um brusco movimento rasgou a blusa, não havia nada por baixo dela. Caiu sobre o casaco, puxando Geralt junto, sobre si própria. Geralt segurou-a pela nuca, levantou a saia e repentinamente se deu conta de que não haveria tempo para tirar as luvas. Felizmente, Fringilla não usava luvas. Nem calcinhas. Para uma sorte ainda maior, não usava esporas, pois dali a um instante os saltos de suas botas de equitação voariam exatamente por todo o lado. Se usasse esporas, daria medo até de pensar o que poderia acontecer.

Beijou-a no instante em que ela soltou um grito. Abafou-o.

Os cavalos, sentindo seu frenético desejo, relinchavam, batiam os cascos, chocavam-se contra as baias de tal forma que a poeira e o feno caíam do teto.

•

– A cidadela Rhys-Rhun, em Nazair, às margens do lago Muredach – Fringilla Vigo terminou triunfalmente. – Ali se encontra o esconderijo de Vilgefortz. Consegui tirar essa informação do bruxo antes que partisse. Temos tempo suficiente para antecipá-lo.

Nove mulheres reunidas na sala das colunas do castelo Montecalvo acenaram com a cabeça e regalaram Fringilla com olhares cheios de admiração.

– Rhys-Rhun – Filippa Eilhart repetiu, deixando os dentes à mostra num sorriso predador e brincando com o camafeu de sárdonix preso ao vestido. – Rhys-Rhun em Nazair. Então até breve, senhor Vilgefortz… Até breve!

– Quando o bruxo chegar lá – Keira Metz sibilou –, encontrará escombros que nem exalarão mais o cheiro de queimado.

– Nem federão a cadáver – Sabrina Glevissig sorriu graciosamente.

– Parabéns, senhorita Vigo – Sheala de Tancarville acenou com a cabeça num gesto que Fringilla nunca esperaria da famosa feiticeira. – Ótimo trabalho.

Fringilla abaixou a cabeça.

– Parabéns – Sheala repetiu. – Mais de três meses em Toussaint... Mas acho que valeu a pena.

Fringilla Vigo passou os olhos pelas feiticeiras sentadas ao redor da mesa. Por Sheala, Filippa, Sabrina Glevissig. Por Keira Metz, Margarita Laux-Antille e Triss Merigold. Por Francesca Findabair e Ida Emean, cujos olhos delineados com uma intensa maquilagem élfica não demonstravam absolutamente nenhum sentimento. Por Assire var Anahid, cujos olhos expunham aflição e preocupação.

– Valeu a pena – admitiu.

Com a absoluta sinceridade.

•

O céu mudava de cor de um azul-marinho para o negro. Um vento gelado soprava por entre as vinícolas. Geralt abotoou o casaco de pele de lobo e envolveu o pescoço com um xale de lã. Sentia-se muito bem. Um amor cumprido, como sempre, o ergueu para o auge de suas forças físicas, psíquicas e morais, apagou o rastro de quaisquer dúvidas e tornou seu pensamento claro e vivo. Ficou com pena de apenas uma coisa: que por um longo tempo seria privado desse maravilhoso remédio.

A voz de Reynart de Bois-Fresnes tirou-o dos pensamentos.

– O tempo vai piorar – o cavaleiro errante falou olhando para o leste, lá de onde vinha o vendaval. – Apressem-se. Se o vendaval trouxer neve, se os apanhar no passo Malheur, cairão numa armadilha. Nessa hora terão de orar pelo degelo a todos os deuses que veneram, conhecem e dos quais ouviram falar.

– Entendemos.

– O Sansretour os guiará durante os primeiros dias, não se afastem dele. Passarão uma feitoria de caçadores e chegarão ao local onde o afluente direito deságua no Sansretour. Não se esqueçam: o direito. Seu percurso indicará o caminho para o passo Malheur. Quando, com a graça divina, passarem por Malheur, não se deem por satisfeitos, pois terão ainda à sua frente os passos Sansmerci e Mortblanc. Depois de passarem os dois, descerão até o vale

Sudduth que tem um microclima agradável, quase como Toussaint. Se não fosse pela baixa qualidade da terra, lá também plantariam videiras...

Interrompeu, envergonhado sob os olhares disciplinadores.

– Claro – pigarreou. – Voltando ao assunto. A vila Caravista fica na saída de Sudduth. Meu primo, Guy de Bois-Fresnes, mora lá. Visitem-no e digam que me conhecem. Se acontecer de meu primo ter morrido ou enlouquecido, lembrem-se de que a direção do caminho a seguir é a planície Mag Deira e o vale do rio Sylte. E depois, Geralt, vocês continuarão de acordo com os mapas que você desenhou no cartógrafo local. E, já que estamos falando do cartógrafo, não entendo bem por que você o indagou sobre alguns castelos...

– Esqueça-se disso, Reynart. Nada disso aconteceu. Você não ouviu nem viu nada. Mesmo que o torturem. Entende?

– Entendo.

– Um cavaleiro – Cahir avisou, contendo seu garanhão que começou a cabriolar. – Um cavaleiro vindo do palácio se aproxima a todo galope.

– Se for apenas um – Angoulême lançou um largo sorriso e acariciou o machadinho preso à sela –, então não haverá grandes problemas.

Descobriram que Jaskier era o cavaleiro, galopando a toda velocidade. Pela surpresa, o cavalo era Pégaso, o capão do poeta que não gostava de saltar nem era acostumado a fazê-lo.

– Por fim – o trovador falou, tão ofegante que parecia que ele tinha carregado o capão e não ao contrário. – Finalmente consegui. Fiquei com medo de não alcançá-los.

– Não me diga que você vai conosco.

– Não, Geralt – Jaskier abaixou a cabeça –, não vou. Fico aqui em Toussaint com Fuinha. Isto é, com Anarietta. Mas não podia deixar de me despedir de vocês. E de desejar uma boa viagem.

– Agradeça à duquesa por tudo. E justifique-nos por precisar sair tão bruscamente e sem despedida. Explique-o de alguma forma.

– Vocês fizeram o juramento de cavaleiro, mais nada. Todos em Toussaint, inclusive Fuinha, entenderão isso. E isto aqui... É para vocês. Que esta seja a minha contribuição.

– Jaskier. – Geralt aceitou o pesado saquitel do poeta. – Não estamos passando perrengues. Não precisava...

– Que esta seja a minha contribuição – o trovador repetiu. – O dinheiro sempre será útil. E, além disso, o dinheiro não é meu. Tirei esses ducados do cofre privado de Fuinha. Por que vocês estão olhando assim? As mulheres não precisam de dinheiro. Para que precisariam? Não bebem, não jogam dados, e elas próprias, diabos, são mulheres. Passem bem! Vão embora, senão vou chorar. E, depois de tudo, visitem Toussaint na volta para me contar o que aconteceu. E quero dar um abraço em Ciri. Geralt, você promete?

– Prometo.

– Então passem bem.

– Espere. – Geralt virou o cavalo, aproximou-se de Pégaso e tirou às escondidas uma carta debaixo da camisa. – Faça de tudo para que esta carta chegue a ...

– Fringilla Vigo?

– Não. A Dijkstra.

– Está louco, Geralt? Como você quer que eu faça isso?

– Procure alguma maneira. Eu sei que você consegue. E agora passe bem. Dê um abraço, seu velho maluco.

– Dê um abraço, companheiro. Eu o aguardarei.

Ficaram olhando atrás dele, viram-no trotear em direção a Beauclair.

O céu escurecia.

– Reynart! – O bruxo virou-se na sela. – Venha conosco.

– Não, Geralt – Reynart de Bois-Fresnes respondeu após um instante. – Eu sou errante. Mas não sou louco.

•

Uma extraordinária excitação enchia a grande sala das colunas do castelo Montecalvo. O sutil *chiaroscuro* dos candelabros que lá dominava habitualmente foi hoje substituído pela claridade leitosa de uma enorme tela mágica. A imagem reproduzida na tela tremia, piscava, desaparecia, aumentando a excitação e tensão. E a ansiedade.

– Hã – Filippa Eilhart falou, sorrindo perigosamente. – Que pena que não posso estar lá. Um pouco de ação me faria bem. E um pouco de adrenalina também.

Sheala de Tancarville olhou para ela pungentemente, mas não disse nada. Francesca Findabair e Ida Emean tentavam estabilizar a imagem por meio de magia, aumentavam-na de tal maneira que ocupava toda a parede. Viam nitidamente os negros picos das montanhas sobre o fundo de um céu azul-marinho, as estrelas refletidas na superfície do lago, o escuro e angular contorno do castelo.

– Ainda não tenho certeza – Sheala falou – se não foi um erro ter delegado a liderança da força-tarefa a Sabrina e a jovem Metz. Keira teve suas costelas quebradas em Thanedd, pode querer se vingar. E Sabrina... Bem, ela gosta demasiadamente de ação e adrenalina. Não é, Filippa?

– Já conversamos sobre isso – Filippa cortou, e o tom de sua voz era tão ácido como marinada de ameixas. – Já acertamos aquilo que era para ser acertado. Ninguém será morto sem necessidade. O grupo de Sabrina e Keira entrará em Rhys-Rhun silenciosamente como ratos, na ponta dos pés, psssss. Prenderão Vilgefortz vivo, sem um arranhão ou hematoma. Já o acertamos. Contudo, eu ainda acho que deveríamos dar uma lição de moral. Para que os poucos que sobrevivam esta noite, lá, no castelo, até o fim da vida acordem aos gritos quando sonharem com ela.

– A vingança – a feiticeira de Kovir falou secamente – é o prazer das mentes medíocres, fracas e mesquinhas.

– Talvez sim – Filippa concordou com um sorriso aparentemente indiferente. – Mas, mesmo assim, não deixa de propiciar prazer.

– Deixemos esse assunto. – Margarita Laux-Antille ergueu a taça de vinho espumante. – Proponho brindar à saúde da senhora Fringilla Vigo. Graças ao seu esforço o esconderijo de Vilgefortz foi revelado. Realmente, senhora Fringilla, foi um trabalho bem-feito, excepcionalmente bem-feito.

Fringilla curvou-se respondendo às saudações. Nos negros olhos de Filippa notou certo deboche, e no olhar celeste de Triss

Merigold havia antipatia. Não conseguia decifrar os sorrisos de Francesca e Sheala.

– Estão começando – Assire var Anahid falou, apontando para a visão mágica.

Acomodaram-se nas poltronas. Para enxergar melhor, Filippa apagou as luzes com um encanto.

Viram como negras e velozes formas desprenderam-se das rochas, silenciosas e ágeis como morcegos. Viram-nas cair num voo rasante sobre as ameias e mata-cães do castelo Rhys-Rhun.

– Faz séculos – Filippa murmurou – desde a última vez que tive uma vassoura entre as pernas. Daqui a pouco me esquecerei de como se voa.

Sheala, com os olhos fixados na visão, silenciou-a com um sibilo impaciente.

Um fogo brilhou rapidamente nas janelas do negro complexo do castelo. Uma vez, duas, três. Sabiam o que era. As portas barradas e os ferrolhos, atingidos pelos raios globulares, se desfaziam em farpas.

– Estão dentro – Assire var Anahid falou em voz baixa, a única que não observava a visão na parede, mas fitava a bola de cristal alocada em cima da mesa. – A força-tarefa está dentro. Mas algo está errado. Não é do jeito que deveria ser...

Fringilla sentiu o sangue do coração se deslocar para a região pélvica. Ela já sabia o que estava errado e como deveria ser.

– A senhora Glevissig – Assire relatou novamente – está abrindo o comunicador direto.

Subitamente o espaço entre as colunas da sala resplandeceu e no oval que se materializava viram Sabrina Glevissig num traje masculino, com o cabelo amarrado na testa com uma faixa de gaze e o rosto enegrecido com listras de pintura de camuflagem. Atrás das costas da feiticeira viam-se sujas paredes de pedras, cobertas de farrapos de panos que já foram gobelins.

Sabrina estendeu a mão enluvada na direção delas, da qual pendiam longas tiras de teias de aranha.

– A única coisa – disse, gesticulando violentamente – que se encontra aqui no castelo é isto! Apenas isto! Diabos, que idiotice... Que vergonha...

– Articule melhor, Sabrina!

– Articular o quê? – gritou a feiticeira de Kaedwen. – O que se pode articular aqui? Não estão vendo? Este é o castelo Rhys-Rhun! Está vazio! Vazio e sujo! É uma droga de uma ruína vazia! Não há nada aqui! Nada!

Keira Metz apareceu atrás do ombro de Sabrina. Com a pintura de camuflagem parecia o diabo vindo direto do inferno.

– Neste castelo – confirmou calmamente – não há nem houve ninguém. Faz uns bons cinquenta anos. Há uns cinquenta anos que não passa por aqui uma viva alma, sem contar as aranhas, ratazanas e morcegos. Executamos uma operação de desembarque no lugar completamente errado.

– Verificaram se não se trata de uma ilusão?

– Você acha que somos crianças, Filippa?

– Escutem as duas. – Filippa Eilhart alisou nervosamente o cabelo com os dedos. – Falem às mercenárias e às noviças que se tratava de exercícios. Paguem-lhes e voltem. Voltem imediatamente. E finjam que não está acontecendo nada, ouviram? Finjam bem!

O oval do comunicador apagou. Ficou apenas uma imagem na tela de parede. O castelo Rhys-Rhun sobre o fundo de um negro céu brilhando com estrelas. E o lago no qual as estrelas se refletiam.

Fringilla Vigo olhava para o tampo da mesa. Sentia o sangue pulsar em suas bochechas, prestes a explodir.

– Eu... de verdade – finalmente falou, não conseguindo aguentar o silêncio que encheu a sala das colunas do castelo Montecalvo. – Eu... Realmente não entendo...

– E eu entendo, sim – Triss Merigold falou.

– Esse castelo... – disse Filippa, imersa nos pensamentos, sem prestar a mínima atenção às companheiras. – Esse castelo... Rhys-Rhun... Terá de ser destruído. Derrubado completamente. E quando surgirem lendas e contos sobre esse assunto será preciso censurá-los detalhadamente. As senhoras entendem o que quero dizer com isso?

– Entendemos muito bem – Francesca Findabair, calada até agora, acenou com a cabeça. Ida Emean, também calada, bufou de maneira bastante ambígua.

– Eu... – Fringilla Vigo ainda parecia estar chocada. – Eu realmente não entendo... Como isso pode ter acontecido...

– Eh – Sheala de Tancarville falou após um silêncio muito longo. – Não é nada, senhorita Vigo. Ninguém é perfeito.

Filippa bufou silenciosamente. Assire var Anahid suspirou e ergueu os olhos para o teto.

– No fim das contas – Sheala acrescentou, inflando os lábios –, todas nós já passamos por isso alguma vez na vida. Cada uma de nós, sentadas aqui, já foi enganada, usada e ridicularizada por um homem.

CAPÍTULO QUINTO

"Eu te amo, tua bela figura me atrai,
E, se não quiseres, vou usar de violência!"
"Meu pai, meu pai, ele agora me agarra,
O rei dos Elfos me machucou."

(tradução literal)

Tudo já havia existido alguma vez, tudo já havia acontecido. E tudo já havia sido descrito.

Vysogota de Corvo

Ao meio-dia a floresta, abafada, ardia de calor. A superfície do lago, ainda há pouco escura como jadeíte, refulgurou em tons de ouro, resplandeceu com reflexos. Ciri teve de cobrir os olhos com a mão, pois o brilho refletido pela água cegava, fazia os olhos e as têmporas doerem.

Passou pela mata ribeirinha, obrigou Kelpie a entrar no lago até a profundidade em que a água cobrisse os joelhos da égua. A água era tão cristalina que na sombra produzida pelo cavalo Ciri conseguia ver, até da altura da sela, o colorido mosaico do fundo, os mexilhões e as plumosas algas ondulantes. Viu uma pequena lagosta-d'água-doce andando majestosamente por entre o cascalho.

Kelpie relinchou. Ciri puxou as rédeas, saiu para o vau, mas não para a própria margem – arenosa e coberta de pedras, que a impedia de andar rapidamente. Guiou a égua pela beira da água para que pudesse pisar no duro cascalho do fundo. E ela, quase instantaneamente, se pôs a trotear. Era ágil na andadura como uma verdadeira trotadora, treinada não para a sela, mas para uma carruagem ou um landau. No entanto, chegou logo à conclusão de que o trote não era suficientemente veloz. Fincou o calcanhar e gritou, obrigando a égua a galopar. Correram por entre a água que respingava para os lados, brilhando como gotas de prata fundida.

Não diminuiu a velocidade, nem sequer quando viu a torre. Corria velozmente, com tanta intensidade que um cavalo normal seria capaz de morrer. Mas na respiração de Kelpie não se ouvia nem um menor arfar, e seu galope continuava a ser ligeiro e natural.

Entrou no pátio a todo galope, os cascos retumbando, freou a égua de uma maneira tão brusca que por um momento as ferraduras deslizaram pelas lajes com um ranger prolongado. Parou bem diante das elfas que esperavam junto da torre. Exatamente diante de seus narizes. Ficou satisfeita, pois duas delas, normalmente indiferentes e insensíveis, agora, involuntariamente, deram um passo para trás.

– Não se assustem – bufou. – Não vou atropelá-las! Só se eu quiser.

As elfas se contiveram rapidamente, a calma voltou às suas faces, os olhos recuperaram a expressão de uma fria indiferença.

Ciri saltou, ou melhor, desmontou da sela num voo. Seu olhar era desafiante.

– Parabéns – falou um elfo de cabelos claros e rosto triangular que surgiu da sombra da arcada. – Uma bela apresentação, Loc'hlaith.

Naquele dia ele a cumprimentara da mesma forma, quando entrou na Torre da Andorinha e se encontrou no meio da primavera em flor. Mas isso acontecera há muito tempo e essas coisas deixaram de impressioná-la.

– Não sou nenhuma Senhora do Lago – esbravejou. – Aqui eu sou prisioneira! E vocês são os guardas! E não há por que fingir que esse assunto não existe! Pegue aqui! – arremessou as rédeas na direção de uma das elfas. – É preciso enxugar o cavalo. Dar de beber quando arrefecer. E tratar dele!

O elfo de cabelos claros sorriu levemente.

– Realmente – disse, olhando para as elfas que levaram a égua em silêncio para a cavalariça. – Você é uma prisioneira maltratada aqui, e elas são guardas severas. Realmente dá para perceber.

– Têm aquilo que merecem! – Apoiou as mãos na cintura, arrebitou o nariz, encarou-o, olhando diretamente em seus meigos olhos azuis, claros como águas-marinhas. – Trato-as do mesmo jeito que elas me tratam! E uma prisão sempre será uma prisão!

– Você me surpreende, Loc'hlaith.

– E você me trata como se fosse burra. Você nem se apresentou.

– Desculpe. Sou Crevan Espane aep Caomhan Macha. Sou, se você sabe o que isto significa, Aen Saevherne.

– Sei – olhou com tanta admiração que não conseguiu disfarçar a tempo. – Um Versado. Um feiticeiro élfico.

– Pode me chamar assim. Para certa comodidade, uso o apelido Avallac'h, e é assim que você pode se dirigir a mim.

– Quem lhe disse – falou zangada – que tenho a mínima intenção de me dirigir a você? Versado ou não, você é um guarda e eu...

– Prisioneira – terminou com sarcasmo. – Você já o havia mencionado. Além disso, é uma prisioneira maltratada. Certamente você é forçada a passear pelas redondezas, foi ordenada a carregar a espada nas costas como uma forma de castigo, assim como usar essa elegante vestimenta ornada com abundância, muito mais bonita e limpa que aquela com a qual chegou aqui. Mas, apesar dessas horríveis condições, você não se entrega. Revida os maus-tratos sofridos com petulância. Com grande coragem e entusiasmo quebra também os espelhos que são obras de arte.

Rubejou. Estava muito zangada consigo mesma.

– Ah – disse às pressas –, você pode quebrar quantos espelhos quiser, afinal de contas, são apenas objetos, apesar de terem sido feitos há setecentos anos. Você gostaria de passear comigo pela beira do lago?

O vento que começou a soprar amenizou um pouco o calor. Além disso, as enormes árvores e a torre propiciavam sombra. As águas da baía eram de uma cor verde turva que, coberta espessamente com as folhas de nenúfares e salpicada de botões de suas flores, parecia quase um prado. As galinhas-d'água cantavam, balançavam os bicos vermelhos e rodavam por entre as folhas.

– Aquele espelho... – Ciri balbuciou, cavando um buraco com o salto no cascalho molhado. – Peço desculpas por tê-lo quebrado. Fiquei com raiva. Só isso.

– Ah.

– Elas me ignoram. Aquelas elfas. Quando falo com elas, fingem que não entendem. E, quando falam comigo, fazem-no de tal maneira que eu não as entenda. Elas me humilham.

– Você fala nossa língua muito bem – explicou com calma. – Contudo, para você é uma língua estrangeira. Além disso, você usa *hen llinge*, e elas usam *ellylon*. As diferenças são pequenas, mas existem.

– Eu o entendo. Cada palavra.

– Quando converso com você, uso *hen llinge*. A língua dos elfos de seu mundo.

– E você? – Virou-se. – De que mundo você é? Não sou criança. Só basta olhar para o céu noturno. Não se vê nenhuma constelação daquelas que eu conheço. Este mundo não é meu. Não é o meu lugar. Entrei aqui por acaso... E quero sair daqui. Partir.

Abaixou-se, levantou uma pedra e fez um gesto como se quisesse jogá-la distraidamente no lago na direção das galinhas-d'água que nadavam nele, mas o olhar do elfo a fez desistir da ideia.

– Antes de eu percorrer a distância de uma légua – disse, sem esconder ressentimento –, estou de volta à beira do lago. E vejo essa torre. Não importa por onde ou aonde, quando me viro, sempre vejo o lago e a torre. Sempre. Não há como se afastar dela. Então é uma prisão. Pior do que um calabouço, uma masmorra, pior até do que uma câmara com uma janela gradeada. Sabe por quê? Porque humilha mais. *Ellylon* ou não, fico furiosa quando alguém debocha de mim e demonstra desprezo. Sim, sim, não me olhe assim. Você também me desprezou, também debocha de mim. E ainda acha estranho quando fico com raiva?

– Acho, sim. – Arregalou os olhos. – Acho muito estranho.

Suspirou e deu de ombros.

– Entrei na torre há mais de uma semana – disse, esforçando-se para manter a calma. – Saí em outro mundo. Você esperava por mim, sentado, tocando a flauta de Pã. Você até estranhou eu ter demorado tanto para vir. Dirigiu-se a mim com meu nome, só depois é que começou essa palhaçada de Senhora do Lago. Depois desapareceu sem dar nenhuma explicação. E me deixou na prisão. Chame isso do que quiser. Eu o chamo de menosprezo e desdém mal-intencionados.

– Zireael, foi uma questão de oito dias.

– Ah – franziu o cenho. – Isso significa que tenho sorte? Pois poderiam ter sido oito semanas? Ou oito meses? Ou oito...

Calou-se.

– Você se afastou muito – disse em voz baixa – de Lara Dorren. Perdeu seu legado, perdeu a ligação com seu sangue. Não é de estranhar que aquelas mulheres não a entenderam e que você tampouco as entendeu. Você não apenas fala, mas *pensa* de maneira diferente. De acordo com categorias diferentes. O que são oito dias ou oito semanas? O tempo não tem importância.

– Tudo bem! – gritou, furiosa. – Tudo bem, não sou uma elfa sábia, sou um humano estúpido. Para mim o tempo tem importância, eu conto os dias, conto até as horas. E contei que muito tempo se passou, muitos dias e muitas horas. Não quero nada de vocês, não preciso de esclarecimentos, não quero saber por que aqui é a primavera, por que há unicórnios e por que à noite no céu as constelações são outras. Não me interessa nem um pouco de onde você conhece meu nome e como soube que eu ia aparecer aqui. Quero apenas uma coisa. Voltar para casa. Para meu mundo. Para os humanos! Que pensam como eu! De acordo com as mesmas categorias!

– Voltará lá. Depois de algum tempo.

– Quero agora! – gritou. – Não depois de algum tempo! Porque aqui esse tempo é uma eternidade! Que direito vocês têm de me prender aqui? Por que não posso sair daqui? Entrei aqui sozinha! Por minha própria vontade! Vocês não têm nenhum direito de fazer isso comigo!

– Entrou aqui sozinha – confirmou com calma. – Mas não por vontade própria. Foi trazida para cá pelo destino, mas com um pouco de nossa ajuda. Pois a espera por você aqui foi longa. Muito longa. Até para nossa contagem do tempo.

– Não entendo nada disso.

– Esperamos muito – não prestou atenção a ela. – Com apenas um receio: se você conseguiria entrar aqui. Mas conseguiu. Confirmou seu sangue, sua linhagem. E isso significa que seu lugar não é entre os Dh'oine, seu lugar é aqui. Você é a filha de Lara Dorren aep Shiadhal.

– Sou filha de Pavetta! Nem sei quem é essa sua Lara!

Irritou-se, embora apenas ligeiramente, quase despercebidamente.

– Neste caso, então – disse –, será melhor eu lhe explicar quem era essa Lara. Porque o tempo corre. Portanto, preferia prestar-lhe esclarecimentos no caminho. Porém, você quase acabou com a égua para fazer essa demonstração pouco sensata...

– Quase acabei com ela? Hã! Você nem sabe quanto essa égua é capaz de aguentar. E aonde devemos ir?

– Se me permitir, também explicarei isso no caminho.

•

Ciri freou Kelpie, que estava ofegante, vendo que o descomedido galope estava desprovido de sentido e não adiantaria nada.

Avallac'h não mentira. Aqui, no terreno aberto, nos prados e urzais, eriçados de menires, atuava a mesma força que ao pé da Torre Zireael. Podia-se tentar correr de forma desenfreada e em qualquer direção, mas depois de aproximadamente uma légua uma invisível força fazia com que se traçasse um círculo.

Ciri deu uns tapinhas no pescoço de Kelpie, que arfava, e ficou olhando para o grupo de elfos que passava tranquilamente. Há um instante, quando Avallac'h, por fim, lhe falou o que queriam dela, lançara-se num desenfreado galope para fugir, deixá-los para trás o mais longe possível, eles e sua inacreditável e insolente prescrição.

Agora já estavam novamente diante dela. Numa distância de aproximadamente uma légua.

Avallac'h não mentia. Não havia nenhuma maneira de fugir.

A única vantagem do galope foi que ele esfriou sua cabeça e gelou sua raiva. Estava definitivamente mais calma. Mesmo assim, ainda tremia toda de sanha.

"Em que encrenca eu fui me meter?", pensou. "Por que entrei naquela torre?"

Estremeceu-se toda só de se lembrar, de recordar Bonhart que se aproximava andando por cima do gelo, montado em seu iroso alazão.

Estremeceu-se ainda com mais força. E sossegou-se.

"Estou viva", pensou, olhando ao redor. "Não é o fim da luta. Só a morte encerra a luta, qualquer outra coisa apenas a interrompe. Ensinaram-me isso em Kaer Morhen."

Instigou Kelpie ao passo e, em seguida, vendo a égua erguendo a cabeça com ânimo, ao trote. Passava por uma fileira de menires. A relva e as urzes chegavam à altura dos estribos.

Em pouco tempo conseguiu alcançar Avallac'h e as três elfas. O Versado virou seus olhos cor de água-marinha com uma expressão interrogativa e um leve sorriso no rosto.

– Por favor, Avallac'h – pigarreou. – Fale que não passou de uma piada mal contada.

Algo à semelhança de uma sombra correu em seu rosto.

– Não tenho o costume de brincar dessa maneira – disse. – E já que você o considerou uma piada, permito-me repetir com toda a seriedade: queremos ter sua criança, Andorinha, filha de Lara Dorren. Só depois de você dar à luz é que a deixaremos partir daqui, retornar para seu mundo. A escolha, obviamente, é sua. Aposto que sua louca cavalgada ajudou-a a tomar a decisão. Qual é sua resposta?

– Minha resposta é não – disse com rispidez. – Categórica e absolutamente não. Não concordo. E pronto.

– Que pena – deu de ombros. – Confesso que estou desiludido. Mas não há o que fazer, a decisão é sua.

– E como se pode exigir algo assim? – gritou com uma voz trêmula. – Como você se atreve? Que direito você tem?

Olhou para ela com calma. Ciri sentia também que as elfas a fitavam.

– Parece que – disse – lhe contei a história de sua família com os mínimos detalhes. Você pareceu entender tudo. Portanto, fico abismado com sua pergunta. Temos o direito e podemos exigir, Andorinha. Seu pai, Cregennan, roubou-nos uma criança. Você a devolverá. Pagará a dívida. Isso me parece lógico e justo.

– Meu pai... Não me lembro de meu pai, mas seu nome era Duny. Não era Cregennan. Já lhe disse isso!

– E eu já lhe respondi que algumas ridículas gerações humanas não nos fazem diferença.

– Mas eu não quero! – Ciri gritou de tal maneira que a égua saltitou debaixo dela. – Eu não quero, entende? Não querooo! Incomoda-me a ideia de que me implantarão alguma droga de parasita, me dá nojo só de pensar que esse parasita vai crescer dentro de mim, que...

Interrompeu, vendo a cara das elfas. Duas estavam abismadas. Na cara da terceira via-se um ódio absoluto. Avallac'h tossiu enfaticamente.

– Sigamos – disse com frieza – um pouco para a frente e conversemos a sós. Suas convicções, Andorinha, são demasiadamente radicais para apresentá-las diante de testemunhas.

Ouviu. Andaram em silêncio por um longo tempo.

– Vou fugir de vocês – Ciri foi a primeira a falar. – Não conseguirão me prender aqui contra minha vontade. Fugi da ilha de Thanedd, fugi de caçadores e de nilfgaardianos, fugi de Bonhart e de Coruja. Conseguirei fugir de vocês também. Acharei uma maneira de quebrar seus feitiços.

– Pensei – falou após um momento – que você se preocupava mais com os amigos. Com Yennefer. Com Geralt.

– Você sabe disso? – suspirou, admirada. – É claro. Verdade. Você é um Versado! Portanto, deveria saber que penso exatamente neles. Lá, em meu mundo, eles estão correndo perigo, neste exato momento. E vocês querem me prender aqui... Por, ao menos, nove meses. Você próprio vê que não tenho escolha. Entendo que para vocês isso é importante, essa criança, o Sangue Antigo, mas eu não posso. Simplesmente não posso.

O elfo ficou em silêncio por um momento. Cavalgava tão próximo que tocava nela com seu joelho.

– Como já disse, a decisão é sua. No entanto, eu deveria avisá-la sobre algo, seria injusto escondê-lo de você. Não há como fugir daqui, Andorinha. Então, se você se recusar a cooperar, ficará aqui para sempre, nunca mais verá seus amigos ou seu mundo.

– É uma repugnante chantagem!

– No entanto, se você – Avallac'h não se intimidou com seu grito – concordar em fazer aquilo que nós pedimos, provaremos que o tempo não faz nenhuma diferença.

– Não entendo.

– O tempo aqui passa de uma forma diferente de lá. Se você nos prestar um favor, nós o retribuiremos. Faremos com que você recupere o tempo perdido aqui conosco. No meio do Povo dos Amieiros.

Permanecia calada com os olhos fixados na negra crina de Kelpie. "Contemporizar", pensou. Como dizia Vesemir em Kaer Morhen, "quando estiver prestes a ser enforcada, peça um copo de água. Nunca se sabe o que pode acontecer antes que eles o tragam..."

Repentinamente, uma das elfas gritou e assobiou.

O cavalo de Avallac'h relinchou, remexeu as patas. O elfo dominou-o e gritou algo para as elfas. Ciri viu uma delas tirar o arco do coldre de couro pendurado na sela. Ficou em pé nos estribos, cobriu os olhos com a mão.

– Mantenha a calma – Avallac'h falou com rispidez. Ciri suspirou.

A uma distância de aproximadamente duzentos passos galopavam unicórnios, atravessando o urzal. Uma manada inteira, ao menos trinta exemplares.

Ciri já havia visto unicórnios. Às vezes, especialmente ao alvorecer, aproximavam-se do lago próximo da Torre da Andorinha. Porém, nunca deixavam que ela se acercasse. Desapareciam feito fantasmas.

Um enorme garanhão de uma estranha pelagem rubejante era o líder da manada. De súbito, parou, relinchou profundamente e empinou-se. Dava pequenos passos com as patas traseiras e remexia as dianteiras no ar de uma maneira absolutamente inviável para um cavalo.

Ciri constatou, admirada, que Avallac'h e as três elfas cantarolavam em coro uma monótona e estranha melodia.

Quem é você?

Sacudiu a cabeça.

"Quem é você?", a pergunta novamente ressoou em sua cabeça, latejou nas têmporas. Subitamente, o canto dos elfos subiu um tom. O ruivo unicórnio rinchou e toda a manada respondeu a mesma voz. A terra tremeu quando saíram às pressas.

O canto de Avallac'h e das elfas interrompeu-se. Ciri viu o Versado enxugar, sorrateiramente, o suor da testa. O elfo olhou para ela de soslaio, entendeu que ela notara.

– Nem tudo é tão belo como parece – disse em tom seco. – Nem tudo.

– Vocês têm medo dos unicórnios? Eles são sábios e amigáveis.

Não respondeu.

– Ouvi falar – não desistiu – que elfos e unicórnios amam-se mutuamente.

Virou a cabeça.

– Aceite, então – disse friamente –, que aquilo que você acabou de ver foi uma briga de amantes.

Não indagou mais.

Andava sobrecarregada com suas próprias preocupações.

•

Os cumes dos morros eram ornados com cromeleques e dolmens. Sua aparência lembrava a Ciri a pedra de Ellander, aquela junto da qual Yennefer lhe ensinava o que era a magia. "Quanto tempo se havia passado", pensou. "Fazia séculos..."

Uma das elfas gritou novamente. Ciri olhou na direção apontada por ela. Mas, antes de constatar que a manada liderada pelo ruivo garanhão voltara, a outra das elfas também soltara um grito. Ciri ergueu-se nos estribos.

Do lado oposto surgiu outra manada de trás do morro. O unicórnio que a liderava era um tordilho arroxeado.

Avallac'h proferiu algumas palavras apressadamente. Era a língua *ellylon*, tão difícil para Ciri, mas ela entendeu, até porque as elfas, como se por um comando, tiraram os arcos. Avallac'h virou o rosto para Ciri, e ela sentiu um zumbido encher sua cabeça. Era um rumor bastante parecido com o barulho emitido por uma concha encostada no ouvido. Mas muito mais forte.

Não se oponha – ouviu a voz. – *Não resista. Preciso saltar, preciso levá-la para outro lugar. Você corre perigo de morte.*

Ouviram um assobio e um grito prolongado vindo de certa distância. E após um momento a terra tremeu sob os cascos ferrados.

Cavaleiros surgiram de trás do morro. Uma unidade inteira.

Os cavalos usavam chebraicas; os cavaleiros, elmos com cristas e capas que ao galope revoavam sobre os ombros, e cujos tons de cinabre, amarante e carmesim lembravam o fulgor de um céu em chamas resplandecendo com o brilho do pôr do sol.

Um assobio e um grito. Os cavaleiros vinham correndo até eles, todos alinhados. Antes que chegassem a uma distância de meia légua, os unicórnios já haviam desaparecido. Sumiram na estepe, deixando atrás de si uma nuvem de poeira.

•

O líder dos cavaleiros, um elfo de cabelos negros, montava um enorme garanhão zaino que parecia um dragão, ornado, como todos os cavalos da unidade, com uma chebraica bordada em forma de escamas de dragão e usava, na cabeça, um bucrânio com chifres verdadeiramente demoníacos. Como todos os outros elfos, o de cabelos negros usava, sob a capa, uma cota de malha feita de argolas de um diâmetro tão pequeno que se acomodava no corpo com muita elasticidade, como se fosse feito de malha de lã.

– Avallac'h – disse, prestando continência.

– Eredin.

– Você me deve um favor. E o pagará quando eu ordenar.

– Pagarei quando você ordenar.

O de cabelos negros desmontou da sela. Avallac'h também desceu e com um gesto mandou que Ciri fizesse o mesmo. Subiram o morro por entre brancas rochas de bizarras formas cobertas de evônimo e pés de murta anã em flor.

Ciri olhava para eles. Eram da mesma estatura, isto é, ambos eram extraordinariamente altos. Mas o rosto de Avallac'h era meigo, já o do elfo de cabelos negros lembrava uma ave de rapina. "O claro e o escuro", pensou. "O bom e o mau. A luz e as trevas..."

– Permita-me, Zireael, que lhe apresente: Eredin Bréacc Glas.

– Prazer. – O elfo curvou-se e Ciri retribuiu o gesto, embora desajeitadamente.

– Como você sabia – Avallac'h perguntou – que corríamos perigo?

– Não sabia. – O elfo fitava Ciri. – Patrulhamos a planície para espalhar a notícia de que os unicórnios estavam mais agitados e agressivos. Não se sabe por quê. Isto é, agora já se sabe. Obviamente, é por causa dela.

Avallac'h não negou nem confirmou. Ciri, no entanto, rebateu com um olhar arrojado a mirada do elfo de cabelos negros. Por um momento ficaram fitando-se mutuamente e nenhum deles queria ser o primeiro a abaixar o olhar.

– Esse seria então o Sangue Antigo – o elfo constatou. – Aen Hen Ichaer. O legado de Shiadhal e de Lara Dorren? Não acredito muito nisso. É uma simples e pequena Dh'oine. Uma fêmea humana.

Avallac'h não respondeu. Seu rosto estava inerte e indiferente.

– Suponho – o de cabelos negros retomou o discurso – que você não tenha errado. Ora, assumo como algo certo, pois você, de acordo com as fofocas, nunca erra. O gene de Lara está bem escondido nesta criatura. Sim, se você olhar bem, enxergará algumas características que comprovam a linhagem dessa menina. Realmente tem algo nos olhos que lembra Lara Dorren. Não é, Avallac'h? Quem estará mais apto para avaliar isso que você?

Avallac'h tampouco respondeu. Mas Ciri notou uma sombra de rubor em seu rosto pálido. Estranhou muito. E ficou pensativa.

– Resumindo – o de cabelos negros contorceu os lábios –, há algo de valioso, algo belo, nesta pequena Dh'oine. Eu o vejo. E tenho a impressão de estar diante de uma pepita numa pilha de adubo.

Os olhos de Ciri refulguraram com raiva. Avallac'h virou a cabeça lentamente.

– Você fala – disse devagar – como se fosse um humano, Eredin.

Eredin Bréacc Glas mostrou os dentes num largo sorriso. Ciri já havia visto uma dentição assim, muito branca, muito miúda e muito desumana, dentes retos como se tivessem sido aplainados com uma rasoura, desprovidos dos caninos. Já havia visto dentes assim nos elfos mortos e prostrados no chão, enfileirados no pátio da guarita em Kaedwen. Já havia olhado muito para esse tipo de dentes na boca de Faísca. Mas no sorriso dela esses dentes pareciam bonitos, e no de Eredin eram arrepiantes.

– Essa mocinha – disse –, que está tentando me matar com o olhar, conhece o motivo pelo qual está aqui?

– Claro.

– E está pronta para cooperar?

– Ainda não por completo.

– Não por completo – repetiu. – Hã, isso não é bom. Pois o caráter da cooperação requer que seja por completo. Simplesmente não há como fazer isso de outro jeito que não seja por completo. E pelo fato de meio dia de caminho nos separar de Tir ná Lia valeria a pena saber em que ponto estamos.

– Para que se apressar? – Avallac'h inflou os lábios levemente. – O que podemos ganhar com a pressa?

– A eternidade. – Eredin Bréacc Glas ficou sério, e algo resplandeceu rapidamente em seus olhos verdes. – Mas essa é sua especialidade, Avallac'h. Sua especialidade e responsabilidade.

– Foi você quem disse isso.

– Fui eu mesmo quem o disse. E agora me perdoem, mas as tarefas me chamam. Deixo-lhes a escolta, para sua segurança. Aconselho que pernoitem aqui, neste morro. Se saírem amanhã ao alvorecer, chegarão a Tir ná Lia na hora certa. *Va faill*. Ah, mais uma coisa.

Abaixou-se, quebrou e arrancou um ramo de murta em flor. Aproximou-o de seu rosto e em seguida entregou-o, prestando reverência, a Ciri.

– É um pedido de perdão – disse brevemente. – Por uma palavra impensada. *Va faill, luned*.

Afastou-se rapidamente e, logo em seguida, a terra tremeu debaixo dos cascos quando partia com uma parte da unidade.

– Só não me diga – resmungou Ciri – que seria com ele... Que é ele. Se for ele, não poderei, nunca, jamais.

– Não – Avallac'h negou lentamente. – Não é ele. Fique sossegada.

Ciri cobriu o rosto com a murta para que ele não notasse a excitação e a fascinação que tomaram conta dela.

– Estou sossegada.

•

Os cardos secos e as urzes da estepe cederam lugar a uma verde grama abundante, úmidas samambaias, o terreno alagadiço flavescia com ranúnculos, roxeava com tremoceiros. Em pouco tempo viram um rio que corria preguiçosamente no meio da aleia de choupos. A água no rio, embora cristalina, tinha uma tonalidade fulva. Cheirava a turfa.

Avallac'h tocava diversas melodias vivas em sua flauta de Pã. Ciri, soturna, pensava intensamente.

– Quem – finalmente falou – será o pai dessa criança que é tão importante para vocês? Ou talvez isso não seja relevante?

– É relevante. Devo entender que está decidida?

– Não, não deve. Simplesmente estou esclarecendo certas questões.

– Às ordens. O que quer saber?

– Você sabe bem o quê.

Por um momento, cavalgaram em silêncio. Ciri viu cisnes nadando majestosamente no rio.

– Auberon Muircetach – Avallac'h falou tranquila e objetivamente – será o pai da criança. Auberon Muircetach é nosso... Como vocês o dizem... Supremo comandante?

– O rei? O rei de todos os Aen Seidhe?

– Aen Seidhe, o Povo dos Montes, são os elfos de seu mundo. Nós somos Aen Elle, o Povo dos Amieiros. E Auberon Muircetach é, sim, nosso rei.

– O rei dos Amieiros?

– Pode chamá-lo assim.

Cavalgavam em silêncio. Fazia muito calor.

– Avallac'h.

– Pois não?

– Se eu concordar em fazê-lo, então depois... Depois... Estarei livre?

– Estará livre e poderá partir para onde quiser. Caso não queira ficar. Com a criança.

Bufou com desdém, mas não disse nada.

– Então, você tomou a decisão?

– Vou tomá-la quando chegarmos lá.

– Já chegamos.

Atrás dos galhos de salgueiros suspensos sobre a água feito verdes cortinas, Ciri viu palácios. Nunca havia visto nada igual em toda sua vida. Os palácios, embora feitos de mármore e alabastro, pareciam delicados, efêmeros e etéreos como rendas, como se não fossem edifícios, mas vultos de edifícios. Ciri esperava que a qualquer minuto um vento assoprasse, fazendo com que os palácios se dissipassem junto com a névoa que cobria o rio. Mas, quando o vento soprou, e quando a névoa se dissipou, quando os galhos dos salgueiros tremeram e o rio se enrugou, os palácios não desapareceram nem cogitaram desaparecer. Tornaram-se apenas mais belos.

Ciri olhava, admirada, para os terraços, para as torres que emergiam da água feito flores de nenúfares, para as pontes suspensas sobre o rio como se fossem festões de hera, para as escadas, escadinhas, balaustrezinhos, para as arcadas e os claustros, peristilos, colunas e colunazinhas, cúpulas e cupulazinhas, para os pináculos e torres finos como aspargos.

– Tir ná Lia – Avallac'h disse em voz baixa.

Quanto mais se aproximavam, tanto mais comovia a formosura desse lugar, apertava a garganta, fazia com que os cantos dos olhos se enchessem de lágrimas. Ciri olhava para os chafarizes, mosaicos, terracotas, esculturas e monumentos. Para as construções rendadas, cuja função não entendia. E para aquelas que decerto não possuíam nenhuma função. Além de estética e harmônica.

– Tir ná Lia – Avallac'h repetiu. – Você já havia visto algo semelhante?

– Sim – conseguiu superar o aperto na garganta. – Já havia visto restos de algo parecido. Em Shaerrawedd.

Agora era a vez de o elfo permanecer calado por um longo momento.

•

Passaram para a outra margem do rio por uma arqueada ponte que parecia tão delicada como uma renda. A própria Kelpie estava inquieta e ficou resfolegando por um bom tempo antes que se atrevesse a pisar em cima dela.

Embora ansiosa e tensa, Ciri olhava em volta com atenção para não perder nada de vista, nenhuma paisagem que a maravilhosa cidade de Tir ná Lia propiciava. Primeiro, estava extremamente curiosa. Segundo, não parava de pensar na fuga e procurava, urgentemente, uma ocasião adequada para executá-la.

Nas pontes e nos terraços, nas alamedas e nos peristilos, nas varandas e nos claustros via elfos de longos cabelos vestidos de justos gibões e curtas capas bordadas com fantasiosos desenhos de folhagem. Via elfas com fabulosos penteados e uma forte maquiagem, trajando delicados vestidos ou vestimenta que lembrava a masculina.

Eredin Bréacc Glas os recebeu diante do pórtico de um dos palácios. Bastou uma curta ordem para que surgisse, em sua volta, uma multidão de pequenas elfas vestidas de cinza que rápida e silenciosamente trataram dos cavalos. Ciri observava, um pouco espantada. Avallac'h, Eredin e todos os outros elfos que até então conhecera eram incrivelmente altos e era preciso erguer a cabeça para poder mirar em seus olhos. As elfas de cinza eram muito mais baixas do que ela. "Outra raça", pensou. "Uma raça de serviçais. Até aqui, no mundo das maravilhas, era necessário haver alguém que trabalhasse pelos vagabundos."

Entraram no palácio. Ciri suspirou. Era infante de sangue real, cresceu em palácios. Mas nunca havia visto mármores, malaquitas, estuques, pisos, mosaicos, espelhos e candelabros assim. Esses deslumbrantes interiores faziam com que se sentisse mal, incomodada, fora do lugar, empoeirada, suada e fatigada depois da viagem.

Avallac'h, pelo contrário, não se preocupava nem um pouco. Bateu a luva contra as calças e as gáspeas, ignorando o fato de que a poeira se acomodava no espelho. Em seguida, jogou a luva altivamente para uma elfa curvada diante dele.

– Auberon? – perguntou rapidamente. – Está à espera?

Eredin sorriu.

– Está, sim. Está com pressa. Pediu para que a Andorinha viesse imediatamente até ele, sem demora. Mas eu o convenci de que não era uma boa ideia.

Avallac'h ergueu as sobrancelhas.

– Zireael – Eredin esclareceu com muita calma – deveria ir até o rei sem estresse, sem ser pressionada, descansada, tranquila e bem-humorada. Um banho, um novo traje, penteado e nova maquiagem propiciarão seu bom humor. Suponho que Auberon ainda aguentará um pouco.

Ciri suspirou profundamente e olhou para o elfo. Ficou surpresa com o fato de parecer tão simpático. Eredin sorriu, mostrando sua dentição reta, desprovida de caninos.

– Apenas uma coisa levanta minha objeção – declarou. – Trata-se dos olhos de nossa Andorinha que brilham como os de um falcão. Nossa Andorinha não para de lançar olhadas para a esquerda e direita, como se fosse um arminho que procura um buraco na gaiola. Vejo que a Andorinha está longe de uma capitulação incondicional.

Avallac'h não comentou. Ciri, obviamente, tampouco.

– Não estranho – Eredin continuou. – Não pode ser diferente, pois tem o sangue de Shiadhal e Lara Dorren. Porém, ouça-me com muita atenção, Zireael. Não há como fugir daqui. Não existe a possibilidade de quebrar o *Geas Garadh*, o Encanto da Barreira.

O olhar de Ciri demonstrava explicitamente que não acreditaria antes de se certificar.

– E se você conseguir, por algum milagre, forçar a Barreira – Eredin não tirou o olhar dela nem por um átimo – saiba que isso implicará sua perdição. Este mundo só parece belo. Mas traz a morte, especialmente aos inexperientes. As feridas causadas pelo chifre de um unicórnio não podem ser tratadas nem mesmo com a magia.

– Saiba também – retomou, não tendo obtido nenhum comentário – que seu talento selvagem tampouco a ajudará. Não conseguirá executar um salto, não adianta nem tentar. E mesmo que consiga saiba que meus *Dearg Ruadhri*, meus Cavaleiros Vermelhos, apanharão você até no abismo do tempo e do espaço.

Não entendia bem o que queria dizer. Mas ficou curiosa pelo fato de Avallac'h, de repente, ter ficado soturno e franzido o cenho, claramente aborrecido com o discurso de Eredin. Como se Eredin soubesse demasiado.

– Vamos – disse. – Venha, Zireael. Agora a entregaremos nas mãos das senhoras. É necessário aprumá-la. A primeira impressão é a mais importante.

•

Seu coração batia com tanta força que parecia que ia explodir, o sangue pulsava nas têmporas, as mãos tremiam levemente. Conseguiu controlá-las, apertando os punhos. Acalmou-se, respirando lentamente. Soltou os ombros e mexeu a nuca que ficara rígida por causa do nervosismo.

Olhou-se novamente no enorme espelho. A vista era bastante agradável. O cabelo, ainda molhado após o banho, havia sido aparado e penteado para cobrir, ao menos um pouco, a cicatriz. A maquiagem destacava bem seus olhos e lábios, a prateada saia com uma fenda que chegava até a metade da coxa, o negro colete e a finíssima blusa perolada de crepe também ficaram bastante bem. O *foulard* de seda amarrado no pescoço acentuava, de maneira interessante, todo o conjunto.

Ciri ajeitou e alinhou o *foulard* e, logo em seguida, pôs as mãos entre as coxas, também arrumando lá o que era preciso, pois debaixo da saia vestia peças verdadeiramente impressionantes – calcinhas delicadas como uma teia de aranha e meias finas que chegavam quase até as calcinhas e, por mais incrível que parecesse, se mantinham seguras nas coxas sem as ligas.

Hesitante, estendeu a mão na direção da maçaneta, como se não fosse uma maçaneta, mas uma cobra adormecida.

"*Pest*", pensou involuntariamente em élfico, "já me confrontei com homens munidos de espadas. Conseguirei confrontar um com..."

Fechou os olhos, suspirou. E entrou na câmara.

Dentro não tinha ninguém. Na mesa de malaquita havia um livro e um jarro. Nas paredes, estranhos relevos e baixos-relevos, cortinas drapejadas, gobelins floridos. Em um canto havia uma estátua. No outro, uma cama com baldaquim. O coração começou a bater com força novamente. Engoliu a saliva.

Com o canto do olho notou uma agitação. Mas não na câmara. No terraço.

Estava sentado lá, virado para ela de meio perfil.

Embora soubesse que entre os elfos nada parecia da forma como ela imaginava, Ciri ficou um pouco chocada. Sempre que falavam sobre o rei, pensava, sem saber o porquê, em Ervyll de Verden, que por pouco não virou seu sogro. Quando pensava nele, via um homem obeso, imobilizado por camadas de gordura, cheirando a cebola e cerveja, dono de um rúbido nariz e olhos avermelhados que apareciam por cima da barba descuidada, com o cetro e o orbe nas mãos inchadas e salpicadas de manchas de cor castanho.

E junto do balaústre do terraço estava sentado um rei completamente diferente.

Era muito esbelto e, evidentemente, de grande altura. Seus cabelos eram cinzentos, como os dela, entremeados com branquíssimas manchas, e tão longos que caíam sobre os ombros e as costas. Vestia um negro gibão de veludo. Usava típicas botas élficas com várias fivelas ao longo do cano. Suas mãos eram finas, brancas e os dedos longos.

Estava entretido soltando bolhas de sabão. Segurava uma vasilha com sabão e um canudo no qual assoprava de vez em quando fazendo com que as bolhas irisadas voassem, deslizando até o rio.

Pigarreou baixinho.

O rei dos Amieiros virou a cabeça. Ciri não conseguiu controlar o suspiro. Seus olhos eram extraordinários, claros como chumbo fundido, abismais. E cheios de uma profunda tristeza.

– Andorinha – disse. – Zireael. Obrigado por ter vindo.

Engoliu a saliva sem absolutamente saber o que falar. Auberon Muircetach aproximou o canudo da boca e soltou mais uma bolha que voou para o espaço.

Para controlar o tremor das mãos, entrelaçou-as, cruzou os dedos e estalou-os. Depois alisou nervosamente o cabelo com a mão. O elfo apenas aparentava prestar atenção às bolhas.

– Você está nervosa?

– Não – mentiu presunçosamente. – Não estou.

– Está com pressa?

– Estou, sim.

Deve ter falado com demasiada despreocupação, pois sentiu que oscilava à beira da cortesia. No entanto, o elfo não havia notado. Formou uma enorme bolha na ponta do canudo e, balançando-a, fez com que ganhasse a forma de um pepino. Ficou admirando a obra por um longo momento.

– Não queria inquiri-la, mas gostaria de perguntar para onde quer ir com tanta pressa.

– Para casa! – bufou, mas logo se corrigiu, acrescentando com uma voz serena. – Para meu mundo!

– Para onde?

– Para meu mundo!

– Ah. Perdoe-me. Juraria que acabou de dizer "Para meu imundo". E, de verdade, estranhei bastante. Você fala muito bem a nossa língua, mas precisa trabalhar um pouco ainda o sotaque e a pronúncia.

– A maneira como acentuo as palavras é tão importante? Afinal, você não precisa de mim para conversar.

– Nada deveria atrapalhar quando se está a caminho da perfeição.

Mais uma bolha formou-se na ponta do canudo, desprendeu-se, voou e pouco depois arrebentou, tendo-se chocado contra o galho do salgueiro. Ciri suspirou.

– Então você está com pressa para voltar para seu mundo – o rei Auberon Muircetach falou após um momento. – Seu mundo! Realmente, vocês, humanos, não têm nem um pouco de humildade.

Mexeu na vasilha com o canudo e, com um sopro aparentemente despreocupado, rodeou-se todo de um enxame de bolhas iridescentes.

– O homem – disse –, seu peludo ancestral por parte de pai, apareceu no mundo muito mais tarde do que a galinha. Mas nunca ouvira falar de uma galinha que quisesse reivindicar seus direitos perante o mundo... Por que você está tão irrequieta, marcando passo como uma macaquinha? Deveria demonstrar interesse por aquilo que digo, já que se trata de história. Ah, deixe eu adivinhar: você não se interessa por ela, pois a deixa entediada.

Uma enorme bolha irisada voou em direção ao rio. Ciri permanecia calada, mordendo os lábios.

– Seu peludo antepassado – o elfo retomou, mexendo com o canudo na vasilha – aprendeu rapidamente a usar o opoente polegar e a sua rudimentar inteligência. Usava-os de diversas maneiras, geralmente tão ridículas quanto assustadoras. Isto é, queria dizer que as coisas feitas por seu antepassado seriam ridículas se não fossem espantosas.

Mais uma bolha, seguida por outra, e mais uma.

– Na verdade, nós, os Aen Elle, pouco nos interessávamos pelas ações tomadas por seu antepassado. Nós, ao contrário de nossos primos Aen Seidhe, deixamos aquele mundo há muito tempo. Optamos por outro universo, muito mais interessante. Pode espantar-se com aquilo que lhe direi, mas naquela época existia a possibilidade de se deslocar de forma bastante livre entre os mundos. Claro, era preciso ter um pouco de talento e experiência. Você certamente entende o que quero dizer.

Ciri morria de curiosidade. No entanto, insistia em permanecer calada, ciente do fato de que o elfo debochava dela levemente. Não queria tornar as coisas mais fáceis para ele.

Auberon Muircetach sorriu. Virou-se. No pescoço usava um colar de ouro, o símbolo do poder chamado *torc'h* na Língua Antiga.

– *Mire, luned.*

Assoprou levemente, agitando o canudo com movimentos cheios de habilidade. Na ponta, em vez de uma enorme bolha de antes, pendia uma série delas.

– Uma bolhinha junto de outra, uma bolhinha junto de outra – entoou. – Ah, assim foi, assim foi... Nós nos convencíamos dizendo que não fazia diferença se ficaríamos um pouco aqui, um pouco acolá. Não importava que os Dh'oine teimavam em aniquilar seu mundo junto consigo próprios, sempre podíamos ir a outro lugar... A outra bolhinha...

Auberon fixou nela seu intenso olhar. Ciri acenou com a cabeça e passou a língua nos lábios. O elfo sorriu novamente, despencou as bolhas, assoprou de novo, formando, dessa vez, um enorme cacho na extremidade do canudo, uma infinidade de pequenas bolhas interligadas.

– Veio a Conjunção... – O elfo ergueu o canudo ornamentado de bolhas. – Surgiram mais mundos. Mas as portas estão fechadas. Estão fechadas para todos, salvo um pequeno grupo de escolhidos. E o tempo corre. As portas devem ser abertas. Com urgência. É um imperativo. Você entende essa palavra?

– Não sou burra.

– Não, não é. – Virou a cabeça. – Não pode ser, pois você é Aen Hen Ichaer, o Sangue Antigo. Aproxime-se.

Cerrou os dentes involuntariamente quando ele estendeu a mão em sua direção. Mas tocou apenas em seu antebraço, e depois em sua mão. Sentiu um agradável formigamento. Atreveu-se a olhar em seus extraordinários olhos.

– Não acreditava quando diziam – suspirou. – Mas é verdade. Você tem os olhos de Shiadhal. Os olhos de Lara.

Abaixou o olhar. Sentia-se insegura e confusa. O rei dos Amieiros apoiou o cotovelo no balaústre e o queixo sobre a mão. Por um longo momento parecia interessar-se apenas pelos cisnes que nadavam no rio.

– Obrigado por ter vindo – falou, por fim, sem virar a cabeça. – E agora vá embora, deixe-me só.

•

Encontrou Avallac'h no terraço à beira do rio no momento em que entrava a bordo de um barco acompanhado de uma belíssima elfa de cabelo cor de palha. A elfa tinha os lábios pintados com um batom pistache e purpurina dourada nas têmporas e pálpebras.

Ciri ia virar e afastar-se quando Avallac'h parou-a com um gesto. E por meio de outro aceno convidou-a para entrar no barco. Hesitou. Não queria conversar na presença de testemunhas. Avallac'h disse algo rapidamente à elfa e enviou-lhe um beijo com a mão. A elfa deu de ombros e foi embora. Virou-se apenas uma vez para Ciri com o intuito de demonstrar com os olhos o que achava dela.

– Se puder, restrinja-se de fazer quaisquer comentários – disse Avallac'h quando ela se sentou num banco mais próximo da proa. Ele próprio também se sentou, tirou sua flauta de Pã e começou a tocar absolutamente despreocupado com o barco. Ciri, inquieta, olhou para trás, mas o barco deslizava perfeitamente pelo meio da correnteza, sem desviar-se nem por uma polegada na direção das escadas, pilastras e colunas que adentravam a água. Era um estranho barco. Ciri nunca havia visto um igual, nem em Skellige, onde tivera a possibilidade de deparar-se com tudo o que era capaz de flutuar sobre a água. Tinha uma proa muito alta, esbelta e esculpida em forma de chave, era muito comprido, muito estreito e muito instável. Realmente, só um elfo podia permanecer sentado em algo assim e tocar a flauta em vez de segurar o leme e o remo.

Avallac'h parou de tocar.

– O que a preocupa?

Ouviu, observando-a com um estranho sorriso.

– Você está decepcionada – afirmou, não perguntou. – Decepcionada, desiludida e, sobretudo, indignada.

– Nada disso! Não estou!

– Pois não deveria estar. – O elfo ficou sério. – Auberon recebeu-a com reverência, como uma nata Aen Elle. Não se esqueça de que nós, o Povo dos Amieiros, nunca temos pressa. Temos tempo.

– Disse-me completamente outra coisa.

– Eu sei o que ele lhe disse.

– E você sabe também do que se trata isso tudo?

– Claro.

Já aprendeu muito. Nem um suspiro ou tremor da pálpebra revelou sua impaciência ou raiva quando novamente aproximou a flauta de Pã dos lábios e se pôs a tocar. Uma música melodiosa, saudosa. Longa.

O barco deslizava pela água, Ciri contava as pontes que passavam sobre suas cabeças.

– Temos – falou logo após passar a quarta ponte – razões mais do que sérias para supor que seu mundo corre perigo de aniquilamento. Um cataclismo climático em grande escala. Sendo uma pessoa erudita, deve ter-se deparado com *Aen Ithlinnespeath*, a Profecia de Itlina. Na profecia fala-se do Frio Branco. De acordo com nossas suspeitas, trata-se de uma forte glaciação. E, pelo fato de que noventa por cento da terra firme de seu mundo está localizada no hemisfério norte, a maioria dos seres vivos pode correr perigo de extinção por causa dela. Morrerão simplesmente por causa do frio. Aqueles que sobreviverem afogar-se-ão em barbaridade, exterminar-se-ão mutuamente em impiedosas lutas por sustento, virarão a presa de predadores enlouquecidos pela fome. Lembre-se do texto da profecia: O Tempo do Desprezo, O Tempo do Machado, O Tempo da Nevasca Lupina.

Ciri não interrompia com medo de ele começar a tocar.

– A criança em que depositamos tantas esperanças – Avallac'h retomou, brincando com a flauta –, o descendente e portador do gene de Lara Dorren, que foi propositadamente por nós construído, pode salvar os habitantes daquele mundo. Temos motivos para acreditar que o descendente de Lara e, claro, seu terá capacidades mil vezes mais poderosas daquelas que nós, os Versados, possuímos. E que você também possui, em forma residual. Você deve saber do que se trata, não é?

Ciri já aprendera que na Língua Antiga esses tipos de figuras retóricas, embora parecessem perguntas, não só não exigiam, mas até proibiam qualquer resposta.

– Indo diretamente ao ponto – retomou Avallac'h –, trata-se da possibilidade de transladar entre os mundos não apenas a si próprio, sua própria pessoa, que não é necessariamente de grande importância. O essencial é abrir o Ard Gaeth, o grande Portal fixo pelo qual todos poderiam passar. Antes da Conjunção conseguíamos fazer isso, portanto queremos fazê-lo outra vez agora. Evacuaremos do mundo agonizante os Aen Seidhe que ainda vivem lá, nossos irmãos que devemos ajudar. Não poderíamos viver com a consciência de que deixamos de lhes prestar ajuda. Pode crer, não seremos omissos. E salvaremos, evacuaremos daquele mundo todos que correm perigo. Todos, Zireael. Os humanos também.

– É mesmo? – não aguentou. – Dh'oine também?

– Também. Você própria está se conscientizando agora de sua importância e de quanto depende de você. Da importância de manter a paciência. E de ir até Auberon hoje à noite e permanecer lá até a manhã. Acredite, seu comportamento não era uma demonstração de má vontade. Ele sabe que não é nada fácil para você.

Tem consciência do fato de que demonstrando uma pressa insistente poderia magoá-la e provocar aversão. Ele sabe muito, Andorinha. Não duvido que você tenha reparado.

– Reparei, sim – bufou. – Reparei também que a correnteza já nos levou para bastante longe de Tir ná Lia. Está na hora de pegarmos nos remos, mas não os vejo por aqui.

– Não estão aqui. – Avallac'h ergueu o braço, girou a mão e estalou os dedos. O barco parou. Permaneceu parado por um momento, mas logo em seguida começou a navegar contra a correnteza.

O elfo acomodou-se, levou a flauta de Pã aos lábios e entregou-se à música.

•

À noite o rei dos Amieiros recebeu-a com o jantar. Entrou, acompanhada pelo farfalhar de sua vestimenta de seda, e com um aceno foi convidada para se sentar à mesa. Não havia criados. Ele próprio lhe atendia.

O jantar era composto de dezenas de variedades de legumes. Havia também cogumelos cozidos, assados e ensopados. Ciri nunca havia comido cogumelos assim. Alguns eram brancos e finos feito folhas, de sabor delicado e suave; outros, marrons e pretos, carnosos e aromáticos.

Auberon também lhe servia vinho rosado à vontade. Aparentemente leve, subia à cabeça, relaxava, soltava a língua. Antes que se desse conta, já lhe havia contado coisas que esperava nunca contar a ninguém.

Ouvia. Com paciência. E, de repente, ela lembrou-se por que estava lá, ficou soturna, calou-se.

– Pelo que entendi – serviu-lhe mais cogumelos, esverdeados e cheirosos como chalota –, você acha que está ligada pelo destino com esse tal de Geralt?

– Isso mesmo. – Ergueu o cálice copiosamente ornamentado com as marcas de seu batom. – Destino. Ele, isto é, Geralt, fora-me predestinado, e eu a ele. Nossos destinos se entrelaçam. Então seria melhor que eu fosse embora daqui. O mais rápido possível. Entende?

– Confesso que não muito.

– Destino! – Tomou um gole. – É uma força que não deve ser contrariada. Por isso penso... Não, não, obrigada, mas não me sirva mais, por favor, estou tão cheia que vou explodir.

– Você mencionou que pensa.

– Penso que foi um erro me ter atraído aqui. E me forçar a... Bom, você sabe o que quero dizer. Preciso ir embora daqui, socorrê-los... Pois meu destino...

– Destino – interrompeu, erguendo o cálice. – Predestinação. Algo que é inevitável. Um mecanismo que faz com que um número praticamente infinito de acontecimentos impossíveis de ser previstos deve levar a determinado resultado. Não é?

– Claro!

– Independentemente das circunstâncias e condições, deve haver um resultado. Aquilo que fora predestinado deve acontecer. Não é?

– Sim!

– Para onde e para que você quer ir? Tome o vinho, aproveite o momento, desfrute a vida. Aquilo que deve vir, virá, é algo inevitável.

– Nada disso. Não é bem assim.

– Então você própria se contraria.

– Mentira.

– Você contraria uma contradição, e isso já é um círculo vicioso.

– Não! – sacudiu a cabeça. – Você não pode ficar de braços cruzados sem fazer nada! Nada acontece assim, do nada!

– Um sofisma.

– Você não deve perder tempo de forma insensata! Você pode perder o momento adequado... O certo, o momento único. O tempo nunca se repete!

– Dê licença. – Levantou-se. – Olhe para isto aqui.

Na parede indicada por ele havia um alto-relevo de uma enorme serpente escamosa. O réptil, enrolado em forma de oito, mordia a própria cauda com os dentes. Ciri já havia visto algo parecido, mas não se lembrava onde.

– Eis aqui – disse o elfo – a primigênia serpente Uroboros que simboliza a infinidade, e ela própria constitui a infinidade. É a eterna partida e o eterno regresso. É algo que não tem nem começo nem fim.

– O tempo é como a primigênia Uroboros. O tempo são os momentos que se esvaem, grãos de areia que passam na ampulheta. O tempo é constituído por momentos e acontecimentos com os quais tentamos medi-lo com tanta insistência. Mas a primigênia Uroboros lembra-nos de que cada momento, cada instante, cada acontecimento guarda em si o passado, o presente e o futuro. Cada instante guarda em si a eternidade. Cada partida é ao mesmo tempo um regresso, cada despedida é uma saudação, cada regresso uma separação. Tudo é simultaneamente um começo e um fim.

– E você também – disse sem lhe dirigir nenhum olhar – é simultaneamente um começo e um fim. E, porque falamos sobre o destino, saiba que é esse exatamente seu destino. Ser o começo e o fim. Entende?

Hesitou por um momento. Mas seu olhar ardente forçou-a a dar uma resposta.

– Entendo.

– Dispa-se.

Proferiu essas palavras com tanta despreocupação, tanta indiferença que ela quase gritou de raiva. Com as mãos trêmulas começou a desabotoar o colete.

Os dedos não queriam lhe obedecer, os colchetes, botões e fitas eram apertados e desajeitados. Embora Ciri estivesse com muita pressa, querendo que tudo acabasse o mais rápido possível, o ato de se despir foi exageradamente longo. Mas o elfo não parecia alguém que estivesse apressado. Pelo contrário, aparentava ter mesmo toda a eternidade à sua disposição.

Quem sabe, talvez, realmente a tivesse.

Já completamente nua, saltitou, pois o piso frio gelava seus pés. Ele notou isso e, em silêncio, apontou para a cama.

Os lençóis eram feitos de doninha, costurados para formar enormes pedaços de pele, macios, quentes, que davam uma prazerosa sensação de cócegas.

Deitou-se ao seu lado vestido da cabeça aos pés, estava até de botas. Quando a tocou, Ciri espreguiçou-se involuntariamente, um pouco decepcionada consigo mesma, já que estava determinada a se fazer de difícil e indiferente até o fim. Os dentes, obviamente, tremiam de frio. No entanto, seu toque eletrizante a acalmava e seus dedos ensinavam e ordenavam. Guiavam. No momento em que começou a entender bem as orientações, quase antecipando-as, fechou os olhos e imaginou que era Mistle. Mas não funcionou. Era muito diferente dela.

Instruiu-a com a mão sobre o que deveria fazer. Obedeceu. Inclusive com vontade. Apressadamente.

Ele não estava nem um pouco apressado. Fez com que as carícias a deixassem macia como um lenço de seda. Forçou-a a gemer. A morder o lábio. Provocou um espasmo violento que agitou convulsivamente todo seu corpo.

Mas ela não havia previsto seu comportamento subsequente. Levantou-se e foi embora. Deixou-a excitada, ofegante e trêmula.

Nem sequer olhara para trás.

O sangue subiu ao rosto e às têmporas de Ciri. Encolheu-se sobre as peles de doninha. E caiu num soluço. Soluçava de raiva, vergonha e humilhação.

•

De manhã encontrou Avallac'h no peristilo atrás do palácio, por entre a fileira de estátuas que – espantosamente – apresentavam crianças élficas em diversas poses, sobretudo lúdicas. Aquela, junto da qual estava o elfo, era especialmente interessante – apresentava um menino com a cara contorcida de raiva, com os punhos fechados, sustentando-se sobre apenas uma perna.

Ciri não conseguia parar de olhar para ela, sentia uma torpe dor no abdômen. Só depois de ser pressionada por Avallac'h é que contou tudo. Mas com rodeios e gaguejando.

– Ele – Avallac'h falou com seriedade quando Ciri terminou – viu as fumaças de Saovine mais de seiscentas e cinquenta vezes. Acredite, Andorinha, é muito, até para o Povo dos Amieiros.

– E o que eu tenho a ver com isso? – rosnou. – Fiz um acordo! Vocês não aprenderam com os anões, seus parentes, o que é um contrato? Estou cumprindo-o! Entrego-me! Pouco me interessa o fato de ele não poder ou não querer! Pouco me interessa se se trata de uma impotência de idoso ou falta de atração! Talvez tenha nojo dos Dh'oine? Talvez, à semelhança de Eredin, enxergue apenas uma pepita de ouro no meio do esterco?

– Espero. – O rosto de Avallac'h, incrivelmente, mudou e contraiu-se. – Espero que você não lhe tenha falado nada disso.

– Não falei, mas tive vontade de fazê-lo.

– Tenha cuidado. Você não sabe o que está arriscando.

– Tanto faz. Eu fiz um acordo. Ou vai ou racha! Ou vocês vão cumprir o acordo ou vamos anulá-lo e estarei livre.

– Tenha cuidado, Zireael – repetiu, apontando para a estátua do menino travesso. – Não seja como este aqui. Tenha cuidado com tudo o que você diz. Procure entender. E, caso não entenda algo, sob nenhuma condição permita-se agir impulsivamente. Seja paciente. Lembre-se de que o tempo não tem importância.

– Tem, sim!

– Eu lhe pedi que não se comportasse como uma criança teimosa. Repito mais uma vez: tenha paciência com Auberon. É sua única chance de recuperar a liberdade.

– É mesmo? – quase gritou. – Estou começando a duvidar! Estou começando a suspeitar de que você me enganou! Que todos vocês me enganaram...

– Eu lhe prometi – o rosto de Avallac'h estava tão morto como a pedra das estátuas – que voltaria para seu mundo. Dei minha palavra. Duvidar da palavra dada é uma ofensa muito séria para os Aen Elle. Para preveni-la, proponho terminar esta conversa.

Queria afastar-se, mas ela barrou seu caminho. Seus olhos cor de água-marinha semicerraram-se e Ciri entendeu que lidava com um elfo muito, mas muito perigoso. Mas já era demasiado tarde para voltar atrás.

– Isto parece muito élfico – sibilou feito víbora. Ofender os outros e depois não permitir desforra.

– Tenha cuidado, Andorinha.

– Escute. – Ergueu a cabeça presunçosamente. – Seu rei dos Amieiros não cumprirá a tarefa, isso está mais do que claro. Não importa se o problema é ele ou eu. Não faz nenhuma diferença nem tem importância. Mas eu quero cumprir o acordo e acabar com isso tudo. Então que outro alguém faça em mim essa criança que é tão importante para vocês.

– Você nem sabe do que está falando.

– E, se o problema sou eu – não alterou o tom nem a expressão no rosto –, significará que você errou, Avallac'h, atraindo a este mundo a pessoa equivocada.

– Você não sabe do que está falando, Zireael.

– E se vocês todos – gritou – têm nojo de mim então usem o método dos criadores de bardotos! Só não me diga que não o conhece! Mostra-se uma égua a um garanhão. Logo em seguida vedam-se seus olhos e coloca-se uma jumenta em seu lugar!

Não fez questão nem de responder. Passou por ela rudemente e afastou-se passando pela fileira de estátuas.

– E que tal você? – gritou. – Se quiser, eu me entrego a você! O quê? Não vai se sacrificar? Pelo que vocês dizem, tenho os olhos de Lara!

Alcançou-a em dois pulos. Suas mãos, feito cobras, estenderam-se em direção ao seu pescoço e apertaram-no como uma tenaz de aço. Ciri entendeu que, se ele quisesse, a enforcaria como um pintinho.

Soltou-a. Inclinou-se e mirou de perto em seus olhos.

– Quem você é – perguntou com uma calma impressionante – para se atrever a profanar seu nome dessa maneira? Quem você é para se atrever a me insultar com uma esmola tão miserável? Oh! Eu sei, eu vejo quem você é. Não é a filha de Lara. Você é a filha de Cregennan, uma Dh'oine insensata, arrogante e egoísta, uma representante exemplar da raça que não entende nada, mas precisa arruinar e destruir tudo, corromper apenas por meio do toque, depreciar e desvirtuar apenas com o pensamento. Seu ancestral roubou meu amor, tirou-a de mim, de forma egoísta e arrogante apropriou-se de Lara. Mas não deixarei que você, sua digna filha, tire de mim a memória dela.

Virou-se. Ciri engoliu o choro.

– Avallac'h.

Um olhar.

– Perdoe-me. Comportei-me de maneira insensata e abjeta. Perdoe-me. E, se puder, esqueça.

Aproximou-se dela e abraçou-a.

– Já esqueci – falou carinhosamente. – Não voltemos mais a esse assunto.

•

À noite, quando entrou nos aposentos reais perfumada e penteada depois de tomar banho, Auberon Muircetach estava sentado à mesa, debruçado sobre o tabuleiro de xadrez. Sem proferir nem sequer uma palavra, mandou que se sentasse na frente dele.

Ganhou em nove movimentos.

Da segunda vez ela jogava com as peças brancas e ele ganhou em onze movimentos.

Foi só então que ele levantou o olhar, seus incríveis olhos claros.

– Dispa-se, por favor.

Era preciso reconhecer uma coisa: era delicado e não tinha pressa.

Quando – como da outra vez – se levantou da cama e afastou-se sem dizer nada, Ciri o aceitou com uma tranquila resignação. Mas não conseguiu dormir até o amanhecer.

E quando as janelas se iluminaram com a luz da alvorada, e ela finalmente adormecera, teve um sonho muito estranho.

•

Vysogota, debruçado, está enxaguando a armadilha para os ratos-almiscarados para retirar a lemna. Os caniços rumorejam movidos pelo vento.

Sinto-me culpado, Andorinha. Fui eu quem lhe deu a ideia dessa louca escapada. Apontei o caminho para essa maldita torre.

– Não tenha remorsos, Corvo Velho. Se não fosse pela torre, teria sido pega por Bonhart. Pelo menos aqui estou segura.

Você não está segura aí.

Vysogota endireita-se.

Atrás de suas costas Ciri vê uma colina, escalvada e oval, que aparece por entre a grama como o dorso de um monstro espreitando numa armadilha. Na colina há uma gigantesca rocha e ao lado dela duas figuras – de uma mulher e de uma moça. O vento sacode e embaraça o negro cabelo da mulher.

O horizonte resplandece com os relâmpagos.

O Caos estende as mãos em sua direção, filhinha. Ó Criança do Sangue Antigo, moça emaranhada no Movimento e na Renovação, na Aniquilação e no Renascimento. Destinada e aquela que é o destino. O Caos estende as garras em sua direção de trás da porta fechada, mas ainda não sabe se você virará a ferramenta ou o obstáculo em seus planos. Não sabe se lhe caberá o papel de um grão de areia na engrenagem do Relógio da Fortuna. O Caos tem medo de você, Criança do Destino. Mas quer fazer com que você sinta medo. E é por isso que lhe envia sonhos.

Vysogota curva-se, limpando a armadilha para os ratos-almiscarados. "Ele está morto", Ciri pensa friamente. "Será que isso significa que lá, no além, os mortos precisam limpar as armadilhas para os ratos-almiscarados?"

Vysogota endireita-se. Atrás de suas costas o céu resplandece com incêndios. Milhares de cavaleiros galopam pela planície. São cavaleiros de capas vermelhas.

Dearg Ruadhri.

Ouça-me bem, Andorinha. O Sangue Antigo que flui em suas veias lhe dá um grande poder. Você é a Senhora do Tempo e Espaço. Você tem um grande Poder. Não deixe que eles o tirem de você nem que os criminosos e malfeitores o usem para fins ignóbeis. Defenda-se! Fuja do alcance de suas ímpias mãos!

– É fácil falar! Cercaram-me aqui com uma barreira ou amarra mágica...

Você é a Senhora do Tempo e Espaço. Ninguém pode prendê-la.

Vysogota endireita-se. Atrás de suas costas há um planalto, uma planície rochosa e sobre ela as carcaças de barcos naufragados. Dezenas deles. E um negro castelo a distância, ameaçador, com as dentuças ameias, erguendo-se sobre um lago serrano.

Eles morrerão sem sua ajuda, Andorinha. Só você pode salvá-los.

Os lábios de Yennefer, cortados e machucados, mexem-se silenciosamente, o sangue jorra. Os olhos violeta brilham, ardem no magro rosto encolhido, enegrecido pelo sofrimento e encoberto por uma negra cabeleira suja e desgrenhada. Na cavidade do piso há uma poça fétida, ratazanas correm em sua volta. As paredes de pedra exalam um tremendo frio. As algemas geladas nos pulsos e tornozelos...

As mãos e os dedos de Yennefer são uma massa de sangue coagulado.

– Mamãe! O que eles lhe fizeram?

Escadas de mármore que levam para baixo. Há três lances de escadas.

Va'esse deireadh aep eigean... Algo termina... O quê?

Escadas. Embaixo um fogo flamejando em cestos de ferro. Gobelins em chamas.

"Vamos", diz Geralt. "Pela escada abaixo. Precisamos. Tem de ser por aí. Não existe outro caminho. Apenas essa escada. Quero ver o céu."

Seus lábios não se mexem. Estão roxos e ensanguentados. Sangue, sangue por toda parte... A escada cheia de sangue...

Não existe outro caminho. Não existe, Olhos de Estrela.

– Como? – gritou. – Como posso ajudá-los? Estou em outro mundo! Estou presa! E impotente!

Ninguém pode prendê-la.

"Tudo já havia sido escrito", diz Vysogota. "Inclusive isso. Olhe para baixo."

Ciri vê, horrorizada, que está no meio de um mar de ossos. Por entre caveiras, tíbias e costelas.

Só você pode prevenir isso, Olhos de Estrela.

Vysogota endireita-se. Atrás de suas costas – o inverno, neve, nevasca. O vento sopra às lufadas, silva.

Na sua frente, no meio da nevasca, a cavalo, Geralt. Ciri o reconhece embora tenha um gorro de pele na cabeça e o rosto envolto num cachecol de lã. Atrás de suas costas aparecem os vultos de outros cavaleiros, suas silhuetas estão embaçadas, cobertas com tanta roupa que é impossível descobrir sua identidade.

Geralt olha diretamente para ela. Mas não a vê. A neve cai em seus olhos.

– Geralt! Sou eu! Aqui!

Não a vê. Não a ouve por entre o sibilar da nevasca.

– Geraaaaaalt!

– É um muflão – diz Geralt. – É apenas um muflão. Regressemos.

Os cavaleiros desaparecem, diluem-se por entre a nevasca.

– Geraaaalt! Nãoooo!

•

Acordou.

•

De manhã foi diretamente para a cavalariça, sem tomar o café da manhã. Não queria encontrar Avallac'h nem conversar com ele. Preferia evitar os impertinentes, curiosos, interrogativos e pegajosos olhares dos outros elfos e das elfas. Em todas as outras ocasiões eram ostentativamente indiferentes. No entanto, sobre a questão da alcova real, os elfos não sabiam esconder sua curiosidade e Ciri tinha a certeza de que as paredes do palácio ouviam tudo.

Encontrou Kelpie na baia, achou a sela e o arreio. Antes que conseguisse selar a égua, as serviçais já estavam junto dela, aquelas pequenas elfas cinzentas, mais baixas que os habituais Aen Elle pela altura de uma cabeça. Puseram-se a tratar da égua, curvando-se e sorrindo com amabilidade.

– Obrigada – disse. – Conseguiria fazer tudo isso sozinha, mas agradeço. São muito amáveis.

A elfa que estava mais próxima dela lançou um largo sorriso e Ciri estremeceu.

A moça tinha caninos na dentição.

Saltou até ela com tanta rapidez que a moça quase se sentou de susto. Afastou o cabelo que cobria as orelhas. Não eram pontiagudas.

– Você é um ser humano!

A moça – e todas as outras – ajoelhou-se no chão varrido. Abaixou a cabeça, esperando um castigo.

– Eu... – Ciri começou, amassando as rédeas. – Eu...

Não sabia o que dizer. As moças permaneciam ajoelhadas. Os cavalos nas baias relinchavam agitados e batiam os cascos.

Lá fora, já montada, troteando, ainda não conseguia raciocinar direito. Jovens humanas. Eram serviçais, mas isso não importava. O importante é que neste mundo existiam Dh'oine...

"Humanos", corrigiu-se. "Já penso como eles."

Um forte relincho e um salto de Kelpie tiraram-na de seus pensamentos. Ergueu a cabeça e viu Eredin.

Estava montado em seu garanhão zaino, agora desprovido de seu demoníaco bucrânio e da maioria da restante parafernália de guerra. No entanto, ele próprio usava uma cota de malha debaixo da capa que reluzia em vários tons de vermelho.

O garanhão cumprimentou-as relinchando roucamente, sacudiu a cabeça e exibiu sua dentição amarela diante de Kelpie. Ela, fiel ao princípio de acordo com o qual se deveria tratar dos assuntos com o senhor, e não com os serviçais, aproximou a dentadura da coxa do elfo. Ciri puxou as rédeas com força.

– Tenha cuidado – disse. – Mantenha distância. Minha égua não gosta de estranhos. E é capaz de morder.

– Nessas que mordem – mirou-a de cima para baixo com um olhar hostil – põe-se uma embocadura de ferro. Para que o sangue escorra. É um excelente método para corrigir vícios. Também no que se refere aos cavalos.

Puxou as rédeas do garanhão com tanta força que o cavalo roncou, deu alguns passos para trás e a espuma escorreu de sua boca.

– Para que precisa dessa cota de malha? – Dessa vez Ciri mirou o elfo de cima para baixo. – Está preparando-se para a guerra?

– Pelo contrário. Desejo a paz. Sua égua, além de ser rebelde, tem algumas virtudes?

– Por exemplo?

– Aposta uma corrida comigo?

– Já que você quer, por que não? – Levantou-se nos estribos. – Vamos para lá, na direção daqueles cromeleques...

– Não – interrompeu. – Ali não.

– Por quê?

– É terreno proibido.

– Para todos, claro.

– Não é para todos, obviamente. Sua companhia é demasiado valiosa, Andorinha, para que arrisquemos a possibilidade de sermos privados dela por você própria ou por outrem.

– Outrem? Você não estará pensando nos unicórnios?

– Não quero entediá-la com aquilo que penso. Nem frustrá-la com o fato de não entender meus pensamentos.

– Não entendo.

– Sei que você não entende. A evolução não lhe proporcionou um cérebro com a quantidade de dobras suficiente para que pudesse entender. Olhe, se você quiser apostar uma corrida, que tal corrermos ao longo do rio? Por ali. Até a Ponte de Pórfiro, a terceira no caminho. Depois passaremos à outra margem pela ponte, a seguir andaremos pela beira, rio abaixo, até a meta junto do riacho que converge para o rio. Está pronta?

– Sempre.

– Instigou o garanhão aos gritos e o cavalo disparou feito furacão. Antes que Kelpie arrancasse, deixou-a longe para trás. Corria, fazendo a terra tremer, mas não podia se igualar a Kelpie. Alcançou-o rapidamente, mesmo antes da Ponte de Pórfiro. A ponte era estreita. Eredin gritou e o garanhão, por incrível que parecesse, acelerou. Num instante, Ciri percebeu do que se tratava. Não havia como os dois cavalos caberem na ponte. Um tinha de desacelerar.

Ciri não tinha a menor intenção de frear. Encostou-se na crina da égua e Kelpie lançou-se para a frente feito uma flecha. Passou de raspão no estribo do elfo e entrou, com ímpeto, na ponte. Eredin berrou, o garanhão empinou-se, atirou o flanco contra a estátua de alabastro, derrubou-a do pedestal, partindo-a em fanicos.

Ciri atravessou a ponte a galope cacarejando risadas demoníacas. Sem olhar para trás.

Desmontou só depois de chegar ao riacho e ficou aguardando.

Eredin veio após um momento, a passo calmo. Sorridente e tranquilo.

– Parabéns – falou brevemente ao descer do cavalo. – Tanto para a égua como para a amazona.

Bufou com indiferença, embora estivesse cheia de orgulho, feito um pavão.

– Hã! Então você já desistiu da ideia de nos infligir com uma cruenta embocadura?

– Só se permitirem – sorriu Eredin de forma ambígua. – Há éguas que gostam de carícias intensas.

– Ainda há pouco – olhou para ele presunçosamente – você me igualou ao esterco. E agora já estamos falando sobre carícias?

Aproximou-se de Kelpie, acariciou e tateou seu pescoço, balançando a cabeça ao averiguar que estava seca. Kelpie puxou a cabeça e relinchou prolongadamente. "Se ele me tapear", pensou, "vai se arrepender."

– Acompanhe-me.

Ao longo do riacho que adentrava o rio e descia de uma íngreme encosta densamente arborizada havia uma escada ascendente feita de bloques de arenito coberto de musgo. As escadas eram antigas, rachadas, gretadas pelas raízes das árvores. Ascendiam serpenteando, de vez em quando cortando o riacho com uma ponte. Em volta havia uma floresta, uma selva, cheia de velhos freixos e carpinos, teixos, bordos e carvalhos, eriçada na parte inferior com uma mata abundante em aveleiras, tamarizes e groselheiras. Cheirava a absinto, sálvia, urtiga, pedras molhadas, primavera e mofo.

Ciri andava em silêncio, sem pressa, controlando a respiração. Controlava também a ansiedade. Não tinha a menor ideia do que Eredin queria dela, mas não estava com bons pressentimentos.

Junto de mais uma cascata que caía estrondosamente de uma fresta na parede rochosa havia um terraço de pedra e sobre ele, à sombra de um pé de sabugueiro, um gazebo coberto de hera e coração-roxo. Embaixo, avistavam-se as copas das árvores, a cinta do rio, os telhados, peristilos e terraços de Tir ná Lia.

Por um instante ficaram olhando, calados.

– Ninguém me disse – Ciri foi a primeira a interromper o silêncio – o nome desse rio.

– Easnadh.

– Suspiro? Um belo nome. E esse riacho?

– Tuathe.

– Sussurro. Também bonito. Por que ninguém me disse que neste mundo habitavam seres humanos?

– É uma informação irrelevante e completamente insignificante para você. Entremos no gazebo.

– Para quê?

– Entremos.

A primeira coisa que ela notou ao entrar foi uma camilha de madeira. Ciri sentiu suas têmporas pulsarem. "Claro", pensou, "isso já era de esperar. Não foi por acaso que li no templo aquele romance escrito por Anna Tiller sobre um jovem rei, uma jovem rainha e um príncipe pretendente faminto de poder. Eredin é impiedoso, ambicioso e decidido. Sabe que o verdadeiro rei, o verdadeiro soberano, é aquele que está em posse da rainha. É o verdadeiro homem. Quem se apossar da rainha se apossará do reinado. Aqui, nesta camilha, começará um golpe de Estado..."

O elfo sentou-se à mesa de mármore e apontou outra cadeira para Ciri. A vista da janela parecia mais interessante que ela, nem sequer olhava para a camilha.

– Ficará aqui para sempre – surpreendeu-a –, minha amazona ligeira como uma borboleta. Até o fim de sua vida de borboleta.

Permanecia calada, mirando-o diretamente em seus olhos. Nesses olhos não havia nada.

– Não a deixarão ir embora daqui – repetiu. – Não aceitarão o fato de que, ao contrário do que apontam as adivinhações e os mitos, você é ninguém, um nada, um ser insignificante. Não acreditarão nisso nem a deixarão ir embora. Iludiram-na com uma promessa para assegurar sua deliberação, mas nunca tiveram a intenção de cumpri-la. Nunca.

– Avallac'h – falou em voz rouca – me deu sua palavra. Dizem que duvidar da palavra de um elfo é uma ofensa.

– Avallac'h é um sábio. Os sábios têm seu próprio código de honra em que a cada duas frases afirma-se que os fins justificam os meios.

– Não entendo por que você está me contando tudo isso. Só se... Você quer algo de mim em troca. Só se eu tenho algo que você deseja. E talvez queira barganhar. E aí, Eredin? Minha liberdade em troca de... De quê?

Olhou para ela por um longo momento. Ela tentou, em vão, procurar em seus olhos alguma dica, algum indício, algum sinal. Qualquer coisa.

– Você certamente – começou devagar – deve ter conhecido Auberon um pouco. Deve ter notado, claro, que é incrivelmente ambicioso. Há coisas que ele não aceitará nunca, que ele nunca admitirá. Antes morrer a fazê-lo.

Ciri permanecia calada, mordendo os lábios e lançando olhadelas para a camilha.

– Auberon Muircetach – o elfo retomou – nunca faria uso da magia ou de outros meios para mudar a atual situação. Apesar de esses meios existirem. Meios bons, fortes e seguros. Muito mais eficazes que os atraentes acrescentados pelas criadas de Avallac'h aos seus cosméticos.

Passou a mão rapidamente sobre o tampo com veios escuros. Quando a retirou, no tampo havia um frasquinho de nefrite cinza-esverdeado.

– Não – falou Ciri em voz rouca. – Absolutamente não. Não concordo com isso.

– Você não me deixou terminar.

– Não me trate como se fosse burra. Não lhe administrarei aquilo que está nesse frasco. Você não me usará para fazer uma coisa dessas.

– Você está tirando conclusões muito precipitadas – falou devagar, mirando em seus olhos. – Está tentando ultrapassar a si própria nessa corrida. E algo assim sempre termina em queda. Uma queda muito dolorosa.

– Disse "não".

– Pense bem. Independentemente do conteúdo desse recipiente, você ganhará sempre. Você sempre ganhará, Andorinha.

– Não!

Com um movimento igualmente ágil, verdadeiramente digno de um mágico, o elfo escamoteou o frasquinho da mesa. Depois ficou em silêncio por um longo momento, olhando para o rio Easnadh que reluzia por entre as árvores.

– Você morrerá aqui, borboleta – disse enfim. – Não a deixarão ir embora daqui. Mas a escolha é sua.

– Eu fiz um acordo. Minha liberdade em troca de...

– Liberdade – bufou. – Você vive falando dessa liberdade. E o que faria se a recuperasse? Aonde você iria? Entenda, por fim, que não é apenas o espaço que a separa desse seu mundo, é o tempo também. O tempo flui aqui de uma maneira diferente de lá. As pessoas que você conhecia como crianças agora são velhos caducos, e aquelas que tinham sua idade morreram há muito tempo.

– Não acredito.

– Lembre-se de suas lendas. Lendas sobre as pessoas que desapareciam misteriosamente e voltavam após anos só para ver as campas cobertas de grama. Você acha que eram fantasias, histórias inventadas? Está equivocada. Durante séculos inteiros os humanos eram sequestrados, levados por cavaleiros no que vocês chamam de Caçada Selvagem. Eram raptados, abusados e depois descartados como a casca de um ovo consumido. Mas você nem passará por isso, Zireael. Você morrerá aqui, nem terá a chance de ver os túmulos de seus amigos.

– Não acredito no que você diz.

– Suas crenças são um assunto particular seu. Mas foi você própria que escolheu seu destino. Voltemos. Tenho um pedido, Andorinha. Quer tomar uma leve refeição comigo em Tir ná Lia?

Por alguns batimentos do coração, a fome e uma louca fascinação lutavam em Ciri contra a raiva, o medo de ser envenenada e uma antipatia geral.

– Com prazer. – Abaixou o olhar. – Obrigada pelo convite.

– Eu é que agradeço. Vamos.

Saindo do gazebo, lançou uma olhada para a camilha. E pensou que Anna Tiller era, contudo, uma ignorante e exaltada grafomaníaca.

Lentamente, em silêncio, envoltos pelo cheiro de hortelã, sálvia e urtiga, desciam até o rio Suspiro. Escada abaixo. Pela margem do riacho chamado Sussurro.

•

Quando à noite, perfumada e com os cabelos ainda molhados depois de um banho aromático, adentrou os aposentos reais, encontrou Auberon no sofá, debruçado sobre um livro. Silenciosamente, apenas com um gesto, ordenou que se sentasse junto dele.

O livro era ricamente iluminado. Na verdade não havia nele nada além de ilustrações. Ciri, embora tentasse entrar no papel de uma dama cosmopolita, corou. Na biblioteca do templo em

Ellander havia visto umas obras semelhantes. Mas aqueles livros não podiam disputar com o livro do rei dos Amieiros, nem quanto à riqueza e variedade de posições nem à habilidade artística de sua representação.

– Dispa-se, por favor.

Dessa vez ele também se despiu. Seu corpo era esbelto e pueril, magro até, como o de Giselher, Kayleigh ou Reef vistos por ela com frequência quando se banhavam nos riachos e lagos serranos. Mas Giselher e os Ratos irradiavam vitalidade, expiravam vigor, uma ardente vontade de viver por entre as prateadas gotas da água que respingava de seus corpos.

E ele, o rei dos Amieiros, exalava a frieza da imortalidade.

Era paciente. Algumas vezes parecia que quase ia conseguir. No entanto, não dera certo. Ciri estava zangada consigo mesma, convencida de que a culpa era sua, por falta de conhecimento e experiência que a paralisava. Ele percebeu isso e acalmou-a. Como sempre, com efeito. E ela dormira. Em seus braços.

Mas de manhã ele não estava ao seu lado.

•

Na noite seguinte, pela primeira vez, o rei dos Amieiros demonstrou impaciência.

Encontrou-o debruçado sobre a mesa em que havia um espelho emoldurado em âmbar. O espelho estava coberto com um pó branco.

"Está começando", pensou.

Auberon juntou o fisstech com uma pequena faca e distribuiu-o em forma de duas tiras. Pegou da mesa um canudo de prata e inspirou o narcótico pelo nariz, primeiro pela narina esquerda, depois pela direita. Seus olhos, normalmente brilhosos, pareciam ter apagado e embaçado um pouco, lacrimejaram. Ciri logo percebeu que essa não fora a primeira dose.

Formou mais duas tiras no espelho e convidou-a com um gesto entregando-lhe o canudo. "Não tenho nada a perder", pensou. "Facilitará as coisas."

O narcótico era extremamente forte.

Dentro de um instante os dois estavam sentados na cama, abraçados, e olhavam para a lua com os olhos lacrimejando.

Ciri espirrou.

– É uma noite exortadora – disse, esfregando o nariz com a manga da blusa de seda.

– Encantadora – ele corrigiu, esfregando o olho. – É *ensh'eass*, não *en'leass*. Precisa melhorar a pronúncia.

– Melhorarei.

– Dispa-se.

No início parecia que daria certo, que o narcótico tivera sobre ele o mesmo efeito estimulante. Quanto a ela, o narcótico fez com que ficasse ativa e tomasse a iniciativa. Até sussurrara em seu ouvido um par de palavras altamente indecentes, em seu entender. Parecia ter funcionado um pouco, pois o efeito era, hum, tangível, e em certo momento Ciri tinha a certeza de que ele já estava quase prestes. Mas não estava. Pelo menos não por completo.

E foi então que ele ficou impaciente. Levantou-se e cobriu os magros ombros com um casaco de pele de marta. Ficou assim, virado de costas, olhando fixamente para a janela e a lua. Ciri sentou-se abraçando os joelhos. Estava decepcionada e zangada, e ao mesmo tempo sentia uma estranha melancolia. Decerto era o efeito do poderoso fisstech.

– Isso tudo é minha culpa – balbuciou. – Eu sei que esta cicatriz me enfeia. Eu sei o que você vê quando me olha. Sobrou muito pouco de elfa em mim. Uma pepita de ouro numa pilha de esterco…

Virou-se bruscamente.

– Você é extremamente humilde – falou devagar. – Eu diria antes: uma pérola no meio de uma pocilga. Um brilhante no dedo de um cadáver putrefato. Pode inventar outras comparações para treinar a língua. Amanhã verificarei seu conhecimento, pequena Dh'oine, um ser humano em que não sobrou nada, absolutamente nada de uma elfa.

Foi até a mesa, pegou o canudo, debruçou-se sobre o espelho. Sentada, Ciri parecia petrificada. Sentiu-se como se alguém tivesse cuspido nela.

– Não venho até você por amor! – esbravejou enraivecida. – Estou presa, submetida a chantagens, você sabe bem disso! Mas eu concordei, estou fazendo-o para...

– Para quem? – interrompeu impetuosamente, de uma maneira estranha para um elfo. – Para mim? Para os Aen Seidhe presos em seu mundo? Ó garota burra! Você está fazendo isso para você mesma, vem aqui por você mesma, e em vão tenta entregar-se a mim já que essa é sua única esperança, a última salvação. E eu lhe digo mais: reze, reze intensamente a seus ídolos humanos, divindades ou totens, pois serei eu ou Avallac'h com seu laboratório. Acredite, você não gostaria de ser forçada a ir para seu laboratório e conhecer a alternativa.

– Tanto faz – disse surdamente, encolhendo-se na cama. – Concordo em fazer qualquer coisa só para recuperar a liberdade. Para finalmente poder me livrar de vocês. Ir embora daqui. Voltar para meu mundo. Para meus amigos.

– Seus amigos! – debochou. – Aqui estão seus amigos!

Virou-se subitamente e arremessou em sua direção o espelho polvilhado com o fisstech.

– Aqui estão seus amigos – repetiu. – Pode olhar.

Saiu, agitando as abas do casaco de pele.

Inicialmente via apenas seu próprio reflexo embaçado no espelho sujo. Mas quase instantaneamente o espelho clareou, adquirira um aspecto leitoso, encheu-se de fumaça. E depois surgiu a imagem.

Yennefer suspensa num abismo, estirada, com os braços erguidos. As mangas de seu vestido parecem asas abertas de um pássaro. Seus cabelos ondeiam, pequenos peixes passam por meio deles. Cardumes inteiros de peixinhos cintilantes e vivazes. Alguns já mordiscam as bochechas e os olhos da feiticeira. Nos pés de Yennefer há uma corda atada que desce até o fundo do lago, e na ponta da corda, entranhada no lodo e na elódea, há uma cesta cheia de pedras. Em cima, no alto, brilha e reluz a superfície das águas.

O vestido de Yennefer ondeia no mesmo ritmo que as algas.

Uma fumaça cobre a superfície do espelho, suja com o fisstech.

Geralt, pálido, translúcido, com os olhos fechados, está sentado debaixo de longas estalactites de gelo que pendem de uma rocha, imóvel, congelado, e a neve acumulada pela nevasca o cobre rapidamente. Seus cabelos brancos já são vagens brancas de gelo, uma geada branca cobre suas sobrancelhas, seus cílios, seus lábios. Não para de nevar, aumenta o amontoado de neve que cobre as pernas de Geralt, crescem as macias carapuças sobre seus ombros. A nevasca uiva e silva...

Ciri levantou-se da cama num pulo, arremessando o espelho contra a parede com ímpeto. A moldura de âmbar arrebentou e o vidro partiu-se em milhões de cacos.

Reconhecia, havia experimentado esse tipo de visões. Lembrava-se delas. Dos seus sonhos antigos.

– Tudo isso é mentira! – gritou. – Você está ouvindo, Auberon? Eu não acredito nisso! Não é verdade! É apenas sua raiva, tão impotente como você próprio! É apenas sua raiva...

Sentou-se no chão. E caiu em prantos.

•

Suspeitava de que as paredes do palácio ouviam. No dia seguinte não conseguia se livrar de olhares ambíguos, sentia que riam dela por trás de suas costas, captava sussurros.

Avallac'h não estava por lá. "Sabe", pensou, "o que aconteceu e está evitando-me. Havia saído para longe com sua elfa dourada, por terra ou de barco, antes de me levantar. Não quer falar comigo, não quer admitir que todo seu plano foi por água abaixo."

Eredin tampouco estava. Mas isso era relativamente normal, ele saía com frequência com seus *Dearg Ruadhri*, os Cavaleiros Vermelhos.

Ciri retirou Kelpie da cavalariça e foi para a outra margem do rio. Não parava de pensar, não notava nada em seu redor.

"Fugir daqui. Não importa se todas essas visões eram mentirosas ou verdadeiras. Uma coisa está certa – Yennefer e Geralt estão lá, em meu mundo, e meu lugar é lá mesmo, junto deles. Preciso fugir daqui, sem demora! Deve haver alguma maneira de fazê-lo. Entrei aqui sozinha, deveria saber sair sozinha. Eredin disse que eu tinha um talento singelo, Vysogota suspeitava do mesmo. De Tor Zireael, que penetrei minuciosamente, não havia saída. Mas talvez aqui, algures, haja outra torre..."

Olhou para a distância, para o longínquo morro, para a visível silhueta de um cromeleque. "Terreno proibido", pensou. "Hã, vejo que fica demasiado longe. Provavelmente a barreira não me deixará entrar lá. Não vale a pena. Vou antes rio acima. Ainda não andei por lá..."

Kelpie relinchou, sacudiu a cabeça, saracoteou violentamente. Não se deixou virar e, em vez disso, trotou na direção do morro. Ciri ficou tão pasma que por um momento não conseguia reagir, deixou a égua correr. Só após um momento é que gritou e puxou as rédeas. O efeito foi tal que Kelpie se empinou, deu um coice, rabeou e galopou. Ainda na mesma direção.

Ciri não a parava, não tentava controlá-la. Estava absolutamente espantada. Mas conhecia Kelpie muito bem. A égua tinha seus vícios, mas não eram tão sérios. Esse tipo de comportamento tinha de ter algum motivo.

Kelpie desacelerou, passou ao trote. Corria diretamente na direção do morro encimado pelo cromeleque.

"Mais ou menos uma légua", pensou Ciri. "Daqui a pouco funcionará a Barreira."

A égua adentrou o círculo de pedras por entre tortos monólitos cobertos de musgo, alocados densamente, que surgiam por entre as espinhosas amoreiras, e parou, petrificada. Mexia apenas as orelhas, que permaneciam arrebitadas.

Ciri tentou virá-la. E depois instigar a proceder. Mas sem efeito. Se não fosse pelas veias que pulsavam no quente pescoço, juraria que montava uma estátua, e não um cavalo. Subitamente, algo tocou em suas costas. Algo afiado, algo que perfurou a vestimenta picando-a e causando dor. Não conseguiu virar a tempo. De trás das pedras apareceu, silenciosamente, um unicórnio de pelagem ruiva que com um movimento firme enfiou o chifre debaixo de sua axila. Com força. Sentiu um fio de sangue escorrer pelo seu flanco.

Do outro lado surgiu mais um unicórnio. Esse era completamente branco, desde a ponta das orelhas até a ponta da cauda. Apenas suas narinas eram cor-de-rosa e seus olhos negros.

O unicórnio branco aproximou-se. E devagar, devagarzinho, encostou a cabeça em seu regaço. O tesão era tão forte que Ciri soltou um gemido.

Cresci, ressoou em sua cabeça. *Cresci, Olhos de Estrela. Naquela vez, no deserto, não sabia como me comportar. Agora já sei.*

– Cavalinho? – gemeu, ainda quase suspensa sobre dois chifres que a espetavam.

Meu nome é Ihuarraquax. Você se lembra de mim, Olhos de Estrela? Você se lembra como tratou de mim? Como me salvou?

Recuou, virou-se. Viu a marca da cicatriz em sua perna. Reconheceu. Lembrou-se.

– Cavalinho! É você! Mas sua pelagem era diferente...

Cresci.

Na cabeça, uma repentina confusão, sussurros, vozes, gritos, rincho. Os chifres recuaram. Viu que o segundo unicórnio, aquele de trás de suas costas, era um tordilho arroxeado.

Os mais velhos estão conhecendo-a. Estão conhecendo-a por meu intermédio. Em questão de instantes poderão conversar por si sós. Eles próprios lhe dirão o que querem de você.

A cacofonia na cabeça de Ciri explodiu numa algazarra selvagem. E quase imediatamente se acalmou, fluiu num fio de pensamentos claros e compreensíveis.

Queremos ajudá-la em sua fuga, Olhos de Estrela.

Permanecia em silêncio, embora seu coração batesse com força no peito.

Onde está a louca alegria? Onde estão os agradecimentos?

– E como, de repente – perguntou de forma truculenta –, surgiu essa vontade tão grande para me ajudar? Vocês me amam tanto assim?

Nós não a amamos nem um pouco. Mas este não é seu mundo. Não é um lugar para você. Não pode ficar aqui. Não queremos que fique aqui.

Cerrou os dentes. Embora estivesse ansiosa pela ideia, acenou com a cabeça num gesto de negação. O cavalinho – Ihuarraquax – arrebitou as orelhas, ciscou a terra com o casco e grelou-a com seus olhos negros. O unicórnio ruivo bateu o casco com tanta força que a terra tremeu, girou o chifre num gesto ameaçador. Resfolegou com raiva, e Ciri entendeu.

Você não confia em nós.

– Não confio – admitiu com frieza. – Todos aqui estão jogando seu jogo, e eu, inconsciente, acabo sendo usada. Por que devo confiar logo em vocês? Obviamente não existe amizade entre vocês e os elfos, vi com meus próprios olhos lá, na estepe, que quase chegaram a um embate. Posso simplesmente supor que querem me usar para mexer com os elfos. Eu também não simpatizo muito com eles, pois me prenderam aqui e me forçam a fazer algo que não quero. Mas não deixarei que ninguém se aproveite de mim.

O ruivo sacudiu a cabeça, seu chifre novamente executou o gesto ameaçador. O roxo relinchou. O crânio de Ciri foi tomado por um estrondo e o pensamento que captou não era nada agradável.

– Hã! – gritou. – Vocês são como eles! Ou submissão e obediência, ou morte? Não tenho medo! E não deixarei ninguém se aproveitar de mim!

Outra vez sentiu confusão e caos na cabeça. Durou um pouco até um pensamento claro surgir do caos.

É bom, Olhos de Estrela, que não goste de ser abusada. É disso que se trata. Queremos garantir-lhe exatamente isso. E a nós mesmos também. E a todo o mundo. A todos os mundos.

– Não entendo isso.

Você é um expediente perigoso, uma arma fatal. Não podemos deixar que esta arma caia nas mãos do rei dos Amieiros, da Raposa e do Gavião.

– Quem? – gaguejou. – Ah...

"A raposa, *crevan*. Avallac'h. E sei muito bem quem é o Gavião."

O rei dos Amieiros é muito velho. Mas a Raposa, junto com o Gavião, não pode tomar o poder sobre Ard Gaeth, o Portal dos Mundos. Já conseguiram uma vez. Já o perderam uma vez. Agora não podem fazer mais nada, apenas errar, vaguear com pequenos passos por entre os mundos, sozinhos, feito vultos, impotentemente. A Raposa – para Tir ná Béa Arainne, já o Gavião e seus cavaleiros – pela Espiral. Não conseguem chegar mais longe do que isso, não têm forças. Por isso sonham com Ard Gaeth e o poder. Nós lhes mostraremos como uma vez já haviam feito uso desse poder. Nós lhes mostraremos isso, Olhos de Estrela, quando você estiver saindo daqui.

– Não consigo sair daqui. Lançaram um encanto sobre mim. Uma barreira. Geas Garadh...

Ninguém pode prendê-la. Você é a Senhora dos Mundos.

– Até parece. Não tenho nenhum talento singelo, não tenho poder sobre nada. E renunciei à Força lá no deserto há um ano. O cavalinho foi testemunha disso.

O que você renunciou no deserto foi o ilusionismo. Não há como renunciar a força que se tem no sangue. Você ainda a tem. Nós a ensinaremos a usá-la.

– Mas será que não é assim – gritou – que vocês querem se apoderar dessa força, desse domínio sobre os mundos que eu supostamente possuo?

Não é assim. Nós não precisamos conquistá-la, pois a temos desde sempre. Confie em mim, Ihuarraquax pediu. *Confie, Olhos de Estrela.*

– Sob uma condição.

Os unicórnios ergueram bruscamente a cabeça, abriram as narinas, e seus olhos pareciam prestes a soltar faíscas. "Não gostam", Ciri pensou, "quando se lhes põem condições, não gostam nem do som dessa palavra. *Pest*, não sei se estou agindo certo... Tomara que isso tudo não acabe de forma trágica..."

Estamos ouvindo. Qual é a condição?

– Ihuarraquax ficará comigo.

•

No findar da tarde o tempo fechou, ficou abafado, e uma espessa e pegajosa neblina pairou sobre o rio. E quando a escuridão cobriu Tir ná Lia uma tempestade rugiu surdamente a distância, resplandecendo de modo incessante o horizonte com o fulgor dos relâmpagos.

Ciri estava pronta havia muito tempo. Vestida de preto, com a espada nas costas, nervosa e tensa, esperava ansiosamente pelo anoitecer.

Passou silenciosamente pelo vestíbulo vazio, deslizou-se ao longo da colunata e saiu para o terraço. O rio Easnadh reluzia na escuridão feito alcatrão, os salgueiros rumorejavam.

Um trovão distante rolou a distância.

Ciri guiou Kelpie para fora da cavalariça. A égua sabia o que fazer. Troteou obedientemente até a Ponte de Pórfiro. Por um instante Ciri seguiu-a com o olhar e, em seguida, virou-se para o terraço junto do qual os barcos estavam atracados.

"Não posso", pensou. "Vou vê-lo mais uma vez. Talvez dessa maneira eu consiga atrasar a perseguição. É arriscado, mas não posso agir de outra forma."

A princípio, pensou que ele não estava lá, que não havia ninguém nos aposentos reais, pois estavam imersos num silêncio mórbido.

Avistou-o só após um momento. Estava sentado no canto, na poltrona, vestia uma camisa branca escancarada no magro peito. Era feita de um tecido tão fino que grudava no corpo como se estivesse molhada.

O rosto e as mãos do rei dos Amieiros estavam quase tão lívidos quanto a camisa.

Ergueu o olhar, mirou para ela, mas havia um vazio em seus olhos.

– Shiadhal? – sussurrou. – É bom que você esteja aqui. Sabe, disseram que havia morrido.

Abriu a mão, algo caiu em cima da alcatifa. Era o frasco feito de nefrite cinza-esverdeado.

– Lara – O rei dos Amieiros agitou a cabeça, tocou no pescoço como se o dourado *torc'h* real o asfixiasse. – *Caemm a me, luned.* Venha aqui, filha. *Caemm a me, elaine.*

Em seu hálito Ciri sentiu a morte.

– *Elaine blath, feainne wedd*... – entoou. – *Mire, luned*, sua fita desamarrou-se... Deixe que eu...

Queria levantar a mão, mas não conseguiu. Suspirou fundo, ergueu a cabeça subitamente, mirou em seus olhos. Dessa vez conscientemente.

– Zireael – disse. – Loc'hlaith. De fato, você é o destino, Senhora do Lago. Pelo visto, o meu destino também.

– *Va'esse deireadh aep eigean*... – disse após um instante, e Ciri constatou, apavorada, que sua fala e seus movimentos começavam a se tornar horrivelmente lentos.

– Mas – terminou com um suspiro – é bom que algo novo se inicie também.

Um demorado estrondo ressoou lá fora. A tempestade ainda estava longe. No entanto, aproximava-se rapidamente.

– Apesar de tudo – disse –, não tenho a mínima vontade de morrer, Zireael. E fico muito desolado com esse fato. Quem diria. Pensei que não lamentaria. Vivi muito, experimentei tudo. Enjoei-me de tudo... Mesmo assim, agora sinto lástima. E sabe o que mais? Chegue mais perto. Eu lhe sussurrarei no ouvido. Que seja o nosso segredo.

Inclinou-se.

– Estou com medo – sussurrou.

– Eu sei.

– Você está comigo?

– Estou.

– *Va faill, luned.*

– Adeus, rei dos Amieiros.

Permaneceu sentada ao seu lado, segurando sua mão, até que silenciasse por completo e se apagasse sua delicada respiração. Não enxugou as lágrimas. Deixou que corressem em seu rosto.

A tempestade se aproximava. O horizonte fulgurava, iluminado pelos relâmpagos.

•

Desceu correndo pelas escadas de mármore para o terraço com a colunata, junto do qual balançavam os barcos atracados. Desamarrou um, o da ponta, que havia escolhido ainda ao entardecer. Afastou-se do terraço com a ajuda de uma longa vara de mogno que desmontou precavidamente do cortinado, pois duvidava de que o barco fosse lhe obedecer da mesma forma que a Avallac'h.

O barco deslizava silenciosamente pela correnteza. Tir ná Lia estava taciturna e escura. Apenas as estátuas nos terraços despediam-se, acompanhando-a com seu olhar morto. Ciri contava as pontes.

O céu sobre a floresta iluminou-se com o clarão de um relâmpago. Após algum tempo o trovão rugiu demoradamente.

A terceira ponte.

Algo deslizou por lá, silenciosa e agilmente como uma enorme ratazana negra. O barco balançou quando saltou sobre a proa. Ciri soltou a vara e sacou a espada.

– Você insiste mesmo em querer nos privar de sua companhia? – Eredin Bréacc Glas silvou.

Também sacou a espada. No curto clarão do relâmpago ela conseguiu ver a arma. A lâmina era de um único gume, levemente recurvada, com o fio reluzente e infalivelmente afiado, o punho longo e o guarda-mão em forma de uma redonda placa crivada. À primeira vista era claro que o elfo sabia manejar essa espada.

Balançou o barco inesperadamente, pressionando a perna com força contra o bordo. Ciri balanceou agilmente e equilibrou o barco inclinando-se com força. Logo em seguida tentou executar o mesmo truque pulando sobre o bordo com as duas pernas. Eredin vacilou, mas manteve o equilíbrio. E lançou-se contra ela com a espada. Ela rebateu o golpe, cobrindo-se instintivamente, pois não via quase nada. Revidou com um rápido corte executado de baixo. Eredin aparou e golpeou, mas Ciri rebateu. Uma chuva de faíscas caía das espadas como se fossem pederneiras.

Balançou o barco mais uma vez, com força, quase fazendo com que ele virasse. Ciri dançou, balanceando com os braços estendidos. Recuou para a proa, abaixou a espada.

– Onde você aprendeu isso, Andorinha?

– Ficará surpreso.

– Duvido. Você própria descobriu que conseguiria ultrapassar a Barreira navegando pelo rio, ou alguém lhe revelou isso?

– Não importa.

– Importa, sim. E determinaremos isso. Existem métodos para fazê-lo. E agora largue a espada. Regressaremos.

– Até parece que vou lhe obedecer.

– Regressaremos, Zireael. Auberon está à sua espera. Hoje à noite, garanto, estará repleto de energia e vigor.

– Até parece – repetiu. – Exagerou na dose do remédio revigorante. Aquele que você lhe deu. Ou será que não era um revigorante?

– Do que você está falando?

– Ele morreu.

Recuperou-se rapidamente do espanto e, de repente, procedeu ao ataque, balançando o barco. Enquanto se equilibravam, trocaram alguns cortes raivosos, cujo sonoro estridor se propagava pela água.

Um relâmpago iluminou a noite. Uma ponte passou sobre suas cabeças. Uma das últimas pontes de Tir ná Lia. A última, talvez.

– Você certamente entende, Andorinha – disse em voz rouca –, que apenas procura adiar o inevitável. Eu não posso deixar que parta daqui.

– Por quê? Auberon morreu. E eu sou um ninguém, não tenho nenhuma importância. Você próprio disse isso.

– Porque essa é a verdade – ergueu a espada. – Você não tem nenhuma importância. Ora, é apenas uma pequena traça que pode ser esmagada entre os dedos e reduzida a um pó cintilante. Mas, se deixar, pode também fazer um furo num tecido valioso. Ora, é um minúsculo grão de pimenta. Mas, se mastigado por descuido, pode estragar a iguaria mais fina, forçará a cuspi-la em vez de saboreá-la. É o que você é. Um nada. Um nada irritante.

Um relâmpago. No clarão que ocasionou, Ciri viu aquilo que queria ver. O elfo ergueu a espada e lançou um ataque ao saltar em cima do banco do barco. Sua vantagem era a altura. Não havia como não ganhar o próximo embate.

– Não deveria ter levantado sua arma contra mim, Zireael. Mas agora já é tarde demais. Não lhe perdoarei isso. Não a matarei, não. Mas algumas semanas na cama, toda bandada, certamente lhe farão bem.

– Espere. Primeiro quero lhe dizer algo. Revelar um segredo.

– E o que você pode me dizer? – bufou. – Que segredo que eu não saiba você pode me revelar? Que verdade é que você pode me desvelar?

– O fato de que você não caberá debaixo da ponte.

Não teve tempo de reagir, bateu com o occipício contra a ponte, caiu para a frente desequilibrando-se por completo. Ciri podia simplesmente empurrá-lo para fora do barco, mas tinha medo de não ser o suficiente, de não desistir da perseguição. Além disso, foi ele, de forma premeditada ou não, quem matou o rei dos Amieiros. E por isso merecia sentir dor.

Executou um rápido corte na coxa, logo embaixo da cota de malha. Nem sequer gritou. Caiu para fora do barco e mergulhou na água que num instante o engoliu.

Virou-se, permaneceu olhando. Demorou muito para subir para a superfície e arrastar-se para as escadas de mármore que desciam até o rio. Ficou prostrado, imóvel, com a água e o sangue escorrendo pelo corpo.

– Vão lhe fazer bem – murmurou – algumas semanas na cama, bandado.

Pegou sua vara, impeliu com força. O rio Easnadh estava cada vez mais impetuoso, o barco deslizava cada vez mais rápido. Em pouco tempo deixara para trás as últimas edificações de Tir ná Lia.

Não voltou seu olhar.

Primeiro, tudo ficou muito escuro, pois o barco adentrou uma floresta antiga, navegava por entre árvores cujos galhos se enlaçavam por cima da correnteza do rio, formando uma abóbada. Depois clareou, a floresta acabou, e em ambas as margens havia mata ciliar composta de amieiros, caniçais e bunhos. No rio, até então limpo, surgiam moitas, algas flutuantes e troncos de árvores. Quando o céu resplandecia com os relâmpagos, via círculos na superfície da água; quando estrondeava um trovão, ouvia o chapinhar dos peixes assustados. Algo agitava e respingava a água constantemente, estalava a língua e balbuciava. Algumas vezes, não muito longe do barco, viu grandes olhos fosforescentes, outras vezes o barco estremecia, tendo-se chocado contra algo enorme e vivo. "Nem tudo aqui era agradável, para os inexperientes esse mundo significava a morte", repetia no pensamento as palavras de Eredin.

A correnteza alargou-se significativamente, transbordando em toda sua extensão. Apareceram ilhas e braços do rio. Deixava o barco navegar à sorte, por onde a correnteza a carregasse. Mas começou a ficar com medo. O que aconteceria se errasse e navegasse pelo braço errado?

Mal pensou e, do junco na margem, ouviu o rinchar de Kelpie e um forte sinal mental do unicórnio.

– Você está aqui, Cavalinho!

Apressemo-nos, Olhos de Estrela. Siga-me.

– Para meu mundo?

Primeiro preciso mostrar-lhe algo. Assim me ordenaram os Antigos.

Seguiram, primeiro por uma floresta, depois pela estepe, cortada densamente por barrancos e voçorocas. Reluziam os relâmpagos, retumbavam os trovões. A tempestade estava cada vez mais perto, o vento se agitava.

O unicórnio guiou Ciri para uma das voçorocas.

É aqui.

– O que há aqui?

Desmonte e veja.

Obedeceu. O solo era irregular, tropeçou. Algo trincou e desabou sob seus pés. Um relâmpago resplandeceu e Ciri soltou um grito surdo.

Estava no meio de um mar de ossos.

A arenosa encosta da voçoroca desabara, provavelmente erosada pelos aguaceiros. E deixou descoberto aquilo que escondia. Um cemitério. Um necrotério. Um enorme amontoado de ossos. Tíbias, quadris, costelas, fêmures. Caveiras.

Ergueu uma.

Um relâmpago resplandeceu e Ciri gritou. Entendeu de quem eram os restos mortais que ali jaziam.

A caveira que exibia os rastros de um golpe de lâmina tinha caninos na dentição.

Agora você entende, ressoou em sua cabeça. Agora você sabe. É a obra dos Aen Elle. Do rei dos Amieiros. Da Raposa. Do Gavião. Este mundo não lhes pertencia. Apenas virou seu mundo. Quando o conquistaram. Quando abriram Ard Gaeth, depois de nos enganar e usar da mesma maneira que tentaram enganar e usá-la agora.

Ciri arremessou a caveira contra o chão.

– Canalhas! – gritou na noite. – Assassinos!

Um trovão rolou pelo céu produzindo um estrondo. Ihuarraquax relinchou intensamente, em tom de alerta. Entendeu. Montou Kelpie num salto e aos gritos instigou-a ao galope.

Uma perseguição seguia seus rastros.

•

"Isso já havia acontecido uma vez", pensou, engolindo o vento ao galope. "Isso já havia acontecido. Esta corrida, selvagem, na escuridão, no meio da noite cheia de espantalhos, fantasmas e espectros."

– Ande, Kelpie!

Um galope alucinado, os olhos lacrimejam por causa da velocidade. Um relâmpago corta o céu ao meio, no resplandecer Ciri vê amieiros dos dois lados do caminho. Por todas as partes as retorcidas árvores estendem seus longos braços nodosos dos galhos, abrem as negras bocarras dos ocos, proferem ameaças e xingamentos contra ela. O rincho de Kelpie torna-se cada vez mais intenso, corre com tanta rapidez que seus cascos parecem apenas acariciar o solo. Ciri encosta no pescoço da égua. Não só para diminuir a resistência do ar, mas também para fugir dos galhos dos amieiros que querem derrubá-la ou tirá-la da sela. Os galhos fustigam, açoitam, zurzem, tentam se prender na roupa e no cabelo. Os troncos retorcidos agitam-se, as bocarras dos ocos abrem-se, minazes, estrilando...

Kelpie relincha desatinadamente. O unicórnio responde com um rincho. É uma mancha alva na escuridão, indica o caminho.

Corra, Olhos de Estrela! Corra com todas as forças!

Há cada vez mais amieiros, é cada vez mais difícil evitar seus galhos. Dentro de pouco, barrarão todo o caminho...

Atrás, um grito. O som da perseguição.

Ihuarraquax relincha. Ciri recebe seu sinal. Entende o significado. Encosta com força no pescoço de Kelpie. Não precisa apressá-la. A égua, perseguida pelo medo, corre num galope suicida.

Outro sinal do unicórnio, ainda mais nítido, penetra o cérebro. É um comando, aliás, uma ordem.

Salte, Olhos de Estrela. Precisa saltar. Para outro tempo, outro espaço.

Ciri não entende, mas procura entender. Esforça-se para entender, concentra-se, concentra-se com tanta força que o sangue rumoreja e pulsa em seus ouvidos...

Um relâmpago. Em seguida, uma súbita escuridão, uma escuridão macia e negra, negra em seu negrume que nada consegue iluminar.

Um rumor nos ouvidos.

•

O vento na cara. Um vento fresco. Gotas de chuva. O cheiro de pinheiro nas narinas.

Kelpie agita-se, resfolega, bate os cascos. Seu pescoço está molhado e quente.

Um relâmpago. Logo após, um trovão. Na luz Ciri vê Ihuarraquax sacudindo a cabeça e o chifre, ciscando intensamente o chão com o casco.

– Cavalinho?

Estou aqui, Olhos de Estrela.

O céu está estrelado. Cheio de constelações. O Dragão. A Dama do Inverno. Sete Cabras, o Jarro.

E quase no alto do horizonte – o Olho.

– Conseguimos – suspirou. – Conseguimos, Cavalinho. Este é meu mundo!

Seu sinal é tão claro que Ciri entende tudo.

Não, Olhos de Estrela. Fugimos daquele. Mas este não é ainda o lugar nem o tempo certo. Ainda temos muito à nossa frente.

– Não me deixe só.

Não a deixarei. Tenho uma dívida com você. Preciso pagá-la. Até o fim.

•

O céu escurece no oeste enquanto o vento começa a soprar com fortes rajadas. As ondas de nuvens apagam sucessivamente as constelações. Apaga-se o Dragão, apagam-se a Dama do Inverno, Sete Cabras, o Jarro. Apaga-se o Olho, que brilha com mais intensidade e por mais tempo.

O céu resplandeceu ao longo do horizonte com um breve clarão de um relâmpago. Um trovão rolou rugindo surdamente. De súbito, o vendaval agravou-se, lançando poeira e folhas secas nos olhos.

O unicórnio relinchou, enviou um sinal mental.

Não temos tempo a perder. Nossa única esperança é uma fuga rápida. Para o lugar e tempo certos. Apressemo-nos, Olhos de Estrela.

"Sou a Rainha dos Mundos. Sou o Sangue Antigo.

Represento o sangue de Lara Dorren, a filha de Shiadhal."

Ihuarraquax relinchou, apressou. Kelpie acompanhou-o resfolegando demoradamente. Ciri calçou as luvas.

– Estou pronta – disse.

Um rumor nos ouvidos. Um resplandecer e a claridade. E depois a escuridão.

CAPÍTULO SEXTO

A maioria dos historiadores costuma atribuir o processo, a sentença e a execução de Joaquim de Wett à natureza violenta, cruel e tirana do imperador Emhyr. No entanto, não faltam — especialmente no caso de autores com inclinações à beletrística — hipóteses alusivas à vingança ou à retaliação por motivos inteiramente particulares. Esta é a hora mais do que certa de afirmar a verdade, a qual está mais do que evidente para qualquer pesquisador atento. O duque de Wett comandava o grupo operacional "Verden" de um modo para o qual o termo "inepto" seria excepcionalmente delicado. Tendo contra si forças duas vezes mais fracas, demorou com a ofensiva para o norte e direcionou toda a atividade para combater os guerrilheiros de Verden. O grupo "Verden" cometeu crimes sem precedentes contra a população civil. As consequências eram previsíveis e inevitáveis: se no inverno as forças dos insurgentes eram estimadas em torno de quinhentas pessoas, na primavera quase todo o país fora tomado pela insurreição. O rei Ervyll, favorável ao Império, foi assassinado; e seu filho, o príncipe Kistrin, que simpatizava com os nortelungos, encabeçou a insurreição. Tendo no flanco operações de desembarque dos piratas de Skellige, à frente uma ofensiva dos nortelungos de Cidaris e uma rebelião na retaguarda, de Wett envolveu-se em caóticas lutas, sofrendo sucessivas derrotas. Assim, atrasava a ofensiva do Grupo do Exército "Meio". Em vez de, como havia sido acordado, conter o flanco dos nortelungos, o grupo "Verden" continha Menno Coehoorn. Os nortelungos imediatamente se aproveitaram da situação e passaram ao contra-ataque, rompendo o cerco em volta de Mayena e Maribor e extinguindo as chances de uma nova e rápida conquista dessas fortalezas importantes.

A ineptidão e a estupidez de de Wett tiveram, também, um valor psicológico. Dissipou-se o mito do invencível de Nilfgaard. Centenas de voluntários juntaram-se às tropas dos nortelungos...

Restif de Montholon
Guerras do norte, mitos, mentiras e meias-verdades

É preciso falar, sem fazer rodeios, que Jarre estava muito decepcionado. A criação no templo e seu próprio caráter extrovertido faziam com que acreditasse nas pessoas, em sua bondade, gentileza e seu altruísmo. No entanto, dessa fé sobrou quase nada.

Passara já duas noites do lado de fora, sobre os restos das medas, e agora tudo indicava que passaria a terceira noite da mesma forma. Em todas as vilas, em que havia pedido um pernoite ou um pouco de pão, as únicas respostas eram um profundo silêncio ou xingamentos e ameaças proferidos de trás dos portões trancados a sete chaves. Não adiantava nada explicar quem era, para onde e com que fim ia.

Ficou muito, muito decepcionado com as pessoas.

Escurecia rapidamente. O garoto caminhava ágil e destemidamente por uma vereda no meio de campos abertos. Procurava uma meda, resignado e abatido com a perspectiva de mais uma noite passada ao relento. O mês de março daquele ano era, contudo, excepcionalmente ameno, mas à noite esfriava muito. E tudo se tornava verdadeiramente aterrador.

Jarre olhava para o céu, em que todas as noites, havia uma semana, se via a aurorrubra abelha de um cometa atravessando o céu do oeste para o leste, arrastando atrás de si a tremeluzente trança de fogo. Começou a refletir o que esse estranho fenômeno mencionado em diversas profecias realmente poderia pressagiar.

Retomou a caminhada. Escurecia cada vez mais. A vereda descia para dentro de uma fileira de espessos arbustos que na escuridão tomavam formas horripilantes. Uma frigidez emanava do lugar embaixo, onde estava ainda mais escuro, vinha de lá um desagradável cheiro de plantas putrefatas e de algo mais. De algo muito ruim.

Jarre parou. Tentava convencer-se de que era o frio, e não o medo, rastejando por seu dorso e seus braços. Mas sem efeito.

Uma baixa ponte unia as margens do canal coberto de vimeiros e tortos salgueiros, negro e reluzente como um alcatrão recém-espargido. Nos lugares onde as vigas apodreceram ou desabaram, a ponte revelava abissais aberturas longitudinais, o balaústre estava quebrado, suas treliças submergidas na água. Depois da ponte, os salgueiros eram mais densos. Embora ainda faltasse muito para a verdadeira noite, embora os longínquos prados atrás do canal ainda reluzissem com a teia do nevoeiro suspenso na ponta da grama, os salgueiros estavam imersos na escuridão. Na penumbra Jarre via, embaçadas, as ruínas de alguma edificação – certamente um moinho, uma eclusa ou um pesqueiro de enguias.

"Preciso atravessar essa ponte", o garoto pensou. "Será difícil, mas não há o que fazer! Embora eu sinta à flor da pele que lá, nessa negridão, espreita algo ruim, preciso atravessar esse canal. Preciso atravessar esse canal, assim como aquele mítico comandante ou herói sobre o qual li nos desgastados manuscritos no templo de Melitele. Atravessarei o canal e aí... Como será? As cartas serão distribuídas? Não, os dados rolarão. Atrás de mim ficará meu passado, diante de mim meu futuro estender-se-á..."

Entrou na ponte e logo percebeu que sua intuição não o havia enganado. Antes que os visse. E ouvisse.

– E aí? – pigarreou um daqueles que barraram seu caminho. – Não falei? Falei para esperar um pouco que alguém apareceria.

– Falou bem, Okultich. – O segundo dos tipos munidos de grossos bastões ceceava levemente. – Deveria ser adivinho ou mago. E aí, caro andarilho, que caminha sozinho! Entregará aquilo que tem, de boa vontade, ou precisaremos fazer um arrastãozinho?

– Mas eu não tenho nada! – Jarre gritou com toda a força de seus pulmões, embora nutrisse poucas esperanças de que alguém o ouvisse e viesse prestar ajuda. – Sou um pobre andarilho! Não tenho nem um centavo comigo! O que vocês querem de mim? Este cajado? A vestimenta?

– Também – disse aquele que ceceava, e em sua voz havia algo que fez com que Jarre se estremecesse todo. – Pois deve saber, pobre andarilho, que na verdade nós, levados por uma urgente necessidade, estávamos atrás de uma moça. Mas a noite está chegando, ninguém mais aparecerá, por isso quando não há peixes caranguejo peixe é! Peguem-no, rapazes!

– Tenho uma faca! – Jarre gritou. – Estou avisando!

Realmente tinha uma faca. Furtou-a da cozinha do templo na véspera da fuga e escondeu na trouxa. Mas não a tirava. Paralisava-o – e apavorava – a consciência de que esse gesto era desprovido de qualquer sentido e não o ajudaria em nada.

– Tenho uma faca!

– Olhe só – aquele que ceceava debochou, aproximando-se dele. – Tem uma faca. Quem diria.

Jarre não podia fugir. O pavor fez com que suas pernas se transformassem em dois postes encravados no solo. A adrenalina prendeu sua garganta como o nó de um laço.

– Eita! – de repente, o terceiro gritou, com uma voz jovem e surpreendentemente conhecida. – Eu acho que o conheço! É mesmo, eu o conheço! Deixem-no, falei, é um conhecido! Jarre? Você me reconhece? Sou Melfi! Ei, Jarre? Você está me reconhecendo?

– Es... tou... – Jarre lutava contra um horrível e sufocante sentimento que até então desconhecia. Só quando sentiu a dor no quadril, com o qual bateu contra as tábuas da ponte, entendeu que sentimento era aquele.

O de perder a consciência.

•

– Eita, que surpresa – Melfi falava. – Eita sorte! Sorte de encontrar um camarada! Um camarada de Ellander! Um companheiro! E aí, Jarre?

Jarre engoliu um duro e dúctil pedaço de salo, seguido por um nabo assado, oferecidos por sua estranha companhia. Não respondeu, apenas acenou com a cabeça em direção de todos os seis rapazes sentados em volta da fogueira.

– E para onde você vai, Jarre?

– Para Wyzim.

– Hã! Nós também vamos para lá! Eita sorte! E aí, Milton? Você se lembra de Milton, Jarre?

Jarre não se lembrava. Nem sequer sabia se já o havia visto. Além disso, Melfi exagerava um pouco quando dizia que era seu companheiro. Era o filho do tanoeiro de Ellander. Quando juntos frequentavam a primeira classe no templo, Melfi costumava bater nele com regularidade e sanha e chamá-lo de um bastardo sem mãe nem pai concebido no meio de urtigas. Isso durou cerca de um ano, depois do qual o tanoeiro o tirou da escola, pois confirmou-se que seu filho prestava apenas para os barris. Foi assim que Melfi, em vez de iniciar-se com o suor de seu rosto nos arcanos da leitura e escrita, com o suor de seu rosto aplainava as aduelas na oficina do pai. Já Jarre, depois de terminar os estudos e pela recomendação do santuário, virou auxiliar do escriba no tribunal de justiça de primeira instância, e o tanoeiro – seguindo o exemplo do pai – prestava-lhe reverências curvando-se acentuadamente, dava-lhe presentes e declarava sua amizade.

– ... vamos para Wyzim – Melfi continuava a história. – Juntar-nos ao exército. Todos nós aqui, todinhos, vamos nos alistar. Estes aqui, ó, Milton e Ograbek, filhos de vilões, escolhidos pelo alistamento de jeira, você sabe...

– Sei – Jarre lançou um olhar para os filhos de vilões. Tinham cabelos claros e eram tão parecidos como se fossem irmãos. Mastigavam uma comida assada na brasa, impossível de ser identificada. – Foram escolhidos, um de cada dez jeiras. Um contingente de jeira. E você, Melfi?

– Comigo, ó – o tanoeiro suspirou –, foi assim: da primeira vez, quando os grêmios iam convocar um recruta, meu pai me salvou de sortear a bolinha. Mas veio a desgraça, foi preciso sortear outra vez, pois assim havia sido determinado pela cidade... Você deve saber...

– Sei – Jarre concordou novamente. – Com o edito promulgado no dia dezesseis de janeiro o conselho da cidade de Ellander decretou o sorteio para complementar o contingente. Foi necessário fazê-lo perante a ameaça nilfgaardiana...

– Escute só, Lúcio, como ele fala – intrometeu-se, falando em voz rouca, o tipo atarracado de cabeça raspada chamado Okultich que há pouco fora o primeiro a implicar com ele na ponte. – Mauricinho! Sabichão!

– Sabe-tudo! – acompanhou-o prolongadamente outro camponês, enorme, com um sorriso tolo sempre colado ao rosto redondo. – Sabichoso!

– Cale a boca, Klaproth – ceceou demoradamente aquele chamado de Lúcio, o mais velho da companhia, alto, com um bigode caído e a nuca raspada. – Já que é um sabichão, devemos ouvi-lo quando fala. Pode surgir uma polêmica. Um ensinamento. E uma lição nunca fez mal a ninguém. Bom, quase nunca. E quase a ninguém.

– Pura verdade – Melfi declarou. – Realmente ele, isto é, Jarre, não é nada burro. Sabe ler e escrever... É letrado! Lá em Ellander é escriba no tribunal e cuida de toda a coleção de livros no santuário de Melitele...

– Só por curiosidade... O que, então – Lúcio interrompeu, fitando Jarre através da fumaça e das faíscas –, um livreiro de merda de tribunal ou santuário faz na estrada que leva para Wyzim?

– Assim como vocês – disse o garoto – vou me alistar no exército.

– E o que – os olhos de Lúcio reluziam, refletiam o brilho como os olhos de um verdadeiro peixe à luz das tochas que flamejam na proa de um barco – um estudioso de tribunal ou santuário procura na tropa? Não deve tratar-se de um recruta, hein? Qualquer tolo sabe que os santuários estão isentos do contingente, do dever de providenciar recrutas. E qualquer tolo sabe que qualquer tribunal conseguiria liberar do serviço e reivindicar seu escrevinhador. Do que se trata, então, senhor funcionário?

– Vou alistar-me como voluntário – Jarre declarou. – Alisto-me sozinho, por minha própria vontade, não por causa do contingente. Em parte por motivação pessoal, mas principalmente pelo sentimento de um dever patriótico.

A companhia caiu numa estrondosa gargalhada retumbante e uníssona.

– Vejam só, bandoleiros – Lúcio finalmente falou –, que contradições às vezes habitam nas pessoas. Duas naturezas. Ora, pelas aparências, trata-se de um jovem instruído e experiente. Além disso, indubitavelmente esperto desde a nascença. Deveria saber o que acontece na guerra, quem bate em quem e, logo, quem vence o combate. E ele, como vocês próprios ouviram, sem ser forçado, voluntariamente, por um dever paterótico, quer se juntar aos combatidos.

Ninguém comentou. Jarre tampouco.

– Ora, tal dever paterótico – Lúcio disse por fim –, normalmente próprio a apenas doentes mentais, talvez até convenha aos instruídos em santuários ou tribunais. Mas foram mencionados aqui alguns motivos pessoais. Estou tomado por uma feroz curiosidade de que motivos se tratam?

– São tão pessoais – Jarre cortou – que não falarei sobre eles. Até porque o senhor não faz questão de falar sobre seus próprios motivos.

– Ora, veja bem – Lúcio falou após um momento de silêncio – que, se um tolo se dirigisse a mim desse modo, levaria um soco de primeira. Mas no caso de um culto escrevinhador... Esse aí eu poupo... desta única vez. E respondo: eu também vou para a tropa. E também como voluntário.

– Para juntar-se aos perdedores, como um doente mental? – o próprio Jarre estranhou de onde, subitamente, ganhara tanta coragem. – No caminho saqueando viajantes nas pontes?

– Ele – Melfi cacarejou, antecipando Lúcio – continua zangado conosco por causa da emboscada na ponte. Perdoe-nos, Jarre, foi apenas uma brincadeira! Uma zombaria inocente! Não é verdade, Lúcio?

– É. – Lúcio bocejou, bateu os dentes com tanta força que o eco ressoou. – Uma gozação inocente. A vida é triste e deprimente como um bezerro quando o levam para o matadouro. Daí, apenas com uma zombaria ou brincadeira é que se pode alegrá-la. Não acha, escrevinhador?

– Acho. A princípio.

– Melhor assim. – Lúcio continuava fitando-o com seus olhos brilhantes. – Caso contrário, seria um fraco companheiro de viagem e seria melhor continuar sozinho até Wyzim. Até mesmo agora.

Jarre permaneceu calado. Lúcio espreguiçou-se.

– Falei o que era preciso falar. Ora, rapazes, brincamos, traquinamos, alegramo-nos e agora está na hora de descansar. Se é para chegarmos a Wyzim à noitinha, então precisamos partir ao amanhecer.

•

A noite era muito fria e Jarre, embora estivesse muito cansado, não conseguia dormir, encolhido debaixo da capa, com os joelhos quase tocando em seu queixo. Quando finalmente conseguiu cair no sono, dormiu mal, atormentado constantemente por sonhos. Não se lembrava da maioria. Salvo dois. No primeiro sonho um bruxo que conhecia, Geralt de Rívia, estava sentado debaixo de longas estalactites de gelo, imóvel, gelado, sepultado rapidamente pela nevasca. No segundo sonho Ciri montava um cavalo negro, agarrada à sua crina, galopava pela fileira de retorcidos amieiros que tentavam alcançá-la com seus ramos enviesados.

Ah! E pouco antes do amanhecer sonhou com Triss Merigold. Depois de sua estada no templo no ano anterior sonhara com a feiticeira algumas vezes e esses sonhos obrigavam Jarre a fazer coisas das quais posteriormente se envergonhava.

Agora, é lógico, não aconteceu nada vergonhoso. Simplesmente fazia demasiado frio.

•

De manhã, todos os sete seguiram o caminho logo após o amanhecer. Milton e Ograbek, filhos de vilões do contingente de jeira, animavam-se com uma canção militar.

Vai um guerreiro, vai, retinindo a armadura
Fuja, mocinha, fuja de sua ternura!
Que me beije, um beijo seu não posso proibir
Já que ele com seu peito a pátria vai cobrir!

Lúcio, Okultich, Klaproth e o tanoeiro Melfi, colado a eles de tão junto que estava, contavam piadas e anedotas, segundo eles, incrivelmente engraçadas.

– ... e pergunta ao nilfgaardiano: "O que fede tanto aqui?" E o elfo responde: "Merda." Ah! Ah! Ah!

– Eh! Eh! Eh! Eh!

– Ah! Ah! Ah! Ah! E esta, conhecem? Vão um nilfgaardiano, um elfo e um anão. Olham e veem um rato correndo...

Quanto mais avançava o dia, encontravam cada vez mais viajantes, carruagens de camponeses, diligências e unidades de tropas em marcha. Algumas das carruagens estavam carregadas de bens, e o bando de Lúcio andava atrás delas com os narizes quase arranhando o chão, feito pointers, recolhendo aquilo que havia caído – uma cenoura, uma batata, um nabo e, às vezes, até uma cebola. Guardavam, por precaução, uma parte do saque para os tempos difíceis, outra parte devoravam vorazmente, mas continuando a contar as piadas.

– ... e o nilfgaardiano: brum! E cagou-se até o pescoço! Ah! Ah! Ah! Ah! Ah! Ah!

– Ah! Ah! Ah! Ó deuses, não vou aguentar... Cagou-se... Ah! Ah! Ah!

– Eh! Eh! Eh!

Jarre esperava por uma oportunidade e procurava uma desculpa para se separar. Não gostava de Lúcio nem de Okultich. Não gostava dos olhares que Lúcio e Okultich lançavam em direção às carruagens dos comerciantes, às carroças dos camponeses e às mulheres e moças sentadas em cima delas. Não gostava do tom de deboche de Lúcio, quando ocasionalmente questionava o objetivo de alistar-se como voluntário no momento em que a derrota e a destruição total eram certas e óbvias.

Cheirava a terra arada. A fumaça. No vale, por entre o tabuleiro regular de campos, bosques e viveiros de peixes reluzentes como espelhos, viam os telhados das edificações. Ouviam, de vez em quando, um latido distante, o berro de um boi, o cantar de um galo.

– Pelo visto, são vilas abastadas – Lúcio ceceou, passando a língua nos lábios. – Pequenas, mas finas.

– Aqui, no vale – Okultich recorreu a dar esclarecimentos –, quem administra e providencia os alimentos são os metadílios. Tudo o que produzem é bonito e fino. São um povo de bons administradores.

– Malditos monstros – Klaproth roncou. – Koboldos! Eles é que aqui administram, e os verdadeiros humanos vivem pobres e em desgraça. Nem a guerra os prejudica.

– Por enquanto. – Lúcio abriu a boca num sorriso repugnante. – Gravem, bandeirantes, essa vila na ponta, que fica por entre as bétulas, junto da floresta. Gravem-na bem. Se um dia eu quiser fazer uma visita lá, não queria me perder no caminho.

Jarre virou a cabeça. Fingia que não ouvia, que olhava apenas para a estrada à sua frente.

Marchavam. Milton e Ograbek, filhos de vilões do alistamento de jeira, entoaram uma nova canção. Uma menos guerreira. Talvez um pouco mais pessimista, que depois das alusões anteriormente expressas por Lúcio poderia ser considerada um mau agouro.

Ouçam todos
Para conhecer da morte cruéis modos,
Seja novo ou anciano
Não fugirá de seu dano;
A todos a morte esganará
Qualquer um a ela se entregará...

•

– Esse aí – Okultich avaliou tenebrosamente – deve ter grana. Que me capem se não tiver grana.

O indivíduo para o qual Okultich arriscaria tanto era um comerciante ambulante, alcançado por eles, que caminhava junto de uma carroça de duas rodas puxada por um jumento.

– O que ele tem não é apenas a grana – Lúcio ceceou –, o jumento também deve valer algo. Apressem o passo, bandoleiros.

– Melfi. – Jarre agarrou o tanoeiro pela manga. – Abra os olhos. Você não está vendo o que está para acontecer aqui?

– É apenas uma brincadeira, Jarre. – Melfi soltou-se. – Apenas uma brincadeira...

A carroça do comerciante – de perto dava para ver muito bem – era também uma barraca, podia transformar-se numa barraca e ser montada em poucos instantes. A construção toda, puxada pelo jumento, estava coberta de pitorescos e veementes letreiros de cores vivas de acordo com os quais a oferta do comerciante incluía bálsamos, escabiosas medicinais, talismãs, amuletos de proteção, elixires, filtros e cataplasmas mágicos, produtos de limpeza, além de detectores de metais, minérios e trufas, assim como iscas infalíveis para peixes, patos e moças.

O comerciante, um indivíduo magro e bastante encurvado sob o peso da idade, virou-se, viu-os, xingou e apressou o jumento. Mas o jumento, por ser um jumento, nem pensou em acelerar o passo.

– Que formidável vestimenta ele está usando – Okultich avaliou em voz baixa. – Certamente acharemos algo nessa carrocinha...

– Ei, bandoleiros – Lúcio comentou. – Andemos, já! Tratemos do assunto antes que apareçam mais testemunhas na estrada.

Jarre, ainda admirado com sua própria valentia, deu alguns passos rápidos para anteceder a companhia, virou-se e ficou entre eles e o comerciante.

– Não – disse, articulando com dificuldade por causa da garganta presa. – Não vou deixar...

Lúcio abriu o capote devagar mostrando uma longa faca presa na cintura, claramente afiada como uma navalha.

– Saia da frente, escrevinhador – ceceou de forma ameaçadora. – Caso preze seu pescoço. Pensei que fosse útil em nossa companhia, mas não. Vejo que seu santuário deixou-o excessivamente pedante, fedendo demasiadamente a incenso devoto. Saia fora de meu caminho, senão...

– O que está acontecendo aqui, hein?

Duas figuras bizarras apareceram de trás dos roliços salgueiros assanhados, o elemento mais comum da paisagem do vale do Ismena.

Ambos os homens usavam bigodes encerados com a ponta modelada, uma colorida calça bufante presa abaixo do joelho, acolchoados cafetãs ornados de fitas, e enormes, macias boinas de veludo com penachos. Além de cutelos e adagas presos nos largos cintos, ambos os homens carregavam nas costas montantes longas de quase dois metros, com o punho de comprimento de uma vara e de grandes guarda-mãos recurvados.

Os lansquenês terminavam de abotoar as calças aos saltos. Não fizeram nenhum gesto que indicasse o intuito de pegar em suas espadas aterradoras, mas Lúcio e Okultich aplacaram-se momentaneamente, e o enorme Klaproth encolheu-se feito bexiga de boi da qual se esvaziara todo o ar.

– Nós não fizemos... Nada... – Lúcio ceceou. – Nada de errado...

– Estamos apenas brincando! – Melfi gruniu.

– Ninguém sofreu nenhum dano – falou, inesperadamente, o comerciante corcunda. – Ninguém!

– Nós – Jarre intrometeu-se às pressas – vamos a Wyzim alistar-nos no exército. Talvez os senhores estejam seguindo o mesmo caminho?

– Estamos, sim. – O lansquenê bufou, dando-se conta imediatamente do que se tratava. – Nós também vamos até Wyzim. Quem quiser, pode seguir conosco. Será mais seguro.

– Definitivamente mais seguro – o segundo acrescentou de forma significativa, medindo Lúcio de alto a baixo com um olhar demorado. – Preciso avisar que há pouco vimos uma patrulha equestre aqui nas redondezas do meirinhado de Wyzim. Estão com muita disposição para enforcar. Miserável será o destino do salteador que apanharão no ato.

– E muito bem. – Lúcio recuperou o bom humor, abriu a boca num largo sorriso banguela. – Muito bem, senhores, que existem a lei e o castigo para os patifes, assim deve ser. Sigamos, então, o caminho para Wyzim, para o exército, pois o dever paterótico nos chama.

O lansquenê ficou olhando para ele com desdém por um longo momento, em seguida deu de ombros, ajeitou a espadona nas costas e marchou pela estrada. Seu companheiro, Jarre, assim como o comerciante com seu jumento e sua carroça seguiram logo atrás dele, na retaguarda. O bando de Lúcio arrastava-se atrás, mantendo certa distância.

– Obrigados, senhores – o comerciante falou após um tempo, instigando o jumento com uma vergasta. – E obrigado a você também, jovem.

– Nada – o lansquenê acenou com a mão. – Já nos acostumamos.

– Alistam-se todos os tipos de pessoas. – Seu companheiro olhou pelo ombro. – Às vezes, quando numa vila ou cidadezinha surge a necessidade de escolher os recrutas, um de cada dez jeiras aproveita para, desse modo, se livrar para sempre dos piores canalhas. E depois as estradas ficam cheias desse tipo de vagabundos. No entanto, uma vez na tropa os cabos lhes inculcarão a disciplina com porrada de vara. Aprenderão, larápios, a obediência, depois de passar, uma ocasião ou outra, pelo corredor da morte, por entre duas fileiras de fustigas...

– Eu – Jarre apressou-se a prestar esclarecimentos – vou me alistar como voluntário, não por obrigação.

– O que é de elogiar. – O lansquenê olhou para ele e torceu a ponta encerada do bigode. – Pois vejo que você não é da mesma laia. Por que anda com eles?

– O destino nos juntou.

– Eu já havia visto – a voz do soldado era séria – esse tipo de encontros e fraternizações promovidos pelo destino que levaram, enfim, os confraternizados para a mesma forca. Tire as conclusões certas, rapaz.

– Tirarei, sim.

•

Chegaram à estrada de terra batida antes que o sol coberto pelas nuvens atingisse o zênite. Lá os esperava a parada obrigatória durante a viagem. À semelhança de um grande grupo de viajantes que chegaram antes deles, Jarre e sua companhia tiveram de parar, já que a estrada estava lotada de tropas em marcha.

– Para o sul – um dos lansquenês comentou enfaticamente o rumo da marcha. – Para a frente. Para Maribor e Mayena.

– Olhe para os distintivos – o outro apontou com a cabeça.

– São redânios – Jarre falou. – Águias prateadas sobre um campo carmesim.

– Acertou. – O lansquenê deu-lhe um tapa no ombro. – Você é um jovem esperto. É o exército redânio que a rainha Hedwig mandou para nos auxiliar. Estamos, agora, fortes, pois unidos – Temeria, Redânia, Aedirn, Kaedwen. Somos, agora, todos aliados, aderimos à mesma causa.

– Bem na hora certa – Lúcio falou atrás de suas costas com um nítido sarcasmo. O lansquenê virou-se, mas não disse nada.

– Então, sentemo-nos – Melfi propôs – para descansar as pernas. Parece que esse exército não acaba, muito tempo passará antes que a estrada se esvazie.

– Sentemo-nos – o comerciante falou – ali, no montículo. Dali se vê melhor.

Passou a cavalaria redânia e atrás dela, levantando a poeira, marchavam os besteiros e os infantes carregando paveses. Atrás deles já se via a coluna da cavalaria pesada que andava a passo calmo.

– E aqueles – Melfi apontou para os pesados – exibem outro distintivo. Seu estandarte é negro com estampa branca.

– Ora, burros provincianos – o lansquenê olhou para ele com desdém. – Não reconhecem o brasão de seu próprio rei. São flores-de-lis prata, cabeça de cuia...

– Campo negro salpicado de flores-de-lis prata – disse Jarre, e logo quis provar que, embora os outros pudessem ser chamados de burros provincianos, esse termo não se referia a ele.

– No antigo brasão do reinado de Temeria – começou – havia um leão passante. Mas os príncipes da coroa temeriana usavam outro brasão, isto é, acrescentavam ao escudo um novo campo em que havia três flores-de-lis, já que na simbologia heráldica essa planta representa o sucessor ao trono, o filho real, o herdeiro do trono e do cetro...

– Sabichão de merda – Klaproth gritou.

– Deixe-o em paz e cale a boca, cabeça de bagre – o lansquenê disse em tom de ameaça. – E você, rapaz, continue contando. O que diz é interessante.

– E quando o príncipe Goidemar, filho do velho rei Gardik, batalhava contra os insurgentes da diabólica Falka o exército temeriano lutava precisamente sob seu signo, sob o brasão da flor-de-lis, ganhando decisivas vantagens. E quando Goidemar herdou o trono do pai instituiu as três flores-de-lis prata sobre o campo negro como sendo o brasão do reinado pela lembrança dessas vitórias e da milagrosa salvação de sua esposa e de seus filhos das mãos inimigas. E depois o rei Cedric mudou o brasão do Estado com um decreto especial de tal maneira que o campo negro adquiriu as flores-de-lis prata. E esse é o brasão de Temeria até hoje. O que vocês todos podem comprovar como testemunhas oculares, pois neste momento os lanceiros estão desfilando pela estrada.

– Meu jovem – o comerciante falou –, você nos contou tudo isso com muita elegância.

– Não fui eu. – Jarre suspirou. – Foi Jan de Attre, um estudioso de heráldica.

– Mas, pelo visto, você é igualmente sábio.

– Nem mais nem menos – Lúcio acrescentou em voz baixa – para ser recruta. Para deixar se trucidar sob esse emblema das flores-de-lis prata, pelo rei e por Temeria.

Ouviram um canto feroz, guerreiro, estrondoso como uma onda durante uma tempestade no mar, como o rumor de um temporal que se aproxima. Atrás dos temerianos seguia outro exército, marchando em formação cerrada e alinhada. Uma cavalaria cinza, quase sem cor, sobre a qual não esvoaçava nenhuma bandeira ou flâmula. Diante dos comandantes que encabeçavam a coluna, carregava-se uma vara ornada de colas de cavalos com uma haste horizontal à qual estavam presas três caveiras humanas.

– A Companhia Livre – o lansquenê apontou para os cavaleiros cinza. – Condotieros. Mercenários.

– Dá para ver logo – Melfi suspirou – que são valentes. Homem atrás de homem! Marcham uniformemente, como se estivessem desfilando...

– A Companhia Livre – o lansquenê repetiu. – Olhem bem, matutos e pivetes, para um verdadeiro soldado. Eles já estão voltando do combate, foram precisamente eles, os condotieros, as bandeiras de Adam Pangratt, Molla, Frontino e Abatemarco, que pesaram em Mayena. Graças a elas rompeu-se o cerco dos nilfgaardianos. É justamente a eles que devemos agradecer pela libertação da fortaleza.

– Acredito que são um povo valente e bravo, esses tais de condotieros, implacáveis em batalha como uma rocha – o outro acrescentou –, não obstante a Companhia Livre sirva por dinheiro, como se pode deduzir de sua canção.

A unidade aproximava-se a passo calmo, seu canto ressoava num tom forte e estrondoso, embora estranhamente sombrio, agourento.

Nenhum cetro ou sólio nos subornará
Aos reis nunca nos aliaremos
Às ordens do dobrão que a luz tal qual o sol perpetuará
Sempre viveremos

Seus juramentos não têm nenhum valor
Nem seus pendões nem mãos beijamos
Ao áureo dobrão tal qual o sol
Sermos fiéis juramos!

– Eh, quem me dera servir a gente assim – Melfi suspirou novamente. – Combater a seu lado... Ganharia fama e troféus...

– Estou delirando ou o quê? – Okultich franziu o cenho. – Quem está comandando o segundo batalhão é... Uma mulher? Então esses mercenários guerreiam sob o comando de uma mulher?

– É uma mulher, sim – o lansquenê confirmou. – Mas não uma mulher qualquer. É Julia Abatemarco, alcunhada de Doce Pateta. Guerreira que só! Os condotieros, sob seu comando, destroçaram uma incursão dos Negros e elfos nas redondezas de Mayena, embora em duas ocasiões cinco centenas tivessem atacado três mil homens.

– Ouvi também – Lúcio falou num tom estranho, repulsivamente servil e ao mesmo tempo malicioso – que essa vitória não prestou para nada, que os dobrões gastos com os mercenários foram desperdiçados. Nilfgaard conseguiu recuperar as forças e outra vez infligiu severamente os nossos. E conseguiu cercar Mayena de volta. Talvez até tenha conquistado a fortaleza. Talvez já esteja vindo para cá. Talvez seja apenas uma questão de dias. Talvez esses condotieros corruptos já tenham sido subornados com o ouro nilfgaardiano? Talvez...

– Talvez – interrompeu o soldado enraivecido – você queira levar um soco na cara, cretino? Cuidado, pois o castigo por ladrar calúnias contra nosso exército é a forca! Cale a boca, então, antes que eu perca a paciência!

– Óóó! – o fortão Klaproth escancarou a boca e apaziguou o ambiente. – Vejam, óóó! Vêm uns nanicos engraçados!

Uma formação de infantaria munida de alabardas, bisarmas, bardiches, manguais e porretes com pregos marchava pela estrada ao ritmo da surda batida dos tímpanos, do feroz trombetear das gaitas e do louco silvo dos pífaros. Os soldados, que usavam capotes de pele, cotas de malha e pontudos morriões, eram todos realmente muito baixos.

– Os anões das montanhas – o lansquenê explicou. – Um dos regimentos da Unidade Voluntária de Mahakam.

– E eu pensei – disse Okultich – que os anões não estavam de nosso lado, que estavam contra nós e nos haviam traído, repugnantes nanicos, e que estavam tramando um complô junto com os Negros...

– E só por curiosidade... – O lansquenê olhou para ele com lástima. – Você pensou com quê? Se você, coitado, engolisse uma barata na sopa, teria mais juízo nas tripas que na cabeça. Esses que lá marcham formam um dos regimentos da infantaria anã que Brouver Hoog, o administrador de Mahakam, nos mandou em auxílio. Eles já também, em grande maioria, batalharam, sofreram grandes prejuízos, por isso tiveram de recuar para as redondezas de Wyzim para reagrupar-se.

– São um povo valente, esses anões – Melfi confirmou. – Uma vez, em Ellander, em Saovine, numa taberna um deles me deu um tapa na orelha. Depois disso zunia no meu ouvido até Yule.

– O regimento dos anões é o último na coluna – o lansquenê cobriu os olhos com a mão. – É o fim do desfile, logo a estrada estará livre. Vamos seguir o caminho, já é quase meio-dia.

•

– Há tantas tropas marchando para o sul – disse o vendedor de amuletos e escabiosas – que certamente haverá guerra. O povo passará por enormes desgraças! E as tropas sofrerão grandes derrotas! O povo morrerá aos milhares, pela espada e pelo fogo. Reparem bem, senhores, que esse cometa visível no céu todas as noites arrasta atrás de si uma vermelha cauda incandescente. Quando um cometa possui uma cauda roxa ou pálida, anuncia doenças frias, febres, pleuras, mucos e catarros, assim como desgraças relativas à água como enchentes, chuvas torrenciais ou garoas. No entanto, a cor vermelha indica que é o cometa da febre, do sangue e fogo, portanto do ferro que nasce do fogo. O povo passará por horríveis, tremendas desgraças! Haverá grandes pogrons e chacinas. Como foi previsto por aquela profecia: haverá cadáveres empilhados até a altura de doze varas, na terra deserta uivarão os lobos, e um humano beijará o rastro dos passos de outro humano... Ai de nós!

– Por que nós? – o lansquenê interrompeu friamente. – O cometa passa lá no alto, também pode ser visto das terras pertencentes a Nilfgaard, sem mencionar o vale do Ina, de onde, segundo dizem, vem Menno Coehoorn. Os Negros também olham para o céu e veem o cometa. Por que, então, não supor que não é a nós que augura a derrota, mas a eles? E que precisamente seus cadáveres serão empilhados?

– Isso mesmo! – o segundo lansquenê rosnou. – Ai deles, os Negros!

– Muito bem pensado, senhores.

– Sem dúvida.

•

Passaram pelas florestas nas redondezas de Wyzim, entraram nos prados e pastos onde pasciam manadas inteiras de cavalos de diversos tipos – de sela, de trabalho e pesados percherons de tração. Como sempre, em março, havia pouquíssima grama nos prados, mas estavam lá carroças cheias de feno e paióis.

– Estão vendo? – Okultich lambeu os lábios. – Eh, cavalinhos! E ninguém os vigia! É só pegar, escolher...

– Cale a boca – Lúcio sibilou e lançou um sorriso amarelo, servil e desdentado. – Ele, senhores, sonha em servir na cavalaria, por isso olha para esses corcéis com tanta avidez.

– Na cavalaria! – o lansquenê bufou. – O que é que se passa na cabeça de um parvo! Poderia ser, no máximo, um cavalariço, tirar o esterco com um forcado de debaixo dos cavalos e retirá-lo com um carrinho!

– É isso mesmo, senhores.

Continuaram andando e logo chegaram a um dique que passava por entre lagoas e fossos. E subitamente, acima das copas dos amieiros, viram as rubras telhas das torres do castelo de Wyzim que dominava sobre o lago.

– Bem, estamos quase chegando ao destino – disse o comerciante. – Estão sentindo?

– U-uurgh! – Melfi fez uma careta. – Que fedor! O que é aquilo?

– Provavelmente os soldados que morreram de fome com o soldo dado pelo rei – Lúcio murmurou atrás de suas costas, de forma que os lansquenês não o ouvissem.

– Por pouco esse fedor arranca o nariz, hein? – um deles riu. – Pois é, o exército, contado em milhares, invernou aqui. As tropas precisam comer e, depois de comer, cagar. Foi assim que a natureza determinou e não há nada que possa ser feito a esse respeito! E o que é cagado é trazido para cá, jogado nesses fossos, mesmo sem enterrar. No inverno, quando o frio congelava a merda, dava para aguentar, mas quando começa a primavera… Pft!

– E chega gente nova e caga por cima da merda velha – o segundo lansquenê cuspiu também. – Estão ouvindo esse forte zumbido? São as moscas. Há nuvens delas, algo nunca antes visto aqui no início da primavera! Cubram o rosto com aquilo que tiverem disponível. Caso contrário, elas se enfiarão em seus olhos e em suas bocas, malditas. Vamos, quanto mais rápido passarmos por aqui, melhor.

•

Deixaram os fossos para trás, mas não conseguiram se livrar do fedor. Pelo contrário, Jarre juraria que, quanto mais se aproximavam da cidade, pior era a fedentina. Só um pouco mais diversificada, mais rica em intensidade e matizes. Fediam o acantonamento e as barracas militares que cercavam as fortificações. Fedia o enorme leprosário. Fediam as tumultuadas e amontoadas adjacências das fortificações, fedia a muralha, fedia o portão, fediam as cercanias das muralhas, fediam as praças e ruas, fediam as muralhas do castelo que dominava sobre a cidade. Felizmente, as narinas se acostumavam rapidamente e logo não fazia nenhuma diferença se era o esterco, a carniça, urina de gato ou mais uma casa de pasto.

As moscas estavam em toda parte. Zumbiam insistentemente, enfiavam-se nos olhos, ouvidos e narizes. Não deixavam se espantar. Era mais fácil esmagá-las no rosto. Ou dilacerar com os dentes.

Mal saíram da penumbra do portão, toparam com uma enorme pintura na parede com um cavaleiro apontando o dedo em sua direção. O letreiro embaixo da imagem perguntava em maiúsculas: E VOCÊ? JÁ SE ALISTOU?

– Já, já – o lansquenê murmurou. – Infelizmente.

Havia mais pinturas desse tipo. Poder-se-ia dizer: a cada parede, uma pintura. Dominava o tal cavaleiro com o dedo, com frequência apareciam também a patética Pátria Mãe com os brancos cabelos esvoaçados e, ao fundo, vilas em chamas e bebês atravessados com piques nilfgaardianos. Havia, esporadicamente, imagens de elfos com facas ensanguentadas nos dentes.

De repente, Jarre olhou para trás e se deu conta de que estavam sozinhos, ele, os lansquenês e o comerciante. Não havia nenhum vestígio de Lúcio, Okultich, os vilões recrutas ou Melfi.

– É isso mesmo – o lansquenê confirmou suas suspeitas examinando-o com o olhar. – Seus companheiros sumiram na primeira oportunidade, varreram o chão com o rabo atrás da primeira quina. E você sabe, rapaz, o que eu vou lhe dizer? É bom que seus caminhos se tenham separado. Não insista para que eles voltem a se cruzar novamente.

– Só fico com pena de Melfi – Jarre murmurou. – Afinal de contas, é um bom rapaz.

– Todos escolhem seu próprio destino. Agora venha conosco. Nós lhe mostraremos onde fica o posto de recrutamento.

Entraram numa pequena praça no meio da qual havia um pelourinho em cima de um pedestal de pedra. Em volta dele juntaram-se os cidadãos e os soldados. O condenado, preso, que acabara de ser atingido no rosto por um bolo de lama, cuspia e chorava. A multidão dava gargalhadas.

– Eta! – o lansquenê gritou. – Vejam só quem foi preso! Fuson! Estou curioso para saber o que foi que ele aprontou.

– Plantou – um gordo cidadão vestido de pele de lobo e gorro de feltro correu para explicar.

– O quê?

– Plantou – o gordo repetiu com ênfase. – Foi preso porque semeava!

– Ah! Agora me desculpe, você foi longe demais, pôs um boi no silo – o lansquenê riu. – Eu conheço Fuson. É sapateiro, filho e neto de sapateiro. Ele nunca lavrou, semeou, nem sequer pegou na enxada na vida. Você está exagerando com essa história de semear. Muito mesmo.

– São as palavras do próprio meirinho! – o cidadão zangou-se. – Por ter semeado, ficará no pelourinho até a madrugada! Semeava, esse malfeitor, incitado pelos nilfgaardianos e suas moedas de prata... É verdade, semeava uns grãos estranhos, dizem que ultramarinos... Deixe-me lembrar o nome... Ahã! Semeava derrotismo!

– É isso mesmo! – gritou o vendedor de amuletos. – Ouvi falar disso! Os espiões nilfgaardianos e os elfos propagam epidemias, intoxicam poços, nascentes e riachos com diversos venenos, entre eles: datura, cicuta, lepra e derrotismo.

– Pois é – o cidadão vestido de pele de lobo acenou com a cabeça. – Ontem enforcaram dois elfos. Certamente por envenenamento.

•

– Atrás da esquina desta rua – o lansquenê apontou – há uma taberna que atende à comissão de recrutamento. Há uma grande lona estendida ornada com as flores-de-lis temerianas que você, rapaz, conhece, portanto chegará lá sem problemas. Passe bem. Que os deuses permitam nos encontrar em tempos melhores. Senhor comerciante, passe bem também.

O comerciante pigarreou em voz alta.

– Estimados senhores – disse, remexendo os baús e os cofres –, permitam-me que eu agradeça por sua ajuda... Em agradecimento...

– Não se afobe, bom homem – o lansquenê disse com um sorriso no rosto. – Ajudamos e pronto, não há mais nada para ser falado...

– Talvez possa lhes oferecer uma pomada contra as feridas de bala? – O comerciante achou algo no fundo do cofre. – Talvez o remédio universal e sempre eficaz contra bronquite, gota, paralisia, caspa ou garrotilho? Ou um bálsamo de resina para aliviar as picadas de abelhas, víboras ou vampiros? E que tal um talismã para proteger dos efeitos do mau olhado?

– E será que – o segundo lansquenê perguntou com seriedade – o senhor tem algo para proteger dos efeitos de comida ruim?

– Tenho! – o comerciante gritou com alegria. – Eis aqui uma escabiosa muito eficaz, feita à base de raízes mágicas e condimentada com ervas aromáticas. Três gotas após a refeição serão suficientes. Tomem, por favor, estimados senhores.

– Obrigado. Passe bem, então, senhor. E passe bem, rapaz. Boa sorte!

– Justos, bem-educados e gentis – o comerciante avaliou quando os soldados desapareceram por entre a multidão. – Não é com frequência que se encontram pessoas assim. Mas tive sorte de encontrá-lo também, meu jovem. O que posso lhe oferecer? Um amuleto para-raios? Um bezoar? Uma pedra-tartaruga eficaz contra os feitiços das bruxas? Hã, tenho também um dente de um morto para fumigar, tenho ainda um pedaço de excrementos secos do diabo, é bom carregar algo assim no sapato direito...

Jarre desviou o olhar das pessoas que lavavam afincadamente o letreiro "ABAIXO A MALDITA GUERRA" da parede de uma casa.

– Deixe estar – disse. – Está na hora de eu ir...

– Hã! – o comerciante gritou e tirou de um cofre um medalhão de latão em forma de coração. – Isto aqui, jovem, deve lhe servir bem, pois é algo adequado para os jovens. É uma grande raridade, tenho apenas um exemplar. É um amuleto mágico. Faz com que a amada de quem o usa não se esqueça dele, mesmo que o tempo e a distância os separem. Veja só, abre-se aqui e dentro há uma folhinha de papiro fino. Basta apenas escrever nela o nome da amada com a mágica tinta vermelha que tenho comigo, e ela não se esquecerá, não se inquietará seu coração, não o trairá nem o deixará. E aí?

– Hmmm... – Jarre corou levemente. – Sei não...

– Qual nome – o comerciante imergiu o pauzinho na tinta mágica – devo gravar?

– Ciri. Isto é, Cirilla.

– Pronto. Tome.

– Jarre! Diabos, mas o que você está fazendo aqui?

Jarre virou-se bruscamente. "Esperava", pensou maquinalmente, "que deixaria todo meu passado para trás e que a partir de agora tudo seria novo. No entanto, topo constantemente com antigos colegas."

– Senhor Dennis Cranmer...

O anão, vestido de um pesado abrigo de pele, couraça, braçais de ferro e um pontudo gorro de pele de raposa com cauda, lançou um olhar esperto para o rapaz, o comerciante, e novamente para o rapaz.

– O que – perguntou severamente, eriçando as sobrancelhas, a barba e o bigode – você está fazendo aqui, Jarre?

Por um momento o rapaz ponderou a possibilidade de mentir e meter o gentil comerciante na história forjada só para deixar o relato verossímil. Mas quase imediatamente desistiu da ideia. Dennis Cranmer, que há anos servira na guarda do príncipe de Ellander, tinha a reputação de ser um anão difícil de ser enganado. Portanto, não valia a pena arriscar.

– Quero me alistar no exército.

Sabia qual era a seguinte pergunta.

– Nenneke lhe permitiu?

Não precisava responder.

– Você fugiu – Dennis Cranmer acenou com o queixo. – Simplesmente fugiu do templo. E Nenneke e as sacerdotisas estão morrendo de preocupação...

– Deixei uma carta – Jarre balbuciou. – Senhor Cranmer, eu não podia... Eu precisava... Não podia ficar inerte enquanto o inimigo cruzava a fronteira... Num momento perigoso para a pátria... Além disso, ela... Ciri... Mãe Nenneke não queria deixar, de forma alguma, embora tivesse mandado três quartos das meninas do templo para a tropa. No entanto, a mim não deixava... E eu não podia...

– Então você fugiu – o anão franziu as sobrancelhas com severidade. – Por mil demônios, deveria amarrá-lo a um pau e mandar de volta para Ellander pelo estafeta! Mandar trancá-lo na caverna debaixo do castelo até que as sacerdotisas fossem recolhê-lo. Deveria...

Bufou com raiva.

– Quando foi a última vez que você comeu, Jarre? Quando foi a última vez que você colocou uma comida quente na boca?

– Realmente quente? Há três... Não, há quatro dias.

– Venha.

•

– Coma mais devagar, filhinho – Zoltan Chivay, um dos companheiros de Dennis Cranmer, chamou sua atenção. – Não é saudável comer às pressas, sem mastigar devidamente. Por que tanta pressa? Acredite, ninguém vai lhe roubar essa comida.

Jarre não tinha tanta certeza disso. Na sala principal da taberna Urso Peludo estava decorrendo uma disputa de socos. Dois anões corpulentos e largos como estufas disputavam entre si dando socos de modo que todo o lugar retumbava por entre os gritos dos camaradas da Unidade Voluntária e o aplauso das prostitutas locais. O chão estalava, os móveis e a louça caíam, e as gotas de sangue que respingavam dos narizes quebrados caíam em volta feito chuva. Jarre apenas esperava um dos guerreiros desabar em cima de sua mesa de oficiais, derrubando o prato de madeira com os joelhos de porco, a vasilha com a ervilha-forrageira e as canecas de barro. Engoliu rapidamente o pedaço de toucinho que havia mordido, tendo chegado à conclusão de que todo o engolido já era seu.

– Não entendi bem, Dennis. – Outro anão, chamado Sheldon Skaggs, nem virou a cabeça, embora um dos lutadores quase houvesse esbarrado nele enquanto executava um soco. – Já que esse rapaz é um sacerdote, então como pode se alistar? Os sacerdotes não podem derramar o sangue.

– Ele é um aluno do templo, não é sacerdote.

– Nunca, droga, consegui entender essas confusas superstições dos humanos. Mas não se deve debochar das crenças alheias... No entanto, pode-se concluir que este jovem, embora criado no templo, não tem nada contra o derramamento de sangue. Especialmente o sangue nilfgaardiano. E aí, jovem?

– Deixe-o comer em paz, Skaggs.

– Responderei com vontade... – Jarre engoliu um pedaço do joelho de porco e enfiou na boca um punhado de ervilha-forrageira. – É o seguinte: pode-se derramar sangue numa guerra justa. Em defesa de causas superiores. Foi por isso que eu me alistei... A Pátria Mãe chama...

– Vocês próprios estão vendo – Sheldon Skaggs correu os olhos pelos companheiros – o quanto é verdadeira a afirmação de que os humanos são uma raça próxima da nossa e com a qual temos afinidade. Descendemos da mesma raiz, nós e eles. A melhor prova disso está aqui diante de nós, mastigando a ervilha-forrageira. Em outras palavras: vocês também encontrarão uma multidão desse mesmo tipo de tolos entusiastas entre os jovens anões.

– Especialmente depois da difícil situação em Mayena – Zoltan Chivay observou com frieza. – Depois de uma batalha vitoriosa sempre aumenta o alistamento voluntário. O incentivo cessará quando se espalharem as notícias sobre o exército de Menno Coehoorn que se dirige para a montante do rio Ina, deixando terra e água para trás.

– Tomara que então o incentivo não tome o rumo contrário – Cranmer murmurou. – Não sei por quê, mas não confio nos voluntários. O curioso é que, de quase cada dois desertores, um é voluntário.

– Como podem... – Jarre quase engasgou. – Como o senhor pode sugerir algo assim, senhor... Eu vou por motivos ideológicos... Para uma guerra justa e legítima... A Pátria Mãe...

Um dos lutadores anões desabou sob um soco, que ao garoto pareceu ter estremecido as fundações do edifício, já que a poeira acumulada nas frestas do piso levantou-se à altura de uma vara. Dessa vez derrubado mesmo, ao invés de erguer-se às pressas e devolver o soco ao adversário, permanecia prostrado no chão agitando os membros desajeitada e desordenadamente, lembrando um enorme besouro virado de pernas para o ar.

Dennis Cranmer levantou-se.

– O assunto está resolvido! – anunciou ostentosamente, olhando em volta da taberna. – O cargo de comandante da companhia com vaga a preencher após a morte heroica de Elkan Foster, sucumbido no campo de honra nas redondezas de Mayena, será ocupado por... Como você se chama, filho? Pois esqueci...

– Blasco Grant! – O vencedor da disputa de socos cuspiu um dente para o chão.

– ... será ocupado por Blasco Grant. Há mais alguma questão que desperta controvérsias quanto às promoções? Não? Muito bem, então. Taberneiro! Cerveja!

– Sobre o que nós estávamos falando?

– Sobre a guerra justa – Zoltan Chivay começou a enumerar com os dedos. – Sobre os voluntários. Sobre os desertores...

– Pois é – Dennis interrompeu. – Sabia que queria me referir a algo e o assunto em questão eram os desertores e os voluntários traidores. Lembrem-se do ex-corpo militar cintrense de Vissegerd. Filhos da puta, parece que nem trocaram o estandarte. Quem me informou foi a Companhia Livre da bandeira de Julia "Doce Pateta". A bandeira de Julia entrou num embate com os cintrenses nos arredores de Mayena. Eles iam na dianteira da incursão nilfgaardiana, sob o mesmo estandarte com os leões...

– Chamou-os a Pátria Mãe – Skaggs intrometeu-se, soturno. – E a imperatriz Ciri.

– Mais baixo – Dennis sibilou.

– Verdade – falou o quarto anão, Yarpen Zigrin, até então calado. – Mais baixo, mais baixo que o próprio silêncio! E não é pelo medo dos espiões, mas pelo fato de que não se deve falar sobre coisas das quais não se tem a menor ideia.

– Já você, Zigrin – Skaggs empinou a barba –, tem essa noção, não é?

– Tenho, sim. E digo uma coisa: ninguém, não importa se fosse Emhyr var Emreis, os feiticeiros rebeldes da ilha de Thanedd, ou até o próprio diabo, eles não conseguiriam forçar essa menina a fazer nada. Não conseguiriam derrubá-la. Eu sei disso porque a conheço. Esse tal de casamento com Emhyr é uma mistificação. Uma mistificação com a qual muita gente tola se deixou enganar... Digo-lhes que o destino dessa menina é outro. Completamente diferente.

– Zigrin, você fala – Skaggs murmurou – como se realmente a conhecesse.

– Deixe estar – Zoltan Chivay rosnou inesperadamente. – Ele tem razão com esse tal do destino. Eu acredito nisso. Tenho meus motivos.

– Ora – Sheldon Skaggs acenou com a mão. – Para que gastar a língua? Cirilla, Emhyr, o destino... São questões distantes. Senhores, temos um assunto mais urgente – Menno Coehoorn e o Grupo do Exército "Meio".

– Pois é – Zoltan Chivay suspirou. – Parece-me que não conseguiremos evitar uma grande batalha. Talvez a maior que a história já conheceu.

– Muitas coisas – Dennis Cranmer murmurou. – Realmente, muitas coisas serão resolvidas...

– E ainda mais coisas terão seu fim.

– Tudo... – Jarre arrotou, cobrindo, de acordo com o costume, a boca com a mão. – Tudo terminará.

Os anões ficaram fitando-o por um momento em silêncio.

– Não entendi bem – por fim, Zoltan Chivay falou – o que quis dizer, jovem. Você não gostaria de explicar o que quis dizer?

– No conselho do ducado... – Jarre gaguejou. – Isto é, em Ellander, diziam que a vitória nessa grande guerra era tão importante porque... Seria a grande guerra que poria fim a todas as guerras.

Sheldon Skaggs bufou e cuspiu a cerveja sobre a barba. Zoltan Chivay caiu na gargalhada.

– Não acham isso, senhores?

Agora era a vez de Dennis Cranmer de bufar. Yarpen Zigrin manteve a seriedade, olhava para o rapaz atentamente, um pouco preocupado.

– Filho – falou, por fim, com muita seriedade. – Veja só. Quem está ali, ao balcão, é Evangelina Parr. E é preciso admitir que é de um tamanho respeitável. Ora, é enorme. Mas apesar de seu tamanho, acima de qualquer dúvida, não é uma puta capaz de pôr fim a todas as putas.

•

Dennis Cranmer parou depois de virar e entrar num beco deserto e estreito.

– Preciso elogiá-lo, Jarre – disse. – Sabe por quê?

– Não.

– Não finja. Não precisa fingir diante de mim. Preciso elogiá-lo por não ter nem sequer piscado quando falaram sobre essa Cirilla. E é mais louvável ainda que naquela hora você nem abriu a boca... Ora, não faça caretas. Eu sabia de muitas coisas que aconteciam lá na Nenneke atrás do muro do templo, pode crer, que de muitas coisas mesmo. E, se isso for pouco, saiba que ouvi o nome que o comerciante gravou no medalhão. Continue assim. – O anão fingiu discretamente que não havia notado o rapaz rubejar. – Continue assim, Jarre. E não apenas no que se refere à Ciri... Para o que você está olhando?

Na parede do silo visível na saída da rua havia um torto letreiro escrito com cal, que dizia: FAÇA AMOR, NÃO FAÇA GUERRA. E logo embaixo alguém rabiscou com letras muito menores: FAÇA COCÔ TODAS AS MANHÃS.

– Olhe para o outro lado, seu bobo! – Dennis Cranmer gritou. – Você pode cair em desgraça só de olhar para esse tipo de letreiros, é capaz de dizer algo na hora errada, aí o levarão para o pelourinho e o sujeitarão a um látego sanguinário, esfolando a pele em suas costas. Aqui a justiça é apressada! Muito apressada!

– Eu vi – Jarre murmurou – um sapateiro acorrentado. Supostamente por disseminar o derrotismo.

– Sua disseminação – o anão afirmou com seriedade, puxando o rapaz pela manga – provavelmente se baseou em chorar, em vez de clamar patrioticamente, na hora de se despedir do filho recruta. Aqui o castigo por uma disseminação mais séria é diferente. Venha, vou lhe mostrar.

Entraram numa pequena praça. Jarre recuou cobrindo a boca e o nariz com a manga. Numa grande forca feita de pedra pendiam dezenas de cadáveres. Alguns – o cheiro e a aparência o revelavam – pendiam havia muito tempo.

– Este aqui – Dennis apontou, espantando simultaneamente as moscas – escrevia letreiros estúpidos nas muralhas e cercas. Aquele afirmava que a guerra era um assunto dos senhores e que os vilões recrutas nilfgaardianos não eram seus inimigos. O outro, embriagado, contava a seguinte anedota: "O que é uma lança? É a arma dos poderosos, um pau que tem um pobre em cada ponta." E ali, no fundo, está vendo aquela mulher? É a cafetina do bordel militar ambulante que o enfeitou com o seguinte letreiro: "Guerreiro, fornique hoje! Aproveite, na guerra a vida foge."

– Só por isso...

– Fora disso, uma das moças tinha, o que se soube, gonorreia. E isso se encaixava no parágrafo sobre a sabotagem e o enfraquecimento das capacidades de combate.

– Entendi, senhor Cranmer. – Jarre estirou-se na posição que considerava ser a de soldado. – Mas não se preocupe comigo. Eu não sou nenhum derrotista...

– Você não entendeu merda nenhuma e não me interrompa porque não terminei ainda. A culpa desse último enforcado, esse que já fede bastante, era reagir à conversa-fiada de um espião provocador com um grito: "É justo o que diz, tem razão, senhor. Não pode ser diferente. Assim como dois mais dois é quatro!" Agora diga que você entendeu.

– Entendi. – Jarre olhou em volta sorrateiramente. – Terei cuidado. Mas... Senhor Cranmer... Como realmente está a situação...

O anão também olhou em volta.

– Realmente – disse em voz baixa – o Grupo do Exército "Meio" do marechal Menno Coehoorn está avançando para o norte com uma força de aproximadamente cem mil homens. Realmente, se não fosse pelo levante em Verden, já estariam aqui. Realmente, seria bom se houvesse negociações. Realmente, Temeria e Redânia não têm a força suficiente para parar Coehoorn. Realmente, não antes da linha estratégica de Pontar.

– O rio Pontar – Jarre suspirou – fica ao norte de onde nós estamos.

– Foi isso o que quis dizer. Mas lembre-se: mantenha a boca calada acerca disso.

– Terei todo o cuidado. Quando eu já estiver na unidade, também precisarei fazer a mesma coisa? Lá também posso topar com um espião?

– Numa unidade de combate? Perto da linha da frente? É menos provável. Os espiões são tão assíduos atrás da frente porque temem ser levados para a frente. Além disso, se enforcassem todos os soldados que reclamassem, se queixassem ou difamassem, não haveria gente para lutar. Mas é melhor, Jarre, que sempre mantenha a boca fechada como no caso do assunto dessa Ciri. Preste atenção ao que eu vou dizer: em boca fechada não entra mutuca. Agora venha comigo, eu o levarei até a comissão.

– Lá o senhor intercederá por mim? – Jarre olhou para o anão com esperança. – Por favor, senhor Cranmer.

– Não seja tolo, escrevinhador. Aqui é a tropa! Interceder por você e o proteger seria como bordar "otário" com fio de ouro em suas costas! Não o deixariam em paz em sua unidade, garoto.

– E se eu for com o senhor... – Jarre piscou. – Para sua unidade...

– Nem pense nisso.

– Pois em sua unidade há vagas apenas para os anões, não é? Para mim não haveria, pois não?

– Não.

"Para você não", Dennis Cranmer pensou. "Para você não. Eu ainda tenho dívidas para pagar com Nenneke. Por isso queria que você voltasse vivo dessa guerra. E a Unidade Voluntária de Mahakam composta por anões, por indivíduos de uma raça estranha e inferior, terá sempre as piores tarefas para cumprir, nos piores setores da frente. Lá, de onde não há volta. Lá, para onde não se enviariam humanos."

– Como fazer, então – Jarre retomou, triste –, para ser designado a uma boa unidade?

– E qual delas você considera suficientemente boa para ser digna do esforço feito para ser delegado a ela?

Jarre virou-se, pois ouviu um canto que crescia como as ondas da marulhada, aumentava como as trovoadas de uma tempestade que se aproxima depressa. Um canto alto, arrogante, forte, duro como aço. Já ouvira um canto assim.

Pela rua que levava até o castelo deslocava-se a passo calmo, alinhada em três, a Companhia dos Condotieros. O comandante encabeçava o desfile, posicionado abaixo de uma vara ornada de caveiras humanas, montado num garanhão lobuno claro. Tinha um nariz romano e o cabelo grisalho arranjado numa trança que caía sobre a armadura.

– Adam "Adieu" Pangratt – Dennis Cranmer murmurou.

O canto dos condotieros troava, ressoava, ribombava. Contraponteado pelo tinir das ferraduras sobre os paralelepípedos, enchia a ruela até os cimos das casas, erguia-se sobre elas, para o céu anil lá no alto, sobre a cidade.

Esposas e amantes lágrimas não derramarão
Quando for a hora de abraçar a sangrenta terra
Pelo rubro tal qual o sol dobrão
Com fervor lutaremos nesta guerra!

– O senhor pergunta em que unidade... – disse Jarre, não conseguindo tirar os olhos dos cavaleiros. – Quem me dera numa como esta aqui! Teria vontade de...

– Cada um cantará sua própria canção – o anão interrompeu em voz baixa. – E cada um de seu modo abraçará a terra sangrenta. Do jeito que for. E pode ser que derramem lágrimas pela perda, ou não. Na guerra, escrevinhador, só se canta e marcha ritmicamente, alinha-se apropriadamente. E depois, no combate, cada um segue sua própria sorte. Não importa se for na Companhia Livre de "Adieu" Pangratt, na infantaria ou nos vagões... Usando uma armadura reluzente e com um formoso penacho, ou de alpargatas de cortiça e uma samarra piolhenta... Montando um ginete veloz ou carregando um pavês... A cada um algo distinto. O que lhe couber! E aí está a comissão, você está vendo o letreiro sobre a porta da entrada? Seu caminho leva até lá, já que decidiu ser soldado. Vá, Jarre. Passe bem. Nós nos veremos quando tudo tiver terminado.

O anão seguiu o rapaz com o olhar até o momento em que desapareceu atrás da porta da taberna ocupada pela comissão de recrutamento.

– Ou não nos veremos – acrescentou em voz baixa. – Não se sabe qual é o destino de cada um. Ou qual será nossa sorte.

•

– Anda a cavalo? Sabe manusear o arco ou a besta?

– Não, senhor comissário. Mas sei escrever e fazer caligrafia, inclusive as Antigas Runas... Conheço a Língua Antiga...

– Sabe manusear a espada? E manejar uma lança?

– ... eu li a *História das guerras*. As obras do marechal Pelligram... E de Roderick de Novembre...

– Você sabe, ao menos, cozinhar?

– Não, não sei... Mas sou bom em cálculos...

O comissário franziu o cenho e acenou com a mão.

– Um erudito sabichão! Quantos já passaram por aqui hoje? Delegue-o para a pê-efe-i. Você, jovem, vai servir na pê-efe-i. Vá logo com esse certificado para o confim sul da cidade, e depois passe pelo Portão de Maribor. De lá precisará se guiar em direção do lago.

– Mas...

– Chegará lá sem problemas. Próximo!

•

– Eita, Jarre! Espere, hein?

– Melfi?

– Sou eu mesmo! – O tanoeiro cambaleou e apoiou-se no muro. – Eu, caralho, eh, eh!

– O que é que você tem?

– Eu, hein? Eh, eh! Nada! Bebemos um pouco! Bebemos à derrota de Nilfgaard! Eita, Jarre, estou feliz de vê-lo, pois já pensei que o tivesse perdido... Meu camarada...

Jarre recuou, como se alguém lhe tivesse dado um soco. O tanoeiro cheirava não apenas a cerveja asquerosa, mas também a vodca ainda mais nojenta, assim como a cebola, alho e o diabo sabe a que mais. Era horrível.

– E onde está – perguntou com sarcasmo – sua maravilhosa companhia?

– Está falando de Lúcio? – Melfi franziu o cenho. – Então eu lhe digo: que se dane! Sabe, Jarre, acho que não era um bom homem.

– Parabéns. Você demorou para se tocar, hein.

– Pois é! – Melfi enfunou-se, sem perceber o deboche. – Ele até que tinha bastante cuidado, mas maldito seja quem me enganar! Eu já sei o que ele planejara! E por que veio até aqui, para Wyzim! Você, Jarre, deve pensar que ele e essa sua corja queriam se alistar como nós? Hã, você está enganado! Sabe o que ele planejou? Não vai acreditar!

– Vou, sim.

– Ele – Melfi terminou triunfalmente – precisava de cavalos e uniformes, queria roubá-los aqui ou algures, pois planejou fazer bandoleirismo disfarçado de soldado!

– Que o carrasco o tenha.

– Quanto mais rápido, melhor! – O tanoeiro cambaleou levemente, ficou ao pé do muro e desabotoou a calça. – Só fico com pena de Ograbek e Milton. Burros toscos, deixaram-se levar, foram atrás de Lúcio e daí cairão, também, nas mãos do carrasco. Mas, tudo bem, que se danem esses jecas! E você, como está, Jarre?

– Em relação a quê?

– Já foi delegado pelos comissários? – Melfi soltou uma mijada sobre o muro caiado. – Pergunto porque eu já me alistei. Preciso sair da cidade, pelo Portão de Maribor, e dirigir-me para o confim sul. E você vai para onde?

– Também para o sul.

– Hã! – O tanoeiro deu uma série de saltos, chacoalhou e abotoou a calça. – Então talvez nós guerreemos juntos?

– Não acho – Jarre olhou para ele com soberba. – Eu fui designado de acordo com minhas qualificações. Para a pê-efe-i.

– Mas é claro. – Melfi soluçou e bafejou com sua horrível mistura. – Você é estudioso! Devem delegar sabichões como você a assuntos importantes. Não é qualquer um que tem essa sorte. Mas, fazer o quê? Por enquanto ainda caminharemos juntos um pouco já que ambos vamos para o confim sul da cidade.

– Parece que sim.

– Vamos, então.

– Vamos.

•

– Acho que este não é o lugar certo – Jarre avaliou, olhando para o arraial cercado de barracas em que uma companhia de maltrapilhos com longas varas sobre os ombros levantava poeira. Cada maltrapilho, como o rapaz observou, tinha um feixe de feno preso à perna direita e um fardo de palha preso à perna esquerda.

– Acho que erramos de caminho, Melfi.

– Palha! Feno! – ouviam-se os gritos do cabo. – Palha! Feno! Alinhados, caralho!

– O estandarte tremula sobre as barracas – disse Melfi. – Veja só, Jarre. As mesmas flores-de-lis sobre as quais você falou no caminho. Há um estandarte? Há. Há tropa? Há. Isso quer dizer que é o lugar certo. Chegamos bem.

– Talvez você. Eu certamente não.

– Ali, ó, junto da cerca há um oficial de patente. Vamos perguntar.

Depois tudo passou muito rápido.

– São novos? – o sargento berrou. – Do recrutamento? – Deem-me os papéis! Por que, caralho, estão parados os dois? Marquem passo! Não fiquem parados, caralho! Virem à esquerda! Voltem, caralho, para a direita! Andem! Correndo! Voltem, caralho! Escutar e decorar! Primeiro, caralho, vão até o quartel-mestre! Solicitar a armadura! A cota de malha, a couraça, a pique, caralho, o elmo e um scramasax! E depois para o treinamento! Estejam prontos para o toque de reunir ao entardecer, caralho! Marcheeem!

– Com licença – Jarre olhou em volta timidamente. – Eu acho que fui designado a outra companhia...

– Coooooooomo?!?

– Peço desculpas, senhor oficial. – Jarre rubejou. – Só queria evitar um eventual erro... Pois o senhor comissário disse explicitamente... Que iria ser delegado à pê-efe-i, então eu...

– Você está em casa, rapaz – o sargento bufou, desarmado pelo "senhor oficial". – Esta é exatamente a sua companhia. Bem-vindo à Pobre Fodida Infantaria.

•

– Qual motivo – Rocco Hildebrandt repetiu – ou costume requer que paguemos o tributo aos estimados senhores? Nós já pagamos tudo o que era preciso pagar.

– Vejam só, porra! Um metadílio sabichão! – Lúcio, montado espaçosamente na sela do cavalo roubado, lançou um sorriso de ponta a ponta, mostrando os dentes aos camaradas. – Já pagou! E acha que tudo! Exatamente como aquele pavão... Lembrem-se de que o pavão de hoje é o espanador de amanhã!

Okultich, Klaproth, Milton e Ograbek soltaram uma gargalhada em uníssono. A piada era de primeira. E a diversão prometia.

Rocco notou os asquerosos olhares pegajosos dos bandoleiros e virou-se. Na soleira da porta estava Incarvilia Hildebrandt, sua esposa, junto de Aloë e Yasmin, suas duas filhas.

Lúcio e sua companhia olhavam para as mulheres hobbits, sorrindo repugnantemente. Sim, sem dúvida a diversão prometia.

Do outro lado da estrada de terra batida a sobrinha de Hildebrandt, Impatientia Vanderbeck, chamada carinhosamente de Impi, aproximou-se da cerca viva. Era realmente uma bela menina. Os sorrisos dos bandidos tornaram-se ainda mais asquerosos e mais nojentos.

– E aí, anãozinho – Lúcio o apressou. – Dê uma moeda ao exército real, dê comida, cavalos, retire as vacas do estábulo. Não vamos ficar parados aqui até o pôr do sol. Precisamos ainda visitar algumas aldeias.

– Por que devemos pagar e dar? – a voz de Rocco Hildebrandt tremia levemente, mas ainda ressoavam nela persistência e obstinação. – Dizem que é para o exército, para nossa defesa. E eu pergunto: quem nos defenderá da fome? Nós já pagamos pelo acantonamento, pagamos a contribuição para o mantimento do exército, a capitação, o imposto sobre a propriedade territorial rural, o imposto sobre o patrimônio, a gratificação para os tocadores de gado, o imposto em grãos, e só o diabo sabe o que mais! Além disso, quatro homens deste povoado, inclusive meu próprio filho, guiam os carros da tropa! Ninguém mais que meu cunhado, Milo Vanderbeck, alcunhado de Ruivo, é cirurgião de campanha, uma pessoa importante no exército. Isto é, nós cumprimos em dobro a obrigação de enviar nosso contingente de jeira... Como, então, é possível que precisemos pagar mais? Pelo quê e para quê? E por quê?

Lúcio lançou uma longa olhada para Incarvilia Hildebrandt, cujo nome de solteira era Biberveldt, a mulher do metadílio, e para suas filhas bochechudas, Aloë e Yasmin. E para Impi Vanderbeck, que parecia uma linda boneca trajando seu vestido verde. Para Sam Hofmeier e seu avô, o velhinho Holofernes. Para a avó Petúnia, que cavava a horta com obstinação. Para os restantes metadílios do povoado, principalmente mulheres e adolescentes, olhando temerosamente de dentro das casas ou de trás das cercas.

– Você pergunta por quê? – sibilou, inclinando-se na sela e mirando nos apavorados olhos do metadílio. – Eu lhe direi por quê. Porque você é um metadílio sarnento, estranho, vadio, e quem o desapropria, seu monstro repugnante, faz os deuses se regozijarem. Quem o perseguir, ó criatura, fará uma caridade e cumprirá um ato paterótico. E também porque estou morrendo de vontade de queimar esse seu ninho abominável. E estou morrendo de vontade de comer essas suas anãs. E porque nós somos cinco rijos bandoleiros e vocês são um punhado de anões cagões. Agora você já sabe o porquê?

– Agora já sei – Rocco Hildebrandt falou devagar. – Vão embora daqui, Grandes Homens. Fora daqui, capetas. Não lhes daremos nada.

Lúcio endireitou-se, estendeu a mão para pegar o scramasax preso à sela.

– Batam neles! Matem-nos!

Com um movimento tão veloz que imperceptível pelo olho, Rocco Hildebrandt inclinou-se na direção dos carrinhos de mão, tirou a besta escondida debaixo da esteira, apoiou-a sobre a bochecha e disparou uma seta diretamente na boca de Lúcio, escancarada num grito. Incarvilia Hildebrandt, cujo nome de solteira era Biberveldt, executou um revés com a mão e uma foice deslizou pelo ar, acertando com ímpeto a garganta de Milton. O filho de um vilão vomitou sangue e caiu dando cambalhotas pela garupa do cavalo, agitando as pernas grotescamente. Ograbek desabou berrando, caiu debaixo dos cascos do cavalo, acertado pela podadeira do avô Holofernes, enfiada em sua barriga até os cabos de madeira. O fortão Klaproth levantou a mão em que segurava um porrete contra o ancião, mas caiu da sela, gemendo horrivelmente, acertado bem no olho com um espeto para plantio arremessado por Impi Vanderbeck. Okultich virou o cavalo e quis fugir, mas a avó Petúnia saltou até ele e encravou os dentes da enxada em sua coxa. Okultich berrou, caiu, a perna ficou presa no estribo, e o cavalo assustado arrastou-o pelas cercas e afiadas estacas. O bandido arrastado berrava e ululava, e atrás dele, feito duas lobas, corriam a avó Petúnia com a enxada, e Impi com uma torta faca para enxertar árvores.

O avô Holofernes assoou o nariz com força.

Todo o ocorrido – desde o grito de Lúcio até o assoar do nariz do avô Holofernes – durou mais ou menos o mesmo tanto que proferir a seguinte frase: "Os metadílios são incrivelmente rápidos e arremessam infalivelmente qualquer tipo de armas."

Rocco sentou-se nas escadas do casebre. Incarvilia Hildebrandt, cujo nome de solteira era Biberveldt, sentou-se a seu lado. Suas filhas, Aloë e Yasmin, foram ajudar Sam Hofmeier a acabar com os feridos e despojar os mortos.

Voltou Impi, trajando seu vestido verde com as mangas manchadas de sangue até os cotovelos. A avó Petúnia também estava voltando. Ia devagar, arfando, gemendo, apoiada em sua enxada ensanguentada e segurando o sacro. "Nossa vozinha está envelhecendo", Hildebrandt pensou.

– Onde enterrar os bandidos, senhor Rocco? – Sam Hofmeier perguntou.

Rocco Hildebrandt abraçou a mulher pelas costas e olhou para o céu.

– No bosque de bétulas – disse. – Junto dos outros.

CAPÍTULO SÉTIMO

A sensacional aventura do senhor Malcolm Guthrie de Braemore fez sucesso nas páginas de vários jornais. Até o Daily Mail *londrino dedicou-lhe algumas pautas no caderno "Bizarre". No entanto, nem todos nossos leitores costumam ler a imprensa publicada ao sul de Tweed, e, caso realmente o façam, optam por jornais mais sérios do que* Daily Mail, *portanto trataremos de lembrar esses acontecimentos. No dia* 10 *de março deste ano o senhor Malcolm Guthrie foi pescar no Loch Glascarnoch. Lá, o senhor Guthrie deparou com uma jovem com uma detestável cicatriz no rosto* (sic!) *que emergia da bruma e do abismo* (sic!), *montada numa negra égua* (sic!) *acompanhada de um branco unicórnio* (sic!). *A moça abordou o espantado senhor Guthrie numa língua que o senhor Guthrie descreveu gentilmente como: "francês ou algum outro dialeto do continente". Já que o senhor Guthrie não fala francês, nem sequer um dialeto do continente, não conseguiu estabelecer uma conversa. A moça e os animais que a acompanhavam desapareceram, de acordo com o senhor Guthrie: "como um sonho de ouro".*

Nosso comentário: o sonho do senhor Guthrie era, sem dúvida, tão dourado em sua tonalidade quanto o uísque puro malte que o senhor Guthrie costumava, segundo os relatos, tomar com frequência, o que explicaria a visão dos brancos unicórnios e alvos ratos, assim como monstros dos lagos. Contudo, a questão que queremos levantar aqui é: o que é que o senhor Guthrie fazia pescando no Loch Glascarnoch quatro dias antes do fim do período de defeso?

Inverness Weekly, *edição de* 18 *de março de* 1906

O céu escurecia no oeste, junto com o vento que começava a soprar. As nuvens vinham em ondas e aos poucos apagavam as constelações. Apagou-se o Dragão, a Dama do Inverno, apagaram-se as Sete Cabras. Apagou-se o Olho, cujo brilho era mais forte e mais resistente.

O céu ao longo do horizonte resplandecia com um breve clarão dos relâmpagos. O trovão rolou com um surdo estrondo. A ventania surgiu repentinamente, soprando a poeira e as folhas secas nos olhos.

O unicórnio relinchou e enviou um sinal mental. Ciri entendeu imediatamente o que queria dizer.

Não temos tempo a perder. Nossa única esperança é fugir o mais rápido possível. Para o lugar certo, e o tempo certo. Apressemo-nos, Olhos de Estrela.

Sou a Senhora dos Mundos, lembrou-se. Sou o Sangue Antigo, tenho o poder sobre o tempo e o espaço.

Sou do sangue de Lara Dorren.

Ihuarraquax relinchou, apressando-a, acompanhado por Kelpie, que resfolegou demoradamente. Ciri calçou as luvas.

– Estou pronta – disse.

Um zumbido nos ouvidos. Um relâmpago e um clarão. E logo após – a escuridão.

•

A água do lago e o silêncio vespertino propagavam as maldições do Rei Pescador que puxava e agitava a linha na tentativa de soltar a isca enganchada no fundo. O remo caiu na água produzindo um surdo estrondo.

Nimue pigarreou com impaciência. Condwiramurs, que estava à janela, virou-se e debruçou-se novamente sobre as águas-fortes. Um dos cartazes era particularmente chamativo. Uma moça com os cabelos esvoaçados, montada numa negra égua empinada. Junto dela um unicórnio, igualmente empinado, sua crina esvoaçada à semelhança dos cabelos da moça.

– Parece que esse fragmento da lenda foi o único perante o qual os historiadores nunca expressaram pretensões – a adepta comentou –, tendo-o considerado uma invenção e um adorno fabular, no máximo uma metáfora delirante. E os pintores e gravadores, para o desgosto dos estudiosos, desenvolveram um apreço por esse episódio. Aqui está: Ciri e o unicórnio em todos os desenhos. E o que temos aqui? Ciri e o unicórnio num precipício sobre uma praia. E aqui: Ciri e o unicórnio numa paisagem retirada de um transe narcótico, à noite, sob duas luas.

Nimue permanecia calada.

– Quer dizer – Condwiramurs colocou as gravuras de volta sobre a mesa –, é Ciri e o unicórnio por todos os lados. Ciri e o unicórnio no labirinto dos mundos, Ciri e o unicórnio no abismo dos tempos...

– Ciri e o unicórnio – Nimue interrompeu, olhando pela janela, para o lago, para o barco e nele – o Rei Pescador atrapalhado. – Ciri e o unicórnio emergem do abismo feito fantasmas, pairam sobre a superfície das águas de um dos lagos... Ou talvez do mesmo lago, do lago que liga os tempos e os espaços como uma fivela, sempre diferente, embora idêntico?

– Como?

– Fantasmas. – Nimue não olhava para ela. – Visitantes de outras dimensões, de outros níveis, outros lugares, outros tempos. Espectros que mudam a vida de alguém. Mudam, também, sua própria vida, seu destino... Sem saber disso. Para eles é simplesmente... mais um lugar. Não é o lugar certo, não é o tempo certo... Novamente, mais uma vez seguida, não é o tempo certo...

– Nimue – Condwiramurs interrompeu com um sorriso forçado. – Só quero lhe lembrar que a oniromante aqui sou eu. A pessoa responsável pelos sonhos e pela oniromancia. E você, do nada, começou a profetizar. Como se aquilo sobre o que você está falando fosse uma visão... surgida em seus sonhos.

Concluindo pela repentina intensificação de palavrões e pelo tom da voz, o Rei Pescador não conseguiu soltar a isca e a linha rompeu-se. Nimue permanecia calada, olhando para a gravura. Para Ciri e para o unicórnio.

– Eu verdadeiramente vi no sonho – disse, por fim, com muita calma – aquilo o que lhe havia contado. Eu o vi em meus sonhos várias vezes. E uma vez na realidade.

•

A viagem de Człuchów a Malbork podia demorar, em determinadas circunstâncias, até cinco dias. No entanto, as cartas do comendador de Człuchów para Winrych von Kniprode, o Grão-Mestre da Ordem, precisavam ser entregues ao destinatário, indispensavelmente, o mais tardar no dia de Pentecostes. Por isso, o cavaleiro Heinrich von Schwelborn não delongou e partiu no dia seguinte após o domingo *Exaudi Domine* para poder viajar com calma e sem correr o risco de qualquer atraso. *Langsam, aber sicher.* Quem gostou dessa atitude do cavaleiro foi sua escolta, composta por seis caçadores a cavalo, comandados por Hasso Planck, filho de um padeiro de Colônia. Os besteiros e Planck estavam mais acostumados àquele tipo de cavaleiros que xingavam, gritavam, apressavam e mandavam galopar desenfreadamente para depois, quando, apesar de todas essas medidas, não chegavam na hora certa, culpar os coitados dos lansquenês por tudo, mentindo de maneira indigna de um cavaleiro, sobretudo de um cavaleiro de uma ordem militar.

Fazia calor, embora o céu estivesse nublado. De vez em quando chuviscava, os barrancos estavam cobertos de bruma. As colinas arborizadas com abundância lembravam ao cavaleiro Heinrich Turíngia, sua terra natal, sua mãe e o fato de que não convivia com uma mulher havia mais de um mês. Os besteiros que seguiam atrás cantavam sonolentamente a balada de Walther von der Volgelweide. Hasso Planck cochilava na sela.

Wer guter Fraue Liebe hat
Der schämt sich aller Missetat...

A viagem decorria calmamente e, quem sabe, talvez tivesse continuado assim até o fim, se não fosse pelo fato de o cavaleiro Heinrich avistar, ao pé da estrada de terra batida, o talvegue de um lago. Já que o dia seguinte era uma sexta-feira, convinha providenciar a alimentação apropriada para observar a penitência e abstinência da carne. Por isso, o cavaleiro ordenou que se dirigissem para a água e procurassem algum povoado de pescadores.

O lago era enorme, havia, inclusive, uma ilha no meio dele. Ninguém conhecia seu nome, mas certamente se chamava Sagrado. Nesse país pagão – ironicamente – cada um em dois lagos se chamava Sagrado.

Os cascos esmagavam as conchas espalhadas pela margem. Uma neblina pairava sobre o lago. Mesmo assim, era visível que o lugar era deserto, não havia nenhum vestígio nem de barcos, nem de redes, nem sequer de uma alma viva. "Era preciso procurar em outro lugar", Heinrich von Schwelborn pensou. "E, se não,

não faz mal. Comeremos o que levamos nos sacos, mesmo que seja carne defumada. Depois, em Malbork, nos confessaremos, o sacerdote assinará uma penitência e o pecado será absolvido."

Já ia dar a ordem quando ouviu um zunido na cabeça debaixo do elmo e Hasso Planck gritou terrivelmente. Von Schwelborn olhou e ficou pasmo. E fez o sinal da cruz.

Viu dois cavalos – um branco e um negro. E após um momento avistou que o cavalo branco possuía um chifre torcido em espiral em sua testa arqueada. Viu, também, uma moça de cabelos cinzentos penteados de tal maneira que cobrissem a bochecha, montada no cavalo negro. O grupo de espectros parecia não tocar nem na terra, nem na água – como se estivessem pairando sobre a bruma que deslizava pela superfície do lago.

O cavalo negro relinchou.

– Uuups... – a moça de cabelos cinzentos falou de maneira bastante clara. – *Ire lokke, ire tedd! Squaess'me.*

– Santa Úrsula, minha padroeira... – Hasso balbuciou, pálido como a morte. Os besteiros ficaram pasmos e boquiabertos, fazendo o sinal da cruz.

Von Schwelborn também fez o sinal da cruz, e logo em seguida desembainhou a espada presa debaixo da aba.

– *Heilige Maria, Mutter Gottes!* – bradou. – *Steh mir bei!*

Nesse dia o cavaleiro Heinrich não causou vergonha a seus valentes antepassados, os Von Schwelborn, inclusive a Dietrich von Schwelborn que batalhou corajosamente nas redondezas de Damietta e foi um dos poucos que não fugiram quando os sarracenos evocaram e soltaram um negro demônio contra os cruzados. Depois de instigar o cavalo com as esporas e invocar o destemido antepassado, Heinrich von Schwelborn lançou-se contra o espectro por entre os mexilhões-pato que saltavam de debaixo dos cascos.

– Pela Ordem e por São Jorge!

O branco unicórnio empinou-se como uma verdadeira figura heráldica, a negra égua dançou e a moça assustou-se, o que pôde ser percebido imediatamente. Heinrich von Schwelborn atacava. Quem sabe como isso tudo acabaria se não fosse pela bruma que repentinamente assoprou desde o lago. A imagem do estranho grupo rompeu-se, desfez-se em fragmentos multicolores como se fosse um vitral atingido por uma pedra. E tudo desapareceu. Tudo. O unicórnio, o cavalo negro, a estranha moça...

O corcel de Heinrich von Schwelborn adentrou o lago agitando a água, parou, puxou a cabeça, rinchou, rangeu os dentes na embocadura.

Hasso Planck dominou, com dificuldade, o cavalo agitado e aproximou-se do cavaleiro. Von Schwelborn arfava e arquejava, respirava ruidosamente e seus olhos estavam esbugalhados como um peixe em dia de jejum.

– Pelos ossos de Santa Úrsula, Santa Cordula e todas as onze mil virgens mártires de Colônia... – Hasso Planck escarrou. – O que foi isso, *edler Herr Ritter*? Um milagre? Uma aparição?

– *Teufelswerk!* – Von Schwelborn gemeu, só agora empalidecendo terrivelmente e rangendo os dentes. – *Schwarze Magie! Zauberey!* Maldita coisa pagã, coisa do demônio...

– Melhor irmos embora daqui, senhor. O mais rápido possível... Pelplin fica por perto, o importante é entrar ao toque dos sinos da igreja...

Foi no outeiro ao pé da floresta que o cavaleiro Heinrich olhou para trás pela última vez. O vento dissipou a bruma e nos lugares não protegidos pela parede da floresta o espelho-d'água tornou-se opaco e enrugado.

Uma enorme águia-pesqueira sobrevoava as águas dando voltas.

– Um país sem Deus, pagão – Heinrich von Schwelborn balbuciou. – Muito trabalho duro, muito esforço e muita luta nos esperam antes que a Ordem Teutônica finalmente espante o diabo daqui.

•

– Cavalinho – disse Ciri, simultaneamente com reprovação e ironia. – Não queria insistir, mas estou com um pouco de pressa para chegar a meu mundo. Meus próximos precisam de mim, você sabe disso. E nós, primeiro, topamos com um lago e um jeca ridículo de roupa quadriculada, depois com um bando de peludos imundos e berrões com porretes, para finalmente nos depararmos com um louco com uma negra cruz na capa. Não são os tempos nem os lugares certos! Por favor, peço que você se esforce mais. Eu lhe peço muito.

Ihuarraquax relinchou, acenou com o chifre e lhe enviou algo, algum pensamento. Mas Ciri não chegou a entendê-lo por completo. Não teve tempo de ficar pensando nisso, pois outra vez uma fria claridade encheu sua cabeça, ouviu um zumbido nos ouvidos e sua nuca ficou dormente.

E outra vez mergulhou num negro e macio nada.

•

Nimue, rindo alegremente, puxou o homem pela mão e ambos desceram correndo na direção do lago, dando voltas por entre as rasteiras bétulas e amieiros, tocos e troncos caídos. Quando Nimue entrou na praia arenosa, tirou as sandálias, levantou o vestido e agitou a água na margem com os pés descalços. O homem também tirou os sapatos, mas não se apressava para adentrar na água. Tirou a capa e estendeu-a na areia.

Nimue aproximou-se correndo, abraçou-o pela nuca e ficou na ponta dos pés, mas mesmo assim foi necessário que o homem se abaixasse muito para beijá-la. Não era por acaso que o apelido de Nimue era Polegarzinho – mas agora, aos dezoito anos e sendo noviça em artes mágicas, o privilégio de chamá-la dessa maneira era reservado apenas a amigos mais próximos. E a alguns homens.

O homem, sem tirar os lábios da boca de Nimue, pôs a mão por baixo do decote.

Depois, tudo aconteceu rapidamente. Os dois deitaram em cima da capa estendida na areia, o vestido de Nimue levantou-se acima da cintura, suas coxas envolveram com força o quadril do homem e suas mãos encravaram-se em suas costas. Quando a possuía, como sempre com demasiada impaciência, cerrou os dentes, mas logo alcançou seu grau de tesão, igualou-o, manteve o passo. Tinha experiência.

O homem emitia ruídos engraçados. Acima de seu ombro Nimue observava os cúmulos de fantásticas formas que deslizavam lentamente pelo céu.

Algo tiniu, do jeito que um sino afundado soa no fundo do oceano. Um repentino zunido encheu os ouvidos de Nimue. "Magia", pensou, virando a cabeça, livrando-se por debaixo da bochecha e do braço do homem deitado em cima dela.

Na margem do lago – até pairando sobre sua superfície – havia um unicórnio branco. E junto dele um cavalo negro. E montada na sela do cavalo negro estava...

"Mas eu conheço essa lenda", Nimue pensou. "Conheço essa fábula! Era criança, uma pequena criança quando ouvi essa lenda contada pelo vô Pogwizd, o andarilho contador de histórias... A bruxa Ciri... Com uma cicatriz na bochecha... A negra égua Kelpie... Os unicórnios... A terra dos elfos..."

Os movimentos do homem, que nem sequer notara o fenômeno, viraram cada vez mais violentos, e os ruídos emitidos por ele – cada vez mais engraçados.

– Uuups – disse a moça que montava a égua. – Outro erro! Não são nem o lugar nem o tempo certos. Além disso, pelo visto, chegamos na hora errada. Peço desculpas.

A imagem ficou borrada e estilhaçada como vidro pintado em pedaços. De repente se desfez, dissipou-se transformando-se em uma cintilação iridescente de brilhos, fulgores, resplendores. E depois tudo desapareceu.

– Não! – Nimue gritou. – Não! Não desapareça! Não quero!

Esticou os joelhos e queria soltar-se do peso do homem, mas não conseguia – era muito mais forte e pesado que ela. O homem gemeu e arquejou.

– Óóóóó, Nimue... Óóóó!

Nimue gritou e encravou os dentes em seu ombro.

Permaneceram deitados em cima da samarra, quentes e trêmulos. Nimue olhava para a margem do lago, para a espuma batida pelas ondas. Para os caniços aplainados pelo vento. Para o vazio incolor, lamentável, o vazio deixado pela lenda que se apagava.

Uma lágrima correu pelo nariz da noviça.

– Nimue... Aconteceu algo?

– Aconteceu, sim. – Abraçou-o, mas continuava olhando para o lago. – Não diga nada. Abrace-me e não diga nada.

O homem sorriu altivamente.

– Eu sei o que aconteceu – disse presunçosamente. – A terra tremeu?

Nimue sorriu com tristeza nos olhos.

– Não só – respondeu após um momento de silêncio. – Não só.

•

Clarão. Escuridão. Outro lugar.

•

O lugar seguinte era escuro, agourento e repugnante.

Ciri encurvou-se na sela instintivamente, abalada – no sentido literal, e metafórico, da palavra. As ferraduras de Kelpie bateram com ímpeto e dolorosamente contra algo duro, plano e rijo como uma rocha. Depois de um longo tempo planando num suave nada, a impressão da rijeza era tão surpreendente e penosa que a égua relinchou e lançou-se para o lado, tamborilando no solo um *staccato* que fez os dentes castanholarem.

O outro abalo – o metafórico – foi providenciado pelo olfato. Ciri gemeu e cobriu a boca e o nariz com a manga. Sentiu seus olhos se encherem instantaneamente de lágrimas.

Em volta, pairava no ar um cheiro ácido, corrosivo, denso e pegajoso, um fedor sufocante, repugnante e indescritível que não lembrava nenhum outro cheiro que Ciri tivesse sentido antes. Era, no entanto – disso tinha certeza –, o fedor de putrefação, o miasma cadavérico da derradeira degradação e degeneração, o odor de decomposição e destruição. Contudo, dava a impressão de que aquilo que apodrecia não cheirava nem um pouco melhor do que enquanto estava vivo. Inclusive no ápice de sua vida.

Abaixou-se tomada por uma ânsia de vômito que não conseguia controlar. Kelpie resfolegava e sacudia a cabeça, retraindo as narinas. O unicórnio, que se materializou junto delas, assentou-se sobre as nádegas, saltou e deu um pinote. O solo duro respondeu com um tremor e um eco retumbante.

Era noite, uma noite escura e suja, envolta num pegajoso e fedorento trapo da escuridão.

Ciri olhou para cima à procura das estrelas, mas não havia nada lá, apenas um abismo, iluminado em certos pontos por um clarão rubro, como se fosse um distante incêndio.

– Uuups – falou e contorceu-se, sentindo o ácido e podre vapor pregar-se nos seus lábios. – Bue-eee-eh! Não são o tempo nem o lugar certos! Nem um pouco!

O unicórnio resfolegou e acenou com a cabeça, seu chifre desenhou uma curta e impetuosa curva no ar.

O solo que rangia debaixo dos cascos de Kelpie era uma rocha estranha que parecia artificialmente aplainada e fedia a queimado e cinzas sujas. Ciri demorou um pouco para perceber que aquilo diante de seus olhos era uma estrada. Estava farta da dureza desagradável e irritante. Guiou a égua para o acostamento marcado por algo que antigamente deviam ser árvores e agora eram esqueletos repugnantes e nus, cadáveres em que pendiam trapos que pareciam os restos de sudários apodrecidos.

O unicórnio avisou-a com um relincho e um sinal mental. Mas já estava demasiado tarde.

Logo atrás da estranha estrada e das árvores secas começavam uma coluvião e mais adiante, abaixo dela, uma descida íngreme, quase um precipício. Ciri gritou, fincou as esporas nos flancos da égua que deslizava para baixo. Kelpie sacudiu-se esmagando com os cascos aquilo que formava a coluvião. Era detrito composto, em sua grande maioria, por estranhos recipientes que não quebravam debaixo das ferraduras, não estalavam, mas arrebentavam – eram moles, asquerosos e pegajosos como se fossem enormes bexigas de peixes. Algo borbulhou e gorgolejou, a fetidez exalada quase derrubou Ciri da sela. Kelpie, relinchando ferozmente, esmagava o lixão, lançando-se para cima, na direção da estrada. Ciri, engasgando por causa do fedor, agarrou o pescoço da égua.

Conseguiram. Saudaram a desagradável rijeza da estranha estrada com alegria e alívio.

Ciri, tremendo-se toda, olhou para baixo, para a coluvião que terminava na negra superfície do lago que ocupava a caldeira.

O espelho-d'água estava morto e brilhoso, como se não fosse água, mas alcatrão endurecido. Atrás do lago, do lixão, dos montes de cinzas e pilhas de escória, o céu rubejava com os distantes clarões. Colunas de fumaça marcavam a vermelhidão.

O unicórnio resfolegou. Ciri queria enxugar os olhos lacrimejantes com a manga, mas, de repente, percebeu que estava inteiramente coberta de poeira. O pó cobria tanto suas coxas quanto o cepilho da sela, a crina e o pescoço de Kelpie.

O fedor sufocava.

– Que nojo – balbuciou. – Que asco... Parece que estou toda pegajosa. Vamos embora daqui... Vamos embora daqui agora, Cavalhinho.

O unicórnio mexeu as orelhas arrebitadas, resfolegou.

Só você é que pode realizá-lo. Aja.

– Eu? Sozinha? Sem sua ajuda?

O unicórnio acenou com o chifre.

Ciri coçou a cabeça, suspirou, fechou os olhos. Concentrou-se.

No início havia apenas incredulidade, resignação, medo. Mas logo uma luz fria desceu sobre ela, a luz da sabedoria e da força. Não sabia de onde vinham essa sabedoria e essa força, onde possuía suas raízes e sua fonte. Mas sabia que poderia. Que conseguiria, se quisesse.

Mais uma vez passou o olhar pelo lago morto e coalhado, um monte de detrito esfumaçado, os esqueletos das árvores. O céu iluminado pelo distante clarão.

– Que bom – inclinou-se e cuspiu – que não é meu mundo. Muito bem!

O unicórnio relinchou enfaticamente. Ela entendeu o que ele quis dizer.

– E mesmo que fosse meu – limpou os olhos, os lábios e o nariz com um lenço – tampouco o seria, pois está distante no tempo. Está certamente afastado no tempo. Deve ser o passado ou...

Cortou.

– Passado – repetiu surdamente. – Acredito profundamente que é o passado.

•

Aceitaram como uma verdadeira bênção a chuva torrencial, um verdadeiro aguaceiro no meio do qual caíram no local seguinte. A chuva era morna e aromática, cheirava a verão, a mato, a lama e esterco. A chuva lavava-os limpando toda a sujeira, purificava, proporcionava uma verdadeira catarse.

E, como qualquer catarse, esta também, a longo prazo, se tornou monótona, exagerada e insuportável. A água que os lavava, depois de algum tempo, começou a encharcá-los importunamente, escorrer pelo pescoço e resfriá-los de forma maliciosa. Retiraram-se, então, desse lugar chuvoso.

Porque tampouco era o lugar, ou o tempo certo.

•

O local seguinte era muito quente, fazia um intenso calor, por isso Ciri, Kelpie e o unicórnio secavam e exalavam vapores como se fossem três chaleiras. Estavam no meio de um urzal queimado pelo sol localizado à beira de uma floresta. Dava logo para ver que era enorme, simplesmente uma selva, um denso e inacessível matagal selvagem. No coração de Ciri surgiu uma esperança – podia ser a floresta de Brokilon, ou seja, finalmente um lugar conhecido e certo.

Foram andando devagar pelo limiar da floresta. Ciri procurava com a vista algo que poderia servir de pista. O unicórnio resfolegava, erguia a cabeça e o chifre para o alto, olhava em volta. Estava agitado.

– Você acha, Cavalinho – perguntou –, que podem estar nos perseguindo?

A resposta foi um resfôlego, claro e explícito, até sem precisar recorrer à telepatia.

– Ainda não conseguimos fugir para uma distância suficientemente grande?

Não entendeu a resposta que lhe transmitiu no pensamento. "Não existiam distâncias grandes ou pequenas? Tratava-se de uma espiral? Que espiral?"

Não entendia o que ele queria dizer. Contudo, ficou igualmente ansiosa.

Os quentes urzais tampouco eram o lugar e o tempo certos. Entenderam-no ao cair da noite quando o calor diminuiu e no céu, em vez de uma lua, surgiram duas. Uma grande e a outra pequena.

•

O local seguinte ficava à beira do mar e de um íngreme precipício de onde observavam ondas de bizarras formas que se chocavam contra as rochas. Sentia-se o cheiro da brisa, grasnavam as andorinhas-do-mar, os guinchos-comuns e petréis que cobriam as saliências do precipício em forma de uma branca camada móvel.

O mar chegava até o horizonte carregado de sombrias nuvens.

Embaixo, na praia pedregosa, Ciri avistou, repentinamente, o esqueleto de um gigantesco peixe com uma cabeça de monstruoso tamanho parcialmente enterrado no cascalho. As alvejantes mandíbulas estavam eriçadas com dentões que tinham, pelo menos, três palmos de comprimento, dando a impressão de que se podia entrar tranquilamente a cavalo em sua bocarra e desfilar sob os portais das costelas sem esbarrar a cabeça na coluna.

Ciri não estava certa se em seu mundo e em seu tempo existiam peixes assim.

Foram andando pela beira do precipício, e as gaivotas e os albatrozes não se espantavam, cediam caminho vagarosamente, tentando bicar e beliscar as quartelas de Kelpie e Ihuarraquax. Ciri entendeu logo que essas aves nunca haviam visto um ser humano, um cavalo. Nem sequer um unicórnio.

Ihuarraquax resfolegava, sacudia a cabeça e o chifre, estava visivelmente ansioso. E com razão.

Algo crepitou, como uma tela rasgada. As andorinhas-do-mar levantaram voo aos gritos, agitando as asas, por um momento cobrindo tudo com uma nuvem branca. Subitamente, o ar sobre o precipício estremeceu, ficando borrado como um vidro espirrado por água. E arrebentou como se fosse vidro. E da rachadura verteu-se a escuridão, e da escuridão emergiram cavaleiros. Em volta de seus ombros esvoaçavam capas, cuja coloração cinabre, amarante e carmesim lembrava o clarão de um incêndio num céu iluminado pelo fulgor de um sol poente.

Dearg Ruadhri. Os Cavaleiros Vermelhos.

Antes que o grasnar dos pássaros e o relincho alarmante do unicórnio silenciassem, Ciri já virava a égua e a instigava ao galope. Mas o ar arrebentava, e do lado oposto da fenda surgiam mais cavaleiros com as capas esvoaçadas feito asas. O meio círculo da perseguição fechava-se, empurrando-os para o precipício. Ciri gritou ao arrancar Andorinha da bainha.

O unicórnio chamou-a com um forte sinal que perfurou seu cérebro feito agulha. Dessa vez entendeu imediatamente. Apontava o caminho. Um buraco no anel. Ele próprio empinou-se, relinchou agudamente e lançou-se contra os elfos com o chifre inclinado perigosamente.

– Cavalinho!

Salve-se, Olhos de Estrela! Não deixe que eles a capturem!

Ela agarrou-se à crina.

Dois elfos barraram seu caminho. Estavam munidos de laços atados a longas varas. Tentaram lançá-los no pescoço de Kelpie. A égua conseguiu escapar agilmente com a cabeça sem diminuir o galope nem por um segundo. Ciri cortou o outro laço com apenas um golpe da espada. Com gritos instigou Kelpie a correr mais rápido. A égua lançou-se num galope desenfreado.

Mas os outros já estavam por perto, ela ouvia seus gritos, os cascos retumbando, o tremor das capas esvoaçando. "Onde está Cavalinho?", pensou, "o que fizeram com ele?"

Não havia tempo para meditar. O unicórnio estava certo, não podia deixar que a capturassem novamente. Precisava mergulhar no espaço, esconder-se, perder-se no labirinto do tempo e do espaço. Concentrou-se, sentindo com pavor que tinha apenas um vazio na cabeça e uma estranha confusão que zumbia e aumentava rapidamente.

"Estão lançando feitiços contra mim", pensou. "Querem me desorientar com encantos. Não conseguirão! Os encantos têm determinado alcance. Não deixarei que eles se aproximem de mim."

– Corra, Kelpie!

A negra égua estendeu o pescoço e correu feito vento. Ciri encostou-se em seu pescoço para diminuir ao máximo a resistência do ar.

Os gritos atrás de suas costas, há um instante ainda altos e perigosamente próximos, silenciaram, abafados pelos gritos dos pássaros espantados. E depois emudeceram de vez. Ficaram para trás.

Kelpie corria desenfreadamente, de tal maneira que o vento que soprava do mar sibilava nos ouvidos.

Nos distantes gritos da perseguição, ouviram-se notas de raiva. Entenderam que não conseguiriam. Que não alcançariam a negra égua que corria sem demonstrar nem um indício de cansaço, ligeira e suavemente ágil como um guepardo.

Ciri não olhava para trás. Mas sabia que eles continuavam a persegui-la. Até o momento em que seus próprios cavalos começaram a arfar e rouquejar, cambalear e abaixar quase até o chão com as bocas abertas e cheias de espuma. Foi só então que desistiram, lançando, atrás dela, apenas maldições e ameaças impotentes.

Kelpie corria como o vento.

•

O lugar para o qual fugiu era seco e ventoso. Um vento forte, ululante, secou rapidamente as lágrimas em suas bochechas.

Estava sozinha. Novamente sozinha. Completamente sozinha.

Como um andarilho, um eterno errante, um navegador perdido nos infinitos mares por entre o arquipélago do tempo e do espaço.

Um navegador prestes a perder a esperança.

O vento ululava e sibilava, arrastando pelo chão rachado bolas de joio ressecado.

O vento enxugava as lágrimas.

•

Dentro de sua cabeça – uma luz fria, um zunido nos ouvidos, um ruído constante, como vindo de dentro do interior circular de uma concha. Formigamento na nuca. Um nada negro e macio.

Um novo local. Outro lugar.

Um arquipélago de espaços.

•

– Hoje – Nimue falou, envolvendo-se com o casaco de pele – será uma boa noite. Estou pressentindo.

Condwiramurs não comentou, embora já tivesse ouvido esse tipo de afirmação muitas vezes. Pois não era a primeira vez que se sentavam no terraço com o lago resplandecendo no pôr do sol à sua frente, e o espelho e o gobelim mágicos atrás de si.

Os xingamentos proferidos pelo Rei Pescador chegavam a seus ouvidos perpetuados pelo eco sobre o espelho-d'água. O Rei Pescador tinha o costume de enfatizar com uma palavra mais ríspida o descontentamento causado pelos insucessos na pesca – fisgadas, puxadas, arrastões e outros tipos de enganchamentos falhos. Essa noite, deduzindo da força e do repertório de xingamentos, as coisas estavam indo excepcionalmente mal.

– O tempo – Nimue falou – não tem começo nem fim. O tempo é como a serpente Uroboros que abocanhou a própria cauda. A eternidade oculta-se em cada instante. E a eternidade é constituída pelos momentos que a formam. A eternidade é um arquipélago de instantes. É possível navegar por entre esse arquipélago, embora a navegação seja muito difícil. No entanto, é perigoso perder o caminho. É bom ter um farol com cuja luz possa se guiar. É bom ouvir alguém chamando por entre a bruma...

Calou-se por um instante.

– Como termina a lenda que nos interessa? Parece que conhecemos, você e eu, seu desfecho. Mas a serpente Uroboros segura sua própria cauda com os dentes. O desfecho da lenda dá-se agora mesmo. Neste instante. O desfecho da lenda dependerá da capacidade do navegador perdido no arquipélago dos instantes de enxergar a luz emitida pelo farol. Isto é, caso consiga fazê-lo e quando o fizer. Se ouvir o chamado.

Um xingamento, chapinhar e chapada vindos do lago e produzidos pelos remos nas forquetas chegaram a seus ouvidos.

– Hoje será uma boa noite. A última antes do solstício de verão. A lua está minguando. O sol está passando da Terceira para a Quarta Casa, para o signo do Mar-cabra. É a melhor época para as adivinhações... O melhor tempo... Concentre-se, Condwiramurs.

Condwiramurs, como havia acontecido muitas vezes, concentrou-se obedientemente, entrando, devagar, num estado próximo a autotranse.

– Procure por ela – disse Nimue. – Ela está em algum lugar entre as estrelas, por entre o luar. Por entre os lugares. Ela está lá. Sozinha. À espera de ajuda. Ajudemo-la, Condwiramurs.

•

Concentração, os punhos junto das têmporas. Um zunido nos ouvidos, como se vindo de dentro de uma concha. Um clarão. E subitamente um nada macio e negro.

•

Houve um lugar onde Ciri viu fogueiras em chamas. As mulheres presas com correntes às estacas ululavam de maneira feroz e horripilante clamando por misericórdia, e a multidão concentrada em volta berrava, ria e dançava. Houve um lugar onde as chamas destruíam uma enorme cidade, o fogo estalava e as labaredas subiam nos telhados que desabavam, e a negra fumaça cobria todo o céu. Houve um lugar onde lutavam enormes lagartos de duas patas, grudados, e um sangue brilhante jorrava de debaixo dos caninos e das garras.

Houve um lugar onde centenas de idênticos moinhos de vento brancos moíam o céu com suas hélices finas. Houve um lugar onde centenas de serpentes sibilavam e produziam um som de rascar e esgarçar as escamas retorcendo-se nas pedras.

Houve um lugar imerso completamente na escuridão em que se ouviam vozes, sussurros e terror.

Houve, também, outros lugares. Mas nenhum deles era o lugar certo.

•

A transferência de um lugar para o outro já se havia tornado tão fácil que Ciri começou a experimentar. Um dos poucos lugares que não despertavam seu medo eram aqueles quentes urzais no confim da floresta selvagem, sobre os quais surgiam duas luas. Trazendo à memória a imagem dessas luas e repetindo no pensamento aquilo que desejava, Ciri concentrou-se, aguçou os sentidos e mergulhou no nada.

Conseguiu já na segunda tentativa.

Encorajada, decidiu fazer uma experiência ainda mais ousada. Era claro que, além dos lugares, visitava também os tempos. Vysogota e os elfos haviam falado sobre isso, até os unicórnios o haviam mencionado. Já conseguia fazer isso, embora inconscientemente, antes! Quando fora ferida no rosto, fugiu dos perseguidores deslocando-se no tempo, saltou quatro dias para a frente, depois Vysogota não conseguia calculá-los, não acertava as contas...

Então talvez essa seja sua chance? Um salto no tempo?

Decidiu tentar. A cidade em chamas, por exemplo, não queimaria eternamente. E se conseguir chegar lá antes do incêndio? Ou depois dele?

Caiu quase no meio do incêndio, tisnou as sobrancelhas e os cílios e despertou um tremendo pânico entre as vítimas da conflagração em fuga.

Fugiu para os acolhedores urzais. "Talvez não valesse a pena arriscar tanto", pensou, "só o diabo sabia como isso podia terminar." Acertava mais com os lugares, então era preciso focar-se nos lugares. Tentar chegar aos lugares. Aos lugares conhecidos, aqueles dos quais se lembrava bem. E aqueles que despertavam associações positivas.

Começou com o templo de Melitele, imaginando o portão, o edifício, o parque, os ateliês, o dormitório das noviças, a câmara onde morava com Yennefer. Concentrava-se com os punhos nas têmporas, lembrando-se do rosto de Nenneke, Eurneid, Katje, Iola Segunda.

Não deu certo. Topou com um pantanal nebuloso e cheio de mosquitos, que ressoava com o silvo das tartarugas e um forte coaxar dos sapos.

Tentou em seguida Kaer Morhen, as ilhas de Skellige, o banco em Gors Velen onde trabalhava Fabio Sachs. No entanto, o resultado sempre era o mesmo. Não se atreveu a deslocar-se a Cintra, pois sabia que a cidade estava ocupada pelos nilfgaardianos. Em vez disso, tentou Wyzim, a cidade onde uma vez ela e Yennefer fizeram compras.

•

Aarhenius Krantz, um sábio, alquimista, astrônomo e astrólogo, remexia-se no duro banco com o olho preso ao ocular de um telescópio. O cometa de primeira grandeza e magnitude que podia ser observado no céu havia cerca de uma semana merecia ser observado e examinado. Aarhenius Krantz sabia que um cometa assim, com uma cauda de uma coloração rubra incandescente, costumava pressagiar grandes guerras, incêndios ou chacinas. Mas agora, para dizer a verdade, o cometa atrasou-se com a profecia, pois a guerra contra Nilfgaard estava no auge e os incêndios e chacinas poderiam ser previstos às cegas e acertados sem o mínimo erro, já que não havia um único dia em que não acontecessem. No entanto, Aarhenius Krantz, que possuía um bom conhecimento dos movimentos das esferas celestes, esperava calcular quando, em quantos anos ou séculos, o cometa voltaria a aparecer, pressagiando outra guerra para a qual, quem sabe, poderia se preparar melhor do que para a atual.

O astrônomo levantou-se, massageou a bunda e foi aliviar a bexiga. Do terraço, pelo balaústre. Sempre mijava do terraço diretamente para um pé de peônia, não se incomodando com as reprimendas da dona da casa. Simplesmente, a latrina ficava demasiado longe e perder tempo para deslocar-se a grandes distâncias não convinha com a seriedade de um estudioso. Abandonar o trabalho para correr atrás das necessidades fisiológicas implicava o risco de perder valiosas reflexões, e nenhum estudioso podia permitir-se esse tipo de coisas.

Ficou junto do balaústre e desabotoou a calça olhando para as luzes de Wyzim refletidas nas águas do lago. Suspirou aliviado e ergueu o olhar para as estrelas.

“Estrelas”, pensou, “e constelações. A Dama do Inverno, as Sete Cabras, a Jarra. De acordo com algumas teorias, não eram luzes tremeluzentes. Eram mundos. Outros mundos. Mundos separados de nós pelo tempo e pelo cosmos... Acredito profundamente”, pensou, “que um dia haverá a possibilidade de viajar para esses lugares, para esses tempos e esse cosmos. Sim, certamente um dia isso será possível. Haverá um jeito de fazê-lo. Mas isso requererá uma maneira de pensar completamente nova, de uma ideia nova e fresca que arrebentará o rijo espartilho que a constringe, chamado de conhecimento racional...

Ah", pensou, saltitando, "se isso fosse possível... Alcançar a iluminação, achar as pistas! Se uma única oportunidade..."

Algo resplandeceu lá embaixo do terraço, a escuridão da noite arrebentou, cintilando, e um cavalo emergiu do clarão. Com um cavaleiro no dorso. O cavaleiro era uma moça.

– Boa noite – cumprimentou gentilmente. – Peço desculpas se cheguei na hora errada. Posso saber em que lugar estou? E em que tempo?

Aarhenius Krantz engoliu a saliva, abriu a boca e balbuciou.

– O lugar – a moça repetiu paciente e claramente. – O tempo.

– Errr... Iiii... Ummm..

O cavalo resfolegou. A moça suspirou.

– Poxa, devo ter errado de lugar novamente. O lugar e o tempo errados! Mas me responda, homem! Pelo menos com uma palavra entendível. Não pode ser que eu tenha aparecido num mundo em que as pessoas se esqueceram como articular as palavras!

– Errr...

– Uma palavra.

– Ummm...

– Vá pro inferno, seu imbecil – a moça falou.

E desapareceu. Junto com o cavalo.

Aarhenius Krantz fechou a boca. Permaneceu por um momento junto do balaústre, mirando o céu noturno, o lago e as distantes luzes de Wyzim refletidas nele. Depois abotoou as calças e retornou a seu telescópio.

O cometa percorria o céu rapidamente. Era preciso observá-lo, não perder do campo de vista do vidro e do olho. Segui-lo, até que desapareça no abismo do cosmo. Era uma oportunidade e um estudioso não podia perder oportunidades.

•

"Talvez seja o caso de tentar de outra maneira", pensou, mirando as duas luas sobre o urzal, agora visíveis em forma de duas foices, uma pequena, e a outra grande e menos falcata. "Talvez seja o caso de não imaginar lugares ou rostos", pensou, "mas desejar intensamente... Desejar com muita força, muita força mesmo, diretamente das entranhas...

O que custa tentar?

Geralt. Quero ir até Geralt. Quero ir muito ao encontro de Geralt."

•

– Poxa, não! – gritou. – Que maldito lugar é esse!

Kelpie confirmou com um relincho que compartilhava sua opinião, resfolegando, exalando vapor das narinas e fazendo pequenos passos com os cascos imersos na neve.

O vendaval silvava e ululava, cegava, agudas partículas de neve cortavam as bochechas e mãos. O frio atravessava o corpo, mordiscava as articulações feito um lobo. Ciri tremia-se toda, encolhendo os ombros e escondendo a nuca atrás de uma ligeira e mísera cobertura em forma de gola levantada.

À esquerda e à direita, erguiam-se os majestosos e ameaçadores cumes das montanhas, cinzentos monumentos rochosos cujos picos desapareciam em algum lugar no alto, na neblina e no vendaval. Um rio rápido e cheio cortava o fundo do vale repleto de frazil e blocos de gelo. Tudo em volta estava branco. E fazia frio.

"É nisso que dão meus talentos", Ciri pensou, sentindo seu nariz congelar. "É nisso que dá minha força. Que lamentável Senhora dos Mundos que eu sou! Queria ir até Geralt e acabei no meio de um maldito ermo, do inverno e de uma nevasca."

– Eita, Kelpie, mexa-se, senão congelará! – pegou as rédeas com os dedos inertes por causa do frio. – Vamos, força, negrinha! Eu sei que não é o lugar certo, já nos tirarei daqui, logo voltaremos para nosso quente urzal. Mas preciso me concentrar e isso pode demorar um pouco. Por isso, mexa-se! Ande logo!

Kelpie resfolegou soltando o vapor das narinas.

O vento soprava às lufadas, a neve grudava no rosto, derretia-se nos cílios. A nevasca gelada uivava e silvava.

•

– Vejam! – Angoulême gritou por cima do vendaval. – Olhem para lá! Ali há rastros! Alguém passou por lá!

– O que você está falando? – Geralt desamarrou o xale com o qual havia amarrado sua cabeça, protegendo as orelhas do frio. – O que você está falando, Angoulême?

– Rastros de cascos! Rastros de cascos de um cavalo!

– E de onde teria surgido um cavalo por aqui? – Cahir também precisava gritar, pois o vendaval piorava, e parecia que o rio Sansretour rumorejava e reboava cada vez mais alto. – De onde surgiria um cavalo aqui?

– Vejam só!

– Realmente – avaliou o vampiro que era o único da companhia que não apresentava sintomas de arrefecimento total, obviamente devido a pouca sensibilidade tanto a temperaturas baixas como altas. – São rastros de cascos. Mas será que de um cavalo?

– É impossível que seja um cavalo. – Cahir massageou intensamente as bochechas e o nariz. – Não aqui, neste lugar ermo. Deve ter sido um animal selvagem que deixou esses rastros. Provavelmente um muflão.

– Você é que é um muflão! – Angoulême gritou. – Se digo que foi um cavalo, então foi mesmo um cavalo!

Milva, como de costume, preferiu a prática à teoria. Desmontou da sela e abaixou-se, afastando para trás o gorro de pele de raposa.

– A fedelha tem razão – anunciou após um momento. – Foi um cavalo. Talvez até com ferraduras, mas é difícil de determinar, pois o vento cobriu os rastros. Foi para lá, na direção daquele barranco.

– Rá! – Angoulême bateu as palmas com ímpeto. – Sabia! Alguém mora aqui nas redondezas! Sigamos esse rastro, quem sabe topamos com alguma choupana quente? Talvez deixem nos aquecermos? E, quem sabe, talvez até nos acolham?

– Nem pensar – Cahir disse com ironia. – Só se for com uma seta lançada de uma besta.

– O mais razoável seria seguir o plano e o rio – Regis anunciou em seu tom onissapiente. – Não correremos o perigo de nos perdermos. E a jusante do rio deve haver uma feitoria de caçadores. É mais provável que sejamos acolhidos lá mesmo.

– Geralt? O que você tem para dizer?

O bruxo permanecia calado, fitando os flocos de neve redemoinhando na nevasca.

– Seguiremos os rastros – decidiu, por fim.

– Realmente... – o vampiro começou, mas Geralt logo o interrompeu.

– Atrás dos rastros dos cascos! Andem, vamos embora!

Fustigaram os corcéis, mas não conseguiram chegar longe. Adentraram o barranco por menos de um quarto de milha.

– Acabou-se – Angoulême afirmou, olhando para a lisa neve virgem. – Já era. Como num circo élfico.

– E agora, bruxo? – Cahir virou-se na sela. – Os rastros acabaram. O vento os cobriu.

– Não os cobriu, não – Milva negou. – A nevasca não chega aqui, ao barranco.

– Então o que aconteceu com esse cavalo?

A arqueira deu de ombros e encolheu-se na sela enfiando a cabeça entre os ombros.

– Para onde foi esse cavalo? – Cahir não desistia. – Desapareceu? Voou? Ou será que foi tudo uma ilusão? Geralt? O que você tem para dizer sobre isso?

A ventania uivou sobre o barranco, varrendo e assoprando a neve.

– Por que – o vampiro perguntou, fitando o bruxo com atenção – você nos fez seguir esse rastro, Geralt?

– Não sei – admitiu após um momento. – Senti... Senti algo. Tive um pressentimento. Não importa o que foi. Você tinha razão, Regis. Voltemos para o Sansretour e sigamos o rio, sem excursões e desvios que podem ter um fim trágico. De acordo com aquilo que Reynart nos disse, o verdadeiro inverno e mau tempo nos esperam só no passo Malheur. Precisamos manter todas as forças para quando chegarmos lá. Não fiquem plantados assim, retomemos.

– Sem verificar o que aconteceu com esse estranho cavalo?

– E o que há para ser verificado? – o bruxo indagou com amargura. – Os rastros foram varridos, só isso. Além disso, quem sabe, talvez tenha sido mesmo um muflão?

Milva olhou para ele com estranheza, mas se conteve de fazer qualquer comentário.

Quando voltaram ao rio, os misteriosos rastros já haviam desaparecido de lá também, tinham sido encobertos e ocultos por uma camada de neve molhada. Na correnteza cinza-estanho do Sansretour, deslizavam grandes quantidades de gelo frazil, redemoinhavam e giravam grandes placas de gelo.

– Vou lhes dizer algo – Angoulême falou. – Mas prometam que não vão rir.

Viraram-se. A moça, que usava uma touca de lã com um pompom que cobria as orelhas e uma samarra deformada, e tinha as bochechas e o nariz rubros por causa do frio, apresentava um aspecto engraçado, parecendo literalmente com um pequeno e rechonchudo koboldo.

– Eu vou lhes dizer algo a propósito desses rastros. Quando estava na hansa do Rouxinol, diziam que no inverno o Rei das Montanhas, o senhor dos demônios do gelo, passeava pelos passos num lobuno claro. Dar de cara com ele é morte segura. O que você tem para dizer sobre isso, Geralt? Será que é possível que...

– Tudo – interrompeu-a. – Tudo é possível. Andemos, companhia. O passo Malheur nos espera.

A neve cortava e açoitava, o vento soprava às lufadas, os demônios do gelo silvavam e uivavam por entre a nevasca.

•

Ciri percebeu imediatamente que o urzal com o qual topara não era aquele que conhecia. Nem precisava esperar pelo anoitecer, estava certa de que ali não veria as duas luas.

Seguiu pela margem da floresta que era igualmente selvagem e inacessível como aquela que conhecia, mas as diferenças eram nítidas. Aqui, por exemplo, havia muito mais bétulas e menos faias. Lá não se viam ou ouviam pássaros, aqui havia uma multidão deles. Lá, por entre as urzes, havia apenas areia e musgo, aqui havia extensos tapetes de um pé-de-lobo verdejante. Aqui até os gafanhotos que pipocavam diante dos cascos de Kelpie eram estranhamente diferentes. Mais familiares. E depois...

Seu coração bateu com mais força. Viu uma vereda, descuidada e coberta de mato, que levava para dentro da floresta.

Ciri olhou em volta com cuidado e assegurou-se de que o estranho caminho não seguia adiante, que terminava ali mesmo. Que não levava para dentro da floresta, mas saía dela ou a atravessava. Sem deliberar muito, cutucou o flanco da égua com o salto e entrou no meio das árvores. "Seguirei até meio-dia", pensou, "e se até então não topar com nada retornarei e seguirei na direção oposta, para além dos urzais."

Ia a passo calmo debaixo do baldaquim formado pelos galhos das árvores, olhando para os lados, tentando não perder de vista nada que pudesse ser importante. Assim notou o ancião que espreitava atrás do tronco de um carvalho.

O ancião, baixinho, embora não fosse corcunda, usava uma camisa de linho e calças do mesmo tecido. Calçava enormes e engraçadas alpargatas de líber. Em uma mão segurava um nodoso cajado e uma cesta de vime na outra. Ciri não conseguia enxergar bem seu rosto, pois estava escondido atrás da aba esfarrapada e pendente de um chapéu de palha sob o qual apareciam um nariz bronzeado e uma emaranhada barba branca.

– Sem medo – disse. – Não lhe farei nenhum mal.

O barba branca pisou alternadamente em cada pé calçado de alpargata e tirou o chapéu. Seu rosto era redondo, salpicado de manchas de idade, mas com um aspecto saudável e poucas rugas. Suas sobrancelhas eram ralas e o queixo era pequeno e muito retraído. Os longos cabelos brancos estavam atados em forma de uma trança, enquanto a abóbada craniana era completamente calva, brilhosa e amarela como uma abóbora.

Ciri percebeu que olhava para sua espada, precisamente para o punho que aparecia sobre seu ombro.

– Não tenha medo – repetiu.

– Oh, oh! – disse, balbuciando levemente. – Oh, oh, minha senhorita. O Vovô da Floresta não teme nada. Não é um ser temeroso, não.

Sorriu. Seus dentes eram grandes, muito avantajados por causa da má dentição e o maxilar retraído. Era por isso que balbuciava.

– O Vovô da Floresta não tem medo dos transeuntes – repetiu. – Nem dos salteadores. O Vovô da Floresta é pobre, coitadinho. O Vovô da Floresta é tranquilo, não incomoda ninguém. Eita!

Sorriu novamente. Quando sorria parecia estar composto apenas dos dentes dianteiros.

– E você, minha senhorita, não tem medo do Vovô da Floresta?

Ciri bufou.

– Imagine que não. Tampouco sou temerosa.

– Eita, eita, eita! Que coisa!

Deu um passo em sua direção, apoiando-se no cajado. Kelpie resfolegou. Ciri puxou as rédeas.

– Não gosta de estranhos – avisou. – E pode morder.

– Eita, eita! O Vovô da Floresta sabe. Ô eguazinha malcomportada, desobediente! E, por curiosidade, de onde a senhorita está vindo? E para onde, digamos, vai?

– É uma longa história. Para onde leva este caminho?

– Eita, eita! A senhorita não sabe?

– Por obséquio, não responda a perguntas com perguntas. Aonde chegarei seguindo por este caminho? Além disso, que lugar é este? E que... tempo é este?

O ancião novamente deixou os dentes à mostra e mexeu-os feito um caxingui.

– Eita, eita – balbuciou. – Que coisa. A senhorita quer saber que tempo? Eita, vejo que veio de longe, muito longe, até o Vovô da Floresta!

– De longe, sim – acenou indiferentemente com a cabeça. – De outro...

– Tempo e espaço – terminou. – O vovô sabe. O vovô suspeitou.

– Suspeitou do quê? – perguntou, excitada. – De que você suspeitou? O que você sabe?

– O Vovô da Floresta sabe muito.

– Diga!

– A senhorita deve estar com fome – mostrou os dentes. – Está com sede? Cansada? Se quiser, o Vovô da Floresta a levará para casa, dará comida e bebida. Hospedará.

Havia muito tempo que Ciri não conseguia pensar em descansar ou comer. E nesse momento as palavras do estranho ancião fizeram seu estômago se encolher, os intestinos retorcer e sua língua fugir para dentro da boca. O ancião a observava de debaixo da aba do chapéu.

– O Vovô da Floresta – balbuciou – tem comida em casa. Tem água da nascente. Tem inclusive feno para a eguazinha, a má eguazinha que queria morder o vovô gentil. Eita! Há de tudo na casa do Vovô da Floresta. E haverá a possibilidade de conversar sobre os lugares e os tempos... Não fica muito longe, não. A senhorita aceitará o convite? Coitadinha, não negará a hospitalidade do pobre e mísero Vovô da Floresta?

Ciri engoliu a saliva.

– Guie.

O Vovô da Floresta virou-se e foi andando por entre o mato pela vereda quase imperceptível, medindo o caminho com enérgicos lances do cajado. Ciri seguia atrás dele, abaixando a cabeça sob os galhos e segurando Kelpie com as rédeas, que insistia em morder o velho ou, pelo menos, comer seu chapéu.

Ao contrário do que ele afirmou, a casa não ficava nada perto. Quando chegaram ao local, a uma clareira, o sol já estava quase em seu zênite.

A casinha do ancião era uma pitoresca choça sobre palafitas com um telhado que era, pelo visto, consertado com muita frequência e com materiais disponíveis no momento. As paredes do casebre eram revestidas de peles que pareciam ser de porco. À frente da casa havia uma construção de madeira com o formato de uma forca, uma mesa baixa e um toco com um machado cravado nele. Atrás, via-se um fogareiro de pedras e barro sobre o qual havia enormes panelas esfumaçadas.

– Eis a casa do Vovô da Floresta – o ancião apontou orgulhosamente com o cajado. – Aqui mora o Vovô da Floresta. Aqui dorme. Aqui prepara as refeições. Quando tem o que preparar. É difícil, extremamente difícil conseguir comida na floresta. A senhorita gosta de cevada perolada?

– Gosto. – Ciri engoliu a saliva novamente. – Gosto de tudo.

– Com carne? Com toucinho? Com torresmo?

– Hum.

– Mas não parece – o velho fitou-a de cima a baixo – que a senhorita ultimamente tenha degustado carne ou torresmo com muita frequência. A senhorita está magra, magrinha. Só pele e ossos! Eita, eita! E o que é aquilo? Atrás de suas costas?

Ciri virou-se, deixando se enganar com o truque mais antigo e mais primitivo do mundo.

O nodoso cajado acertou-a com um horrendo golpe infligido diretamente na têmpora. Seu reflexo bastou apenas para levantar o braço. A mão amorteceu parcialmente o golpe capaz de quebrar o crânio como a casca de um ovo. Contudo, Ciri caiu no chão, ensurdecida, atordoada e completamente desorientada.

O velho sorriu, lançou-se em sua direção e golpeou-a novamente com o cajado. Ciri conseguiu proteger a cabeça com as mãos outra vez, mas em consequência ambas caíram, inertes. A esquerda estava certamente contundida, os ossos do metacarpo provavelmente estavam quebrados.

O velho saltou e apanhou-a pelo outro lado, executando um golpe em sua barriga. Gritou, encolhendo-se. Foi então que se lançou sobre ela feito um açor, derrubou-a de cara para o chão, esmagou-a com os joelhos. Ciri estirou-se, deu um forte coice para trás, mas errou. Executou um impetuoso golpe com o cotovelo e acertou. O velho rugiu raivosamente e deu-lhe um soco no occipício com tanta força que seu rosto se encravou na areia. Segurou seus cabelos na nuca e empurrou seu nariz e boca contra o chão. Sentiu que estava asfixiando-a. O velho pôs-se de joelhos sobre ela, ainda empurrando a cabeça contra o chão, arrancou a espada de suas costas e lançou-a para o lado. Em seguida começou a remexer as calças, achou a fivela, abriu-a. Ciri uivou, engasgando e cuspindo areia. Enforcou-a com mais força e a imobilizou enrolando o cabelo no punho. Arrancou suas calças puxando-as com força.

– Eita, eita – balbuciou, arfando roucamente. – Que sorte de achar uma bundinha tão gostosa. Hu, huuu, faz muito, muito tempo, que o vovô não comeu uma tão gostosinha.

Ciri gritou com a boca cheia de areia e de agulhas de pinheiros ao sentir o toque repugnante de sua mão seca e grifanha.

– Fique quieta, moça – ouviu-o salivar enquanto apalpava suas nádegas. – O vovô já não é tão jovem, tem de ir devagar, sem pressa... Mas não tenha medo, o vovô fará aquilo que é preciso fazer. Eita, eita! E depois o vovô vai comer, eita, comer! Comer bem...

Ele silenciou, rugiu e guinchou.

Ciri, depois de sentir que ele não a segurava com tanta força, deu-lhe um chute, soltou-se e saltou feito uma mola. E viu o que havia acontecido.

Kelpie, que se esgueirou sorrateiramente, prendeu a trança do Vovô da Floresta entre os dentes e quase o ergueu para o alto. O velho clamava e guinchava, sacudia-se, chutava e lançava as pernas para todos os lados, finalmente conseguindo se soltar, deixando uma longa mecha branca na boca da égua. Queria pegar o cajado, mas Ciri, dando um pontapé, o tirou do alcance de suas mãos. Com outro chute queria acertar determinada parte do corpo do velho, mas sua calça abaixada até a metade da coxa dificultava os movimentos. O traste aproveitou bem o tempo que ela levou para levantar a calça. Num pulo alcançou o toco, arrancou o machado e com um golpe no ar espantou a persistente Kelpie. Rugiu, deixou seus horripilantes dentes à mostra e atacou Ciri, erguendo a arma para executar o golpe.

– O vovô vai carcá-la, senhorita! – uivou ferozmente. – Mesmo que seja preciso dilacerá-la primeiro! Tanto faz para o vovô se estiver inteira ou em pedaços!

Achava que seria fácil acabar com ele. Afinal de contas, era um velho vetusto e caduco. Estava muito errada.

Apesar das monstruosas alpargatas, rodopiava feito um pião, saltava como um coelho e manejava o machado de cabo retorcido com a habilidade de um açougueiro. Quando algumas vezes o escuro e afiado gume passou de raspão, Ciri percebeu que a sua única salvação era a fuga.

Mas foi salva por uma coincidência. Recuando, esbarrou com o pé em sua espada. Levantou-a imediatamente.

– Largue o machado – arfou, desembainhando a Andorinha com um silvo. – Largue o machado no chão, seu velho nojento. Aí, quem sabe, talvez o deixe sair daqui vivo. Sem esquartejá-lo.

Parou. Estava rouco e ofegante, com a barba babada repugnantemente. Contudo, não largou a arma. Viu-o passar os dedos no machado. Viu uma raiva descontrolada em seus olhos.

– Ande! – redemoinhou a espada, que silvou no ar. – Faça meu dia valer a pena!

Por um momento ficou olhando para ela como se não estivesse entendendo, depois abriu a boca deixando os dentes à mostra, esbugalhou os olhos, rugiu e partiu para o ataque. Ciri estava farta de brincadeiras. Esquivou-se com uma rápida meia-volta e cortou seus dois braços, que estavam erguidos acima dos cotovelos. O velho soltou o machado das mãos que jorravam sangue, mas imediatamente se lançou sobre ela, atingindo seus olhos com os dedos estendidos. Ela deu um salto para trás e executou um curto corte na nuca. Mais por piedade do que por necessidade, já que com as duas artérias braquiais abertas ele rapidamente sangraria até a morte.

Estava prostrado no chão, despedindo-se da vida com muita dificuldade, e apesar das vértebras dilaceradas ainda se revolvia como um verme. Ciri ficou em pé em cima dele. Os restos da areia ainda rangiam em sua boca. Cuspiu-os diretamente em cima de suas costas. E, antes que terminasse de cuspir, o velho morreu.

•

A estranha construção que lembrava uma forca, posicionada diante da choupana, estava munida de ganchos de ferro e de uma roldana. A mesa e o toco estavam polidos de tão desgastados, grudentos e cheios de gordura e exalavam uma horrenda fetidez. Fediam a matadouro.

Na cozinha, Ciri achou uma panela com os restos da encomiada cevada perolada, com uma abundância de toucinho, cheia de pedaços de carne e cogumelos. Estava com muita fome, mas algo lhe disse para não comer aquilo. Bebeu apenas água de um tonel e mordiscou uma pequena e enrugada maçã.

Atrás da choupana achou um sótão com um par de escadas, fundo e frio. No sótão havia panelas com banha. Do teto pendia carne. O resto de uma meia-carcaça.

Saiu correndo do calabouço, topando na escada como se estivesse sendo perseguida pelos demônios. Caiu nas urtigas, ergueu-se aos saltos e, cambaleando, alcançou a choupana e segurou com as duas mãos uma das palafitas que a sustentavam. Embora não tivesse quase nada no estômago, vomitou violenta e demoradamente.

O resto da meia-carcaça suspensa no sótão pertencia a uma criança.

•

Levada pelo mau cheiro, encontrou na floresta um fosso cheio de água no qual o precautório Vovô da Floresta jogava os restos e aquilo que não podia ser comido. Olhando para as caveiras, costelas e quadris que apareciam no meio do lodo, Ciri percebeu, horrorizada, que estava viva apenas graças à luxúria do velhaco abominoso, somente pelo fato de ele querer fornicar. Se a fome fosse mais forte do que a repugnante lascívia, ele a teria golpeado com um machado em vez do cajado. Suspensa pelas pernas na forca de madeira, teria sido esviscerada, esfolada, cortada e dividida sobre a mesa, talhada em cima do toco de madeira...

Embora vacilasse por causa das tonturas, e sua inchada mão esquerda palpitasse de dor, arrastou o cadáver para o fosso na floresta e o empurrou para o fétido lodo, por entre os ossos das vítimas. Voltou, encheu a entrada do sótão de galhos e folhagem e espalhou a lenha por entre as palafitas e por toda a propriedade do velho. Em seguida, pôs fogo em tudo partindo dos quatro cantos.

Partiu quando o fogo já havia arrebentado bem, espalhando-se e queimando intensamente. Quando já tinha a certeza de que nenhuma chuva passageira atrapalharia no ato de apagar todos os vestígios desse lugar.

•

A mão não estava tão mal. Inchou, obviamente, doía também, mas parecia que nenhum osso havia sido quebrado.

Quando a noite caiu, realmente apenas uma lua surgiu no céu. Mas Ciri, estranhamente, não queria considerar esse mundo como seu.

Nem ficar nele mais do que fosse necessário.

•

– Hoje – Nimue murmurou – será uma boa noite. Estou pressentindo.

Condwiramurs suspirou.

O horizonte queimava em tons de rubro e dourado. Uma faixa de igual tonalidade estendia-se na água do lago, desde o horizonte até a ilha.

Estavam sentadas no terraço, nas poltronas, com o espelho emoldurado em ébano e o gobelim em que se via a fortaleza encravada na parede rochosa refletida na água de um lago serrano atrás de suas costas.

"Havia quantas noites", Condwiramurs pensou, "havia quantas noites permanecíamos sentadas assim, até o anoitecer e depois, na escuridão? Sem nenhum efeito? Apenas conversando?"

Esfriava. A feiticeira e a noviça agasalharam-se com casacos de pele. Ouviam, vindo do lago, o ranger das forquetas do barco do Rei Pescador, mas não o viam – estava escondido no deslumbrante fulgor do pôr do sol.

– Com frequência sonho – Condwiramurs voltou à conversa interrompida – que estou num deserto de gelo em que não há nada, apenas a brancura da neve e montes de gelo que brilham no sol. Em volta, até o horizonte, não há nada, apenas neve e gelo. E tudo está imerso num silêncio absoluto. Um silêncio desnatural. Um silêncio mortal.

Nimue acenou com a cabeça como se estivesse afirmando que sabia do que se tratava. Mas não comentou.

– Subitamente – a noviça retomou – tenho impressão de ouvir algo, de sentir o gelo tremer debaixo de meus pés. Ajoelho-me, afasto a neve para os lados. O gelo é transparente como vidro, como em alguns dos limpos lagos serranos onde é possível ver as pedras no fundo e peixes nadando por uma camada de gelo de quatro varas de espessura. Eu, em meu sonho, também vejo tudo, embora a camada de gelo tenha dezenas, até centenas de varas de espessura. Isso não me impede de ver... Ou de ouvir...

pessoas pedindo socorro. Lá embaixo, bem fundo, debaixo do gelo... há um mundo congelado.

Nimue, dessa vez, tampouco comentou.

– Obviamente – a noviça retomou –, sei qual é a fonte desse sonho. É a profecia de Itlina, o famoso Frio Branco, a Época de Gelo e da Selvageria Lupina. Um mundo que morre por entre a neve e o gelo para, de acordo com a profecia, renascer após séculos. Purgado e melhor.

– Acredito profundamente – Nimue falou em voz baixa – que o mundo renascerá. Mas não acredito muito que seja melhor.

– Como?

– Você me ouviu.

– E será que ouvi bem? Nimue, o Frio Branco havia sido profetizado mil vezes. Quanto mais frio fazia no inverno, tanto mais se dizia que ele havia chegado. Hoje em dia nem as crianças acreditam que qualquer inverno possa constituir uma ameaça para o mundo.

– Que coisa. As crianças não acreditam. Mas imagine que eu acredito.

– Baseando-se em algum argumento racional? – Condwiramurs perguntou com uma leve ironia. – Ou apenas na crença mística nas infalíveis profecias élficas?

Nimue permaneceu em silêncio por um longo momento, beliscando o casaco de pele que a agasalhava.

– A Terra – começou a falar, enfim, num tom de mentora – tem a forma esférica e gira em torno do Sol. Você concorda com isso? Ou será que você pertence a uma das seitas em voga que procuram provar algo completamente contrário?

– Não. Não pertenço. Aceito o heliocentrismo e concordo com a teoria sobre o formato esférico da Terra.

– Ótimo. Então você concordará, certamente, com o fato de que o eixo vertical do globo terrestre está inclinado para um lado e de que o caminho percorrido pela Terra em volta do Sol não tem o formato de um círculo regular, mas é elíptico?

– Eu estudei sobre isso. Mas não sou astrônoma, então...

– Não precisa ser astrônoma, basta apenas pensar de forma lógica. A Terra gira em torno do Sol sobre uma órbita elíptica, portanto, durante seu trajeto, aproxima-se ou se afasta. Quanto mais a Terra estiver afastada do Sol, tanto mais frio fará, é algo lógico. E, quanto menos o eixo do planeta se afastar do perpendicular, menos luz chegará ao hemisfério norte.

– O que também parece lógico.

– Ambos os fatores, ou seja, a elipticidade da órbita e o grau de inclinação do eixo planetário, estão sujeitos a mudanças. Considera-se que são cíclicos. Uma elipse pode ser mais ou menos elíptica, isto é, estirada ou alongada, e o eixo planetário pode estar inclinado em maior ou menor grau. A ocorrência simultânea de ambos os fenômenos – o alongamento máximo da elipse e apenas uma leve inclinação do eixo – provoca o surgimento de condições extremas no âmbito do clima. A Terra que gira em torno do Sol recebe pouquíssima luz e calor em *aphelium*, e além disso, as regiões polares são prejudicadas pela maléfica inclinação do eixo.

– Claro.

– Menos luz no hemisfério norte significa que a neve permanecerá por mais tempo. A neve branca e brilhosa reflete a luz solar e a temperatura cai ainda mais. Graças a isso a neve fica por ainda mais tempo e em áreas cada vez maiores, não derrete nem um pouco ou derrete por um curto período. Quanto mais neve sem derreter, tanto maior a branca e brilhosa superfície que reflete...

– Entendi.

– A neve cai, cai, cai e sua camada aumenta cada vez mais. Veja só, com as correntes marítimas deslocam-se do sul massas de ar quente que se condensam sobre o frio continente no norte. O ar quente condensa-se e cai em forma de neve. Quanto maior a diferença de temperatura, tanto maior a precipitação. Quanto maior a precipitação, mais neve branca que demora a derreter. E maior é o frio. Quanto maior a diferença de temperatura e mais abundante a condensação de massas de ar...

– Entendi.

– A camada de neve torna-se tão pesada que se transforma em gelo prensado. Num glaciar. Sobre o qual, como já sabemos, a neve continua caindo, comprimindo-o ainda mais. O glaciar cresce, e não é apenas mais grosso, mas também começa a crescer horizontalmente, cobrindo uma área cada vez maior. Uma área branca...

– Que reflete os raios solares – Condwiramurs acenou com a cabeça. – Frio, frio e cada vez mais frio. O Frio Branco profetizado por Itlina. Mas será que pode haver um cataclismo? Será que existe o perigo de o gelo, que desde sempre permanece no norte, deslizar, repentinamente, para o sul e destruir, comprimir e cobrir tudo? Com que velocidade cresce a capa de gelo no polo? Seria uma questão de algumas polegadas por ano?

– Como você deve saber – disse Nimue, fitando o lago –, o único porto que não congela na baía de Prakseda é Pont Vanis.

– Eu sei disso.

– Alargue seus conhecimentos: há cem anos nenhum dos portos da baía congelava. Há cem anos, há muitos relatos a propósito disso, pepinos e abóboras cresciam em Talgar. Girassóis e tremoceiro cultivavam-se em Caingorn. Hoje em dia não se cultivam mais porque a vegetação das mencionadas plantas já não é possível, simplesmente lá faz demasiado frio. E sabe que em Kaedwen havia vinícolas? Os vinhos daquelas videiras não eram necessariamente os melhores, pois dos documentos conservados resulta que eram muito baratos. Mesmo assim, eram louvados pelos poetas locais. Hoje em dia as videiras não crescem mais em Kaedwen. Isso porque os invernos atuais, ao contrário dos antigos, trazem um intenso frio que as mata. Não só detém seu crescimento, mas simplesmente mata. Destrói.

– Entendo.

– Sim – Nimue refletiu. – O que se poderia acrescentar aqui? Talvez o fato de que a neve cai na metade de novembro e desloca-se para o sul na velocidade acima de cinquenta milhas por dia? De que entre dezembro e janeiro há nevascas na região do Alba, onde ainda há cem anos a neve era algo estranho? E de que qualquer criança sabe que a neve derrete, e os lagos degelam aqui em abril! E de que todas as crianças estranham o nome desse mês. Você não estranhava?

– Não muito – Condwiramurs confessou. – Além disso, lá em minha terra, em Vicovaro, não se chamava de abril, mas tira-flores. Ou em élfico: *Birke*. Mas entendo o que você sugere. O nome do mês tem suas origens em tempos remotos, quando realmente tudo brotava em abril...

– Esses tempos remotos constituem no máximo cem, cento e vinte anos. Isso foi quase ontem, menina. Itlina estava absolutamente certa. Sua profecia se cumprirá. O mundo será destruído debaixo de uma capa de gelo. A civilização morrerá pela culpa da Destruidora, que podia, tinha a possibilidade de abrir o caminho de resgate. Mas, como sabemos pela lenda, não o fez.

– Por motivos que a lenda não explica. Ou explica por meio de uma moralidade pouco clara e ingênua.

– É verdade. Mas o fato sempre será um fato. O Frio Branco é um fato. A civilização do hemisfério norte está condenada à destruição. Desaparecerá debaixo do gelo do glaciar que cresce, sob o pergelissolo e a neve. Mas não há motivos para entrar em pânico, porque vai demorar antes que isso aconteça.

O sol se pôs por completo, o brilho ofuscante desapareceu da superfície do lago. Agora uma faixa de luz mais suave, delicada, estendeu-se sobre a água. A lua nasceu sobre a torre de Inis Vitre, clara como um táler cortado ao meio.

– Quanto tempo? – Condwiramurs perguntou. – Quanto tempo você acha que isto vai durar? Isto é, quanto tempo temos?

– Bastante.

– Quanto, Nimue?

– Uns três mil anos.

No lago, sobre o barco, o Rei Pescador bateu o remo e soltou um palavrão. Condwiramurs suspirou em voz alta.

– Você me acalmou um pouco – disse após um momento. – Mas só um pouco.

•

O lugar seguinte era um dos mais horripilantes que Ciri já havia visitado, certamente estava entre os dez piores, ocupando o topo da lista.

Era um porto, um canal portuário, via barcos e galés junto dos cais e dos cabeços de amarração, via uma floresta de mastros, velas, que pendiam pesadamente no ar imóvel. Fumaça rastejava e subia em volta, havia nuvens de fumaça fétida.

A fumaça subia também de trás das tortas barracas localizadas ao longo do canal. Vinha de lá um choro alto e estrídulo.

Kelpie resfolegou, sacudindo a cabeça com força, e recuou, batendo os cascos contra o chão. Ciri olhou para baixo e viu ratazanas mortas. Estavam em todos os lugares. Roedores mortos com pálidas patinhas rosa, retorcidos em agonia.

"Algo está errado aqui", pensou, sentindo o pavor tomando conta dela. "Algo está errado aqui. É preciso fugir. Fugir o mais rápido possível!"

Ao pé de um poste em que pendiam redes e cordas havia um homem sentado com a camisa aberta e a cabeça caída sobre o ombro. Alguns passos adiante havia mais um. Não pareciam adormecidos. Nem se mexeram quando as ferraduras de Kelpie bateram contra as pedras junto deles. Ciri abaixou a cabeça passando por debaixo dos trapos estendidos nas cordas que exalavam um azedo cheiro de sujeira.

Na porta de um dos barracões havia uma cruz pintada com cal ou tinta branca. Atrás do telhado subia uma coluna de fumaça negra. A criança continuava a chorar, alguém a distância gritava, e nas imediações alguém tossia e estertorava. Um cachorro uivava.

Ciri sentiu sua mão coçar. Olhou para ela.

A mão estava toda salpicada com negras pontas de pulgas que pareciam sementes de cominho.

Gritou de horror. Tremendo toda de pavor e nojo, começou a bater a roupa e ajeitá-la, acenando violentamente com as mãos. Kelpie, assustada, lançou-se num galope, quase derrubando Ciri da sela. Apertando os flancos da égua com as coxas, passava as mãos nos cabelos, de cima para baixo, e emaranhava-os, batia o casaco e a blusa. Kelpie entrou galopando numa ruela esfumaçada. Ciri soltou um grito de pavor.

Cavalgava pelas trevas, pelo inferno, pelo mais horripilante dos pesadelos. Por entre casas marcadas com cruzes brancas. Por entre pilhas de trapos queimando em brasas. Por entre os mortos que jaziam sozinhos e aqueles que jaziam amontoados uns sobre os outros. E por entre os vivos, esfarrapados, espectros seminus com as bochechas caídas de dor, rastejando em esterco, gritando numa língua que não entendia, estendendo seus braços magros, cobertos de horríveis pústulas sangrentas...

"Fuja! Fuja daqui!"

Até no abismo negro, no nada do arquipélago dos lugares, Ciri demorou a sentir nas narinas aquela fumaça e aquele fedor.

•

O lugar seguinte também era um porto. Também havia um cais, um canal com cabeços de amarração e, nele, cocas, escaleres, chatas e navios. Sobre eles, uma floresta de mastros. Mas nesse lugar as gaivotas gritavam alegremente sobre os mastros, e o cheiro era comum e familiar: fedia a madeira molhada, alcatrão, água salgada, assim como a peixes em todas as suas três variantes básicas: peixe fresco, podre e frito.

Ao bordo de uma coca próxima, dois homens discutiam, gritando alto. Entendia o que diziam. Tratava-se dos preços dos arenques.

Por perto havia uma taverna e de suas portas escancaradas emanava um odor de mofo e cerveja, ouviam-se vozes, ruídos e risadas. Alguém cantava aos berros uma obscena canção repetindo constantemente a mesma estrofe.

Luned, v'ard t'elaine arse,
Aen a meath ail aen sparse!

Sabia onde estava. Antes que lesse na popa o nome de uma das galeaças: "Evall Muire". E o porto de origem: Baccalá. Sabia onde estava.

Em Nilfgaard.

Fugiu antes que chamasse a atenção de alguém.

Antes mesmo que conseguisse mergulhar no nada, uma pulga, a última daquelas que se alastraram em cima dela no lugar anterior, que conseguiu sobreviver à viagem no tempo e espaço escondida na dobra de seu casaco, deu um longo salto para o cais do porto.

Ainda na mesma noite, a pulga afincou-se no pelo sarnento de uma ratazana, de um macho velho, veterano de muitas brigas de ratazanas, cuja prova era a orelha arrancada como consequência de uma mordida dada junto do próprio crânio. Ainda na mesma noite a pulga e a ratazana subiram a bordo de um barco. E na manhã seguinte navegavam em alto-mar numa urca velha, descuidada e muito suja.

A urca se chamava "Catriona". Esse nome passaria à história. Mas naquela altura ninguém nem sequer o imaginara.

•

O lugar seguinte – embora fosse muito difícil acreditar nisso – surpreendeu-a com uma imagem verdadeiramente idílica. À margem de um rio tranquilo e sereno que passava por meio de salgueiros inclinados sobre a água, amieiros e carvalhos, junto de uma ponte que ligava as duas margens com um esbelto arco de pedras, por entre malvas, havia uma taverna com um telhado de palha, coberto de vinha virgem, hera e ervilha-de-cheiro. Um letreiro balançava sobre o alpendre. Nele havia letras douradas que Ciri desconhecia por completo, assim como um desenho de um gato bastante bem-feito. Supôs, portanto, que a taverna se chamava "O Gato Negro".

O cheiro da comida que vinha da taverna simplesmente era de tirar o fôlego. Ciri não demorou a pensar. Ajeitou a espada nas costas e entrou.

Dentro, a taverna estava vazia, havia apenas três homens que pareciam camponeses, sentados a uma das mesas. Nem sequer olharam para ela. Ciri sentou-se num canto, de costas para a parede.

A taberneira, uma mulher rechonchuda de jaleco limpo e coifa angular, aproximou-se e perguntou por algo. Sua voz tinia, mas era melodiosa. Ciri apontou com o dedo para a boca aberta, tapeou a barriga, e logo em seguida cortou um dos botões de prata do casaco e colocou-o em cima da mesa. Deparando-se com um estranho olhar, já estava prestes a cortar o segundo botão, mas a mulher a conteve com um gesto e uma palavra sibilante, que soara, contudo, de forma agradável.

O valor do botão era uma tigela de uma espessa sopa de legumes, uma panela de barro cheia de feijão e carne de porco defumada, pão e uma jarra de vinho aguado. Na primeira colherada, Ciri pensou que fosse chorar. Mas se controlou. Comia devagar, deleitando-se.

A taberneira aproximou-se, zuniu interrogativamente, apoiou a bochecha sobre as mãos unidas. "Pernoitará?"

– Não sei – Ciri respondeu. – Talvez. De qualquer maneira, agradeço a proposta.

A mulher sorriu e afastou-se para a cozinha.

Ciri tirou o cinto, encostou-se na parede. Pensou no que fazer em seguida. O lugar – especialmente em comparação com os últimos – era agradável, incentivava a ficar mais tempo. No entanto, sabia que a excessiva confiança poderia ser perigosa, e a falta de vigilância poderia levar à perdição.

Um gato negro, exatamente igual àquele do letreiro da taberna, apareceu do nada, esfregou-se em sua canela, esticando o dorso. Acariciou-o, e o gato cutucou sua mão levemente com a cabeça, sentou-se e começou a lamber o pelo em seu peito. Ciri ficou observando.

Via Jarre sentado junto da fogueira rodeado por alguns tipos estranhos. Todos mordiam algo que parecia pedaços de carvão vegetal.

– Jarre?

– É preciso fazer assim – disse o rapaz, olhando para as chamas da fogueira. – Li sobre isso n'*A História das guerras*, obra da autoria do marechal Pelligram. É preciso fazer assim quando a pátria corre perigo.

– O que é preciso fazer? Morder carvão?

– Isso mesmo. Exatamente assim. A Pátria Mãe chama. E parcialmente por motivos pessoais.

– Ciri, não durma na sela – diz Yennefer. – Estamos chegando.

Nas casas da cidade onde estão chegando, em todas as portas e portões há enormes cruzes pintadas com tinta branca ou cal. Há nuvens de uma espessa e fétida fumaça, vinda das fogueiras em que se queimam cadáveres. Yennefer parece não notar isso.

– Preciso ficar bonita.

Diante de seu rosto, sobre as orelhas do cavalo pende um espelho. O pente dança no ar, penteia os cachos negros. Yennefer usa apenas a magia, não usa as mãos, pois...

Suas mãos são uma massa de sangue coagulado.

– Mamãe! O que eles fizeram com você?

– Levante-se, moça – diz Coën. – Controle a dor, levante-se e suba no pente! Senão, ficará com medo. Você quer ficar morrendo de medo até o fim de sua vida?

Seus olhos amarelos brilham com agouro. Boceja. Seus olhos pontiagudos refulguram com a brancura. Não é Coën. É um gato. O gato preto...

Marcha uma coluna de exército que se estende por muitas milhas. Sobre ela vacila e ondeia uma floresta de lanças e bandeiras. Jarre marcha também, tem um elmo redondo na cabeça, um pique tão comprido sobre o ombro que precisa segurá-lo agarrado com ambas as mãos, senão pesaria mais que ele e o desequilibraria. Retumbam os tambores, ressoa e troa o canto dos guerreiros. As gralhas grasnam sobre a coluna. Muitas gralhas...

À margem de um lago, espuma batida na praia, caniços putrefatos largados pelas ondas. Uma ilha no lago. Uma torre de menagem de ameias dentuças e mata-cães nodosos. Sobre a torre um céu noturno azul-marinho, a lua brilhando, clara como se fosse um táler cortado ao meio. No terraço – duas mulheres sentadas em poltronas e envoltas em casacos de pele. Um homem num barco...

Um espelho e um gobelim.

Ciri ergue a cabeça. Na frente dela, a uma mesa, está Eredin Bréacc Glas.

– Você deve saber – diz, mostrando seus dentes retos num largo sorriso – que está apenas tentando atrasar o inevitável. Você nos pertence e nós a apanharemos.

– Você é que acha!

– Voltará para nós. Vagueará um pouco pelos tempos e espaços, depois cairá na Espiral e lá nós a apanharemos. Nunca mais retornará para seu mundo e tempo. De qualquer maneira, já está demasiado tarde. Não há para quem voltar. As pessoas que você conhecia morreram há muito tempo. Seus túmulos cobriram-se de grama e desabaram. Seus nomes foram esquecidos. Seu nome também.

– Está mentindo! Não acredito nisso!

– Suas crenças são um assunto particular seu. Repito, logo cairá na Espiral e eu ficarei aguardando lá. É o que você deseja secretamente, *me elaine luned*.

– Balelas!

– Nós, Aen Elle, sentimos esse tipo de coisas. Estava fascinada por mim, me desejava e temia esse desejo. Você me desejava e ainda me deseja, Zireael. Você me deseja, minhas mãos, minhas carícias...

Tocada, ergueu-se com ímpeto derrubando a caneca que por sorte estava vazia. Pegou a espada, mas acalmou-se imediatamente. Estava na taberna "O Gato Negro", devia ter dormido, cochilado debruçada sobre a mesa. A mão que tocou em seu cabelo pertencia à corpulenta taberneira. Ciri não gostava muito desse tipo de intimidades, mas a mulher irradiava com amabilidade e bondade que não deveriam ser retribuídas com grosseria. Deixou que acariciasse sua cabeça, e ouviu a fala melodiosa e tininte com um sorriso. Estava cansada.

– Preciso ir – falou, por fim.

A mulher sorriu, tiniu melodiosamente. "Como é possível", Ciri pensou, "como explicar o fato de que em todos os mundos, lugares e tempos, em todas as línguas e dialetos essa única palavra soava sempre de uma maneira compreensível? E sempre parecida?"

– Sim, preciso ir até a minha mãe. Minha mãe espera por mim.

A taberneira saiu com ela até o pátio. Antes que Ciri subisse na sela, subitamente a abraçou com força, apertou-a ao seu abundante peito.

– Adeus. Obrigada pela hospitalidade. Ande, Kelpie.

Foi diretamente para a arqueada ponte sobre o sereno rio. Quando as ferraduras da égua tiniram sobre as pedras, olhou para trás. A mulher ainda estava diante da taberna.

Concentração, punhos nas têmporas. Zunido nos ouvidos, como se estivesse vindo de dentro de uma concha. Um clarão e, de repente, um nada negro e macio.

– *Bonne chance, ma fille!* – gritou atrás dela Teresa Lapin, a dona da taberna "O Gato Negro" em Pont-sur-Yonne, junto da estrada entre Melun e Auxerre. – Boa sorte em seu caminho!

•

Concentração, punhos nas têmporas. Zunido nos ouvidos, como se estivesse vindo de dentro de uma concha. Um clarão e, de repente, um nada negro e macio.

Um lugar. Um lago. Uma ilha. Uma torre. A lua como um táler cortado ao meio, sua claridade estendendo-se pela água numa faixa luminosa. No meio da faixa há um barco, nele – um homem com uma vara de pescar...

No terraço da torre... Duas mulheres?

•

Condwiramurs não aguentou, gritou de emoção e imediatamente cobriu a boca com a mão. O Rei Pescador deixou a âncora cair agitando a água, balbuciou um palavrão, depois abriu a boca e ficou parado assim. Nimue nem tremeu.

O espelho-d'água cortado pela faixa do luar estremeceu e enrugou como se tivesse sido atingido por um vendaval. O ar noturno sobre a superfície da água arrebentou do jeito que um vitral estoura partido em pedaços. Um cavalo negro surgiu de dentro do arrebento. Montado por um cavaleiro.

Nimue estendeu as mãos com calma e proferiu o encanto. Repentinamente, o gobelim, pendurado num suporte, resplandeceu com multicoloridas luzes cintilantes que dançaram, refletidas no oval do espelho, turbilhonaram no cristal como um policromado enxame de abelhas e subitamente vazaram em forma de um espectro irisado, numa faixa que se alargava iluminando tudo como se fosse de dia.

A negra égua empinou-se, soltou um relincho alucinado. Nimue estendeu as mãos violentamente, gritou a fórmula. Condwiramurs, vendo a imagem que se criava e crescia no ar, concentrou-se intensamente. A imagem logo depois ficou mais nítida. Virou um portal. Um portão atrás do qual se via...

Um planalto cheio de carcaças de navios. Um castelo cravado em amoladas rochas de um precipício que dominava o negro espelho de um lago serrano...

– Por aqui! – Nimue soltou um grito penetrante. – Eis o caminho que você deve seguir! Ciri, filha de Pavetta! Entre no portal, siga o caminho que a levará ao encontro do destino! Que se feche a roda do tempo! Que a serpente Uroboros encrave os dentes em sua própria cauda!

– Não demore! Apresse-se, corra para prestar ajuda aos seus próximos! Este é o caminho certo, bruxa!

A égua relinchou novamente, outra vez agitou o ar com os cascos. A moça montada na sela acenava com a cabeça olhando consecutivamente para elas e para a imagem produzida pelo gobelim e pelo espelho. Afastou o cabelo e Condwiramurs viu uma feia cicatriz em sua bochecha.

– Confie em mim, Ciri! – Nimue gritou. – Você me conhece! Você já havia me visto antes!

– Eu me lembro. – Ouviram. – Confio. Obrigada.

Viram a égua que, instigada, num passo ligeiro e dançante, entrou no clarão do portal. Antes que a imagem borrasse e se desmanchasse, viram a moça de cabelos cinzentos virar para elas na sela e acenar com a mão.

E em seguida tudo desapareceu. A superfície do lago acalmava-se aos poucos, a faixa do luar alisava-se de volta.

Tudo estava tão sereno que dava a impressão de ouvirem a respiração arfante do Rei Pescador.

Condwiramurs abraçou Nimue com força, segurando as lágrimas que enchiam seus olhos. Sentia a pequena feiticeira tremer. Permaneceram assim, abraçadas, por algum tempo. Sem proferir nem sequer uma palavra. Depois ambas viraram para o lugar onde desapareceu o Portal dos Mundos.

– Boa sorte, bruxa! – gritaram em uníssono. – Boa sorte em seu caminho!

CAPÍTULO OITAVO

Nas proximidades desse campo, no local onde ocorreu aquela terrível batalha em que quase toda a potência do Norte enfrentou quase toda a potência do agressor nilfgaardiano, havia duas vilas de pescadores: Nádegas Velhas e Brenna. Mas, como naquela época, Brenna havia sido reduzida a cinzas, começou-se a falar da "batalha das Nádegas Velhas". Contudo, hoje em dia, todos se referem a ela como a "batalha de Brenna", por dois motivos. Primeiro, Brenna, depois de reconstruída, tornou-se uma povoação grande e próspera, e Nádegas Velhas não resistiu à passagem do tempo e desapareceu no meio de urtigas, grama e bardanas. Segundo, esse não era um nome digno para aquela famosa, grandiosa e trágica luta. Ora, como uma batalha em que pereceram mais de trinta mil pessoas poderia condizer com as Nádegas? E, para piorar, Velhas?...

Portanto, em toda a escrita de cunho histórico ou militar, passou-se a falar apenas da "batalha de Brenna", tanto em nossas fontes, assim como nas fontes nilfgaardianas, que, por acaso, ultrapassam as nossas em quantidade.

Reverendo Jarre de Ellander, o Velho
Annales Cronicae Incliti Regni Temeriae

– Cadete Fitz-Oesterlen, nota insuficiente. Sente-se, por favor. Gostaria de chamar sua atenção, cadete, para o fato de que o desconhecimento das famosas e importantes batalhas da história de sua própria pátria é humilhante para qualquer patriota e bom cidadão. Já no caso de um futuro oficial, é simplesmente escandaloso. Permita-me fazer mais um comentário, cadete Fitz-Oesterlen. Faz vinte anos, isto é, desde que sou professor nesta escola, não me lembro de uma prova de ingresso em que não houvesse uma pergunta sobre a batalha de Brenna. Sua ignorância sobre esse assunto praticamente anula suas chances de carreira no exército. Mas, como você tem o título de barão, não precisa tornar-se oficial, pode tentar a política, ou a diplomacia. É o que lhe desejo veementemente, cadete Fitz-Oesterlen. E nós, senhores, voltemos a Brenna. Cadete Puttkammer!

– Presente!

– Venha até o mapa, por favor. Pode continuar no ponto em que o senhor barão perdeu o ânimo.

– Sim, senhor capitão! O motivo pelo qual o marechal de campo Menno Coehoorn decidiu fazer uma manobra e ordenou uma rápida marcha para o Oeste foram os relatórios do serviço secreto, nos quais havia informações sobre uma operação executada pelo exército dos nortelungos com o objetivo de defender a fortaleza cercada de Mayena. O marechal decidiu desviar o caminho dos nortelungos e forçá-los a proceder à batalha final. Para alcançar esse objetivo, dividiu as forças do Grupo do Exército "Meio": uma parte delas permaneceu nas redondezas de Mayena, e com o restante das forças prosseguiu em uma marcha rápida...

– Cadete Puttkammer! O senhor não é um escritor de beletrística. O senhor é um futuro oficial! Que termo é esse, "o restante das forças"? Faça, por favor, a detalhada *ordre de bataille* do grupo de ataque do marechal Coehoorn. E use a terminologia militar!

– Sim, senhor capitão. Havia duas tropas sob o comando do marechal de campo Coehoorn: o Quarto Exército de Cavalaria, comandado pelo major-general Markus Braibant, o patrono de nossa escola...

– Muito bem, cadete Puttkammer.

– Puxa-saco de merda – o cadete Fitz-Oesterlen sibilou de sua banca.

– ... e o Terceiro Exército, comandado pelo general de divisão Rhetz de Mellis-Stoke. O Quarto Exército de Cavalaria, que possuía mais de vinte mil soldados, era composto das divisões "Venendal", "Magne" e "Frundsberg", Segunda Brigada de Vicovaro, Sétima Brigada Daerlana, assim como as brigadas "Nauzicaa" e "Vrihedd". O Terceiro Exército era composto das divisões "Alba", "Deithwen" e... hummm... divisão...

•

– A divisão "Ard Feainn", obviamente – afirmou Julia Abatemarco. – Só se vocês fizeram alguma confusão. Têm certeza de que havia um enorme sol prateado no gonfalão?

– Tenho, coronel – confirmou sem relutar o comandante dos olheiros. – Tenho certeza absoluta!

– "Ard Feainn" – murmurou a Doce Pateta. – Hummm... Interessante. Isso significa que naquelas três colunas avistadas vêm para combater contra nós não apenas todo o corpo da Armada da Cavalaria, mas também uma parte do Terceiro Exército. Ah, não! Não acredito até ver isso com meus próprios olhos. Capitão, o senhor comandará a companhia durante a minha ausência. Enviem um oficial de ligação ao coronel Pangratt...

– Mas, coronel, será que é sensato arriscar-se?...

– Cumpra a ordem!

– Sim, senhora!

– É um grande risco, coronel! – o comandante dos olheiros gritou mais alto do que o estrondo do galope. – Podemos topar com alguma unidade de reconhecimento élfica...

– Não fale! Guie!

A unidade dirigiu-se para baixo do barranco, num violento galope, correndo feito vento pelo vale do riacho, e adentrou a floresta. Ali precisava desacelerar. O mato dificultava a corrida. Além disso, havia o risco de topar inesperadamente com uma patrulha ou unidade de reconhecimento enviada pelos nilfgaardianos. A unidade de reconhecimento dos condotieros aproximava-se do inimigo pelo flanco, não pela frente, mas certamente os flancos também estavam cobertos. De maneira que a excursão era por demais arriscada. Mas a Doce Pateta gostava desse tipo de aventuras. E em toda a Companhia Livre não havia nem um soldado que não a seguisse. Inclusive até o próprio inferno.

– É aqui. É esta torre – falou o comandante da unidade de reconhecimento.

Julia Abatemarco meneou a cabeça. A torre era torta, estava arruinada, tinha vigas quebradas e um monte de buracos nos quais o vento do Oeste soprava como se fosse um pífaro. Não se sabia quem nem com que intuito construíra a torre ali, naquele ermo, mas sabia-se que fazia muito tempo.

– Ela não vai desabar?

– Não vai, pode ter certeza, coronel.

Na Companhia Livre, entre os condotieros, não se usava "senhor", nem "senhora" para dirigir-se a alguém. Empregava-se a patente.

Julia subiu rapidamente, quase correndo, até o alto da torre. O comandante da unidade de reconhecimento juntou-se a ela após um minuto, arfando como um boi cobrindo uma vaca. A Doce Pateta, apoiada no parapeito torto, examinava o vale com uma luneta, com a língua para fora por entre os lábios, empinando o vistoso bumbum. O comandante da unidade de reconhecimento ficou arrepiado de tesão só de ver a cena, mas logo conseguiu se conter.

– É a "Ard Feainn", sem dúvida – Julia Abatemarco passou a língua nos lábios. – Vejo também os daerlanos de Elan Trahe, inclusive estão lá os elfos da brigada "Vrihedd", nossos velhos conhecidos de Maribor e Mayena... Hã! Estão lá também as Caveiras, a famosa brigada "Nauzicaa"... Vejo também as labaredas nas flâmulas da divisão da cavalaria pesada "Deithwen"... E uma bandeira branca com um negro alerião, o símbolo da divisão "Alba"...

– Reconhece-os como se fossem seus camaradas... – o comandante do reconhecimento murmurou. – É tão sabida assim?

– Estudei na academia militar – retrucou a Doce Pateta. – Sou oficial de patente. Bem, já vi o que queria. Vamos voltar para a companhia.

•

– O Quarto e o Terceiro Exército vêm na nossa direção – disse Julia Abatemarco. – Repito, o Quarto inteiro e, pelo visto, toda a cavalaria do Terceiro. Atrás dos esquadrões que avistei, subia até o céu uma nuvem de poeira. Pela minha estimativa, naquelas três colunas há quarenta mil cavaleiros. Ou até mais... talvez...

– Talvez Coehoorn tenha dividido o Grupo do Exército "Meio" – completou Adam "Adieu" Pangratt, o comandante da Companhia Livre. – Levou apenas o Quarto Exército e a cavalaria do Terceiro, sem a infantaria, para ganhar rapidez... Julia, no lugar do condestável Natalis ou do rei Foltest...

– Sei. Eu sei o que você faria. – Os olhos da Doce Pateta brilharam. – Você mandou os estafetas até eles?

– Claro que sim.

– Natalis é um macaco velho. Pode ser que amanhã...

– Pode ser. – "Adieu" não deixou que terminasse. – E até acho que será. Fustigue o cavalo, Julia. Quero lhe mostrar algo.

Avançaram rápido algumas milhas, ficando bem à frente do restante da tropa. O sol já quase tocava as colinas no Oeste, as florestas e a mata ciliar cobriam o vale com uma extensa penumbra. Mas ainda havia bastante visibilidade para que a Doce Pateta percebesse logo o que "Adieu" Pangratt queria lhe mostrar.

– Aqui – "Adieu" confirmou suas suspeitas, erguendo-se nos estribos. – Aqui eu receberia o embate amanhã, se estivesse no comando da tropa.

– Um belo terreno – admitiu Julia Abatemarco. – Plano, duro, liso... Um bom lugar para se preparar... Hummm... Entre essas colinas e aquelas lagoas ali... deve haver umas três milhas de distância... Aquele morro ali seria um excelente posto de comando...

– Tem razão. E veja que lá no meio há mais um lago ou lagoa, aquilo que brilha... Pode ser útil... O riozinho também pode ter um papel estratégico. Embora seja pequeno, é pantanoso... Qual é o nome desse riozinho, Julia? Passamos por ele ontem. Lembra-se?

– Não lembro. Talvez Chocha, ou algo assim.

•

Quem conhece aqueles terrenos pode imaginar tudo isso com facilidade. Contudo, para aqueles que não conhecem tão bem, esclareço que a ala esquerda do exército real alcançava o lugar onde hoje em dia se situa a vila Brenna. Na época da batalha não havia ali nenhuma povoação, pois no ano anterior os elfos Esquilos tinham posto fogo nela e deixado queimar até virar cinza. O corpo real redânio, comandado pelo conde de Ruyter, estava parado exatamente lá, na ala esquerda. E essa tropa contava com oito mil homens da infantaria e da cavalaria na vanguarda.

O agrupamento real estava posicionado ao longo do morro, depois denominado de Cadafalso. Nesse morro estavam o rei Foltest e o condestável Jan Natalis, acompanhados pelo alferes-mor, observando do alto todo o campo de batalha. Lá estavam agrupadas as forças principais do nosso exército – doze mil valentes infantes temerianos e redânios posicionados em quatro enormes quadriláteros, protegidos por dez esquadrões da cavalaria que alcançavam o confim norte da lagoa, chamada de Dourada pelos habitantes do local. No entanto, o agrupamento central possuía, na segunda linha, um destacamento de reserva: três mil homens da infantaria de Wyzim e Maribor, comandados pelo voivoda Bronibor.

Contudo, desde o confim sul da lagoa Dourada até uma sequência de pesqueiros e meandros do rio Chotla, numa faixa de uma milha de largura, estava posicionada a ala direita de nosso exército, a Unidade Voluntária, composta pelos anões de Mahakam, oito esquadrões da cavalaria ligeira e os esquadrões da exímia Companhia Livre de Condotieros. Os comandantes da ala direita eram o condotiero Adam Pangratt e o anão Barclay Els.

Do outro lado, à distância de uma ou duas milhas, num campo aberto atrás da floresta, o marechal de campo Menno Coehoorn preparou o exército nilfgaardiano. Lá estavam posicionados homens de armadura, formando algo semelhante a um muro negro – regimento junto de regimento, companhia junto de companhia, esquadrão junto de esquadrão. Para onde se olhava, não se via o fim. E, pela quantidade de bandeiras e lanças, era possível perceber que a formação não era apenas extensa, mas também de grande profundidade. A tropa contava com quarenta e seis mil homens, na época algo desconhecido pela grande maioria. Talvez até fosse melhor assim, pois muitos perderam um pouco de seu ânimo só de ver o potencial nilfgaardiano.

E até os corações dos homens mais valentes começaram a bater com mais força debaixo das armaduras, feito martelos, pois ficou evidente que a luta seria dura e sanguinária e que muitos dos homens que estavam lá não veriam o pôr do sol naquela tarde.

Jarre, segurando os óculos que deslizavam de seu nariz, voltou a ler todo o fragmento do texto. Suspirou, esfregou a calvície, e logo em seguida pegou a esponja, apertou-a ligeiramente e apagou a última frase.

O vento rumorejava por entre as folhas da tília, as abelhas zuniam. E as crianças, como era de costume, tentavam gritar cada uma mais alto do que a outra.

Uma bola rolou pelo gramado e encostou no pé do ancião. Antes que conseguisse se abaixar, desajeitado e inabilidoso, um de seus netos correu como se fosse um filhote de lobo e apossou-se da bola em plena corrida. Esbarrou na mesa, que balançou. Com a mão direita, Jarre salvou o tinteiro, que quase caiu, e com o cotoco da esquerda segurou as resmas de papel.

As abelhas zuniam, carregando as bolinhas amarelas do pólen de acácia.

Jarre voltou a escrever.

A manhã estava nebulosa, mas via-se o sol por entre as nuvens, e a altura em que se posicionava permitia ter ideia clara das horas que passavam. O vento assoprou, as flâmulas tremularam, agitando-se como se fossem bandos de aves levantando voo. Mas Nilfgaard permanecia parado. Foi então que todos começaram a estranhar que o marechal Menno Coehoorn não ordenava que suas tropas avançassem...

•

– Quando? – Menno Coehoorn, debruçado sobre os mapas, ergueu a cabeça e passou o olhar por todos os comandantes. – Perguntam quando mandarei avançar?

Ninguém respondeu. Menno examinou seus comandantes com um rápido olhar. Os mais tensos e nervosos pareciam aqueles que permaneceriam na retaguarda: Elan Trahe, o comandante da Sétima Brigada Daerlana, e Kees van Lo, da brigada "Nauzicaa". Ouder de Wyngalt, *aide-de-camp* do marechal, que tinha as menores chances de participar ativamente do combate, também estava visivelmente inquieto.

Aqueles que avançariam primeiro pareciam calmos, até entediados. Markus Braibant bocejava. O general de divisão Rhetz de Mellis-Stoke enfiava o dedo mindinho no ouvido e inspecionava-o constantemente, como se esperasse encontrar algo digno de atenção. O coronel Ramon Tyrconnel, um jovem comandante da divisão "Ard Feainn", assobiava baixinho, com o olhar fixo num ponto do horizonte que só ele conhecia. O coronel Liam aep Muir Moss, da divisão "Deithwen", folheava seu inseparável fascículo de poesia. Tibor Eggebracht, da divisão de lanceiros pesados "Alba", coçava a nuca com a ponta do chicote.

– Atacaremos logo que as patrulhas retornarem – disse Coehoorn. – Senhores oficiais, estou preocupado com aquelas colinas no Norte. Antes de atacarmos, preciso saber o que há atrás delas.

•

Lamarr Flaut estava com medo. Morria de medo, um medo que rastejava pelos seus intestinos. Parecia que nas vísceras tinha pelo menos doze enguias gosmentas, cobertas de um muco fedorento, que procuravam com insistência uma abertura pela qual pudessem se libertar. Havia uma hora, a patrulha tinha recebido as ordens e partido. Flaut esperava, no fundo da alma, que o frio matinal espantasse o medo, que o pavor fosse abafado pela rotina, pelo ritual treinado, pelo duro e severo cerimonial do serviço. Enganou-se. Agora, uma hora mais tarde, e depois de percorrer cerca de cinco milhas, longe, perigosamente longe dos seus, por dentro, perigosamente por dentro do território do inimigo, próximo, fatalmente próximo do perigo desconhecido, o medo apenas mostrava do que era capaz.

Pararam na margem de uma floresta de abetos, por cautela. Permaneceram atrás dos enormes juníperos que cresciam no limiar. À sua frente, atrás de uma faixa de pinheiros baixos, estendia-se uma extensa bacia. A neblina deslizava sobre as pontas da grama.

– Ninguém, nem uma alma viva – avaliou Flaut. – Vamos voltar. Já estamos muito longe.

O sargento olhou para ele de soslaio. "Longe? Haviam se afastado apenas uma milha, arrastando-se como tartarugas mancas."

– Valeria a pena olhar ainda atrás daquela colina, primeiro-tenente – falou. – Acho que de lá teremos uma visão melhor. Será possível ver os dois vales. Se alguém estiver se aproximando, não passará despercebido. E então? Vamos dar um pulo até lá, senhor? É uma distância de apenas algumas milhas.

"Algumas milhas", Flaut pensou. Num terreno aberto, expostos como numa frigideira. As enguias contorciam-se, procuravam com violência sair de suas entranhas. E pelo menos uma, Flaut sentia com nitidez, estava no caminho certo.

"Ouvi o tinir de um estribo, o resfolegar de um cavalo. Lá, por entre o intenso verde dos pinheiros novos, numa encosta arenosa. Algo se mexeu lá? Uma silhueta? Estão nos cercando?"

Corria um boato pelo acampamento de que havia alguns dias os condotieros da Companhia Livre pegaram um elfo vivo depois de levar a excursão de reconhecimento da brigada "Vrihedd" a uma cilada. Dizia-se que ele foi castrado, que teve sua língua arrancada e todos os dedos da mão cortados... e, por fim, que arrancaram seus olhos. Debochavam dele, dizendo que já não conseguiria mais brincar com sua vagabunda élfica, nem vê-la brincar com os outros.

– E aí, senhor? – o sargento pigarreou. – Vamos dar um pulo até o morro?

Lamarr Flaut engoliu a saliva.

– Não. Não podemos demorar – respondeu. – Já verificamos. Aqui não há inimigos. Precisamos relatar isso ao comando. Vamos embora!

•

Menno Coehoorn ouviu o relato debruçado sobre os mapas. Depois, ergueu a cabeça.

– Para os esquadrões – ordenou brevemente. – Senhor Braibant, senhor Mellis-Stoke. Avançar!

– Viva o imperador! – gritaram Tyrconnel e Eggebracht. Menno olhou para eles de forma estranha.

– Para os esquadrões – repetiu. – Que o sol grandioso ilumine sua glória!

•

Milo Vanderbeck, um metadílio, cirurgião de campo, conhecido como Ruivo, inalou com avidez embriagadora uma mistura de cheiros de tintura de iodo, amoníaco, álcool, éter e elixires mágicos, suspensa sob a lona da barraca. Queria saciar-se com esse cheiro agora, quando ainda estava são, limpo, imaculado, virgem e clinicamente estéril. Sabia que não permaneceria assim por muito tempo.

Olhou para a mesa de operações, também imaculadamente branca, e para o instrumental, para as dezenas de ferramentas que despertavam respeito e confiança com a fria e ameaçadora dignidade do aço frio, com a castiça limpeza do brilho metálico, com a ordem e a estética de sua posição.

Diante do instrumental havia uma grande movimentação. Eram suas funcionárias, que andavam de um lado para o outro. "Três mulheres... Pft." Ruivo corrigiu-se em pensamento. "Uma mulher e duas moças. Pft. Uma mulher velha, embora bonita e com aspecto de jovem. E duas crianças."

Uma mágica e benzedeira, chamada Marti Sodergren, e voluntárias: Shani, aluna da Universidade de Oxenfurt. Iola, sacerdotisa do templo de Melitele de Ellander.

"Conheço Marti Sodergren", Ruivo pensou. "Já havia trabalhado várias vezes com essa gostosinha. É um pouco ninfomaníaca, com tendências à histeria, mas não importa, contanto que sua magia funcione. Feitiços de anestesia, desinfecção e para estancar sangramento."

Iola. Sacerdotisa, ou melhor, noviça. Uma moça de beleza simples e comum, como um tecido de linho, com grandes e fortes mãos de camponesa. O templo impediu que essas mãos fossem manchadas pelo humilhante estigma do trabalho duro e sujo na lavoura, mas não conseguiu mascarar suas origens.

"Não", Ruivo refletia, "não me preocupo com ela. Essas mãos de camponesa são mãos dignas de confiança. Além disso, as moças dos templos raramente falham. Nos momentos de desespero não se entregam, confiam na sua religião, nessa sua fé mística. O interessante é que isso ajuda."

Olhou para Shani, de cabelos ruivos, que passava habilidosamente as linhas cirúrgicas nas agulhas tortas.

Shani. Filha de fétidos becos urbanos, conseguiu ingressar na Universidade de Oxenfurt graças a sua ânsia de saber e a enormes sacrifícios dos seus pais, que pagavam as mensalidades. Estudante. Bobona. Garota alegre e levada. O que sabe fazer? Passar a linha nas agulhas? Colocar torniquetes? Segurar os ganchos? A pergunta é: quando será que essa estudantezinha ruiva vai desmaiar, soltar os ganchos e desabar na barriga aberta do paciente?

"As pessoas têm pouca resistência", pensou. "Pedi que me mandassem uma elfa, ou alguém da minha raça. Mas não, não confiam nelas. Tampouco confiam em mim. Sou um metadílio. Um desumano. Um estranho."

– Shani!

– Pois não, senhor Vanderbeck?

– Ruivo. Isto é para você, "senhor Ruivo". O que é isso, Shani? E para que serve?

– Senhor Ruivo, o senhor está checando meus conhecimentos?

– Responda, garota!

– É um raspador! Serve para tirar o periósteo na hora da amputação, para que ele não rache debaixo dos dentes de uma serra, para a serragem sair limpa e lisa. Está satisfeito? Passei?

– Menos, menina, menos.

Passou os dedos nos cabelos.

"Interessante", pensou. "Somos quatro médicos aqui, e todos são ruivos! É o destino ou o quê?"

– Meninas, saiam da barraca, por favor – pediu, acenando com a mão.

Obedeceram, mas as três saíram bufando baixinho, cada uma do seu modo.

Do lado de fora, um grupo de enfermeiros, sentado junto da barraca, aproveitava os últimos minutos da doce folga. Ruivo lançou um olhar severo na direção deles e puxou o ar com o nariz para verificar se já estavam embriagados.

O ferreiro, um homem enorme, andava de um lado para o outro junto de sua mesa, que parecia uma mesa de tortura, arrumava as ferramentas usadas para arrancar os feridos das armaduras, as cotas de malha e os bacinetes amassados.

Ruivo começou a falar sem introduzir o assunto, apontando para o campo:

– Ali, daqui a um instante, começará uma carnificina. E daqui a um instante, mais um instante, aparecerão os primeiros feridos. Todos sabem o que devem fazer, todos conhecem suas responsabilidades e seu lugar. Se todos obedecerem às regras, tudo correrá bem. Está claro?

Nenhuma das "moças" disse nada. Ruivo continuou, apontando novamente:

– Ali, daqui a um instante, umas cem mil pessoas começarão a ferir umas às outras. De maneiras muito sofisticadas. Ao todo, incluindo os dois outros hospitais, somos doze médicos. Não conseguiremos, de jeito nenhum, ajudar todos os necessitados, nem uma percentagem mínima deles. Aliás, ninguém está exigindo isso. Contudo, trataremos deles, pois essa é, peço desculpas por falar uma banalidade, nossa razão de ser. Ajudar os necessitados. Portanto, ajudaremos todos, na medida do possível.

Desta vez tampouco se ouviram comentários. Ruivo virou-se e disse em voz baixa e num tom mais suave:

– Não conseguiremos prestar maior ajuda do que o possível. Mas façamos que nossa ajuda não seja menos do que o possível.

•

– Mexeram-se – afirmou o condestável Jan Natalis, e enxugou a mão suada no quadril. – Vossa Majestade Imperial, Nilfgaard avançou. Estão se aproximando!

O rei Foltest, dominando o cavalo agitado, um lobuno claro de arreio ornado com flores-de-lis, virou seu belo perfil, digno de figurar nas moedas, para o condestável.

– Então precisamos recebê-los como merecem. Senhor condestável! Senhores oficiais!

– Morte aos negros! – bradaram em uníssono o condotiero Adam "Adieu" Pangratt e o conde de Ruyter. O condestável olhou para eles, depois endireitou-se e inspirou fundo.

– Para o esquadrão!!!

À distância ribombavam os tímpanos e tambores nilfgaardianos, zuniam os cromornos, olifantes e zurnas. A terra tremeu, atingida por milhares de cascos.

•

– É agora. Logo... – falou Andy Biberveldt, metadílio, cabo da unidade de carros, afastando o cabelo da pequena orelha pontiaguda.

Tara Hildebrandt, Didi "Lúpulo" Hofmeier e os carretões restantes acenaram com a cabeça. Eles também ouviram a movimentação, o estrondo monótono da batida de cascos vindo de trás do morro e da floresta. Ouviram um grito e um berro crescentes que lembravam o zunido de mamangabas. Sentiram a terra tremer.

O berro rápido avolumou-se, elevou-se um tom.

– A primeira salva dos arqueiros. – Andy Biberveldt tinha experiência, vira, isto é, ouvira muitas batalhas. – Logo surgirá outra.

Estava certo.

– Agora vão se chocar!

– Meme... lhor nenem... ir para dedede... baixo dos carros – falou William Hardbottom, conhecido como Gaguinho, agitando-se, inquieto. – Didididi... digo-lhes...

Biberveldt e os outros metadílios olharam para ele com piedade. "Debaixo dos carros? Para quê? Quase um quarto de milha os separava do local da batalha. E mesmo que uma patrulha entrasse ali de repente, na retaguarda, nos carros, alguém se salvaria debaixo dos vagões?"

O clamor e o estrondo silenciaram.

– Já – Andy Biberveldt afirmou, e outra vez estava certo.

Da distância de um quarto de milha, de trás do morro e da floresta, por entre os berros e um súbito estridor de ferro chocando-se contra ferro, chegou aos ouvidos dos carretões um ruído nítido, macabro e arrepiante.

Um cuim. Um horrível, desesperado e selvagem grunhido, um cuim de animais mutilados.

– A cavalaria... – Biberveldt passou a língua nos lábios. – A cavalaria encravou-se nas piques...

– Sósósó... só – tartamudeou o pálido Gaguinho – não sei o quequeque... que os cacaca... cavalos lhelhelhe... lhes fizeram, a esses fififi... filhos da pupupu... puta.

•

Jarre apagou com a esponja outra frase. Semicerrou os olhos, tentando lembrar-se daquele dia, do momento em que as duas tropas se chocaram, em que os dois exércitos se lançaram a seus pescoços como se fossem spaniels bretões raivosos, enlaçados num abraço mortal.

Procurava as palavras para descrever esse momento. Em vão.

•

A formação em cunha da cavalaria irrompeu o quadrilátero. A divisão "Alba", feito uma gigantesca adaga executando uma punhalada, arrebentava tudo que dificultava o acesso ao corpo vivo da infantaria temeriana – piques, dardos, alabardas, lanças, paveses e escudos. A divisão "Alba" irrompeu o corpo vivo como uma adaga, derramando sangue. Era nesse sangue que os cavalos se banhavam e escorregavam naquele momento. Mas a ponta da adaga, embora encravada profundamente, não atingira o coração, nem nenhum órgão vital. A cunha da divisão "Alba", em vez de esmagar e fragmentar o quadrilátero temeriano, perfurou-o e atascou-se. Atolou-se na turba dos soldados a pé, maleável e espessa como alcatrão.

Inicialmente, parecia não haver perigo. A cabeça e os flancos da cunha eram compostos de esquadrões de elite de armadura pesada. As espadas e as armas dos lansquenês eram rebatidas pelos escudos e pelas chapas das armaduras, como martelos pelas bigornas. Não havia como atingir os cavalos das armaduras. E mesmo que de vez em quando um dos cavaleiros armados caísse da sela ou com o corcel, as espadas, estrelas da manhã, as picaretas e os machados dos cavaleiros produziam um verdadeiro morticínio entre os infantes em avanço. A cunha atolada na multidão agitou-se e começou a penetrar cada vez mais fundo.

– "Albaaa!" – O subtenente Devlin aep Meara ouviu o grito do coronel Eggebracht, dominando sobre o estridor, o clamor, a ululação e o relincho dos cavalos. – Adiante, "Alba"! Viva o imperador!

Avançaram dilacerando, golpeando e cortando. Sob os cascos dos cavalos que relinchavam de forma selvagem e lançavam patadas saíam ruídos de patinhar, esmagar, ranger e estourar.

– "Aaalbaaa!"

A cunha atolou novamente. Os lansquenês, embora menos numerosos e ensanguentados, não cederam. Continuavam impelindo, apertando a cavalaria como uma tenaz. Até ouvir-se um estalo. Os cavaleiros pesados da primeira linha, golpeados com alabardas, bardiches e maças, sucumbiram e abriram espaço. Acutilados com partasanas e ranseurs, derrubados das selas com os ganchos das bisarmas e rogatinas, espancados impiedosamente com manguais e porretes de ferro, os cavaleiros da divisão "Alba" começaram a morrer. A cunha que perfurou o quadrilátero da infantaria, ainda há pouco um perigoso ferro mutilador dentro de um organismo vivo, agora parecia uma estalactite de gelo no enorme punho de um camponês.

– Temeriaaaa! Pelo rei, peões! Acabem com os negros!

As coisas tampouco estavam fáceis para os lansquenês. A "Alba" não se deixava romper, as espadas e os machados erguiam-se e caíam, cortavam e dilaceravam. A infantaria pagava um altíssimo preço em sangue por todo homem a cavalo derrubado da sela.

O coronel Eggebracht, atingido no meio da fenda da armadura com a ponta de um ranseur, fina como uma sovela, soltou um grito e desequilibrou-se na sela. Antes que lhe prestassem socorro, um terrível golpe de um mangual jogou-o ao chão. A infantaria em turbilhão pôs-se em cima dele.

O estandarte com um negro alerião e um *perisonium* dourado no peito vacilou e caiu. A cavalaria pesada, da qual fazia parte o subtenente Devlin aep Meara, lançou-se naquela direção, cortando, estraçalhando, esmagando, berrando.

"Queria saber", Devlin aep Meara pensou, arrancando a espada de uma capelina destroçada e do crânio de um lansquenê temeriano. "Queria saber", pensou, rebatendo num extenso golpe o dentuço gancho de uma bisarma dirigida para ele. "Queria saber para que tudo isso, por que tudo isso, e por quem tudo isso."

•

– Eeeh... E foi então que se convocou o convento das grandes mestras... Nossas Veneráveis Mães... eeeh... cuja lembrança sempre permanecerá viva entre nós... Pois... eeeh... as grandes mestras da Primeira Loja... decidiram... eeeh... decidiram...

– Noviça Abonde, você está despreparada. Nota insuficiente. Sente-se.

– Mas eu estudei, de verdade...

– Sente-se.

– Para que diabos temos que estudar essas coisas velhas? – murmurou Abonde ao sentar-se. – Quem, hoje em dia, ainda liga para essas coisas?... E que proveito isso traz?...

– Silêncio! Noviça Nimue!

– Presente, mestre.

– Estou vendo. Você sabe a resposta? Se não souber, sente-se e não me faça perder tempo à toa.

– Sei.

– Fale, então.

– Pois sim. As crônicas nos ensinam que o convento das mestras se reuniu no castelo Montecalvo para decidir como acabar com a maléfica guerra entre o imperador do Sul e os reis do Norte. A Venerável Mãe Assire, a santa mártir, disse que os governantes não cessariam a luta até que sangrassem o suficiente. E a Venerável Mãe Filippa, santa mártir, respondeu: "Dar-lhes-emos uma grande, sangrenta, horrível e cruel batalha. Incitaremos tal batalha para que as tropas do imperador e os exércitos dos reis derramem seu sangue nela. E depois nós, ou seja, a Grande Loja, os obrigaremos a fazer as pazes". E foi isso o que aconteceu. As Veneráveis Mães incitaram a batalha de Brenna, e os governantes foram obrigados a assinar a paz de Cintra.

– Muito bem, noviça Nimue. Eu lhe daria uma nota mais alta... se não fosse por esse "pois sim" no início da frase. Não se começa uma frase com "pois sim". Sente-se. E agora ouviremos sobre a paz de Cintra. A pessoa que falará sobre o assunto será...

A campainha tocou, indicando que era a hora do intervalo. Contudo, as noviças não reagiram com gritos nem com o barulho dos bancos ao levantar-se. Mantiveram-se em silêncio, em uma calma solene e respeitosa. Já não eram pirralhas e não frequentavam o jardim de infância. Já estavam na terceira série! Tinham catorze anos! E essas circunstâncias exigiam um comportamento adequado.

•

– Bom, aqui não há muita coisa para acrescentar. – Ruivo avaliou o estado do primeiro paciente que acabava de manchar com sangue o branco imaculado da mesa. – O fêmur está fragmentado... A artéria ficou intacta, caso contrário teriam trazido um cadáver. Parece ter sofrido um golpe de machado e a dura aba da sela funcionou como um toco de lenhador. Olhem só...

Shani e Iola inclinaram-se. Ruivo esfregou as mãos.

– Como disse, aqui não há nada a acrescentar. Pode-se apenas retirar. Mãos à obra. Iola! Torniquete, com força. Shani, faca. Não essa. A faca de amputação, de dois gumes.

O ferido não tirava os olhos inquietos de suas mãos. Seguia seus movimentos com o olhar de um animal assustado preso numa armadilha.

– Por obséquio, Marti, um pouco de magia – o metadílio acenou com a cabeça, debruçando-se sobre o paciente de tal maneira que encobria todo o seu campo de visão.

– Vou amputar, filho.

– Nãooooo! – o ferido ululou, sacudindo a cabeça, tentando escapar das mãos de Marti Sodergren. – Não querooo!

– Se eu não amputar, vai morrer.

– Prefiro morrer... – sob o efeito da magia da curandeira, o ferido falava cada vez mais devagar. – Prefiro morrer a ficar aleijado... Deixem-me morrer... Estou implorando... Deixem-me morrer!

– Não posso – Ruivo ergueu a faca, olhou para a lâmina, para o aço virgem, brilhoso. – Não posso deixar que morra. Sou médico.

Introduziu o gume com firmeza e fez um profundo corte. O ferido gritou. E, embora fosse humano, uivou desumanamente.

•

O estafeta freou o cavalo com tanto ímpeto que pedaços do gramado saíram voando de debaixo dos cascos. Dois ajudantes seguraram a brida e dominaram o corcel agitado. O estafeta saltou da sela.

– Quem? Quem mandou você? – Jan Natalis gritou.

– O senhor de Ruyter... – o estafeta arquejou. – Paramos os negros... mas são grandes as perdas... O senhor de Ruyter pede reforço...

– Não há reforço – o condestável respondeu após um momento de silêncio. – Precisam aguentar. Têm que aguentar!

•

– E aqui, senhoras – Ruivo apontou, parecendo um colecionador que apresentava sua coleção –, vejam que bela consequência de um corte na barriga... Alguém facilitou o nosso trabalho, ensaiando no coitado uma laparatomia amadora... Por sorte ele foi carregado com cuidado, sem perder órgãos importantes... Isto é, suponho que não tenham sido perdidos órgãos importantes. Shani, o que você acha disso? Por que essa cara, menina? Até agora você só conhecia os homens como são externamente?

– As tripas estão danificadas, senhor Ruivo...

– O diagnóstico, além de correto, é evidente! Nem é preciso olhar, basta cheirar. Iola, passe o pano. Marti, ainda temos muito sangue aqui. Por gentileza, aplique um pouco mais de sua preciosa magia. Shani, grampo. Use a pinça hemostática, não está vendo que o sangue está jorrando? Iola, passe a faca.

– Quem está vencendo? – repentinamente, o paciente operado virou os olhos esbugalhados e perguntou num balbucio, embora com plena consciência. – Digam-me... quem... está vencendo?

– Filhinho. – Ruivo debruçou-se sobre as entranhas abertas, ensanguentadas e pulsantes. – Realmente, se fosse você, seria a última coisa com a qual me preocuparia.

•

... começou, então, na ala esquerda e no meio da linha, um embate horrível e sangrento. No entanto, embora o ímpeto e a perseverança de Nilfgaard fossem enormes, sua carga chocara-se contra o exército real como uma onda do mar se choca contra as rochas. Tratava-se de soldados excepcionais, pesados esquadrões de Maribor, Wyzim e Tretogor, assim como os pertinazes lansquenês temerianos, mercenários profissionais que não se assustavam facilmente com a força da cavalaria.

E foi assim que o combate prosseguiu, como o mar que se choca contra a rocha da terra firme. Era um combate em que não havia como adivinhar quem venceria, pois, embora as ondas se chocassem constantemente contra a rocha, não enfraqueciam, apenas cediam para logo voltar a bater. No entanto, a rocha continuava firme, como antes, visível por entre as ondas revoltas.

A situação na ala direita do exército real, entretanto, era diferente.

Como um velho gavião que sabe onde pousar e executar a bicada mortal, o marechal de campo Menno Coehoorn sabia onde aplicar o golpe. Juntando suas divisões de elite – a "Deithwen" de lanceiros e os couraçados de "Ard Feainn" – num punho de ferro, atacou no cruzamento das linhas acima da lagoa Dourada, no lugar onde estavam os esquadrões de Brugge. Embora os bruggenses lutassem com cora-

gem, mostraram-se menos resistentes, tanto em termos de armaduras como de espírito. Sucumbiram ao ataque dos nilfgaardianos. Imediatamente, dois esquadrões da Companhia Livre, comandados pelo velho condotiero Adam Pangratt, lançaram-se em seu socorro e conseguiram deter Nilfgaard, o que lhes custou um alto preço em sangue. Entretanto, os anões da Unidade Voluntária posicionada no flanco direito correriam o terrível risco de serem cercados e a formação de todo o exército real estava ameaçada de ser destroçada.

Jarre mergulhou a pena no tinteiro. Os netos esganiçavam no fundo do pomar e suas risadas ressoavam como sinetas de cristal.

No entanto, Jan Natalis, atento como um grou, notara o perigo, e num instante percebeu o que estava para acontecer. Enviou imediatamente um estafeta aos anões com uma ordem para o coronel Els...

•

Com toda a sua ingenuidade de um rapaz de dezessete anos, o corneta Aubry achava que chegar à asa direita, transmitir a ordem e voltar ao morro demoraria no máximo dez minutos. Certamente não mais do que isso, pois montava Chiquita, uma égua esguia e veloz como uma corça.

Antes mesmo de ter chegado à lagoa Dourada, o corneta se deu conta de duas coisas: não sabia quando chegaria à asa direita nem quando conseguiria regressar, e a rapidez de Chiquita lhe seria muito, muito mais útil mesmo.

No campo, a leste da lagoa Dourada, a batalha fervia. Os negros lutavam contra a cavalaria bruggense, que protegia a formação da infantaria. De repente o corneta viu silhuetas de capas verdes, amarelas e vermelhas saindo do turbilhão da batalha e fugindo em alvoroço em direção ao rio Chotla feito faíscas ou cacos de um vitral partido. Atrás deles, como um rio negro, os nilfgaardianos foram invadindo tudo.

Aubry freou a égua bruscamente, puxou as rédeas, pronto para recuar e fugir, saindo do caminho dos fugitivos e dos perseguidores. Mas o sentido de dever prevaleceu. O corneta encostou-se ao pescoço do cavalo e lançou-se num galope desenfreado.

Em volta ouviam-se gritos e cascos batendo, estridor e estampido. Via-se um tremeluzir caleidoscópico de silhuetas e o brilho das espadas. Alguns bruggenses, empurrados até a beira da lagoa, resistiam desesperadamente, juntando-se em volta da bandeira com a cruz de âncora. No campo, os negros massacravam a infantaria dispersa, que não tinha apoio.

A visão do corneta foi tapada por uma capa negra com o símbolo de um sol prateado.

– *Evgyr, Nordling!*

Aubry gritou, e Chiquita, assustada com o berro, lançou-se em fuga, salvando sua vida, tirando-o do alcance da espada nilfgaardiana. Repentinamente, flechas e setas silvaram, sobrevoando sua cabeça, e outra vez silhuetas tremeluziram diante dos seus olhos.

"Onde estou? Onde estão os meus? Onde está o inimigo?"

– *Evgyr morv, Nordling!*

Estrondo, estridor, cavalos relinchando, gritos.

– Pare, pirralho! Não é por aí!

A voz de uma mulher. Uma mulher montada num garanhão negro, de armadura, com o cabelo esvoaçando e o rosto respingado de sangue. Junto dela, cavaleiros couraçados.

– Quem é você? – A mulher borrou o sangue com o punho no qual segurava a espada.

– Corneta Aubry... alferes do condestável Natalis... Levo ordens para os coronéis Pangratt e Els...

– Você não tem a menor chance de chegar no lugar onde "Adieu" está lutando. Vamos até os anões. Sou Julia Abatemarco... Apressem os cavalos, diabos! Estão cercando-nos! A galope!

Não teve tempo de protestar. Tampouco valia a pena fazê-lo.

Após curto galope desenfreado, surgiu, do meio da poeira, uma massa da infantaria, um quadrilátero, encascado como uma tartaruga com a parede de paveses e eriçado com pontas de ferro como uma almofada para agulhas. Uma enorme bandeira dourada com dois martelos cruzados esvoaçava sobre o quadrilátero. Junto dela erguia-se uma vara com colas de cavalos e caveiras humanas.

O quadrilátero estava sendo atacado pelos nilfgaardianos. Avançavam e recuavam. Pareciam cães a sacudir um velho que tentava espantá-los agitando uma vara na mão. Era a divisão "Ard

Feainn", impossível de confundir com qualquer outra, por causa dos enormes sóis nas capas.

– Adiante, Companhia Livre! – a mulher gritou, movimentando a espada em redemoinho. – Esforcem-se para ganhar nosso soldo!

Os cavaleiros – e junto deles o corneta Aubry – lançaram-se contra os nilfgaardianos.

O embate durou apenas alguns instantes, mas foi terrível. Ao terminar, a parede de paveses abriu-se diante deles. Estavam dentro do quadrilátero, apertados, em meio a anões de cota de malha, coifas de malha e elmos pontudos, à infantaria redânia, à suave cavalaria bruggense e aos condotieros armados.

Julia Abatemarco – Doce Pateta, condotiera, só agora reconhecida por Aubry – levou-o até um rechonchudo anão que carregava um elmo pontudo ornamentado com um belo penacho. Estava montado desleixadamente num encouraçado cavalo nilfgaardiano, sobre uma sela de lanceiro com um enorme cepilho. Subiu nele para poder olhar por sobre as cabeças dos infantes.

– Coronel Barclay Els?

O anão acenou com o penacho, reparando, com uma evidente comoção, o sangue com o qual estavam cobertos o corneta e sua égua. Aubry involuntariamente ficou vermelho. Era o sangue dos nilfgaardianos que os condotieros estraçalhavam junto dele. Ele mesmo nem teve tempo de desembainhar a espada.

– Corneta Aubry...

– Filho de Anzelm Aubry?

– O caçula.

– Ah! Conheço seu pai! O que você traz para mim de Natalis e Foltest, cornetinha?

– Corremos o risco de sofrer um rompimento no meio do agrupamento... O condestável ordena que a Unidade Voluntária recolha a asa o mais rápido possível e recue para a lagoa Dourada e o rio Chotla... para dar apoio...

As palavras foram abafadas por berros, pelo estridor e guincho dos cavalos. De repente, Aubry percebeu o quanto eram estúpidas as ordens que trazia, e que tinham pouco valor para Barclay Els, Julia Abatemarco e para aquele quadrilátero formado por anões armados de martelos que lutavam sob a bandeira que esvoaçava sobre o mar negro de Nilfgaard, que os cercava e atacava de todos os lados.

– Atrasei-me... Cheguei tarde demais... – gemeu.

Doce Pateta bufou. Barclay Els abriu um sorriso largo.

– Não, corneta, foram os nilfgaardianos que chegaram muito cedo – falou.

•

– Dou meus parabéns às senhoras e a mim mesmo por esta bem-sucedida ressecção do intestino grosso e delgado, esplenectomia e sutura do fígado. Queria apenas chamar a atenção para o fato de que demoramos muito tempo para ajudar nosso paciente a superar as consequências daquilo que fizeram com ele no campo de batalha em apenas um átimo de segundo. Recomendo isso como assunto para reflexões filosóficas. Agora a senhorita Shani suturará nosso paciente.

– Mas eu nunca fiz isso antes, senhor Ruivo!

– Sempre há uma primeira vez. O vermelho com o vermelho, o amarelo com o amarelo, o branco com o branco. Suture desse modo e dará tudo certo.

•

– Como é que é? – Barclay Els cofiou a barba. – O que você está falando, cornetazinho, filho caçula de Anzelm Aubry? Que estamos aqui de bobeira? Caralho, nem nos mexemos diante do ataque! Não demos nem um passo para trás! Não é nossa culpa que os de Brugge não aguentaram!

– Mas a ordem...

– Estou cagando para a ordem!

– Se não preenchermos o buraco – Doce Pateta gritou sobre o alvoroço –, os negros romperão à frente! Romperão à frente! Abra a formação, Barclay! Vou avançar! Passarei para o outro lado!

– Acabarão com vocês antes que alcancem a lagoa! Morrerão em vão!

– O que você propõe, então?

O anão xingou, arrancou o elmo da cabeça e jogou-o no chão com raiva. Seus olhos estavam selvagens, avermelhados, horríveis.

Chiquita, montada pelo corneta e espantada pelos gritos, saltitava, na medida que o pouco espaço permitia.

– Chamem Yarpen Zigrin e Dennis Cranmer para cá! Agora!

Era visível que os dois anões vinham do combate mais cruento. Ambos estavam cobertos de sangue. A dragona de aço de um deles tinha vestígios de um corte que deixou as pontas das chapas eriçadas. O outro tinha a cabeça envolta numa faixa que vazava sangue.

– Tudo bem, Zigrin?

– É interessante – o anão arquejou – que todos façam a mesma pergunta...

Barclay Els virou-se, procurando o corneta com o olhar, e fixou os olhos nele.

– E então, filho caçula de Anzelm? – rouquejou. – O rei e o condestável ordenam que vamos até lá para prestar ajuda? Então abra bem os olhos, cornetinha, pois ficará espantado com o que verá.

•

– Droga! – Ruivo berrou, dando um salto para trás, afastando-se da mesa e esgrimindo o bisturi na mão. – Por quê? Por que, diabos, as coisas têm que ser assim?

Ninguém respondeu. Marti Sodergren apenas abriu os braços. Shani abaixou a cabeça. Iola fungou.

O paciente, que tinha acabado de morrer, olhava para cima, com os olhos imóveis, vidrados.

•

– Ao embate! Matem todos! Para a desgraça dos filhos da puta!

– Marchem uniformemente! – berrava Barclay Els. – Passos uniformes! Mantenham a formação! E juntos! Juntos!

Não acreditarão em mim, pensou o corneta Aubry. Nunca acreditarão quando contar. Este quadrilátero está lutando em pleno cerco... rodeado de todos os lados pela cavalaria, rasgado, golpeado, batido, esfaqueado... E mesmo assim ele avança. Avança, uniforme, unido, pavês junto de pavês. Segue pisando sobre cadáveres, empurrando a cavalaria à sua frente, empurrando adiante a divisão de elite "Ard Feainn"... Continua se movendo.

– Ao embate!

– Passos uniformes! Passos uniformes! – berrava Barclay Els. – Mantenham a formação! O grito, caralho, o grito! Nosso grito! Avante, Mahakam!

Alguns milhares de gargantas anãs entoaram o famoso grito de guerra de Mahakam.

Hooouuu! Hooouuu! Hou!
Aguardem, fregueses!
Já levarão uma tunda!
Os alicerces desse bordel
Desabarão com um chute na bunda!
Hooouuu! Hooouuu! Hou!

– Ao embate! Companhia Livre! – O agudo soprano de Julia Abatemarco penetrou, feito uma fina e afiada misericórdia, o berro estrondoso dos anões. Os condotieros saíram da formação e lançaram-se para deter a cavalaria que atacava o quadrilátero. Foi um ato verdadeiramente suicida, pois todo o ímpeto do ataque nilfgaardiano virou-se contra os mercenários, privados da proteção das alabardas, dos piques e paveses dos anões. O estrondo, os gritos e o guincho dos cavalos fizeram o corneta Aubry encolher-se instintivamente na sela. Foi golpeado nas costas e percebeu que se deslocava, junto à égua presa em meio ao turbilhão, na direção do maior alvoroço e da mais terrível das carnificinas. Agarrou com força o punho da espada, que de repente pareceu-lhe escorregadia e estranhamente desajeitada.

Logo em seguida, foi levado para a frente da linha dos paveses e começou a estraçalhar tudo à sua volta e a gritar como se estivesse possuído.

– Mais uma vez! – ouviu o grito selvagem de Doce Pateta. – Só mais um pouco! Aguentem, rapazes! Golpeiem! Matem! Pelo dobrão, tal qual o sol dourado! Até mim, Companhia Livre!

Um cavaleiro nilfgaardiano sem elmo e com um sol prateado na capa conseguiu penetrar a formação, levantou-se nos estribos, derrubou com um horrendo golpe de machado de guerra um anão com o pavês e dilacerou a cabeça de outro. Aubry virou-se na sela e atacou com ímpeto. Um pedaço do couro cabeludo de um tamanho consideravelmente grande caiu da cabeça do nilfgaardiano e ele próprio desabou no chão. Nesse momento, o corneta também foi atingido na cabeça e caiu da sela. Eram tantos ao redor que não caiu logo no chão. Ficou guinchando, suspenso por alguns segundos entre o céu, a terra e os flancos de dois cavalos. E, apesar de ter ficado apavorado, não teve tempo de degustar a dor. Ao cair, os cascos ferrados quase instantaneamente esmagaram seu crânio.

•

Após sessenta e cinco anos, a anciã, perguntada sobre aquele dia, sobre o campo de Brenna e o quadrilátero que se dirigia para a lagoa Dourada, passando por cima de cadáveres de amigos e inimigos, sorria, o que destacava ainda mais o rosto moreno e enrugado como uma ameixa seca. Impaciente – ou talvez apenas disfarçando a ansiedade –, acenava com a mão trêmula, ossuda e extremamente retorcida pela artrite.

– Não havia como qualquer um dos dois oponentes conseguir virar o resultado da batalha para o seu lado – balbuciava. – Estávamos no meio do cerco, e eles estavam ao nosso redor. Simplesmente ficamos nos matando mutuamente. Eles nos matavam, e nós os matávamos... Cof, cof, cof... Eles nos matavam, e nós os matávamos...

A anciã superou, com dificuldade, o ataque de tosse. Os ouvintes que estavam mais próximos dela viram uma lágrima correr pela sua bochecha, a procurar arduamente o caminho por entre as rugas e velhas cicatrizes.

– Eram tão valentes quanto nós – balbuciava a vovozinha, aquela que um dia fora Julia Abatemarco, Doce Pateta da Companhia Livre de Condotieros. – Cof, cof... Éramos igualmente valentes, eles e nós.

Por um longo momento, a anciã silenciou. Os ouvintes, vendo-a sorrir com as lembranças, não tinham pressa. Para a glória. Para os rostos embaçados na névoa do esquecimento daqueles que pereceram com dignidade. Para os rostos daqueles que sobreviveram com honra. Para que posteriormente suas vidas fossem arruinadas por vodca, drogas e tuberculose.

– Éramos igualmente valentes – Julia Abatemarco encerrou. – Nenhum dos adversários tinha força suficiente para demonstrar maior valentia. Mas nós... nós conseguimos ser valentes por um minuto a mais.

•

– Marti, por favor, conceda-nos mais um pouco dessa sua maravilhosa magia! Mais um pouquinho, um pinguinho, por favor! As entranhas deste coitado estão parecendo um enorme guisado e, para piorar, temperado com um monte de anéis da cota de malha! Não consigo fazer nada porque ele fica se remexendo como um peixe eviscerado! Shani, diabos, segure os ganchos! Iola! Você está dormindo, droga? Grampo! Graaampo!

Iola respirou pesadamente e, com dificuldade, engoliu a saliva que enchia toda a sua boca. "Vou desmaiar", pensou. "Não vou suportar, não vou aguentar mais isto, este fedor, esta mistura horrível de odores de sangue, vômito, fezes, urina, do conteúdo das tripas, de suor, de medo e da morte. Não vou aguentar mais os gritos e gemidos que não cessam, as mãos ensanguentadas e viscosas me agarrando como se eu realmente fosse a salvação, a fuga, a vida... Não vou aguentar mais o absurdo daquilo que fazemos aqui. Pois isto aqui é um absurdo, um enorme, gigantesco absurdo, sem nenhum sentido."

"Não vou suportar o esforço e o cansaço. Não param de trazer mais e mais pessoas..."

"Não dá mais! Vou vomitar. Vou desmaiar. Vou passar vergonha..."

– Pano! Tampão! Grampo intestinal! Não esse, um grampo mole! Cuidado com o que faz! Se você cometer esse erro outra vez, vou bater nessa sua cabeçona ruiva! Está ouvindo? Vou bater nessa sua cabeçona ruiva!

"Grande Melitele. Ajude-me. Ajude-me, deusa."

– Está vendo? Melhorou num instante! Mais um grampo, sacerdotisa! Pinça para o vaso! Muito bem! Muito bem, Iola, continue assim! Marti, enxugue os olhos e o rosto dela. E o meu também...

•

"De onde vem esta dor?", pensou o condestável Jan Natalis. "O que dói tanto em mim?

Hã... já sei... Os punhos fechados."

•

– Acabemos com eles! – gritou Kees van Lo, esfregando as mãos. – Acabemos com eles, marechal! A linha está arrebentando no cruzamento! Vamos atacar! Pelo sol grandioso, ataquemos sem demora, e eles sucumbirão, desmoronarão!

Menno Coehoorn roeu a unha nervosamente, mas percebeu que estavam olhando para ele e logo tirou o dedo da boca.

– Vamos atacar – repetiu Kees van Lo com mais calma, desta vez sem ênfase. – "Nauzicaa" está pronta...

– "Nauzicaa" deve permanecer parada – Menno falou com rispidez. – A daerlana também. Senhor Faoiltiarna!

O comandante da brigada "Vrihedd", Isengrim Faoiltiarna, conhecido como o Lobo de Ferro, virou para o marechal seu rosto repugnante, deformado por uma cicatriz que cortava sua testa, sua sobrancelha, a raiz do nariz e a bochecha.

– Avancem – Menno apontou com o bastão. – No cruzamento de Temeria e da Redânia. Ali.

O elfo prestou continência. Seu rosto repugnante nem tremeu, seus enormes e profundos olhos não mudaram de expressão.

"Comparsas", Menno pensou. "Aliados. Lutamos juntos contra um inimigo comum. Mas eu não os entendo nem um pouco, esses elfos.

São tão diferentes.

Tão estranhos."

•

– Interessante. – Ruivo tentava enxugar o rosto com o cotovelo, que também estava ensanguentado, e Iola apressou-se a ajudá-lo.

– Interessante – o cirurgião repetiu, apontando para o paciente. – Foi atravessado com um forcado ou algum tipo de bisarma de dois dentes... Vejam aqui... Um dos dentes da ponta atravessou o coração. A câmara está visivelmente perfurada, a aorta quase separada... E ainda há pouco ele respirava. Aqui, na mesa, atingido no coração, conseguiu sobreviver até chegar à mesa...

– Quer dizer que ele morreu? – perguntou soturnamente o cavaleiro da voluntária cavalaria ligeira. – Nós o trouxemos do campo de batalha para cá em vão?

– As coisas nunca acontecem em vão – Ruivo não baixou os olhos. – E, para ser sincero, sim, infelizmente, ele morreu. Exitus. Tirem... Ai, diabos... Deem uma olhada, meninas.

Marti Sodergren, Shani e Iola debruçaram-se sobre o cadáver. Ruivo levantou a pálpebra do morto.

– Já viram algo semelhante?

As três estremeceram.

– Sim – responderam juntas e entreolharam-se, ligeiramente espantadas.

– Eu também já havia visto – Ruivo falou. – É um bruxo. Um mutante. Isso explicaria por que conseguiu aguentar tanto... Era seu companheiro de armas? Ou vocês o trouxeram por acaso?

– Era nosso companheiro, senhor médico – o outro voluntário, um altão com a cabeça enfaixada, confirmou soturnamente. – Fazia parte do nosso esquadrão, era voluntário como a gente, e dominava a espada com maestria! Chamava-se Coën.

– E era bruxo?

– Sim. Apesar disso, era um bom homem.

– Ai... – Ruivo suspirou, vendo quatro soldados carregarem mais um ferido sobre uma capa ensanguentada da qual pingava sangue. O ferido era muito novo, deduziu pelo tom agudo da voz ao uivar de dor. – Poxa, que pena... Teria prazer em fazer a necropsia deste, apesar de tudo, bom homem. A curiosidade está me matando. Além disso, poderia escrever uma dissertação se conseguisse olhar suas entranhas... Mas não há tempo para isso! Tirem o cadáver da mesa! Shani, água. Marti, desinfecção. Iola, passe... Poxa, menina, você está vertendo lágrimas de novo? O que houve desta vez?

– Nada, senhor Ruivo, nada. Já está tudo bem.

•

– Sinto-me como se tivesse sido roubada – Triss Merigold repetiu.

Nenneke demorou a responder. Olhava do terraço o jardim do templo, onde as sacerdotisas e as noviças entregavam-se aos trabalhos primaveris.

– Você fez uma escolha – falou por fim. – Você escolheu seu caminho, Triss, seu destino, de acordo com a sua vontade. Não é a hora de lamentar.

A feiticeira baixou os olhos e respondeu:

– Nenneke, realmente não posso lhe falar mais do que já lhe falei. Acredite em mim e me perdoe.

– Quem sou eu para perdoá-la? E o que você ganhará se eu perdoá-la?

– Mas eu noto o jeito como você me olha! Você e suas sacerdotisas – Triss estourou. – Percebo vocês me perguntando com o olhar: O que você está fazendo aqui, maga? Por que não está lá com Iola, Eurneid, Katje, Myrrha? E Jarre?

– Você está exagerando, Triss.

A feiticeira olhava para longe, para a floresta que arroxeava atrás do muro do templo, para a fumaça das fogueiras distantes. Nenneke permanecia calada. Também viajava nos seus pensamentos. Lá onde o combate estava no seu apogeu e onde jorrava sangue. Pensava nas meninas que mandou para lá.

– Elas me negaram tudo – Triss falou.

Nenneke permaneceu calada.

– Negaram-me tudo – repetiu Triss. – Tão sábias, tão sensatas, tão lógicas... Como poderia não acreditar nelas quando diziam que existem assuntos mais importantes e menos importantes, que era preciso desistir dos menos importantes, sacrificá-los em nome dos mais importantes, e sem nenhum arrependimento? Que não tem sentido salvar pessoas que conhecemos e amamos, pois trata-se de indivíduos, e o destino de indivíduos não tem nenhum impacto sobre o destino do mundo? Que a luta em nome da dignidade, da honra e dos ideais não faz sentido, pois esses são apenas conceitos vazios? Que o verdadeiro campo de batalha pelo destino do mundo fica em um lugar completamente diferente e que a luta seria travada em outro local? Eu me sinto como se tivesse sido roubada. Roubada da possibilidade de cometer desatinos. Não posso correr loucamente para socorrer Ciri, não posso correr loucamente para socorrer Geralt ou Yennefer. Pior ainda, na guerra que está sendo travada, na guerra para a qual você mandou suas meninas, na guerra para a qual Jarre fugiu, negam-me até a possibilidade de ficar no Monte. Ficar mais uma vez no Monte. Desta vez consciente de uma decisão verdadeiramente certa.

– Todos têm alguma decisão a tomar e seu próprio Monte, Triss – a arquissacerdotisa falou em voz baixa. – Todos. Você também não conseguirá fugir disso.

•

Formou-se um alvoroço na entrada da barraca. Mais um ferido foi levado para dentro, assistido por alguns cavaleiros. Um deles, usando uma armadura de placas completa, gritava, dava ordens, apressava.

– Mexam-se, assistentes! Mais rápido! Tragam-no para cá! E você, hein, seu cirurgião!

– Estou ocupado. – Ruivo nem ergueu os olhos. – Por favor, coloquem o ferido na maca. Tratarei dele logo que terminar...

– Tratará dele agora, seu médico burro! Pois este é o próprio excelentíssimo senhor conde de Garramone!

Ruivo levantou a voz enraivecido, pois a ponta da seta presa nas vísceras mais uma vez tinha escorregado do fórceps, e respondeu:

– Este hospital, este hospital tem muito pouco a ver com a democracia. Trazem para cá sobretudo cavaleiros ordenados e titulares: barões, condes, marqueses, e outros assim. Poucos se importam com gente de baixo escalão. No entanto, há certa igualdade aqui, sobre a minha mesa!

– Hein? O quê?

Ruivo novamente enfiou a sonda e o fórceps na ferida e disse:

– Não importa se este aqui, de cujas entranhas retiro o ferro, é um babaca, um cavaleiro de baixo escalão, um fidalgo das antigas linhagens ou um aristocrata. Está prostrado sobre a minha mesa. E nela, permita-me dizer, um conde e um truão têm a mesma importância.

– O quê?

– Seu conde esperará a vez dele.

– Seu metadílio abominável!

– Ajude-me, Shani. Pegue o outro fórceps. Cuidado com a artéria! Marti, por gentileza, mais um pouco de magia, temos uma forte hemorragia aqui.

O cavaleiro deu um passo adiante, rangendo a armadura e os dentes, e berrou:

– Eu vou mandar enforcá-lo! Mandarei enforcá-lo, seu desumano!

– Cale-se, Papebrock – o conde ferido falou com dificuldade, mordendo o beiço. – Cale-se. Deixe-me aqui e volte ao campo de batalha...

– Não, meu senhor! Nunca, jamais!

– É uma ordem.

De trás da lona da barraca ouviam-se troadas, o tinir de ferro, o arquejar dos cavalos e gritos selvagens. Os feridos no hospital soltavam gritos em variados tons.

– Vejam só. – Ruivo ergueu o fórceps e mostrou a ponta hirta, já extraída. – Esta joia foi feita por um artesão, que graças à sua produção sustentava uma grande família. Além disso, contribuía para o desenvolvimento da produção em pequena escala, portanto, para o bem-estar e a felicidade de todos. E esta maravilha que ficou presa nas vísceras humanas certamente está protegida por uma patente. Viva o progresso!

Jogou desleixadamente a ponta ensanguentada num balde e olhou para o ferido, que havia desmaiado enquanto Ruivo falava.

– Suturar e retirar. Se tiver sorte, sobreviverá. Tragam o próximo da fila. Aquele com a cabeça dilacerada.

– Esse saiu da fila alguns minutos atrás – Marti Sodergren falou com calma.

Ruivo inspirou e expirou o ar, afastou-se da mesa sem fazer comentários desnecessários e postou-se diante do conde ferido. Suas mãos estavam ensanguentadas, e o avental, salpicado de sangue, como o de um açougueiro. Daniel Etcheverry, o conde de Garramone, empalideceu ainda mais.

– Pois é – Ruivo suspirou. – Chegou a sua vez, excelentíssimo senhor conde. Tragam-no para a mesa. O que temos aqui? Ah, desta articulação não restou nada que possa ser salvo. Mingau! Polpa! Com o que vocês se batem lá, excelentíssimo senhor conde, que consegue até esmagar os ossos? Bom, isto vai doer um pouco, excelentíssimo senhor conde. Vai doer um pouco. Mas não tenha medo. Vai ser do mesmo jeito que na batalha. Torniquete. Faca! Amputamos, Vossa Graça!

Daniel Etcheverry, o conde de Garramone, que até então estava com cara de poucos amigos, uivou feito lobo. Antes que apertasse as mandíbulas, Shani enfiou-lhe uma cavilha da madeira de tília.

•

– Vossa Majestade! Senhor Condestável!

– Fale, homem!

– A Unidade Voluntária e a Companhia Livre mantêm o istmo junto da lagoa Dourada... Os anões e condotieros resistem firmes, apesar de terem sido terrivelmente dizimados... Dizem que "Adieu" Pangratt, Frontino e Julia Abatemarco estão mortos... Todos, todos estão mortos! E o esquadrão doriano que ia ajudá-los, esse foi abatido por completo...

– Retirada, senhor condestável – Foltest falou em voz baixa, mas com veemência. – Se quiser saber minha opinião, está na hora de retirar-se. Que Bronibor mande sua infantaria contra os negros! Já! Imediatamente! Do contrário, romperão nossa formação, e isto significará o fim.

Jan Natalis não respondeu. Observava de longe mais um estafeta a aproximar-se numa corrida desenfreada, montado num cavalo que soltava enormes quantidades de espuma.

– Respire, homem. Respire e fale!

– Romperam... a frente... os elfos da brigada “Vrihedd”... O senhor de Ruyter informa a vossas excelências...

– Informa o quê? Fale!

– Que está na hora de salvar a vida.

Jan Natalis ergueu os olhos para o céu.

– Blenckert – falou surdamente. – Que venha Blenckert. Ou que venha a noite.

•

A terra em volta da barraca tremeu sob os cascos. Parecia que a lona inflara por causa dos gritos e do relincho dos cavalos. Um soldado entrou na barraca com ímpeto, seguido por dois assistentes.

– Fujam! – o soldado berrou. – Salvem-se! Nilfgaard está acabando com os nossos! É um massacre! Um massacre! A derrota!

– Pinça! – Ruivo recuou, afastando o rosto do jato de sangue enérgico e vivo que jorrou da aorta. – Grampo! E um tampão! Grampo, Shani! Marti, por gentileza, faça algo para estancar essa hemorragia...

Alguém que estava junto da barraca soltou um uivo curto, interrompido, como o de um animal. Um cavalo grunhiu. Alguma coisa caiu no chão, tinindo e estourando. A seta lançada de uma besta perfurou a lona com um estalo, silvou e saiu pelo outro lado, por sorte muito alto, sem risco para os feridos deitados nas macas.

– Nilfgaaaaaard! – o soldado gritou outra vez, num tom alto e com a voz trêmula. – Senhor cirurgião! Não ouvem o que digo? Nilfgaard rompeu as linhas reais e vem matando! Fujaaaam!

Ruivo pegou a agulha que Marti Sodergren entregou-lhe e deu o primeiro ponto. O operado não se mexia já havia um bom tempo. Mas o coração dele continuava batendo.

– Não quero morreeeeer! – ululou um dos feridos que estava consciente. O soldado soltou um palavrão, de um salto foi para a saída, subitamente deu um grito, caiu para trás e desabou no chão, respingando sangue. Iola, que estava ajoelhada junto das macas, pôs-se de pé e afastou-se.

De repente, tudo ficou em silêncio.

"Não é um bom sinal", Ruivo pensou ao ver quem entrava na barraca: os elfos. Relâmpagos prateados. A brigada "Vrihedd", a famosa brigada "Vrihedd".

– Vocês tratam aqui – disse o primeiro dos elfos, alto, com um fino e belo rosto expressivo e enormes olhos cor de anil. – Tratam, é isso?

Ninguém respondeu. Ruivo sentiu suas mãos tremerem. Passou a agulha para Marti às pressas. Notou que a testa e a raiz do nariz de Shani estavam ficando brancas.

– Como é possível? – o elfo falou, arrastando as palavras, num sinal de mau agouro. – Então para que nós, lá no campo, ferimos? Na batalha, nós produzimos feridas para que se morra em consequência delas. E vocês as tratam? Observo aqui uma absoluta falta de lógica, e uma discrepância de interesses.

Encurvou-se e, quase sem mover o braço para trás, enfiou a espada no peito do ferido deitado na maca mais perto da entrada. O segundo elfo encravou um espontão em outro ferido. O terceiro, consciente, tentava segurar a ponta da arma com a mão esquerda e o cotoco da mão direita, enfaixado com uma grossa camada de ataduras.

Shani soltou um grito fino, penetrante, abafando o gemido pesado e desumano de um aleijado que estava sendo assassinado. Iola jogou-se sobre a maca, protegendo outro ferido com o próprio corpo. Seu rosto ficou pálido como o pano de uma atadura, seus lábios começaram a tremer involuntariamente. O elfo semicerrou os olhos.

– *Va vort, beanna!* – latiu. – Ou a perfurarei junto com esse Dh'oine!

– Fora daqui! – Ruivo alcançou Iola em três pulos, protegendo-a. – Fora da minha barraca, seu assassino! Vá para lá, para o campo. Seu lugar é lá mesmo, junto dos outros assassinos. Matem-se lá uns aos outros, se quiserem! Mas fora daqui!

O elfo olhou para baixo, para o rechonchudo metadílio, que tremia de medo e que, com a ponta da cabeça encaracolada, alcançava em altura apenas um pouco acima da sua cintura.

– *Bloede Pherian* – sibilou. – Servo dos humanos! Saia do meu caminho!

– Não vou fazer isso. – Os dentes do metadílio batiam, mas as palavras saíam claras.

O outro elfo saltou até ele e empurrou o cirurgião com a haste do espontão. Ruivo caiu de joelhos. O elfo alto puxou Iola com força, tirando-a de cima do ferido, e ergueu a espada.

Ficou estupefato quando viu as labaredas prateadas da divisão "Deithwen" na capa negra enrolada que servia de apoio para a cabeça de um dos feridos e a patente de coronel.

– *Yaevinn*! – gritou, ao entrar com ímpeto na barraca uma elfa de cabelos escuros trançados. – *Caemm, veloe! Ess'evgyriad a'Dh'oine a'en va! Ess'tedd!*

O elfo alto ficou olhando por um momento para o coronel ferido e em seguida mirou nos olhos do cirurgião, apavorados e cheios de lágrimas. Depois, virou as costas e saiu.

Do outro lado da barraca ouviam-se novamente batidas de cascos, gritos e o tinir de ferro.

– Para cima dos negros! Matem todos! – ressoaram milhares de vozes. Alguém uivou feito um animal, mas o uivo virou um rouquejar macabro.

Ruivo tentou se levantar, mas as pernas não obedeciam, nem os braços. Iola, sacudida por fortes espasmos, devido ao choro reprimido, encolheu-se junto da maca do nilfgaardiano ferido, em posição fetal.

Shani chorava, sem fazer nenhuma tentativa de esconder as lágrimas, mas continuava segurando os ganchos. Marti suturava calmamente. Apenas seus lábios se mexiam, num monólogo mudo, silencioso.

Ruivo, que ainda não conseguia se levantar, sentou-se. Seus olhos encontraram os de um assistente enfiado no canto da barraca, encolhido.

– Dê-me um gole de pinga – pediu com dificuldade. – Só não me fale que você não tem. Conheço vocês, malandros. Vocês sempre têm pinga.

•

O general Blenheim Blenckert ergueu-se nos estribos, esticou o pescoço como um grou e ficou ouvindo os sons da batalha.

– Estendam a formação – ordenou aos comandantes. – Depois desse morro seguiremos a trote. Pelo que os exploradores dizem, sairemos direto na asa direita dos negros.

– E vamos dar uma surra neles! – um dos tenentes gritou com voz fina, um jovem de bigode sedoso e muito ralo. Blenckert olhou para ele de soslaio.

– Mandem o alferes-mor na frente – ordenou, desembainhando a espada. – E durante o ataque gritem: "Redânia!", gritem a plenos pulmões! Que os rapazes de Foltest e Natalis saibam que o reforço vem chegando.

•

Havia quarenta anos, desde os dezesseis anos de idade, o conde Kobus de Ruyter lutara em várias batalhas. Além disso, era soldado de oitava geração, e decerto carregava nos genes algo que fazia com que o berro e a barulheira da batalha, que para qualquer pessoa seriam algo assustador ou ensurdecedor, parecessem para Kobus de Ruyter uma sinfonia, um concerto de instrumentos. Num instante ele percebia no concerto novas notas, novos acordes e tons.

– Vivaaa, rapazes! – bradou, sacudindo o bastão. – Redânia! Redânia vem vindo! As águias! As águias!

Vinda do Norte, de trás dos morros, aproximava-se da batalha uma massa de cavaleiros sobre os quais tremulavam flâmulas cor de amaranto e um enorme gonfalão com a águia redânia prateada.

– Reforço! Venha o reforço! Vivaaa! Acabem com os negros! – De Ruyter berrou.

Soldado havia oito gerações, logo notou que os nilfgaardianos recolhiam a ala e tentavam virar-se para a carga do reforço, numa densa frente alinhada. Sabia que não se podia permitir que fizessem isso.

– Sigam-me! – bradou, arrancando o estandarte das mãos do alferes-mor. – Sigam-me! Sigam-me, tretogorianos!

Atacaram. Foi um ataque suicida, horrível, mas eficiente. Os nilfgaardianos da divisão "Venendal" fecharam a formação, e foi então que os esquadrões redânios se lançaram sobre eles com ímpeto. Um forte brado elevou-se ao céu.

Kobus de Ruyter já não conseguia mais ver nem ouvir. Foi atingido na têmpora por uma seta perdida lançada de uma besta. O conde deslizou da sela e caiu do cavalo. A bandeira cobriu-o feito um sudário.

Oito gerações dos De Ruyters que pereceram em combate e acompanhavam a batalha do além acenavam com as cabeças, em sinal de reconhecimento.

•

– Pode-se dizer, senhor capitão, que nesse dia os nortelungos foram salvos por um milagre, ou por uma coincidência que não podia ser prevista por ninguém... É verdade que Restif de Montholon escreveu em seu livro que o marechal Coehoorn cometeu um erro na estimativa da força e das intenções do adversário, que arriscou demasiadamente ao dividir o Grupo do Exército "Meio" e avançar com a incursão cavalariana, que foi para uma batalha sem ter pelo menos uma vantagem de três a um, e que negligenciou o reconhecimento, não percebeu o exército redânio vindo com reforço...

– Cadete Puttkammer! A "obra" de duvidoso valor do senhor Montholon não faz parte do currículo desta escola! E a Sua Majestade Imperial se pronunciou de forma bastante crítica a respeito desse livro! Portanto, faça o favor de não citá-lo aqui. Realmente, causa-me espanto. Até agora suas respostas têm sido muito boas, até excepcionais, e de repente o senhor começa a discursar sobre milagres e coincidências, e por fim permite-se criticar as habilidades de comando de Menno Coehoorn, um dos maiores comandantes do império. Cadete Puttkammer e todos os outros cadetes, se desejam passar na prova de ingresso, façam o favor de ouvir e guardar na mente: em Brenna não ocorreu nenhum tipo de milagre ou coincidência, houve uma conspiração! Forças de sabotagem inimigas, elementos de subversão, ignóbeis intrigantes, cosmopolitas, políticos falidos, traidores e corruptos! Uma úlcera que depois foi queimada com ferro incandescente. Mas, antes que isso acontecesse, esses repugnantes traidores do seu próprio povo teciam suas teias de aranha e armavam as ciladas de tramoias! Foram eles que enganaram o marechal Coehoorn e o induziram a erro! Foram eles, canalhas sem honra nem fé, simples...

•

– Filhos da puta! – Menno Coehoorn repetiu, sem tirar a luneta dos olhos. – Simples filhos da puta! Mas esperem, eu vou encontrá-los, vou ensinar-lhes o que é o reconhecimento. De Wyngalt! Encontre o oficial que estava de patrulha atrás dos morros no Norte. Ordene que todos, toda a patrulha, sejam enforcados!

– Sim, senhor! – Ouder de Wyngalt, o *aide-de-camp* do marechal, concordou, batendo os calcanhares. Naquela hora, não poderia saber que Lamarr Flaut, o oficial daquela patrulha, naquele exato momento estava morrendo, esmagado pelos cavalos da secreta reserva tática dos nortelungos que havia atacado do flanco e que ele próprio não tinha identificado. De Wyngalt tampouco poderia saber que ele mesmo só teria mais duas horas de vida.

– Quantos são, senhor Trahe, pela sua estimativa? – Coehoorn mantinha a luneta no olho.

– Pelo menos dez mil – respondeu secamente o comandante da Sétima Brigada Daerlana. – Principalmente da Redânia, mas vejo também os chevrons de Aedirn... Há também um unicórnio, então Kaedwen também está presente... Com a força de pelo menos um esquadrão...

•

O esquadrão avançava a galope. Areia e cascalho salpicavam de debaixo dos cascos.

– Adiante, Pardo! – berrava o centurião Meiovaso, embriagado, como de costume. – Batam neles, acabem com eles! Kaedweeen! Kaedweeen!

"Diabos, que vontade de mijar", Zyvik pensou. "Deveria ter mijado antes da batalha... Talvez agora não haja outra oportunidade."

– Adiante, Pardo!

"Sempre o Pardo. Onde as coisas andam mal, o Pardo está. Quem é que mandam como corpo de expedição a Temeria? O Pardo. Sempre o Pardo. E eu estou com vontade de mijar."

Chegaram. Zyvik soltou um grito, virou-se na sela e cortou, a partir da orelha, destruindo a dragona, o ombro de um cavaleiro de capa negra com uma estrela de prata de oito pontas.

– Pardo! Kaedweeen! Batam neles, matem!

Com estrondo, estrugir e tinir, por entre os berros de pessoas e o guincho de cavalos, o Destacamento Pardo chocou-se com os nilfgaardianos.

•

– Mellis-Stoke e Braibant conseguirão lidar com esse reforço – falou com calma Elan Trahe, o comandante da Sétima Brigada Daerlana. – As forças estão equilibradas, ainda não aconteceu nada que nos prejudique. A divisão de Tyrconnel equilibra a ala esquerda, "Magne" e "Venendal" mantêm-se na ala direita, e nós... marechal, nós podemos desequilibrar a balança...

– Atacando no cruzamento das linhas, outra vez após os elfos – Menno Coehoorn entendeu de imediato. – Entrando pela retaguarda, despertando pânico. É isso mesmo! Assim faremos, pelo sol grandioso! Senhores, aos esquadrões! "Nauzicaa" e "Sétima", a hora de vocês chegou!

– Viva o imperador! – gritou Kees van Lo.

O marechal virou-se e disse:

– Senhor de Wyngalt, faça o favor de juntar os ajudantes e o esquadrão de segurança. Chega de inércia! Atacaremos junto à Sétima Brigada Daerlana.

Ouder de Wyngalt empalideceu levemente, mas logo se recuperou.

– Viva o imperador! – gritou, e sua voz quase não tremeu.

•

Ruivo cortava, e o ferido uivava e arranhava a mesa. Iola, lutando corajosamente para superar a tontura, cuidava do torniquete e dos grampos. Do lado da entrada da barraca ouvia-se a voz exaltada de Shani.

– Para onde estão indo? Vocês estão loucos? Os vivos estão esperando aqui por socorro, e vocês se metem com um cadáver?

– Mas é o próprio barão Anzelm Aubry, senhora cirurgiã! O comandante de um esquadrão!

– Ele era o comandante de um esquadrão! Agora é um defunto! Vocês conseguiram trazê-lo para cá inteiro só porque a armadura dele é hermética! Levem-no daqui. Isto é um hospital de campo, e não um mortuário!

– Mas, senhora cirurgiã...

– Não bloqueiem a entrada! Ali estão chegando com um que ainda está vivo. Pelo menos parece vivo. Também pode ser que sejam apenas gases.

Ruivo bufou, mas logo franziu o cenho.

– Shani! Venha aqui agora!

– Lembre-se, fedelha – falou com os dentes cerrados, debruçado sobre a perna aberta –, um cirurgião pode permitir-se fazer uso de cinismo só depois de dez anos de prática. Não vai esquecer?

– Não vou, senhor Ruivo.

– Pegue o raspador e tire o periósteo... Droga, seria bom anestesiá-lo mais um pouco... Onde está Marti?

– Vomitando atrás da barraca. Vomitando as tripas – Shani falou, sem nenhum cinismo.

– Os feiticeiros, em vez de inventar inúmeros sortilégios terríveis e poderosos – Ruivo segurou a serra –, deveriam preocupar-se em inventar apenas um que lhes permitisse realizar pequenos feitiços. Por exemplo, feitiços de anestesia. Anestesia sem problemas, e sem vomitar.

A serra rangeu e trincou. O ferido não parava de ulular.

– Aperte mais o torniquete, Iola!

Finalmente o osso cedeu. Ruivo trabalhou-o com um cinzel e enxugou a testa.

– Os vasos e os nervos – disse maquinalmente e sem necessidade, pois antes que terminasse a frase as moças já estavam suturando. Tirou da mesa a perna amputada e jogou para o lado, sobre a pilha de membros amputados. Havia algum tempo o ferido já não gritava, nem ululava.

– Desmaiou ou morreu?

– Desmaiou, senhor Ruivo.

– Tudo bem. Suture o cotoco, Shani. E tragam o próximo! Iola, vá verificar se Marti já vomitou tudo.

– Queria saber quantos anos de prática o senhor tem. Uns cem? – perguntou Iola em voz baixa e sem erguer a cabeça.

•

Após alguns minutos de uma marcha exaustiva e sufocante, por causa da poeira, os gritos dos centuriões e decanos finalmente pararam e os regimentos wyzimianos alinharam-se. Jarre, arfando e tentando apanhar o ar com a boca feito peixe, viu o voivoda Bronibor desfilando diante da frente, montado em seu belo corcel coberto com as placas da armadura. O próprio Bronibor também usava armadura completa, esmaltada, com listras azuis, parecendo uma enorme sarda metálica.

– Como estão, jegues?

As fileiras de piqueiros responderam com um murmúrio, retumbante como um distante trovão.

– Vocês estão emitindo peidorretas – o voivoda constatou, virando o cavalo encouraçado e guiando-o a passo lento diante da frente. – Isso significa que estão bem, pois, quando estão mal, não peidam em voz baixa, mas uivam e ganem como condenados. Pelas suas caras, percebo que estão animados para a luta, que sonham com o combate, que já não veem a hora do embate com os nilfgaardianos! E aí, vagabundos wyzimianos? Trago-lhes boas notícias! Seus sonhos se cumprirão daqui a um instante, daqui a um átimo de instante.

Os piqueiros murmuraram outra vez. Bronibor chegou até a ponta da linha, retornou e continuou seu discurso, batendo o bastão contra o arco do cepilho ornado.

– Devoraram um monte de poeira, infantes, marchando atrás dos encouraçados! Até agora, em vez de fama e conquistas, apenas cheiraram os peidos dos cavalos! Ainda hoje, diante de uma grande necessidade, por pouco vocês não conseguiram chegar ao campo de glória. Mas conseguiram, e por isso dou-lhes os meus sinceros parabéns! Aqui, nos arredores desta vila, cujo nome esqueci, finalmente mostrarão o seu valor como um exército. Essa nuvem que estão vendo no campo é a cavalaria nilfgaardiana, que pretende esmagar nosso exército atacando pela lateral, empurrar-nos e afogar-nos nos pântanos desse riozinho cujo nome também me escapou. Vocês, famosos piqueiros wyzimianos, pela graça do rei Foltest e do condestável Natalis, foram honrados com a missão de defender a lacuna que se formou em nossas fileiras. Preencherão essa lacuna com, digamos, seus próprios peitos, interromperão a carga nilfgaardiana. Estão contentes, camaradas? Estão cheios de orgulho, hein?

Jarre olhou em volta, apertando a haste do pique. Nada indicava que os soldados sentiam-se alegres com a perspectiva de um combate imediato. E se realmente estavam cheios de orgulho pela honra da missão de preencher a lacuna, disfarçavam bem. À sua direita, Melfi balbuciava uma oração em voz baixa. À sua esquerda, Deuslax, um soldado experiente, fungava, xingava e tossia nervosamente.

Bronibor virou o cavalo e endireitou-se na sela.

– Não estou ouvindo! – rugiu. – Perguntei se vocês estão cheios de orgulho, caralho!

Desta vez os piqueiros, diante da falta de qualquer outra opção, bramiram em um poderoso uníssono que sim, que estavam cheios de orgulho. Jarre também bramiu. Ou todos, ou ninguém.

– Muito bem! – o voivoda parou o cavalo diante da frente. – E agora alinhem-se de modo adequado! Centuriões, o que estão esperando, caralho? Formem um quadrilátero! A primeira fileira de joelhos, a segunda em pé! Encravem os piques! Com a outra ponta, burro! Sim, sim, estou falando com você, seu jegue barbudo! Levantem mais as lâminas, imbecis! Alinhem-se, juntem-se, agrupem-se, ombro a ombro! Agora, sim, causam uma boa impressão! Quase como uma tropa!

Jarre estava na segunda fileira. Encravou a haste do pique com força na terra e apertou-a com as mãos suadas por causa do medo. Melfi balbuciava sem parar a oração pelos moribundos. Deuslax rosnava de modo confuso e repetia a todo momento palavras relacionadas com a vida íntima dos nilfgaardianos, cachorros, cadelas, reis, condestáveis, voivodas e mães de todos eles.

A nuvem no campo aumentava de tamanho. Bronibor rugiu:

– Não fiquem peidando aí, não batam os dentes! Espantar os cavalos nilfgaardianos com esses sons é uma ideia que não dá certo! Que ninguém se engane! Quem avança contra nós são a brigada "Nauzicaa" e a "Sétima Brigada Daerlana", tropas excelentes, valentes e muito bem treinadas! É impossível assustá-los, é impossível vencê-los! É preciso matá-los! Levantem os piques!

À distância ouvia-se a batida de cascos, que soava cada vez mais alto. A terra começou a tremer. As lâminas começaram a fulgurar feito faíscas na nuvem formada pela poeira.

– Pela sua sorte cagada, wyzimianos – o voivoda voltou a bramir –, o pique comum da infantaria do novo e modernizado padrão tem vinte e um pés de comprimento, enquanto uma espada nilfgaardiana tem três pés e meio. Suponho que sabem fazer as contas. Saibam, então, que eles também possuem essa habilidade. Mas contam com a possibilidade de vocês não aguentarem, de revelarem sua verdadeira natureza, confirmando que são cagões, covardes e malditos comedores de ovelhas. Os negros contam com a possibilidade de vocês largarem seus piques e começarem a fugir, enquanto eles os perseguirão no campo, cortando suas costas, seus occipícios e suas nucas com tranquilidade e sem dificuldades. Lembrem-se, cagões, que, embora o medo faça os calcanhares se tornarem extraordinariamente voláteis, vocês não conseguirão fugir de um cavaleiro. Quem quiser viver, quem quiser alcançar a fama e a conquista, deve ficar em pé! Com firmeza! Como um muro! Estreitem as fileiras!

Jarre virou-se. Os arqueiros que estavam atrás da linha dos piqueiros já giravam as manivelas. O centro do quadrilátero eriçou-se com as lâminas das bisarmas, ranseurs, alabardas, glaives-guisarmes, foices, voulges e forcas. A terra tremia cada vez com mais força, e entre a negra parede da cavalaria que se aproximava já se podiam distinguir silhuetas de cavaleiros.

– Mãe, mamãe. Mãe, mamãe... – repetia Melfi com os lábios trêmulos.

– ... da puta – murmurava Deuslax.

O som da batida dos cascos tornava-se cada vez mais intenso. Jarre queria passar a língua nos lábios, mas não conseguia. Ela tinha parado de se comportar como de costume, havia enrijecido de forma estranha e estava ressecada. A batida dos cascos tornava-se cada vez mais intensa.

– Estreitem! – rugiu Bronibor, desembainhando a espada. – Sintam o ombro do companheiro! Lembrem-se, nenhum de vocês está lutando sozinho! E o único remédio para o medo que vocês sentem é o pique na mão! Preparem-se para a luta! Os piques direcionados para o peito dos cavalos! O que vamos fazer, vagabundos wyzimianos? Eu já perguntei!

– Manter-nos em pé com firmeza! – os piqueiros bramiram em uníssono. – Como um muro! Estreitar as fileiras!

Jarre também bramia. Ou todos ou ninguém. Areia, cascalho e grama salpicavam de debaixo dos cascos da cavalaria que se aproximava em formação em cunha. Os cavaleiros que avançavam em carga gritavam feito demônios, esgrimiam as armas. Jarre apertou o pique, escondeu a cabeça entre os ombros e fechou os olhos...

•

Jarre, sem parar de escrever, espantou a vespa que rondava o tinteiro com um brusco movimento do cotoco.

A ideia do marechal Coehoorn foi malsucedida. O ataque pelo flanco foi estancado pela heroica infantaria wyzimiana, comandada pelo voivoda Bronibor, e ele pagou pela sua valentia com o próprio sangue. Enquanto os wyzimianos resistiam, Nilfgaard começou a desmantelar-se no flanco esquerdo. Alguns fugiram, outros agruparam-se e defenderam-se em grupos, cercados por todos os lados. Logo isso também aconteceu na ala direita, onde a persistência dos anões e dos condotieros finalmente superou o ímpeto de Nilfgaard. Em toda a frente ergueu-se um poderoso grito de triunfo, e um novo ânimo tomou conta dos corações dos cavaleiros reais. Mas nos nilfgaardianos o ânimo se apagou e suas mãos perderam as forças. E os nossos começaram a trincá-los com tanta intensidade que os sons da batalha, feito eco, ressoavam por toda parte.

E foi então que o marechal de campo Coehoorn entendeu que haviam perdido a batalha e viu as brigadas à sua volta se dissiparem e se extinguirem.

Dirigiam-se a ele oficiais e cavaleiros levando cavalos descansados, pedindo que partisse, que salvasse sua vida. Mas no peito do marechal nilfgaardiano batia um coração destemido. "Não é digno", gritou, afastando as rédeas estendidas para ele. "Não é digno que eu fuja como um covarde do campo de batalha no qual, sob o meu comando, tantos bons homens pereceram pelo imperador." E o valente Menno Coehoorn acrescentou...

•

– Não há como escapar. Cercaram-nos de todos os lados – acrescentou com calma e sobriedade Menno Coehoorn, olhando em volta do campo.

– Passe sua capa e seu elmo, marechal. – O capitão Sievers enxugou o suor e o sangue do rosto. – Pegue os meus! Desmonte de seu corcel, monte no meu... Não recuse! O senhor precisa viver! É imprescindível para o império, insubstituível... Nós, os daerlanos, atrairemos e atacaremos os nortelungos, e o senhor tentará passar lá embaixo, depois do pesqueiro...

– Não conseguirá se safar dessa – Coehoorn murmurou, agarrando as rédeas que lhe foram entregues.

– É uma honra – Sievers endireitou-se na sela. – Sou um soldado! Da Sétima Brigada Daerlana! Aproxime-se, pode confiar! Chegue mais perto!

– Boa sorte – Coehoorn murmurou, cobrindo os ombros com a capa daerlana com um negro escorpião no ombro. – Sievers?

– Sim, marechal?

– Nada. Boa sorte, rapaz.

– E que a sorte também o acompanhe, marechal. Pode crer! Adiante, aos cavalos!

Coehoorn seguiu-os com o olhar, por muito tempo, até o momento em que o grupo de Sievers chocou-se com estrondo, gritos e estrépito com os condotieros, uma unidade que os superava em número, reforçado imediatamente por outros. As negras capas dos daerlanos desapareceram por entre o cinzento dos condotieros, e tudo mergulhou na poeira.

O tossir nervoso dos ajudantes e de Wyngalt fez Coehoorn, distraído, retomar a atenção. O marechal ajeitou os loros e as abas da sela e acalmou o corcel agitado.

– Adiante! – ordenou.

Inicialmente tudo correu bem. Na saída do pequeno vale que levava para o rio defendia-se com ferocidade uma unidade cada vez menor dos resistentes da brigada "Nauzicaa", agrupada em forma de um círculo eriçado de lâminas, sobre a qual os nortelungos temporariamente concentraram todo o ímpeto e toda a força, formando-se uma lacuna no anel. Contudo, o que era previsível, não conseguiram safar-se por completo. Precisaram passar pelo meio de uma fileira da voluntária cavalaria ligeira, que, pelos símbolos, deduzia-se que era bruggense. O embate foi curto, mas terrivelmente feroz. Coehoorn perdeu. Desistiu de qualquer reminiscência ou aparência de um heroísmo patético, e procurou apenas sobreviver. Sem esperar pela escolta que se chocara com os bruggenses, correu atrás dos ajudantes, na direção do rio, deitando-se sobre o cavalo e agarrando a sua nuca.

O caminho estava livre. Atrás do rio e dos salgueiros tortos estendia-se uma planície vazia na qual não se avistava nenhum exército inimigo. Ouder de Wyngalt, que galopava junto de Coehoorn, também percebeu isso e gritou em triunfo.

Demasiado cedo.

Um prado coberto de persicária de um verde intenso separava-os da correnteza lenta e turva do rio. Quando a adentraram em pleno galope, de repente os cavalos submergiram no pântano até a barriga.

O marechal, sobrevoando a cabeça do cavalo, caiu no pântano. Os cavalos em volta relinchavam e davam coices, os homens enlamaçados e cobertos de lemna gritavam. No meio desse pandemônio, Menno ouviu um som estranho e repentino. Era o som da morte. O silvo das rêmiges.

Lançou-se na direção da correnteza do rio, submerso no grosso pântano até a cintura. O ajudante que o acompanhava caiu repentinamente, enfiando o rosto na lama, e o marechal pôde ver em suas costas uma seta encravada até a empenagem. No mesmo momento, sentiu um terrível golpe na cabeça. Desequilibrou-se, mas não caiu, pois estava atolado no meio do lodo e da elódea. Tentou gritar, mas conseguiu apenas rouquejar. "Estou vivo", pensou, tentando livrar-se do lodo pegajoso. "O cavalo, na tentativa de desatolar-se do aluvião, deu uma patada em meu elmo.

A chapa amassada com profundidade machucou minha bochecha, arrancou meus dentes e cortou minha língua... Estou sangrando... engolindo sangue... mas continuo vivo..."

Mais um estalo das cordas, o silvo das rêmiges, o estrondo e o estouro das pontas perfurando as armaduras, gritos, o relincho dos cavalos, o chapinhar, o sangue respingando. O marechal olhou para trás e viu arqueiros na margem. Pequenas, rechonchudas e atarracadas silhuetas de cotas de malha, coifas de malha e elmos pontudos. "Anões", pensou.

O estalo das cordas das bestas, o silvo das setas. O guincho dos cavalos espantados. O grito dos homens, engasgando com água e lama.

Ouder de Wyngalt, virado para os arqueiros, anunciou gritando que se entregava, e com voz alta e estridente pediu misericórdia e clemência, prometeu o pagamento do resgate, clamou pela vida. Certo de que ninguém entenderia suas palavras, ergueu a espada que segurava pela lâmina sobre a cabeça. Com um gesto de rendição internacional, até cosmopolita, estendeu a arma na direção dos anões. Não foi entendido, ou foi mal entendido, pois duas setas o atingiram no peito com tanta força que o impacto o arrebatou do pântano.

Coehoorn arrancou o elmo amassado da cabeça. Conhecia muito bem a língua dos nortelungos.

– Fou mauefau Coeoon... – balbuciou, cuspindo sangue. – Mauefau... Coeoon... Vou buincau... Defculpem... Defculpem...

– O que ele está dizendo, Zoltan? – perguntou espantado um dos besteiros.

– Que se dane ele e seu discurso! Está vendo o bordado em sua capa, Munro?

– Um escorpião prateado! Ah! Rapazes, acertem o filho da puta! Por Caleb Stratton!

– Por Caleb Stratton!

As cordas estalaram. Uma seta atingiu Coehoorn diretamente no peito, outra na cintura, mais uma na clavícula. O marechal de campo do império de Nilfgaard caiu para trás, num ralo lodaçal. A elódea e a persicária desabaram com o seu peso. "Quem poderia ser esse Caleb Stratton, diabos?", ainda conseguiu pensar. Nunca na vida ouvira falar de nenhum Caleb...

A turva, espessa, lodosa e sangrenta água do rio Chotla fechou-se sobre sua cabeça e penetrou seus pulmões.

•

Saiu da barraca para tomar ar fresco. E foi então que o viu sentado junto da mesa do ferreiro.

– Jarre!

Ergueu os olhos em sua direção. Havia neles um vazio.

– Iola? – perguntou, falando com dificuldade por causa dos lábios ressecados. – De onde você...

– Que pergunta é essa?! – interrompeu-o imediatamente. – É melhor você me dizer como veio até aqui.

– Trouxemos nosso comandante... o voivoda Bronibor... Ele está ferido...

– Você também está ferido. Mostre-me essa mão. Ó deusa! Rapaz, você vai sangrar até a morte!

Jarre olhava para ela, e de repente Iola começou a duvidar se ele a enxergava.

– Há uma batalha – disse o rapaz, tiritando os dentes levemente. – É preciso resistirmos como um muro... Fortes, enfileirados... Os que estão levemente feridos devem levar ao hospital... os gravemente feridos. Trata-se de uma ordem.

– Mostre-me sua mão.

Jarre uivou por um breve momento. Os dentes apertados soltaram-se, executando um selvagem *staccato*. Iola franziu o cenho.

– Poxa, isso está com um aspecto horrível... Nossa, Jarre! Pode ter certeza, a mãe Nenneke ficará com raiva... Venha comigo.

Viu-o empalidecer ao perceber, ao sentir o fedor suspenso sob a lona da barraca. Perdeu o equilíbrio. Segurou-o. Viu que olhava para a mesa ensanguentada, para o homem prostrado nela, para o cirurgião, um pequeno metadílio que saltitou repentinamente, bateu as pernas contra o chão, soltou um repugnante palavrão e jogou com ímpeto o bisturi no chão.

– Droga! Caralho! Por quê? Por que as coisas são assim? Por que têm que ser assim?

Ninguém respondeu.

– Quem era?

– O voivoda Bronibor – Jarre disse com uma voz fraca, olhando para a frente com um olhar vazio. – Nosso comandante... Resistimos duramente, enfileirados. Essa foi a ordem. Como um muro. E Melfi foi morto...

– Senhor Ruivo, este rapaz é meu conhecido... Está ferido... – disse Iola.

– Consegue ficar em pé – o cirurgião avaliou com frieza. – E aqui um moribundo espera uma trepanação. Aqui não existe favoritismo...

Nesse momento Jarre desmaiou com uma grande dose de dramaticidade, desabando no chão. O metadílio bufou.

– Tudo bem, levem-no para a mesa – ordenou. – Nossa, sua mão está em frangalhos. Como ela ainda consegue se manter presa ao corpo? Só se for pela manga. Iola, torniquete! Com força! E nem se atreva a chorar! Shani, passe a serra.

A serra perfurou o osso com um horrível trincar acima da articulação do cotovelo. Jarre recuperou a consciência e soltou um bramido horrível, embora curto, pois, assim que o osso cedeu, desmaiou outra vez.

•

E foi assim que a potência de Nilfgaard foi reduzida a pó e cinzas nos campos de Brenna, e a marcha do império para o Norte finalmente foi interrompida. O império perdeu em Brenna quarenta e quatro mil homens, mortos ou feitos prisioneiros. Pereceu a flor da cavalaria, os cavaleiros de elite. Pereceram, viraram prisioneiros ou desapareceram sem deixar notícias comandantes de renome como Menno Coehoorn, Braibant, Mellis-Stoke, Van Lo, Tyrconnel, Eggebracht e outros, cujos nomes não se perpetuaram em nossos arquivos.

Assim Brenna virou o início do fim. Mas é preciso ressaltar que essa batalha foi apenas um tijolo na grande construção e teria pouca importância, se não fosse pelo fato de os frutos da vitória terem sido aproveitados de forma inteligente. Vale a pena lembrar que, em vez de descansar sobre os louros e se encher de orgulho, Jan Natalis lançou-se desenfreadamente para o Sul. A incursão comandada por Adam Pangratt e Julia Abatemarco esfacelou duas divisões do Terceiro Exército que levavam um reforço tardio para Menno Coehoorn. Foram esfaceladas de tal modo que nec nuntius cladis. Depois de receber a notícia, o restante do Grupo do Exército "Meio" sofreu uma infame derrota e, atravessando o Jaruga, fugiu às pressas. No entanto, como Foltest e Natalis seguiam seus passos, os imperiais perderam todos os carros e todas as armas de cerco com as quais, em sua soberba, pensavam conquistar Wyzim, Gors Velen e Novigrad.

E, como uma avalanche que desce da montanha juntando grandes quantidades de neve e tornando-se cada vez maior, Brenna provocava consequências cada vez mais sérias para Nilfgaard. O Exército "Verden", comandado pelo duque de Wett, passou a sofrer grande opressão. Os corsários de Skellige e o rei Ethain de Cidaris causavam-lhe tremendos prejuízos numa guerra de guerrilhas. E quando de Wett soube da batalha de Brenna, quando chegou até ele a notícia de que o rei Foltest e Jan Natalis iam ao seu embate numa marcha forçada, imediatamente mandou tocar a retirada e em pânico atravessou o rio, seguindo rumo a Cintra. O caminho da fuga ficou coberto de cadáveres, pois os relatos sobre as derrotas dos nilfgaardianos fizeram ressurgir o levante em Verden. As tropas fortes permaneceram apenas em fortalezas invencíveis como Nastrog, Rozrog e Bodrog, de onde saíram honrosamente e com os estandartes erguidos após a paz de Cintra.

Já em Aedirn as notícias sobre Brenna constribuíram para que os reis Demawend e Henselt, que permaneciam em discórdia, fizessem as pazes e se unissem na luta armada contra Nilfgaard. O grupo do Exército "Leste", comandado pelo duque Ardal aep Dahy, marchou na direção do Vale do Pontar, mas não conseguiu derrotar os dois reis aliados. Com o reforço dos redânios e dos guerrilheiros da rainha Meve, que fizeram estragos na retaguarda de Nilfgaard, Demawend e Henselt empurraram Ardal aep Dahy até Aldersberg. O duque Ardal queria aceitar a batalha, mas, por um estranho golpe do destino, inesperadamente adoeceu. Após ter ingerido uma comida, foi tomado pelas cólicas e pela diarreia miserere, e assim, num período de dois dias, morreu, sofrendo intensas dores. No entanto, Demawend e Henselt sem demora atacaram os nilfgaardianos. Lá, nas redondezas de Aldersberg, esfacelaram-nos severamente na batalha decisiva, decerto em prol da justiça histórica, embora Nilfgaard tivesse uma vantagem substancial no que diz respeito à quantidade de homens. Assim, o espírito e a técnica costumam triunfar sobre a força bruta e cega.

É preciso dizer mais uma coisa: ninguém sabe o que aconteceu com Menno Coehoorn em Brenna. Alguns contam que pereceu, que seu corpo, não identificado, foi enterrado numa vala comum. Outros falam que sobreviveu, porém, atemorizado pela raiva do imperador, não voltou a Nilfgaard, mas refugiou-se em Brokilon, por entre as dríades, e lá virou eremita, deixando a barba crescer até o chão. E foi lá que morreu amargurado.

No entanto, circula por entre o povo uma história que diz que o marechal teria voltado à noite ao campo brennense, percorrendo as mamoas e lamentando: "Devolvam-me minhas legiões!" Por fim, enforcou-se num choupo sobre o morro, por este motivo chamado de Cadafalso. E, à noite, é possível topar com a assombração do famoso marechal em meio a outros espectros que costumam visitar o campo de batalha.

– Vô Jarre! Vô Jarre!

Jarre ergueu a cabeça debruçada sobre os papéis e ajeitou os óculos que deslizavam do nariz suado.

– Vô Jarre! Vô Jarre! – sua neta caçula gritou nos registros mais agudos. Era uma menina de seis anos, esperta e sagaz, que, graças aos deuses, puxou mais para a mãe, a filha de Jarre, do que para o genro desalentado.

– Vô Jarre! A vó Lucienne mandou dizer que já chega de ficar rabiscando inutilmente e que a comida já está na mesa!

Jarre juntou com todo o cuidado as resmas de papel cheias de anotações e tampou o tinteiro. O cotoco do braço pulsou com dor. "O tempo vai mudar", pensou. "Vai chover."

– Vô Jaaaareeee!

– Já vou, Ciri. Já vou.

•

Já era meia-noite e ainda não tinham tratado o último ferido. As últimas operações foram feitas à luz de lamparina, e depois também à luz mágica. Marti Sodergren recuperou-se após a crise e, embora permanecesse pálida como a morte e seus gestos fossem rígidos como os de um golem, usava a magia de forma ágil e eficaz.

Uma noite escura cobria tudo quando os quatro saíram da barraca. Sentaram-se, encostados na lona.

Na planície viam-se diversos fogos: os das fogueiras imóveis dos acampamentos, os dos fogos móveis das tochas e dos fachos. A noite ressoava com um cantar distante, aclamações, gritos e saudações.

A noite ao redor vibrava também com os gritos e gemidos dos feridos, as lamentações e os suspiros dos moribundos. Mas já não conseguiam ouvir esses ruídos. Estavam acostumados aos sons do sofrimento e da morte, que para eles já eram comuns, naturais, integrados a essa noite como o coaxar dos sapos nos pântanos junto do rio Chotla, como o canto das cigarras por entre as acácias junto da lagoa Dourada.

Marti Sodergren permanecia num silêncio lírico, encostada no braço do metadílio. Iola e Shani, cingidas num abraço, de vez em quando soltavam baixinho uma risada sem nenhum sentido.

Antes que se sentassem ao pé da barraca, tomaram um copo de vodca. Marti presenteou-os com seu último feitiço: o encanto da alegria, normalmente usado durante a extração dos dentes. Ruivo sentiu-se enganado. Misturada com a magia, a bebida, em vez de fazê-lo relaxar, deixou-o torpe, e em vez de diminuir o seu cansaço, fez com que ele aumentasse. E, em vez de trazer o esquecimento, avivou as lembranças.

"Pelo visto", pensou, "só para Iola e Shani o álcool e a magia funcionaram bem."

Virou-se, e nos rostos das duas moças, iluminados pelo luar, viu traços de lágrimas prateados e brilhosos.

– Por curiosidade: quem é que ganhou a batalha? Alguém sabe? – perguntou, passando a língua nos lábios dormentes e insensíveis.

Marti virou o rosto para ele, mas continuou imersa num silêncio lírico. As cigarras cantavam por entre as acácias, os salgueiros e amieiros junto da lagoa Dourada. Os sapos coaxavam. Os feridos gemiam, lamentavam, suspiravam. E morriam. Shani e Iola riam por entre as lágrimas.

•

Marti Sodergren morreu duas semanas depois da batalha. Envolveu-se com um oficial da Companhia Livre de Condotieros. Considerava essa aventura algo passageiro, ao contrário do oficial. Quando Marti, que gostava de aventuras, envolveu-se com um capitão temeriano, o condotiero, tomado por um surto de ciúmes, esfaqueou-a. Foi enforcado, mas não conseguiram salvar a curandeira.

Ruivo e Iola morreram um ano após a batalha, em Maribor, durante o maior surto de epidemia de febre hemorrágica, uma peste conhecida também como morte vermelha, ou praga de Catriona, denominação derivada do nome do navio no qual tinha sido trazida. Foi então que todos os médicos e grande parte dos sacerdotes fugiram de Maribor. Obviamente, Ruivo e Iola ficaram. Continuaram tratando as pessoas, porque eram médicos. Para eles, o fato de não existir remédio contra a morte vermelha não tinha a menor importância. Os dois contraíram a doença. Ele morreu em seus braços, num forte e seguro aperto de suas grandes e feias mãos de camponesa. Ela morreu quatro dias depois, em solidão.

Shani morreu setenta e dois anos após a batalha como uma ilustre, respeitada e aposentada decana da cátedra de medicina da Universidade de Oxenfurt. Gerações de futuros cirurgiões repetiam sua famosa piada: "Suture o vermelho com o vermelho, o amarelo com o amarelo, o branco com o branco. Certamente, tudo dará certo".

Poucos, bem poucos, conseguiam reparar que, depois de contar essa anedota, a decana sempre enxugava disfarçadamente uma lágrima.

•

Os sapos coaxavam, as cigarras cantavam por entre os salgueiros junto da lagoa Dourada. Shani e Iola davam risadas por entre as lágrimas.

– Por curiosidade – repetiu Milo Vanderbeck, metadílio, cirurgião de campo, conhecido como Ruivo. – Quem deve ter vencido?

– Ruivo, acredite: se tivesse sido você, seria a última coisa com a qual eu me preocuparia – Marti Sodergren respondeu com lirismo.

CAPÍTULO NONO

Algumas das chamas eram altãs e fortes, brilhavam intensa e vivamente, outras, no entanto, eram pequenas, vacilantes e trêmulas, e sua luz escurecia e se extinguia. E na própria ponta havia uma chama franzina e fraca, quase latente, titubeante, que resplandecia, ocasionalmente, com grande esforço, ou apagava-se quase por completo.

— A quem pertence essa chama moribunda? — o bruxo perguntou.

— A você — a Morte respondeu.

Flourens Delannoy, *Contos e lendas*

O planalto, em quase toda a sua extensão, até os distantes cumes das montanhas roxas, envoltas pela névoa, parecia um mar pedregoso. Ondulado em alguns pontos, exibia saliências ou arestas. Eriçado em outros, devido aos dentes pontudos dos arrecifes. Essa impressão parecia ainda mais impactante por causa das carcaças dos navios. Dezenas de destroços de galés, galeaças, cocas, caravelas, brigues, urcas, dracares. Alguns pareciam estar ali fazia pouco tempo, outros eram apenas amontoados de tábuas e balizas quase irreconhecíveis que, evidentemente, estavam lá havia dezenas ou mesmo centenas de anos.

Alguns navios caídos tinham as quilhas voltadas para o alto. Outros, tombados de lado, pareciam ter sido arremessados por tempestades e vendavais satânicos. Outros ainda pareciam navegar, marear por entre esse oceano de pedras. Erigiam-se retos e firmes, com as figuras de proa orgulhosamente empinadas, com os mastros apontando para o zênite, com os restos das velas, dos brandais e dos estais esvoaçando. Tinham até tripulações espectrais: esqueletos presos entre as tábuas putrefatas, marinheiros mortos emaranhados nos cabos, para sempre ocupados com uma navegação infinita.

Bandos de pássaros negros desprenderam-se das vergas, dos mastros, cabos e esqueletos, alarmados com a aparição de um cavaleiro, espantados pela batida dos cascos, e alçaram voo grasnando. Salpintaram o céu por um instante e revoaram em bando sobre a beira de um precipício no qual, no fundo, jazia um lago cinzento e liso feito mercúrio. Na borda dele via-se uma fortaleza escura e sombria que com suas torres dominava sobre o depósito de carcaças e estava parcialmente suspensa sobre o lago, com os baluartes encravados na parede vertical. Kelpie dançou, resfolegou, remexeu as orelhas arrebitadas, enfadada com as carcaças e toda a paisagem de morte ao seu redor. Estava incomodada com os pássaros negros já de volta, que pousavam novamente nos mastros e vaus partidos, nos brandais e nas caveiras. As aves perceberam que não era preciso temer um cavaleiro solitário e que, se alguém ali tivesse que ter medo, seria o próprio cavaleiro.

– Calma, Kelpie. É o fim do caminho. Este é o lugar certo e o tempo certo – Ciri falou com voz alterada.

•

Sem saber como, conseguiu chegar ao portão, emergindo como um fantasma em meio às carcaças. Os sentinelas que vigiavam o portão a avistaram primeiro, alarmados pelo grasnar das gralhas. E agora gritavam, gesticulavam, apontavam para ela com os dedos, chamando os outros sentinelas.

Quando chegou até a torre do portão, o lugar já estava totalmente ocupado por uma multidão em algazarra. Todos olhavam para ela, tanto os poucos que já a haviam visto antes e a conheciam – entre eles, Boreas Mun e Dacre Silifant – como os numerosos que apenas tinham ouvido falar dela e agora olhavam, espantados, para a moça de cabelos cinzentos com uma cicatriz no rosto e uma espada nas costas – entre eles, os novos recrutas de Skellen, mercenários e simples bandoleiros vindos das redondezas de Ebbing. Olhavam também para a bela égua negra com a cabeça erguida para o alto, roncando e tinindo as ferraduras nas lajes do pátio.

A algazarra repentinamente terminou. Um silêncio absoluto tomou conta do lugar. A égua, ao pisar, levantava as patas como uma bailarina. As ferraduras ressoavam como martelos batendo contra a bigorna. Demorou para que alguém cruzasse as bisarmas e os ranseurs, impedindo-a de seguir adiante. Alguém, com um gesto inseguro e receoso, estendeu a mão na direção da coxa do animal. A égua roncou.

– Guiem-me até o senhor deste castelo – a moça falou com voz vibrante.

Boreas Mun, sem saber por quê, sustentou seu estribo e deu-lhe a mão. Os outros seguraram a égua, que batia os cascos e resfolegava.

– Está me reconhecendo, moça? Já nos encontramos uma vez – Boreas falou em voz baixa.

– Onde?

– No gelo.

Olhou direto nos olhos dele.

– Naquela época não olhava para os rostos – respondeu com indiferença.

Ele acenou a cabeça com seriedade e perguntou:

– Você foi a Senhora do Lago. O que veio fazer aqui, moça? Por que veio?

– Vim buscar Yennefer. E vim para encontrar meu destino.

– Seu destino será a morte – ele sussurrou. – Você está no castelo de Stygga. Se eu fosse você, fugiria daqui rápido e para o mais longe possível.

Olhou para ele outra vez. E, num instante, Boreas entendeu o que ela quis dizer com esse olhar.

Stefan Skellen apareceu. Ficou observando por um bom tempo a moça com os braços cruzados no peito. Por fim, com um gesto enérgico, fez sinal para que o seguisse. E ela foi, sem dizer uma palavra, escoltada e cercada por homens armados.

– Que moça estranha... – Boreas murmurou. E estremeceu.

– Por sorte, já não precisamos mais nos preocupar com ela – Dacre Silifant disse com sarcasmo. – E não entendi por que você conversou tanto com ela. Foi ela, essa bruxa, que matou Vargas e Fripp, e depois Ola Harsheim...

– Quem matou Harsheim foi o Coruja, não foi ela – Boreas o interrompeu. – Ela poupou nossa vida, lá naquele gelo, embora pudesse ter matado e afogado como filhotes de cachorro todos nós, inclusive Coruja.

– Até parece. – Dacre cuspiu no chão do pátio. – Ele vai recompensá-la por essa misericórdia, junto com o mago e Bonhart. Você vai ver, Mun, e pode ter certeza de que eles vão dar um belo trato nela. Vão esfolá-la devagarzinho, tirinha por tirinha.

– Estou achando que vão fazer isso mesmo – Boreas rosnou. – São carrascos. Mas nós não somos melhores do que eles, já que trabalhamos para eles.

– E temos outra opção? Não temos.

De repente, um dos mercenários de Skellen gritou baixinho, e outro o acompanhou. Alguém xingou, e outro suspirou. Alguém apontou com a mão sem dizer nada.

Em todos os lugares havia pássaros: nas ameias, nas mísulas, nos telhados das torres, nas cornijas, nos parapeitos e gabletes, nas calhas, nas gárgulas e nos mascarões. Chegaram silenciosamente, vindos do depósito de carcaças, e permaneciam pousados, na calada, à espera.

– Estão pressentindo a morte – balbuciou um dos mercenários.

– E carniça – outro acrescentou.

– Não temos saída – Silifant repetiu maquinalmente, olhando para Boreas. Mas Boreas Mun olhava para os pássaros.

– Talvez esteja na hora de termos pressa... – disse em voz baixa.

•

Subiram por uma enorme escada de três lances. Passaram pela fileira de estátuas dispostas em nichos ao longo de um corredor comprido e pelo claustro que contornava o vestíbulo. Ciri andava confiante, sem sentir medo. Nem as armas nem os escoltadores com feições de bandido a assustavam. Ela mentira ao dizer que não se lembrava dos rostos dos homens no lago congelado. Lembrava. Lembrava como Stefan Skellen – o mesmo que agora, com ar soturno, guiava-a para dentro daquele horrível castelo – tremia e seus dentes tiritavam no gelo.

Agora, quando por vezes olhava para trás e a fitava, Ciri percebeu que ele ainda tinha um pouco de medo dela. Respirou mais fundo.

Entraram no vestíbulo, sob uma alta e estrelada abóbada de nervuras sustentada por colunas, sob enormes castiçais que pareciam aranhas. Ciri viu quem a esperava lá. O medo encravou seus dedos grifanhos em suas vísceras, apertou seu punho, puxou e girou.

Bonhart pulou até ela em três passos. Agarrou-a pelo gibão na altura do peito, com as duas mãos. Levantou-a, puxou-a na sua direção, aproximou o rosto dela de seus pálidos olhos de peixe e rouquejou:

– O inferno deve ser realmente horrível, pois você preferiu a mim.

Ela não respondeu. Sentiu cheiro de álcool no hálito dele.

– Ou será que o inferno não a quis, pequena besta? Será que aquela diabólica torre cuspiu você com nojo depois de provar seu veneno?

Puxou-a, aproximando-a ainda mais. Ciri virou-se e afastou o rosto. Bonhart disse em voz baixa:

– Tem razão, tem razão de sentir medo, é o fim do seu caminho. Você não fugirá daqui. Aqui, neste castelo, farei verter o sangue das suas veias.

– Já terminou, senhor Bonhart?

Ciri logo reconheceu quem fez a pergunta: era o feiticeiro Vilgefortz. Na ilha de Thanedd, primeiro ele foi prisioneiro, ficou algemado, depois a perseguiu na Torre da Gaivota. Naquela ocasião, na ilha, ele era muito bonito. Algo havia mudado no seu rosto, fazendo seu semblante tornar-se feio e assustador.

– Senhor Bonhart, já que sou o anfitrião – o feiticeiro ouviu essas palavras sem se mexer na poltrona, que lembrava um trono –, permita-me assumir a prazerosa obrigação de dar as boas-vindas à nossa convidada, a senhorita Cirilla de Cintra, filha de Pavetta, neta de Calanthe, descendente da famosa Lara Dorren aep Shiadhal, ao castelo de Stygga. Bem-vinda. Aproxime-se, por favor.

Das últimas palavras que o feiticeiro disse, o deboche havia desaparecido, ocultado sob a máscara da gentileza. Havia nelas apenas ameaça e ordem. Ciri logo percebeu que não conseguiria se opor ao comando. Sentiu medo, um horrível medo que a paralisava.

– Aproxime-se – Vilgefortz sibilou. E Ciri percebeu o que havia de errado no rosto dele: o olho esquerdo, consideravelmente menor que o direito, piscava, revolvia-se, girava feito louco na roxa cavidade enrugada. A imagem era terrível.

– Postura valente, nenhum sinal de medo no semblante dela – o feiticeiro falou, inclinando o rosto. – Parabéns, contanto que a sua coragem não se deva à estupidez. Vou logo esclarecer quaisquer dúvidas. Como o senhor Bonhart observou, e com razão, você não fugirá daqui, nem por meio de teleportação, nem usando as suas habilidades excepcionais.

Ciri sabia que ele estava certo. Antes assegurava-se sempre, até o último momento, de que conseguiria fugir e se esconder no meio dos tempos e dos espaços, se fosse preciso. Agora sabia que isso era uma ilusória esperança, uma quimera. O castelo vibrava com magia negativa, hostil, alheia, e a magia penetrava-a, permeava-a, rastejava pelas suas vísceras como um parasita, escarafunchava asquerosamente o seu cérebro. Ela não podia fazer nada. Estava sob o domínio do inimigo. Estava impotente.

"Não há saída", Ciri pensou. Sabia o que estava fazendo, sabia com quais intenções tinha ido lá. O restante eram apenas ilusões. Então, que aconteça o que tiver que acontecer.

– Bravo! Uma avaliação correta da situação. Que aconteça o que tiver que acontecer. Ou melhor: que aconteça o que eu decidir. Interessante... Será que você, minha formosa, é capaz de adivinhar qual será a minha resolução? – disse Vilgefortz.

Ciri queria responder, mas, antes que conseguisse vencer a resistência da garganta contraída e ressecada, outra vez ele se antecipou a ela, sondando seus pensamentos.

– Claro que você sabe. A senhora dos mundos, a senhora dos tempos e dos espaços. Sim, sim, minha formosa, sua visita não me surpreendeu. Sei como você fugiu do lago e para onde foi. Sei com quem se encontrou e o que encontrou. Sei como você chegou até aqui. Só não tenho conhecimento de uma coisa: será que o caminho foi longo e lhe proporcionou muitas emoções?

Lançou um sorriso falso e antecipou-se outra vez:

– Ah, não precisa responder. Sei que foi interessante e emocionante. Sabe, eu mesmo estou muito ansioso para fazer essa experiência. Invejo muito seu talento. Minha formosa, você será obrigada a compartilhá-lo comigo. Sim, "será obrigada" é a expressão adequada. Simplesmente não a libertarei das minhas mãos até que você o compartilhe comigo. Não a soltarei das minhas mãos nem de dia, nem de noite.

Ciri finalmente entendeu que não era só o medo que apertava sua garganta. O feiticeiro a amordaçava e a estrangulava usando de magia. Debochava dela, humilhava-a na frente de todos.

– Solte... Yennefer – conseguiu articular, tossindo e curvando-se devido ao esforço. – Solte-a... e poderá fazer comigo tudo o que quiser.

Bonhart caiu na gargalhada. Stefan Skellen também riu secamente. Vilgefortz mexeu com o dedo mindinho no canto do seu olho macabro.

– Você não pode ser tão insensata a ponto de não saber que posso fazer com você o que eu quiser. Sua proposta é patética, ridícula, sem nenhum sentido.

Ela ergueu a cabeça, embora isso lhe custasse muito esforço, e falou:

– Você precisa de mim... para ter um filho comigo. Todos querem isso, você também. Sim, estou sob o seu poder. Eu mesma vim até aqui... Você não me capturou, embora tenha me perseguido pela metade do mundo. Vim aqui sozinha, e eu própria me entrego a você. Por Yennefer, pela vida dela. Você acha isso engraçado? Então tente resolver as coisas comigo na base da força e da violência, e verá que a vontade de rir passará num instante.

Bonhart num pulo aproximou-se dela, ameaçando-a com o chicote. Vilgefortz fez um gesto aparentemente sem significado, apenas um leve movimento com a mão, mas foi o suficiente para que o látego voasse das mãos do caçador e para que ele próprio cambaleasse, como se tivesse sido atropelado por uma carroça repleta de carvão.

– Senhor Bonhart – Vilgefortz falou massageando os dedos –, pelo visto, o senhor ainda tem dificuldade para entender as obrigações de um hóspede. Lembre-se: sendo um hóspede, não pode destruir móveis ou obras de arte, nem roubar pequenos objetos, nem sujar tapetes ou lugares de difícil acesso. Também não pode violentar nem bater em outros convidados, pelo menos até que o anfitrião termine de violentar ou de bater neles, até que sinalize para os outros que já podem bater e violentar. Você também, Ciri, deveria tirar conclusões apropriadas daquilo que acabei de falar. Não sabe fazer isso? Então eu a ajudarei. Você se entrega a mim e concorda humildemente com tudo, me deixa fazer com você tudo o que eu quiser, e acha a proposta grandiosa? Você está enganada. A questão é esta: vou fazer com você aquilo que preciso fazer, e não aquilo que desejaria fazer. Por exemplo, como uma forma de revanche por Thanedd, eu gostaria de arrancar pelo menos um dos seus olhos, mas não posso fazer isso porque temo que você não sobreviva.

Ciri entendeu que era essa a hora. Agora ou nunca. Soltou-se, dando meia-volta, e arrancou a andorinha da bainha. De repente, todo o castelo começou a girar. Ela caiu no chão e machucou dolorosamente os joelhos. Dobrou-se, quase tocando o piso com a testa. Lutou para controlar a ânsia de vômito. A espada deslizou de seus dedos dormentes. Alguém a ergueu.

– Siiim – Vilgefortz falou, arrastando as sílabas, apoiando o queixo nas mãos unidas, como em oração. – Do que você estava falando? Ah, sim, é verdade, da sua proposta. A vida e a liberdade de Yennefer em troca do... do quê? Da sua entrega voluntária, de boa e espontânea vontade, sem violência ou força? Sinto muito, Ciri. Para o que farei com você, a violência e a força são imprescindíveis.

– Sim, sim – repetiu, observando com curiosidade a moça tossir, cuspir e tentar vomitar. – Não é possível resolver isso sem violência ou força. Garanto que você nunca concordaria voluntariamente com aquilo que planejo fazer com você. Portanto, como você pode ver, sua proposta, ridícula e sem o menor sentido, é simplesmente inaproveitável. Por isso eu a rejeito. Andem, peguem-na. Levem-na direto para o laboratório.

•

O laboratório não era muito diferente daquele do templo de Melitele, em Ellander, que Ciri conhecia. Também era bem iluminado, limpo, com mesas longas e tampos de metal sobre os quais havia muitos vidros, retortas, frascos de laboratório, tubos de ensaio, tubinhos, lentes, alambiques que silvavam e borbulhavam e outros aparelhos muito estranhos. Nesse laboratório também, como em Ellander, pairava no ar um forte cheiro de éter, álcool retificado, formol e de algo mais, algo que provocava medo. Até em Ellander, num templo acolhedor, junto de sacerdotisas amigáveis e de Yennefer, o laboratório despertava medo nela. No entanto, em Ellander, ninguém a arrastava à força para o laboratório, ninguém a colocava com brutalidade sobre a mesa, ninguém segurava os seus braços e as suas mãos num aperto de ferro. Em Ellander, no meio do laboratório não havia uma horrível cadeira de aço com evidente formato sádico. Lá não se viam indivíduos vestidos de branco, de cabeças rapadas, nem havia a presença de Bonhart, nem de Skellen, que, excitado e corado, passava nervosamente a língua nos lábios, nem de Vilgefortz, com um olho normal e o outro minúsculo e superagitado.

Vilgefortz afastou-se da mesa na qual, por um longo momento, ficou arrumando instrumentos que despertavam terror. Aproximou-se de Ciri e falou:

– Veja, minha formosa donzela, minha chave para o poder e o domínio não apenas sobre este mundo, que é a vaidade das vaidades, condenado, inclusive, a uma iminente destruição, mas sobre todos os mundos, sobre uma ampla extensão de espaços e tempos formados após a conjunção. Você certamente me entende, pois já visitou alguns desses tempos e espaços.

Depois de um momento de silêncio, arregaçou as mangas e continuou:

– Tenho até vergonha de admitir que o poder me atrai muito. É presunçoso, eu sei, mas quero ser soberano. Sonho ser um soberano reverenciado, abençoado pelo povo, pelo simples fato de existir. E desejo ser venerado se, por exemplo, tentar salvar o mundo de um cataclismo. Mesmo se decidisse salvá-lo apenas por capricho. Ah, Ciri, o meu coração se alegra só de pensar que vou recompensar generosamente os fiéis e castigar terrivelmente os desobedientes e rebeldes. As preces dirigidas a mim por gerações inteiras, oradas por mim, pelo meu amor e pela minha graça, serão para mim como mel, um doce néctar para a minha alma. Por gerações inteiras, Ciri, por mundos inteiros. Preste atenção. Você está ouvindo? Do ar, da fome, do fogo, da guerra e da ira de Vilgefortz, salvai-nos...

Mexeu os dedos diante do rosto de Ciri, depois agarrou violentamente suas bochechas. Ela gritou, tentou livrar-se, mas ele a segurava com força. Seus lábios começaram a tremer. Vilgefortz percebeu isso e soltou uma gargalhada.

– A criança do destino – riu nervosamente, e do canto dos seus lábios saiu uma mancha de espuma. – Aen Hen Ichaer, o sagrado sangue antigo élfico... agora só meu...

Endireitou-se bruscamente, limpou os lábios e declarou, já no seu tom frio habitual:

– Vários tolos e místicos tentaram enquadrá-la em fábulas, lendas e profecias, seguiram o gene que você carrega, a herança dos antepassados. Confundindo o céu com as estrelas refletidas na superfície de uma lagoa, supuseram misticamente que o seu gene, ao qual atribuem grandes possibilidades, continuaria evoluindo e alcançaria a plenitude da sua força no seu filho ou no filho do seu filho. E desse modo cresceu em volta de você uma aura mística, pairou o fumo do incenso. Mas a verdade é simples, muito simples, diria mesmo que organicamente simples. O que importa, minha formosa, é o seu sangue, no sentido absolutamente literal, e não figurado, da palavra.

Pegou da mesa uma seringa de vidro de cerca de meio pé de comprimento. Na ponta dela havia um fino tubo capilar levemente recurvado. Ciri sentiu sua boca ressecar. O feiticeiro examinou a seringa contra a luz e afirmou com frieza:

– Daqui a pouco você será despida e colocada na cadeira, exatamente naquela ali, para a qual você olha com tanta curiosidade. Permanecerá nela algum tempo, em uma posição pouco confortável. Será fecundada por meio deste objeto que, pelo visto, também fascina você. Não será tão desagradável, já que a maior parte do tempo você estará semiconsciente, por causa do efeito dos elixires que administrarei via intravenosa para que o óvulo fecundado seja implantado de modo apropriado e para evitar uma gravidez ectópica. Não precisa ter medo. Tenho experiência, já fiz isso antes centenas de vezes. Na verdade, nunca o fiz antes com uma escolhida pelo destino, mas não acho que os úteros ou os ovários das escolhidas sejam muito diferentes daqueles das moças comuns.

Vilgefortz continuou, deleitando-se com o que dizia:

– E, agora, o mais importante. Talvez você fique preocupada, mas pode ser que receba a notícia com alegria. Saiba que você não dará à luz. Talvez a criança até possa ser um grande escolhido, com capacidades excepcionais, o salvador do mundo e o rei dos povos. No entanto, ninguém pode garantir isso, e não tenho a mínima intenção de ficar esperando tanto tempo. Necessito do sangue. Mais precisamente, do sangue placentário. Logo depois que a placenta se formar, eu a retirarei de dentro de você. Depois disso, minha formosa, o resto dos meus planos e das minhas intenções, como você já percebeu, não mais lhe dirão respeito, por isso não tem sentido contar-lhe quais são. Isso causaria apenas uma frustração desnecessária.

Calou-se, fazendo uma espetaculosa pausa. Ciri não conseguia controlar os lábios trêmulos. Acenou com a cabeça, num gesto teatral, e disse:

– E agora você está convidada a sentar-se na cadeira, senhorita Cirilla.

– Valeria a pena que essa vagabunda da Yennefer assistisse ao que vai acontecer. Ela merece! – Os dentes de Bonhart brilharam debaixo do bigode branco quando ele falou isso.

– É claro. – No canto dos lábios sorridentes de Vilgefortz apareceu novamente uma ponta branca de espuma. – A fecundação é, de fato, algo sagrado, majestoso e solene, é um mistério que deveria ser assistido por toda a família. E Yennefer é uma quase mãe. Aliás, nas culturas primitivas, a mãe participava ativamente no defloramento da filha. Andem, tragam-na para cá!

– Mas, quanto à fecundação... – Bonhart debruçou-se sobre Ciri, que os rapados acólitos do feiticeiro começavam a despir. – Não se poderia fazer isso, senhor Vilgefortz, de uma maneira mais comum, mais tradicional?

Skellen bufou, meneando a cabeça. Vilgefortz franziu levemente a sobrancelha.

– Não, não, senhor Bonhart, não se pode – respondeu com frieza.

Ciri soltou um grito agudo, como se acabasse de se dar conta da seriedade da situação. Um grito, depois outro.

– Oras! – O feiticeiro franziu o cenho. – Entramos na caverna do leão corajosamente, com a testa e a espada erguidas, e agora nos assustamos com um pequeno tubo de vidro? Que decepção, minha donzela!

Ciri, sem se constranger, pela terceira vez soltou um grito tão alto que a vidraria no laboratório tiniu.

E, de repente, todo o castelo de Stygga respondeu com gritaria e alarme.

•

– Estamos ferrados, filhos – repetiu Zadarlik, arranhando o pé do ranseur recoberto com metal para tirar o esterco de entre as pedras do pátio. – Vocês vão ver que nós, pobres coitados, estamos ferrados.

Olhou para os camaradas, mas nenhum dos sentinelas se manifestou. Boreas Mun, que por vontade própria, e não por uma ordem, permaneceu com os vigias no portão, tampouco comentou algo. Como Silifant, ele poderia ter ido atrás de Coruja, poderia ver com os próprios olhos o que aconteceria com a Senhora do Lago e qual seria seu destino. Mas Boreas não queria assistir. Preferia ficar lá, no pátio, ao ar livre, longe das câmaras e salas do castelo alto para onde a moça foi levada. Sabia que, onde ele estava, nem sequer um grito chegaria aos seus ouvidos.

– Esses pássaros negros são um sinal de mau agouro. – Com um movimento da cabeça, Zadarlik apontou para as gralhas que permaneciam pousadas em cima dos muros e das cornijas. – Essa moça que chegou montada na égua negra é um sinal de mau agouro. Digo-vos que nós servimos a Coruja em uma maléfica ação. Ora, dizem que ele próprio já não é mais legista, nem um senhor importante, mas um fora da lei, como nós, e que o imperador está terrivelmente enraivecido com ele. Filhinhos, se formos presos junto com ele, estaremos ferrados, coitados de nós.

– Ai, ai! A estaca nos espera! A ira do imperador é um mau sinal – acrescentou outro sentinela, um bigodudo que usava um chapéu enfeitado com penas de cegonha preta.

– Poxa, talvez já não sobre tempo ao imperador para tratar da gente – intrometeu-se um terceiro sentinela que havia chegado ao castelo de Stygga fazia relativamente pouco tempo, com o último grupo de mercenários recrutados por Skellen. – Dizem que ele tem agora outros assuntos a tratar e que aconteceu uma batalha decisiva em algum lugar no Norte. Os nortelungos derrotaram as forças imperiais, acabaram com elas.

– Então, talvez não seja tão ruim estarmos aqui, junto de Coruja. É sempre melhor estar na companhia daquele que promete – falou outro sentinela.

– Claro que é bom. Acho que Coruja vai ser promovido. E nós também seremos promovidos junto com ele! – comentou o mais novo deles.

– Ai, filhinhos, vocês são tolos como rabo de um cavalo – Zadarlik falou, apoiando-se no ranseur.

Os pássaros negros alçaram voo, agitando as asas e grasnando de modo ensurdecedor. O bando redemoinhou em volta do bastião, enegrecendo o céu.

– Que diabos é isso? – um dos sentinelas rosnou.

– Abram o portão, por favor.

De repente, Boreas Mun sentiu um cheiro penetrante de ervas, de sálvia, hortelã e tomilho. Engoliu a saliva, sacudiu a cabeça. Fechou e abriu rapidamente os olhos. Não adiantou. Um indivíduo magro e grisalho que parecia um cobrador de impostos surgiu subitamente junto deles, e não mostrava ter a mínima intenção de desaparecer. Permanecia lá, sorrindo com os lábios cerrados. Os cabelos eriçados de Boreas por pouco levantaram o gorro dele.

– Abram o portão, por favor – o fulano sorridente repetiu. – Sem demora. Assim será melhor.

Zadarlik soltou o ranseur, que tiniu ao cair no chão. Permaneceu paralisado, mexendo os lábios silenciosamente. Seus olhos estavam vagos. Os outros aproximaram-se do portão, pisando de modo rígido, sem naturalidade, feito autômatos. Tiraram a viga e abriram o portão.

Quatro cavaleiros adentraram o pátio, acompanhados pelo estrondo das batidas dos cascos. Um deles tinha o cabelo branco como neve, e a espada em suas mãos reluzia feito um relâmpago. O segundo era uma mulher de cabelos claros que empinava o arco montada num cavalo a galope. O terceiro cavaleiro, uma moça relativamente jovem, dilacerou a têmpora de Zadarlik com um impetuoso golpe do seu sabre recurvado.

Boreas Mun pegou às pressas o ranseur que havia caído no chão e resguardou-se com a haste. De repente, o quarto cavaleiro alteou sobre ele. Dos dois lados do seu elmo estendiam-se as asas de uma ave de rapina. A espada erguida reluziu.

– Deixe, Cahir. Poupemos tempo e sangue. Milva, Regis, venham por aqui… – o cavaleiro de cabelos brancos disse com severidade. – Não, por ali, não… Ali há apenas um beco entre os muros – Boreas balbuciou, sem saber por que o fazia. – Sigam por aquele lado, por aquelas escadas… para o castelo. Se for para salvar a Senhora do Lago, então precisam se apressar.

– Obrigado! Obrigado, desconhecido! Regis, você ouviu? Siga! – disse o cavaleiro de cabelos brancos. Após um instante, no pátio havia apenas cadáveres. E Boreas Mun continuava apoiado na haste do ranseur, que não conseguia soltar, tão trêmulas estavam as suas pernas.

As gralhas sobrevoavam o castelo de Stygga grasnando, encobrindo as torres e os baluartes com uma nuvem negra como a mortalha.

•

Vilgefortz ouviu, com uma calma absoluta e o rosto impassível, o relato ofegante do mercenário recém-chegado. Mas o olho agitado e pestanejante o entregava. Rosnou:

– Resgate no último momento! Inacreditável! Essas coisas simplesmente não acontecem. Ou acontecem em teatrinhos de feira de má qualidade, o que dá na mesma. Faça-me um favor, bom homem, e admita que você inventou tudo isso, para, digamos, contar uma piada.

– Não estou inventando! Estou dizendo a verdade! Entraram aqui uns… um bando inteiro… – respondeu o soldado, revoltado.

– Tudo bem… – o feiticeiro o interrompeu. – Eu estava brincando. Skellen, trate desse assunto pessoalmente. Será uma oportunidade de provar quanto vale realmente o seu exército, financiado pelo meu ouro.

Coruja saltitou, agitando os braços nervosamente, e gritou:

– Por acaso você não está tratando os fatos com menosprezo, Vilgefortz? Parece que não está enxergando a gravidade da situação! Se o castelo estiver sendo atacado, então o atacante deve ser o exército de Emhyr, e isto significa…

– Isso não significa nada – o feiticeiro o interrompeu. – Mas entendo o que você quer dizer. Tudo bem, se o fato de eu lhe dar respaldo aumenta o seu moral, então, que seja assim. Vamos. O senhor Bonhart também.

Fixou seu repugnante olho em Ciri e avisou:

– Quanto a você, não se iluda. Sei quem apareceu aqui para tentar esse resgate ridículo. E garanto-lhe que transformarei essa farsa num horror.

Acenou para os serviçais e acólitos e falou:

– Vocês, hein! Algemem a moça com dimerítio, tranquem-na na cela e não se afastem da porta, nem que seja por um passo. Serão responsabilizados pelo que acontecer com ela com suas próprias cabeças. Entenderam?

– Sim, senhor.

•

Entraram com ímpeto no corredor e de lá adentraram numa grande sala cheia de esculturas, uma verdadeira gliptoteca. Ninguém impediu que seguissem. Toparam apenas com alguns serviçais que, ao vê-los, imediatamente fugiram. Subiram pela escada. Cahir derrubou a porta com um chute. Angoulême entrou dando um grito bélico, e com um golpe do sabre abateu o elmo de uma armadura posicionada junto da porta, tomando-a por um sentinela. Percebeu seu erro e caiu na gargalhada.

– He, he, he! Olhem só…

– Angoulême! Não fique parada! Ande! – Geralt chamou a sua atenção.

Uma porta abriu-se diante deles. No fundo apareceram silhuetas. Milva empinou o arco automaticamente e soltou uma flecha. Alguém gritou. A porta fechou-se. Geralt ouviu o ferrolho sendo fechado com estrondo e gritou:

– Andem, andem! Não fiquem parados!

– Bruxo, esta correria não tem sentido. Vou fazer... um voo de reconhecimento – Regis falou.

– Vá.

O vampiro desapareceu como se tivesse sido levado pelo vento. Geralt não tinha tempo para estranhar.

Novamente deram de cara com algumas pessoas, desta vez armadas. Cahir e Angoulême saltaram sobre elas aos gritos, e todas puseram-se em fuga, ao que parecia, sobretudo por causa de Cahir e de seu imponente elmo com asas.

Entraram no claustro e na galeria que rodeava o vestíbulo interno. Cerca de vinte passos os separavam do pórtico que levava para dentro do castelo, quando algumas silhuetas apareceram do lado oposto do claustro. Ecoaram gritos, silvaram flechas.

– Escondam-se! – o bruxo gritou.

As flechas caíram como uma verdadeira granizada. As rêmiges zuniram. Suas pontas arrancavam chispas das lajes e o estucado das paredes, cobrindo-os com um fino pó.

– Para o chão! Atrás do balaústre!

Jogaram-se no chão, escondendo-se, da melhor forma possível, atrás das pilastras em espiral esculpidas com um ornamento de folhas. Mas não conseguiram sair de lá ilesos. O bruxo ouviu Angoulême soltar um grito. Viu que ela agarrou o braço, e a manga da roupa no mesmo momento ficou ensopada de sangue.

– Angoulême!

– Nada! Passou pelo mole! – a moça gritou em resposta, com a voz apenas levemente trêmula, confirmando aquilo que ele já sabia. Se a ponta tivesse despedaçado o osso, Angoulême teria desmaiado por causa do impacto.

Os arqueiros da galeria disparavam flechas sem parar e gritavam, pedindo reforço. Alguns correram para a lateral, para mirar os presos de um ângulo melhor. Geralt xingou e avaliou a distância que os separava da arcada. Não parecia nada boa, mas permanecer onde estavam significaria a morte.

– Vamos pular! Cuidado! Cahir, ajude Angoulême! – ele gritou.

– Vão nos destroçar!

– Vamos pular! Precisamos pular!

– Não! – Milva gritou, levantando-se com o arco na mão. Endireitou-se e ficou na posição de disparo, como uma estátua, uma amazona de mármore com um arco. Os arqueiros que estavam na galeria bramiram.

Milva soltou a corda. Um dos arqueiros foi arremessado para trás. As suas costas chocaram-se contra a parede, na qual formou-se uma mancha sangrenta que lembrava um enorme polvo. Um grito ressoou na galeria, um grito de ira, de terror.

– Pelo sol grandioso... – Cahir gemeu. Geralt apertou seu ombro.

– Vamos pular! Ajude Angoulême!

Os arqueiros da galeria dirigiram toda a projeção para Milva. A arqueira nem sequer tremeu, embora à sua volta se levantasse uma nuvem de poeira do reboque, caíssem estilhaços de mármore e lascas das hastes despedaçadas. Soltou a corda com tranquilidade. Outra vez ouviram-se gritos. O segundo arqueiro foi derrubado como um fantoche, borrando seus companheiros com seu sangue e seu cérebro.

– Agora! – Geralt gritou ao ver os sentinelas dispersarem-se na galeria e caírem no chão, escondendo-se das flechadas certeiras. Apenas os três mais corajosos atiravam.

Uma flecha acertou com estrondo uma pilastra, cobrindo Milva com o pó do reboque. A arqueira assoprou os cabelos caídos sobre o seu rosto e esticou a corda.

– Milva! Deixe! Fuja! – Geralt, Angoulême e Cahir conseguiram alcançar a arcada.

– Só mais uma – disse a arqueira, com a rêmige da flecha no canto da boca.

A corda estalou. Um dos três corajosos uivou, caiu por cima do balaústre, inclinou-se e tombou sobre as lajes do pátio. Ao verem isso, os outros imediatamente perderam a coragem. Caíram no chão e agarraram-se a ele. Aqueles que chegaram correndo não se arriscaram a entrar na galeria e se tornar alvo fácil para Milva.

Houve apenas uma exceção. Milva o avaliou. Era baixo, magro e moreno. Usava um protetor no antebraço esquerdo, polido de tão desgastado, e uma luva de arqueiro na mão direita. Viu-o erguer o arco composto, bem-proporcionado, com uma empunhadura entalhada esculpida, e esticá-lo suavemente. Viu a corda alongada ao máximo riscar seu rosto moreno. Viu a rêmige de penas vermelhas tocar sua bochecha. Viu que almejava bem.

Ergueu o arco e esticou-o suavemente, mirando já durante o alongamento. A corda tocou seu rosto e a empenagem da rêmige, o canto da sua boca.

•

– Força, força, Mariazinha. Puxe até a carinha. Enrole a corda com os dedos para que a flecha não caia do ponto de ancoragem. Apoie a mão com força na bochecha. Mire! Com os dois olhos abertos! Agora prenda a respiração e atire!

A corda, apesar do protetor de lã, mordiscou dolorosamente o seu antebraço esquerdo.

O pai tentou falar alguma coisa, mas começou a tossir. Era uma tosse grave, seca e pungente. "A tosse está cada vez pior", pensou Mariazinha Barring ao abaixar o arco. "Cada vez pior e cada vez mais frequente. Ontem começou a tossir quando mirava um corço. Por isso, no almoço, comemos apenas espinafre selvagem cozido. Detesto espinafre selvagem. Detesto fome. Detesto pobreza."

O velho Barring inspirou o ar, tossindo roucamente.

– A flecha desviou por cinco do centro do alvo, moça! Cinco! Não falei para você não tremer tanto na hora de soltar a corda?! E você fica se sacudindo como se tivesse uma lesma entre as nádegas. E demora a mirar. Atira com a mão cansada! Acaba apenas estragando as flechas!

– Mas eu acertei! E a flecha não desviou por cinco, mas por dois e meio.

– Não responda! Ora, os deuses me castigaram mandando-me uma moça desajeitada no lugar de um rapaz.

– Não sou desajeitada!

– Vamos ver. Atire mais uma vez. E lembre-se do que lhe falei: tem que se manter firme no chão, mirar e atirar rapidamente. Por que você está resmungando?

– Porque o senhor está reclamando de mim.

– É o meu direito como pai. Atire.

Esticou o arco amuada, quase chorando. Ele notou e disse baixinho:

– Eu amo você, Mariazinha. Lembre-se sempre disso.

Soltou a corda logo após a rêmige tocar no canto da sua boca. O pai elogiou:

– Muito bem! Muito bem, filha!

Depois, ele começou a tossir horrivelmente, a estertorar.

•

O arqueiro moreno da galeria morreu no local. A flecha disparada por Milva o atingiu abaixo da axila esquerda e se encravou fundo, mais da metade da haste, despedaçando as costelas, destruindo os pulmões e o coração.

A flecha de empenagem vermelha disparada um décimo de segundo antes do arco do arqueiro atingiu Milva na parte inferior da barriga e atravessou-a, destroçando os seus quadris, dilacerando os seus intestinos e as suas artérias. A arqueira caiu no chão como se tivesse sido derrubada por um aríete.

Geralt e Cahir gritaram em uníssono. Sem se dar conta de que os arqueiros tinham pegado de novo os arcos após a queda de Milva, saltaram para debaixo do pórtico que os protegia, seguraram a arqueira e arrastaram-na, sob a granizada de flechas. Uma das pontas tiniu no elmo de Cahir. Outra, juraria Geralt, atravessou seu cabelo feito um pente.

Milva deixava atrás de si uma extensa e brilhante mancha de sangue. No lugar onde a colocaram, formou-se instantaneamente uma enorme poça vermelha. Cahir xingava, suas mãos tremiam. Geralt sentia que o desespero e a raiva tomavam conta dele.

– Titia! Titia, não mooorrraaa! – Angoulême ululou.

Maria Barring abriu a boca e tossiu de forma macabra, cuspindo sangue no queixo.

– Eu também amo você, papai – disse, articulando as palavras com clareza, e tombou morta.

•

Os acólitos rapados não conseguiam dominar Ciri, que se sacudia e gritava. Foram ajudados pelos serviçais. Um deles recebeu um pontapé dela, saltou para trás, dobrou-se e caiu de joelhos, segurando a virilha com as mãos e inspirando o ar espasmodicamente.

Isso deixou os outros enraivecidos. Ciri levou um soco na nuca e um tapa no rosto e foi derrubada no chão. Alguém a chutou com força nos quadris, outro se sentou sobre as suas canelas. Um dos acólitos rapados, um jovem de olhos verdes e malvados, pôs-se de joelhos sobre o seu peito, encravou os dedos nos seus cabelos e puxou com força. Ciri ululou.

O acólito também. E arregalou os olhos. Ciri viu sangue jorrar de sua cabeça rapada, manchando o jaleco branco com uma estampa macabra.

No instante a seguir, o laboratório virou um inferno.

Os móveis foram derrubados, produzindo grande estrondo. O trincar penetrante e o estalo do vidro quebrando misturaram-se com o ganir infernal dos homens. As decocções, os filtros, os elixires, os extratos e outras substâncias mágicas derramavam sobre as mesas, caíam no chão e misturavam-se. Algumas silvavam ao entrar em contato com as outras, e formavam-se nuvens de fumaça amarela. Momentaneamente, um fedor corrosivo encheu o local.

Por entre a fumaça, atrás das lágrimas que caíam devido ao odor, Ciri viu, horripilada, um vulto negro que lembrava um enorme morcego a debater-se no laboratório com uma incrível velocidade. Viu-o esbarrar nas pessoas durante sua revoada, e as pessoas atingidas por ele caindo aos gritos. Diante de seus olhos, um serviçal que tentava fugir foi arrancado do chão e derrubado sobre a mesa, onde ficou debatendo-se, jorrando sangue e guinchando por entre as retortas, os alambiques, os tubos de ensaio e os frascos de laboratório quebrados.

As misturas derramadas respingaram sobre a lamparina. Ouviu-se um silvo, um odor espalhou-se pelo local e, de repente, aconteceu uma explosão no laboratório. A onda de calor dissipou a fumaça. Ciri cerrou os dentes para não gritar.

Na cadeira de aço destinada a ela, um homem magro, grisalho, vestido elegantemente de preto, mordia e chupava calmamente o pescoço do acólito rapado pendurado sobre o seu joelho. O acólito guinchava baixinho e tremia. As suas pernas e os seus braços esticados saltavam ritmicamente.

Chamas cadavericamente roxas dançavam sobre o tampo de aço da mesa. As retortas e os frascos de laboratório explodiam com estrondo.

O vampiro arrancou os caninos pontudos do pescoço da vítima e fixou em Ciri os olhos negros como azeviche.

– Existem ocasiões em que simplesmente não há como não aproveitar para tomar um pouco – disse num tom de esclarecimento, lambendo o sangue dos lábios.

Ao ver a expressão do rosto de Ciri, falou sorrindo:

– Não tenha medo, não tenha medo, Ciri. Ficou feliz por ter encontrado você. Chamo-me Emiel Regis. Sou companheiro do bruxo Geralt, embora isto pareça um tanto estranho. Vim até aqui junto com ele para salvá-la.

Um mercenário armado entrou com ímpeto no laboratório em chamas. O companheiro de Geralt virou a cabeça na direção dele, sibilou e mostrou os caninos. O mercenário uivou terrivelmente e demorou a silenciar, mesmo distante.

Emiel Regis tirou do joelho o corpo do acólito, imóvel e mole feito um pano, levantou e espreguiçou-se como um gato e disse:

– Quem diria – disse. – Um pirralho qualquer, mas dono de um sangue singular. Isto tem nome: virtude oculta. Deixe, Cirilla, que eu a leve até Geralt.

– Não – Ciri balbuciou.

– Não precisa ter medo de mim.

– Não tenho medo – protestou, lutando corajosamente contra os dentes, que insistiam em bater. – Não é isso… Yennefer está presa aqui. Preciso libertá-la o mais rápido possível. Temo que Vilgefortz… Por favor, senhor…

– Emiel Regis.

– Estimado senhor, avise Geralt, por favor, que Vilgefortz está aqui. É um feiticeiro, um poderoso feiticeiro. Diga a Geralt que tenha cuidado.

•

– Você deve ter cuidado – Regis repetiu, olhando para o corpo de Milva. – Vilgefortz é um poderoso feiticeiro. Ela, no entanto, foi libertar Yennefer.

Geralt soltou um palavrão.

– Vamos! Vamos! – gritou, para despertar nos companheiros o ânimo perdido.

Angoulême levantou-se, enxugou as lágrimas e falou:

– Vamos, então! Vamos! Está na hora de dar uma surra em algumas bundas, caralho!

– Estou me sentindo tão forte que poderia inclusive quebrar a porra deste castelo – o vampiro sibilou, soltando um sorriso horripilante.

O bruxo olhou para ele desconfiado e disse:

– Bom, talvez nem tanto assim. Mas tentem passar para o andar superior e provoquem confusão para desviar a atenção de mim. Tentarei achar Ciri. Foi uma péssima ideia, vampiro, você tê-la deixado sozinha.

– Foi ela que mandou – Regis explicou com calma, num tom e com uma postura que não permitiam nenhuma discussão. – Admito, surpreendeu-me.

– Eu sei. Subam aos andares superiores. Força! Tentarei achá-la. Ela ou Yennefer.

•

Achou, e com relativa rapidez.

Topou com eles de súbito, quando surgiram inesperadamente na curva de um corredor. Viu, e essa visão fez a adrenalina picar-lhe as veias no dorso das mãos.

Alguns fortões arrastavam Yennefer pelo corredor. A feiticeira estava toda desgrenhada e algemada, o que não a impedia de tentar soltar-se, de sacudir-se e xingar como um carregador de porto.

Geralt não deixou que os fortões se recuperassem do susto. Bateu só uma vez, e apenas em um deles, com um curto golpe do cotovelo. O fortão ganiu feito um cão, cambaleou, bateu com a cabeça contra uma armadura de placa instalada num nicho, o que produziu um tinir e um estrondo, e deslizou sobre ela, sujando as chapas com o seu sangue.

Os outros três soltaram Yennefer e saltaram para trás. O quarto agarrou a feiticeira pelo cabelo, encostou uma faca no pescoço dela, um pouco acima da gargalheira de dimerítio, e uivou:

– Não se aproxime! Vou matá-la! Não estou de brincadeira!

– Nem eu. – Geralt redemoinhou a espada e mirou nos olhos do fortão, que não resistiu. Ele soltou Yennefer e juntou-se aos companheiros. Todos já tinham armas na mão. Um deles arrancou de uma panóplia uma alabarda histórica que tinha uma aparência ameaçadora. Todos, curvados, hesitavam entre o ataque e a defesa.

– Sabia que você viria – Yennefer falou, endireitando-se com orgulho. – Mostre a esses patifes o que uma espada de bruxo é capaz de fazer, Geralt.

Ergueu as mãos algemadas para o alto, esticando o grilhão que unia as algemas.

Geralt segurou o sihill com as duas mãos, inclinou a cabeça levemente, almejou e cortou de uma maneira tão veloz que ninguém notou o movimento da lâmina.

As algemas tiniram ao cair no chão. Um dos fortões suspirou. Geralt segurou o punho da espada com mais força e posicionou o dedo indicador acima do guarda-mão.

– Fique firme, Yen. Incline um pouco a cabeça, por favor.

A feiticeira nem tremeu. O som do metal atingido pela espada era muito nítido.

A gargalheira de dimerítio caiu junto das algemas. No pescoço de Yennefer brotou apenas uma única e minúscula gota vermelha.

Riu, massageando os pulsos, e virou-se para os fortões. Nenhum deles resistiu ao seu olhar.

Aquele que carregava a alabarda colocou, com o maior cuidado, a antiga arma no chão, como se temesse que ela fosse tinir, e balbuciou:

– Que o Coruja enfrente esse indivíduo pessoalmente. Eu prezo pela minha vida.

– Nós fomos obrigados... fomos obrigados... recebemos ordens... – murmurou outro ao recuar.

– Nós não fomos duros com a senhora... enquanto estava presa... Testemunhe a nosso favor... – pediu o terceiro, passando a língua nos lábios.

– Saiam daqui – ordenou Yennefer. Livre das algemas de dimerítio, ereta, com a cabeça erguida orgulhosamente, equiparava-se a um titã. Parecia alcançar a abóbada com o seu cabelo negro, desgrenhado.

Os fortões fugiram, sorrateiramente e sem olhar para trás. Yennefer encolheu-se, voltando ao tamanho normal, e lançou-se para abraçar Geralt.

– Sabia que você viria para me resgatar – murmurou, procurando com os seus lábios os de Geralt. – Sabia que você viria, apesar dos pesares.

Após um momento, puxando o ar, ele disse:

– Vamos! Agora precisamos achar Ciri.

– Ciri – ela repetiu. E, num instante, uma brasa roxa que despertava terror ardeu em seus olhos. – E Vilgefortz.

•

Um fortão munido de uma besta apareceu de trás da quina, gritou e atirou, apontando para a feiticeira. Geralt saltou como se tivesse sido empurrado por uma mola e agitou a espada. A seta rebatida passou sobre a cabeça do besteiro, tão próxima que o fez se contrair. Não teve tempo de se descontrair: o bruxo saltou até ele e o dilacerou como se fosse uma carpa. Havia mais dois fortões no fundo do corredor, também munidos de bestas. Também atiraram, mas suas mãos tremiam demais para que conseguissem acertar. Num instante o bruxo já estava junto deles, e os dois caíram mortos.

– Por onde, Yen?

A feiticeira concentrou-se, fechando os olhos.

– Por aqui, por esta escada.

– Você tem certeza de que este é o caminho certo?

– Sim.

Os facínoras os atacaram logo atrás da curva do corredor, próximo ao portal ornado com uma arquivolta. Eram mais de dez indivíduos, armados com lanças, partasanas e corsescas. Também mostravam-se decididos e persistentes. Mesmo assim, tudo aconteceu rápido. Um deles logo foi atingido no centro do peito com um dardo de fogo disparado por Yennefer. Geralt girou, executando uma pirueta, e caiu no meio dos outros. Seu sihill anão reluzia e silvava feito uma serpente. Quatro caíram mortos, e os restantes fugiram. Na fuga, o tinir e o estrépito provocaram eco nos corredores.

– Está tudo bem, Yen?

– Não podia estar melhor.

Vilgefortz apareceu sob a arquivolta e falou calma e sonoramente:

– Estou muito admirado! De verdade, estou impressionado, bruxo. Você é ingênuo e por demais estúpido, mas sua técnica realmente impressiona.

– Seus facínoras acabaram de fugir, deixando você à nossa mercê. Entregue-me Ciri e pouparemos a sua vida – Yennefer falou com a mesma calma.

– Sabe, Yennefer, que essa já é a segunda proposta magnânima que recebo hoje? Obrigado, obrigado mesmo. Eis a minha resposta – o feiticeiro disse com um largo sorriso.

– Cuidado! – Yennefer gritou, saltando para o lado. Geralt também saltou. Bem na hora. Uma coluna de fogo disparada das mãos estendidas do feiticeiro transformou numa massa negra e sibilante o lugar onde estavam antes de saltarem. O bruxo limpou a fuligem e os restos das sobrancelhas do rosto. Viu que Vilgefortz estendia a mão. Foi para o lado, caindo no chão atrás da base da coluna. O estrondo foi tão grande que sentiu uma picada nos ouvidos e todo o castelo estremeceu.

•

O eco fez o estrondo propagar-se pelo castelo. As paredes tremeram, os lustres tiniram. Um enorme retrato a óleo com uma moldura banhada a ouro caiu no chão com estrépito.

Os mercenários que saíam correndo do vestíbulo tinham um medo selvagem nos olhos. Stefan Skellen lançou-lhes um olhar feroz e chamou a atenção deles com expressão e voz marciais.

– O que aconteceu? Falem!

– Senhor legista... – um deles estertorou. – Um inferno! Eles são demônios ou diabos... Atiram com os arcos sem falhar... Cortam terrivelmente... Há morte por todos os lados... Tudo está vermelho de sangue!

– Uns dez foram mortos... talvez mais... E lá... estão ouvindo?

Outro estrondo. O castelo estremeceu.

– Magia... Vilgefortz... Bem, vamos ver. Vamos verificar quem fez o que e com quem – Skellen murmurou.

Outro soldado surgiu correndo. Estava pálido e coberto de pó do reboco. Por um longo momento, não conseguiu articular nem uma palavra. Por fim falou, com as mãos descontroladas e a voz trêmula:

– Lá... lá... um monstro... senhor legista... como um enorme morcego negro... Eu o vi com meus próprios olhos arrancando as cabeças dos homens... O sangue jorrava! E ele sibilava e ria... Tinha dentes enormes!

– Não conseguiremos de volta as cabeças... – alguém sussurrou atrás das costas de Coruja.

Boreas Mun decidiu falar:

– Senhor legista, são fantasmas. Eu vi... o jovem conde Cahir aep Ceallach. Mas ele está morto.

Skellen olhou para ele, porém não disse nada. Dacre Silifant balbuciou:

– Senhor Stefan... contra quem lutamos aqui?

Um dos mercenários gemeu:

– Não são seres humanos. São magos e demônios infernais! A força humana não é suficiente para confrontá-los...

Coruja cruzou os braços sobre o peito, passou um olhar corajoso e autoritário pelos mercenários e afirmou forte e claramente:

– Não nos envolveremos, então, nesse conflito das forças infernais! Que os demônios lutem contra os demônios, os feiticeiros contra os feiticeiros, e os fantasmas contra os mortos-vivos! Não vamos atrapalhá-los! Esperaremos aqui, com calma, o resultado da batalha.

Os rostos dos mercenários resplandeceram. O moral cresceu visivelmente. Skellen retomou com uma voz forte:

– Essas escadas são a única via de escape. Esperaremos aqui. Veremos quem tentará descer por elas.

Um terrível estrondo ressoou lá em cima. O estuque caiu da abóbada, produzindo um nítido rumorejar. Sentiu-se o cheiro de enxofre e queimado. Coruja gritou, poderosa e corajosamente, para animar sua tropa:

– Está muito escuro aqui! Andem, acendam tudo o que for possível! Tochas, brandões! Precisamos conseguir enxergar quem aparecer nessas escadas! Encham com algo que pegue fogo aqueles cestos de ferro!

– Com o quê, senhor?

Sem proferir nem uma palavra, Skellen apontou para aquilo a que se referia. O mercenário perguntou, incrédulo:

– Com pinturas? Com quadros?

– É isso mesmo – Coruja bufou. – O que vocês estão olhando? A arte morreu!

As molduras e as pinturas foram destroçadas. A madeira seca e as telas envernizadas pegaram fogo instantaneamente, fulgurando e produzindo uma chama clara.

Boreas Mun ficou olhando. Já estava completamente decidido.

•

Ouviu-se um estrondo, acompanhado de um relâmpago. A coluna de trás, da qual tinham conseguido se afastar quase no último momento, se desfez. A base dela quebrou. O capitel, ornado de acanto, bateu contra o chão, despedaçando o mosaico de terracota. Um sibilante raio globular foi lançado na sua direção. Yennefer o rebateu, vociferando sortilégios e gesticulando.

Vilgefortz aproximava-se deles. A sua capa revoava como as asas de um dragão. Ao andar, dizia:

– Yennefer não me surpreende. É mulher, portanto uma criatura menos evoluída, movida por um caos hormonal. No entanto, você, Geralt, não é só um homem sensato por natureza, mas também um mutante, imune às emoções.

Acenou com a mão. Novamente um estrondo, outro relâmpago. O escudo mágico criado por Yennefer rebateu o raio. Vilgefortz continuou, passando o fogo de uma mão para a outra:

– Apesar da sua sensatez, você apresenta uma admirável, embora pouco sábia, coerência numa única questão: você deseja remar com insistência contra a corrente e urinar contra o vento. Isso tinha que acabar mal. Saiba que hoje, aqui no castelo de Stygga, você urinou contra um furacão.

•

A luta travava-se em algum lugar dos pisos inferiores. Alguém gritava de modo horripilante, ululava, clamava de dor. Alguma coisa queimava. Ciri sentia a fumaça e o cheiro de queimado, o sopro cálido de ar.

Algo bateu com muita força. As colunas que apoiavam a abóbada estremeceram e o estuque começou a cair das paredes.

Ciri olhou com cautela de trás da quina. O corredor estava vazio. Percorreu-o rápida e silenciosamente, passando por fileiras de estátuas posicionadas em nichos do lado direito e do esquerdo. Já as havia visto em sonhos.

Saiu do corredor e topou logo de cara com um homem que segurava uma lança. Pulou para trás, pronta para saltar e esquivar-se.

E foi então que ela percebeu que não se tratava de um homem, mas de uma mulher de cabelos brancos, magra e corcunda, e que ela não carregava uma lança, e sim uma vassoura. Ciri pigarreou:

– Por acaso uma feiticeira de cabelos negros está mantida em cativeiro aqui? Onde?

A mulher com a vassoura permaneceu calada por um longo momento, movendo os lábios como se estivesse mastigando algo. Por fim, balbuciou:

– E como eu poderia saber isso, pombinha? Eu apenas cuido da limpeza aqui. Vivo limpando essa bagunça que eles fazem –

continuou, sem sequer olhar para Ciri. – E eles continuam bagunçando. Olhe só, pombinha.

Ciri olhou. Na laje formara-se uma mancha de sangue em zigue-zague. A mancha terminava junto de um cadáver encolhido, apoiado na parede. Perto dele havia mais dois cadáveres, um em posição fetal, o outro escarranchado de modo indecente. Junto deles viam-se bestas.

– Vivem sujando. – A mulher pegou o balde e um pano, ajoelhou-se e começou a limpar. – Só sujeira, mais nada, só sujeira, sempre sujeira. E eu limpando sem parar. Será que um dia isto terminará?

– Não, nunca. Assim funcionam as coisas neste mundo – Ciri falou surdamente.

A mulher parou de limpar. Sem levantar a cabeça, disse:

– Aqui eu limpo, só faço isso. Mas digo-lhe, pombinha, que precisa seguir reto e depois virar à esquerda.

– Obrigada.

A mulher abaixou a cabeça ainda mais e voltou a limpar.

•

Estava sozinha. Sozinha e perdida no labirinto dos corredores. "Senhora Yennefer!"

Até agora tinha mantido o silêncio, temendo atrair os homens de Vilgefortz. Mas agora...

"Yennefer!"

Achou que havia ouvido algo. Sim, com certeza!

Entrou correndo na galeria e de lá em um salão grande, por entre pilastras esguias. As suas narinas detectaram outra vez cheiro de queimado.

Bonhart saiu de um nicho feito um fantasma e deu-lhe um soco no rosto. Ciri cambaleou. Ele saltou até ela como um açor, agarrou-a pela garganta e empurrou-a, asfixiando-a, até o muro. Ela viu seus olhos de peixe e sentiu seu coração descer até o ventre.

– Não a teria achado se você não tivesse gritado – estertorou. – Mas você clamou, e saudosamente! Estava com saudade de mim, meu amorzinho?

Ainda pressionando-a contra a parede, colocou uma mão no cabelo dela, na nuca. Ciri puxou a cabeça. O caçador de recompensas sorriu, deixando os dentes à mostra. Passou a mão sobre o seu braço, apertou o seu seio, agarrou brutalmente a sua virilha. Depois soltou-a e empurrou-a, fazendo que deslizasse pela parede. E jogou a espada de Ciri aos pés dela. "Sua andorinha." E ela, no mesmo instante, percebeu o que ele queria.

– Preferia que fosse na arena – ele falou, arrastando as palavras. – Para ser a coroação, o final de muitas belas apresentações. A bruxa contra Leo Bonhart! Todos pagariam para ver algo assim! Ande! Levante o ferro e desembainhe-o.

Obedeceu, mas não tirou a lâmina da bainha. Apenas pendurou o cinto transversalmente, para que o cabo estivesse ao alcance da sua mão.

Bonhart deu um passo para trás e disse:

– Pensei que esses tratamentos que Vilgefortz preparou para você seriam suficientes para satisfazer meus olhos. Mas estava errado. Preciso sentir a sua vida escorrer pela minha lâmina. Cago para os feitiços e os feiticeiros, para o destino, as profecias e as vicissitudes do mundo. Cago para o sangue antigo e o novo. O que significam para mim todos esses feitiços e encantos? O que resultará deles? Nada! Nada se pode comparar ao prazer...

Interrompeu a sua fala. Ciri viu os lábios dele se cerrarem e os olhos reluzirem de forma agourenta. Ele sibilou:

– Derramarei o sangue de suas veias, bruxa. E depois, antes de você arrefecer, celebraremos nossas núpcias. Você é minha, e morrerá sendo minha. Pegue a arma.

Um distante estrondo ressoou. O castelo estremeceu.

Bonhart esclareceu, com um rosto impassível:

– Vilgefortz está transformando seus libertadores bruxescos em polpa. Ande, moça, pegue a espada.

"Fugir", pensou, congelando de medo. "Fugir para outros espaços, outros tempos, para longe dele, bem longe." Sentiu vergonha: "Como assim, fugir? Deixar Yennefer e Geralt à sua mercê?" O juízo sussurrava-lhe: "Não serei muito útil morta".

Concentrou-se, apertando os punhos nas têmporas. Bonhart entendeu momentaneamente o que estava para acontecer e lançou-se sobre ela. Mas era tarde demais. Um zunido nos ouvidos de Ciri, algo reluziu. "Consegui", pensou triunfantemente.

Logo percebeu, porém, que o triunfo era prematuro. Deu-se conta disso ao ouvir gritos selvagens e sortilégios. "O fiasco deve ter sido causado pela aura maligna, hostil e paralisante deste lugar." Deslocou-se, não para muito longe, sequer fora do alcance do olhar dele, só para o extremo oposto da galeria, a pouca distância de Bonhart, mas longe do alcance das suas mãos e da sua espada. Pelo menos por um instante.

Perseguida pelo seu berro, Ciri virou-se e pôs-se a correr.

•

Correu por um longo e extenso corredor, seguida pelo olhar morto das canéforas de alabastro que sustentavam as arcadas. Virou uma vez, depois outra. Queria fazer Bonhart perder-se e confundir-se, no entanto dirigia-se para o local de onde vinham os ruídos do combate. Era lá que estavam seus amigos.

Entrou com ímpeto num grande cômodo redondo. No meio dele havia a escultura de uma mulher com o rosto encoberto, com certeza uma deusa, sobre um pedestal de mármore. Dois corredores saíam do cômodo, ambos relativamente estreitos. Escolheu um deles aleatoriamente. E, como era de esperar, fez a escolha errada.

– Uma moça! Peguem-na! – um dos sicários berrou.

Eram tantos, tão numerosos, que ela não poderia arriscar algum confronto, mesmo num corredor estreito. E Bonhart devia estar muito próximo. Ciri recuou e pôs-se em fuga. Entrou correndo na sala da deusa de mármore e ficou paralisada.

Diante dela surgiu um cavaleiro com uma espada enorme, usando uma capa preta e um elmo ornamentado com as asas de uma ave de rapina.

A cidade estava em chamas. Ciri ouvia o estalido do fogo, via as chamas trêmulas, sentia o calor do incêndio. O relinchar dos cavalos e os gritos dos assassinados penetravam seus ouvidos... De repente, as asas da ave negra adejaram, encobriram tudo... "Socorro!"

"Cintra", pensou, recuperando a consciência. "A ilha de Thanedd. Ele veio me seguindo até aqui. É um demônio. Estou cercada por demônios, pelos íncubos dos meus sonhos. Atrás de mim, Bonhart. Diante de mim, ele."

Ouviam-se os gritos e as pisadas dos serviçais, que se aproximavam correndo.

De repente, o cavaleiro com o elmo deu um passo à frente. Ciri venceu o medo. Arrancou a andorinha da bainha.

– Não toque em mim!

O cavaleiro deu mais um passo, e Ciri viu, espantada, que atrás da capa dele escondia-se uma moça de cabelos claros que trazia um sabre recurvado na mão. A moça passou por Ciri feito um lince e com um golpe do sabre dilacerou um dos serviçais sobre a laje. E o cavaleiro, para espanto de Ciri, em vez de atacá-la, despedaçou o outro facínora com um poderoso corte. Os outros recuaram para dentro do corredor.

A moça de cabelos claros lançou-se na direção da porta, mas não conseguiu fechá-la. Embora gritasse e agitasse a espada ferozmente, os serviçais conseguiram afastá-la de debaixo do portal. Ciri viu um deles alanhá-la com uma lança e a moça cair de joelhos. Saltou, executando com a andorinha um corte a partir da orelha. Do outro lado surgiu correndo o cavaleiro negro, golpeando terrivelmente com a sua longa espada. A moça de cabelos claros, ainda ajoelhada, conseguiu tirar um machado de trás do cinto e lançou-o, acertando um dos fortões direto no rosto. Depois conseguiu chegar até a porta, fechou-a, e o cavaleiro passou o ferrolho nela.

– Ufa! Carvalho e ferro! Vai ser demorado eles conseguirem derrubar isto! – a moça falou.

– Não perderão tempo, procurarão outro caminho – o cavaleiro negro avaliou com firmeza. Logo em seguida, ao ver a perna da calça da moça ensopada de sangue, ficou soturno. A jovem acenou com a mão, num gesto de despreocupação.

– Vamos fugir daqui. – O cavaleiro tirou o elmo, olhou para Ciri e se apresentou: – Sou Cahir Mawr Dyffryn, o filho de Ceallach. Vim para cá junto com Geralt para socorrê-la, Ciri. Sei que é difícil de acreditar.

– Já vi coisas mais inacreditáveis – Ciri resmungou. – Você percorreu um longo caminho... Cahir... Onde está Geralt?

Cahir olhava para ela. Ciri lembrava os seus olhos da ilha de Thanedd. Olhos cor de anil escuro, macios como veludo. Belos olhos. Ele respondeu:

– Está socorrendo a feiticeira, a...

– Yennefer. Vamos.

– Vamos! – falou a moça de cabelos claros, improvisando uma atadura na coxa. – Precisamos ainda dar uns chutes em algumas bundas! Pela titia!

– Vamos – o cavaleiro repetiu.

Mas era tarde demais.

– Fujam – Ciri sussurrou, ao ver quem se aproximava pelo corredor. – É a encarnação do demônio. Mas ele quer só a mim, não vai persegui-los... Corram... Ajudem Geralt...

Cahir meneou a cabeça e falou suavemente:

– Ciri, fico espantado com as coisas que você diz. Vim aqui, para o outro lado do mundo, para encontrar, salvar e defender você, e agora você quer que eu fuja?

– Você não sabe com quem está lidando.

Cahir esticou as luvas, arrancou a capa e envolveu o antebraço esquerdo com ela. Agitou a espada e redemoinhou-a, produzindo um zunido.

– Já saberei.

Bonhart parou ao avistar os três, mas só por um momento, e falou:

– Hã?! Chegou o resgate? São seus companheiros, bruxa? Ótimo. Dois a mais, dois a menos, tanto faz.

De repente, Ciri teve um alumbramento e vociferou:

– Despeça-se da sua vida, Bonhart! Chegou o seu fim! O ferro com o ferro se afia!

Talvez tenha exagerado. Percebeu um tom falso na sua voz. Parou e olhou desconfiado.

– Um bruxo? Será mesmo?

Cahir redemoinhou a espada, assumindo a posição de ataque. Bonhart nem se mexeu. Sibilou:

– Que coisa! A bruxa prefere caras bem mais novos do que eu imaginava. Dê uma olhada aqui, valentão.

Abriu a camisa. Medalhões de prata reluziram em seu punho. Um gato, um grifo e um lobo. Rangeu os dentes e falou:

– Se você é um bruxo de verdade, então saiba que o seu amuleto de charlatão ornará minha coleção. E, se você não for um bruxo, será morto antes que consiga piscar os olhos. Seria mais sensato sair do meu caminho e fugir para bem longe. Eu quero essa moça, não guardo rancor de você.

– Sua valentia é da boca para fora – Cahir falou com calma, redemoinhando a lâmina. – Veremos quais são as suas habilidades. Angoulême, Ciri! Fujam!

– Cahir...

– Corram para socorrer Geralt – corrigiu-se.

Correram. Ciri escorava Angoulême, que mancava.

– Você próprio pediu isso. – Bonhart semicerrou os olhos pálidos e deu alguns passos para a frente, girando a espada.

– Eu próprio pedi isso? – Cahir Mawr Dyffryn aep Ceallach repetiu surdamente. – Não, assim determinou o destino!

Chocaram-se num salto, num embate rápido, cercando-se mutuamente numa agitação selvagem das espadas. O tinir do ferro encheu o corredor, provocando o tremor e o balançar aparente da estátua de mármore.

– Você não é nada mal – Bonhart rouquejou quando se separaram. – Não é nada mal, valentão. Mas não é nenhum bruxo, a pequena víbora me enganou. Sua hora chegou. Prepare-se para morrer.

– Só da boca para fora.

Cahir respirou fundo. O embate o convenceu de que tinha poucas chances contra os olhos de peixe. O indivíduo era rápido e forte demais para ele. Sua única chance era o fato de ele estar com pressa para perseguir Ciri. E ele estava visivelmente nervoso.

Bonhart atacou outra vez. Cahir bloqueou o corte, curvou-se, saltou, agarrou o adversário pela cintura, empurrou contra a parede e deu-lhe um golpe de joelho na virilha. Bonhart segurou o rosto dele e bateu-o com força três vezes seguidas, com o pomo da espada, na parte lateral da cabeça. O terceiro golpe fez Cahir tombar para trás. Ele viu a lâmina reluzir e instintivamente a bloqueou, mas muito devagar.

•

A família dos Dyffryn observava escrupulosamente a tradição. Todos os homens do clã velavam em silêncio, dia e noite, o corpo de um parente morto exposto na armaria do castelo. As mulheres, reunidas em outra ala, para não atrapalharem os homens, para não distraí-los nem perturbar suas reflexões, soluçavam, sofriam espasmos e desmaiavam. Quando se recuperavam, voltavam a soluçar e sofrer espasmos. E *da capo*.

Os espasmos e as lágrimas, até no caso das mulheres nobres de Vicovaro, eram vistos como algo sem sentido e uma grande desonra. Mas, na família dos Dyffryn, essa era a tradição, e ninguém a mudava, sequer se atrevia a mudá-la.

Cahir, um rapaz de dez anos, irmão caçula de Aillil, morto em Nazair e velado nesse mesmo instante na armaria do castelo, de acordo com os costumes e a tradição, ainda não era considerado um homem. Não pôde juntar-se ao grupo de homens reunido em volta do caixão aberto, não pôde ficar junto do avô Gruffyd, do pai Ceallach, do irmão Dheran e de toda a multidão de tios maternos e paternos, assim como de primos. Obviamente, tampouco foi-lhe permitido espasmar ou desmaiar com a avó, a mãe, as três irmãs e toda a multidão de tias maternas e paternas, assim como as primas. Junto de todos os parentes menores de idade que haviam ido a Darn Dyffra para as exéquias, o enterro e as celebrações subsequentes, Cahir se dedicou a fazer brincadeiras e travessuras nos muros. E acometia com seus punhos aqueles que consideravam seus próprios pais ou irmãos mais velhos, em vez de Aillil aep Ceallach, os mais valentes de todos na batalha de Nazair.

– Cahirzinho! Venha cá, filhinho!

Mawr, a mãe de Cahir, e a irmã dela, a tia Cinead var Anahid, estavam no claustro. O rosto da mãe estava vermelho e tão inchado de chorar que Cahir ficou apavorado. Sentiu-se comovido com o fato de que o choro tinha a capacidade de transformar a sua mãe – uma mulher excepcionalmente bela – num verdadeiro mascarão. Por isso, decidiu com convicção jamais verter sequer uma lágrima.

– Lembre-se, filhinho – Mawr soluçou, apertando o menino junto ao regaço com tanta força que o deixou sem ar. – Lembre-se deste dia. Lembre-se de quem tirou a vida de seu irmãozinho Aillil: foram os malditos nortelungos. Eles são seus inimigos, filhinho. Você deve sempre odiá-los, deve odiar essa maldita nação de assassinos!

– Vou odiá-los, mãe – Cahir prometeu, um pouco confuso. Primeiro, porque seu irmão Aillil havia morrido em batalha, com honra. Teve uma morte de guerreiro, louvável e digna de ser invejada. Por que, então, verter lágrimas? Segundo, não era nenhum segredo que a avó Eviva, a mãe de Mawr, descendia dos nortelungos. Às vezes o pai, durante os seus acessos de raiva, chamava a mãe de "a loba do Norte". Obviamente, ela jamais soube disso.

Mas, agora, já que se tratava da disposição materna...

– Eu os odiarei – jurou com ânimo. – Já os odeio! E quando crescer e tiver uma espada verdadeira, irei à guerra e cortarei suas cabeças! A senhora vai ver!

A mãe inspirou fundo e começou a espasmar. A tia Cinead a escorou.

Cahir fechava os punhos, tremendo de ódio. Odiava aqueles que magoaram sua mãe e fizeram que ficasse tão feia.

•

O golpe executado por Bonhart dilacerou a têmpora, a bochecha e a boca de Cahir. Ele deixou a espada cair e cambaleou. O caçador de recompensas deu meia-volta e cortou, acertando-o entre o pescoço e a clavícula. Cahir desabou aos pés da deusa de mármore, e seu sangue, feito um sacrifício pagão, espirrou sobre o pedestal da estátua.

•

Ressoou um estrondo, o chão estremeceu sob seus pés e um escudo caiu com fragor de uma panóplia exposta na parede. Uma fumaça corrosiva começou a flutuar e rastejar pelo corredor. Ciri enxugou o rosto. Pesava como uma pedra de moinho a moça de cabelos claros que ela escorava.

– Mais rápido... precisamos correr mais rápido...

– Eu não consigo ir mais rápido – a moça falou. E, de repente, sentou-se pesadamente no chão. Ciri viu, horrorizada, uma poça de sangue se formar e crescer debaixo dela e da perna de sua calça ensopada. A moça estava pálida como um moribundo.

Num instante, Ciri ajoelhou-se junto dela, tirou o seu xale, depois o seu cinto, e tentou usá-los como torniquetes. Mas a ferida era grande demais, e estava muito próxima da virilha. O sangue não parava de jorrar.

A moça agarrou-a pela mão. Seus dedos estavam frios como gelo.

– Ciri...

– Sim.

– Sou Angoulême. Eu não acreditava... não acreditava que iríamos achá-la. Mas segui Geralt... É impossível não segui-lo. Sabia?

– Sabia. Esse é o jeito dele.

– Nós a achamos, e salvamos, e Fringilla debochava de nós... Diga-me...

– Por favor, não fale mais nada.

– Diga... – Angoulême movia os lábios cada vez mais devagar e com um esforço cada vez maior. – Diga, já que você é uma rainha... Em Cintra... você nos concederá sua graça, não é? Você me nomeará... condessa? Diga, mas não minta... Você conseguirá fazer isso? Diga, por favor!

– Não fale nada. Poupe as suas forças.

Angoulême suspirou, curvou-se, apoiou a testa no braço de Ciri e falou com certa clareza:

– Sabia... sabia, caralho, que o bordel em Toussaint era um projeto de vida mais promissor.

Passou-se um momento muito longo antes de Ciri perceber que Angoulême, a moça que abraçava, havia morrido.

•

Ela o avistou quando se aproximava guiado pelos olhares mortos das caneforas que sustentavam as arcadas de alabastro. E, de repente, entendeu que a fuga era impossível, que não havia como fugir dele e que teria de confrontá-lo. Sabia disso. Mas ainda o temia muito.

Pegou a arma. A lâmina da andorinha cantou baixinho, e ela conhecia esse canto.

Recuava pelo largo corredor enquanto ele seguia atrás dela, segurando a espada com ambas as mãos. O sangue pingava da lâmina, gotejava intensamente do guarda-mão.

"Um cadáver", avaliou, passando por cima do corpo de Angoulême. "Muito bem. Aquele valentão também já foi para o jardim das tabuletas."

Ciri sentiu o desespero tomar conta dela. Seus dedos apertavam o cabo com tanta força que doíam. Começou a recuar.

– Você me enganou – Bonhart falava, arrastando as sílabas, enquanto a perseguia. – O valentão não tinha um medalhão. Mas algo me diz que aqui no castelo encontrarei alguém que usa um medalhão. Acharei alguém com o medalhão. O velho Leo Bonhart está determinado a apostar sua cabeça que o achará perto da bruxa Yennefer. Mas, antes disso, temos coisas mais importantes para tratar, víbora. Nós, em primeiro lugar, você e eu. E nossas núpcias.

Ciri tomou a decisão. Assumiu posição de guarda, traçando um curto arco com a andorinha. Começou a andar ao longo de um semicírculo, cada vez mais rápido, forçando o caçador de recompensas a girar sem sair do lugar. Ele falou arrastando as palavras:

– Da última vez esse artifício não adiantou muito. O que você fará, então? Não consegue aprender com os próprios erros?

Ciri apressou o passo. Com movimentos fluidos e suaves da lâmina, buscava confundir e desorientar, provocar e hipnotizar.

Bonhart girou a espada num sibilante molinete e rosnou:

– Isso não funciona comigo! E está me aborrecendo!

Diminuiu a distância, dando dois passos rápidos.

– Que ressoe a música!

Saltou e cortou com força. Ciri encolheu-se numa pirueta, levantou-se, apoiou-se na perna esquerda e golpeou imediatamente, sem tomar posição. Antes que a lâmina tinisse, bloqueada por Bonhart, ela já estava girando, deslizando com suavidade por baixo dos cortes sibilantes. Atacou outra vez, sem mover a espada, mas flexionando o cotovelo de maneira surpreendente, pouco comum. Bonhart impediu o golpe e, de imediato, executou um corte da esquerda. Ciri já havia imaginado que ele faria isso. Precisava apenas flexionar os joelhos levemente e balançar o tronco para esquivar-se do gume, por um décimo de polegada. Logo ela passou para o ataque, executando um golpe curto. Mas, desta vez, ele estava à sua espera, e desorientou-a com uma finta. Ciri quase perdeu o equilíbrio, aguardando uma parada, mas salvou-se saltando rápido. Mesmo assim, a espada de Bonhart esbarrou em seu braço. Em um primeiro momento ela achou que o gume havia cortado apenas a manga forrada, mas logo sentiu um líquido morno escorrer de debaixo da sua axila e da sua mão.

As canéforas de alabastro observavam os dois com olhos indiferentes.

Ciri recuava, e ele a seguia curvado, executando largos movimentos convexos com a espada, como se fosse a encarnação da morte esquelética que ela havia visto nas pinturas do templo. "A dança dos esqueletos", pensou. "Aí vem o ceifador da morte."

Recuou. O líquido morno escorria pelo seu antebraço e pela sua mão.

– O primeiro sangue é para mim – Bonhart disse ao ver as gotículas estreladas que respingaram no chão. – Para quem será o segundo, minha amada?

Recuou novamente.

– Olhe para trás. É o fim.

E ele estava certo. O corredor terminava num abismo, num precipício. No fundo viam-se as tábuas empoeiradas, sujas e desordenadas do piso inferior. Essa parte do castelo estava destruída, nem sequer tinha chão. Sobrou apenas o esqueleto da construção, composto das pilastras, da cumeeira e da grade de vigas que ligava tudo.

Ciri hesitou. Pisou numa viga e recuou sobre ela, sem tirar os olhos de Bonhart, observando todos os movimentos dele. Foi o que a salvou. De repente, ele se lançou sobre ela, correndo pela viga, cortando o ar com rápidos movimentos cruzados, agitando a espada em velozes fintas. Sabia o que ele estava esperando. Uma parada falha ou uma finta errada fariam Ciri desequilibrar-se, e então ela cairia da viga sobre o piso arruinado do andar inferior.

Mas Ciri não se deixou enganar com as fintas. Pelo contrário, esquivou-se de modo gracioso, iniciando um golpe de direita. Bonhart hesitou por um átimo de segundo, e então ela repetiu o corte da direita, tão veloz e forte que ele balançou após o bloqueio e teria caído se não fosse a sua altura. Com o braço esquerdo levantado, conseguiu segurar a cumeeira e manter o equilíbrio. Mas, por uma fração de segundo, perdeu a concentração. E, para Ciri, esse intervalo de tempo era suficiente. Lançou-se numa estocada e arremessou com força, estendendo ao máximo o braço e a lâmina.

Bonhart nem tremeu quando o gume da andorinha deslizou, sibilando pelo seu peito e pelo seu braço esquerdo. Revidou de imediato, e com tanta força que o golpe teria dilacerado Ciri ao meio se não tivesse executado uma pirueta para trás. Ela saltou para a viga mais próxima, flexionando o joelho e segurando a espada na horizontal, acima da cabeça.

Ele olhou para o próprio braço e ergueu a mão esquerda, marcada com um desenho de zigue-zagues cor de carmesim. Olhou para as gotas espessas que pingavam para baixo, para o abismo, e falou:

– E não é que você consegue aprender com os próprios erros, hein?... – A voz dele tremia de raiva. Mas Ciri o conhecia bem. Estava calmo, concentrado e pronto para matar.

Bonhart saltou até a viga em que Ciri estava, executando golpes cruzados. Prosseguia com ímpeto, pressionando-a para que recuasse, pisando firme, sem vacilar, sem sequer olhar onde pisava. A viga estalava e soltava poeira.

Continuou pressionando-a com golpes cruzados. Forçou-a a recuar para trás. Atacava com tanta rapidez que não lhe dava oportunidade para arriscar-se, saltando ou executando uma pirueta. Ela era obrigada a defender-se e esquivar-se o tempo todo.

Viu os olhos de peixe de Bonhart fulgurarem. Sabia o que isso significava. Ele a empurrou contra uma pilastra, uma cruzeta abaixo da cumeeira, para um lugar do qual ela não teria como fugir.

Ciri precisava fazer alguma coisa, e, de repente, percebeu o quê.

Kaer Morhen. O pêndulo.

"Você impele o pêndulo, absorve o seu ímpeto, a sua energia. Você absorve o seu ímpeto rebatendo-o. Entendeu?"

"Entendi, Geralt."

De repente, com a velocidade de uma víbora em ataque, passou da defesa à ofensiva. A lâmina da andorinha gemeu, chocando-se com a espada de Bonhart. No mesmo instante, num impulso, Ciri pulou para a viga adjacente. Conseguiu parar e, milagrosamente, manter o equilíbrio. Deu alguns passos ligeiros, saltou outra vez, retornou à viga onde estava Bonhart e pousou atrás das costas dele. Virou na hora certa, cortou largamente, quase às cegas, no lugar onde deveria pousar. Falhou por um fio de cabelo, e o ímpeto do golpe o fez vacilar. Atacou feito um raio. Lançou-se num ataque por estocada e caiu, flexionando o joelho. Cortou firme e fortemente. E ficou paralisada, com a espada estendida para o lado, olhando com calma o longo e liso corte transversal na túnica de Bonhart ficar encharcado e verter um espesso líquido encarnado.

– Sua... sua... – ele vacilou. Bonhart lançou-se sobre ela. Já estava mole e entorpecido. Ciri fugiu, dando um salto para trás, e ele não conseguiu manter o equilíbrio. Caiu sobre um joelho, mas não conseguiu acertar a viga, e a madeira já estava molhada e escorregadia. Por um segundo ficou olhando para Ciri, depois caiu.

Ciri viu Bonhart cair sobre o piso. Uma nuvem de poeira, reboco e sangue elevou-se como um gêiser do chão. Ele arremessou a sua espada para o lado, a uma grande distância. Estava inerte, escarranchado, enorme, magro, ferido e completamente indefeso, mas continuava com um aspecto horripilante.

Demorou um pouco para que por fim se mexesse. Gemeu. Tentou levantar a cabeça. Movimentou os braços e as pernas. Arrastou-se até a pilastra e encostou-se nela. Gemeu outra vez, apalpando com as mãos o peito e a barriga ensanguentados.

Ciri pulou. Caiu junto dele, de cócoras, com a ligeireza de um gato. Viu seus olhos de peixe abrirem-se de medo.

– Você venceu... – estertorou, olhando para o gume da andorinha. – Você venceu, bruxa. Lamento que não tenha sido na arena... Daria um ótimo espetáculo...

Ela não disse nada.

– Fui eu quem lhe deu essa espada, lembra-se? – ele falou.

– Eu me lembro de tudo.

– Você vai... você vai acabar comigo de vez? Você não vai fazer isso comigo... Não vai matar alguém derrubado e indefeso... Eu a conheço, Ciri. Você é demasiado... nobre para fazer isso – gemeu.

Ciri ficou olhando para Bonhart por um momento, um longo momento. Depois debruçou-se sobre ele, e os seus olhos abriram-se ainda mais. Mas ela apenas arrancou do seu pescoço os medalhões de lobo, gato e grifo, virou-se e dirigiu-se para a saída.

Bonhart lançou-se sobre ela com uma faca. Saltou de maneira traiçoeira, ardilosa e silenciosa, como um morcego. Soltou um berro só no último momento, quando o punhal estava prestes a ser encravado, até o cabo, em suas costas. E nesse berro manifestou todo o seu ódio.

Ciri esquivou-se da punhalada traiçoeira com uma célere meia-volta e um salto para o lado. Virou-se e executou um golpe rápido, extenso e forte, impulsionando todo o braço. Fez aumentar o impacto do golpe girando as ancas. A andorinha sibilou e cortou só com a ponta da lâmina. Ressoou um silvo e um estalo. Bonhart agarrou sua garganta. Os olhos de peixe saltaram das órbitas.

– Eu já disse a você que me lembro de tudo – Ciri falou com frieza.

Bonhart arregalou os olhos ainda mais, e depois caiu. Inclinou-se para trás e desabou, levantando poeira. Enorme, magro como o ceifador, ficou prostrado sobre o chão sujo, por entre tacos quebrados. Continuou apertando a garganta forte e firmemente. Apesar disso, a vida se esvaía rapidamente por entre os seus dedos, derramava-se em volta da sua cabeça na forma de uma enorme auréola negra.

Ciri ficou em pé, alteando sobre Bonhart, em silêncio, para que ele a enxergasse bem e levasse consigo a sua imagem, apenas a sua imagem, para onde quer que fosse.

Ele olhou para ela com um olhar turvo e diluído. Tremeu, tomado por convulsões, esfregando os saltos dos sapatos sobre as tábuas do piso. Depois emitiu um borbulhar, o mesmo borbulhar que um funil produz depois que toda a substância escorreu por ele. E esse foi o último som que emitiu.

•

Ouviu-se um estouro, e os vitrais arrebentaram, tinindo e estrugindo.

– Cuidado, Geralt!

Saltaram para o lado na hora certa. Um raio ofuscante sulcou o piso. Pedaços de terracota e afiados fragmentos do mosaico chiaram no ar. Outro raio acertou a coluna atrás da qual o bruxo estava escondido, e ela quebrou-se em três pedaços. A metade da arcada desprendeu-se da abóbada e desabou, produzindo um ribombo ensurdecedor. Geralt, prostrado no chão, cobriu a cabeça com as mãos, mesmo sabendo que era uma proteção muito fraca contra a grande massa de entulho que caía sobre ele. Estava preparado para o pior, mas acabou não se saindo tão mal. Levantou-se às pressas e ainda conseguiu ver sobre si próprio o halo de um escudo mágico. Percebeu que foi salvo pela magia de Yennefer.

Vilgefortz virou-se para a feiticeira e despedaçou por completo a pilastra atrás da qual ela estava escondida. Rugiu de ira, alinhavando a nuvem de fumaça e poeira com filamentos de fogo. Yennefer conseguiu desviar-se para o lado e revidou, atirando seu próprio raio contra o feiticeiro, que o rebateu sem dificuldade, e até com desdém. Ele reagiu com um golpe que a derrubou no chão.

Geralt lançou-se sobre Vilgefortz, limpando o rosto do pó do reboco. O feiticeiro olhou para ele e apontou o braço na sua direção, do qual dispararam, estrugindo, chamas. O bruxo cobriu-se instintivamente com a espada e, de modo surpreendente, foi protegido pela lâmina anã ornada de runas, que cortou a língua de fogo ao meio. Vilgefortz rugiu:

– Hã! Estou impressionado, bruxo! E o que você vai dizer sobre isto?

O bruxo não disse nada. Foi arremessado para trás, como se tivesse sido atingido por um aríete. Derrubado no chão, deslizou sobre ele, parando ao pé da base da coluna, que quebrou e caiu aos pedaços, o que fez boa parte da abóbada desabar de novo. Desta vez Yennefer não conseguiu defendê-lo com a sua proteção mágica. Um grande pedaço da arcada se desprendeu e o atingiu no ombro, derrubando-o de vez. Por um momento, ficou paralisado por causa da dor.

Yennefer, proferindo encantos, enviava um raio atrás do outro contra Vilgefortz, mas nenhum deles o acertou. Todos eram rebatidos pela esfera mágica que protegia o feiticeiro. De repente, ele estendeu as mãos, afastando-as bruscamente. Yennefer gritou de dor, ergueu-se para o alto e ficou levitando. Vilgefortz torceu as mãos, da mesma maneira como se torce um pano molhado. A feiticeira soltou um uivo penetrante e começou a se contorcer.

Geralt levantou-se às pressas, superando a dor, mas Regis se antecipou a ele. O vampiro apareceu do nada, sob a forma de um enorme morcego, e atacou Vilgefortz num voo silencioso. Antes que o feiticeiro conseguisse proteger-se com algum encanto, Regis acutilou o rosto dele com as suas garras, e não conseguiu acertar o seu olho pelo simples fato de ser excepcionalmente pequeno. Vilgefortz berrou e agitou as mãos. Yennefer, já livre, desabou em cima de uma pilha de entulho, gemendo de forma lancinante. O sangue jorrou do seu nariz, cobrindo o seu rosto e o seu peito.

Geralt, que já estava próximo a eles, ergueu o sihill para executar um golpe. Mas Vilgefortz ainda não estava derrotado, nem pensava em se entregar. Empurrou o bruxo para trás com uma poderosa onda de energia e atirou contra o vampiro um ofuscante raio branco que cortou a coluna como uma faca quente corta a manteiga. Regis esquivou-se habilmente do raio e materializou-se junto a Geralt, na sua forma normal.

– Cuidado! Cuidado, Regis... – o bruxo gemeu, tentando ver como estava Yennefer.

– Cuidado? Eu, hein... Não foi para isso que vim aqui! – o vampiro gritou, lançou-se sobre o feiticeiro num verdadeiro salto de tigre, incrível e veloz, e agarrou sua garganta. Os seus caninos reluziram.

Vilgefortz uivou de ira e terror. Por um momento, pareceu morto, mas era apenas ilusão. Em seu arsenal, o feiticeiro tinha uma arma para cada ocasião, e contra qualquer adversário, até mesmo contra um vampiro.

Agarrou Regis com as mãos, que arderam como um ferro incandescente. O vampiro gritou. Geralt também gritou ao ver o feiticeiro literalmente rasgar Regis. Saltou para socorrê-lo, mas já era tarde demais. Vilgefortz empurrou o vampiro dilacerado contra a coluna e lançou um fogo branco das suas mãos. Regis soltou um grito tão penetrante que fez o bruxo tapar os ouvidos. Os vitrais restantes estouraram, tinindo e estrugindo, e a coluna simplesmente derreteu. O vampiro derreteu com ela, transformando-se numa massa disforme.

Geralt xingou. Depositou nesse xingamento toda a sua raiva e o seu desespero. Lançou-se, erguendo o sihill para executar um golpe, mas não conseguiu cortar. Vilgefortz se virou e o acertou com a energia mágica. O bruxo sobrevoou toda a extensão do salão e bateu na parede com ímpeto, deslizando sobre ela. Ficou prostrado no chão, engolindo o ar feito um peixe, pensando não nas partes do seu corpo que estavam quebradas, mas naquelas que ainda estavam inteiras. O feiticeiro ia na sua direção. Uma vara de ferro de seis pés de comprimento materializou-se em sua mão.

– Poderia transformá-lo em cinzas apenas com um feitiço – disse. – Poderia fundi-lo e transformá-lo em esmalte, como fiz com esse monstro há pouco tempo. No entanto você, bruxo, deveria morrer de outra maneira, num combate. Talvez não necessariamente justo, mas, definitivamente, num combate.

Geralt não acreditava que conseguiria levantar, mas conseguiu. Cuspiu o sangue que escorreu do lábio cortado e segurou a espada com mais força. Vilgefortz aproximou-se, girou a vara e falou:

– Na ilha de Thanedd, quebrei-o apenas levemente, poupei-o, pois queria apenas lhe dar uma lição. Como foi inútil, desta vez eu o quebrarei em pequenos pedaços, de um jeito que ninguém consiga mais colar você.

Atacou. Geralt não fugiu, aceitou o desafio.

A vara lampejava e silvava. O feiticeiro rodeava o bruxo, que esgrimia. Geralt evitava os golpes e ele próprio os executava, mas Vilgefortz os bloqueava com habilidade. O aço, ao se chocar, emitia um gemido funesto.

O feiticeiro era rápido e ágil como um demônio. Confundiu Geralt torcendo o tronco. Executou um golpe pela esquerda, bateu de baixo e feriu as costelas do bruxo. Antes que ele recuperasse o equilíbrio e a respiração, foi atingido com tanta força no ombro que caiu de joelhos. Dando um passo para trás, salvou seu crânio de um golpe executado de cima, mas não conseguiu se esquivar de um empurro no sentido inverso, efetuado de baixo, que o acertou acima dos quadris. Vacilou e bateu com as costas contra a parede. Ainda estava consciente ao cair no chão, e na hora certa, pois a vara de ferro passou de raspão pelo seu cabelo e atingiu o muro, soltando faíscas.

Geralt rolou. A vara continuava soltando faíscas junto da sua cabeça, na laje. O segundo golpe o acertou na escápula. Sentiu um choque. Uma dor paralisante e fraqueza tomaram conta das suas pernas. O feiticeiro ergueu a vara. Em seus olhos flamejava o triunfo.

O bruxo apertou o medalhão de Fringilla na mão. A vara caiu no chão tinindo, a um pé de distância da sua cabeça. Ele rolou no sentido contrário e levantou-se rapidamente, apoiando-se no joelho. Vilgefortz saltou até ele e o golpeou. Mais uma vez, a vara errou o alvo por poucas polegadas. O feiticeiro meneou a cabeça, incrédulo, e por um momento hesitou. Respirou, e de repente entendeu. Seus olhos brilharam. Saltou com ímpeto, mas já era tarde demais: Geralt acertou sua barriga, cortando-o na transversal, profundamente. Vilgefortz gritou, deixou a vara cair e recuou, curvado. O bruxo já estava junto dele. Empurrou-o com o sapato na direção do toco que sobrara da coluna quebrada e executou um extenso golpe transversal, cortando-o da clavícula até os quadris. O seu sangue jorrou, pintando sobre a laje um desenho ondulado. O feiticeiro gritou, caiu de joelhos, abaixou a cabeça, olhou para a barriga e o peito. Por um longo momento, não conseguia tirar os olhos daquilo que via.

Geralt esperava calmamente. Assumira a posição de guarda e segurava o sihill pronto para cortar. Vilgefortz soltou um gemido angustiante e ergueu a cabeça.

– Geraaalt…

O bruxo não deixou que ele terminasse.

Por um longo momento, tudo permaneceu em silêncio.

– Não sabia... – Yennefer finalmente falou, saindo com dificuldade de debaixo da pilha de entulho. Seu aspecto era horrível. O sangue que jorrava do seu nariz cobrira todo o seu queixo e o seu decote. Vendo o olhar confuso de Geralt, repetiu: – Não sabia que você conhecia os feitiços de ilusão, e, ainda mais, que seriam capazes de confundir Vilgefortz...

– Foi o meu medalhão.

– Pois é... – ela falou, olhando desconfiada. – Interessante. De qualquer maneira, estamos vivos graças a Ciri.

– Como?

– O olho de Vilgefortz. Ele não recuperou completamente a coordenação, nem sempre acertava. No entanto, devo minha vida principalmente a...

Silenciou, olhando para os restos da coluna fundida, na qual era possível reconhecer o perfil de uma silhueta.

– Quem era, Geralt?

– Um companheiro. Vou sentir muita falta dele.

– Era um ser humano?

– Era a encarnação da humanidade. E você, Yen, como está?

– Tenho algumas costelas quebradas, uma concussão, lesões nos quadris e na coluna. Mas, afora isso, tudo ótimo. E você?

– Mais ou menos do mesmo jeito.

Olhou indiferente para a cabeça de Vilgefortz, posicionada exatamente no meio do mosaico no chão. O pequeno olho do feiticeiro, vidrado, fitava-os, exprimindo uma muda repreensão.

– É uma visão agradável – afirmou.

– É mesmo – admitiu após um momento. – Mas para mim já chega. Você consegue andar?

– Com a sua ajuda, conseguirei.

•

Os três se encontraram no lugar onde os corredores se juntavam, abaixo das arcadas, sob os mortos olhares das canéforas de alabastro.

– Ciri! – falou o bruxo, esfregando os olhos.

– Ciri! – disse Yennefer, amparada pelo bruxo.

– Geralt! – chamou Ciri.

– Ciri, é tão bom revê-la – Yennefer respondeu, superando uma brusca contração da garganta.

– Senhora Yennefer!

A feiticeira soltou-se do aperto do bruxo e endireitou-se sofridamente.

– Que aparência é essa, menina! – disse num tom de repreensão. – Olhe só como você está! Ajeite esse cabelo! Endireite as costas! Venha cá.

Ciri aproximou-se, rígida como um autômato. Yennefer ajeitou e alisou o seu colarinho. Tentou tirar o sangue seco da manga da sua roupa. Tocou nos seus cabelos. Deixou a cicatriz da bochecha à mostra. Abraçou-a com força, com muita força. Geralt viu as suas mãos nas costas de Ciri, os dedos deformados. Não sentia raiva, nem ódio, nem lastimava. Estava apenas tomado pelo cansaço. E alimentava um enorme desejo de pôr fim àquilo tudo.

– Mamãe!

– Filha!

– Venham – decidiu interrompê-las, depois de um longo momento.

Ciri fungou e limpou o nariz com o dorso da mão. Yennefer lançou-lhe um olhar de repreensão e esfregou o olho, por causa de uma partícula que caíra nele. O bruxo olhava para o corredor de onde Ciri havia saído, como se estivesse esperando que alguém aparecesse saindo dele. Ciri meneou a cabeça, entendeu o que ele estava pensando.

– Vamos embora daqui – repetiu.

– Vamos! Quero ver o céu – Yennefer falou.

– Nunca mais os deixarei, nunca – Ciri prometeu surdamente.

– Vamos embora daqui. Ciri, ampare Yen – repetiu.

– Não preciso ser amparada!

– Deixe eu ajudá-la, mamãe.

Diante deles havia escadas, enormes escadas envoltas em fumaça, e um halo reluzente saindo das tochas e do fogo nos cestos de ferro. Ciri estremeceu. Já havia visto essas escadas, nos seus sonhos e nas suas visões.

Lá embaixo, longe, havia homens armados à sua espera.

– Estou cansada – sussurrou.
– Eu também – Geralt admitiu, desembainhando o sihill.
– Já estou farta de matar.
– Eu também.
– Não há nenhuma outra saída aqui?
– Não, não há. Só essas escadas. Precisamos enfrentá-las, moça. Yen quer ver o céu. E eu quero ver o céu e vocês duas, Yen e você.

Ciri olhou para trás, para Yennefer, que se apoiou no balaústre para não cair. Tirou os medalhões confiscados de Bonhart, pendurou o gato no pescoço e entregou o lobo a Geralt. Falou:

– Espero que você saiba que isto é apenas um símbolo.
– Tudo é apenas um símbolo.

Desembainhou a andorinha.

– Vamos, Geralt.
– Vamos. Fique junto de mim.

Quem esperava por eles ao pé da escada eram os mercenários de Skellen, apertando as armas nos punhos suados. Coruja, com um gesto rápido, mandou o primeiro turno subir as escadas. Os sapatos com solas revestidas de ferro retumbaram nos degraus.

– Devagar, Ciri. Não se apresse. Fique junto de mim.
– Tudo bem, Geralt.
– E com calma, menina. Mantenha a calma. Lembre-se, sem raiva, sem ódio. Precisamos sair daqui para ver o céu. E aqueles que tentarem barrar nosso caminho devem morrer. Não hesite.
– Não hesitarei. Quero ver o céu.

Percorreram o primeiro lance sem obstáculos. Os mercenários recuaram diante deles, espantados e surpresos com a sua calma. Mas, após um momento, três indivíduos saltaram até eles aos gritos, agitando as espadas. Foram mortos num instante.

– Juntos! Acabem com eles! – Coruja berrava lá de baixo.

Outros três indivíduos correram até eles. Geralt avançou rapidamente, desorientou-os com uma finta e executou um corte de baixo, acertando a garganta de um dos mercenários. Virou-se e deixou Ciri passar por baixo do seu braço direito. Ela lacerou suavemente o segundo fortão na altura da axila. O terceiro queria salvar sua vida saltando pelo balaústre, mas não conseguiu.

Geralt enxugou os respingos de sangue do seu rosto.

– Tenha mais calma, Ciri.

– Estou calma.

Mais três mercenários. Lâminas reluzindo, gritos, morte.

O sangue espesso escorria para baixo, pelos degraus das escadas.

Um fortão que usava uma brigantina rebitada com latão lançou-se sobre ele munido de um longo *spetum*, um tipo de lança. Seus olhos tinham um aspecto selvagem, pois ele havia usado drogas. Ciri afastou a haste com uma rápida parada transversal, dando espaço para Geralt executar o golpe. Enxugou o rosto. Prosseguiram sem olhar para trás.

O segundo lance de escadas já estava próximo. Skellen berrava:

– Acabem com eles! Ataquem! Acabeeem com eleees!

Ouviram-se passos e gritos nas escadas. Lâminas reluzindo, clamor. Morte.

– Muito bem, Ciri. Mas tenha mais calma. Sem euforia. E fique junto de mim.

– Eu sempre permanecerei ao seu lado.

– Não execute o corte com o braço, se conseguir fazê-lo com o cotovelo. Tenha cuidado.

– Terei.

A lâmina reluzindo. Gritaria, sangue. Morte.

– Muito bem, Ciri.

– Quero ver o céu.

– Eu te amo muito.

– Também te amo muito.

– Tenha cuidado. Está ficando escorregadio.

Lâminas reluzindo, ululos. Prosseguiram, avançando com o sangue que escorria pelos degraus das escadas. Dirigiram-se para baixo, descendo cada vez mais fundo pelas escadas do castelo de Stygga.

O fortão que tentou atacá-los escorregou no degrau ensanguentado e caiu prostrado aos seus pés. Clamou por piedade, cobrindo a cabeça com as mãos. Passaram por ele sem sequer lançar-lhe um olhar.

Até o terceiro lance, ninguém tinha se atrevido a barrar o seu caminho. Stefan Skellen berrava lá de baixo:

– Arcos! Peguem as bestas! Boreas Mun foi buscar as bestas! Onde ele está?

Coruja não tinha como saber, mas Boreas Mun já estava bem longe. Dirigia-se para o leste, com a testa encostada na crina do cavalo, forçando-o a um galope desenfreado.

Dos homens restantes que receberam a ordem de buscar os arcos e as bestas, apenas um voltou.

O mercenário que decidiu atirar tinha as mãos levemente trêmulas e os olhos lacrimejavam por causa do *fisstech*. A primeira seta passou de raspão pelo balaústre, a segunda nem sequer acertou a escada.

– Mais alto! Suba mais, imbecil! Atire de perto! – Coruja vociferou.

O besteiro fingiu que não ouvia. Skellen soltou um poderoso palavrão, arrancou a besta, saltou até as escadas, apoiou-se num dos joelhos e mirou. Geralt protegeu Ciri com o seu próprio corpo, mas a moça saiu de trás dele e, na hora em que a corda estalou, já estava em posição de guarda. Girou a espada até a quarta superior e rebateu a seta com tanta força que ela rodopiou por um longo tempo no ar antes de cair.

– Muito bem! Muito bem, Ciri! – Geralt murmurou. – Mas, se você fizer algo parecido outra vez, vou lhe dar uma surra.

Skellen soltou a besta. E, de repente, percebeu que estava sozinho.

Todos os seus homens encontravam-se amontoados ao pé das escadas, e nenhum deles demonstrava algum ânimo para subi-las. Além disso, parecia que eram menos numerosos. Outra vez saíram, certamente para buscar mais bestas.

O bruxo e a bruxa desciam as escadas ensanguentadas do castelo de Stygga com calma, sem apressar nem diminuir o passo, juntos, ombro a ombro, confundindo e baralhando com os rápidos movimentos das lâminas.

Skellen recuou, e continuou recuando até chegar ao pé das escadas. Quando alcançou o grupo dos seus homens, percebeu que o movimento de retrocesso continuava. Xingou, impotente.

– Rapazes! Ânimo! Ataquem! Juntos! Andem, força! Atrás de mim! – gritou, mas sua voz o traiu e saiu fraca.

– Vá o senhor – um dos mercenários balbuciou, aproximando a mão com o *fisstech* do seu nariz. Coruja acertou-o com um soco, sujando seu rosto, a manga e a parte da frente da túnica com o narcótico.

O bruxo e a bruxa desceram o segundo lance de escadas.

– Cerquem todos quando chegarem ao pé da escada! Animem-se, rapazes! Coragem! Às armas! – Skellen berrou.

Geralt olhou para Ciri e quase uivou de raiva quando viu, por entre os seus cabelos cinzentos, fios branquinhos que reluziam como prata. No entanto, segurou-se: não era hora de demonstrar raiva. Falou surdamente:

– Cuidado! Permaneça junto a mim.

– Eu sempre permanecerei ao seu lado.

– Lá embaixo as coisas vão se complicar.

– Eu sei. Mas estamos juntos.

– Estamos juntos.

– Estou com vocês – falou Yennefer, descendo com eles as ensanguentadas, rubras e escorregadias escadas.

– Juntos! Juntos! – Coruja rugia.

Alguns dos mercenários que haviam saído para buscar as bestas retornaram, mas sem elas, e nitidamente apavorados.

Dos três corredores que levavam até as escadas ressoou o estrondo de portas derrubadas com bardiches, o estridor e o tinir de ferro, o rumor de pisadas. E, de repente, saíram marchando dos três, simultaneamente, soldados usando elmos negros, armaduras e capas com o símbolo da salamandra prateada. Intimidados pelos gritos poderosos e ameaçadores, os mercenários de Skellen soltavam, um a um, as armas, que caíam tinindo no chão. Bestas, pontas de glaives e rogatinas foram apontadas contra os menos decididos, apressados com gritos ainda mais ameaçadores. Dessa vez todos obedeceram, pois era evidente que os soldados negros estavam prontos para matar e esperavam apenas um pretexto para fazer isso. Coruja ficou diante da coluna, com os braços cruzados no peito.

– Um milagroso resgate? – Ciri murmurou. Geralt meneou a cabeça, num gesto de negação.

As bestas e as pontas das armas também estavam apontadas para eles.

– *Glaeddyvan vort!*

Não fazia sentido resistir. O pé da escada parecia um formigueiro lotado de soldados negros, e eles já estavam muito, muito cansados mesmo. Mas não soltaram as espadas. Depositaram-nas cuidadosamente nos degraus e depois se sentaram. Geralt sentia o braço quente de Ciri encostado ao seu, ouvia à sua respiração.

Yennefer descia de lá passando por cadáveres e poças de sangue, mostrando aos soldados negros as mãos inermes. Sentou-se pesadamente junto deles no degrau. Geralt sentiu um calor junto do outro braço. "Pena que nem sempre possa ser assim", pensou. E sabia que não podia ser mesmo.

Os homens de Coruja foram amarrados e retirados um por um do lugar. Havia cada vez mais soldados usando capas ornadas com a salamandra. De repente, começaram a aparecer entre eles oficiais de alta patente, que podiam ser reconhecidos pelos penachos brancos, pelas bordas prateadas das armaduras e pelo respeito com o qual os outros soldados lhes cediam passagem.

Diante de um dos oficiais, cujo elmo era excepcionalmente ornado com prata, os soldados cederam passagem manifestando um respeito singular, inclusive em forma de reverências. Foi ele que se deteve diante de Skellen, parado junto a uma coluna. Coruja empalideceu, ficou branco como uma folha de papel. A sua reação foi nitidamente visível, mesmo na luz vacilante das tochas e dos restos das pinturas que queimavam nos cestos de ferro. O oficial falou com uma voz potente, que retumbou até na abóbada do salão:

– Stefan Skellen, você será julgado, será punido por traição.

Coruja foi retirado. Contudo, as suas mãos não foram amarradas, como as dos soldados rasos.

O oficial virou-se. Um pano em chamas desprendeu-se de um gobelim suspenso no alto e caiu redemoinhando feito uma enorme ave de fogo. O fulgor resplandeceu na borda de prata da sua armadura e na babeira do elmo, cuja cobertura chegava até a metade das bochechas e, como no caso de todos os soldados negros, tinha o formato de uma monstruosa mandíbula denteada.

"Chegou a nossa vez", Geralt pensou. E estava certo.

O oficial fitava Ciri. Os seus olhos fulguravam e, pelas aberturas do elmo, notavam e registravam tudo. A palidez. A cicatriz no rosto. O sangue na manga e na mão. Mechas brancas nos cabelos.

Depois, o nilfgaardiano olhou para o bruxo.

– Vilgefortz? – perguntou com a sua voz potente. Geralt meneou a cabeça, num gesto de negação.

– Cahir aep Ceallach?

Outra vez o mesmo gesto.

– Uma carnificina – o oficial falou, olhando para as escadas. – Uma carnificina sangrenta. Mas não há o que fazer... Quem com ferro fere, com ferro será ferido... Além disso, você poupou trabalho aos carrascos. Você percorreu um longo caminho, bruxo.

Geralt não disse nada. Ciri fungou e limpou o nariz com o punho. Yennefer lançou-lhe um olhar de repreensão. O nilfgaardiano notou isso também e sorriu.

– Você percorreu um longo caminho – repetiu. – Você veio aqui do próprio fim do mundo. Atrás dela e para ela. Só por isso você merece uma recompensa. Senhor de Rideaux!

– Às ordens, Vossa Alteza Imperial!

O bruxo não ficou surpreso.

– Procure, por favor, uma câmara discreta onde eu possa conversar com o senhor Geralt de Rívia sem sermos incomodados. Enquanto isso, peço que providenciem todas as comodidades e todos os serviços para as senhoras. Claro, sob vigilância atenta e permanente.

– Assim será feito, Vossa Alteza Imperial.

– Senhor Geralt, siga-me, por favor.

O bruxo levantou-se. Olhou para Yennefer e Ciri, tentando acalmá-las, sinalizar que não fizessem asneiras, mas não foi necessário. Ambas estavam terrivelmente cansadas, e resignadas.

•

– Você percorreu um longo caminho – Emhyr var Emreis, Deithwen Addan yn Carn aep Morvudd, a Chama Branca Dançante sobre Mamoas dos Inimigos, repetiu, tirando o elmo.

– Não sei se você, Duny, não percorreu um caminho ainda mais longo – Geralt respondeu com calma.

– Parabéns, você me reconheceu – o imperador sorriu. – E olhe que dizem que a falta da barba e o comportamento fizeram de mim outra pessoa. Muitos daqueles que me viam em Cintra passavam depois em Nilfgaard e participavam das minhas audiências, mas ninguém conseguiu me reconhecer. E você me viu uma única vez, há dezesseis anos. Minha imagem ficou tão gravada na sua memória?

– Não o reconheceria, você realmente mudou muito. Simplesmente presumi que era você, e já faz algum tempo. Com a ajuda e as dicas de outras pessoas, descobri qual era o papel do incesto na família de Ciri e no sangue dela. Em um dos pesadelos, sonhei com o pior, o mais abominável dos incestos. E eis que encontro você aqui, em pessoa.

– Mal consegue ficar em pé – Emhyr falou com frieza. – E as impertinências forçadas fazem você vacilar ainda mais. Pode se sentar na presença do imperador. Eu lhe garanto esse privilégio... vitalício.

Geralt sentou-se, aliviado. Emhyr continuava encostado ao armário esculpido e falou:

– Você salvou a vida de minha filha, em várias ocasiões. Eu lhe agradeço, no meu nome e no nome da minha posteridade.

– Você deve estar brincando comigo.

– Cirilla – Emhyr não se preocupou com a ironia – vai para Nilfgaard. No momento adequado se tornará imperatriz, como dezenas de moças que viravam e viram rainhas, ou seja, quase sem conhecer seu marido e, com frequência, sem ter uma boa impressão dele, baseadas no primeiro encontro. Muitas vezes desiludidas com os primeiros dias e... as primeiras noites de casamento. Cirilla não será a primeira.

Geralt absteve-se de fazer qualquer comentário. O imperador continuou:

– Cirilla será feliz, como a maioria das rainhas, como acabei de dizer. A felicidade virá com o tempo. O amor, que nem sequer exijo, ela transferirá para o filho que conceberei nela. Será um arquipríncipe, depois um imperador que também conceberá um filho, o filho que será o soberano do mundo e que o salvará da destruição. Assim diz a profecia, cujo conteúdo exato apenas eu conheço.

A Chama Branca retomou o discurso:

– Obviamente, Cirilla nunca saberá quem eu sou. Esse segredo morrerá com aqueles que têm conhecimento dele.

– Claro – Geralt acenou com a cabeça. – Nada poderia ser mais óbvio do que isso.

Emhyr falou após um momento:

– Você não pode ignorar a mão do destino, que manifestou a sua presença em tudo, em absolutamente tudo, inclusive nas suas ações, desde o início.

– Vejo nisso antes a mão de Vilgefortz. Foi ele que o encaminhou para Cintra, não foi? Quando você ainda era o Ouriço encantado? Foi ele que fez Pavetta...

– Você está vagando no nevoeiro – Emhyr o interrompeu bruscamente, arremessando para trás a capa com a salamandra. – Você não sabe de nada, nem precisa saber. Não o chamei aqui para lhe contar a história da minha vida, nem para lhe prestar esclarecimentos. Você só merece receber a garantia de que a moça não sofrerá nenhum dano. Não tenho nenhum tipo de dívidas com você, bruxo, nenhum...

– Tem, sim! – Geralt interrompeu de forma igualmente brusca. – Você rompeu o acordo. Mentiu, apesar da palavra dada. Isso tudo constitui dívidas, Duny. Você rompeu o acordo sendo príncipe, portanto tem dívidas como imperador, com juros imperiais, e por um período de dez anos!

– Só isso?

– Só isso, só isso é o que cabe a mim. Não quero nada a mais, tampouco a menos! Era para eu vir e ficar com a criança quando ela fizesse seis anos. Você não esperou até o prazo combinado. Queria roubá-la antes que ele se encerrasse. Mas o destino do qual você fala debochou de você. Por dez anos você tentou lutar contra ele. Agora você tem Ciri, sua própria filha, que você um dia privou da convivência com os pais de uma maneira vil e abominável, e com quem agora você quer conceber filhos, de forma vil e abominável, frutos de um incesto, sem exigir o amor dela. E com razão, pois você não merece o amor dela. Cá entre nós, Duny, nem sei como você conseguirá olhar nos olhos de Ciri.

– O fim justifica os meios – Emhyr falou surdamente. – Faço tudo isso para a posterioridade, para salvar o mundo.

– Se o mundo precisar ser salvo dessa maneira – o bruxo ergueu a cabeça abruptamente –, então é melhor que seja destruído. Acredite, Duny, é melhor que seja extinto.

– Você está pálido – Emhyr var Emreis falou quase suavemente. – Não fique tão nervoso, pode desmaiar.

Distanciou-se do armário, afastou a cadeira e se sentou. O bruxo estava realmente tonto. O imperador começou a falar calma e silenciosamente:

– O Ouriço de Ferro era uma maneira de forçar meu pai a colaborar com o usurpador. Isso aconteceu depois do golpe, quando meu pai, o imperador destituído, foi preso e torturado. No entanto, não conseguiam subjugá-lo, por isso tentavam de outras maneiras. Na presença do meu pai, um feiticeiro a serviço do usurpador transformou-me num monstro. Pela sua própria iniciativa, acrescentou um toque de humor. "Eimyr", na nossa língua, significa "ouriço".

Continuou:

– Meu pai não deixou que o subjugassem, por isso foi assassinado. No que diz respeito a mim, soltaram-me numa floresta e atiçaram os cães para atacar-me. Consegui sobreviver. Não me perseguiram por muito tempo. Não sabiam que o trabalho do feiticeiro havia sido malfeito e que à noite eu recuperaria o meu aspecto humano. Felizmente, conhecia algumas pessoas leais com as quais podia contar. E saiba que na época eu tinha treze anos. Precisei fugir do meu próprio país. Um astrólogo meio excêntrico chamado Xarthisius leu nas estrelas que eu deveria procurar o remédio contra o encanto no Norte, para além das Escadas de Marnadal. Depois de me tornar imperador, eu o presenteei com uma torre e um novo equipamento. Naquela época ele precisava pedir tudo emprestado.

Prosseguiu:

– Quanto a Cintra, você sabe o que aconteceu lá, então não vale a pena gastar tempo entrando em detalhes. No entanto, nego que Vilgefortz tenha tido algo a ver com aqueles acontecimentos. Primeiro, porque na época eu ainda não o conhecia. Segundo, tinha uma aversão muito grande aos magos. Aliás, continuo não gostando deles até hoje. E, só para lembrar, quando recuperei o trono, peguei aquele feiticeiro que servia ao usurpador e me torturava na presença do meu pai, e também acabei usando o meu senso de humor. O mágico chamava-se Braathens, palavra que na nossa língua soa quase como "frito".

Depois, disse:

– Mas chega de digressões. Voltemos ao assunto. Vilgefortz visitou-me secretamente em Cintra pouco após o nascimento de Ciri. Apresentou-se como um confidente das pessoas que continuavam fiéis a mim e que conspiravam contra o usurpador. Ofereceu ajuda, e não demorou a provar que sabia prestá-la. Quando, ainda desconfiado, perguntei os motivos, sem rodeios ele declarou que contava com uma recompensa: a graça, os privilégios e o poder outorgado pelo grande imperador de Nilfgaard. Ou seja, eu, o poderoso soberano que governaria metade do mundo, e que conceberia um filho que governaria o mundo inteiro. E o feiticeiro declarou, sem escrúpulos, que planejava ganhar mais poder ao lado desses poderosos soberanos. Nesse momento, tirou alguns rolos de papel amarrados em pele de serpente e me recomendou que me familiarizasse com o seu conteúdo. Foi assim que conheci a profecia – o destino do mundo e do universo. Soube o que precisava fazer, e cheguei à conclusão de que o fim justificava os meios.

– Claro.

Emhyr ignorou a ironia e continuou:

– Entretanto, em Nilfgaard, os meus negócios estavam cada vez melhores. Os meus guerrilheiros tornavam-se cada vez mais influentes, até que, após receberem o apoio de um grupo de oficiais que serviam na frente, e do corpo de cadetes, decidiram dar um golpe de Estado. Mas, para isso, precisavam de mim, da minha pessoa, do verdadeiro herdeiro do trono e da coroa do império, do legítimo Emreis do sangue dos Emreis. Eu seria uma espécie de estandarte da revolução. Mas, cá entre nós, muitos revolucionários nutriam esperanças de que o meu papel se restringisse apenas a isso. Os que estão vivos até hoje não se conformaram. Porém, como já disse, deixemos as digressões de lado. Precisava voltar para casa. Chegou a hora de Duny, o falso príncipe de Maecht e um fingido duque cintrense, reclamar sua herança. Contudo, eu não havia esquecido a profecia. Precisava voltar junto com Ciri. E Calanthe não tirava os olhos de mim.

– Ela nunca confiou em você.

– Eu sei. Acho que ela sabia alguma coisa sobre a profecia e estava determinada a me atrapalhar. Lá em Cintra, eu estava sob o seu domínio. Por isso precisava voltar para Nilfgaard, mas de um jeito que ninguém suspeitasse de que eu era Duny, e de que Ciri era minha filha. Foi Vilgefortz que me orientou como fazer isso. Duny, Pavetta e sua filha morreriam, desapareceriam sem deixar nenhum vestígio.

– Num naufrágio simulado.

– Isso mesmo. Durante uma travessia das ilhas de Skellige para Cintra, no abismo de Sedna, Vilgefortz puxaria o navio com um aspirador mágico. Eu, Pavetta e Ciri nos fecharíamos e sobreviveríamos numa cabine especialmente protegida, e a tripulação...

– Morreria – o bruxo finalizou. – E foi assim que começou o seu jogo duro.

Emhyr var Emreis permaneceu em silêncio por algum tempo. Por fim, falou, com voz apagada:

– Começou mais cedo, lamentavelmente, no momento em que percebi que Ciri não estava a bordo.

Geralt ergueu as sobrancelhas. O imperador falou, sem demonstrar nenhuma emoção:

– Infelizmente, nos meus planos, não reconheci as habilidades de Pavetta. Essa moça melancólica, com o olhar sempre baixo, percebeu as minhas intenções e me desmascarou. Antes de atracar, mandou que a criança desembarcasse. Fiquei furioso, e ela também. Teve um ataque de histeria. Durante uma violenta discussão, caiu borda afora. Antes que conseguisse pular atrás dela, Vilgefortz puxou o navio com o seu aspirador. Bati a cabeça em alguma coisa e perdi a consciência. Sobrevivi por milagre, enrolado nos cabos. Quando acordei, estava todo envolto em ataduras. Havia quebrado o braço...

– Estou curioso para saber como se sente um homem que matou a própria mulher – o bruxo comentou com frieza.

– Horrível! – Emhyr respondeu sem demora. – Eu me sentia e continuo me sentindo horrível. No entanto, isso não muda o fato de eu nunca ter amado Pavetta. O fim justificava os meios. Mas lamento sinceramente a sua morte. Não queria que morresse, nem planejei a sua morte, que foi acidental.

– Está mentindo, e isso não convém a um imperador – Geralt falou secamente. – Pavetta não podia viver. Caso contrário, ela desmascararia você e nunca permitiria que cumprisse os seus planos com relação a Ciri.

– Estaria viva – Emhyr negou –, morando em algum lugar... distante. Há muitos castelos... Darn Rowan, por exemplo... Não conseguiria matá-la.

– Mesmo em nome de um fim que justifica os meios?

O imperador esfregou o rosto e falou:

– Sempre se pode achar um meio menos drástico. Existe sempre um vasto leque de opções.

– Nem sempre – o bruxo falou, mirando em seus olhos. Emhyr fugiu de seu olhar.

– Era nisso que eu estava pensando – Geralt acenou com a cabeça. – Termine de contar a história. O tempo corre.

– Calanthe não tirava os olhos da menina. Não podia nem pensar na ideia de sequestrá-la... Minhas relações com Vilgefortz arrefeceram bastante. Contudo, ainda tinha aversão a outros mágicos... E os meus militares e a aristocracia pressionavam-me para iniciar a guerra e atacar Cintra. Garantiam que o povo o exigia, que o povo precisava de espaço para viver, que ouvir a *vox populi* significaria sedimentar meu papel como imperador. Decidi matar dois coelhos com uma só cajadada: conquistar Cintra e Ciri de uma só vez. O restante da história você já conhece.

Geralt acenou com a cabeça.

– Conheço. Obrigado por esta conversa, Duny. Agradeço o tempo que dedicou a mim. Mas não posso demorar mais. Estou muito cansado. Assisti à morte dos meus amigos que me acompanharam desde o fim do mundo até aqui. Vieram para socorrer a sua filha, sem nunca tê-la conhecido. Além de Cahir, nenhum deles a conhecia. E vieram para salvá-la, porque havia neles algo bom e nobre. E o que aconteceu? Encontraram a morte. Acho isso injusto. E, se quiser saber, não me conformo com isso. Não vale para nada uma história em que os bons morrem e os vilões continuam vivos, fazendo maldades. Não tenho mais forças, imperador. Chame os seus homens.

– Bruxo...

– O segredo deve morrer com aqueles que o conhecem. Foi o que você mesmo falou. Não existe outra escolha. Não é verdade que são muitas as escolhas. Fugirei de todas as prisões. Tirarei Ciri de você, e estarei disposto a pagar qualquer preço para salvá-la. Você tem plena consciência disso.

– Tenho.

– Você pode deixar Yennefer viva. Ela não conhece o segredo.

Emhyr falou com seriedade:

– Ela pagará qualquer preço para salvar Ciri e vingar a sua morte.

O bruxo acenou com a cabeça e respondeu:

– É verdade. Realmente, esqueci o quanto ela ama Ciri. Você tem razão, Duny. Por isso mesmo, não há como fugir do destino. Mas tenho um pedido a fazer.

– Diga.

– Deixe que eu me despeça de ambas. Depois estarei à sua disposição.

Emhyr ficou à janela observando os cumes das montanhas.

– Não posso negar, mas...

– Não tenha medo. Não direi nada a Ciri. Eu a magoaria revelando-lhe a sua identidade, e eu não seria capaz de magoá-la.

Emhyr permaneceu em silêncio por um longo momento, virado para a janela.

– Talvez eu tenha alguma dívida com você. – Deu meia-volta. – Ouça, então, a minha proposta para pagá-la. Há muito, muito tempo, em épocas muito remotas, quando as pessoas ainda tinham honra, orgulho e dignidade, quando davam valor à sua palavra e temiam apenas a vergonha, um homem honrado que tinha sido condenado à morte, para se livrar da infame mão do carrasco ou de um sicário, mergulhou numa banheira com água quente e cortou as veias. Você pensaria...

– Mande encher a banheira.

– Você pensaria na minha proposta para que Yennefer o acompanhasse nesse banho?

– Estou quase convencido de que sim. Mas precisa perguntar a ela, pois é uma pessoa de uma natureza um pouco rebelde.

– Sei disso.

•

Yennefer concordou sem hesitar.

– O círculo se fechou – acrescentou, olhando para os seus punhos. – A serpente Uroboros abocanhou a própria cauda.

•

– Eu não entendo! – Ciri sibilou como um gato raivoso. – Eu não entendo por que devo ir com ele. Para onde? E para quê?

– Filhinha – Yennefer falou delicadamente. – Esse é o seu destino. Entenda, simplesmente não pode ser de outra forma.

– E vocês?

– Nosso destino – Yennefer olhou para Geralt – também nos espera. Simplesmente tem que ser assim. Venha cá, filhinha. Abrace-me com força.

– Eles querem assassiná-los, não é? Eu não admito isso! Acabei de reencontrá-los! É injusto!

– Quem com ferro fere – Emhyr var Emreis respondeu surdamente –, com ferro será ferido. Lutaram contra mim e perderam. Mas perderam com dignidade.

Ciri aproximou-se dele em três passos, e Geralt inspirou o ar silenciosamente. Ouviu o suspiro de Yennefer. Diabos, todos sabem! Todo o seu exército negro nota aquilo que não pode ser escondido! A mesma postura, os mesmos olhos fulgurantes, o mesmo esgar da boca. Os braços cruzados no peito de forma idêntica. Por sorte, por muita sorte, herdou o cabelo cinzento da mãe. Mesmo assim, com um olhar atento, percebe-se nitidamente de quem é o sangue que corre em suas veias...

– Ora, você – disse Ciri, repreendendo Emhyr com o olhar fulgurante. – Você ganhou. E considera isso uma vitória digna?

Emhyr var Emreis não respondeu. Apenas sorriu, fitando a moça com um olhar que expressava nítida satisfação. Ciri cerrou os dentes.

– Tantos homens morreram. Tantas pessoas morreram por causa de tudo isso. Perderam com dignidade? A morte é digna? Só uma besta pode pensar assim. No entanto, eu, embora tenha visto a morte de perto, não me deixei transformar numa besta, e jamais deixarei.

Emhyr não respondeu. Olhava para ela. Parecia absorvê-la com o olhar. Ciri sibilou:

– Eu sei o que você está tramando, o que você quer fazer comigo. E logo aviso: não deixarei que me toque. E se você... se você... eu o matarei. Mesmo amarrada. Quando você dormir, vou dilacerar a sua garganta a dentadas.

Com um gesto rápido, o imperador silenciou o murmúrio que ressoou entre os oficiais que o rodeavam. Arrastando as sílabas e sem tirar os olhos de Ciri, falou:

– Acontecerá aquilo que está predestinado. Despeça-se dos amigos, Cirilla Fiona Elen Riannon.

Ciri olhou para o bruxo. Geralt meneou a cabeça, num gesto de negação. A moça suspirou.

Ela e Yennefer abraçaram-se, sussurrando por um longo momento. Depois Ciri aproximou-se de Geralt.

– Que pena! Parecia que tudo ia terminar melhor – falou em voz baixa.

– Muito melhor – ele concordou.

Abraçaram-se.

– Seja valente.

– Ele não conseguirá me possuir. Não tenha medo. Fugirei dele. Tenho os meus métodos... – ela sussurrou.

– Não pode matá-lo. Lembre-se disso, Ciri. Não pode.

– Não tenha medo. Nem pensei em matá-lo. Sabe, Geralt, já estou farta de matar. Já houve muita matança.

– Demais. Passe bem, bruxa.

– Passe bem, bruxo.

– Não se atreva a chorar.

– É fácil falar.

•

Emhyr var Emreis, o imperador de Nilfgaard, acompanhou Yennefer e Geralt até o banheiro, quase até a borda de uma enorme piscina de mármore cheia de uma água cheirosa e evaporante, e falou:

– Passem bem. Não precisam ter pressa. Estou partindo, mas deixarei aqui homens que receberão todas as instruções e ordens necessárias. Quando estiverem prontos, é só chamar, e o tenente providenciará a faca para vocês. Todavia, repito: não precisam se apressar.

– Apreciamos a benevolência – Yennefer acenou com a cabeça, com seriedade. – Por obséquio, Vossa Alteza Imperial...

– Pois não?

– Se for possível, não magoe minha filha. Não queria morrer imaginando-a aos prantos.

Emhyr ficou em silêncio por um longo, muito longo momento, encostado ao batente da porta, com a cabeça virada. Por fim respondeu, com uma expressão estranha no rosto:

– Senhora Yennefer, a senhora pode ter certeza de que não magoarei sua filha e o bruxo Geralt. Pisei em cadáveres, dancei sobre os corpos sem vida dos inimigos, e pensei que estivesse determinado a fazer qualquer coisa. Mas não seria capaz de fazer aquilo que a senhora supõe. Agora já sei que não, também graças a vocês dois. Passem bem.

Saiu em silêncio, fechando as portas. Geralt suspirou.

– Vamos nos despir? – Olhou para a piscina evaporante. – Não fico muito animado com a ideia de ser retirado daqui como um cadáver nu...

– Para mim não faz nenhuma diferença como eles vão me retirar daqui. – Yennefer tirou as botas e desabotoou o vestido com movimentos rápidos. – Mesmo que este seja o meu último banho, não vou entrar na água de roupa.

Tirou a blusa pela cabeça e entrou na piscina, chapinhando a água energicamente.

– E aí, Geralt? Por que você está parado como uma estátua?

– Eu tinha esquecido como você é bela.

– Você tem memória curta, então. Ande, entre na água.

Quando se sentou ao seu lado, ela imediatamente pôs os braços em volta do pescoço dele. Ele a beijou, acariciando a sua cintura, acima e abaixo da superfície da água.

– Será que esta é uma boa hora para fazer isso? – perguntou, só para se certificar.

– Para isto qualquer hora é boa – murmurou, colocando uma mão na água e tocando nele. – Emhyr repetiu duas vezes que não precisávamos nos apressar. Você preferiria passar os últimos minutos que nos foram concedidos fazendo o quê? Chorando e lamentando? Seria indigno. Ou fazendo um exame de consciência? Seria estúpido e banal.

– Não estava falando disso.

– Então, qual é o problema?

– Se a água esfriar, os cortes doerão mais – murmurou, acariciando os seios dela.

– Pelo prazer, vale a pena pagar com dor. Você está com medo da dor? – Yennefer perguntou, colocando a outra mão na água.

– Não.

– Nem eu. Sente-se na beira da piscina. Eu amo você, mas, diabos, não vou mergulhar.

•

– Uhmm, ahammm... uhmm... ahammm – murmurou Yennefer, inclinando a cabeça de um jeito que seus cabelos, umedecidos pelo vapor, espalharam-se pela borda da piscina feito pequenas e negras víboras.

•

– Eu te amo, Yen.

– Também te amo, Geralt.

– Já está na hora de chamar.

– Então, vamos fazer isso.

Chamaram. O bruxo foi o primeiro a chamar, depois Yennefer. Como não obtiveram resposta, os dois gritaram juntos:

– Jáááá! Estamos prontos! Deem-nos a faca! Eiiii! Diabos!!! A água está esfriando!

– Então saiam daí – Ciri falou, dando uma espiada no banheiro. – Todos foram embora.

– O quêêê?

– É o que estou falando, foram embora. Além de nós três, não há aqui uma alma viva. Vistam-se. Pelados, parecem muito engraçados.

•

Ao se vestirem, as mãos começaram a tremer. As mãos dos dois. Tiveram dificuldade em lidar com as fivelas, os colchetes e os botões. Ciri não parava de falar.

– Foram embora, pura e simplesmente. Todos eles. Retiraram-se absolutamente todos. Montaram nos seus cavalos e partiram daqui levantando poeira.

– Ninguém ficou?

– Absolutamente ninguém.

– Estranho, muito estranho – Geralt suspirou.

– Aconteceu alguma coisa que pode explicar isso? – Yennefer pigarreou.

– Não, não – Ciri falou rapidamente.

Mas ela estava mentindo.

•

No início, fazia uma cara boa. Ereta, com a cabeça presunçosamente erguida e o rosto impassível, afastou as mãos enluvadas dos soldados negros e lançou um olhar corajoso e desafiador para os ameaçadores anasais e viseiras dos seus elmos. Não tocaram mais nela, também por terem sido repreendidos e advertidos num tom severo por um oficial forte, de ombros largos, que usava ombreiras com bordas de prata e um penacho branco de garça.

Dirigiu-se para a saída, com a cabeça orgulhosamente erguida, escoltada dos dois lados. Retumbavam as botas pesadas, rangiam as cotas de malha, tiniam as armas.

Após percorrer uma dezena de passos, olhou para trás pela primeira vez. Deu mais alguns passos e olhou outra vez. "Nunca mais vou vê-los." – uma reflexão fulgurou em sua mente com uma fria e assustadora lucidez. "Nem Geralt, nem Yennefer. Nunca mais."

Num instante, ao tomar consciência disso, a máscara da disfarçada valentia caiu de vez. O rosto de Ciri contraiu-se e encolheu-se, os olhos encheram-se de lágrimas, o nariz começou a escorrer. A moça lutava com todas as suas forças, mas em vão. A onda de lágrimas rompeu a barragem das aparências.

Os nilfgaardianos com as capas ornadas com salamandras olhavam para ela em silêncio, espantados. Alguns a tinham visto nas escadas ensanguentadas. Todos a haviam visto durante a conversa com o imperador – a bruxa com a sua espada, uma bruxa orgulhosa que encarava o imperador. E estranhavam ao ver agora uma criança aos prantos, soluçando.

Ciri tinha consciência disso. Os olhares deles queimavam feito fogo, picavam feito alfinetes. Ela lutava, mas em vão. Quanto mais tentava prender o choro, com mais força ele vinha.

Diminuiu o passo e por fim parou. A escolta que a acompanhava também parou. Mas só por um momento. O oficial deu uma ordem em tom severo, e mãos de ferro agarraram as suas axilas e os seus pulsos. Soluçando e engolindo as lágrimas, Ciri olhou para trás pela última vez. Depois a arrastaram. Não resistia mais. Mas soluçava cada vez mais alto e num tom cada vez mais desesperador.

O imperador Emhyr var Emreis, aquele homem de cabelos escuros e com um rosto que despertava nela estranhas e confusas lembranças, interrompeu-os. Soltaram-na, obedecendo à sua ordem ríspida. Ciri fungou e enxugou os olhos com a manga da roupa. Ao perceber que ele se aproximava, segurou o soluço e ergueu a cabeça altivamente. Mas agora parecia ridícula – estava ciente disso.

Emhyr fitou-a por um longo momento, em silêncio. Depois aproximou-se e estendeu as mãos. Ciri sempre reagira a esse tipo de gestos afastando-se instintivamente, mas agora, para seu grande espanto, não teve nenhuma reação, e com maior espanto ainda percebeu que o toque dele não lhe era desagradável.

O imperador tocou nos cabelos dela, como se estivesse contando as mechas brancas como neve. Tocou na bochecha deformada pela cicatriz. Depois abraçou-a, acariciou a sua cabeça e as suas costas. E ela, estremecendo em soluços, permitiu que ele a tocasse, mantendo os braços rígidos como um espantalho. Ouviu um sussurro:

– O destino é algo estranho... Adeus, filha.

•

– O que ele disse?

O rosto de Ciri contraiu-se levemente.

– Disse: "*va faill, luned*". Na língua antiga: "adeus, moça".

– Eu sei – Yennefer acenou com a cabeça. – E o que aconteceu depois?

– Depois... depois ele me soltou, virou-se e foi embora. Deu as ordens aos gritos. E todos partiram. Passavam ao meu lado, completamente indiferentes, marcando passo, as armaduras retumbando e estrugindo, ecoando no corredor. Montaram nos seus cavalos e partiram. Ouvi apenas os animais relinchando e a batida dos seus cascos. Nunca entenderei o que aconteceu. Se for pensar...

– Ciri.

– O que foi?

– Não pense nisso.

•

– O castelo de Stygga – Filippa Eilhart repetiu, olhando para Fringilla Vigo por baixo das pálpebras. Fringilla não corou. Nos últimos três meses, conseguiu produzir um creme mágico que fazia os vasos sanguíneos contraírem. Graças ao creme, o rosto não corava, por mais vergonha que sentisse.

– O esconderijo de Vilgefortz encontrava-se no castelo de Stygga – Assire var Anahid confirmou. – Em Ebbing, sobre um lago serrano cujo nome meu informante, um simples soldado, não conseguiu memorizar.

– A senhora disse "encontrava-se"? – observou Francesca Findabair.

– Encontrava-se – Filippa interrompeu-a. – Vilgefortz está morto, minhas caras senhoras. Ele e os seus cúmplices, o bando todo já foi para o jardim das tabuletas. Esse favor nos foi concedido por um conhecido nosso, o bruxo Geralt de Rívia, que não recebeu o merecido reconhecimento de nós, de nenhuma de nós. Cometemos um erro, todas. Algumas erraram menos, outras, mais.

Todas as feiticeiras, como por um comando, olharam para Fringilla, no entanto o creme infalivelmente funcionava. Assire var Anahid suspirou. Filippa bateu a palma da mão contra a mesa.

– Embora as atividades relacionadas com a guerra e com os preparativos para as negociações de paz tenham nos sobrecarregado e possam servir de desculpa – disse secamente –, é preciso admitir que fomos sobrepujadas e facilitadas no que diz respeito a Vilgefortz. São fatores que podem ser considerados como constituintes da derrota da Loja. E isso jamais deveria se repetir, estimadas senhoras.

A Loja toda – com exceção de Fringilla Vigo, pálida como um cadáver – acenou com a cabeça.

– Neste momento – Filippa retomou o discurso –, o bruxo Geralt está em algum lugar em Ebbing, junto de Yennefer e Ciri, que foram libertas por ele. Devemos procurá-los...

– E aquele castelo? – Sabrina Glevissig interrompeu. – Você por acaso não se esqueceu de algo, Filippa?

– Não, não me esqueci. A lenda que for criada deverá ter uma única versão incontestável. Queria pedir a você, Sabrina, que, com Keira e Triss, resolva esse assunto, para que não reste nenhuma dúvida.

•

O estrondo da explosão propagou-se até Maecht. Como tudo aconteceu à noite, a claridade foi vista inclusive em Metinna e Geso. A série de abalos sísmicos provocados pela explosão foi percebida em lugares ainda mais distantes, até nos confins mais remotos do mundo.

CAPÍTULO DÉCIMO

Congreve, Estella vel Stella, filha do barão Otto de Congreve, era casada com o velho conde de Liddertal. Após a rápida morte do marido, administrou seus bens com grande prudência e conseguiu juntar uma considerável fortuna. Gozava da mais alta estima do imperador Emhyr var Emreis (v.) e era uma figura prominente na corte. Embora não ocupasse nenhum cargo, era sabido por todos que a sua voz e opinião recebiam a atenção e a consideração do imperador. Graças ao seu profundo afeto pela jovem imperatriz Cirilla Fiona (v.), que amava como sua própria filha, era chamada em tom jocoso de "imperatriz mãe". Sobreviveu tanto ao imperador como à imperatriz † 1331. A enorme fortuna que juntou foi herdada por parentes distantes, de uma linhagem lateral dos Liddertal conhecidos como Brancos e que, frívolos e levianos, puseram fim à fortuna por completo.

Effenberg e Talbot, *Encyclopaedia Maxima Mundi*, vol. II

É preciso admitir que o homem que se aproximava sorrateiramente do acampamento era ágil e astuto como uma raposa. Mudava de posição com rapidez e movia-se com tanta ligeireza e de modo tão imperceptível que qualquer pessoa ficaria surpreendida. Qualquer pessoa, salvo Boreas Mun, que tinha enorme experiência no assunto de tocaiar.

– Saia daí, homem! – gritou, esforçando-se para que em sua voz ressoasse uma arrogância soberba e confiante. – Seus artifícios são inúteis! Consigo vê-lo. Sei onde está.

Um dos megálitos, cujos dorsos eriçados ornavam a encosta do morro, estremeceu contra o fundo de um estrelado céu azul-marinho, mexeu-se e assumiu uma forma humana.

Boreas virou o espeto com a carne assada depois de sentir o cheiro de queimado. Fingindo que se apoiava desleixadamente, pôs a mão na empunhadura do arco.

– Meu patrimônio é miserável – intrometeu um áspero fio metálico de advertência num tom aparentemente calmo. – Tenho poucas coisas, mas sou apegado a elas. Vou defendê-las como se fosse uma questão de vida ou morte.

– Não sou bandido – o homem que se esgueirava, disfarçando-se de menir, falou com voz grave. – Sou um peregrino.

O peregrino era alto e robusto. Media pelo menos sete pés de altura. Boreas Mun apostaria tudo que, para poder pesá-lo, seria preciso usar um contrapeso de ao menos trinta libras. O cajado do peregrino, uma vara grossa como o varal de uma carroça, nas suas mãos parecia uma bengala. Boreas Mun estranhava mesmo como um boi tão corpulento conseguia esgueirar-se com tanta agilidade. Inquietou-se. O seu arco composto de setenta libras, com o qual acertava um alce a uma distância de cinquenta passos, de repente pareceu pequeno e delicado como um brinquedo de criança.

– Sou peregrino, não tenho más... – o homem robusto repetiu.

– Que o outro saia também! – Boreas interrompeu bruscamente.

– Que out... – o peregrino gaguejou e interrompeu-se ao ver surgir da penumbra, do outro lado, uma esbelta silhueta, silenciosa como uma sombra. Desta vez Boreas Mun não ficou surpreso. Para os olhos de um rastreador experiente, a maneira de se movimentar do outro indivíduo indicava que se tratava de um elfo. E deixar se atocaiar por um elfo não era considerado uma desonra.

– Peço perdão – falou com uma voz levemente rouca, que, para o seu espanto, não parecia élfica. – Escondia-me dos senhores não por ter más intenções, mas por medo. Sugeriria que vire esse espeto.

– É verdade! A carne, deste lado, já está bem assada – o peregrino falou, apoiando-se no cajado e fungando alto.

Boreas virou o espeto, suspirou e pigarreou. Depois, suspirou outra vez e disse:

– Sentem-se, por favor, e esperem. Daqui a pouco o bichinho estará pronto. Ora, seria bobagem negar uma refeição aos peregrinos no caminho.

A gordura escorreu, silvando por entre a brasa. O fogo estourou e resplandeceu, iluminando tudo em volta.

O peregrino usava um chapéu de feltro com uma aba larga que escondia bem o rosto. O elfo, em vez de chapéu, usava um lenço amarrado na cabeça, deixando o semblante à mostra. Quando Boreas e o peregrino viram seu rosto iluminado pelas chamas da fogueira, estremeceram, mas não soltaram um pio, nem sequer um silencioso suspiro ao verem a face que antigamente decerto era elficamente bela, mas agora estava deformada por causa de uma cicatriz que atravessava o rosto na transversal, cortando a testa, a sobrancelha, o nariz, a bochecha e o queixo.

Boreas Mun pigarreou e virou o espeto outra vez.

– Foi esse cheirinho que os atraiu para meu acampamento, não foi? – perguntou.

– Foi mesmo. – O peregrino acenou com a aba do chapéu, e a sua voz mudou levemente. – Não quero parecer presunçoso, mas farejei esse assado de longe. Contudo, mantive a cautela. Numa fogueira da qual me aproximei há dois dias assavam uma mulher.

– É verdade – o elfo confirmou. – Cheguei lá na manhã seguinte, vi os ossos humanos em meio às cinzas.

– Na manhã seguinte – o peregrino repetiu, arrastando as palavras. Boreas poderia apostar que no seu rosto escondido pela aba do chapéu aparecera um sorriso feio. – O senhor elfo segue-me sorrateiramente faz muito tempo?

– Muito.

– E por que demorou a se revelar?

– Juízo.

Boreas Mun virou o espeto e interrompeu o silêncio incômodo:

– O Passo Elskerdeg é um lugar que tem má fama. Também vi ossos nas fogueiras, esqueletos nas estacas, enforcados nas árvores. Aparentemente, está cheio de seguidores de cultos cruéis e de criaturas que apenas procuram uma maneira de devorar aqueles que estão de passagem.

– Não é apenas aparência – o elfo corrigiu. – Este lugar é assim mesmo. E quanto mais se adentram as montanhas, em direção ao leste, piores ficam as coisas.

– Os senhores também se dirigem para o leste? Além de Elskerdeg? Para Zerricânia? Ou talvez para terras ainda mais distantes, para Hakland?

Não responderam, nem o peregrino nem o elfo. Boreas não esperava uma resposta. Primeiro, porque a pergunta era indiscreta. Segundo, porque era estúpida. Do local onde estavam só se podia ir para o leste, por Elskerdeg, que era para onde ele se dirigia.

– O assado está pronto. – Boreas abriu o canivete borboleta com um movimento que revelava destreza e era uma demonstração de advertência. – Por favor, senhores. Fiquem à vontade.

O peregrino tinha um alfanje, e o elfo carregava um estilete que tampouco parecia ser de uso culinário. No entanto, os três gumes afiados para fins mais perniciosos nesse dia serviram para cortar a carne. Durante algum tempo, só se ouviu o trincar e o triturar das mandíbulas, e o chiado dos ossos roídos, jogados na brasa.

O peregrino arrotou com elegância.

– Uma estranha criatura – disse, inspecionando a escápula que roeu e chupou de tal jeito que parecia ter permanecido num formigueiro por três dias. – A carne tinha gosto de cervo, e estava tenra como a de um coelho... Não me lembro de ter comido nada igual.

– Era um skrekk – disse o elfo, triturando e trincando uma cartilagem com os dentes. – Tampouco me lembro de ter comido um.

Boreas pigarreou baixo. O tom de alegre sarcasmo, quase imperceptível na voz do elfo, mostrava que conhecia a origem da carne assada: era de uma monstruosa ratazana de olhos sangrentos e dentes enormes, cuja cauda media três varas. Contudo, o rastreador não havia caçado o monstruoso roedor. Matou-o, atirando em defesa própria, depois decidiu assá-lo. Era um homem sensato e pragmático. Não comeria uma ratazana que se alimentasse de lixo ou despejos. Mas a distância que separava a garganta do Passo Elskerdeg da comunidade mais próxima, capaz de produzir detritos, era de mais de trezentas milhas. A ratazana, ou, segundo o elfo, skrekk, devia ser limpa e saudável. Não havia entrado em contato com a civilização, portanto era improvável que estivesse contaminada ou contagiada com o que quer que fosse.

Em pouco tempo, o último e menor osso, roído e chupado até o fim, foi jogado na brasa. A lua surgiu sobre a cadeia denteada dos Montes Flamejantes. As faíscas que se soltavam do fogo incitado pelo vento morriam e se apagavam por entre as miríades de estrelas cintilantes.

Boreas Mun arriscou-se a fazer mais uma pergunta pouco discreta: – Os senhores caminham há muito tempo aqui, pelos ermos? Desculpem a curiosidade, mas faz muito tempo que passaram pelo Portão Solveiga?

– Nem muito, nem pouco – o peregrino respondeu. – O tempo é algo relativo. Atravessei o Portão Solveiga no segundo dia após a lua cheia de setembro.

– E eu, no sexto dia – o elfo afirmou.

– Hã?! É estranho que não tenhamos nos encontrado antes, pois eu também andei por lá. Na verdade, montei, já que naquela altura ainda viajava a cavalo – Boreas continuou, animado pela reação. Depois calou-se, afastando os pensamentos ruins e as lembranças ligadas ao cavalo e à sua perda. Tinha certeza de que os seus companheiros tinham vivido aventuras semelhantes. Andando a pé o tempo todo, nunca conseguiriam alcançá-lo lá, nas redondezas de Elskerdeg. Retomou:

– Suponho então que os senhores iniciaram a sua caminhada depois do fim da guerra, depois de a paz de Cintra ser firmada. Não é de meu interesse, obviamente, mas arrisco-me a supor que os senhores não estão satisfeitos com a ordem e a imagem do mundo criada e traçada em Cintra.

Ao redor da fogueira, o silêncio pairou no ar por um longo tempo. Foi interrompido por um uivo distante, certamente de um lobo. Contudo, nas redondezas do Passo Elskerdeg, nunca se podia ter certeza absoluta de nada.

– Se você quer que eu seja sincero, após a paz de Cintra, não havia motivos para gostar do mundo ou da sua imagem sem mencionar a questão da ordem – o elfo falou inesperadamente.

– No meu caso foi parecido, embora eu somente tenha me dado conta disso, como diria um conhecido, *post factum* – o peregrino falou, cruzando os enormes antebraços no peito.

Todos permaneceram em silêncio por um longo tempo. Até a criatura que uivava no passo silenciara. O peregrino retomou o discurso, embora Boreas e o elfo estivessem prestes a apostar que não o faria:

– De início, tudo indicava que a paz cintrense traria mudanças favoráveis, criaria uma ordem do mundo relativamente aceitável. Se não fosse para todos, então pelo menos para mim...

– Os reis, se me lembro bem, chegaram a Cintra em abril, não é? – Boreas pigarreou.

– Exatamente no dia dois de abril – o peregrino o corrigiu. – Lembro bem, foi na época da lua nova.

•

Ao longo das paredes, debaixo das vigas escuras que sustentavam as galerias, estavam penduradas fileiras de escudos com desenhos coloridos de emblemas heráldicos da nobreza cintrense. À primeira vista, notava-se a diferença: as cores dos brasões das famílias antigas já estavam desbotadas, mas os da nobreza benemérita das épocas mais modernas dos reinados de Dagorad e Calanthe exibiam cores vivas, sem ranhuras, e não tinham as marcas de uma miríade de pequenos pontos, vestígios da atividade das brocas de madeira. Os escudos mais recentes, que mostraram os brasões da nobreza nilfgaardiana, eminente durante a conquista da cidade e os cinco anos da administração imperial, tinham as cores ainda mais vivas.

"Quando recuperarmos Cintra", o rei Foltest pensou, "não poderemos deixar que os cintrenses, tomados pelo sagrado fervor de renovação, destruam esses escudos. A política e a decoração do salão constituem duas coisas completamente distintas. O vandalismo não pode ser justificado pelas mudanças de regime político."

"Então foi aqui onde tudo começou", Dijkstra pensou, passando os olhos pelo enorme salão. "O famoso banquete de noivado no qual apareceu o Ouriço de Ferro e pediu a mão da princesa Pavetta... e o bruxo contratado pela rainha Calanthe... Como o destino do ser humano pode se entrelaçar de uma maneira tão estranha?...", o espião refletia, espantando-se com a trivialidade dos seus próprios pensamentos.

"Há cinco anos", a rainha Meve pensou, "há cinco anos o cérebro de Calanthe, a Leoa do sangue dos Cerbin, estourou nas lajes do pátio, exatamente desse pátio que se vê pela janela. Calanthe, cujo majestoso retrato vemos no corredor, era a penúltima representante do sangue real. Após o afogamento da sua filha, Pavetta, sobrou apenas a sua neta Cirilla. No entanto, pode ser que a informação sobre a sua suposta morte se prove verdadeira."

Cyrus Engelkind Hemmelfart, o hierarca de Novigrad, *per acclamationem* escolhido para presidir a assembleia em virtude da sua idade, do seu cargo e do respeito de que gozava, apontou com a mão trêmula e falou: – Por favor! Sentem-se, por favor.

Todos se sentaram, após acharem os seus respectivos assentos em volta da mesa redonda, marcados com placas de mogno. Meve, a rainha de Rívia e Lyria. Foltest, o rei de Temeria, e o seu vassalo, o rei Venzlav de Brugge. Demawend, o rei de Aedirn. Henselt, o rei de Kaedwen. O rei Ethain de Cidaris. O jovem rei Kistrin de Verden. O duque Nitert, o presidente do Conselho de Regência da Redânia. E o conde Dijkstra.

"É preciso eliminar esse espião, afastá-lo da mesa do concílio", o hierarca pensou. "O rei Henselt e o rei Foltest, e até o jovem Kistrin, já se permitiram fazer observações críticas. Nessas circunstâncias, é só esperar uma *démarche* da parte dos representantes de Nilfgaard. Esse Sigismund Dijkstra é um homem que representa uma classe incongruente, além de ter um passado indecente e fama duvidosa. É uma *persona turpis*. Não se pode permitir que a presença de uma *persona turpis* atrapalhe as negociações."

O líder da delegação nilfgaardiana, o barão Shilard Fitz-Oesterlen, a quem foi designado um lugar à mesa redonda exatamente na frente de Dijkstra, cumprimentou o espião com uma cortês reverência diplomática.

Depois de se certificar de que todos estavam sentados, o hierarca de Novigrad também ocupou seu lugar, com a ajuda dos pajens que o amparavam, segurando seus braços trêmulos. Sentou-se numa antiga cadeira feita especialmente para a rainha Calanthe. Esse assento possuía um encosto alto, imponente, belamente ornado, e por isso essa cadeira se destacava das demais.

Por mais redonda que a mesa fosse, a pessoa mais importante devia ter um destaque especial.

•

"Então foi aqui", Triss Merigold pensou, passando os olhos em volta da câmara, olhando para a tapeçaria, as pinturas, os numerosos troféus de caça, a galhada de um animal que ela desconhecia. "Foi aqui que, depois da famosa destruição da sala do trono, teve lugar a célebre conversa a sós entre Calanthe, o bruxo, Pavetta e o Ouriço Encantado. Foi quando Calanthe consentiu esse estranho casamento. Pavetta já estava grávida. Ciri nasceu depois de oito meses incompletos... Ciri, a herdeira do trono... A Leoazinha do sangue da Leoa... Ciri, minha irmãzinha, que agora está em algum lugar distante no Sul. Por sorte, já não está sozinha. Está com Geralt e Yennefer. Está segura. A não ser que elas tenham me enganado outra vez."

– Sentem-se, estimadas senhoras – Filippa Eilhart apressou-as, observando Triss com atenção havia algum tempo. – Daqui a pouco os soberanos do mundo começarão a proferir, um após o outro, os discursos de abertura, e eu não quero perder nem uma palavra do que for dito.

As feiticeiras interromperam as conversas nos bastidores e ocuparam rapidamente seus assentos. Sheala de Tancarville usava uma echarpe de pele de raposa prateada que dava um toque feminino à sua sóbria vestimenta masculina. Assire var Anahid trajava um vestido de seda roxo que unia de maneira graciosa uma modesta simplicidade com elegância. Francesca Findabair estava majestosa como sempre. Ida Emean aep Sivney, misteriosa como sempre. Margarita Laux-Antille, séria e imponente. Sabrina Glevissig usava uma vestimenta em tons de azul-turquesa. Keira Metz trajava uma roupa verde e amarela-junquilho. E Fringilla Vigo estava deprimida, triste e desvanecida, tomada por uma palidez mortiça, enferma, até espectral.

Triss Merigold estava sentada junto de Keira e na frente de Fringilla. Sobre a cabeça da feiticeira nilfgaardiana pendia um quadro no qual havia um ginete em galope desenfreado em uma estrada ladeada por duas fileiras de amieiros que estendiam os monstruosos braços dos ramos na direção do cavaleiro e riam ludibriosamente com as horripilantes bocarras dos ocos. Triss, de maneira instintiva, estremeceu.

O telecomunicador tridimensional posto no meio da mesa estava ativado. Filippa Eilhart aguçou a imagem e o som por meio de um feitiço e disse com certa ironia:

– Como as senhoras podem ver e ouvir, na sala do trono de Cintra, exatamente um andar abaixo de nós, os soberanos do mundo estão começando a decidir sobre o destino do mundo. E nós aqui, um andar acima, os vigiaremos para que não se empolguem demais.

•

Outros uivadores juntaram-se ao uivador de Elskerdeg. Boreas não tinha dúvidas: não eram lobos. Para reiniciar a conversa, que terminara, disse:

– Tampouco eu nutria grandes esperanças em relação a essas negociações em Cintra. Ninguém que eu conhecesse acreditava em soluções positivas.

– O mais importante foi elas terem começado – o peregrino protestou com calma. – Um homem simples como eu, pois considero-me um homem modesto, pensa de maneira simples. Um homem simples sabe que os reis e imperadores que travam disputas entre eles mesmos são tão obstinados que, se pudessem e tivessem forças suficientes, matariam uns aos outros. E o fato de que pararam de se matar e decidiram participar de uma mesa-redonda demonstra apenas uma verdade: que eles já não têm mais forças. Estão simplesmente exaustos. E esse esgotamento indica que nenhuma tropa armada invadirá um povoado de gente simples, que não matará, nem ferirá, nem queimará as edificações, não assassinará as crianças, nem estuprará as esposas, não escravizará ninguém. Em vez disso, estão todos reunidos em Cintra e negociam. Alegremo-nos!

O elfo ajeitou com um cajado um pedaço de lenha que soltava faíscas na fogueira e olhou para o peregrino de soslaio.

– Até um homem simples, inclusive cheio de alegria, até eufórico, deveria entender que a política também é uma espécie de guerra, embora travada de uma maneira um pouco diferente – disse, sem esconder o sarcasmo. – Deveria entender também que as negociações são como o comércio: possuem um mecanismo de autopropulsão. O sucesso é negociado à base de concessões. Ganha-se aqui, perde-se ali. Em outras palavras, para que uns possam ser comprados, outros precisam ser vendidos.

– Realmente, isso é tão simples e óbvio que qualquer pessoa entende, até uma pessoa muito simples – o peregrino falou após um momento.

•

– Não, não! De jeito nenhum! – o rei Henselt bradou, batendo com tanta força com os dois punhos contra o tampo da mesa que a taça virou e os tinteiros saltaram. – Não vamos discutir sobre esse assunto! Não admitirei nenhum tipo de negociação em relação a isso! Ponto final, assunto encerrado, *deireadh*!

– Henselt, não dificulte as coisas, e não nos desacredite com seus gritos diante de sua excelência – Foltest falou com calma, sobriedade e em tom conciliador.

Shilard Fitz-Oesterlen, o negociador que representava o império de Nilfgaard, curvou-se e lançou um falso sorriso, dando a entender que as extravagâncias do rei de Kaedwen não o indignavam, nem o preocupavam.

– Como é possível conseguirmos nos entender com o império – Foltest continuou o discurso – e de repente começarmos a atacar uns aos outros como cães raivosos? Que vergonha, Henselt!

– Conseguimos nos entender com Nilfgaard a respeito de assuntos tão difíceis como Dol Angra e Trásrios – comentou Dijkstra com uma aparente indiferença. – Seria insensato…

– Não aceito esse tipo de comentários! – Henselt rugiu, mas desta vez de tal forma que poucos ousariam confrontá-lo. – Não admito esse tipo de comentários, sobretudo proferidos por qualquer espécie de espiões! Sou um rei, caralho!

– Isso é até visível – Meve bufou. Demawend, virado, olhava para os escudos de armas nas paredes do salão, sorrindo com desdém, como se o seu reinado não participasse dessa disputa.

– Chega, chega, chega, pelos deuses, senão vou ficar puto – Henselt bufou, passando os olhos raivosos ao seu redor. – Já disse:

nem um palmo de terra. Não quero ouvir falar de nenhum tipo de reivindicação! Não aceitarei as tentativas de diminuir meu reinado nem por um palmo, sequer por meio palmo de terra! Os deuses me encarregaram da missão de defender a honra de Kaedwen, portanto, só confiarei meu reinado aos deuses! A Marca do Sul faz parte do nosso território... et... etni... etnicamente. A Marca do Sul pertence a Kaedwen há séculos...

– O Aedirn Superior pertence a Kaedwen desde o verão passado. Para ser mais exato, desde o dia vinte e dois de julho do ano passado, desde o momento em que as forças de ocupação de Kaedwen entraram lá – Dijkstra falou novamente.

– Peço que seja registrado no protocolo *ad futuram rei memoriam* que o império de Nilfgaard não teve nenhum envolvimento nessa anexação – Shilard Fitz-Oesterlen falou, sem ser perguntado.

– Além do fato de ter pilhado Vengerberg naquela mesma hora.

– *Nihil ad rem!*

– É mesmo?

– Senhores! – Foltest admoestou-os.

– O exército de Kaedwen entrou na Marca do Sul como um libertador! Minha tropa foi recebida lá com flores! Meus soldados... – Henselt pigarreou.

– Os seus bandidos! – a voz do rei Demawend estava calma, mas seu rosto revelava o esforço que fazia para manter-se tranquilo. – Os seus bandidos que entraram no meu reinado, acompanhados pela tropa de bandoleiros voluntários, assassinavam, estupravam e roubavam. Meus estimados senhores! Reunimo-nos aqui e debatemos por uma semana sobre como estará o mundo no futuro. Pelos deuses, será que o mundo no futuro deverá ser governado pelo crime e pelo roubo? Deve-se manter o *status quo* do banditismo? Os bens saqueados devem permanecer nas mãos dos salteadores e sicários?

Henselt pegou o mapa que estava sobre a mesa, rasgou-o bruscamente e jogou na direção de Demawend. O rei de Aedirn nem se mexeu.

– Minha tropa conquistou a Marca arrancando-a dos nilfgaardianos – Henselt estertorou, e seu rosto adquiriu a cor de um bom vinho antigo. – O seu reinado digno de pena já não existia,

Demawend. Aliás, acrescento: se não fosse pelo meu exército, hoje você não teria nenhum reinado. Queria vê-lo expulsando os negros além do Jaruga e do Dol Angra sem a minha ajuda. Portanto, não seria exagero dizer que você é um rei pela graça concedida por mim. Mas aqui se esgota a minha benevolência! Já disse que não devolverei nem um palmo da minha terra, não permitirei que o território do meu reinado seja diminuído.

– Nem eu o meu! – Demawend levantou-se. – Então não nos entenderemos!

– Senhores, certamente existirá a possibilidade de algum tipo de consenso – disse de repente, em tom conciliador, Cyrus Hemmelfart, o hierarca de Novigrad, que até aquele momento estava cochilando.

– O império de Nilfgaard não aceitará nenhum acordo que possa prejudicar o domínio élfico em Dol Blathanna. Se necessário, lerei novamente para os senhores o conteúdo do memorando... – repetiu Fitz-Oesterlen, que gostava de intrometer-se inesperadamente.

Henselt, Foltest e Dijkstra bufaram, mas Demawend olhou para o embaixador imperial com calma, quase com simpatia, e declarou:

– Para o bem comum e para manter a paz, reconhecerei a autonomia de Dol Blathanna, mas não como um reinado, apenas como um ducado, com a condição de que a duquesa Enid an Gleanna preste-me homenagem de vassala e comprometa-se a igualar os direitos e privilégios dos humanos e dos elfos. Estou disposto a fazê-lo, como já havia dito, *pro publico bono*.

– Essas são palavras de um verdadeiro rei – disse Meve.

– *Salus publica lex suprema est* – o hierarca Hemmelfart afirmou, procurando, já fazia um bom tempo, uma oportunidade para gabar-se do seu conhecimento do jargão diplomático.

– Só queria acrescentar que a concessão para Dol Blathanna não é um precedente – Demawend continuou, olhando para o zangado Henselt. – É a única violação da integridade do meu território que admitirei. Não reconhecerei nenhuma outra repartição ou anexação. O exército de Kaedwen que penetrou o meu território na qualidade de agressor e invasor deve, no período de uma semana, desocupar as fortalezas e os castelos do Aedirn Superior, tomados ilegalmente. Esta é a condição para eu continuar participando do concílio. E já que *verba volant*, o meu secretário apresentará a oficial *démarche* a propósito do assunto para ser acrescentado ao protocolo.

– Henselt? – Foltest lançou um olhar interrogativo para o rei barbudo.

– Jamais! – o rei de Kaedwen rugiu, derrubando a cadeira e saltando como um chimpanzé picado por vespas. – Jamais entregarei a Marca! Terão que passar por cima do meu cadáver! Não entregarei! Ninguém me forçará a fazê-lo! Ninguém! Ninguém, caralho!

E, só para comprovar o fato de não ser qualquer um e de também ter recebido instrução, vociferou:

– *Non possumus!*

•

– Vou mostrar a esse traste velho o que é *non possumus*! – Sabrina Glevissig bufou na câmara um andar acima. – As senhoras podem ficar despreocupadas, vou fazer esse idiota aceitar as reivindicações relativas ao Aedirn Superior. Obviamente, o exército de Kaedwen sairá de lá daqui a dez dias. Ponto final. Se alguma das senhoras duvidar disso, realmente tenho o direito de me sentir ofendida.

Filippa Eilhart e Sheala de Tancarville expressaram seu apreço curvando-se. Assire var Anahid agradeceu com um sorriso. Sabrina falou:

– Hoje é preciso resolver a questão de Dol Blathanna. Conhecemos o conteúdo do memorando do imperador Emhyr. Os reis reunidos no andar inferior ainda não tiveram tempo de discutir essa questão, mas já sinalizaram suas posições. Aliás, a posição já foi adotada pela pessoa, digamos, mais interessada: o rei Demawend.

– A posição de Demawend é consenso entre todos – Sheala de Tancarville constatou, envolvendo o pescoço com a echarpe de pele de raposa prateada. – É uma atitude positiva, pensada, equilibrada. Shilard Fitz-Oesterlen terá um grande problema se quiser argumentar a favor de maiores concessões. Não sei se fará isso.

– Fará, sim – Assire var Anahid afirmou com calma. – Ele foi instruído em Nilfgaard a fazê-lo. Vai apelar *ad referendum* e entregará notas diplomáticas. Pleiteará no mínimo por uma jornada. Passado esse tempo, começará a fazer concessões.

– É normal – Sabrina Glevissig interrompeu. – É normal que cheguem a algum termo para fecharem um acordo. Contudo, não vamos esperar por isso. Vamos delimitar, definitivamente, o seu campo de atuação. Fale, Francesca! Afinal de contas, é o seu país que está em questão.

– Por isso mesmo – a Margarida dos Vales lançou um belo sorriso –, por isso mesmo fico calada, Sabrina.

– Deixe o orgulho de lado – Margarita Laux-Antille falou em tom sério. – Precisamos saber quais iniciativas dos reis poderemos consentir.

Francesca Findabair lançou um sorriso ainda mais belo e disse:

– Pela paz e *pro bono publico*, aceito a proposta do rei Demawend. Caras meninas, a partir deste momento, vocês podem deixar de se referir a mim como "Sua Alteza Sereníssima". Apenas "Sua Graça" será suficiente.

– Para mim, as piadas élficas não têm graça, talvez porque não as entendo – Sabrina franziu o cenho. – E as outras exigências de Demawend?

Francesca pestanejou e disse com seriedade:

– Aceito a reemigração dos povoadores humanos e a restituição dos seus bens. Garanto a igualdade de direitos a todas as raças...

– Pelo amor dos deuses, Enid! Não aceite tudo! Apresente algumas exigências! – Filippa Eilhart riu.

– Apresentarei. – De repente, a elfa ficou soturna. – Não aceito prestar homenagem. Quero que Dol Blathanna seja um alódio sem nenhum tipo de vínculo de vassalagem, salvo a promessa de lealdade e de não prejudicar o soberano.

– Demawend não aceitará a proposta, não renunciará aos lucros e às tributações que o Vale das Flores lhe propiciava – Filippa avaliou brevemente.

– Estou pronta a negociar bilateralmente essa questão – falou Francesca, erguendo as sobrancelhas. – Tenho certeza de que podemos chegar a um consenso. O alódio não obriga a pagar, tampouco proíbe ou exclui a possibilidade de pagá-lo.

– E o fideicomisso? E a primogenitura? Aceitando o alódio, Foltest vai querer garantias acerca da indivisibilidade do ducado – Filippa Eilhart não desistia.

– Foltest realmente poderia ter sido enganado pela minha tez e pela minha figura, mas fico surpresa com você, Filippa – disse Francesca, sorrindo de novo. – Já passei da idade de engravidar há muito tempo. Demawend não deveria ter dúvidas quanto à primogenitura ou ao fideicomisso. Eu é que serei o *ultimus familiae* da linhagem dos soberanos de Dol Blathanna. Apesar da diferença de idade, aparentemente favorável para Demawend, não trataremos a questão da herança com ele, mas com seus netos. Garanto às senhoras que nesse quesito não haverá conflitos.

– Nesse, não – Assire var Anahid concordou, olhando direto para a feiticeira élfica. – E no que diz respeito aos comandos de combate dos Esquilos? E o que acontecerá com os elfos que lutaram do lado imperial? Se não estou enganada, estimada senhora Francesca, na grande maioria trata-se dos seus súditos, não?

A Margarida dos Vales deixou de sorrir. Olhou para Ida Emean, mas a taciturna elfa dos Montes Roxos desviou o seu olhar.

– *Pro publico bono*... – começou a falar e parou. Assire, também muito séria, acenou com a cabeça, confirmando que entendera.

– Não há o que fazer. Tudo tem o seu preço. A guerra exige vítimas. A paz, pelo visto, também – disse devagar.

•

– Sim, é uma verdade incontestável – o peregrino repetiu, pensativo, olhando para o elfo sentado com a cabeça abaixada. – As negociações de paz são uma pechincha, um barganhar de feira. Para que alguns possam ser comprados, outros precisam ser vendidos. É assim que as coisas acontecem neste mundo. A questão é não comprar por um preço demasiado alto...

– E não vender por um preço demasiado baixo – o elfo terminou, sem levantar a cabeça.

•

– Traidores! Canalhas!

– Filhos da puta!

– *An'badraigh aen cuach!*

– Cães nilfgaardianos!

– Silêncio! – Hamilcar Danza vociferou, batendo o punho encouraçado contra o balaústre do claustro. Os artilheiros almejaram as bestas contra os elfos amontoados no *cul de sac.*

– Calma! – Danza rugiu ainda mais alto. – Chega! – Silêncio, senhores oficiais! Tenham mais dignidade, por favor!

– Você tem a pouca-vergonha de falar em dignidade, seu canalha? – Coinneach Dá Reo gritou. – Derramamos nosso sangue por vocês, malditos Dh'oine! Por vocês e pelo seu imperador, a quem juramos lealdade! E é assim que vocês nos agradecem? Entregando-nos a esses carrascos do Norte, como se fôssemos criminosos ou assassinos?!

– Eu já disse: chega! – Danza bateu o punho outra vez com estrondo contra o balaústre. – Entendam o que foi combinado no passado, senhores elfos! Os acordos feitos em Cintra, que determinam as condições para estabelecer a paz, obrigam o império a entregar os criminosos de guerra nas mãos dos nortelungos...

– Criminosos? Criminosos, seu Dh'oine abominável! – Riordain gritou.

– Criminosos de guerra – Danza repetiu, sem prestar a mínima atenção ao tumulto lá embaixo. – Oficiais sobre os quais pesam comprovadas acusações de terrorismo, assassinatos cometidos contra a população civil, assassinatos e torturas de prisioneiros de guerra, massacres contra os feridos em hospitais de campo...

– Seus filhos da puta! Matávamos porque estávamos em guerra! – Angus Bri Cri bradou.

– Matávamos obedecendo às suas ordens!

– *Cuach'te aep arse, bloede Dh'oine!*

– Já está decidido! – Danza repetiu. – Os seus gritos e insultos não mudarão nada. Aproximem-se, um por um, do corpo de guardas e não se oponham na hora de serem algemados.

– Deveria ter ficado quando eles fugiam para além do Jaruga – Riordain rangeu os dentes. – Deveria ter ficado e continuado a lutar nos comandos. E nós, tolos, burros, idiotas, cumprimos o juramento de soldado! Bem-feito para nós!

Isengrim Faoiltiarna, o Lobo de Ferro, o mais famoso, quase lendário comandante dos Esquilos, agora um coronel imperial. Com um rosto impassível, arrancou da manga e das ombreiras os raios prateados da brigada "Vrihedd" e arremessou-os nas lajes do pátio. Outros oficiais fizeram o mesmo. Hamilcar Danza, que olhava o que acontecia da galeria, franziu as sobrancelhas e disse:

– A atitude dos senhores é pouco séria. Além disso, se eu fosse os senhores, não me desfaria de uma maneira tão imprudente das insígnias imperiais. Sinto-me obrigado a informá-los que, durante as negociações das condições de paz, foram-lhes garantidos, na qualidade de oficiais imperiais, julgamentos justos, sentenças suaves e uma rápida anistia...

Os elfos amontoados no *cul de sac* soltaram todos juntos uma poderosa gargalhada que troou por entre os muros.

– Queria também chamar a atenção para o fato de que entregamos aos nortelungos apenas os senhores. Trinta e dois oficiais. No entanto, não entregaremos nenhum dos seus soldados, nenhum – Hamilcar Danza acrescentou com calma.

O riso no *cul de sac* silenciou, como se tivesse sido cortado com uma faca.

•

O vento assoprou na fogueira, levantando uma saraivada de faíscas e enchendo os olhos com fumaça. Ressoou mais uma vez o uivar, vindo do passo. O elfo interrompeu o silêncio:

– Negociavam tudo. Tudo estava à venda: a honra, a lealdade, a palavra nobre, o juramento, a simples decência... Eram meras mercadorias, que possuíam valor só enquanto havia demanda por elas e enquanto se mantinha a conjuntura. Mas, quando se esvaía, perdiam todo o seu valor e eram desprezadas, jogadas no lixo.

– No lixo da história – o peregrino acenou com a cabeça. – O senhor elfo tem razão. Foi exatamente o que aconteceu lá em Cintra. Tudo tinha seu valor, que dependia do valor daquilo que se podia receber em troca. Todas as manhãs abria-se a bolsa de valores. E, como acontece numa verdadeira bolsa, eram constantes os altos e baixos inesperados. E, como numa verdadeira bolsa, era difícil não ter a impressão de que alguém puxava as cordas.

•

– Estou ouvindo bem? Será que estou ouvindo bem? – Shilard Fitz-Oesterlen perguntou, arrastando as palavras, num tom de voz e com uma expressão no rosto que denotavam incredulidade.

Berengar Leuvaarden, o enviado especial do imperador, não se deu o trabalho de responder. Acomodado na poltrona, continuava a agitar a taça e a contemplar a ondulação do vinho.

Shilard endureceu, mas logo em seguida vestiu a máscara de desprezo e soberba que transmitia a seguinte mensagem: "Ou você está mentindo, seu filho de uma cadela, ou está tentando me testar. Nos dois casos, vou desmascará-lo." Arrebitando o nariz, disse:

– Devo então entender que, depois de tão abrangentes concessões na questão das fronteiras, dos prisioneiros de guerra e da repatriação do butim de guerra, assim como dos oficiais da brigada "Vrihedd" e dos comandos dos Scoia'tael, o imperador ordena que eu faça um acordo e aceite as impossíveis reivindicações dos nortelungos com relação à repatriação dos povoadores?

– Barão, o senhor entendeu muito bem. Estou muito admirado com a sua perspicácia – Berengar Leuvaarden respondeu, arrastando as sílabas de uma maneira peculiar.

– Pelo Sol Grandioso, senhor Leuvaarden, será que vocês, lá na capital, pensam, de vez em quando, nas consequências das suas decisões? Os nortelungos já andam sussurrando, dizendo que o nosso império é um colosso com pés de barro! Já anunciam que nos venceram, nos derrotaram e nos expulsaram! Será que o imperador consegue entender que fazer mais concessões significa aceitar seu ultimato arrogante e exagerado e que eles perceberão isso como um sinal de fraqueza, o que no futuro poderá causar consequências lamentáveis? Será que o imperador sabe, enfim, o que acontecerá com alguns milhares dos nossos povoadores em Brugge e Lyria?

Berengar Leuvaarden parou de agitar a taça, cravou em Shilard os olhos negros como carvão e afirmou, arrastando as palavras:

– Transmiti ao senhor a ordem imperial. Quando o senhor a cumprir e voltar para Nilfgaard, terá a oportunidade de perguntar ao próprio imperador por que é tão insensato. Também poderá repreendê-lo, exprobá-lo, dar uma bronca nele. Por que não? Mas faça isso o senhor mesmo, pessoalmente, sem recorrer a mim.

"Hã", Shilard pensou. "Já sei. Tenho diante de mim o novo Stefan Skellen, e é preciso lidar com ele do mesmo jeito que com Skellen. Contudo, é óbvio que não veio aqui sem motivo. A ordem poderia ter sido entregue por um simples estafeta." Num tom aparentemente desinibido, até confidencioso, começou:

– Bem, coitados dos vencidos! Porém, a ordem imperial está clara, portanto será cumprida. Além disso, vou me esforçar para deixar transparecer que tudo isso foi resultado de negociações, e não uma completa capitulação. Tenho experiência nisso. Sou diplomata há trinta anos. Venho de uma família de quatro gerações de diplomatas, que é uma das mais poderosas, das mais abastadas... das mais influentes famílias...

– Eu sei, tenho consciência disso, por esse motivo estou aqui – Leuvaarden interrompeu-o com um leve sorriso.

Shilard curvou-se ligeiramente. Esperava pacientemente. O enviado começou, agitando a taça:

– Os mal-entendidos surgiram porque o senhor, estimado barão, presume que a vitória e a conquista baseiam-se num genocídio insensato, em cravar em algum lugar da terra ensanguentada a haste de um estandarte e bradar: "Até aqui, tudo está sob o meu domínio!" Essa ideia, infelizmente, está amplamente difundida. No entanto, para mim, senhor barão, assim como para as pessoas que me atribuíram plenos poderes, a vitória e a conquista baseiam-se em fatores totalmente diferentes. A vitória consiste no seguinte: os vencidos são forçados a comprar os bens produzidos pelos vencedores, e fazem-no com vontade, pois os bens dos vencedores são melhores e mais baratos; a moeda dos vencedores é mais forte do que a moeda dos vencidos, e estes depositam mais confiança nela do que na sua própria moeda. O senhor me entende, barão Fitz-Oesterlen? O senhor já está começando a distinguir, aos poucos, os vencedores dos vencidos? O senhor entende quem realmente é o coitado nessa história?

O embaixador, com um aceno da cabeça, confirmou que compreendia. Leuvaarden retomou após um momento, arrastando as sílabas:

– Mas, para fortalecer a vitória e dar-lhe legitimidade, a paz tem que ser firmada, rapidamente e a qualquer custo. Não se trata de um cessar-fogo ou de um armistício. Trata-se da paz, de um compromisso criativo cujo objetivo é construir. Um compromisso que não envolve bloqueios econômicos, retenções alfandegárias ou protecionismo no âmbito do comércio.

Desta vez Shilard também confirmou com um aceno da cabeça que sabia do que se tratava. Leuvaarden continuou o seu discurso, arrastando as palavras num tom indiferente:

– Não foi por acaso que destruímos a agricultura e arruinamos a indústria deles. Fizemos isso para obrigá-los a comprar as nossas mercadorias, já que as deles estavam em falta. No entanto, os nossos comerciantes e as nossas mercadorias não conseguirão passar pelas fronteiras hostis e fechadas. E o que acontecerá, então? Vou lhe dizer o que acontecerá, estimado barão. Haverá uma crise de superprodução, já que nossas manufaturas estão trabalhando incessantemente, contando com a possibilidade de exportar. As companhias de comércio marítimo criadas em cooperação com Novigrad e Kovir também sofrerão grandes prejuízos. A sua influente família, estimado barão, é um considerável acionista nessas companhias. E, como o senhor certamente sabe, a família é a célula-base da sociedade. O senhor sabe, não é?

– Sei. – Shilard Fitz-Oesterlen abaixou a voz, embora a câmara estivesse hermeticamente protegida contra a escuta. – Entendo, já percebi. Queria, contudo, ter a certeza de que a ordem foi dada pelo imperador... e não por uma... corporação...

– Os imperadores passam – Leuvaarden falou, arrastando as palavras. – Mas as corporações permanecem, e permanecerão sempre. Isso é tão evidente que chega a ser algo banal. Compreendo os seus anseios. O senhor pode ter certeza de que está cumprindo a ordem do imperador, que tem como fim assegurar o bem-estar e os interesses do império. Contudo, não nego que a ordem foi dada por causa dos conselhos oferecidos ao imperador por uma corporação.

O enviado abriu o colarinho e a camisa, deixando à mostra um medalhão no qual havia o símbolo de uma estrela inscrita em um triângulo e rodeada por labaredas.

– Um belo adorno. – Com um sorriso e uma leve reverência, Shilard confirmou que havia entendido. – Deve ser muito caro... e exclusivo... É possível comprá-lo em algum lugar?

– Não, só se pode ganhá-lo por mérito – Berengar Leuvaarden respondeu com ênfase.

•

– Se os senhores e as senhoras permitirem... – a voz de Shilard Fitz-Oesterlen tinha um tom peculiar, já conhecido dos participantes da assembleia, indicando que o teor da mensagem proferida pelo embaixador seria de grande importância. – Se os senhores e as senhoras permitirem, lerei o conteúdo do *aide-mémoire* da Sua Majestade Imperial Emhyr var Emreis, o imperador de Nilfgaard pela graça do Sol Grandioso...

– Não, outra vez a mesma coisa... – Demawend rangeu os dentes e Dijkstra apenas gemeu, o que não escapou à atenção de Shilard. Simplesmente não havia como escapar.

– A nota é longa – admitiu. – Eu a resumirei, então, em vez de ler. Sua Majestade Imperial queria expressar sua grande satisfação com o desenrolar das negociações. Sendo um homem propenso à paz, é com alegria que aceita os acordos e a reconciliação alcançados. Sua Majestade Imperial deseja subsequentes avanços nas negociações para que possam ser concluídas com proveito mútuo...

– Então, mãos à obra – Foltest interrompeu-o. – Com ânimo! Vamos concluir tudo de modo que haja proveito mútuo e voltar para casa.

– Tem razão – falou Henselt, que precisava percorrer a maior distância para chegar em casa. – Vamos concluir, então. Se demorarmos muito, é possível que o inverno nos apanhe aqui!

– Temos mais um problema para resolver – Meve lembrou. – Trata-se de um assunto sobre o qual pouco falamos, talvez pelo medo de provocar divergências. Está na hora de enfrentar esse medo. O problema não desaparecerá só porque estamos com medo dele.

– É verdade – Foltest confirmou. – Mãos à obra, então. Precisamos decidir acerca do *status* de Cintra, da herança ao trono e da sucessão de Calanthe. É um problema sério, mas não tenho dúvidas de que conseguiremos resolvê-lo. Não é verdade, Vossa Excelência?

Shilard Fitz-Oesterlen sorriu diplomática e misteriosamente e falou:

– Ora, no que diz respeito à sucessão ao trono de Cintra, estou convencido de que isso poderá ser resolvido com facilidade. É muito mais fácil do que a senhora e os senhores imaginam.

•

– Submeto à discussão o seguinte projeto: transformemos Cintra num protetorado. Outorguemos o mandato a Foltest de Temeria – Filippa Eilhart anunciou, num tom irrefutável.

– Esse Foltest está assumindo cada vez mais poder – Sabrina Glevissig franziu o cenho. – Possui um apetite demasiado grande. Brugge, Sodden, Angren…

– Precisamos de um país forte na foz do Jaruga e nas Escadas de Marnadal – Filippa interrompeu.

– Não nego – Sheala de Tancarville acenou com a cabeça. – Sim, precisamos disso. No entanto, Emhyr não precisa. E o nosso objetivo é alcançar um consenso, e não criar um conflito.

– Há alguns dias Shilard fez uma proposta de traçar uma linha de demarcação, dividir Cintra em zonas de influência: Zona Norte e Zona Sul… – Francesca Findabair lembrou.

– Bobagem, infantilidade – disse, irritada, Margarita Laux-Antille. – Essas divisões não têm nenhum sentido, constituem apenas fonte de novos conflitos.

– Acho que Cintra deveria ser transformada num condomínio. O governo seria exercido pelos representantes dos reinos do Norte e do Império de Nilfgaard, em forma de um comissariado.

A cidade e o porto de Cintra ganhariam o *status* de cidade livre... Estimada senhora Assire, gostaria de dizer algo? Faça o favor. Admito que costumo dar preferência aos discursos compostos de enunciados completos e acabados, mas fique à vontade, estamos aqui para ouvi-la – Sheala afirmou.

Todas as feiticeiras, inclusive Fringilla Vigo, pálida como um fantasma, fixaram os olhos em Assire var Anahid. A feiticeira nilfgaardiana não ficou constrangida. Com a sua voz agradável e meiga, afirmou:

– Proponho que nos concentremos em outros assuntos. Deixemos Cintra em paz. Ainda não tive tempo de falar com vocês a respeito de certos assuntos sobre os quais fui noticiada. A questão de Cintra, estimadas confreiras, já está resolvida e encerrada.

– Como? Por obséquio, o que quer dizer com isso? – Filippa perguntou, com os olhos semicerrados.

Triss Merigold suspirou em voz alta. Ela já imaginava o que isso significava.

•

Vattier de Rideaux estava triste e abatido. A sua encantadora e maravilhosa amante de cabelos dourados, Cantarella, abandonou-o repentina e inesperadamente, sem dar motivos ou explicações. Para Vattier, isso foi um golpe, um golpe terrível, que fez que se sentisse mal, perdido, nervoso e avoado. Precisava ter muito cuidado, prestar muita atenção para não cair em desgraça com o imperador, não soltar nenhum disparate durante a conversa com ele. Os tempos de grandes mudanças não favoreciam os nervosos e os incompetentes.

– Já retribuímos a inestimável ajuda da Guilda dos Mercadores – disse Emhyr var Emreis, franzindo o cenho. – Já lhes demos privilégios suficientes, mais do que haviam recebido dos três imperadores anteriores juntos. Quanto a Berengar Leuvaarden, também estamos em dívida com ele, por ter ajudado a descobrir a conjuração. Foi agraciado com um cargo alto e lucrativo. Contudo, caso se mostre incompetente, será despedido e sairá de lá voando. Seria bom que ele tivesse consciência disso.

– Eu me encarregarei disso, Majestade. E o que será de Dijkstra? E desse seu misterioso informante?

– Dijkstra morrerá antes que me revele a identidade do seu informante. No entanto, valeria a pena retribuir o favor que nos caiu do céu na forma dessa informação... Mas como? Dijkstra não aceitará nada de mim.

– Por obséquio, Majestade...

– Diga.

– Dijkstra aceitará uma informação. Algo que não sabe, mas que gostaria de saber. Vossa Majestade pode agradecer oferecendo-lhe uma informação.

– Parabéns, Vattier.

Vattier de Rideaux respirou com alívio. E, ao fazê-lo, virou a cabeça. Por isso, foi o primeiro a avistar as duas damas: Stella Congreve, a condessa de Liddertal, e a moça de cabelos claros que estava ao seu serviço.

– Aproximem-se – disse, movimentando as sobrancelhas. – Vossa Majestade Imperial, permita-me lembrar... a razão do estado... o interesse do império...

– Pare – Emhyr var Emreis interrompeu-o. – Já lhe disse que vou pensar nisso. Vou repensar o assunto e tomarei a decisão. E, depois de tomá-la, eu lhe informarei o que decidi.

– Sim, Majestade.

– Algo mais? – a Chama Branca de Nilfgaard espanejou a luva nervosamente contra os quadris da nereida de mármore que ornava o pedestal do chafariz. – Por que você não se retira, Vattier?

– O assunto de Stefan Skellen...

– Não lhe concederei clemência. Morte ao traidor, mas só depois de um julgamento justo e minucioso.

– Sim, Majestade.

Emhyr nem olhou para Vattier de Rideaux, que prestou reverência e se afastou. Olhava para Stella Congreve e para a moça de cabelos claros.

"Eis o que interessa ao império", pensou. "A falsa princesa, a falsa rainha de Cintra. A falsa soberana da foz do rio Yarra, tão importante para o império. Eis que se aproxima, com os olhos abaixados, apavorada, trajando um vestido branco de seda com mangas verdes e um colar de peridotos num pequeno decote. Lá em Darn Rowan, elogiei o vestido e a escolha das joias. Stella conhece o meu gosto. Foi por isso que engalanou a bonequinha de acordo com ele. Mas o que devo fazer com ela? Tratá-la como um adorno para, digamos, servir como um enfeite de lareira?"

– Nobres senhoras – curvou-se. Fora da sala do trono, o próprio imperador também devia demonstrar respeito cortês e gentileza para com as mulheres.

As duas responderam com uma grande genuflexão e um aceno de cabeça. Afinal de contas, estavam diante de um imperador, por mais gentil que fosse.

Emhyr estava farto de seguir o protocolo. Ordenou secamente:

– Fique aqui, Stella. E você, moça, me acompanhará durante o passeio. Segure no meu braço. Com a cabeça erguida. Já chega dessas genuflexões. É apenas um passeio.

Foram andando pela aleia, por entre os arbustos e as cercas vivas verdejantes. Os guardas imperiais, soldados da brigada de guarda de elite "Impera", os famosos salamandras, permaneciam afastados, mas em permanente alerta. Sabiam quando não deviam incomodar o imperador.

Passaram o estanco, abandonado e triste. A vetusta carpa, introduzida pelo imperador Torres, morrera havia dois dias. "Introduzirei uma carpa nova, jovem, forte, brilhosa", Emhyr var Emreis pensou. "Mandarei adorná-la com um medalhão com o meu retrato e a data gravada. *Vaesse deireadh aep eigean.* Algo terminou, algo está começando. É uma nova era. Novos tempos. Que haja, diabos, uma nova carpa!"

Imerso nos seus pensamentos, quase se esqueceu da moça que segurava o seu braço. Lembrou-se dela por causa do calor que emanava, do cheiro de lírios do vale que exalava, e do interesse do império. Nessa exata sequência.

Estavam parados junto do estanco, no meio do qual havia uma ilha artificial e, nela, um jardim de rochas, um chafariz e uma estátua de mármore.

– Você sabe o que representa essa estátua?

– Sim, Vossa Majestade Imperial – ela demorou a responder. – É um pelicano que abre o próprio peito para alimentar os seus filhos. É a alegoria do nobre sacrifício. Assim como...

– Pode falar, sou todo ouvidos.

– Assim como a de um grande amor.

– Você acha que essa é a razão pela qual o peito rasgado dói menos? – falou, cerrando os lábios e fazendo que ela se virasse para ele.

– Não sei... Majestade... Eu... – ela gaguejou.

Pegou a mão dela. Sentiu-a estremecer. O tremor percorreu a mão, o braço e o ombro da moça. Ele falou:

– O meu pai era um grande soberano, mas nunca se ateve aos mitos e às lendas, nunca teve tempo para estudá-los e sempre os confundia. Lembro até hoje que, todas as vezes que vinha aqui comigo, dizia que a estátua representava um pelicano ressurgindo das cinzas. Poxa, moça, pelo menos sorria quando o imperador conta uma piada. Obrigado. Já está melhor. Ficaria triste se achasse que você não está contente passeando aqui comigo. Olhe nos meus olhos.

– Estou contente... por poder estar aqui... com Vossa Majestade. Sei que é uma honra para mim... e uma grande alegria. Alegro-me...

– É mesmo? Ou será que é apenas uma louvação cortês, ou a etiqueta, a boa escola de Stella Congreve? Ou talvez uma frase que Stella mandou você decorar? Confesse, moça.

Ela permanecia calada e com os olhos abaixados.

– Seu imperador lhe fez uma pergunta – Emhyr var Emreis repetiu. – E, quando o imperador pergunta, ninguém deve se atrever a permanecer calado. Obviamente, tampouco a mentir.

– Estou realmente... estou realmente contente, Majestade – ela disse em tom melodioso.

– Acredito! Acredito, embora ache estranho – Emhyr falou após um momento.

– Eu também... eu também acho estranho – ela sussurrou.

– Como? Não tenha medo, por favor.

– Gostaria de poder... passear com mais frequência... e conversar. Mas entendo... entendo que é impossível.

– Você entende bem – ele mordeu os lábios. – Os imperadores governam um império, mas existem duas coisas que não podem governar: o seu coração e o seu tempo. Ambos pertencem ao império.

– Sei disso, sei muito bem – ela sussurrou.

– Não ficarei muito tempo aqui – ele disse após um momento de um silêncio carregado. – Preciso ir para Cintra, honrar pessoalmente a cerimônia de firmação da paz. Você, no entanto, voltará a Darn Rowan... Erga a cabeça, moça. Ah, não. Já é a segunda vez que você funga na minha presença. E o que é isso nos seus olhos? Lágrimas? São graves infrações da etiqueta. Precisarei demonstrar à condessa de Liddertal o meu profundo descontentamento. Pedi para você levantar a cabeça.

– Por favor, Majestade... perdoe a senhora Stella... A culpa é minha, só minha. A senhora Stella ensinou-me... e preparou-me bem.

– Percebi, e reconheço isso. Não se preocupe, Stella Congreve não cairá em desgraça. Jamais correu o risco de cair em desgraça. Apenas brinquei com você. Mas eu me excedi um pouco.

– Percebi – a moça sussurrou, pálida, apavorada com a sua audácia. Mas Emhyr apenas soltou uma risada, um tanto falsa, e falou:

– Prefiro você assim. Acredite em mim. Ousada como...

Cortou. "Como a minha filha", pensou. O sentimento de culpa sacudiu-o como a mordida de um cão.

A moça não abaixava o olhar. "Isto não é apenas obra de Stella", Emhyr pensou. "Ela realmente é assim. Apesar das aparências, é um diamante difícil de ser arranhado. Não, não permitirei que Vattier mate esta criança. Cintra e o interesse do Império são um assunto, e este é outro que parece ter uma única, sensata e honrosa solução."

– Me dê a sua mão.

Foi uma ordem proferida em tom grave e severo. No entanto, não podia resistir à sensação de que tinha sido cumprida de boa vontade, sem ser forçada.

A mão dela era pequena e fria, mas já não tremia.

– Qual é o seu nome? Só não me diga que é Cirilla Fiona.

– Cirilla Fiona.

– Tenho vontade de castigá-la, moça, severamente.

– Eu sei, Majestade. Mereço ser castigada. Mas eu... preciso ser Cirilla Fiona.

– Eu poderia pensar que você se arrepende por não ser – disse sem soltar a mão dela.

– Arrependo-me, sim, arrependo-me por não ser – sussurrou.

– É realmente verdade?

– Se eu fosse... a verdadeira Cirilla... o imperador seria mais benevolente comigo. No entanto, eu sou apenas uma falsificação, uma imitação, uma sósia que não é digna de nada, nada...

Virou-se bruscamente, agarrou os braços dele, e imediatamente os soltou. Recuou, dando um passo para trás.

– Você deseja a coroa? O poder? As honras? O esplendor? O luxo? – ele falava baixo e rápido, fingindo que não notava que a moça meneava a cabeça, num brusco gesto de negação.

Parou e respirou fundo. Fingiu não notar que a moça continuava a menear a cabeça abaixada, negando as acusações injustas, talvez até mais injustas por não terem nenhuma base.

Respirou fundo e profusamente.

– Você sabe, pequena mariposa, que aquilo que você está vendo à sua frente é uma chama?

– Sei, Majestade.

Ficaram em silêncio por um longo momento. De repente, o cheiro da primavera fez que ambos ficassem aturdidos. Por fim, Emhyr falou surdamente:

– Ser imperatriz, apesar das aparências, não é tarefa fácil. Não sei se serei capaz de amá-la.

Ela acenou com a cabeça, confirmando que tinha consciência disso também. Ele viu uma lágrima escorrer pelo seu rosto. Como naquele dia, no castelo de Stygga, sentiu o frio caco de vidro preso no seu coração estremecer. Abraçou-a com força, pressionando-a contra o seu peito, e alisou os seus cabelos, que cheiravam a lírios do vale. Falou com uma voz que não parecia a sua:

– Coitadinha... Minha pequena, minha razão do Estado.

•

Em toda Cintra, os sinos dobravam solene, profunda e imponentemente. Mas também de uma forma estranhamente fúnebre.

"Uma beleza incomum", o hierarca Hemmelfart pensou, olhando, junto aos demais, o retrato pendurado na parede, do mesmo tamanho dos outros, que mediam no mínimo meia braça por uma braça. "Uma estranha beleza. Aposto a minha cabeça que é uma mestiça e que em suas veias corre o maldito sangue élfico."

"Bonita", Foltest pensou. "Mais bonita do que na miniatura que os agentes do serviço secreto me mostraram. Mas todos sabem que os retratos normalmente fazem a pessoa parecer mais bonita do que realmente é."

"Não parece nem um pouco com Calanthe", Meve pensou. "Tampouco com Roegner, ou com Pavetta... Hummm... corria um boato... Mas, não, seria impossível. Deve ter o sangue real, é a legítima soberana de Cintra. Deve ter. A razão do Estado exige isso, assim como a história."

"Não é a mesma moça que eu via nos meus sonhos", pensou Esterad Thyssen, rei de Kovir, recém-chegado a Cintra. "Com certeza não é ela. Mas não comentarei isso com ninguém. Guardarei isso para mim e para a minha Zuleyka. Junto com a minha Zuleyka, decidiremos como usar as informações que os nossos sonhos nos providenciaram."

"Faltou pouco para essa Ciri se tornar minha esposa", pensou Kistrin de Verden. "Eu me tornaria, então, o príncipe de Cintra e, de acordo com o costume, herdaria o trono... Mas provavelmente morreria como Calanthe. Foi bom, foi muito bom ela ter fugido de mim."

"Nem por um segundo acreditei na história do grande amor à primeira vista", pensou Shilard Fitz-Oesterlen. "Sequer por um instante. Mesmo assim, Emhyr casa-se com essa moça. Recusa a possibilidade de fazer as pazes com os duques e, em vez de esposar uma das duquesas nilfgaardianas, casa-se com Cirilla de Cintra. Por quê? Para dominar esse pequeno e miserável paisinho do qual metade, ou até mais do que isso, teria conseguido para o império durante as negociações? Para dominar a foz do Jaruga, que já está tomada pelas companhias de comércio marítimo de

Nilfgaard, Novigrad e Kovir? Não entendo nada dessa razão de Estado, absolutamente nada. Suspeito que não me disseram tudo."

"As feiticeiras", Dijkstra pensou. "É obra das feiticeiras. Mas deixe estar. Aparentemente, estava escrito que Ciri se tornaria a rainha de Cintra, esposa de Emhyr e imperatriz de Nilfgaard. Assim determinou o destino, o fado."

"Que assim seja", Triss Merigold pensou. "Que fique assim. Está bem assim. Ciri estará segura agora. Eles se esquecerão dela. Finalmente a deixarão em paz."

Afinal, o retrato foi pendurado no devido lugar e os serviçais que o fixaram lá se retiraram, levando as escadas.

Numa longa fileira de escurecidos e empoeirados retratos dos soberanos de Cintra, atrás da coleção dos Cerbin e Coram, atrás de Corbett, Dagorad e Roegner, da orgulhosa Calanthe, da melancólica Pavetta, estava o último retrato da atual monarca. Nele aparecia a imagem da soberana que reinava com benevolência, sucessora ao trono e portadora do sangue real.

Era o retrato de uma moça esbelta, de cabelos claros e olhar triste, trajando um branco vestido com mangas verdes.

Cirilla Fiona Elen Riannon.

A rainha de Cintra e a imperatriz de Nilfgaard.

"É o destino", Filippa Eilhart pensou, sentindo o olhar de Dijkstra fixado nela.

"Pobre criança", Dijkstra pensou, olhando para o retrato. "Provavelmente imagina que as suas preocupações e os seus infortúnios já estão chegando ao fim. Pobre criança."

Os sinos de Cintra dobraram, espantando as gaivotas.

•

– Pouco depois de encerrar as negociações e firmar a paz de Cintra – o peregrino retomou a sua história –, organizou-se uma animada celebração em Novigrad, uma festa que durou alguns dias e que culminou com um enorme e solene desfile dos exércitos. Esse dia, o primeiro de uma nova era, foi verdadeiramente excepcional...

– Devemos entender que o senhor esteve presente nesse desfile? – o elfo perguntou com sarcasmo.

– Na verdade, eu me atrasei um pouco. – O peregrino, evidentemente, não era uma pessoa que ficasse incomodada com o sarcasmo. – O dia, como disse, estava lindo. Desde o alvorecer, parecia que seria assim.

•

Vascoigne, o comandante do forte Drakenborg, até pouco tempo antes o vice-comandante para assuntos políticos, fustigou nervosamente o cano da bota com um chicote.

– Mais rápido – apressou. – Há mais pessoas esperando! Depois dessa paz firmada em Cintra, estamos cheios de trabalho aqui!

Os algozes se afastaram depois de colocar o nó de forca. Vascoigne fustigou o cano da bota com o chicote e disse secamente:

– Se algum de vocês tiver algo para dizer, esta é a última oportunidade.

– Viva a liberdade! – falou Cairbre aep Diared.

– O processo foi tendencioso – afirmou Orestes Kopps, saqueador, ladrão e assassino.

– Que se danem! – resmungou Robert Pilch, desertor.

– Digam ao senhor Dijkstra que me arrependo – declarou Jan Lennep, um agente condenado por corrupção e ladroagem.

– Eu não queria... realmente não queria – soluçou Istvan Igalffy, ex-comandante de um forte, destituído do cargo e julgado pelos excessos cometidos com as prisioneiras, vacilando sobre um toco de bétula.

O sol, que cegava como o ouro derretido, explodiu sobre a paliçada do forte. Os postes das forcas projetavam no chão suas longas sombras. Um novo dia ensolarado nascia em Drakenborg. Era o primeiro dia de uma nova era.

Vascoigne fustigou o cano da bota com o chicote, ergueu e abaixou a mão.

Os tocos foram retirados, com um pontapé, de debaixo das pernas dos condenados.

•

Todos os sinos de Novigrad dobraram. Os profundos gemidos dos enforcados ecoaram rebatidos pelos telhados, pelas mansardas dos sobrados dos comerciantes, e se desvaneceram pelas ruelas. Os rojões e os fogos de artifício explodiram no alto. A multidão vozeirava, aclamava, lançava flores, gorros, acenava com lenços, véus, flâmulas, inclusive com calças.

– Viva a Companhia Livre!

– Viiivaaa!

– Viva os condotieros!

Lorenzo Molla prestou continência à multidão e mandou um beijo para as belas burguesas.

– Se pagarem com o mesmo entusiasmo com que nos aclamam, ficaremos ricos! – gritou acima da multidão.

– Que pena... que pena que Frontino não chegou para ver... – Julia Abatemarco falou com a garganta apertada.

Pela rua principal da cidade, andavam a passo calmo Julia, Adam "Adieu" Pangratt e Lorenzo Molla, à frente da companhia vestida de gala, em perfeita formação de quatro, alinhados com tanta exatidão que nenhum dos cavalos reluzentes, de tão limpos e escovados que estavam, avançava nem uma polegada. Os cavalos dos condotieros eram iguais aos seus cavaleiros: calmos e orgulhosos, não se assustavam com as aclamações e os gritos da multidão. Reagiam às guirlandas e flores jogadas na sua direção apenas meneando as suas cabeças ligeiramente, de maneira quase imperceptível.

– Viva os condotieros!

– Viva "Adieu" Pangratt! Viva "Doce Pateta"!

Julia enxugou uma lágrima furtivamente, apanhando no voo um cravo lançado pela multidão, e disse:

– Nem sequer sonhei... com tamanho triunfo... Que pena que Frontino...

– Você é romântica, você se emociona, Julia – Lorenzo Molla sorriu.

– Claro que me emociono. Atenção! Olhem para a esquerda! Olhem!

Entesaram-se nas selas e viraram as cabeças para as tribunas e os tronos e sólios nelas expostos. "Foltest está aí", Julia pensou.

“Aquele homem barbudo deve ser Henselt de Kaedwen, e aquele bonitão é Demawend de Aedirn... Aquela matrona deve ser a rainha Hedwig... e o moleque sentado a seu lado é o príncipe Radowid, o filho daquele rei assassinado... Coitado do garoto...”

– Viva os condotieros! Viva Julia Abatemarco! Viva “Adieu” Pangratt! Viva Lorenzo Molla!

– Viva o condestável Natalis!

– Viva os reis Foltest, Demawend, Henselt, viva!

– Viva o senhor Dijkstra! – rugiu algum puxa-saco.

– Viva Sua Santidade! – clamaram por entre a multidão alguns aclamadores de aluguel.

Cyrus Engelkind Hemmelfart, o hierarca de Novigrad, levantou-se, ergueu as mãos e saudou a multidão e o exército que desfilava, virado de costas, de uma maneira pouco elegante, para a rainha Hedwig e o jovem Radowid, escondendo-os com as abas da sua larga vestimenta.

“Ninguém gritará: ‘Viva Radowid’”, pensou o príncipe tapado com o copioso traseiro do hierarca. “Ninguém olha para mim. Ninguém clama à honra da minha mãe, nem se lembra do meu pai e aclama a sua fama hoje, no dia do triunfo, no dia da concórdia e da aliança, para a qual meu pai tanto contribuiu. Foi por isso que o assassinaram.”

Sentiu um delicado olhar na nuca, algo que parecia desconhecer, ou conhecia, mas apenas em sonhos. Algo que parecia um roçar de lábios macios e quentes de uma mulher. Virou a cabeça e viu os escuros olhos abismais de Filippa Eilhart.

“Esperem”, o príncipe pensou, virando o olhar. “Esperem para ver.”

Ninguém naquele momento podia prever que esse rapaz de treze anos, um indivíduo sem nenhuma importância num país governado pelo Conselho de Regência e por Dijkstra, seria rei. Um rei que, depois de vingar todas as ofensas que ele próprio e a sua mãe sofreram, passaria para a história como Radowid V, o Cruel.

A multidão aclamava, lançando flores que formavam um tapete sobre o qual os cavalos pisavam.

•

– Julia?

– O que houve, Adam?

– Case-se comigo. Quero que você seja a minha esposa.

A Doce Pateta demorou a responder, recuperando-se do espanto. A multidão aclamava. O hierarca de Novigrad, suado, arfando como um enorme e gordo siluro, abençoava da tribuna os burgueses que participavam do desfile, a cidade e o mundo.

– Mas você está casado, Adam Pangratt!

– Estou separado. Vou me divorciar.

Julia Abatemarco não respondeu. Virou a cabeça. Sentia-se surpreendida e constrangida, e também muito feliz, sem saber por quê.

A multidão aclamava e lançava flores. Os rojões e os fogos de artifício rebentavam com estrondo, soltando fumaça. Os sinos de Novigrad ressoavam, gemendo.

•

"É uma mulher", Nenneke pensou. "Quando a mandei para essa guerra, era apenas uma moça. Voltou uma mulher segura e consciente de si mesma, calma e disciplinada. Exala feminilidade. Ganhou essa guerra. Não deixou que a guerra a abalasse."

– Debora morreu de tifo no acampamento em Mayena. Prune afogou-se no Jaruga quando o barco virou com os feridos. Myrrha foi morta pelos elfos, Esquilos, durante um assalto no hospital de campo em Armeria... Katje... – Eurneid continuava a enumerar em voz baixa, mas confiante.

– Fale, minha filha – Nenneke apressou-a delicadamente.

– Katje conheceu no hospital um nilfgaardiano ferido – Eurneid pigarreou. – Depois da firmação da paz e da troca dos prisioneiros, seguiu com ele para Nilfgaard.

– Sempre falei que o amor não conhece limites ou barreiras – a corpulenta sacerdotisa suspirou. – E o que aconteceu com Iola Segunda?

– Está viva. Está em Maribor – Eurneid apressou-se a dar explicações.

– E por que não volta?

A noviça abaixou a cabeça e falou em voz baixa:

– Ela não voltará para o templo, mãe. Está no hospital do senhor Milo Vanderbeck, aquele cirurgião metadílio. Disse que queria tratar as pessoas e que se dedicaria somente a isso. Perdoe-a, mãe Nenneke.

– Eu, perdoar? Tenho é muito orgulho dela – a sacerdotisa bufou.

•

– Você se atrasou – Filippa Eilhart sibilou. – Você se atrasou para a cerimônia da qual participam os reis. Por todos os diabos, Sigismund, a sua arrogância no que diz respeito ao protocolo já é tão conhecida que você não precisa ostentá-la desse modo, sobretudo num dia como o de hoje...

– Tive os meus motivos. – Dijkstra reagiu com uma reverência ao olhar da rainha Hedwig e ao erguer das sobrancelhas do hierarca de Novigrad. Notou o franzir do cenho do sacerdote Willemer e uma expressão de desdém no seu semblante, digno de ser cunhado em moedas do rei Foltest.

– Preciso falar com você, Fil.

Filippa contraiu as sobrancelhas.

– A sós, decerto?

– Seria preferível. – Dijkstra sorriu levemente. – No entanto, se você achar conveniente, aceitarei fazê-lo na presença de outras pessoas. Por exemplo, das belas senhoras de Montecalvo.

– Fale mais baixo – a feiticeira sibilou com um sorriso nos lábios.

– Quando estará disposta a me conceder audiência?

– Vou pensar e o informarei. Agora me deixe em paz. É uma celebração solene, uma grande festa. Entenda isto como um lembrete, caso tenha esquecido.

– Uma grande festa?

– Estamos no limiar de uma nova era, Dijkstra.

O espião deu de ombros.

A multidão aclamava. Os fogos de artifício estouravam no céu. Os sinos de Novigrad dobravam em triunfo, anunciando a glória. No entanto, ressoavam de uma maneira estranhamente fúnebre.

•

– Segure as rédeas, Jarre – pediu Lucienne. – Estou com fome, vou comer alguma coisinha. Passe-me a correia, vou amarrá-la na sua mão. Eu sei, é difícil você segurá-la com uma mão só.

Jarre sentiu o seu rosto corar de vergonha e humilhação. Ainda não havia se acostumado. Ainda tinha a impressão de que o mundo inteiro só fitava o seu cotoco e a manga dobrada e costurada, que pensava apenas em ver a mutilação para compadecer-se hipocritamente do aleijado e sentir uma falsa pena dele, embora no fundo da alma o desprezasse, visse como algo que perturbava a agradável harmonia de uma maneira desagradável só pelo fato de existir desagradável e impertinentemente, só pelo fato de se atrever a existir.

Lucienne, era preciso admitir, nessa questão destacava-se do restante das pessoas. Não fingia que não via, nem tinha a manha de prestar ajuda de uma maneira humilhante ou de sentir uma pena ainda mais humilhante. Jarre estava quase achando que a carroceira de cabelos claros o tratava de maneira natural. Mas afastava essa ideia, não a aceitava, já que ele não conseguia tratar a si próprio de um modo normal.

A carroça que levava os mutilados de guerra rangia e chiava. Após uma curta temporada de chuvas, veio o calor. Os buracos que se formaram sob o peso dos comboios dos carros do exército secaram e endureceram, transformando-se em cristas, arestas e corcundas de formas fantásticas pelas quais precisava passar o veículo puxado por quatro cavalos. Nos buracos maiores, o veículo saltava, trincava, a carroça balançava feito um navio durante uma tempestade no mar. Nessas horas, os soldados mutilados, a maioria com as pernas amputadas, xingavam, proferiam rebuscados e obscenos palavrões. Lucienne, para não cair, encostava-se a Jarre e abraçava-o, compartilhando com generosidade o seu calor mágico, uma estranha maciez e excitante mistura de cheiro de cavalos, correias, feno, aveia e do intenso suor de uma adolescente.

A carroça passou por mais um obstáculo. Jarre apertou as rédeas enroladas no punho. Lucienne, mordiscando alternadamente o pão e a linguiça, encostou-se ao seu lado. Viu o seu medalhão de latão e aproveitou-se traiçoeiramente do fato de que uma das suas mãos estava ocupada com as rédeas:

– Opa! Você também foi enganado? É um amuleto relicário? Foi um espertalhão que inventou essas quinquilharias. Nesta guerra ele era muito procurado, só perdia para a vodca. Vamos ver o nome da moça que aparece gravado dentro...

– Lucienne... – Jarre ficou rubro como um caruru-de-cacho. Pareceu que as suas bagas estavam prestes a arrebentar e soltar sangue. – Preciso lhe pedir... que não abra... Perdoe-me, mas é um objeto pessoal. Não queria magoá-la, mas...

A carroça saltou, Lucienne encostou-se a ele e Jarre ficou calado.

– Ci... ril... la – a carroceira articulou o nome com dificuldade, surpreendendo Jarre, que não suspeitava que uma moça do campo possuísse tais habilidades.

– Ela não se esquecerá de você. – Fechou o medalhão, soltou a corrente e olhou para o rapaz. – Essa Cirilla, obviamente, amou de verdade. Os feitiços e os amuletos são uma bobagem. Se ela amou de verdade, então não se esqueceu de você, manteve-se fiel, esperou.

– Esperou por isto? – Jarre levantou o cotoco.

A moça semicerrou os olhos, azuis como centáureas, e repetiu com firmeza:

– Se ela amou de verdade, espera por você, e o resto não tem importância. Eu sei dessas coisas.

– Você é tão experiente nessa matéria?

– Não é da sua conta – foi a vez de Lucienne rubejar levemente – que experiência tenho e como a ganhei. E não pense que eu sou uma daquelas moças que, com um simples aceno, estão prontas para algum tipo de experiência por entre o feno. Mas não sou burra, não. Quando se ama um homem, se ama por completo, e não por partes, mesmo quando lhe falta uma.

A carroça saltou.

– Você está simplificando muito – Jarre falou com os dentes cerrados, inspirando com avidez o cheiro da moça. – Você está simplificando e idealizando muito, Lucienne. Você se esquece de um pequeno detalhe: o fato de um homem estar inteiro influi na sua capacidade de sustentar a sua mulher e a sua família. Um aleijado não possui essa capacidade...

– Hã! – interrompeu-o grosseiramente. – Não venha choramingar no meu colo. Os negros não arrancaram a sua cabeça, e você é um cabeção. Você trabalha com a cabeça. O que está olhando? Posso ser da roça, mas tenho olhos e ouvidos aguçados o suficiente para notar um pequeno detalhe como a maneira de alguém se expressar de modo verdadeiramente culto e senhoril. Além disso...

Abaixou a cabeça, tossiu. Jarre também tossiu. A carroça saltou. A moça terminou:

– Além disso, ouvi aquilo que os outros falavam, que você é escritor e sacerdote de um templo. Por isso mesmo, você próprio percebe que essa mão... pft... é uma besteira, nada mais.

A carroça já não saltava havia algum tempo, mas parecia que Jarre e Lucienne não tinham percebido, e nem sequer estavam preocupados com isso. A moça falou após um longo momento:

– Parece que eu tenho sorte com os estudiosos. Havia um rapaz... muito tempo atrás... que corria atrás de mim... Sabia muito, havia estudado em academias, dava para perceber só pelo nome dele.

– E qual era o nome dele?

– Semester.

– Ei, moça! – o soldado Derkacz, malicioso e ranzinza, ferido na batalha de Mayena, falou atrás deles. – Fustigue, moça, a garupa desses capões. Essa sua carroça está se arrastando que nem uma lesma!

– Pois é... – outro aleijado acrescentou, coçando o cotoco que aparecia debaixo da barra da calça dobrada, coberto com o tecido brilhoso da cicatriz. – Já estou farto deste ermo, e com saudade de uma taberna. Confesso que estou com uma enorme vontade de tomar uma cerveja. Não se pode apressar o passo?

– Sim, pode-se, sim. – Lucienne virou-se no banco. – Mas, se a carroça ou a roda quebrarem por causa de um torrão, vocês vão ter que beber a água da chuva ou a seiva de bétula por uma ou duas semanas, à espera de resgate. Vocês não vão conseguir andar sem ajuda, e eu não vou poder carregá-los.

– Que pena! – Derkacz abriu a boca num largo sorriso, deixando os dentes à mostra. – Pois eu passo as noites sonhando que você me carrega nas costas, isto é, por trás. Eu gosto assim. E você, moça?

– Seu pé-rapado capenga! Seu cretino fedorento! Seu... – Lucienne gritou.

Ao ver os rostos de todos os aleijados sentados na carroça cobrirem-se de uma palidez mortiça, cadavérica, parou.

– Mamãe... Estávamos tão perto de casa... – um deles soluçou.

– Estamos lascados – Derkacz falou em voz baixa e desprovida de emoções. Simplesmente constatou um fato.

"E diziam", Jarre pensou, "que já não havia os Esquilos, que todos já tinham sido mortos e que, segundo diziam, a questão élfica estava solucionada."

Eram seis cavaleiros. No entanto, depois de uma olhada mais atenta, perceberam que havia seis cavalos e oito cavaleiros, já que dois dos corcéis carregavam um par de ginetes. O passo deles era rígido e sem ritmo. Andavam com as cabeças muito inclinadas e pareciam muito fracos.

Lucienne suspirou em voz alta.

Os elfos aproximaram-se. Pareciam ainda mais fracos do que os cavalos.

Nada sobrou do seu orgulho, da sua soberba, da sua carismática e elaborada singularidade. A vestimenta deles, normalmente bela e elegante, até no caso dos guerrilheiros dos comandos, estava suja, rasgada, manchada. Os cabelos deles, o seu orgulho e a sua característica, estavam arrepiados, emaranhados, cobertos por uma sujeira pegajosa e sangue coagulado. Os seus enormes olhos, na maioria das vezes presunçosamente desprovidos de alguma expressividade, pareciam um abismo de pânico e desespero.

Nada sobrou da sua singularidade. A morte, o pavor, a fome e os maus-tratos fizeram que se tornassem comuns, muito comuns. Deixaram inclusive de despertar medo.

Por um momento, Jarre pensou que passariam por eles e desapareceriam na floresta do outro lado sem lançar nem um olhar para a carroça ou para os seus passageiros, que deixariam atrás de si apenas esse horrível, repugnante odor que nada tinha a ver com o cheiro dos elfos, um odor que Jarre conhecia muito bem dos hospitais de campo. Era o odor de pobreza, urina, sujeira, feridas abertas.

Os elfos passaram por eles sem olhar. Mas nem todos. Uma elfa de longos cabelos grudados com sangue coagulado parou seu cavalo junto da carroça. Montava inclinada desajeitadamente na sela, protegendo a mão com a tipoia ensanguentada em volta da qual zuniam e revoavam moscas. Um dos elfos virou-se para ela e disse:

– Toruviel! *En'ca digne, luned.*

Num instante Lucienne percebeu do que se tratava, percebeu o que a elfa olhava. Era uma moça do campo, desde criança acostumada com a visão de um roxo e inchado espectro, a imagem da fome que se escondia atrás da quina do casebre, por isso reagiu instintiva e infalivelmente. Estendeu um pão na direção da elfa.

– *En'ca digne,* Toruviel – o elfo repetiu. De todo o comando, era o único que trazia na manga rasgada do casaco empoeirado o distintivo de raios prateados da brigada "Vrihedd".

Os aleijados na carroça, até então paralisados, imóveis, de repente estremeceram, como se tivessem sido reavivados por um feitiço mágico. Nas suas mãos, que estenderam na direção dos elfos, apareceram, como se por um efeito mágico, pedaços de pão, barras de queijo, nacos de salo e linguiça.

E os elfos, pela primeira vez em um milênio, estenderam as mãos na direção dos humanos.

Lucienne e Jarre foram as primeiras pessoas que viram uma elfa chorar, engasgar soluçando. Ela não tentou enxugar as lágrimas que escorriam pelo seu rosto sujo, desmentindo a afirmação de que os elfos não tinham glândulas lacrimais.

– *En'ca... digne* – o elfo com os raios na manga repetiu com voz trêmula. Depois estendeu a mão para receber o pão de Derkacz.

– Obrigado! Agradeço, humano! – disse com uma voz rouca, esforçando-se para ajustar a língua e os lábios a uma língua estrangeira.

Passado algum tempo, ao perceber que já podiam seguir, Lucienne incitou os cavalos estalando a língua e sacudindo as rédeas. A carroça rangia e trincava. Todos permaneciam em silêncio.

Caía a tarde quando a estrada se encheu de cavaleiros armados, comandados por uma mulher de cabelos muito brancos e curtos, com um rosto zangado e feroz afeado por cicatrizes. Uma delas atravessava a bochecha a partir da têmpora e ia até o canto da boca; outra contornava a cavidade ocular, delineando-a com um semicírculo. A mulher não tinha boa parte da aurícula direita, e o seu braço esquerdo, abaixo do cotovelo, terminava com um invólucro de couro e um gancho de latão no qual estavam enganchadas as rédeas.

A mulher fitava-os com um olhar raivoso, que expressava um ardente desejo de vingança. Perguntou pelos elfos, os Scoia'tael, terroristas, fugitivos, restos de um comando derrotado havia dois dias.

Jarre, Lucienne e os aleijados desviaram o olhar da mulher manca de cabelos brancos e disseram, num balbucio, que não haviam encontrado nem visto ninguém.

"Mentem", pensou Rayla Branca, aquela que já havia sido Rayla Negra. "Mentem, sei disso. Mentem porque sentem pena. Mas isso não tem importância. Eu, Rayla Branca, desconheço esse sentimento."

•

– Hurra! Viva os anões! Viva Barclay Els!

– Vivaaaa!

O calçamento de paralelepípedos ressoava com o estrondo produzido pelas botas ferradas dos veteranos da Unidade Voluntária. Os anões marchavam na sua formação habitual, em filas de cinco, e o seu estandarte com martelos esvoaçava sobre a coluna.

– Viva Mahakam! *Vivant* os anões!

– Glória e fama para eles!

De repente, alguém riu no meio da multidão. Algumas outras pessoas o acompanharam. E num instante todos caíram numa gargalhada.

– É uma ofensa... é um escândalo... é imperdoável... – o hierarca de Novigrad Hemmelfart arfou.

– Abomináveis desumanos – o sacerdote Willemer sibilou.

– Finjam que não estão vendo – Foltest aconselhou tranquilamente.

– Não deveriam tê-los privado da subsistência, nem ter-lhes recusado provisões – Meve falou em tom ácido.

Os oficiais anões mantiveram a seriedade e a postura, empertigaram-se diante da tribuna e prestaram continência. Os suboficiais e soldados da Unidade Voluntária, no entanto, expressaram o seu descontentamento com os cortes no orçamento ordenados pelos reis e pelo hierarca. Alguns deles, ao passar pela tribuna, mostravam aos reis o braço dobrado, outros faziam o segundo dos seus gestos preferidos: colocavam o punho com o dedo médio teso e apontado para cima, o que, nos círculos acadêmicos, era conhecido como *digitus infamis*, mas entre a plebe recebia outro nome, mais vulgar. Os rostos corados dos reis e do hierarca comprovavam o fato de que conheciam as duas denominações.

– Não deveríamos ter sido tão muquiranas com eles para não ofendê-los. É uma naçãozinha arrojada – Meve respetiu.

•

O uivador de Elskerdeg ululou, e a ululação se transformou em um canto macabro. Ninguém, entre aqueles que estavam sentados junto à fogueira, virou a cabeça.

Boreas Mun foi o primeiro a falar, após um longo silêncio:

– O mundo mudou. A justiça foi feita.

– Bom, talvez esteja exagerando na questão da justiça – o peregrino esboçou um leve sorriso. – Contudo, eu concordaria com o fato de que o mundo se adequou à lei básica da física.

– Interessante... Será que estamos falando da mesma lei? – o elfo disse, arrastando as sílabas.

– A toda ação corresponde uma reação – o peregrino afirmou.

O elfo bufou, mas de uma maneira bastante gentil.

– Ponto para você, homem.

•

– Stefan Skellen, filho de Bertram Skellen, você que foi o legista imperial, faça o favor de se levantar. O Supremo Tribunal do

Eterno Império, pela graça do Sol Grandioso, declara-o culpado dos crimes e atos ilícitos cometidos dos quais foi acusado. Foram eles: alta traição e participação em uma conjuração que visava atentar criminalmente contra a ordem legal do império, assim como contra a própria pessoa da Sua Majestade Imperial. A sua culpa, Stefan Skellen, foi confirmada e comprovada, e o Tribunal não encontrou circunstâncias atenuantes. Sua Majestade Imperial não fez uso da faculdade de clemência.

Stefan Skellen, filho de Bertram Skellen! Da sala de audiências, você será levado para a Citadela, de onde será retirado no devido tempo. Sendo um traidor, não é digno de pisar a terra do império, portanto será colocado sobre uma grade de madeira e arrastado por cavalos para a Praça do Milênio. Sendo um traidor, não é digno respirar o ar do Império, portanto será enforcado na Praça do Milênio, pela mão do algoz, e suspenso pelo pescoço entre o céu e a terra, e assim permanecerá até morrer. O seu corpo será queimado, e as cinzas serão espalhadas pelos quatro cantos.

Stefan Skellen, filho de Bertram, traidor. Eu, o presidente do Supremo Tribunal do Império, ao condená-lo, profiro pela última vez o seu nome. Que a partir deste momento ele seja esquecido!

•

– Consegui! Consegui! – o professor Oppenhauser gritou ao entrar com ímpeto no decanato. – Consegui, senhores! Até que enfim! Finalmente consegui! Isso funciona mesmo! Gira! Funciona! Isso funciona!

– É mesmo? – Jean La Voisier, professor de química, chamado pelos alunos de Carbodorento, perguntou grosseira e ceticamente. – Não pode ser! E o que será que funciona?

– O perpétuo arado de aiveca cilíndrica! Uma espécie de moto-contínuo!

– Um coito contínuo? – interessou-se Edmund Bumbler, um vetusto professor de zoologia. – É mesmo? Não está exagerando, estimado colega?

– Nem um pouco! – Oppenhauser vozeirou e deu um salto de bode. – Nem um pouquinho! Funciona! Ele funciona! Eu o pus em movimento e funcionou! Funciona sem parar! Continuamente! Eternamente! Para sempre! Não há palavras para descrevê-lo, caros colegas, é preciso vê-lo com os próprios olhos! Venham até o meu laboratório! Andem!

– Estou tomando café – Carbodorento protestou, mas a sua contestação foi abafada pela algazarra e por um excitado alvoroço que tomou conta de todos. Os professores, magistrados e bacharelados vestiram, às pressas, as capas e delias sobre as togas e correram para a saída, guiados por Oppenhauser, que gritava e gesticulava sem parar. No entanto, Carbodorento despediu-se deles com um *digitus infamis* e voltou a ocupar-se do seu pão com patê.

O grupo de estudiosos, ao qual durante a marcha se incorporaram novos indivíduos, ansiosos para ver o fruto de um esforço que consumiu trinta anos da vida de Oppenhauser, percorreu vigorosamente a distância que os separava do laboratório do famoso físico. Já estavam prestes a abrir as portas quando a terra tremeu, perceptivelmente, fortemente, até poderosamente.

Foi um abalo sísmico, um de uma série de abalos provocados pela destruição do castelo de Stygga, o esconderijo de Vilgefortz, pelas feiticeiras. A onda sísmica percorreu entre o distante Ebbing e Oxenfurt.

Uma dezena de vidraças do vitral no frontão da Catedral das Belas-Artes caiu tinindo. Riscado com palavras obscenas, o busto do primeiro reitor da universidade, Nicodemus de Boot, caiu do pedestal. Uma caneca com uma infusão de ervas que Carbodorento ingeria, junto com o pão com patê, caiu da mesa. No parque, Albert Solpietra, estudante do primeiro ano de Física, caiu de um plátano em que havia subido para impressionar as estudantes de medicina.

E a máquina de movimento perpétuo do professor Oppenhauser, seu lendário arado infindável, remexeu-se mais uma vez e parou. Para sempre. E nunca mais voltou a se mexer.

•

– Viva os anões! Viva Mahakam!

"Que alvoroço é esse, que bandos são esses?", pensou o hierarca Hemmelfart, abençoando o desfile com a mão trêmula.

"Quem está sendo aclamado? Os condotieros corruptos, os anões obscenos? Que autoridades esquisitas são essas? Quem, afinal de contas, ganhou essa guerra, nós ou eles? Pelos deuses, é preciso chamar a atenção dos reis para essas coisas. Quando os historiadores e escritores começarem a trabalhar, será preciso censurar suas escritas. Os mercenários, bruxos, sicários, desumanos e quaisquer outros elementos suspeitos devem desaparecer das crônicas da história da humanidade. O nome deles deve ser riscado, borrado. Não se pode escrever nada sobre eles, sequer uma palavra.

"E nem uma palavra sobre ele", pensou, cerrando os lábios e olhando para Dijkstra, que observava o desfile com uma cara nitidamente entediada.

"Será preciso", o hierarca pensou, "dar ordens aos reis em relação a esse Dijkstra. A sua presença é um insulto para pessoas decentes. É um ímpio safardana. Que desapareça sem deixar nenhum vestígio! E que seja esquecido!"

•

"Está muito enganado, seu suíno tartufo purpúreo", Filippa Eilhart pensou, lendo facilmente os buliçosos pensamentos do hierarca. "Queria governar, ditar, ter influência? Queria decidir? Está muito enganado. Você pode decidir apenas sobre as suas próprias hemorroidas, mesmo assim, até no seu próprio cu essas decisões não terão muita importância. E Dijkstra ficará pelo tempo que eu precisar dele."

•

"Um dia você cometerá um erro", o sacerdote Willemer pensou, olhando para os brilhosos lábios carmesim de Filippa. "Um dia uma de vocês cometerá um erro. O que fará vocês se perderem será a presunção, a arrogância, o orgulho. E as tramoias que vocês armam. A imoralidade, a atrocidade e a perversão às quais vocês se entregam e que reinam nas suas vidas. Tudo será revelado. O fedor dos seus pecados se espalhará quando cometerem um erro. Esse momento há de chegar.

E mesmo que vocês cometam um erro, surgirá uma oportunidade para culpá-las por algo. Uma desgraça cairá sobre o ser humano, alguma calamidade, praga, talvez uma peste ou epidemia... e então serão culpadas, serão culpadas pelo fato de não prevenirem a praga e não suprimirem as suas consequências. Vocês serão culpadas por tudo. E então acenderemos as fogueiras."

•

Amarelão, o velho gato rajado que tinha esse nome por causa da pelagem, estava morrendo, e de uma maneira horrível. Esfregava-se no chão, estirava-se, arranhava a terra, vomitava sangue e muco, tomado por convulsões. Para piorar, estava com uma diarreia sanguinolenta. Miava, embora considerasse esse tipo de comportamento vergonhoso. Miava baixo e tristemente. Perdia as forças com rapidez.

Amarelão sabia por que estava morrendo, ou, pelo menos, suspeitava o que o estava matando.

Alguns dias antes, um estranho navio cargueiro atracou no porto de Cintra. Era uma urca velha e muito suja, deteriorada, quase uma ruína. "Catriona", anunciavam as quase impercebíveis letras na proa da urca. Obviamente, Amarelão não sabia ler essas letras. Uma ratazana desceu do estranho navio pelo cabo de atracação para o cais. Só uma. Ela estava despelada, sarnenta e torpe, e não tinha uma orelha.

Amarelão matou-a. Estava com fome, porém o instinto o impediu de comer o bicho repugnante. Mas algumas pulgas que tinham se espalhado no pelo do roedor passaram para Amarelão e acomodaram-se na sua pelugem.

– O que esse maldito gato tem?

– Alguém deve tê-lo envenenado, ou enfeitiçado!

– Arg, nojento! Que bicho fedorento! Afaste-o das escadas, mulher!

Amarelão estirou-se e abriu o focinho ensanguentado, mas não emitiu um único som. Já não sentia mais os golpes e as cutucadas da vassoura com os quais a dona da casa lhe agradecia pelos onze anos de caça aos ratos. Expulso do quintal, agonizava na sarjeta cheia de espuma de sabão e urina. Na agonia, desejava aos humanos ingratos que também contraíssem a doença e sofressem do mesmo jeito que ele sofria.

Seu desejo não demoraria a se realizar, e em grande escala. Aliás, em enorme escala.

A mulher que chutou e varreu Amarelão do quintal parou, levantou o vestido e coçou a batata da perna, abaixo do joelho. Sentia comichão. Tinha sido picada por uma pulga.

•

As estrelas acima de Elskerdeg piscavam intensamente. As faíscas da fogueira apagavam-se no fundo.

– Nem a paz de Cintra, nem aquele desfile pomposo de Novigrad podem ser considerados marcos ou pedras miliares – disse o elfo. – Que tipo de conceitos representariam? O poder político não pode criar a história por meio de atos ou decretos. O poder político tampouco pode julgar a história, avaliá-la ou esquematizá-la. No entanto, nenhum poder, por causa da sua soberba, aceitará essa verdade. Uma das manifestações mais gritantes da arrogância dos humanos é a chamada historiografia, que é simplesmente uma tentativa de proferir opiniões ou veredictos sobre aquilo que vocês denominam "os tempos passados". É algo característico dos humanos e deriva do fato de que a natureza lhes concedeu uma vida efêmera, própria dos insetos ou das formigas, com expectativa média de vida abaixo de cem anos. No entanto, vocês procuram adequar o mundo a essa sua existência de insetos. E a história é um processo ininterrupto, não termina nunca. Não há como dividir a história em segmentos, daqui até ali, de uma data a outra. Não há como definir a história, nem mudá-la com um discurso proferido por um rei, mesmo depois de ganhar uma guerra.

– Não entrarei nessa disputa filosófica – falou o peregrino. – Como já havia dito, sou um homem simples e pouco eloquente. Contudo, arrisco-me a fazer duas observações. Primeiro, a vida curta como a dos insetos protege-nos, humanos, da decadência e faz que a respeitemos e ao mesmo tempo vivamos intensa e criativamente, para aproveitar todos os momentos de nossa existência, para desfrutá-la e, se necessário, sacrificar a vida sem lastimar em nome de uma causa. Digo e penso como um humano, mas os longevos elfos também pensavam da mesma maneira quando lutavam e morriam nos comandos dos Scoia'tael. Se eu estiver errado, corrijam-me, por favor.

O peregrino esperou o tempo que convinha, mas ninguém o corrigiu. Ele retomou o seu discurso:

– Segundo, parece-me que o poder político, embora incapaz de mudar a história, por meio da sua atuação pode criar uma ilusão, uma imagem enganadora dessa capacidade. O poder usa esse tipo de métodos e instrumentos.

– Usa, sim – o elfo confirmou, virando o rosto. – Eis o xis da questão, senhor peregrino. O poder possui os métodos e instrumentos com os quais não há como discutir.

•

A galé se chocou com as estacas cobertas de algas e conchas de moluscos. Amarraram a embarcação. Ressoaram gritos, xingamentos, ordens.

As gaivotas que caçavam restos boiando sobre a água verde e suja do porto gritavam. No cais havia um amontoado de pessoas, a maioria delas fardadas.

– É o fim do trajeto, senhores elfos – falou o comandante do comboio nilfgaardiano. – Estamos em Dillingen. Desembarquem! Já estão à espera dos senhores.

Era verdade. Realmente já os aguardavam.

Nenhum dos elfos – e certamente também Faoiltiarna – havia acreditado nas promessas de um julgamento justo e de anistia. Os Scoia'tael e os oficiais da brigada "Vrihedd" não alimentavam nenhuma ilusória esperança a respeito do destino que os aguardava além do Jaruga. A grande maioria conformou-se com isso e assumiu uma postura estoica que chegava a beirar resignação. Achavam que nada poderia surpreendê-los. Mas estavam equivocados.

Foram empurrados, ao tinir e estrugir das algemas, para desembarcarem da galé, instigados até o molhe e depois até o cais, por entre duas fileiras de soldados armados. Havia também civis, cujos olhos corriam apressadamente, saltando de um rosto ao outro, de uma silhueta à outra.

"Os selecionadores", Faoiltiarna pensou. E não estava equivocado. Não podia contar com a sorte do seu rosto deformado passar despercebido. E não contava.

– Senhor Isengrim Faoiltiarna? O Lobo de Ferro? Que bela surpresa! Venha até aqui, por favor!

Os soldados retiraram-no das fileiras.

– *Va faill!* – Coinneach Dá Reo gritou para ele, reconhecido e retirado por outros que usavam uma gorjeira com a águia redânia. – *Se'ved, se caerme dea!*

– Vocês se encontrarão, mas só se for no inferno – sibilou o civil que selecionara Faoiltiarna. – Já estão à espera dele lá, em Drakenborg. Ei, você, pare! Por acaso não é o senhor Riordain? Peguem-no!

Foram retirados apenas eles três. Só três. Faoiltiarna entendeu, e de repente, para o seu espanto, começou a temer.

– *Va faill! Va faill, fraeren!* – gritou para seus companheiros, tinindo as cadeias, Angus Bri Cri, retirado da fila. – O soldado empurrou-o com brutalidade.

Não foram levados para muito longe. Chegaram a uma das barracas perto do cais, junto da bacia portuária sobre a qual balançava um bosque de mastros.

O civil deu um sinal. Faoiltiarna foi empurrado contra um poste, contra uma estaca sobre a qual arremessaram uma corda e à qual amarraram um gancho de ferro. Riordain e Angus foram ordenados a se sentar sobre dois bancos colocados no chão de terra batida.

– Senhor Riordain, senhor Bri Cri, foram beneficiados pela anistia. O tribunal decidiu conceder-lhes clemência – o civil falou com frieza.

– No entanto, a justiça tem que ser feita – acrescentou, sem esperar pela reação. – E as famílias daqueles que vocês assassinaram pagaram para que isso se concretizasse. A sentença foi proferida.

Riordain e Angus nem conseguiram gritar. Foram estrangulados com os laços das cordas arremessadas de trás, apertados nos seus pescoços, depois derrubados junto dos bancos e arrastados pelo chão de terra batida. Ao tentarem, inutilmente, arrancar com as mãos algemadas os nós de forca que cortavam os seus pescoços, os carrascos ajoelharam-se sobre os seus peitos. Reluziram e caíram facas, o sangue jorrou. Nem os nós conseguiam abafar os seus gritos, guinchos que faziam os cabelos arrepiar.

O procedimento foi longo, como sempre. Virando a cabeça devagar, o civil afirmou:

– A sua sentença, senhor Faoiltiarna, recebeu uma cláusula adicional, um suplemento...

Faoiltiarna não tinha a menor intenção de esperar nenhum suplemento. A trava das algemas, que o elfo tentava abrir havia dois dias e duas noites, caiu do seu pulso como por um toque de uma varinha mágica. Um terrível golpe da pesada corrente derrubou os dois soldados que o vigiavam. Faoiltiarna saltou e chutou outro no rosto, golpeou o civil com as algemas, caiu sobre a pequena janela da barraca, envolta numa teia de aranha, e passou voando por ela, arrancando o caixilho e o batente, deixando um rastro de sangue e farrapos da vestimenta nos pregos. Tombou com estrondo sobre as tábuas do molhe. Cabriolou, viravolteou e mergulhou na água, por entre os botes de pescadores e barcaças. A pesada corrente, ainda presa ao seu punho direito, puxava-o para o fundo. Faoiltiarna lutava. Com todas as suas forças, lutava pela vida com a qual, até pouco tempo atrás, parecia não se importar nem um pouco.

– Peguem-no! Peguem-no e matem-no! – gritavam os soldados que saíam correndo da barraca. – Ali! Emergiu da água bem ali! – berravam os outros que corriam pelo molhe.

– Para os barcos!

– Atirem! Matem-no! – o civil rugiu, tentando estancar o sangue que jorrava intensamente da cavidade ocular.

As cordas das bestas estalaram. As gaivotas levantaram voo aos gritos. Por entre as barcaças, a suja água esverdeada ferveu com as setas.

•

– *Vivant! Vivant!* Vivam! – O desfile continuava e a multidão, constituída pelos habitantes de Novigrad, apresentava os sintomas de tédio e rouquidão.

– Hurra!

– Fama aos reis! Fama!

Filippa Eilhart olhou em volta, certificou-se de que ninguém estava ouvindo e inclinou-se para conversar com Dijkstra.

– Sobre o que você quer falar comigo?

O espião também olhou em volta.

– Sobre o atentado contra o rei Vizimir organizado em julho do ano passado.

– Como?

– Fil, o meio-elfo que cometeu o assassinato – Dijkstra abaixou ainda mais a voz –, não era nem um pouco louco. E não atuou sozinho.

– O que você está querendo dizer com isso?

– Mais baixo, mais baixo, Fil – Dijkstra sorriu.

– Não me chame de Fil. Você tem provas? De que tipo? Como você as conseguiu?

– Você ficaria espantada, Fil, se eu lhe revelasse a fonte. Quando poderá me conceder uma audiência, ilustríssima senhora?

Os olhos de Filippa Eilhart pareciam dois insondáveis lagos negros.

– Em breve, Dijkstra.

Os sinos dobravam. A multidão aclamava roucamente. O exército desfilava. As pétalas das flores cobriam os paralelepípedos de Novigrad feito neve.

•

– Você ainda está escrevendo?

Ori Reuven estremeceu e fez um borrão. Servia a Dijkstra havia dezenove anos, mas ainda não tinha conseguido se acostumar com os passos silenciosos do seu chefe e com a maneira de aparecer inesperadamente e de forma imperceptível.

– Boa noite, uhum, uhum, excelen…

– *Os homens da sombra* – Dijkstra leu a primeira página do manuscrito, que ergueu sem-cerimônia da mesa. – *A história dos serviços secretos reais, escrita por Oribasius Gianfranco Paolo Reuven, bacharel…* Nossa, Ori! Você é um homem velho e escreve esse tipo de besteiras…

– Hum, hum...

– Vim me despedir, Ori.

Reuven olhou surpreso para ele. O espião continuou, sem esperar que o secretário pigarreasse:

– Você vê, fiel companheiro, eu também estou velho e, além disso, parece que também tolo. Eu disse uma palavra a uma pessoa, só uma, apenas uma palavra. Mas foi uma palavra a mais, e para uma pessoa a mais. Escute bem, Ori! Está escutando?

Ori Reuven arregalou os olhos rapidamente e meneou a cabeça, num gesto de negação. Dijkstra ficou calado por um momento. Após um instante, afirmou:

– Não está ouvindo, mas eu os ouço, em todos os corredores. As ratazanas correm pelo castelo de Tretogor, Ori. Estão vindo para cá. Aproximam-se nas pontas dos seus macios pés de ratazanas.

•

Surgiram da sombra, da escuridão, negros, mascarados, ágeis como ratazanas. Os vigias e os guardas das antecâmaras sucumbiram sem um único gemido sob os golpes rápidos dos estiletes de lâminas estreitas e angulosas. O sangue escorria pelo chão do castelo de Tretogor, espalhava-se pelos pisos, manchava o soalho, encharcava os caros tapetes de Vengerberg. Aproximavam-se por todos os corredores, deixando cadáveres atrás de si.

– Está sozinho – disse um, apontando. A voz foi abafada por um xale que cobria o seu rosto até a altura dos olhos. – Entrou ali, pela chancelaria, onde trabalha Reuven, aquele velho pigarrento.

– Dali não há saída. – Os olhos do outro, que era o comandante, ardiam nas aberturas da máscara negra de veludo. – A câmara atrás da chancelaria não tem saída, sequer possui janelas. Todos os outros corredores estão protegidos, assim como todas as portas e janelas. Não pode nos escapar. Está cercado.

– Adiante!

As portas cederam com os chutes. Os estiletes brilharam.

– Morte!!! Morte ao carrasco sanguinário!

– Hum, hum? – Ori Reuven, debruçado sobre os papéis, ergueu os seus lacrimosos olhos míopes. – Pois não? Como posso, hum, hum, ajudá-los?

Os assassinos derrubaram impetuosamente as portas das câmaras privadas de Dijkstra. Percorreram-nas feito ratazanas, penetrando todos os cantos. Os gobelins arrancados, os quadros e os painéis caíram no chão. Os estiletes rasgavam as cortinas e as tapeçarias.

– Não está aqui! Não está! – um deles gritou, entrando na chancelaria.

– Onde? Onde está esse cão sanguinário? – o líder pigarreou, debruçando-se sobre Ori, fitando-o com um olhar penetrante por entre a abertura da máscara negra.

– Não está aqui. Vocês mesmos podem conferir – Ori Reuven respondeu com calma.

– Onde está? Fale! Onde está Dijkstra?

– Eu sou, por acaso, o guardião do meu irmão? – Ori tossiu.

– Você morrerá, seu traste!

– Estou velho, doente e muito cansado. Hum, hum. Não tenho medo nem de vocês, nem das suas facas.

Os assassinos saíram correndo, desocupando as câmaras. Desapareceram tão rápido como surgiram. Não mataram Ori Reuven. Eram sicários. E nas ordens que tinham recebido não havia nenhuma menção a Ori Reuven.

Oribasius Gianfranco Paolo Reuven, bacharel em direito, passou seis anos em diversas prisões, incessantemente interrogado por sucessivos investigadores, sobre coisas e assuntos variados que com frequência pareciam não ter sentido.

Foi solto após seis anos. Naquela altura, já estava muito doente. Todos os seus dentes haviam sido danificados pelo escorbuto; os cabelos, pela anemia; a visão, pelo glaucoma; e a respiração, pela asma. Os dedos de ambas as mãos foram quebrados nos interrogatórios.

Chegou a viver em liberdade por menos de um ano. Morreu no asilo de um templo, pobre e esquecido.

O manuscrito do livro *Os homens da sombra, a história dos serviços secretos reais* desapareceu sem deixar rastro.

•

O céu no leste clareou. Uma pálida auréola, o anúncio da alvorada, surgiu sobre os montes.

Todos os que estavam sentados em volta da fogueira permaneciam imersos em silêncio havia um longo momento. O peregrino, o elfo e o rastreador olhavam calados para o fogo que se apagava.

O silêncio pairava sobre Elskerdeg. O espectro que uivava ficou entediado com a ululação inútil e foi embora. Deve ter entendido, por fim, que nos últimos tempos os três homens sentados à fogueira haviam visto atrocidades demais para se inquietarem com um espectro qualquer. Boreas Mun, olhando para a brasa cor de rubi na fogueira, de repente falou:

– Se for para caminharmos juntos, então precisaremos superar a desconfiança. Deixemos para trás o passado. O mundo mudou. Diante de nós há uma nova vida. Algo terminou, algo começa. Diante de nós...

Parou, tossiu. Não tinha o costume de proferir discursos desse tipo, não queria passar por ridículo. Mas os seus companheiros não riam. Boreas sentia que exalavam generosidade. Com uma voz mais confiante, terminou:

– Diante de nós está o Passo Elskerdeg, e, depois dele, Zerricânia e Hakland. Temos um longo e perigoso caminho à nossa frente. Se é para o percorrermos juntos... superemos a desconfiança. Sou Boreas Mun.

O peregrino que usava um chapéu de aba larga levantou-se, aprumando sua poderosa figura, e apertou a mão que lhe foi estendida. O elfo também se levantou. O seu rosto horrivelmente deformado contraiu-se de uma forma estranha.

Depois de apertar a mão do rastreador, o peregrino e o elfo estenderam a mão na direção dele. O peregrino falou:

– O mundo mudou, algo terminou. Sou... Sigi Reuven.

O elfo contorceu o seu rosto cheio de cicatrizes em forma de algo que, de acordo com todos os indícios, era um sorriso, e disse:

– Algo começa. Sou... Wolf Isengrim.

Apertaram-se as mãos, de modo rápido, forte, até violento. Por um momento, pareceu que essa atitude era o prelúdio de um combate, e não um gesto de concórdia. Mas só por um momento.

A lenha na fogueira soltou chispas, comemorando o acontecido com um alegre fogo de artifício. Boreas Mun abriu um largo sorriso e declarou:

– Que os diabos me carreguem se isto não for o início de uma bela amizade!

CAPÍTULO DÉCIMO PRIMEIRO

... assim como as outras fiéis, a Santa Filippa foi igualmente difamada. Dizia-se que também traíra o reinado, que incitava os tumultos e as revoltas, que subvertia o povo e armava um golpe. Willemer, herege e membro de uma seita, autoproclamado arquissacerdote, mandou prender a santa, encarcerando-a numa masmorra escura e triste, e lá a afligia com o frio e o fedor, clamando para que ela admitisse os pecados e confessasse aquilo que havia cometido. E mostrou a Santa Filippa diversas ferramentas de tortura e ameaçou-a severamente. No entanto, a santa apenas cuspiu em seu rosto, acusando-o de sodomia.

O herege mandou despi-la e açoitá-la sem piedade com um vergalho e enfiar farpas debaixo das suas unhas. E a invocava e a chamava para que renegasse a sua fé e a sua deusa. Mas a santa apenas ria e aconselhava-o a se afastar.

Ordenou, então, que levassem a santa à masmorra, arranhassem todo o seu corpo com croques e ganchos afiados, queimassem os seus flancos com velas. Mas a santa, apesar da tortura desumana, demonstrou que o seu corpo mortal era dotado de uma paciência imortal. Foi então que os carrascos perderam as forças e retiraram-se, muito assustados. No entanto, Willemer admoestou-os severamente e mandou que continuassem a torturá-la, fazendo uso da força, queimando-a com placas incandescentes, deslocando os seus membros e arrancando os seus seios com o estripador. E assim ela morreu atormentada, mas sem nada confessar.

Contudo, Willemer, herege e devasso, sobre quem se pode ler nos livros dos Santos Padres, foi posteriormente castigado de tal forma que as pulgas e os vermes se disseminaram sobre o seu corpo e atormentaram-no até ele apodrecer e morrer. Exalava um insuportável odor de cão, e foi necessário jogá-lo no rio sem lhe dar sepultura.

Glória e a coroa de mártir a Santa Filippa, a alabança eterna à Grande Deusa Mãe e a sabedoria e a advertência a nós, amém.

A vida de Santa Filippa, *mártir de Mons Calvus, contada em tempos remotos por escritores mártires, compilada no Breviário Tretogoriano, retirada dos livros dos Santos Padres que a louvam em suas escrituras*

Lançaram-se numa corrida desenfreada, desvairada, num galope estonteante. Corriam por dias que palpitavam com a primavera, montados nos cavalos num galope esvoaçante. Os homens, debruçados sobre a lavoura, levantavam as cabeças e os troncos, olhavam atrás deles, sem saber exatamente o que estavam vendo: eram cavaleiros ou espectros?

Cavalgavam em noites escuras e úmidas, pela chuva cálida. Os homens despertados que se erguiam em suas camas olhavam em volta, apavorados, lutando contra uma dor asfixiante que crescia nas suas gargantas e nos seus peitos. As pessoas levantavam-se ao escutar o estrondo das venezianas, o choro das crianças despertadas, o uivo dos cães. Encostavam os rostos nas membranas nas janelas, sem saber exatamente o que estavam vendo: eram cavaleiros ou espectros?

Relatos sobre três demônios começaram a correr por Ebbing.

•

Três cavaleiros apareceram, não se sabe como nem de onde, como um milagre, assustando Coxo e não lhe dando a chance de fugir. Tampouco podia clamar por ajuda, pois a distância entre ele e as edificações mais próximas da vila era de mais de quinhentos passos. E, mesmo que fosse menor, havia poucas chances de alguém de Ciúme se preocupar e prestar socorro. Era a hora da sesta, que em Ciúme durava desde as primeiras horas da tarde até o anoitecer. Aristóteles Bobeck, alcunhado de Coxo, mendigo e filósofo local, sabia muito bem que nessa hora os habitantes de Ciúme não reagiam a nada.

Os cavaleiros eram três: duas mulheres e um homem de cabelos brancos que carregava uma espada pendurada transversalmente nas suas costas. Uma das mulheres, a mais velha, vestida de branco e preto, tinha os cabelos cacheados e negros como as asas da graúna. A mais nova, de cabelos lisos e acinzentados, exibia uma repugnante cicatriz na bochecha. Montava uma belíssima égua negra. Coxo teve a impressão de já conhecer esse cavalo.

Foi justamente a mais nova que começou a falar.

– Você é daqui?

– Eu não tenho culpa! Estou apenas catando as giromitras! Poupem-me, não machuquem um aleijado… – Coxo falou, e os seus dentes tiritaram.

– Você é daqui? – repetiu a pergunta, e os seus olhos verdes reluziram de modo ameaçador. Coxo encolheu-se e balbuciou:

– Sou, excelentíssima senhora. Sou daqui, juro. Nasci aqui, em Birka, isto é, em Ciúme. E devo morrer aqui também...

– Esteve aqui no verão e no outono do ano passado?

– E em que outro lugar eu poderia ter estado?

– Responda quando pergunto.

– Estive, excelentíssima senhora.

A égua negra sacudia a cabeça, agitava as orelhas. Coxo percebeu que os outros dois – a mulher de cabelos negros e o homem de cabelos brancos, que dos três era o que o amedrontava mais – fitavam-no com um olhar perfurante como os espinhos de um ouriço.

– Há um ano, no mês de setembro, exatamente no dia nove de setembro, no primeiro quarto da lua, foram assassinados aqui seis jovens. Quatro rapazes... e duas moças. Você se lembra disso? – a moça com a cicatriz perguntou.

Coxo engoliu a saliva. Era o que suspeitava havia algum tempo, mas agora já tinha certeza.

A moça mudou, e não era só por causa da cicatriz na bochecha. Estava completamente diferente de quando uivava presa ao poste, olhando Bonhart degolar as cabeças dos ratos mortos. Completamente diferente daquela vez em que, na taberna A Cabeça da Quimera, ele a despiu e espancou. Só os olhos... só os olhos eram os mesmos.

– Responda à pergunta – a outra mulher, a de cabelos negros, admoestou-o.

– Lembro-me, excelentíssimos senhores. Como poderia esquecer? Seis jovens foram mortos. Foi mesmo em setembro do ano passado – Coxo confirmou.

A moça permaneceu em silêncio por um longo tempo, olhando não para ele, mas para algum lugar distante, acima do seu ombro. Por fim, falou com esforço:

– Você deve saber mais... Você deve saber onde esses rapazes e essas moças foram enterrados. Ao pé de qual cerca... em qual lixão ou estrumeira... ou se os seus corpos foram queimados... se foram levados para a floresta, se os seus corpos foram jogados para as raposas ou os lobos devorarem... Você me mostrará esse lugar, me levará até lá. Entendeu?

– Entendi, excelentíssima senhora. Sigam-me. O local não fica muito longe daqui.

Manquejou, sentindo uma respiração quente na sua nuca. Não olhou para trás. Algo lhe dizia que não deveria olhar. Por fim, apontou e disse:

– É esse o lugar. É o nosso cemitério. Fica aqui neste bosque. E as pessoas pelas quais a excelentíssima senhora Falka perguntou jazem ali.

A moça suspirou alto. Coxo olhou furtivamente e viu que a expressão no rosto dela havia mudado. O homem de cabelos brancos e a mulher de cabelos negros permaneciam calados, com os semblantes impassíveis.

A moça ficou olhando para a pequena mamoa, bela, plana, bem cuidada, contornada com blocos de arenito e lajes de espato e ardósia. Os galhos de abeto com os quais o túmulo havia sido enfeitado perderam a cor, e as flores que alguém havia deixado lá secaram e amarelaram.

A moça saltou da sela.

– Quem? – perguntou surdamente, e continuou a olhar, sem virar a cabeça.

– Ora, muitos moradores de Ciúme ajudaram – Coxo pigarreou. – Mas principalmente a viúva Goulue e o jovem Nycklar. A viúva sempre foi uma boa mulher, cordial... e Nycklar... vivia atormentado por pesadelos terríveis que não o deixavam em paz, até ele assegurar uma sepultura digna para esses jovens assassinados...

– Onde posso achá-los, a viúva e esse Nycklar?

Coxo permaneceu em silêncio por um longo tempo.

– A viúva jaz ali, atrás da bétula torta – falou, por fim, mirando sem medo nos verdes olhos da moça. – Morreu de pneumonia no inverno. E Nycklar se alistou e foi para terras alheias... Dizem que foi morto na guerra.

– Eu esqueci, esqueci que o destino havia me ligado a ambos – sussurrou.

Aproximou-se da mamoa e ajoelhou-se, ou melhor, caiu de joelhos. Curvou-se baixo, muito baixo. Sua testa quase tocava as pedras da base do túmulo. Coxo viu o homem de cabelos brancos fazer um movimento, como se quisesse descer do cavalo, mas com um gesto e um olhar a mulher de cabelos negros segurou a mão dele e o impediu de fazer isso.

Os cavalos roncavam, sacudiam as cabeças, agitavam as argolas do bridão.

A moça permaneceu ajoelhada, debruçada ao pé da mamoa, por um tempo muito longo, movimentando os lábios numa súplica silenciosa.

Vacilou ao levantar. Coxo escorou-a instintivamente, mas ela estremeceu com violência, arrancou o cotovelo e lançou-lhe um olhar hostil através das lágrimas, sem proferir uma única palavra. No entanto agradeceu com um aceno de cabeça quando Coxo segurou o seu estribo.

– Sim, excelentíssima senhora Falka, os caminhos do destino são inexplicáveis – ele atreveu-se a falar. – Naquela época, a senhora estava oprimida, passava por sérias adversidades... Poucas pessoas aqui em Ciúme esperavam que a senhora conseguisse sobreviver... E hoje está sã, e Goulue e Nycklar foram-se para o outro mundo... Não há nem uma pessoa a quem poderia agradecer pelo túmulo...

– Não me chamo Falka, o meu nome é Ciri – disse bruscamente. – E quanto ao agradecimento...

– Sintam-se honrados por ela – a mulher de cabelos negros intrometeu-se, e em sua voz havia algo que fez Coxo estremecer. – Toda a povoação foi compensada por essa mamoa, pela sua humanidade, dignidade e decência, com graça, reconhecimento, e recebeu uma retribuição tão grande que é até difícil de imaginar – completou a mulher de cabelos negros, pronunciando as palavras devagar.

•

No dia nove de abril, pouco depois da meia-noite, os primeiros moradores de Claremont foram despertados por uma claridade tremeluzente, um brilho vermelho que bateu nas suas janelas e penetrou suas casas. Os outros moradores da cidade foram arrancados das camas por gritos, pelo alvoroço, pelos violentos sons do sino que dobrava em alerta.

Apenas um edifício estava em chamas. Era a enorme edificação de um antigo templo, consagrado em tempos remotos a uma divindade cujo nome havia sido esquecido por todos, salvo pelas anciãs. O templo havia sido transformado num anfiteatro no qual de vez em quando se organizavam espetáculos circenses, lutas e outras diversões que tiravam a vila Claremont do tédio, da melancolia e da apatia.

Era exatamente esse teatro que estremecia, atingido por explosões e tomado por um mar de fogo estrugidor. De todas as janelas saíam pontudas línguas de fogo de várias braças de comprimento.

– Apaguem o fooogo! – rugia o mercador Houvenaghel, o proprietário do anfiteatro, correndo e agitando as mãos, sacudindo o enorme barrigão. Usava uma touca de dormir e um pesado sobretudo de peles de cordeiro que trajava por cima de uma camisola. Os seus pés descalços pisavam no esterco e na lama da ruela.

– Apagueeeem! Genteeee! Águuuuaaaa!

– É um castigo divino, um castigo pelas pelejas que se organizavam nesse templo... – uma anciã declarou de forma autoritária.

– Sim, sim, minha senhora! Com certeza!

As chamas rugiam, e o teatro exalava um calor intenso. A urina dos cavalos evaporava e fedia nas poças. As faíscas sibilavam. Inesperadamente, não se sabe vindo de onde, soprou um vento forte.

– Apagueeeem! Genteeee! Peguem os baldes! Os baldeeeees! – Houvenaghel uivou de forma selvagem ao ver o fogo espalhar-se pela cervejaria e pelo silo.

Não faltaram voluntários. Ora, Claremont tinha até um corpo de bombeiros próprio, equipado e mantido por Houvenaghel, que apagava o incêndio com perseverança e sacrifício, mas em vão.

– Não conseguiremos... Não é um fogo qualquer... É um fogo diabólico! – gemeu o comandante do corpo de bombeiros, enxugando o rosto que se cobria de bolhas.

– Magia negra... – outro bombeiro engasgou-se com a fumaça.

De dentro do anfiteatro ressoou um terrível estouro de caibros, cumeeiras e pilastras que desabavam. Retumbou um estrondo, um estampido, um estrugir, e subiu ao céu uma enorme coluna de fogo e faíscas. O telhado desabou e caiu para dentro, cobrindo a arena. E todo o edifício inclinou-se. Parecia que se curvava diante do público ao qual propiciara diversão e entretenimento pela última vez, alegrando-o com uma espetacular, verdadeiramente fogosa, gala de beneficência. Logo depois desabaram as paredes.

Os esforços dos bombeiros e dos socorristas permitiram salvar a metade do silo e um quarto da cervejaria.

Nasceu um dia fedegoso.

Houvenaghel permanecia sentado na lama e nas cinzas, usando uma touca esfumaçada de dormir, trajando o sobretudo de peles de cordeiro. Permanecia sentado, lamuriando, soluçando como uma criança.

Naturalmente, o teatro, o silo e a cervejaria possuíam seguro. No entanto, a companhia de seguros também pertencia a Houvenaghel. Nada, nem uma fraude fiscal, poderia recompensar, sequer minimamente, os prejuízos.

•

– Para onde agora? A quem mais você quer agradecer, Ciri? – Geralt perguntou, olhando para a coluna de fumaça que com sua faixa borrada sujava o rosado céu matutino.

Ela olhou para ele, e Geralt momentaneamente se arrependeu de ter feito a pergunta. Sentiu uma repentina vontade de abraçá-la, imaginou envolvendo-a nos seus braços, apertando, acariciando os seus cabelos. Queria protegê-la. Nunca, jamais permitirá que fique sozinha ou sofra algum mal. Não deixará acontecer nada que desperte a sua vingança.

Yennefer permanecia calada. Nos últimos tempos, ela andava muito calada.

– Agora iremos a uma vila chamada Unicorne – Ciri disse com muita calma. – Esse nome deriva de um unicórnio de palha, um boneco engraçado, embora pobre e miserável. Como lembrança daquilo que aconteceu lá, queria que os moradores da vila... tivessem um totem mais valioso ou, pelo menos, mais nobre. Conto com a sua ajuda, Yennefer. Sem a magia...

– Sei, Ciri. E depois?

– Os pântanos de Pereplut. Espero que consiga achar o caminho... para o casebre no meio do pantanal. No casebre encontraremos os restos mortais de um homem. Quero que ele seja sepultado num túmulo decente.

Geralt permanecia calado, sem tirar os olhos dela.

– Depois passaremos pela vila Dun Dâre – Ciri continuou, resistindo ao olhar sem o menor esforço. – A taberna local deve ter sido queimada, talvez o taberneiro tenha sido morto. Tudo por minha culpa. Fui cegada pelo ódio e pela vingança. Tentarei ressarcir a sua família pelos estragos feitos.

– Não há nada que possa recompensar esse tipo de estragos – Geralt falou, continuando a fitá-la.

– Eu sei – ela respondeu com dureza no mesmo instante, quase enraivecida. – Mas vou encará-los com humildade. Lembrarei a expressão nos seus olhos. Espero que a lembrança desses olhos possa servir de advertência antes de cometer um erro parecido. Você entende isso, Geralt?

– Ele entende, Ciri. Acredite, nós dois a entendemos muito bem, filhinha. Vamos – Yennefer respondeu.

•

Os cavalos galopavam feito vento, como uma ventania mágica. Erguia a cabeça o viajante, alarmado pela passagem dos três cavaleiros no caminho. Erguia a cabeça o mercador na carroça cheia de mercadorias, um malfeitor que fugia da lei, um povoador andarilho expulso pelos políticos das terras que povoara, confiando em outros políticos. Erguiam a cabeça o vagante, o desertor e o peregrino com um cajado. Erguiam a cabeça espantados, assustados, inseguros diante daquilo que viam.

Em Ebbing e Geso começaram a circular histórias sobre a caçada selvagem e os três cavaleiros espectrais.

As histórias inventadas eram contadas à noite em cômodos que cheiravam a banha derretida e cebola frita, em salas de reuniões, tabernas esfumaçadas, bodegas, fazendas distantes e isoladas, forjas, povoados no meio das florestas e nos postos fronteiriços.

Contava-se, inventava-se, fabulava-se. Sobre a guerra, o heroísmo e o cavalheirismo. Sobre a amizade e a integridade. Sobre a mesquinhez e a traição. Sobre o amor verdadeiro e fiel, que sempre triunfava. Sobre o crime e o castigo, que era sempre executado. Sobre a justiça, sempre justa. Sobre a verdade, que sempre emergia para a superfície, à semelhança do azeite.

Fabulava-se, alegrando-se com as fábulas, regozijando-se com a ficção fabular. Pois ao redor, na vida real, tudo acontecia ao contrário daquilo que se ouvia nas histórias.

A lenda crescia. Os ouvintes absorviam, num verdadeiro transe, as palavras cheias de ênfase do contador de histórias que relatava as aventuras do bruxo e da feiticeira. Sobre a Torre da Andorinha. Sobre Ciri, a bruxa com uma cicatriz no rosto. Sobre Kelpie, a negra égua encantada. Sobre a Senhora do Lago.

Isso veio depois, após muitos anos, após longuíssimos anos. Mas já naquele momento a lenda surgia e crescia dentro das pessoas, à semelhança de uma semente intumescida depois de uma chuva cálida.

•

O mês de maio chegou despercebidamente. Primeiro, com as noites que resplandeciam e cintilavam com os distantes fogos de Belleteyn. Quando Ciri, estranhamente excitada, montou Kelpie e galopou até as fogueiras, Geralt e Yennefer aproveitaram o momento de intimidade. Tiraram apenas aquelas peças de roupa absolutamente desnecessárias e amaram-se sobre uma samarra estendida no chão. Amaram-se apressada e apaixonadamente, em silêncio, calados. Amaram-se rápida e descuidadamente, insaciados, com vontade de se entregar a um amor cada vez mais intenso.

E, quando veio a calma, ambos, tremendo e beijando as lágrimas que escorriam pelo rosto do outro, espantavam-se com a felicidade que o amor descuidado lhes havia propiciado.

•

– Geralt?

– Sim, Yen.

– Quando eu... quando não estávamos juntos, você se relacionou com outras mulheres?

– Não.

– Nem uma vez?

– Nem uma.

– Sua voz nem tremeu. Não sei por que, então, não acredito em você.

– Sempre pensei só em você, Yen.

– Agora, sim, acredito.

•

O mês de maio chegou repentinamente, no meio do dia. Os dentes-de-leão salpicaram e sarapintaram os prados com tons vivos. As árvores nos pomares ficaram macias e carregadas de flores. Os bosques de carvalhos, demasiado elegantes para sucumbir à pressa, ainda permaneciam escuros e nus, mas já verdejavam com a neblina esverdeada, e suas pontas cintilavam com as manchas das bétulas.

•

Uma noite, quando estavam acampados num vale coberto de salgueiros, o bruxo foi acordado por um pesadelo, em que ele estava paralisado e indefeso e uma enorme coruja cinzenta arranhava o seu rosto com as garras, procurava os seus olhos com o afiado bico torto. Acordou, e não lembrou se não passara de um pesadelo para outro.

Uma claridade pairava redemoinhando sobre o acampamento, irritando os cavalos que resfolegavam. Nela via-se algo que parecia o interior da sala de um castelo, sustentada por uma colunata negra. Geralt viu uma enorme mesa ao redor da qual havia as silhuetas de dez mulheres. Ouviu palavras, frases, fragmentos de frases.

... trazê-la até nós, Yennefer. É uma ordem.

Vocês não podem mandar em mim, nem podem mandar nela. Vocês não têm nenhum poder sobre ela!

Eu não tenho medo delas, mãe. Não podem fazer nada comigo. Se quiserem, eu me apresentarei diante delas.

... reúne-se no dia primeiro de junho, na lua nova. Ordenamos que ambas se apresentem. Advertimos que a desobediência será castigada.

Eu já vou até aí, Filippa. Deixe que ela permaneça mais um pouco com ele, para que não fique sozinho. Apenas por mais alguns dias. Eu me apresentarei imediatamente como uma refém voluntária.

Por favor, Filippa. Faça o que estou pedindo.

A claridade pulsou. Os cavalos roncaram de uma maneira selvagem e bateram os cascos.

O bruxo acordou. Desta vez acordou de verdade.

•

No dia seguinte, Yennefer confirmou os seus receios após uma longa conversa a sós com Ciri.

– Vou-me embora – disse secamente e sem rodeios. – Preciso me afastar. Ciri ficará com você. Depois eu a chamarei, e ela também se afastará. Em seguida, nos encontraremos outra vez.

Acenou com a cabeça, mas contra a sua vontade. Ele estava farto de assentir em silêncio, concordar com tudo o que ela lhe comunicava, com tudo o que decidia. Mas aceitou. Amava-a, apesar de tudo.

– É um imperativo – falou com mais delicadeza – ao qual não há como se opor. Tampouco é algo que pode ser adiado. Isso simplesmente precisa ser resolvido. Faço-o também por você, para o seu bem, mas sobretudo para o bem de Ciri.

Acenou com a cabeça.

– Quando nos reencontrarmos – falou com ainda mais delicadeza –, recompensarei você por tudo, inclusive pelo silêncio. Houve demasiado silêncio, demasiadas reticências entre nós dois. E agora, em vez de acenar com a cabeça, me abrace e me dê um beijo.

Ele obedeceu. Afinal de contas, amava-a.

•

– Aonde vamos agora? – Ciri perguntou secamente, logo após Yennefer ter desaparecido no resplandecer do teleportal oval.

– O rio... – Geralt pigarreou, superando a dor atrás do esterno, que dificultava a respiração. – O rio que seguimos a montante chama-se Sansretour e leva a um país que quero muito mostrar a você, pois é um país dos contos de fadas.

Ciri ficou soturna. Geralt notou que havia cerrado os punhos.

– Todos os contos de fadas – falou arrastando as palavras – terminam mal. E os países dos contos de fadas nem sequer existem.

– Existem, sim. Você verá.

•

Era o primeiro dia após a lua cheia quando viram Toussaint, verdejante e banhado pelo sol. Avistaram os morros, as encostas e as vinícolas. E os telhados das torres dos castelos, que brilhavam após a chuva matutina.

A vista não decepcionou. Impressionou muito. Essa vista sempre impressionava.

– Que lindo! – exclamou Ciri, encantada. – Poxa! Esses castelos parecem brinquedos... ou enfeites de glacê de bolo... Dá até vontade de lamber!

– É obra do próprio Faramond – Geralt disse a ela, sabiamente. – Aguarde até ver de perto o palácio e os jardins de Beauclair.

– Palácio? Vamos a um palácio? Você conhece o rei destas terras?

– A duquesa.

– Essa duquesa por acaso tem olhos verdes? E cabelos curtos e negros? – perguntou em tom ácido, observando-o atentamente por debaixo da franja.

– Não – ele cortou, desviando o olhar. – Sua aparência é completamente diferente. Não sei de onde você tirou isso...

– Deixe estar, Geralt. Então, como andam as coisas com essa duquesa?

– Como já havia falado, eu a conheço. Um pouco, não muito bem... e não sou próximo dela, se é isso o que você quer saber. No entanto, conheço muito bem o seu consorte ou candidato a consorte dela. Você também o conhece, Ciri.

Ciri instigou Kelpie com as esporas e forçou-a a dançar sobre a estrada de terra batida.

– Não me deixe na dúvida!

– É Jaskier.

– Jaskier? Com a duquesa de Toussaint? Como isso aconteceu?

– É uma longa história. Nós o deixamos aqui, junto da sua amada. Prometemos que o visitaríamos no caminho de volta quando...

Calou-se e ficou soturno.

– Não há o que fazer – Ciri disse baixinho. – Não sofra, Geralt. Você não teve culpa.

"Tive", pensou. "Tive, sim. Jaskier vai perguntar. E eu vou ter que responder.

Milva. Cahir. Regis. Angoulême.

A espada é uma arma de dois gumes.

Chega, pelos deuses. Chega. É preciso acabar com isto!"

– Vamos, Ciri.

– Com estas roupas? Para o palácio? – pigarreou.

– Não vejo nada de errado com nossa vestimenta. Não vamos lá para apresentar as nossas credenciais, nem para participar de um baile. Podemos nos encontrar com Jaskier até nas cavalariças.

De qualquer maneira, primeiro vou passar na cidade, preciso ir ao banco – acrescentou ao ver que ela tinha ficado zangada. – Vou pegar um pouco de dinheiro. E na praça do mercado, na casa dos tecidos, há um monte de alfaiates, costureiras e chapeleiros. Você poderá comprar o que quiser e a roupa que lhe convier.

– Você tem tanto dinheiro assim? – inclinou a cabeça jocosamente.

– Você poderá comprar o que quiser, inclusive pele de arminho e botas de pele de basilisco – ele repetiu. – Conheço um sapateiro que ainda deve ter um par delas.

– E como você ganhou esse dinheiro?

– Matando. Vamos, Ciri, para não perder tempo.

•

Na filial do banco dos Cianfanelli, Geralt solicitou uma transferência e uma carta de crédito, descontou um cheque e sacou um pouco de dinheiro em espécie. Escreveu as cartas que seriam enviadas pelo correio expresso, pelo estafeta, ao outro lado do Jaruga. Recusou gentilmente o convite para almoçar com o prestativo e hospitaleiro banqueiro.

Ciri ficou esperando na rua, tomando conta dos cavalos. A rua, que fazia pouco tempo encontrava-se vazia, agora estava cheia de transeuntes.

– Acho que chegamos na época de alguma festa, ou talvez de uma feira... – Ciri disse, apontando com um movimento da cabeça para a multidão que rumava para a praça do mercado.

Geralt olhou atentamente.

– Não é uma feira.

– Ah... será que é... – ela também olhou, erguendo-se nos estribos.

– Uma execução – Geralt confirmou. – A mais popular das diversões após a guerra. Por acaso existe algo que ainda não tenhamos visto, Ciri?

– Já testemunhamos deserção, traição, ato de covardia perante o inimigo, e assuntos econômicos – ela enumerou às pressas.

– O exército abastecido de torradas bolorentas – o bruxo acenou com a cabeça. – Difícil é a sorte de um comerciante empreendedor nos tempos de guerra.

– Mas quem será executado aqui não é um comerciante. – Ciri recolheu as rédeas de Kelpie, cercada pela multidão, que parecia um campo de trigo ondulante. – Veja só, o andaime está coberto com tecido, e o algoz tem um capuz novo e limpinho. Executarão alguém importante, no mínimo um barão. Deve se tratar, então, de um ato de covardia diante do inimigo.

– Toussaint não tinha tropas para enfrentar nenhum inimigo – Geralt meneou a cabeça. – Não, Ciri, acho que mais uma vez se trata de assuntos ligados à economia. Vão executar alguém por fraudes cometidas no comércio do seu famoso vinho, a base da economia local. Vamos, Ciri. Não ficaremos aqui para assistir.

– E como você quer sair daqui?

Realmente, era impossível sair do lugar. Antes que se dessem conta, estavam presos no meio da multidão nele reunida. Estavam atolados no meio do povaréu, e não havia como passar para o outro lado da praça. Geralt xingou usando palavras obscenas e virou-se para trás. Infelizmente, tampouco havia a possibilidade de recuar, pois a onda humana que tinha invadido a praça lotou completamente a pequena rua atrás deles. Por um momento, a multidão os arrastou, como um rio, mas o movimento parou quando o povaréu topou contra o firme muro dos alabardeiros que cercavam o cadafalso.

– Estão chegando! Estão chegando! – alguém gritou, e a multidão chiou, ondulou, repetiu o grito.

A batida dos cascos dos cavalos e o ranger da carroça silenciaram, dissiparam-se em meio ao zunido da turba. De repente, viram sair de um beco uma carroça arreada carregada por dois cavalos sobre a qual se equilibrava com dificuldade...

– Jaskier... – Ciri gemeu.

Subitamente, Geralt sentiu-se mal, muito mal.

– É Jaskier! Com certeza é ele. – Ciri repetiu com uma voz estranha.

"É injusto", o bruxo pensou. "É uma grande, uma maldita injustiça. Não pode ser assim. Não deveria ser assim. Sei que foi estúpido e ingênuo acreditar que algo algum dia dependeu de mim e que eu teria influência sobre o destino deste mundo, e que este mundo me devia algo. Eu sei, foi ingenuidade minha pensar dessa maneira, até arrogância... Tenho consciência de tudo isso! Não preciso me convencer disso! Nada precisa ser provado para mim! Especialmente dessa maneira... É injusto!"

– Não pode ser Jaskier – disse surdamente, olhando para a crina de Plotka.

– É Jaskier – Ciri repetiu. – Geralt, precisamos fazer alguma coisa.

– O que se pode fazer? Diga-me, o quê? – perguntou com amargura.

Os lansquenês tiraram Jaskier da carroça, tratando-o surpreendentemente bem e sem brutalidade, demonstrando, aliás, a mais elevada consideração por ele. Antes de ele subir as escadas que levavam para o cadafalso, desataram as suas mãos. O poeta coçou as nádegas despreocupadamente e subiu os degraus sem pressa.

De repente, um dos degraus rangeu e o corrimão feito com uma vara de madeira descascada arqueou. Jaskier manteve o equilíbrio com dificuldade.

– Droga! – gritou. – É preciso consertar isto! Olhem lá, hein! Alguém vai se matar nestas escadas! Ainda vai acontecer uma desgraça aqui!

No andaime, Jaskier passou às mãos dos dois ajudantes do algoz, vestidos de casacos de pele sem mangas. O carrasco, um homem de ombros largos como uma torre da cerca, olhava para o condenado pelas aberturas no capuz. Junto dele havia um indivíduo com uma rica vestimenta, embora funebremente preta. A expressão no rosto dele também era fúnebre.

– Excelentíssimos senhores e burgueses de Beauclair e redondezas! – leu o conteúdo do rolo de pergaminho numa voz poderosa, num tom fúnebre. – Informa-se que Julian Alfred Pankratz, o vice-conde de Lettenhove, conhecido como Jaskier...

– Pancrácio o quê? – Ciri perguntou num murmúrio.

– ... de acordo com a sentença do Superior Tribunal Ducal foi declarado culpado por todos os crimes, delitos e contravenções, isto é: ultraje à majestade, alta traição, desonra ao estamento nobre por meio de perjúrio, libelo, difamação, calúnia, assim como baderna, indecência e deboche, ou seja, galinhagem. O tribunal decidiu, portanto, que o vice-conde Julian etc. etc. será sujeito às seguintes punições: *primo*: quebra do brasão, com uma faixa transversal negra no escudo; *secundo*: confiscação dos bens, das terras, das propriedades, dos bosques, das florestas e dos castelos...

– Castelos! Que castelos?! – o bruxo gemeu.

Jaskier bufou desavergonhadamente. A expressão no seu rosto comprovava de modo explícito que a confiscação declarada pelo tribunal o divertia muito.

– *Tertio*, a pena principal: a punição pelos crimes citados prevê o arrastamento por cavalos, a roda da tortura e o esquartejamento. No entanto, nossa benigna soberana, duquesa de Toussaint e senhora em Beauclair, Sua Alteza Sereníssima Anna Henrietta, amenizou a pena, substituindo-a pela degolação com um machado. Que a justiça seja feita!

A multidão soltou alguns gritos. As anciãs que estavam na primeira fileira começaram a lamuriar com falsidade. Os adultos seguraram as crianças no colo ou nos ombros para não perderem nada do espetáculo. Os ajudantes do carrasco rolaram um toco até o centro do cadafalso e cobriram-no com um lenço. Houve um pequeno tumulto, pois descobriu-se que alguém havia roubado a cesta de vime usada para recolher a cabeça cortada, mas logo acharam outra.

Ao pé do cadafalso, quatro mendigos esfarrapados estenderam um xale para recolher o sangue. Era grande a procura por esse tipo de suvenires e se podia lucrar bem com isso.

– Geralt! Precisamos fazer alguma coisa! – Ciri disse, sem erguer a cabeça abaixada.

Ele não respondeu.

– Quero dirigir algumas palavras ao povo – Jaskier declarou orgulhosamente.

– Mas seja breve, vice-conde.

O poeta pôs-se na beira do andaime e ergueu as mãos. A multidão sussurrou e silenciou.

– Povo! E aí? Como vocês estão? – Jaskier gritou.

– Estamos indo – balbuciou alguém das últimas fileiras, após um longo silêncio.

– Está ótimo, então – o poeta acenou com a cabeça. – Fico feliz em saber. Tudo bem, então, podemos começar.

– Mestre algoz, cumpra o seu dever! – o fúnebre disse com uma ênfase artificial.

O carrasco aproximou-se. Ajoelhou-se diante do condenado, de acordo com o costume antigo, e abaixou a cabeça encapuzada.

– Perdoe-me, bom homem – pediu em tom funéreo.

– Eu? Quer que eu o perdoe? – Jaskier estranhou.

– Hã, hã.

– Nunca.

– Hein?

– Jamais o perdoarei. Por que eu deveria fazer isso? Que brincalhão, hein! Daqui a pouco vai cortar a minha cabeça, e quer o meu perdão. Está brincando comigo ou o quê? Num momento como este?

– Como assim, senhor? – o algoz disse tristemente. – Essa é a lei... esse é o costume... O condenado deve primeiro perdoar o carrasco. Bom senhor, livre-me da culpa, perdoe o pecado...

– Não.

– Como não?

– Não!

– Não vou executá-lo, então! Se o filho da mãe não me perdoar, não haverá execução – o algoz declarou em voz soturna e ergueu-se.

– Vice-conde, não dificulte as coisas... – O funcionário fúnebre disse, segurando o cotovelo de Jaskier. – As pessoas estão reunidas, à espera... Perdoe-o, ele está pedindo gentilmente...

– Não perdoarei, e ponto-final!

– Mestre algoz, execute-o sem ser perdoado, por favor. Eu o compensarei por isso... – disse o fúnebre, aproximando-se do carrasco.

O algoz estendeu a sua mão, do tamanho de uma frigideira. O fúnebre suspirou, enfiou a mão no saquitel e encheu o punhado do carrasco com moedas. O verdugo fitou-as por um momento e em seguida fechou o punho. Os olhos nas aberturas do capuz brilharam de forma agourenta.

– Tudo bem – disse depois de guardar o dinheiro, virando-se para o poeta. – Ajoelhe-se, senhor teimoso. Ponha a sua cabeça no toco, seu maldoso. Eu também, quando quero, consigo ser malicioso. Vou executá-lo em duas vezes e, se conseguir, até em três vezes.

– Livro-o da culpa! Eu o perdoo! – Jaskier uivou.

– Obrigado!

– Já que o livrou, devolva o dinheiro – o fúnebre falou soturnamente.

O carrasco virou-se e ergueu o machado.

– Afaste-se, excelentíssimo senhor – ordenou em tom agourento e com voz surda. – Não atrapalhe, e não fique andando por aí, para não entrar no caminho da ferramenta. O senhor sabe, decerto, que onde se cortam cabeças, caem orelhas.

O funcionário recuou bruscamente, quase caindo do cadafalso.

– Assim está bem, mestre? Hein, mestre? – Jaskier perguntou, ajoelhando-se e esticando o pescoço no toco.

– O que houve?

– O senhor estava brincando? Cortará de uma só vez, não é? De uma só machadada, hein?

Os olhos do carrasco brilharam.

– Surpresa! – rosnou de forma agourenta.

De repente, a multidão ondeou, cedendo o passo a um cavaleiro montado num ginete ofegante que se esforçava para adentrar a praça.

– Parem! – o cavaleiro gritou, agitando um enorme rolo de pergaminho cheio de selos vermelhos. – Parem a execução! É uma ordem ducal! Saiam do caminho! Parem a execução! Trago o indulto para o réu!

– De novo? Clemência outra vez? Isso já está ficando chato – o carrasco rosnou, abaixando o machado.

– Clemência! Clemência! – a multidão berrou. As anciãs da primeira fileira começaram a lamuriar ainda mais alto. Muitas pessoas, principalmente jovens, sibilaram e vaiaram com desaprovação.

– Acalmem-se, excelentes senhores e cidadãos! – o fúnebre gritou, abrindo o pergaminho. – Eis a vontade de Sua Graça Anna Henrietta! Em sua imensurável bondade, para homenagear a firmação da paz, que, de acordo com as notícias que correm, foi alcançada na cidade de Cintra, Sua Graça outorga o perdão ao vice-conde Julian Alfred Pankratz de Lettenhove, chamado Jaskier, pelos delitos cometidos e concede-lhe indulgência...

– Querida Fuinha – afirmou Jaskier, lançando um largo sorriso.

– ... ordenando, ao mesmo tempo, que o mencionado vice-conde Julian Pankratz etc. abandone a capital e as fronteiras do ducado de Toussaint e nunca mais pise os pés aqui, pois caiu na desgraça da Sua Graça, que já não consegue mais aturá-lo! Está livre, vice-conde.

– E os meus bens, hein? – Jaskier vozeirou. – Podem ficar com as minhas propriedades, os meus bosques, as minhas florestas e os meus castelos, mas devolvam, pelos diabos, o alaúde, o cavalo Pégaso, cento e quarenta táleres e oitenta hellers, o sobretudo forrado com pele de guaxinim, o anel...

– Cale-se! Cale-se, desça daí e venha para cá, seu idiota! Ciri, abra o caminho! Jaskier, você está ouvindo o que estou dizendo? – Geralt gritou, empurrando a multidão, que clamava e cedia o passo com relutância.

– Geralt? É você mesmo?

– Não pergunte! Desça e venha até mim! Salte em cima do cavalo!

Conseguiram passar pela multidão e galoparam por uma ruela estreita, Ciri à frente, Geralt e Jaskier atrás dela, montados na Plotka.

– Por que estão com tanta pressa? Ninguém está nos perseguindo – o trovador falou atrás do bruxo.

– Por enquanto. A duquesa gosta de mudar de opinião e repentinamente revogar aquilo que havia decidido. Confesse, você sabia desse indulto?

– Não, não sabia – Jaskier murmurou. – Mas, confesso, contava com ele. Fuinha é muito querida e tem um bom coração.

– Pare de chamá-la de Fuinha, diabos. Você acabou de escapar das acusações de desacato à majestade. Quer cair na reincidência?

O trovador ficou em silêncio. Ciri parou Kelpie e esperou por eles. Quando a alcançaram, ela olhou para Jaskier e enxugou as lágrimas.

– Você, hein... seu... Pancrácio – disse.

– Vamos – o bruxo os apressou. – Precisamos deixar esta cidade e atravessar a fronteira deste país encantador enquanto ainda podemos fazer isso.

•

Ao se aproximarem da fronteira de Toussaint e do local de onde já se avistava o monte Górgona, foram alcançados por um estafeta da duquesa. Levava consigo o Pégaso selado, o alaúde, o sobretudo e o anel de Jaskier. Ignorou a pergunta sobre os cento e quarenta tálares e oitenta hellers. Escutou com o rosto impassível o pedido de Jaskier de mandar beijinhos para a duquesa.

Seguiram a montante do rio Sansretour, que àquela altura já havia se transformado em um riachinho torrente. Contornaram Belhaven.

Acamparam no vale do rio Newi, no lugar do qual o bruxo e o trovador se lembraram.

Jaskier aguentou muito tempo sem perguntar.

Mas era preciso finalmente contar-lhe tudo o que havia acontecido.

E acompanhá-lo no seu silêncio, num horrível silêncio pesado e purulento como uma úlcera, que pairou sobre tudo depois de ouvir a história.

•

Às doze horas do dia seguinte, estavam nas encostas, nas redondezas de Riedbrune, onde tudo estava calmo, arrumado e em ordem. As pessoas eram confiantes e prestativas. Sentia-se segurança. Por toda parte havia cadafalsos cheios de enforcados.

Contornaram a cidade, dirigindo-se para Dol Angra.

– Jaskier! – Geralt notou aquilo que deveria ter notado há muito tempo. – O seu inestimável tubo! Os seus séculos de poesia! Eles não estavam com o estafeta! Ficaram em Toussaint!

– Ficaram no vestiário de Fuinha, debaixo de uma pilha de vestidos, calcinhas e espartilhos, e podem ficar lá para sempre – o trovador confirmou com indiferença.

– Você pode fazer o favor de se explicar?

– Não há nada para explicar. Em Toussaint tive tempo suficiente para ler atentamente o que havia escrito.

– E?

– Escreverei tudo outra vez.

– Entendi – Geralt acenou com a cabeça. – Em breves palavras: você percebeu que é um escritor favorito medíocre. E, para ser mais franco, tudo que você toca, vira merda. Mas, se você ainda não conseguir corrigir e reescrever o seu *Meio século*, então se ferrará com a duquesa Anarietta. Poxa, um amante infame expulso. Pois é, não adianta fazer essa cara, Jaskier! Você não estava predestinado a ser o duque consorte em Toussaint.

– Ainda veremos.

– Não conte comigo. Não tenho a menor intenção de ver isso.

– E ninguém lhe pede para ver. Digo-lhe apenas que Fuinha tem um bom e compreensível coração. É verdade que se exaltou um pouco quando me apanhou com a jovem baronesa Nique... mas com certeza já deve ter se acalmado! Entendeu que os homens são incapazes de viver em monogamia. Perdoou-me e provavelmente está à minha espera...

– Você é um completo idiota – Geralt afirmou. Ciri, com um enérgico aceno da cabeça, confirmou que compartilhava da opinião dele.

– Não vou discutir com vocês – Jaskier zangou-se. – Além do mais, é um assunto pessoal. Repito: Fuinha vai me perdoar. Escreverei uma balada ou um soneto, mandarei para ela, e ela...

– Poupe-me, Jaskier.

– Ah, realmente, não sei por que continuo falando com vocês. Vamos! Corra, Pégaso! Corra, pipa de pernas brancas!

Correram.

Era maio.

•

– Por sua culpa – o bruxo falou em tom de repreensão –, por sua culpa, desterrado amante, eu também tive que fugir de Toussaint como se fosse um bandido ou foragido. Nem tive tempo de me encontrar com...

– Fringilla Vigo? Você nem conseguiria se encontrar com ela. Foi embora logo depois de vocês partirem de Toussaint, ainda em janeiro. Simplesmente desapareceu.

– Não pensei nela. – Geralt pigarreou ao ver Ciri curiosa, prestando atenção. – Queria me encontrar com Reynart, apresentá-lo a Ciri...

Jaskier fixou os olhos na crina de Pégaso.

– Reynart de Bois-Fresnes – balbuciou – foi morto mais ou menos no fim de fevereiro, numa disputa com os grassantes, no passo de Cervantes, nas redondezas da guarita Vedette. Anarietta condecorou-o *post mortem* com a ordem...

– Cale-se, Jaskier.

Jaskier calou-se, de maneira surpreendentemente obediente.

•

O mês de maio avançava e eclodia. Os tons fúlvidos dos dentes-de-leão desapareceram dos prados, substituídos pelas macias, efêmeras e alvas bolas de sementes.

Fazia calor e tudo estava verde. O ar, salvo depois de refrescado por uma curta tempestade, estava abafado, quente e pegajoso como uma sopa espessa.

•

No dia vinte e seis de maio, atravessaram o Jaruga por uma ponte novinha e branquinha que cheirava a resina. Na água e na margem viam-se os restos da antiga ponte, as pretas, esfumaçadas e carbonizadas toras de madeira.

Ciri ficou inquieta.

Geralt sabia. Conhecia as suas intenções, os seus planos, o acordo que havia feito com Yennefer. Estava preparado. Mesmo assim, a ideia de se separar dela causou-lhe dor. Como se lá dentro no peito, atrás das costelas, houvesse um pequeno e maldito escorpião adormecido que acordara de repente.

•

Na encruzilhada dos caminhos depois da vila Koprzywnica, atrás das ruínas de uma taberna queimada, havia ao menos cem anos crescia um extenso carvalho-roble, que agora, na época da primavera, estava coberto de pequenas flores araneiformes. Os habitantes de toda a região, até da longínqua Spalla, costumavam usar os seus enormes galhos suspensos numa altura relativamente baixa para pendurar tábuas e placas que continham diversas informações. Por esse motivo, como servia à comunicação entre as pessoas, o carvalho era conhecido como a Árvore das Boas e Más Novas.

– Ciri, comece por aquele lado – Gerald ordenou, ao desmontar do cavalo. – Jaskier, olhe por aqui.

As placas suspensas nos galhos movimentavam-se ao vento, chocavam-se e chacoalhavam.

Normalmente, depois de uma guerra, as placas eram usadas para a busca de famílias desaparecidas e que se encontravam separadas. Era comum ler-se nelas muitos anúncios como: VOLTE, PERDOO SUAS FALTAS, muitas ofertas de massagem erótica e outros serviços oferecidos nas vilas e nas pequenas cidades dos arredores, assim como avisos e propagandas. Nelas havia ainda correspondências amorosas e denúncias assinadas por pessoas amáveis e anônimas. Muitas placas traziam as convicções filosóficas de seus autores, na sua maioria sem nenhum sentido ou repugnantemente obscenas.

– Ah! – Jaskier gritou. – No castelo de Rastburg precisam urgentemente de um bruxo, e está escrito que a remuneração é alta. Garantem também hospedagem de luxo e uma alimentação extraordinariamente saborosa. Você topa, Geralt?

– Decididamente, não.

Ciri achou a notícia que procuravam.

E foi então que lhe comunicou aquilo que o bruxo aguardava havia muito tempo.

•

– Geralt, vou a Vengerberg – disse. – Não faça essa cara. Você sabe que preciso ir. Yennefer me chamou. Ela espera por mim lá.

– Eu sei.

– Você vai a Rívia, para esse encontro que você ainda mantém em segredo...

– É uma surpresa – interrompeu. – Uma surpresa, e não um segredo.

– Uma surpresa, tudo bem. Mas eu resolverei em Vengerberg tudo que preciso resolver, buscarei Yennefer e chegaremos a Rívia em cerca de seis dias. Já lhe pedi para não fazer essa cara. E, por favor, não vamos nos despedir como se fôssemos ficar separados por uma eternidade. Serão apenas seis dias! Até logo.

– Até logo, Ciri.

– Em Rívia, daqui a seis dias – repetiu mais uma vez, virando Kelpie.

Lançou-se imediatamente num galope. Num instante desapareceu, e Geralt sentiu uma horrível e fria mão grifanha apertando seu estômago.

– Seis dias... – Jaskier repetiu pensativo. – Daqui para Vengerberg e de volta para Rívia são aproximadamente duzentas e cinquenta milhas... É impossível, Geralt. Tudo bem, com essa égua demoníaca com a qual Ciri consegue viajar com a velocidade de um estafeta, três vezes mais rápido que nós, teoricamente, mas muito teoricamente, em seis dias conseguiria percorrer uma distância assim. Porém essa égua demoníaca também precisa descansar. E esse assunto misterioso que Ciri precisa resolver também vai demorar algum tempo. Portanto, é impossível...

– Para Ciri não existe nada que seja impossível – o bruxo cerrou os dentes.

– Será?...

– Ela já não é mais aquela menina que você conheceu, não é mais a mesma – interrompeu-o bruscamente.

Jaskier permaneceu em silêncio por um longo tempo.

– Tenho um estranho pressentimento...

– Cale-se, não fale nada.

•

O mês de maio chegou ao fim. A lua minguava. A lua nova se aproximava, e o que se via era apenas um pequeno fio no céu. Dirigiam-se para as montanhas que se viam no horizonte.

•

A paisagem era tipicamente de pós-guerra. Por entre os campos, do nada, surgiam sepulturas e mamoas. No meio da abundante relva primaveril, apareciam caveiras e esqueletos. Nas árvores que cresciam junto das estradas, pendiam os enforcados. À beira das estradas, mendigos famintos esperavam a morte por inanição, e ao pé das florestas lobos esperavam os mendigos enfraquecerem.

A relva não cobria as superfícies negras atingidas pelos incêndios.

Vilas e povoações das quais haviam restado apenas chaminés esfumaçadas eram reconstruídas. Nelas ressoavam as batidas dos martelos e o ranger das serras. Nas proximidades das ruínas, as mulheres perfuravam a terra queimada com as enxadas. Algumas arrastavam grades e arados, cambaleando, e os arreios de estopa cortavam os seus braços emagrecidos. Nos sulcos arados, as crianças caçavam as larvas das melolontas e as minhocas.

– Tenho um leve pressentimento de que alguma coisa aqui está errada. Falta algo… Você não tem essa impressão, Geralt? – Jaskier comentou.

– Hein?

– Algo não está normal aqui.

– Nada aqui é normal, Jaskier, simplesmente nada.

•

A noite estava cálida e negra. O vento não soprava. À distância, relâmpagos reluziam no céu. Os inquietantes murmúrios dos trovões ressoavam. Geralt e Jaskier estavam acampados e viram o horizonte no oeste irradiar com uma rubra claridade de incêndio. O local onde o fogo havia irrompido não ficava longe de onde estavam. O vento que se levantara de repente espalhou o cheiro de queimado, assim como sons cortados. Sem querer, eles ouviram os berros das pessoas sendo assassinadas, de mulheres uivando, os gritos arrogantes e triunfantes de um bando.

Jaskier não falava nada. De vez em quando lançava um olhar apavorado para o bruxo, mas o bruxo nem tremia, sequer virava a cabeça. Seu semblante estava impassível.

De manhã seguiram caminho, sem nem olhar para a coluna de fumaça que se erguia sobre a floresta, e encontraram um grupo de pessoas.

•

Andavam devagar, num silêncio absoluto, formando uma fileira extensa. Carregavam pequenas trouxas. Eram homens, rapazes, mulheres e crianças. Andavam sem se queixar, sem chorar, sem proferir nem uma palavra de lamento, sem gritos ou reclamações.

Mas o grito e o desespero estavam estampados nos seus olhos vazios de pessoas sofridas, roubadas, espancadas, desterradas.

– Quem são? Quem são essas pessoas que vocês estão guiando? – Jaskier perguntou, sem se intimidar com a hostilidade que emanava dos olhos do oficial que supervisionava a marcha.

– São nilfgaardianos – resmungou, do alto da sua sela, o subintendente, um fedelho de rosto corado que tinha no máximo dezoito anos. – São povoadores nilfgaardianos. Vieram ocupar nossas terras feito baratas! Por isso os expulsamos como se fossem baratas. Assim foi decidido em Cintra e acordado no tratado de paz.

Inclinou-se e cuspiu.

– E, se dependesse de mim – retomou o discurso, lançando um olhar desafiador para Jaskier e o bruxo –, eu não deixaria que esses vermes saíssem daqui vivos.

– E, se dependesse de mim – falou um suboficial de bigode branco, arrastando as palavras, fitando o seu comandante com um olhar estranhamente desprovido de respeito –, eu os deixaria em paz nas suas fazendas. Eu não expulsaria bons agricultores do país. Estaria feliz com a agricultura prosperando e contente por ter o que comer.

– Você é burro, sargento – o subintendente rosnou. – Eles são de Nilfgaard! Não falam a nossa língua, não conhecem a nossa cultura, não trazem o nosso sangue. Estaríamos felizes por causa da agricultura, mas criaríamos uma víbora no nosso peito, traidores prontos para nos dar uma facada nas costas. Vocês pensam, por acaso, que entre nós e os negros haverá paz para sempre? Não, que voltem para o lugar de onde vieram... Ei, soldados! Um deles leva um carrinho! Tirem-no dele já!

A ordem foi cumprida com zelo, com o uso não apenas de tacos e punhos, mas também de saltos.

Jaskier pigarreou.

– E vocês, será que não estão gostando de alguma coisa? São nilfgaardófilos? – o jovem subintendente o examinou com o olhar.

– Deuses me livrem – Jaskier engoliu a saliva.

Muitas mulheres e moças de olhos vazios que passavam por eles, andando como autômatos, tinham a roupa rasgada, os rostos inchados, cheios de hematomas, as coxas e as canelas marcadas com fios de sangue. Muitas precisavam ser escoradas para conseguirem andar. Jaskier olhou para o rosto de Geralt e ficou receoso.

– Precisamos ir – balbuciou. – Passem bem, senhores.

– Passem bem – o sargento saudou-os. O subintendente nem virou a cabeça. Estava ocupado, vigiando, para ver se algum dos povoadores carregava uma bagagem de tamanho maior do que aquele estabelecido pela paz de Cintra.

A coluna de pessoas seguia andando.

Ouviram-se os gritos altos, desesperados, cheios de dor de uma mulher. Jaskier gemeu:

– Geralt, não, não faça nada, eu lhe imploro... não se meta...

O bruxo virou o rosto para ele, com um semblante que Jaskier não conhecia, e falou:

– Meter-me? Intervir? Socorrer alguém? Correr risco por algum princípio nobre ou alguma ideia? Não, Jaskier, não mais.

•

Certa noite, uma noite agitada e iluminada pelos relâmpagos distantes, o bruxo mais uma vez acordou com um sonho. Dessa vez também não sabia se tinha passado de um pesadelo para outro.

Novamente uma claridade pulsante pairava sobre os restos da fogueira e assustava os cavalos. Novamente via-se um castelo, uma colunata negra, uma mesa com mulheres sentadas ao redor dela.

Duas mulheres não estavam sentadas, permaneciam em pé. Uma era alvinegra e a outra, negra e cinzenta.

Yennefer e Ciri.

O bruxo gemeu, sonhando.

•

Yennefer tinha razão quando a aconselhou a não trajar uma vestimenta masculina. Ciri não se sentiria à vontade nessa sala, vestida como um rapaz, em meio às mulheres elegantes que ofuscavam com as joias. Estava contente por ter usado aquelas vestimentas, numa combinação de preto e cinza. Sentia-se lisonjeada com os olhares cheios de aprovação a fitar as mangas bufantes recortadas da sua veste, a cintura alta, a gargantilha com um pequeno broche de brilhantes em forma de rosa.

– Aproximem-se.

Ciri estremeceu levemente, e não só por causa do som dessa voz. Yennefer, como se podia ver, tinha razão também a respeito de outra questão: a havia desaconselhado a usar roupa decotada.

No entanto, Ciri havia insistido em usar decote, e agora sua impressão era de que uma corrente de ar dançava sobre os seus seios, e todo o seu peito, quase até o umbigo, estava arrepiado.

– Mais perto – repetiu a mulher de cabelos e olhos escuros que Ciri conhecia, de quem se lembrava da ilha de Thanedd. Embora Yennefer tivesse dito a ela quem encontrariam em Montecalvo, tivesse falado os nomes de todas elas e como cada uma era, Ciri imediatamente começou a chamá-la, nos seus pensamentos, de Senhora Coruja.

– Senhorita Ciri, seja bem-vinda à Loja de Montecalvo – saudou-a a Senhora Coruja.

Ciri curvou-se do jeito que Yennefer lhe havia ensinado, de uma maneira cortês, mas ao estilo varonil, sem a genuflexão feminina ou o gesto humilde e submisso de baixar os olhos. Retribuiu o sorriso sincero e amável de Triss Merigold e respondeu com uma reverência um pouco mais profunda ao olhar amigável de Margarita Laux-Antille. Aguentou os oito olhares restantes, embora parecessem perfurá-la como brocas, ou como pontas de lança. A Senhora Coruja apontou com um gesto verdadeiramente soberano um lugar e convidou:

– Queira sentar-se! Você não, Yennefer, só ela! Você, Yennefer, não é uma convidada. Você foi chamada aqui na condição de ré, para ser julgada e punida. Você permanecerá em pé até que a Loja decida o seu destino.

Para Ciri, o protocolo terminou num instante. Ela falou em tom alto:

– Então também permanecerei em pé. Eu também não fui convidada para vir aqui. Também fui chamada para tomar conhecimento do meu destino. Esse é o primeiro ponto. E o segundo é o seguinte: o destino de Yennefer é também o meu destino. O que acontece com ela, acontece comigo. Com todo o respeito, mas esses dois elementos são inseparáveis.

Margarita Laux-Antille sorriu, olhando direto nos seus olhos. A discreta e elegante Assire var Anahid, que tinha um nariz levemente adunco e só podia ser nilfgaardiana, acenou com a cabeça, tamborilando os dedos no tampo da mesa.

– Filippa – disse a mulher com o pescoço envolto numa echarpe de pele de raposa prateada –, parece-me que não há necessidade de sermos tão intransigentes. Pelo menos não hoje, e não neste momento. Estamos sentadas à mesa redonda da Loja na qual somos tratadas como iguais, mesmo em condição de rés. Acho que todas podemos concordar que...

Não terminou a frase. Passou os olhos por todas as feiticeiras, que, uma por uma, concordavam com um aceno da cabeça: Margarita, Assire, Triss, Sabrina Glevissig, Keira Metz e as duas formosas elfas. Só a outra nilfgaardiana, Fringilla Vigo, de cabelos negros como breu, permaneceu sentada, imóvel, muito pálida, sem tirar os olhos de Yennefer.

– Que assim seja, então – Filippa Eilhart acenou com a mão cheia de anéis. – Sentem-se as duas. Contra a minha vontade. Mas a unidade da Loja é mais importante. E o interesse da Loja também é, pois supera tudo. A Loja é tudo, o resto é nada. Espero que você entenda isso, Ciri.

– Entendo muito bem, até porque eu sou um nada. – Ciri nem ponderou a possibilidade de baixar os olhos.

Francesca Findabair, a belíssima elfa, riu sonora e melodiosamente.

– Parabéns, Yennefer – disse com sua voz melodiosa e hipnotizante –, reconheço o traço gravado, a prova desse ouro. Reconheço a escola.

– Não é difícil reconhecer. É a escola de Tissaia de Vries. – Yennefer passou um olhar flamejante ao redor da mesa.

– Tissaia de Vries está morta, não está conosco sentada a esta mesa – falou com calma a Senhora Coruja. – Tissaia de Vries morreu, e a sua morte lamentada e lastimada foi simultaneamente um marco e o ponto de partida. Começaram novos tempos, chegou uma nova era, aproximam-se grandes mudanças. E quanto a você, Ciri, que um dia foi Cirilla de Cintra, o destino designou-lhe um papel muito importante nessas mudanças, que certamente você já sabe qual é.

– Sei – Ciri latiu, sem reagir ao sibilo de reprovação de Yennefer. – Vilgefortz já me havia explicado tudo durante os preparativos para enfiar uma bombinha de vidro entre as minhas pernas. Se esse for o meu destino, agradeço muito, mas não aceitarei a proposta.

Os olhos escuros de Filippa fulguraram com uma ira fria. Mas a pessoa que começou a falar foi Sheala de Tancarville.

– Você ainda precisa aprender muito, criança – disse, envolvendo o pescoço com a echarpe de raposa prateada. – Pelo que vejo e ouço, precisará desaprender muitas coisas, sozinha ou com a ajuda de alguém. Está evidente que nos últimos tempos você andou adquirindo conhecimento sobre muitas coisas ruins, e certamente viveu muitas coisas ruins, e ficou marcada pelo mal. Na sua obstinação infantil, agora você se recusa a enxergar o bem, nega o bem e as boas intenções. Fica toda eriçada, como um ouriço, sem conseguir reconhecer aqueles que se preocupam com o seu bem. Você bufa e mostra as unhas como uma gata selvagem, sem nos deixar outra escolha: precisaremos agarrá-la pela nuca. E faremos isso, criança, sem parar para pensar nem por um segundo porque somos mais velhas, mais sábias, temos conhecimento de tudo o que já aconteceu e daquilo que acontece. Também possuímos um vasto conhecimento sobre o futuro. Nós a agarraremos pela nuca, gatinha, para que você um dia, num futuro próximo, como uma felina experiente e sábia, possa sentar-se aqui, nesta mesa, entre nós, como uma de nós. Não, não quero ouvir nem uma palavra! Não se atreva a abrir a boca quando Sheala de Tancarville fala!

A voz da feiticeira koviriana, aguda e perfurante como uma faca que arranha o ferro, de repente pairou sobre a mesa. Não foi apenas Ciri que se encolheu. As outras feiticeiras da Loja também estremeceram ligeiramente e enfiaram as cabeças entre os ombros. Talvez com exceção de Filippa, Francesca e Assire. E Yennefer.

– Você estava certa – Sheala retomou o discurso, envolvendo o pescoço com a echarpe ao pensar que foi chamada a Montecalvo para conhecer o seu destino. – Você não teve razão ao achar que era um nada, pois você é tudo, o futuro do mundo. Neste momento, obviamente, você não sabe disso, não entende. Neste momento, você é uma gata arrepiada que bufa, uma criança que passou por experiências traumáticas e que em tudo vê Emhyr var Emreis ou Vilgefortz com o inseminador nas mãos. E não faz sentido explicar a você que está enganada e que se trata do seu bem e do bem do mundo. Um dia, haverá tempo para esse tipo de explicações. Agora, zangada, não quer ouvir a voz da razão e tem uma resposta pronta para todos os argumentos, em forma de teimosia infantil, obstinação e gritos. Portanto, neste momento, você será simplesmente agarrada pela nuca. Terminei. Filippa, comunique a ela o destino que a espera.

Ciri estava rígida, acariciando as cabeças das esfinges que ornavam as pontas dos braços das cadeiras. A Senhora Coruja interrompeu o silêncio pesado e fúnebre.

– Você irá comigo e com Sheala a Kovir, a Pont Vanis, à capital real veranil. Como você não é mais nenhuma Cirilla de Cintra, durante a audiência será apresentada como uma adepta da magia, nossa protegida. Lá, você conhecerá um rei muito sábio, Esterad Thyssen, de sangue verdadeiramente real. E conhecerá a mulher dele, a rainha Zuleyka, uma pessoa excepcionalmente nobre e bondosa. Conhecerá também o filho do casal real, o príncipe Tancredo.

Ciri começou a entender e arregalou os olhos. A Senhora Coruja notou isso e confirmou.

– Sim, você precisa sobretudo impressionar o príncipe Tancredo, pois se tornará amante dele e dará à luz o seu filho.

Filippa retomou o discurso após um momento:

– Se você ainda fosse Cirilla de Cintra, se você ainda fosse a filha de Pavetta e a neta de Calanthe, seria esposa legítima de Tancredo, se tornaria princesa e depois a rainha de Kovir e Poviss. Infelizmente, e digo isto com verdadeira lástima, o destino a privou de tudo, também do futuro. Será apenas uma amante, uma favorita.

– Uma favorita de nome, e formalmente – Sheala interrompeu. – Faremos todo o possível para que, vivendo junto de Tancredo, tenha o status de duquesa e posteriormente até de rainha. É claro que precisaremos da sua ajuda. Tancredo deve desejar que você permaneça ao lado dele, dia e noite. Nós ensinaremos a você como estimular esse desejo. Mas depende de você se esses ensinamentos darão frutos.

– São apenas pormenores – a Senhora Coruja falou. – O importante é que você engravide de Tancredo o mais rápido possível.

– Claro – Ciri resmungou.

– O filho que você gerará com Tancredo terá o seu futuro e a sua posição assegurados pela Loja – Filippa não tirava os seus olhos escuros de Ciri. – E comunico-lhe que se trata de assuntos realmente importantes. Você, aliás, participará de tudo isso, pois, logo após dar à luz, começará a participar das nossas reuniões. Começará o seu aprendizado. Embora hoje isto possa lhe parecer um pouco obscuro, você é uma de nós.

– Na ilha de Thanedd – Ciri conseguiu vencer a resistência da garganta apertada –, a senhora me chamou de monstro, Senhora Coruja, e hoje a senhora me diz que sou uma de vocês!

– Não há nenhuma contradição nisso – ressoou a voz de Enid an Gleanna, a Margarida dos Vales, melodiosa como o rumorejar de um riacho. – Todas nós, *me luned*, somos monstros, cada uma do seu jeito. Não é assim, Senhora Coruja?

Filippa deu de ombros.

– Esconderemos essa repugnante cicatriz por meio de uma ilusão – Sheala falou outra vez, beliscando sua echarpe com aparente indiferença. – Você ficará linda e misteriosa, e garanto que Tancredo Thyssen se apaixonará loucamente por você. Precisamos inventar também outros dados pessoais. Cirilla é um nome bonito, e até comum, então você não precisará abrir mão dele para manter-se ignota. Mas temos que arranjar outro sobrenome para você. Não vou achar ruim se você escolher o meu.

– Ou o meu – a Senhora Coruja falou, esboçando um leve sorriso com o canto dos lábios. – Cirilla Eilhart também soa bem.

– Esse nome combina com qualquer outro – na sala soaram outra vez as campainhas de prata da voz da Margarida dos Vales. – E qualquer uma de nós queria ter uma filha como você, Zireael, andorinha de olhos de falcão, sangue do sangue e osso do osso de Lara Dorren. Qualquer uma de nós sacrificaria tudo, inclusive esta Loja, até mesmo o destino dos reinados e de todo o mundo, só para ter uma filha como você. Mas é impossível, sabemos que é impossível, por isso invejamos tanto Yennefer.

– Agradeço à senhora Filippa – Ciri falou após um momento, apertando as cabeças das esfinges com as mãos. – Fico igualmente honrada com a proposta de usar o sobrenome de Tancarville.

No entanto, ao que parece, o sobrenome será a única coisa que dependerá de mim e da minha escolha, a única coisa que não me será imposta. Por isso, vou rejeitar as sugestões das senhoras e fazer a minha própria escolha. Quero me chamar Ciri de Vengerberg, filha de Yennefer.

– Hã?! – reluziram os dentes da feiticeira de cabelos negros, que Ciri adivinhou ser Sabrina Glevissig de Kaedwen. – Tancredo Thyssen será um idiota se não esposar você morganaticamente. Provará ser um idiota cego, incapaz de reconhecer um brilhante por entre as vidraças se no lugar dela deixar que lhe entreguem uma princesa sem sal. Parabéns, Yenna. Invejo-a. E você sabe que a minha inveja é autêntica.

Yennefer agradeceu com um aceno da cabeça, sem um traço de sorriso.

– Então tudo está resolvido – Filippa afirmou.

– Não – falou Ciri.

Francesca Findabair bufou baixinho. Sheala de Tancarville ergueu a cabeça, e os traços em seu semblante enrijeceram. Ciri continuou:

– Preciso pensar mais no assunto – afirmou Ciri. – Ponderar, escolher com calma. Quando tiver feito isso, voltarei para cá, para Montecalvo, e comunicarei o que decidi às senhoras.

Sheala mexeu a boca, como se tivesse encontrado nela algo que precisava ser cuspido imediatamente. Mas não disse nada. Ciri ergueu a cabeça e falou:

– Tenho um encontro marcado com o bruxo Geralt na cidade de Rívia. Prometi-lhe que me encontraria lá com ele, acompanhada de Yennefer. Cumprirei essa promessa, com ou sem o seu consentimento. A senhora Rita, aqui presente, sabe que eu, quando vou ao encontro de Geralt, sempre acho um buraco no muro.

Margarita Laux-Antille acenou com a cabeça, sorrindo.

– Preciso conversar com Geralt, despedir-me dele, e lhe dar a razão. Vocês precisam saber de uma coisa. Depois de partir do castelo de Stygga e de deixar os cadáveres para trás, perguntei a Geralt se esse era o fim, se havíamos vencido, se o mal havia sido derrotado, se o bem triunfaria. E ele apenas sorriu de uma maneira estranha e triste. Achei que fosse pelo fato de estar cansado e de termos enterrado todos os seus amigos lá, ao pé do castelo de Stygga. Mas agora entendo o significado daquele sorriso. Era um sorriso de pena diante da ingenuidade de uma criança que pensava que a degolação de Vilgefortz e Bonhart faria que o bem triunfasse sobre o mal. Preciso dizer a ele que aprendi e entendi, preciso lhe comunicar isso.

Ciri continuou:

– Preciso também convencê-lo de que aquilo que as senhoras querem fazer comigo é muito diferente daquilo que Vilgefortz planejava fazer com a sua bombinha de vidro. Preciso explicar para ele que há uma diferença entre o castelo de Montecalvo e o castelo de Stygga, e que Vilgefortz estava preocupado com o bem do mundo, assim como as senhoras estão preocupadas com ele.

Prosseguiu:

– Sei que não será nada fácil convencer um lobo velho como Geralt. Ele me dirá que sou uma pirralha, que é fácil me iludir com as aparências de boas intenções, e que essa coisa do destino e do bem do mundo são apenas banalidades. Mas preciso tentar. É importante que ele entenda e aceite isso. É muito importante, inclusive para as senhoras.

– Você não entendeu nada – Sheala de Tancarville falou asperamente. – Você continua se comportando como uma pirralha que passa da etapa de espernear e gritar por birra para a etapa de uma pirracenta arrogância. A única coisa que alimenta a esperança é a sagacidade do seu raciocínio. Você aprenderá rapidamente e, acredite, rirá ao se lembrar das asneiras que falou aqui. Quanto à sua viagem para Rívia, por obséquio, que a Loja se pronuncie a respeito dela. Eu me declaro decididamente contra, por uma questão de princípios, para lhe provar que eu, Sheala de Tancarville, nunca jogo as palavras ao vento e que consigo obrigá-la a dobrar a sua nuca obstinada. É preciso lhe ensinar disciplina, para o seu próprio bem.

– Resolvamos, então, essa questão – Filippa Eilhart pôs as mãos em cima da mesa. – Peço que as senhoras expressem as suas opiniões. Devemos deixar a obstinada senhorita Ciri ir para Rívia, ao encontro de um bruxo para o qual daqui a pouco não haverá lugar na sua vida? Devemos permitir que ela alimente um sentimentalismo que em pouco tempo terá de abandonar por completo? Sheala se opõe. E as senhoras?

– Eu também sou contra – Sabrina Glevissig declarou. – E também por uma questão de princípios. Gostei dela. Não posso negar que gostei da sua impertinência e da sua impávida ousadia. Prefiro isso a uma pessoa maçante. Não teria nada contra o seu pedido, em especial pelo fato de saber que ela voltará para cá, infalivelmente. Pessoas como ela não quebram uma promessa. Mas a moça ousou ameaçar-nos, e é preciso que saiba que consideramos ridículas essas ameaças!

– Eu me oponho, por motivos práticos – Keira Metz afirmou. – Também gostei da moça. Quanto a esse Geralt, ele me carregou nos seus braços na ilha de Thanedd. Não há em mim nem um pingo de sentimentalismo, mas aquilo fez que eu me sentisse muito bem. Poderia ser uma oportunidade para agradecer a ele. No entanto, digo não! Simplesmente porque você está enganada, Sabrina. A moça é uma bruxa e está tentando nos enganar com os seus artifícios de bruxa, está tentando fugir.

– Alguém aqui ousa duvidar das palavras de minha filha? – Yennefer perguntou, arrastando as palavras de forma agourenta.

– Cale-se, Yennefer – Filippa sibilou. – Não abra a boca para que eu não perca a paciência. Já temos dois votos contra. Vamos ouvir os restantes.

– Voto a favor de deixá-la ir – Triss Merigold declarou. – Conheço-a e respondo por ela. Caso me permita, gostaria de acompanhá-la nessa viagem, apoiá-la nas suas ponderações e deliberações e, se concordar, na sua conversa com Geralt.

– Também voto a favor – Margarita Laux-Antille sorriu. – Podem ficar surpresas, mas faço isso para Tissaia de Vries, que, se estivesse aqui, se irritaria com a sugestão de precisar aplicar a força e limitar a liberdade para manter a unidade da Loja.

– Voto a favor – Francesca Findabair falou, ajeitando as rendas no decote. – Por muitas razões, que não preciso revelar, e não revelarei.

– Voto a favor – Ida Emean aep Sivney disse de forma igualmente lacônica. – Pois assim manda o meu coração.

– E eu sou contra – Assire var Anahid afirmou secamente. – Não sou movida por nenhum tipo de simpatias, antipatias ou questões de princípios. Temo pela vida de Ciri. Ela está segura sob os cuidados da Loja, e nas estradas que levam a Rívia será um alvo fácil. Temo que ainda haja pessoas que, mesmo depois de tê-la privado do seu nome e da sua identidade, ainda achem que isso foi pouco.

– Só resta conhecer a opinião da senhora Fringilla Vigo, embora deva ser óbvia. – Sabrina Glevissig falou de maneira bastante maliciosa. – Permito-me recordar a todas as senhoras o castelo de Rhys-Rhun.

– Agradecida pela lembrança. – Fringilla Vigo ergueu a cabeça orgulhosamente. – Voto a favor de Ciri, para comprovar o respeito e a simpatia que nutro por ela. E faço isso sobretudo para o bruxo Geralt de Rívia, pois sem a ajuda dele ela não estaria aqui. Foi ele que viajou até o fim do mundo para socorrer Ciri, lutando contra todos os obstáculos que surgiam no seu caminho, até contra ele próprio. Seria inconcebível opor-se a que eles se encontrem.

– Houve, no entanto, relativamente pouca objeção e uma demonstração exagerada de um sentimentalismo ingênuo, que pretendemos erradicar dessa moça – Sabrina falou com cinismo. – Ora, até se falou no coração. E o resultado é que os dois pratos da balança estão equilibrados. Cinco votos a favor e cinco contra, contando o de Filippa. Então estamos num ponto morto. Não conseguimos resolver nada. Precisamos votar outra vez. Proponho uma votação secreta.

– Para quê?

Todas olharam para a pessoa que tinha acabado de falar. Para Yennefer.

– Eu continuo sendo membro desta Loja – Yennefer afirmou. – Ninguém me privou dessa condição. Ninguém foi admitido no meu lugar. Do ponto de vista formal, tenho o direito de votar. E meu voto é óbvio. Os votos a favor são em maior número, portanto o assunto está resolvido.

– Sua insolência oscila à beira de bom-senso, Yennefer – Sabrina afirmou, entrelaçando os dedos armados com anéis de ônix.

– Se eu fosse a senhora, permaneceria humildemente calada, até por conta da votação à qual daqui a pouco terá que se submeter – Sheala acrescentou com seriedade.

– Apoiei Ciri, mas preciso chamar a sua atenção, Yennefer – disse Francesca. – Você saiu da Loja, fugiu e se negou a cooperar, então não tem nenhum direito. No entanto, você tem compromissos, dívidas a pagar, e uma sentença para ouvir. Se não fosse por isso, não teria sido autorizada a atravessar a porta de Montecalvo.

Yennefer segurou Ciri, que estava prestes a levantar-se e gritar, mas acabou sentando-se em silêncio na cadeira com os braços esculpidos em forma de esfinges, sem se opor, ao ver a Senhora Coruja, Filippa Eilhart, levantar-se, subitamente altear sobre a mesa e declarar em voz vibrante:

– Está claro que Yennefer não tem direito a votar. Mas eu tenho. Ouvi todas as senhoras presentes aqui, portanto presumo que chegou, enfim, a minha vez de votar, não?

– Como assim, Filippa? – Sabrina franziu as sobrancelhas. – O que você quer dizer com isso? Você ainda não votou? Tinha certeza...

Filippa Eilhart passou os olhos pela mesa. Encontrou os olhos de Ciri e fixou-se neles.

•

O fundo da piscina é composto de um mosaico de cores variadas. As lajes cintilam e parecem se movimentar. Toda a água vibra, tremeluz com o claro-escuro. Sob as folhas de nenúfares, enormes como pratos, por entre as algas verdes passam fugazmente as carpas crucianas e os escalos. Os enormes olhos escuros da menina refletem-se na água, seus longos cabelos alcançam a superfície, flutuam sobre ela.

A menina, que se esqueceu de todo mundo, agita as pequenas mãos por entre os nenúfares, suspensa pela borda da piscina do chafariz. Quer tocar muito um dos peixes dourados e vermelhos que se aproximam das suas mãos, circundam-na com curiosidade, mas não se deixam apanhar, fugidios como espectros, como a própria água. Os dedos da menina de olhos escuros fecham-se, apertando o vazio.

– Filippa!

•

– Filippa! – A voz aguda de Sheala de Tancarville tirou-a dos seus pensamentos. – Estamos à espera.

O frio vento primaveril assoprou pela janela aberta. Filippa Eilhart estremeceu. "É a morte", pensou. "A morte passou do meu lado."

– Esta Loja – falou, enfim, alto, firme e enfaticamente – vai decidir o destino do mundo. Por isso mesmo ela é como o mundo, é o seu reflexo. Equilibram-se aqui a razão, que nem sempre significa uma atitude calculista ou uma abjeção fria, e o sentimentalismo, que nem sempre é ingênuo, assim como a responsabilidade, a disciplina férrea, imposta inclusive à força, a aversão à violência, a delicadeza e a confiança, uma argumentativa frieza da onipotência... e a cordialidade.

Retomou o discurso na sala das colunas do castelo de Montecalvo, imersa em silêncio:

– Ao dar o meu voto por último, levo em conta mais um elemento que não se equilibra com nada, mas tem o poder de equilibrar tudo.

Seguindo o seu olhar, todas fixaram os olhos no mosaico no qual a serpente Uroboros, composta de minúsculas peças multicoloridas, abocanhava a própria cauda com os dentes.

– Esse elemento – continuou, fixando os olhos escuros em Ciri – é o destino no qual eu, Filippa Eilhart, comecei a acreditar há pouco e que eu, Filippa Eilhart, há pouco comecei a entender. O destino não são os decretos da divina providência. Tampouco está contido nos rolos escritos pela mão do demiurgo. O destino nada tem a ver com fatalismo. O destino é a esperança. E cheia de esperança, acreditando que aquilo que há de acontecer, vai acontecer, entrego o meu voto, e entrego-o a Ciri, à criança do destino, à criança da esperança.

O silêncio pairou por longo tempo na sala da colunata do castelo de Montecalvo, imersa num sutil claro-escuro. Lá fora ressoou o grito de uma águia-pesqueira que sobrevoava o lago.

– Senhora Yennefer, será que isso significa... – Ciri sussurrou.

– Vamos, filhinha, Geralt está à nossa espera, e o caminho é longo – Yennefer respondeu em voz baixa.

•

Geralt acordou e ergueu-se. O grito de uma ave noturna ecoava nos seus ouvidos.

CAPÍTULO DÉCIMO SEGUNDO

Depois a feiticeira e o bruxo casaram-se e celebraram as bodas com uma pomposa festança. E eu também estive ali, hidromel e vinho lá bebi. E depois viveram felizes, mas por pouco tempo. Ele morreu de uma maneira comum: de infarto. Ela faleceu pouco tempo depois, mas o conto não menciona a causa da sua morte. Dizem que morreu de tristeza e saudade. Contudo, os contos tendem a ser capciosos.

Flourens Delannoy, *Contos e lendas*

Era o sexto dia após a lua nova de junho quando chegaram a Rívia.

Saíram das florestas para as encostas dos morros, e foi então que, lá embaixo, à distância, subitamente e sem aviso prévio, reluziu como um espelho a superfície do lago Loc Eskalott, que ocupava toda a bacia e tinha a forma de uma runa da qual derivava o seu nome. Viam-se refletidos no espelho d'água os montes Craag Ros cobertos de abetos e lárices e a faixa limítrofe do maciço de Mahakam, assim como as rubras telhas das torres do rechonchudo castelo de Rívia, localizado numa península lacustre, a sede invernal dos reis de Lyria. E ao pé da baía, na extremidade sul de Loc Eskalott, ficava a cidade de Rívia, que reluzia com o arrabalde de palha e sombreava com as casas que cresciam como armilárias na margem do lago.

– Parece que enfim chegamos – Jaskier constatou, protegendo os olhos com a mão. – Assim fechamos um círculo, estamos em Rívia. O destino tece-se de forma estranha… Não vejo nenhum galhardete alviceleste em nenhuma das torres do castelo, portanto a rainha Meve não está lá. De qualquer maneira, não acho que ela ainda se lembre de sua deserção…

– Acredite, Jaskier, pouco me importa se alguém se lembra de alguma coisa – Geralt interrompeu-o, guiando o cavalo encosta abaixo.

Ao pé da cidade, perto do portão de entrada, via-se uma barraca colorida que parecia um bolo. Na entrada dela havia um escudo branco com um chevron vermelho pendurado numa vara. Debaixo da aba da barraca, um cavaleiro de armadura completa, que vestia uma túnica branca ornada com o mesmo brasão que o escudo, examinava, com um olhar penetrante, as mulheres que carregavam lenha, graxeiros, os alcatroeiros com os barris nos quais transportavam os seus produtos, pastores, vendedores ambulantes e andarilhos. Os seus olhos brilharam com esperança ao ver Geralt e Jaskier cavalgando a passo lento.

– A dama do seu coração, quem quer que seja, é a mais formosa e a mais virtuosa donzela entre o Jaruga e Buina. – Geralt dissipou as esperanças do cavaleiro com a sua voz gélida.

– Pela honra! O senhor tem toda a razão – o cavaleiro rosnou.

•

A moça de cabelos claros, que usava um casaco de couro ricamente enfeitado com tachões de prata, vomitava no meio da rua, curvada ao meio, escorando-se no estribo da égua tordilha rodada. Era acompanhada por dois amigos, uniformizados da mesma maneira que ela. Eles carregavam as espadas nas costas, usavam faixas nas testas, balbuciavam, xingando os transeuntes com obscenos palavrões. Ambos estavam mais que embriagados. Vacilavam, esbarravam nos flancos dos cavalos e no palanque onde estes eram amarrados diante da taberna.

– Realmente precisamos entrar lá? – Jaskier perguntou. – Dentro desse santuário pode haver mais pajens simpáticos como esses aí.

– Eu marquei um encontro aqui. Você já esqueceu? É a taberna "O Galo e a Galinha Chocadeira" mencionada na placa de carvalho.

A moça de cabelos claros inclinou-se outra vez e vomitou espasmódica e abundantemente. A égua bufou alto e se sacudiu, derrubando a garota e arrastando-a pelo vômito.

– O que você está olhando, seu babaca, seu velhaco de cabelos brancos? – um dos rapazes balbuciou.

– Geralt, peço-lhe que não faça besteiras – Jaskier murmurou, desmontando.

– Não se preocupe. Não farei nada.

Amarraram os cavalos ao palanque do outro lado das escadas. Os jovens pararam de prestar atenção neles para dedicar-se a ofender as burguesas acompanhadas de uma criança que passavam pela ruela e a cuspir nelas. Jaskier olhou para o rosto do bruxo, e não gostou do que viu.

A primeira coisa que saltava aos olhos, ao se entrar na taberna, era o aviso: CONTRATA-SE UM COZINHEIRO. A outra coisa era o enorme desenho de um monstro barbudo que trazia um machado ensanguentado no letreiro montado de tábuas. A legenda anunciava: ANÃO – MALDITO TRAIDOR NANICO.

Jaskier tinha razão de sentir-se receoso. Praticamente os únicos clientes da taberna – além de alguns bêbados solenemente embriagados e de duas prostitutas magras com olheiras – eram "pajens" com espadas nas costas, engalanados de couro que cintilava com os tachões. Eram apenas oito, de ambos os sexos, mas o alvoroço que provocavam gritando e xingando uns aos outros era tão grande que parecia que eram dezoito.

– Reconheço os senhores e sei quem são – o taberneiro os surpreendeu logo ao vê-los. – Tenho uma notícia para os senhores: precisam ir a Olmeiros, à "Taberna do Wirsing".

– Óóó, que bom! – Jaskier alegrou-se.

– Eu não teria tanta certeza disso – o taberneiro continuou, enxugando a caneca com o jaleco. – Se não gostaram do meu estabelecimento, então a escolha é dos senhores. Mas estou avisando-os de que Olmeiros é o bairro dos anões, só os inumanos vivem lá.

– E daí? – Geralt semicerrou os olhos.

– Bem, para os senhores, provavelmente não há nenhum problema – falou o taberneiro, dando de ombros –, pois foi um anão que lhes deixou o aviso. Se andam com alguém assim, o problema é dos senhores. Cada um escolhe a sua companhia.

– Não somos necessariamente exigentes com relação a companhias, mas não simpatizamos muito com esses tipos, não – Jaskier afirmou, apontando com um gesto da cabeça para os pirralhos de casacos pretos e faixas nas testas acnosas que gritavam e se debatiam à mesa.

O taberneiro pôs a caneca vazia de lado, examinou-os com um olhar pouco amistoso e repreendeu-os:

– É preciso ser mais compreensivo. Os jovens precisam farrear. Há um ditado que diz isso. Foram castigados pela guerra, os seus pais morreram...

– E as mães se entregavam à lascívia – Geralt completou a frase com uma voz gélida como um lago serrano. – Entendo, e estou cheio de boa vontade. Pelo menos tento estar. Vamos, Jaskier.

– Desculpem, mas a estrada os aguarda – o taberneiro falou sem respeito. – Depois não reclamem de não terem sido avisados. Por falar nisso, hoje em dia pode-se apanhar facilmente no bairro dos anões.

– Por falar nisso o quê?

– E quem sou eu para saber? É do meu interesse, por acaso?

– Vamos, Geralt – Jaskier apressou-o, vendo com o canto do olho que a juventude castigada pela guerra, aquela que ainda estava consciente, fitava-os com um olhar reluzente, devido ao fisstech.

– Passe bem, senhor taberneiro. Quem sabe um dia ainda voltemos à sua taberna, daqui a algum tempo, quando o senhor já tiver tirado esses letreiros na entrada.

– E qual deles não o agradou, hein? Será que foi aquele do anão? – O taberneiro perguntou, franzindo o cenho e pondo as mãos na cintura, num gesto provocador.

– Não. Foi aquele do cozinheiro.

Três jovens – uma moça e dois rapazes de casacos negros com espadas nas costas – levantaram-se da mesa, vacilando ligeiramente. Era evidente que fizeram isso com o intuito de barrar o seu caminho.

Geralt não diminuiu o passo. Continuou andando, mas o seu rosto e o seu olhar expressavam frieza e total indiferença.

Os pirralhos separaram-se e recuaram quase no último momento. Jaskier sentiu que cheiravam a cerveja, suor e medo.

– É preciso se acostumar, é preciso de adaptar – o bruxo constatou, depois de sair.

– Às vezes é difícil.

– Mas isso não é um argumento. Jaskier, isso não é um argumento. – O ar estava quente, espesso e pegajoso como uma sopa.

•

Lá fora, na frente da taberna, dois rapazes de casacos negros ajudavam uma moça de cabelos claros a lavar-se numa gamela. A moça resfolegava, balbuciava, dizia que já estava melhor e que precisava beber algo. Falava também que, claro, iria à feira para brincar de derrubar as barracas, mas antes precisava tomar uma.

A moça chamava-se Nadia Esposito. Esse nome fora anotado nos anais e entrou para a história.

Mas Geralt e Jaskier não tinham como saber disso.

A moça, tampouco.

•

As ruelas da cidade de Rívia vibravam, e o que parecia ocupar por inteiro os moradores e visitantes era o comércio. Pelo que dava para perceber, todos mercadejavam tudo e procuravam trocar qualquer coisa por algo mais valioso. Uma cacofonia de gritos ressoava por todos os lados – apregoavam-se mercadorias, barganhava-se ferozmente, insultava-se, acusava-se de roubo, furto, calote, assim como de outros pecados, não necessariamente relacionados com o comércio.

Geralt e Jaskier receberam muitas propostas atraentes antes de chegarem a Olmeiros. Ofereceram-lhes, entre outras coisas, um astrolábio, um trompete de latão, um faqueiro ornado com o brasão da família Frangipani, as ações de uma mina de cobre, um vidro com sanguessugas, um livro esfarrapado intitulado *Um suposto milagre ou a Cabeça de Medusa*, um casal de furões, um elixir que aumentava a potência sexual e, junto, em forma de brinde, uma donzela pouco jovem, pouco magra e pouco asseada.

Um anão de barba negra insistia importunadamente em convencê-los a comprar um espelho fajuto numa moldura de tombac e esforçava-se para provar que era o espelho de Cambuscan quando, de repente, uma pedra lançada com precisão o acertou e arrebatou o objeto da sua mão.

– Ímpio koboldo! Desumano! Cabra barbudo! – uivou, ao fugir, um mendigo sujo e descalço.

– Que suas tripas apodreçam, seu verme humano! Que apodreçam e saiam por seu cu! – o anão rugiu.

As pessoas observavam num silêncio taciturno.

•

O bairro Olmeiros ficava à beira do lago, numa baía onde cresciam amieiros, chorões e, obviamente, olmeiros. Era um lugar muito mais tranquilo e silencioso, onde ninguém comprava nem queria vender nada. O vento soprava do lago, propiciando uma sensação particularmente agradável depois que se saía da cidade abafada e fedorenta.

Não demoraram a achar a "Taberna do Wirsing". O primeiro transeunte com o qual toparam no caminho a indicou a eles sem hesitação.

Nas escadas do alpendre coberto pela ervilha-de-cheiro e pela rosa-canina, debaixo do pequeno telhado revestido de musgo verdejante e ninhos de andorinhas, estavam sentados dois anões barbudos a sorver cerveja de canecas que apertavam carinhosamente as suas barrigas.

– Geralt e Jaskier, estamos à espera de vocês faz muito tempo, seus malandros – falou um dos anões, e arrotou.

Geralt desmontou.

– Salve, Yarpen Zigrin. É muito bom revê-lo, Zoltan Chivay.

•

Eram os únicos clientes da taberna, que cheirava intensamente a assado, alho, ervas e mais alguma coisa que não era possível distinguir, mas muito agradável. Estavam sentados a uma mesa pesada, com vista para o lago, que observado pelos vidros tingidos com molduras de chumbo parecia misterioso, encantado e romântico.

– Onde está Ciri? – Yarpen Zigrin perguntou sem rodeios. – Espero que não... – Não – Geralt interrompeu rapidamente. –

Ela virá para cá. Deve chegar daqui a pouco. Falem, barbudos, como vocês estão.

– Não falei? Não falei, Zoltan? Ele volta do fim do mundo, onde, de acordo com os boatos, banhava-se em sangue, matava dragões e derrubava impérios, e nos pergunta as novidades. Esse bruxo não muda – Yarpen disse com sarcasmo.

– Que cheiro tão agradável é esse? – Jaskier intrometeu-se, fungando o nariz.

– É o cheiro do almoço. Cheira a carninha. Pergunte, Jaskier, como conseguimos essa carne – Yarpen Zigrin falou.

– Não vou perguntar porque conheço essa piada.

– Não seja babaca.

– Como conseguiram a carninha?

– Veio sozinha, rastejando.

– Agora vamos falar sério – Yarpen disse, enxugando as lágrimas que havia derramado de tanto rir, embora a piada fosse realmente velha. – Quanto à comida, a situação é crítica, como normalmente acontece depois de uma guerra. Falta carne, inclusive carne de aves, e peixes... Há pouca farinha, poucas batatas e legumes... As fazendas foram queimadas, os armazéns, pilhados, as lagoas, esvaziadas, e os campos não estão sendo cultivados...

– O comércio está parado, não há importação. Apenas a usura e o escambo funcionam – Zoltan acrescentou. – Vocês viram a feira? Os especuladores ganham uma fortuna ao lado dos mendigos e dos que vendem e trocam os bens que lhes restaram...

– Se a tudo isso juntar-se uma possível quebra de safra, no inverno as pessoas começarão a morrer de fome.

– As coisas realmente estão tão sérias?

– No caminho do Sul para cá, você deve ter passado por vilas e povoados. Você lembra em quantos ouviu o latido de cães?

– Pois é. – Jaskier estapeou a própria testa. – Sabia... Geralt, eu lhe falei que aquilo não era normal, que faltava alguma coisa! Ah! Só agora é que me toquei! Não se ouviam os cães! Em nenhum lugar havia...

De repente, parou de falar e olhou na direção da cozinha, que cheirava a alho e ervas. O medo apareceu nos seus olhos.

– Não se preocupe – Yarpen bufou. – Nossa carne não é daquelas que latem, miam ou clamam por piedade! Nossa carne é completamente diferente, é digna de reis!

– Anão, revele o segredo, afinal!

– Quando recebemos a sua carta e ficou claro que nos encontraríamos em Rívia, ficamos pensando no manjar que poderíamos preparar para recebê-los. Ficamos pensando, pensando, até que nos deu vontade de urinar e descemos até o bosque de amieiros à beira do lago. Vimos que ele estava cheio de escargots. Então pegamos um saco e catamos os simpáticos moluscos. O saco ficou cheio...

– Mas muitos fugiram – Zoltan Chivay meneou a cabeça. – Estávamos um pouco embriagados e eles eram diabolicamente rápidos.

Os dois anões mais uma vez choraram de rir de mais uma piada antiga. Yarpen apontou para o taberneiro que se azafamava junto do fogão e disse:

– Wirsing sabe preparar os escargots. E, vejam, isso requer grandes habilidades, mas Wirsing é um chefe de renome. Antes de ficar viúvo, administrava uma hospedaria em Maribor com a esposa, e a comida era tão boa que o próprio rei recebia lá os seus convidados. Vamos comer daqui a pouquinho, os senhores vão ver!

– Mas antes vamos provar o coregono recém-defumado, pescado no fundo abismal do lago pelo método da lambada. E o acompanharemos com a vodca do abismo da adega local – Zoltan falou, acenando com a cabeça.

– E não deixem de contar a história, senhores. Contem-na! – Yarpen lembrou, enchendo os copos.

•

O coregono ainda estava quente. Era gordo e cheirava a fumaça da serragem de amieiros. A vodca estava tão gelada que os dentes doíam ao bebê-la.

Quem começou foi Jaskier. Contava no seu estilo florido, fluido, colorido e loquaz, adornando a história de modo tão belo e fantasioso que quase conseguia mascarar a lorota e a confabulação. Depois foi a vez do bruxo. Contava apenas a verdade e falava de uma maneira tão seca, monótona e árida que Jaskier não aguentava e se intrometia a todo instante. Por esse motivo, era repreendido pelos anões.

E depois a história acabou e um longo silêncio pairou no ar.

Zoltan Chivay pigarreou e saudou com a caneca:

– Por Milva, a arqueira! Pelo Nilfgaardiano. Por Regis, o herbolário que recebeu os viajantes na sua choupana com a aguardente de mandrágora. E por essa tal de Angoulême, que não cheguei a conhecer. Que a terra lhes seja leve, a todos eles. Que tenham lá, no outro mundo, com fartura, tudo o que lhes faltou neste mundo. E que seus nomes perpetuem-se em canções e histórias para sempre. Brindemos a eles!

– Brindemos – Jaskier e Yarpen Zigrin repetiram surdamente.

"Brindemos", o bruxo pensou.

•

Wirsing, um homem de cabelos grisalhos, pálido e extremamente magro, uma verdadeira contradição em relação ao estereótipo de um taberneiro e mestre dos arcanos de gastronomia, pôs em cima da mesa um cesto cheio de pão branquinho e cheiroso seguido de um enorme prato de madeira revestido de folhas de raiz-forte sobre as quais os escargots estalavam, respingando manteiga com alho. Jaskier, Geralt e os anões puseram-se a comer imediatamente. A refeição era requintada, gostosa e ao mesmo tempo muito divertida, pois era preciso fazer malabarismos com as estranhas pinças e forquilhas para comer.

Comiam, estalavam as línguas, recolhiam com o pão a manteiga que derretia e pingava. Xingavam alegremente quando um ou outro escargot escapava das pinças. Dois gatinhos divertiam-se a valer, rolando e perseguindo as conchas vazias pelo chão.

O cheiro vindo da cozinha era um sinal de que Wirsing assava a segunda porção.

•

Yarpen Zigrin acenou com a mão contra a sua vontade, mas sabia que o bruxo não o deixaria em paz. Disse, sorvendo a casca:

– Estou praticamente na mesma. Guerreei por algum tempo... governei por algum tempo, pois fui eleito vice-prefeito. Vou fazer carreira na política. Em todas as outras áreas a concorrência é grande, mas na política só tem burro, corrupto e ladrão. É fácil se destacar.

Zoltan Chivay disse, gesticulando com o escargot que segurava com a pinça:

– E eu não tenho talento para a política. Vou abrir um moinho de martelos movido a água e vapor, vou criar uma sociedade com Figgis Merluzzo e Munro Bruys. Bruxo, você se lembra de Figgis e Bruys?

– Não só deles.

– Yazon Varda pereceu às margens do Jaruga, de uma maneira meio boba, num dos últimos embates – Zoltan afirmou secamente.

– É uma pena. E Percival Schuttenbach?

– O gnomo? Ah, esse está bem. Esperto, conseguiu se safar do alistamento. Arranjou uma desculpa recorrendo a antigos direitos dos gnomos, alegando que a religião o proibia de participar da guerra. E conseguiu, embora todos soubessem que estaria disposto a trocar todo o panteão de deuses e deusas por um arenque marinado. Agora tem uma oficina de joalheria em Novigrad. Sabe, vendi para ele o meu papagaio, o marechal de campo Duda, e ele conseguiu transformá-lo numa celebridade ao ensiná-lo a gritar: "Brrrilhantes, brrrilhantes!". E imagine que isso funciona. O gnomo tem uma porrada de clientes, mãos cheias de trabalho e os bolsos cheios. Sim, assim é Novigrad! Lá o dinheiro cresce mesmo em árvores! Por isso também planejamos abrir nosso moinho de martelos em Novigrad.

– As pessoas vão esfregar as portas de vocês com merda, ou vão jogar pedras nas janelas e dizer que o anão é ímpio. De nada adiantará o fato de ele ser veterano, de ter lutado por eles. Será um pária nessa sua Novigrad – disse Yarpen.

– As coisas vão se ajeitar. Em Mahakam há concorrência em demasia, políticos em demasia. Brindemos, rapazes, por Caleb Stratton e por Yazon Varda – Zoltan falou com ânimo.

– Por Regan Dahlberg! – acrescentou Yarpen, e ficou soturno. Geralt meneou a cabeça.

– Regan também...

– Também. Em Mayena. A velha Dahlberg ficou sozinha. Ah, diabos, chega, chega de falar nisso. Brindemos! E apressemo-nos com os escargots, porque Wirsing já está chegando com o segundo pratão!

•

Os anões afrouxaram os cintos e ouviram Geralt contar sobre o caso amoroso ducal de Jaskier e como terminou no cadafalso. O poeta fingia estar magoado e não comentava. Yarpen e Zoltan caíram numa insana gargalhada. Yarpen Zigrin disse, enfim, deixando os dentes à mostra:

– Sim, sim. Como diz a letra daquela antiga canção: o cara que com uma mão quebra uma barra não resiste à vontade de uma mulher zarra. Alguns bons exemplos desse ditado se reuniram ao redor desta mesa. Não é preciso procurar longe. Zoltan Chivay é um deles. Ao contar as novidades, esqueceu-se de mencionar os seus planos matrimoniais. Vai se casar em breve, em setembro. A feliz amada chama-se Eudora Brekekeks.

– Breckenriggs! – Zoltan corrigiu-o enfaticamente, franzindo a sobrancelha. – Já estou farto de corrigir a sua pronúncia, Zigrin. Cuidado, hein, pois quando estou cheio de alguma coisa, sou capaz de dar porrada!

– Onde será o casamento? E quando, exatamente? – Jaskier interrompeu em tom conciliador. – Pergunto porque talvez apareçamos. Obviamente, se formos convidados.

– Ainda não foi decidido onde, como e se vamos nos casar mesmo – Zoltan balbuciou, nitidamente atrapalhado. – Yarpen está adiantando os fatos. Tivemos uma conversa séria com Eudora, mas como se pode ter certeza do futuro? Ainda mais nestes tempos, caralho!...

– Outro exemplo da onipotência da mulherada é Geralt de Rívia, o bruxo – Yarpen Zigrin continuou.

Geralt fingia que estava ocupado com o escargot. Yarpen bufou e continuou:

– Depois de ter recuperado Ciri quase por milagre, deixou que ela se afastasse, aceitou se separar outra vez. Deixou-a sozinha de novo, embora os tempos atuais, como alguém já falou aqui, não sejam muito tranquilos, caralho! E esse tal de bruxo se comporta dessa maneira para cumprir a vontade de uma mulher. O bruxo sempre faz tudo do jeito que quer essa mulher, conhecida por todos como Yennefer de Vengerberg. A questão seria outra se esse bruxo pelo menos tirasse algum proveito disso. Mas não, ele não ganha nada com isso. É como o rei Desmond costumava dizer ao olhar para o penico depois de fazer as suas necessidades: "Isso não cabe na mente."

– Proponho beber e mudar de assunto – disse Geralt erguendo a caneca, com um encantador sorriso nos lábios.

– Ora, pois – Jaskier e Zoltan disseram em uníssono.

•

Wirsing serviu o terceiro e depois o quarto prato de escargots. Naturalmente, tampouco se esqueceu do pão e da vodca. Os farristas já estavam bastante satisfeitos com a comida, e começaram a brindar cada vez mais, e aos poucos, imperceptivelmente, a conversa se tornou cada vez mais filosófica.

•

– O mal contra o qual lutei – o bruxo repetiu – era uma manifestação das ações do caos, destinadas a perturbar a ordem, pois onde o mal se propaga, a ordem não pode reinar, e tudo o que ela constrói, desaba, não se sustenta. A luz da sabedoria e a chama da esperança, a brasa do calor, em vez de fulgurarem, se apagarão. Tudo ficará encoberto pela escuridão, e nela haverá caninos, garras e sangue.

Yarpen Zigrin alisou a barba lambuzada da manteiga com alho e ervas que escorrera dos escargots e falou:

– Muito bem, bruxo. Mas citarei as palavras da jovem Cerro, que se dirigiu ao rei Vridank no seu primeiro encontro amoroso secreto: "Não é nada feio, mas será que tem algum uso prático?"

– A razão de existir – o bruxo não sorriu – e a razão de ser dos bruxos foi desestabilizada, pois a luta do Bem contra o Mal trava-se agora em outro campo de batalha e de uma maneira completamente distinta. O Mal deixou de ser caótico. Deixou de ser uma força cega e espontânea, que um bruxo – um mutante tão assassino e caótico como o próprio Mal – deveria enfrentar. Hoje em dia, o Mal governa baseando-se nas leis que lhe são inerentes. Atua de acordo com os tratados de paz assinados, pois foi levado em consideração na hora de assiná-los...

– Deve ter visto os povoadores expulsos e conduzidos para o sul – Zoltan Chivay adivinhou.

– Não foi só isso, não foi apenas isso – Jaskier acrescentou com seriedade.

– E daí? – Yarpen Zigrin acomodou-se na cadeira e entrelaçou os dedos em cima da barriga. – Todos nós já vimos alguma coisa, todos já ficamos revoltados com alguma coisa, todos já perderam o apetite, ou o sono, por um tempo relativamente longo. Isso acontece, acontecia e continuará acontecendo. Você não conseguirá mais extrair filosofia disso, nem conseguirá sorver mais nada dessas conchas, simplesmente porque dentro não há mais nada. Ficou contrariado, bruxo? Com o que você não concorda? Ficou revoltado com as mudanças que acontecem no mundo, com o desenvolvimento, com o progresso?

– Talvez.

Yarpen ficou em silêncio por um longo tempo, olhando para o bruxo por debaixo das suas sobrancelhas cerradas. Por fim, falou:

– O progresso é como uma vara de porcos. E é assim que se deve olhar para ele e avaliá-lo: como uma vara de porcos que anda pela eira, pela fazenda. Graças a ele podem-se obter várias coisas boas. Por exemplo: joelho de porco, linguiça, salo, pernas de porco em gelatina. Resumindo: as vantagens existem, portanto, não se pode reclamar que está tudo errado.

Todos ficaram em silêncio por algum tempo, refletindo com suas almas e suas mentes sobre diversos assuntos e questões importantes.

– Precisamos beber – Jaskier falou por fim.

Ninguém protestou.

•

– O progresso – Yarpen Zigrin falou, quebrando o silêncio – iluminará, a longo prazo, a escuridão, que cederá diante da luz, embora não de imediato. E certamente com certa resistência.

Geralt, que olhava pela janela, sorriu para os próprios pensamentos e sonhos, e disse:

– A escuridão da qual você está falando é um estado de espírito, e não da matéria. É preciso treinar outro tipo de bruxos para combater algo assim. Está na hora de começar.

– Começar a mudar de profissão? Era isso o que você queria dizer?

– Nada disso. Não estou mais interessado em ser bruxo. Vou me aposentar.

– Até parece!

– Estou falando sério. Eu me aposentei do ofício de bruxo.

Pairou um longo silêncio, interrompido por um selvagem miado de gatos que se arranhavam e mordiscavam debaixo da mesa, fiéis aos costumes da sua espécie, para a qual uma brincadeira sem dor não é uma brincadeira.

– Aposentou-se do ofício de bruxo... – Yarpen Zigrin repetiu, arrastando as palavras. – Ah! Citando as palavras proferidas pelo rei Desmond quando foi pego trapaceando nas cartas: "Eu mesmo não sei o que pensar sobre isso." Mas se pode supor o pior. Jaskier, você viaja muito com ele, acompanha-o sempre. Ele demonstra outros sintomas de paranoia?

– Peraí, peraí. – O rosto de Geralt estava impassível. – "Agora, falando sério", citando as palavras que o rei Desmond proferiu durante um banquete, quando os convidados de repente começaram a empalidecer e morrer. Já disse aquilo que tinha que dizer. Agora, mãos à obra.

Tirou a espada do encosto da cadeira.

– Zoltan Chivay, aqui está o seu sihill. Devolvo-o com gratidão e reconhecimento, pois me serviu, me ajudou, salvou vidas, assim como as tirou.

– Bruxo... a espada é sua – disse o anão, erguendo as mãos num gesto de defesa. – Eu não a emprestei. Esse sihill foi um presente, e os presentes...

– Cale-se, Chivay. Devolvo-lhe a sua espada. Não precisarei mais dela.

– Até parece – Yarpen repetiu. – Sirva vodca a ele, pois está começando a falar como o velho Schrader quando um sacho caiu na sua cabeça no poço da mina. Geralt, sei que você tem uma natureza profunda e uma alma nobre, mas, por favor, não fale esse tipo de besteiras, porque neste auditório, como se pode observar, não está presente Yennefer, nem outra das suas feiticeiras concubinas. Estamos apenas nós, macacos velhos. Não procure convencer os macacos velhos de que você não precisa mais da espada, de que os bruxos são inúteis, de que o mundo não presta e outras coisas desse tipo. Você é um bruxo e sempre será...

– Não, não serei – Geralt contestou suavemente. – Com certeza vocês vão estranhar, macacos velhos, mas cheguei a uma conclusão. Não adianta mijar contra o vento, ou me arriscar por uma pessoa, mesmo que ela pague por isso. E isso nada tem a ver com filosofia existencial. Vocês podem não acreditar, mas, de repente, descobri o valor da minha própria pele. Cheguei à conclusão de que seria uma besteira me arriscar para defender os outros.

– Eu notei – Jaskier acenou com a cabeça. – Por um lado, é inteligente. Por outro...

– Não existe o outro lado.

– Yennefer e Ciri têm algo a ver com sua decisão? – Yarpen perguntou depois de um curto momento.

– Muito.

– Então está tudo claro – o anão suspirou. – Mas não consigo imaginar como você, profissional da espada, planeja se sustentar, organizar a sua existência mundana. Não consigo vê-lo, por mais que tente e por mais que você insista, no papel de, digamos, um plantador de repolhos. Porém, não há o que fazer, é preciso simplesmente respeitar a sua escolha. Por obséquio, estimado anfitrião! Eis aqui uma espada, um sihill de Mahakam da forja do próprio Rhundurin. Foi um presente. O presenteado não o quer, e o doador não pode recebê-lo de volta. Então leve-o, por favor, e coloque em cima da chaminé. Mude o nome da taberna para "A Espada do Bruxo", para que nas noites de inverno aqui sejam contadas histórias sobre tesouros e monstros, sobre uma guerra sangrenta, sobre batalhas ferozes, sobre a morte. Sobre um grande amor e uma amizade inabalável. Sobre a coragem e a honra. Que esta espada sintonize os ouvintes e inspire os contadores! E agora, senhores, encham este recipiente de vodca, pois continuarei discursando, falando profundas verdades e diversas filosofias, entre elas, as existenciais.

Em silêncio e numa atmosfera solene, encheram as canecas com a vodca. Olharam-se com honestidade e beberam, de uma forma igualmente solene. Yarpen Zigrin pigarreou, passou os olhos por todos os ouvintes e assegurou-se de que todos estavam suficientemente concentrados e solenes. Proferiu enfaticamente:

– O progresso iluminará a escuridão, pois serve exatamente para isso, do mesmo jeito que o cu serve para cagar. Haverá cada vez mais luz, e temeremos cada vez menos a escuridão e o mal que nela espreita. Talvez chegue um dia em que deixaremos de acreditar que algo espreita na escuridão, e riremos dos nossos receios, e os consideraremos infantis, e sentiremos vergonha deles! Mas a escuridão existirá sempre, para sempre, e o mal sempre existirá nela, sempre haverá caninos, garras, assassinatos e sangue nela. E os bruxos sempre serão necessários.

•

Ficaram refletindo em silêncio, tão absortos nos seus pensamentos que nem notaram o barulho crescente e o rumor raivoso, agourento na cidade, que aumentava de volume como o zunir de vespas zangadas. Mal perceberam uma, duas, três silhuetas passando seguida e rapidamente pela orla silenciosa e vazia do lago.

No momento em que um rugir estourou sobre a cidade, as portas da "Taberna do Wirsing" abriram-se num estalo, e um jovem anão adentrou-a com ímpeto, arfando, vermelho de esforço.

– O que houve? – Yarpen Zigrin ergueu a cabeça.

O anão, ainda ofegante, apontou com a mão na direção do centro da cidade. Os seus olhos tinham um aspecto selvagem.

– Respire fundo e fale do que se trata – Zoltan Chivay disse a ele.

•

Tempos depois se falou que os trágicos acontecimentos ocorridos em Rívia eram algo absolutamente acidental, uma reação espontânea, uma explosão repentina e imprevista de uma ira justificada que tinha como fonte a hostilidade e a animosidade mútua entre os humanos, os anões e os elfos. Dizia-se que os humanos, e não os anões, haviam atacado primeiro, que foram eles que começaram a agressão, que um mercador anão havia ofendido a jovem nobre Nadia Esposito, órfã de guerra, e a teria agredido e que, quando os amigos da nobre foram defendê-la, o anão chamou os seus conterrâneos. Houve uma peleja, depois uma luta, que num instante espalhou-se por toda a feira. A luta transformou-se numa carnificina, num ataque em massa da população contra uma parte do arrabalde e contra o bairro Olmeiros, habitados pelos inumanos. No espaço de tempo de uma hora, desde o incidente na feira até a intervenção dos magos, foram assassinadas oitenta e quatro pessoas, e quase a metade das vítimas eram mulheres e crianças.

Essa é a versão dos acontecimentos narrada na obra do professor Emmerich Gottschalk de Oxenfurt.

Mas outras pessoas relataram o ocorrido de uma maneira diferente. Como se pode falar de espontaneidade, de uma explosão repentina e imprevisível, perguntavam, se poucos minutos após os acontecimentos na feira apareceram nas ruas carroças carregadas de armas que eram distribuídas? Como se pode falar de uma ira repentina e justificada, se os líderes da turba, os mais visíveis e ativos durante o massacre, eram pessoas desconhecidas que tinham chegado a Rívia, vindos de um lugar desconhecido, alguns dias antes dos acontecimentos? Por que o exército interveio tão tarde? E de uma maneira tão vagarosa desde o início?

Outros estudiosos ainda procuravam comprovar que os incidentes rivianos tinham sido uma provocação nilfgaardiana. Havia também quem afirmasse que tudo tinha sido armado pelos anões, conjurados com os elfos, e que matavam a si próprios para denegrir os humanos.

Por entre as sérias vozes dos estudiosos, perdeu-se por completo uma teoria bastante ousada de um jovem e excêntrico licenciado que, até ser calado, afirmava que em Rívia não tinha havido nenhuma conspiração ou conjura secreta. Para ele, o que aconteceu foi um afloramento das características comuns e singelas da população local: ignorância, xenofobia, grosseria e uma grande brutalidade.

Depois, as pessoas se entediaram com o assunto e deixaram de falar sobre ele.

•

– Para o porão! Os anões para o porão! Sem heroísmo desnecessário! – o bruxo repetiu, escutando, inquieto, os berros do povaréu, que se aproximava rapidamente.

– Bruxo, eu não posso... – Zoltan gemeu, apertando o cabo de um machado. – Lá fora os meus irmãos estão sendo assassinados...

– Para o porão. Pense em Eudora Brekekeks. Você quer que ela fique viúva antes do casamento?

O argumento funcionou. Os anões desceram para o porão. Geralt e Jaskier esconderam a entrada com uma esteira de palha. Wirsing, normalmente pálido, agora estava branco como queijo frescal.

– Eu vi o pogrom em Maribor. Se os acharem ali... – gaguejou, olhando para a entrada do porão.

– Vá para a cozinha.

Jaskier também estava pálido. Geralt não ficou surpreso. No berro amorfo e uniforme que chegava aos seus ouvidos ressoaram notas distintas. Os cabelos ficavam arrepiados só de ouvi-las.

– Geralt, eu pareço um pouco com um elfo... – o poeta gemeu.

– Não seja bobo.

A fumaça começou a subir para os telhados das casas, e fugitivos saíram da ruela, correndo com ímpeto. Eram anões de ambos os sexos. Dois deles, sem refletir, lançaram-se no lago e começaram a nadar, agitando a água com força e dirigindo-se em linha reta para o centro dele. Os outros correram para os lados. Alguns foram na direção da taberna.

O povaréu saiu da rua correndo. Eram mais rápidos que os anões. Nessa corrida, o desejo de matar vencia.

O grito dos assassinados penetrou os ouvidos, tiniu através das vidraças tingidas nas janelas da taberna. Geralt sentiu que as suas mãos tremiam.

Um dos anões foi literalmente dilacerado, despedaçado. O outro, que havia sido derrubado no chão, em poucos instantes foi transformado numa disforme massa sangrenta. A mulher foi perfurada com spetums e forcados. A criança que ela tentou defender até o fim simplesmente foi esmagada, calcada com os golpes dos saltos.

Um anão e duas mulheres fugiram direto para a taberna, perseguidos pela multidão que rugia.

Geralt inspirou fundo. Ergueu-se. Ao perceber que os olhos apavorados de Jaskier e Wirsing o fitavam, tirou o sihill, a espada forjada em Mahakam pelo próprio Rhundurin, da prateleira sobre a chaminé.

– Geralt... – o poeta soltou um gemido agonizante.

– Tudo bem! – disse o bruxo, dirigindo-se para a entrada. – Mas é a última vez! Droga, será realmente a última vez!

Foi para o alpendre. Saltou, lacerando com um corte rápido um fortão de jaleco de pedreiro que almejava golpear uma mulher com uma talocha. Em seguida, cortou a mão de outro que agarrava os cabelos de uma senhora. E com dois rápidos cortes oblíquos matou aqueles que chutavam o anão derrubado.

Entrou rapidamente no meio do povaréu, encolhendo-se em meias-voltas. Executava golpes extensos, aparentemente caóticos, sabendo que os cortes produzidos eram mais sangrentos e espetaculares. Não queria matá-los, apenas machucá-los.

– Um elfo! Um elfo! Matem o elfo! – alguém do meio da turba soltou um grito selvagem.

"Estão exagerando", pensou. "Talvez Jaskier lembre um elfo, mas eu não pareço nem um pouco com um elfo."

Avistou aquele que gritava. Parecia um soldado. Usava uma brigantina e botas de cano alto. Mergulhou na multidão feito uma enguia. O soldado se protegia com uma javalina. Geralt cortou ao longo da haste, amputando os dedos dele. Redemoinhou e, com mais um corte extenso, provocou gritos de dor e fez derramar grandes quantidades de sangue.

– Tenha piedade! Poupe-me! – pediu o jovem com o cabelo desgrenhado e olhos desvairados, de joelhos diante dele.

Geralt o poupou. Deteve o braço e a espada e usou o ímpeto destinado a executar o golpe para girar. Com o canto do olho, viu o moleque desgrenhado erguer-se de repente e notou que segurava algo nas mãos. Interrompeu o movimento para esquivar-se na direção oposta, mas ficou preso no meio da multidão. Por um décimo de segundo, ficou imobilizado no meio da multidão. Conseguiu ver apenas as pontas do tridente arremessado na sua direção.

•

As chamas na lareira da enorme chaminé apagaram-se, e o salão ficou imerso na escuridão. A ventania que soprava das montanhas assobiava nas fendas dos muros, uivava, penetrando as frestas nas adufas de Kaer Morhen, a sede dos bruxos.

– Droga! Gaivota ou vodca? – Eskel não aguentou, ergueu-se e abriu o aparador.

– Vodca – Coën e Geralt responderam em uníssono.

– Claro! Claro, lógico! Afoguem a sua burrice em vodca! Cretinos! – vociferou Vesemir, escondido na sombra.

– Foi um acidente... ela já estava indo bem no pente... – Lambert balbuciou.

– Cale a boca, idiota! Não quero ouvir a sua voz! Só lhe digo uma coisa: se algo aconteceu com a menina...

– Já está bem – Coën interrompeu suavemente. – Está dormindo tranquilamente, num sono profundo e são. Acordará só um pouco dolorida, mais nada. Não se lembrará do transe nem do que aconteceu.

– É melhor que vocês se lembrem. – Vesemir arfou. – Cabeças de cuia! Encha o meu cálice também, Eskel.

Ficaram em silêncio por um longo tempo, ouvindo os assobios da ventania. Eskel falou, por fim:

– É preciso chamar alguém, aqui é preciso alguma mágica. Não é normal aquilo que está acontecendo com a menina.

– É o terceiro transe desse tipo.

– Mas foi a primeira vez que ela conseguiu articular palavras...

– Repitam mais uma vez o que ela disse, palavra por palavra – Vesemir ordenou, esvaziando de vez o conteúdo do cálice.

– Não há como fazê-lo palavra por palavra – disse Geralt, olhando a brasa. – E o sentido, se faz sentido procurar sentido nisso, é que eu e Coën morreremos. Os dentes serão a nossa perdição. Os dois seremos mortos por dentes. No caso dele, serão dois, no meu caso, três.

– É bastante provável que nos matem a dentadas – Lambert bufou. – Qualquer um de nós, a qualquer momento, pode ser vítima de dentes. No entanto, se a profecia for verdadeiramente profética, vocês dois serão vítimas de monstros excepcionalmente banguelas.

– Ou de uma gangrena purulenta, por causa dos dentes estragados. Só que os nossos dentes não estragam – Eskel acenou com a cabeça, aparentemente sério.

– Se eu fosse vocês, não brincaria com esse assunto – falou Vesemir.

Os bruxos permaneciam calados.

O vento uivava e assobiava nos muros de Kaer Morhen.

•

O jovem desgrenhado, que parecia apavorado por causa daquilo que acabara de fazer, soltou o cabo. O bruxo gritou de dor contra a sua vontade, curvou-se, e o forcado de três dentes encravado na sua barriga fez que se desequilibrasse. Quando caiu de joelhos, a arma se soltou sozinha do seu corpo e deslizou por cima dos paralelepípedos. O sangue jorrou, derramando-se com um rumor e respingar digno de uma cachoeira.

Geralt tentou se levantar, mas caiu de lado.

Os sons que o cercavam começaram a ressoar e a ecoar. Ouvia-os como se sua cabeça estivesse submersa na água. Enxergava mal, com uma perspectiva alterada e uma geometria completamente falsa.

Mas viu que a multidão se dispersava. Viu o povaréu fugir do resgate, composto por Zoltan e Yarpen, munidos de machados, Wirsing, que tinha um cutelo, e Jaskier, armado com uma vassoura.

Queria gritar: "Parem! Para onde vocês estão indo? Já era suficiente o fato de eu sempre urinar contra o vento." Mas não conseguiu gritar. A sua voz foi abafada por uma onda de sangue.

•

Era quase meio-dia quando as feiticeiras chegaram a Rívia. Lá embaixo, a partir da perspectiva da estrada, a superfície do lago Loc Eskalott, as rubras telhas do castelo e os telhados da cidade reluziram como um espelho.

– Chegamos, afinal – Yennefer constatou. – Rívia! São surpreendentes os caminhos traçados pelo destino.

Ciri, havia algum tempo muito excitada, forçou Kelpie a dançar e a marchar picado. Triss Merigold suspirou despercebidamente. Na verdade, pensou que tivesse sido despercebidamente.

– Veja só... – Yennefer olhou para ela de soslaio. – Que sons estranhos erguem o seu peito de donzela, Triss! Ciri, avance um pouco e verifique se por acaso você não está lá.

Triss virou o rosto, decidida a não provocar nem dar pretexto para nada. No entanto, não contava com um efeito positivo. Havia algum tempo sentia por parte de Yennefer uma raiva e uma agressividade que cresciam quanto mais se aproximavam de Rívia.

– Você, Triss, não core, não suspire, não fique salivando, não requebre a bundinha na sela – Yennefer repetiu maldosamente. – O que você acha? Qual foi o motivo para eu ter aceitado o seu pedido e concordado que você viesse conosco? Para você ter um encontro delicioso e lânguido com um antigo amante? Ciri, eu lhe pedi para avançar um pouco! Deixe eu conversar com Triss!

– É um monólogo, e não uma conversa – Ciri falou de modo insolente, mas se rendeu de imediato ao ameaçador olhar violeta: assobiou para Kelpie e galopou pela estrada de terra batida.

– Você não está indo ao encontro de um amante, Triss – Yennefer retomou o discurso. – Não sou tão nobre, nem estúpida para dar a oportunidade a você, e a ele, a tentação. Mas vou fazê-lo apenas esta vez, hoje. Depois vou me esforçar ao máximo para que não surjam nem tentações, nem oportunidades. Contudo, hoje não vou negar a mim mesma um prazer doce e perverso. Ele tem consciência do papel que você desempenhou, e lhe agradecerá com o seu famoso olhar. E eu olharei para os seus lábios e as suas mãos trêmulos, ouvirei as suas justificativas e as suas desculpas esfarrapadas. E quer saber de uma coisa, Triss? Vou desmaiar de prazer.

– Sabia que você não esqueceria e se vingaria – Triss resmungou. – Eu aceito isso porque realmente tive culpa. Mas preciso lhe dizer uma coisa, Yennefer. Não conte muito com esse desmaiar, ele sabe perdoar.

– Sabe perdoar aquilo que os outros fazem com ele – Yennefer semicerrou os olhos. – Mas nunca lhe perdoará aquilo que fizeram com Ciri, e comigo.

– Talvez... talvez não perdoe – Triss engoliu a saliva. – Especialmente se você insistir nisso. Mas com certeza não vai me maltratar, não vai se rebaixar a esse nível.

Yennefer fustigou o cavalo com o chicote. O animal relinchou, saltou e saltitou com tanto ímpeto que a feiticeira vacilou na sela.

– Chega dessa discussão! – rosnou. – Tenha mais humildade, sua mocreia arrogante! Ele é meu, só meu! Consegue entender isso? Quero que você pare de falar e de pensar nele, e se maravilhar com o seu nobre caráter... A partir de agora, deste instante! Ah, tenho vontade de puxar essa sua juba castanha...

– Tente! Tente só, sua macaca, e arrancarei os seus olhos! – Triss vociferou. – Eu...

Silenciaram ao verem Ciri galopando desenfreadamente até elas, levantando uma nuvem de poeira. E já sabiam que algo havia acontecido, e neste momento perceberam do que se tratava, antes mesmo que Ciri as alcançasse.

Acima dos telhados do arrabalde já próximo, acima das telhas e das chaminés da cidade, de repente arrebentaram rubras línguas de chamas e subiram nuvens de fumaça. Uma gritaria chegou aos ouvidos das feiticeiras, distante como o zunir de moscas insistentes, como o zumbido de mamangabas raivosas. A gritaria crescia, ficava mais intensa, contraponteada com distintos clamores agudos.

– Diabos, o que está acontecendo lá? – Yennefer ergueu-se nos estribos. – Um ataque? Um incêndio?

– Geralt... Geralt! – Ciri gemeu de repente e ficou branca como papel velino.

– Ciri? O que houve com você?

Ciri ergueu a mão, e as feiticeiras viram o sangue escorrendo dela, pela linha da vida.

– O círculo se fechou – a moça falou, cerrando os olhos. – Fui ferida por um espinho da rosa de Shaerrawedd, e a serpente Uroboros abocanhou a sua própria cauda. Estou chegando, Geralt! Estou indo até você! Não o deixarei só!

Antes que as feiticeiras conseguissem protestar, a moça virou Kelpie e lançou-se num galope desenfreado.

Estavam lúcidas o bastante para instigar os cavalos a galopar. Mas os seus corcéis não podiam se igualar a Kelpie.

– O que está acontecendo? O que está acontecendo? – Yennefer gritou, engolindo o vento.

– Você sabe o quê! Corra, Yennefer! – Triss soluçou, galopando a seu lado.

Antes que entrassem por entre as barracas do arrabalde, antes que passassem os primeiros fugitivos que escapavam da cidade, Yennefer já tinha uma imagem suficientemente clara da situação para saber o que acontecia em Rívia. Não era um incêndio, tampouco uma invasão das tropas inimigas, mas um pogrom. Sabia também o que Ciri havia pressentido, por que e para quem corria daquele modo. Sabia também que não conseguiria alcançá-la. Não havia como. Kelpie simplesmente sobrevoou as pessoas amontoadas e desesperadas, derrubando com seus cascos alguns chapéus e gorros, enquanto ela e Triss, diante dos fugitivos, tiveram de frear os ginetes de tal maneira que quase caíram por cima das cabeças dos cavalos.

– Pare, Ciri!

Antes que percebessem, já se encontravam entre ruelas cheias de um povaréu que gritava e corria para todos os lados. Yennefer avistou, de passagem, corpos nas sarjetas, cadáveres pendurados pelas pernas em postes ou estacas. Viu um anão prostrado no chão, espancado com tacos. Outro era massacrado com garrafas quebradas. Ouviu os berros dos que torturavam, e os gritos e os uivos dos torturados. Viu a multidão se reunir em volta de uma mulher defenestrada e o lampejar de barras que levantavam e baixavam.

A turba condensava-se cada vez mais, o berro aumentava. As feiticeiras tinham a impressão de que a distância entre elas e Ciri diminuíra. Outro obstáculo no caminho de Kelpie era um grupo de alabardeiros desorientados que a égua negra tratou como se fosse uma cerca. Por esse motivo, sobrevoou-os, derrubando a lisa capelina de um deles. Os outros, assustados, sentaram-se.

Entraram a pleno galope na praça, negra por causa do povaréu amontoado e da fumaça. Yennefer percebeu que Ciri, certamente guiada pela visão profética, dirigia-se para o próprio núcleo, o centro dos acontecimentos, o foco dos incêndios, lá onde assolava a matança.

Na rua em que entrou travava-se uma luta. Os anões e os elfos defendiam com ardor uma barricada improvisada, lutavam por uma causa perdida. Caíam e morriam sob a pressão da turba uivante que os esmagava. Ciri gritou e encostou-se ao pescoço do cavalo. Kelpie alçou voo e sobrevoou a barricada, não como um cavalo, mas como um enorme pássaro negro.

Yennefer entrou no meio da turba com ímpeto e freou o cavalo, derrubando algumas pessoas. Antes que conseguisse gritar, tiraram-na da sela. Foi golpeada nas costas, no sacro, na parte de trás da cabeça. Caiu de joelhos e viu um indivíduo de jaleco de sapateiro preparando-se para chutá-la.

Yennefer estava farta de indivíduos que chutavam.

Com os dedos estendidos, disparou um fogo roxo e sibilante que cortava os rostos, os troncos e os braços das pessoas ao redor feito um chicote. O cheiro de carne queimada espalhou-se, os berros e os uivos de dor por um momento dominaram o alvoroço e a algazarra geral.

– Bruxa! Uma bruxa élfica! Feiticeira!

Outro indivíduo saltou até ela com um machado suspenso no ar. Yennefer disparou fogo diretamente no seu rosto. Os globos oculares do indivíduo estouraram, ferveram e escorreram sibilando pelas suas bochechas.

A praça esvaziou-se. Alguém a agarrou pelo braço. Ela se sacudiu, pronta para soltar fogo, mas era Triss.

– Vamos fugir daqui... Yenna... Vamos fu... gir...

"Eu já a escutei falando com essa voz", Yennefer pensou. "Com lábios que parecem feitos de madeira, não umedecidos nem por uma gota de saliva. Lábios paralisados pelo medo, trêmulos por causa do pânico.

Eu já a escutei falando com essa voz. No Monte de Sodden. Quando morria de medo.

Agora também está morrendo de medo. Vai morrer de medo até o fim da sua vida, pois aquele que nunca se atrever a enfrentar a covardia vai morrer de medo até o fim dos seus dias."

Os dedos que Triss cravou nos seus braços pareciam feitos de aço. Yennefer livrou-se do seu aperto com o maior esforço e gritou:

– Fuja, se quiser! Esconda-se atrás da saia da sua Loja! Eu tenho uma causa para defender! Não vou deixar Ciri sozinha! Nem Geralt! Afastem-se, plebeus! Saiam do meu caminho, se prezam a pele de vocês!

A multidão que barrava o seu acesso ao cavalo recuou diante dos raios disparados pelos olhos e pelas mãos da feiticeira. Yennefer sacudiu a cabeça, soltando os cachos negros. Parecia uma fúria encarnada, o anjo exterminador, pronto para castigar com uma espada luminosa. Ela vociferou, fustigando a turba com um chicote de fogo:

– Fora, voltem para as suas casas, gentalha! Fora! Ou vou marcá-los com fogo, como se faz com o gado!

– É só uma bruxa, gente! Apenas uma maldita feiticeira élfica! – ressoou uma voz sonora e metálica do meio da multidão.

– Está sozinha! A outra fugiu! Ei, gente, peguem as pedras!

– Morte aos inumanos! Vamos queimar os feiticeiros!

– Para a forca!

A primeira pedra passou de raspão pela sua orelha. A outra a atingiu no braço com tanta força que Yennefer cambaleou. A terceira a acertou diretamente no rosto. A dor estourou primeiro nos olhos que queimavam, depois envolveu tudo como um veludo negro.

•

Acordou e gemeu de dor. Sentia uma dor pungente nos dois antebraços e nos punhos. Estendeu a mão instintivamente, apalpando as grossas camadas de ataduras. Gemeu outra vez, surda e desesperadamente. Lamentava que não fosse um sonho, e que não tivesse dado certo.

– Não deu certo – disse Tissaia de Vries, sentada ao lado da cama.

Yennefer estava com sede. Desejava que alguém pelo menos umedecesse seus lábios cobertos com uma película pegajosa. Mas não pediu, o orgulho não lhe permitia fazer isso.

– Não deu certo – Tissaia de Vries repetiu. – Mas não foi porque você não se esforçou o suficiente. Você cortou bem e fundo, por isso estou aqui do seu lado. Se fosse apenas um espetáculo teatral, se fosse apenas uma estúpida demonstração infantil, poderia sentir apenas desprezo pela sua pessoa. Mas você cortou fundo, com seriedade.

Yennefer olhava para o teto com torpor.

– Vou cuidar de você, moça. Parece que vale a pena, mas é preciso trabalhar com você, e sei que vai ser um trabalho árduo. Precisarei endireitar não apenas a sua coluna e a sua escápula, mas também tratar as suas mãos. Ao cortar as veias, você também cortou os tendões. E as mãos de uma feiticeira são instrumentos muito importantes, Yennefer.

Umidade nos lábios. Água.

– Você vai sobreviver. – A voz de Tissaia era objetiva, séria, até severa. – Seu tempo ainda não chegou. Quando chegar, você se lembrará deste dia.

Yennefer sorvia ansiosamente a umidade do pauzinho envolto numa bandagem molhada.

– Vou cuidar de você – Tissaia de Vries repetiu, tocando com delicadeza os cabelos dela. – E agora... estamos aqui sozinhas, sem testemunhas. Ninguém vai ver, e eu não direi nada a ninguém. Chore, moça, desabafe, desafogue as mágoas pela última vez. Depois você já não poderá mais chorar. Não existe uma imagem mais repugnante do que uma feiticeira chorando.

•

Recuperou a consciência, estertorou e cuspiu sangue. Alguém a arrastava pelo chão. Era Triss, reconheceu pelo perfume. Nas proximidades, as ferraduras tiniam nos paralelepípedos, a gritaria vibrava. Yennefer viu um cavaleiro de armadura completa, com uma túnica branca ornada com o brasão de um chevron vermelho, açoitando a multidão com um azorrague da altura da sua sela de lanceiro. A armadura e o bacinete rebatiam as pedras impotentes arremessadas pela turba. O cavalo relinchava, sacudia-se e dava coices.

Yennefer sentia que no lugar do lábio superior tinha uma enorme batata. Pelo menos um dos dentes da frente estava quebrado ou arrancado e machucava a língua dolorosamente.

– Triss... Teletransporte-nos daqui! – balbuciou.

– Não, Yennefer. – A voz de Triss estava muito tranquila, e muito fria.

– Vão nos matar...

– Não, Yennefer. Eu não vou fugir, não vou me esconder atrás da saia da Loja. E não se preocupe, não vou desmaiar de medo como em Sodden. Eu vou superá-lo. Já o superei!

Perto da saída da rua, na quina de um muro coberto de musgo, havia uma enorme pilha de adubo, esterco e detritos. Era um amontoado, melhor, um monte impressionante.

A multidão finalmente conseguiu apertar e imobilizar o cavaleiro e o seu corcel. Derrubaram-no com um terrível estrondo. A plebe subiu em cima dele, arrastando-se como piolhos, envolvendo-o com uma capa viva.

Depois de ter arrastado Yennefer, Triss ficou em cima do amontoado de lixo e ergueu os braços. Proferiu um encanto aos gritos que expressavam raiva de uma maneira tão penetrante que a multidão silenciou por uma fração de segundo.

– Vão nos matar, pode ter certeza... – Yennefer cuspiu sangue.

– Ajude-me, ajude-me, Yennefer. Atiraremos contra eles o raio de Alzur... – Triss interrompeu o encantamento por um segundo.

"E mataremos uns cinco", Yennefer pensou. "E depois os outros vão nos lacerar. Mas tudo bem, Triss, como você quiser. Você não vai fugir, tampouco me verá fugindo."

Juntou-se ao encantamento. As duas passaram a gritar.

A multidão ficou observando-as por um momento, porém logo reagiu. Ao redor das feiticeiras mais uma vez sibilaram pedras. Uma javalina passou de raspão junto da têmpora de Triss, mas ela nem estremeceu.

"Sem nenhum efeito", Yennefer pensou. "Nosso feitiço não funciona. Não temos chances de lidar com algo tão complicado como o raio de Alzur. De acordo com os relatos, Alzur tinha uma voz poderosa e falava como um orador. E nós esganiçamos e balbuciamos, confundimos as palavras e a melodia..."

Estava prestes a interromper o encantamento, a concentrar as forças que lhe restavam em algum outro feitiço capaz de teletransportar as duas ou provocar algum efeito desagradável que impactasse, por uma fração de segundo, a turba que avançava. Mas viu que era desnecessário.

De repente, o céu escureceu e surgiram nuvens que se amontoaram sobre a cidade. Tudo foi envolvido por uma escuridão demoníaca, e um vento frio soprou.

– Ui! Parece que aprontamos! – Yennefer gemeu.

•

– A Devastadora Granizada de Merigold – Nimue repetiu. – Na verdade, o nome é usado ilegalmente, pois o encanto nunca havia sido registrado, já que ninguém tinha conseguido repeti-lo, por motivos banais. Os lábios de Triss estavam feridos, por isso ela falava de maneira pouco clara. Além disso, os maldosos diziam que estava com a língua travada por causa de medo.

– É difícil acreditar nisso, já que não faltam exemplos da coragem e da valentia da venerável Triss – Condwiramurs inflou os lábios. – Em algumas crônicas ela é chamada inclusive de Destemida. Mas eu queria perguntar outra coisa. Uma das versões da lenda conta que Triss não estava sozinha no monte de Rívia, que estaria lá acompanhada de Yennefer.

Nimue olhava para a aquarela que mostrava um monte negro, íngreme e afiado como uma faca e nuvens azul-marinho alumiadas no fundo. No topo do monte havia uma esbelta silhueta de uma mulher com os braços abertos e os cabelos alvoroçados.

Da névoa que pairava sobre a superfície da água ressoava a batida dos remos do barco do Rei Pescador. A Senhora do Lago disse:

– Se alguém esteve lá com Triss, não se imortalizou na visão do artista.

•

– Ui, olhe o que fizemos! Cuidado, Triss! – Yennefer repetiu.

A grossa nuvem negra levantada pelo vento que pairava sobre Rívia descarregou sobre a cidade granizo em forma de angulosas bolas do tamanho de um ovo de galinha que, ao caírem, batiam com muita força, provocando estrondo e destruindo as telhas das casas. O granizo caía com tanta intensidade que num instante cobriu toda a praça com uma grossa camada de pedriscos. A multidão ficou assustada. As pessoas caíam ao chão, protegendo as cabeças. Rastejando, tentavam esconder-se debaixo umas das outras. Fugiam, cambaleavam, amontoavam-se em portões e debaixo de arcadas, encolhiam-se sob muros. Mas nem todos conseguiam se safar. Alguns permaneceram prostrados como peixes sobre o gelo tingido intensamente de sangue.

O granizo caía com tanta força que o escudo mágico formado por Yennefer sobre as suas cabeças, praticamente no último momento, estremecia e corria o risco de arrebentar. Nem pensou em usar outros encantamentos. Sabia que não havia como parar aquilo que provocavam. Sabia também que por acaso haviam despertado um elemento que ela precisava descarregar, uma força que precisava chegar ao momento de viragem, e este momento estava prestes a chegar. Pelo menos era o que ela esperava.

Relampejou, e logo estalou uma troada repentina, tão prolongada e forte que a terra tremeu. O granizo batia nos telhados e paralelepípedos. As partículas que produzia estilhaçavam-se e esparramavam-se por todos os lados.

O céu ficou um pouco mais claro. O sol reluziu. Um raio penetrou a nuvem, fustigando a cidade feito um látego. Algo que não era nem um gemido, nem um soluço, desprendeu-se da garganta de Triss.

O granizo continuou caindo, golpeando, cobrindo a pequena praça com uma grossa camada de bolas de gelo que cintilavam como brilhantes. O pedrisco, porém, havia diminuído e estava cada vez mais fraco. Yennefer percebeu isso pela mudança do som das batidas contra o escudo mágico. Depois o granizo parou de cair de vez, como se tivesse sido cortado por uma faca. Tropas armadas entraram na praça, cascos ferrados trincaram o gelo. A plebe berrava e fugia, fustigada pelos azorragues, golpeada com as hastes das lanças e as pranchas das espadas.

– Parabéns, Triss! Não sei o que foi aquilo... mas foi benfeito – Yennefer falou com voz rouca.

– Havia uma causa para defender – rouquejou Triss Merigold, a heroína do monte.

– Sempre há uma causa para ser defendida. Vamos correr, Triss. Parece que ainda não é o fim.

•

Já era o fim. O granizo que as feiticeiras mandaram cair sobre a cidade tinha esfriado as cabeças quentes de tal modo que o exército se atreveu a intervir e pôr ordem no caos. Antes os soldados tinham medo, pois sabiam das eventuais consequências de um ataque contra uma turba feroz, uma multidão embebida de sangue e morte que não temia nada e não recuava diante de nada. Contudo, a explosão do elemento venceu a cruel besta de múltiplas cabeças, e a carga do exército fez o resto.

O granizo provocou graves danos na cidade. Diante deles, o homem que havia acabado de matar uma anã, espancando-a com um balancim, e tinha destroçado a cabeça do filho dela contra um muro, agora soluçava, chorava, engolia as lágrimas e o muco, olhando para o que sobrara da sua casa.

A paz reinou em Rívia. Se não fosse pelos cadáveres massacrados, aproximadamente duzentos, e pelas casas queimadas, cerca de uma dezena, seria possível pensar que nada tinha acontecido. No bairro Olmeiros, à beira do lago Loc Eskalott, sobre o qual o céu fulgurou cingido com um belíssimo arco-íris, os salgueiros refletiam a sua beleza na superfície da água, lisa como um espelho, os pássaros voltaram a cantar e o cheiro de folhagem úmida espalhou-se pelo ar. Tudo tinha um ar bucólico.

Inclusive o bruxo, prostrado numa poça de sangue, e Ciri, ajoelhada e debruçada sobre ele.

•

Geralt estava inconsciente e branco como cal. Permanecia deitado, imóvel, mas quando elas o rodearam, em pé, começou a tossir, estertorar e cuspir sangue. Tremia e tinha tantas convulsões que Ciri não conseguia segurá-lo. Yennefer ajoelhou-se ao seu lado. Triss viu as suas mãos tremerem. Ela própria, de repente, sentiu-se fraca como uma criança, e a escuridão encobriu os seus olhos. Alguém a segurou, salvou-a da queda. Reconheceu Jaskier.

– Isso não funciona – ouviu a voz de Ciri cheia de desespero. – Não está conseguindo curá-lo com a sua magia, Yennefer.

– Chegamos... chegamos tarde demais – Yennefer mexia os lábios com dificuldade.

– A sua magia não funciona. Para que serve essa magia? – Ciri repetiu, como se não a tivesse ouvido.

"Você tem razão, Ciri", Triss pensou, sentindo um aperto na garganta. "Sabemos provocar granizadas, mas não somos capazes de afastar a morte, embora isto pareça mais fácil."

– Chamamos um médico, mas ele está demorando – falou com voz rouca um anão que estava junto de Jaskier.

– Já é tarde para um médico, ele está agonizando – falou Triss, estranhando ela mesma a tranquilidade da sua voz.

Geralt estremeceu mais uma vez, tossiu sangue, estirou-se e ficou imóvel. Jaskier, que amparava Triss, suspirou de desespero. O anão xingou. Yennefer gemeu e o seu rosto mudou subitamente, contraindo-se. Ciri falou com rispidez:

– Não há nada mais patético do que uma feiticeira que chora. Você mesma me ensinou isso. Mas agora você se mostra patética, realmente patética, Yennefer. Você e a sua magia que não presta para nada.

Yennefer não respondeu. Segurava com as duas mãos a cabeça inerte e frouxa de Geralt e com voz fraca repetia os encantos. Faíscas roxas e centelhas crepitantes dançavam sobre as suas bochechas e a testa do bruxo. Triss sabia quanta energia era necessária para esse tipo de encantamentos. Sabia também que eles não adiantariam nada naquela situação. Estava mais do que certa de que até os feitiços de curandeiras especializadas também resultariam inúteis. Era tarde demais. Os encantamentos de Yennefer apenas a enfraqueciam. Triss ficou surpresa com o fato de a feiticeira de cabelos negros aguentar por tanto tempo. Mas o seu espanto esvaiu-se quando Yennefer silenciou no meio de mais uma fórmula mágica e deslizou sobre os paralelepípedos, pousando junto do bruxo.

Um dos anões xingou novamente. Outro estava cabisbaixo. Jaskier, que ainda amparava Triss, fungava o nariz.

Subitamente, o ar arrefeceu. A superfície do lago começou a lançar vapores, como um caldeirão de bruxas, cobrindo-se de bruma. A névoa crescia rápido. Tornava-se cada vez mais densa e descia à terra em ondas, encobrindo tudo como um leite branco e espesso. Os sons silenciavam e morriam, as formas desapareciam, as figuras desvaneciam. Ciri falou devagar, ainda ajoelhada sobre os paralelepípedos ensanguentados:

– E eu um dia renunciei à minha força. Se não tivesse feito isso, agora poderia salvá-lo. Eu o curaria, tenho certeza. Mas é tarde demais. Eu abri mão da minha força, e agora não posso fazer nada. É como se eu o tivesse matado.

O silêncio foi interrompido por um relincho penetrante de Kelpie e em seguida por um grito abafado de Jaskier.

Todos ficaram pasmos.

•

Da bruma surgiu um unicórnio branco. Corria ligeira, delicada e silenciosamente, erguendo com graça a formosa cabeça. Não havia nada de estranho nisso. Todos conheciam as lendas, e todas diziam que os unicórnios corriam ligeira, delicada e silenciosamente, e que erguiam as cabeças com uma singela elegância. Se havia algo estranho, era o fato de o unicórnio correr sobre a superfície do lago e a água nem sequer ficar enrugada.

Jaskier gemeu, desta vez admirado. Triss sentiu um *frisson* e foi tomada por uma euforia.

O unicórnio bateu os cascos contra as pedras da orla, sacudiu a crina, relinchou demorada e melodiosamente. Ciri disse:

– Ihuarraquax! Eu tinha esperança de que você viesse.

O unicórnio aproximou-se, relinchou outra vez, arranhou o chão, bateu o casco com força contra os paralelepípedos, inclinou a cabeça. O chifre que se destacava na sua testa arqueada subitamente fulgurou com uma luz intensa, um brilho que por um instante dissipou a névoa.

Ciri tocou no chifre.

Triss gritou surdamente ao ver os olhos da moça reluzirem com um brilho leitoso e ela ser toda envolvida por uma auréola flamejante. Ciri não a ouviu, não conseguia ouvir ninguém. Ainda segurava o chifre do unicórnio com uma mão, enquanto dirigia a outra na direção do bruxo inerte. Uma faixa de claridade cintilante e resplandecente como lava escorreu dos seus dedos.

•

Ninguém seria capaz de dizer quanto tempo isso demorou. Foi irreal.

Como um sonho.

•

O unicórnio, quase desvanecendo na bruma que se adensava, relinchou, bateu o casco contra o chão, meneou a cabeça e o chifre algumas vezes, como se estivesse apontando para algo. Triss olhou. Debaixo de um baldaquim de galhos de salgueiros que pendiam sobre o lago, avistou uma forma escura na água: era uma barca.

O unicórnio apontou com o chifre mais uma vez e começou a desaparecer rapidamente na bruma.

– Siga-o, Kelpie – ordenou Ciri.

Kelpie roncou, sacudiu a cabeça e, obediente, seguiu o unicórnio. Por um momento, as ferraduras tiniram sobre os paralelepípedos. Depois esse som silenciou bruscamente, como se a égua tivesse levantado voo, desaparecido, se desmaterializado.

A barca estava junto da margem. Nos momentos em que a névoa se dissipava, Triss conseguia vê-la com nitidez. Era uma barca montada de forma rudimentar, deselegante e angular, como se fosse uma grande gamela para porcos.

– Ajudem-me – pediu Ciri. Sua voz estava confiante e decidida.

Inicialmente, ninguém entendia o que a moça queria nem que tipo de ajuda esperava. Jaskier foi o primeiro a entender.

Talvez pelo fato de conhecer a lenda, de ter lido uma de suas versões poetizadas. Ergueu Yennefer, ainda inconsciente, nos braços. Estranhou sua leveza e sua pequenez. Juraria que alguém o ajudava a carregá-la. Juraria que sentia o ombro de Cahir junto do seu braço. Com o canto do olho, captou o vislumbre da trança cor de linho de Milva. Ao colocar a feiticeira na barca, juraria que vira as mãos de Angoulême segurando o bordo.

Os anões levantaram o bruxo. Foram ajudados por Triss, que segurava a cabeça dele. Yarpen Zigrin até piscou os olhos, pois por um segundo viu os irmãos Dahlberg. Zoltan Chivay juraria que Caleb Stratton ajudava a colocar o bruxo na barca. Triss Merigold juraria que sentira o perfume de Lytta Neyd, chamada de Coral, e que por um momento vira, por entre a bruma, os olhos verde-amarelados de Coën de Kaer Morhen.

Tais eram as reinações que essa bruma, a densa bruma do lago Loc Eskalott, causava aos sentidos.

– Pronto, Ciri, a sua barca a aguarda – a feiticeira falou com voz surda.

Ciri afastou o cabelo da testa, fungou e pediu:

– Peça desculpas às senhoras de Montecalvo, Triss. Mas não poderia ser diferente. Eu não posso ficar, enquanto Geralt e Yennefer partem. Simplesmente não posso, elas devem entender.

– Devem, sim.

– Adeus, Triss Merigold. Fique bem, Jaskier. Fiquem bem todos vocês.

– Ciri, irmãzinha... deixe eu ir com vocês... – Triss sussurrou.

– Você não tem ideia do que está pedindo, Triss.

– Será que eu ainda vou...

– Com certeza – interrompeu de maneira decisiva.

Entrou na barca, que balançou e imediatamente desatracou, desaparecendo na bruma. Os que permaneceram na margem do lago não ouviram nenhum chapinhar, não viram ondas, nem o movimento da água, como se não se tratasse de uma barca, mas de um fantasma.

Por um átimo de segundo, viram ainda a miúda e aérea silhueta de Ciri. Viram-na propulsionar a barca com uma longa vara, apoiando-a no fundo, acelerar e depois deslizar com rapidez.

E, afinal, restou apenas a bruma.

"Mentiu para mim", Triss pensou. "Nunca mais a verei. Não a verei porque... *vaesse deireadh aep eigean*. Algo termina..."

– Algo terminou – Jaskier afirmou com voz alterada.

– Algo começa – Yarpen Zigrin o acompanhou.

Um galo cantou alto em algum lugar na cidade.

A bruma começou a dissipar-se rapidamente.

•

Geralt abriu os olhos, irritados pelo jogo de luzes e sombras, o que era perceptível pelas pálpebras fechadas. Viu sobre si mesmo folhas, um caleidoscópio de folhas que tremeluziam ao sol, e galhos repletos de maçãs.

Na têmpora e na bochecha, sentiu um delicado roçar de dedos. Dedos conhecidos, dedos que amava tanto que até doía.

Doíam-lhe também a barriga, o peito, as costelas. E o apertado espartilho de ataduras convencia-o enfaticamente de que a cidade de Rívia e o tridênteo forcado não tinham sido um pesadelo. Yennefer falou com delicadeza:

– Fique quieto, meu amado. Fique quieto. Não se mexa.

– Onde estamos, Yen?

– E isso importa? Estamos juntos, você e eu.

Os pássaros – verdilhões e sabiás – cantavam. A relva, as ervas, as flores e as maçãs exalavam um cheiro agradável.

– Onde está Ciri?

– Partiu.

Mudou de posição e retirou seu braço suavemente de debaixo da cabeça do bruxo. Ajeitou-se na relva de tal forma que pudesse olhá-lo direto nos olhos. E fazia isso intensamente, como se quisesse se saturar com a sua imagem, como se quisesse guardá-la para o futuro, para toda a eternidade. Ele também olhava para ela, e a saudade apertava a sua garganta.

– Ciri nos acompanhou numa barca, num lago, e depois num rio, um rio com uma forte correnteza. Na bruma...

Os seus dedos encontraram a mão dela e apertaram-na com força.

– Fique quieto, meu amado, fique quieto. Estou com você. Não importa o que aconteceu, não importa onde estivemos. Agora estou ao seu lado e nunca mais me separarei de você, nunca.

– Eu te amo, Yen.

– Eu sei.

– Contudo, gostaria de saber onde estamos – suspirou.

– Eu também – disse baixo Yennefer após um instante.

•

– E esse é o fim da história? – Galahad perguntou após um momento de hesitação.

– Claro que não – Ciri protestou, esfregando os pés um contra o outro, limpando a areia seca grudada nos seus dedos e nas plantas dos seus pés. – Você queria que a história terminasse assim? Credo! Eu não queria!

– Então, o que aconteceu depois?

– O que normalmente acontece. Casaram-se – bufou.

– Continue contando, então.

– Ah, o que haveria para contar? Celebraram as bodas com uma festança. Foram todos, Jaskier, a mãe Nenneke, Iola e Eurneid, Yarpen Zigrin, Vesemir, Eskel... Coën, Milva, Angoulême... E minha Mistle... E eu também estive lá, hidromel e vinho bebi. E eles, Geralt e Yennefer, depois foram morar na sua própria casa e viveram felizes, muito, muito felizes, como num conto de fadas. Entendeu?

– Por que está chorando, Senhora do Lago?

– Não estou chorando. Meus olhos estão lacrimejando por causa do vento, só isso!

Ficaram em um longo silêncio, olhando a rubra e ardente bola de fogo solar tocar os cumes das montanhas. Por fim, Galahad interrompeu o silêncio:

– Realmente, foi uma história muito estranha, muito estranha mesmo. Senhora Ciri, é incrível o mundo do qual veio.

Ciri fungou alto. Galahad retomou o seu discurso, após pigarrear algumas vezes, um pouco triste pelo fato de ela permanecer calada:

– Siim! Mas aqui na nossa terra também acontecem aventuras maravilhosas. Por exemplo, a do senhor Gawain e do Cavaleiro Verde... ou aquilo que aconteceu com o meu tio, senhor Boors, e o senhor Tristão... Pois então, senhora Ciri, um dia o senhor Boors e o senhor Tristão foram para o oeste, para Tintagel. No caminho passaram por florestas selvagens e perigosas. Cavalgaram, cavalgaram, até verem uma cerva branca e, junto dela, uma senhora vestida de negro, um negro que seria impossível ver até em sonhos. Era uma senhora formosa. Não havia no mundo formosura maior. Bom, apenas a rainha Guinevere... A senhora que estava junto da cerva viu os cavaleiros, acenou com a mão e falou...

– Galahad.

– Pois não?

– Cale-se.

Ele tossiu, pigarreou e silenciou. Os dois ficaram olhando para o sol, em silêncio, por um tempo muito longo.

– Senhora do Lago?

– Eu já pedi a você para não me chamar assim.

– Senhora Ciri?

– Diga.

– Vá comigo para Camelot, senhora Ciri. Será tratada com honra e respeito pelo rei Artur... E eu... sempre a amarei e louvarei...

– Levante-se já! Não se ajoelhe! Ou, melhor, já que você está nessa posição, aqueça os meus pés, estão terrivelmente frios. Obrigada. Você é muito amável. Os pés, eu falei! Os pés terminam na altura dos tornozelos!

– Senhora Ciri?

– Estou aqui.

– O sol está se pondo...

– Verdade. – Ciri afivelou os sapatos e ergueu-se. – Vamos selar os cavalos, Galahad. Há algum lugar nos arredores onde possamos pernoitar? Ah, vejo pela expressão no seu rosto que você conhece estas terras como eu. Mas, tudo bem, vamos seguir em frente. Mesmo que seja necessário dormir ao relento, é melhor fazer isso num lugar um pouco mais distante, numa floresta. Aqui há muita umidade, por causa do lago... Por que você está me olhando assim? Humm... – adivinhou, vendo-o ruborizar. – Está pensando em pernoitar debaixo de uma aveleira, sobre um tapete de musgos? Abraçado a uma feiticeira? Escute bem, jovem, eu não tenho a mínima vontade...

Ciri parou de falar bruscamente, olhando para as bochechas coradas e os olhos brilhantes de Galahad. Afinal de contas, ele tem um rosto bem bonito. Algo apertou o seu estômago e o seu ventre, mas não era fome.

"Algo está acontecendo comigo", pensou. "O que será?"

– Não demore! Sele o garanhão! – quase gritou.

Depois de terem montado os corcéis, olhou para ele e riu alto. Galahad fitou-a com uma expressão de espanto e dúvida. Ciri falou de maneira descontraída:

– Nada, nada, apenas algo me passou pela cabeça. Vamos seguir em frente, Galahad.

"Tapete de musgos", pensou, segurando o riso. "Debaixo de uma aveleira. E eu no papel de feiticeira. Que coisa, hein?!"

– Senhora Ciri...

– Pois não?

– Irá comigo para Camelot?

Ela estendeu o braço, e ele também. Juntaram as mãos e cavalgaram lado a lado.

"Diabos", pensou. "Por que não? Aposto qualquer dinheiro que neste mundo sempre haverá o que fazer para uma bruxa. Pois não existe um mundo em que não haja o que fazer para uma bruxa."

– Senhora Ciri...

– Não vamos falar sobre isso agora. Vamos cavalgar.

Cavalgaram na direção do sol que se punha, deixando atrás deles o vale negrejante e o lago encantado, azul e liso como uma safira polida. Atrás deles ficaram também os blocos erráticos na margem do lago, e os pinheiros nas encostas.

Isso tudo ficou para trás.

E diante deles havia tudo.

FIM